大侠霍元甲

上

郭靖宇 著

中国广播影视出版社

目 录

第一卷
家国江湖

第二卷
遁隐风云

第三卷
重返津门

大侠霍元甲

第一卷

家国江湖

第一章 意气

天空中一个炸雷。

整个京城瞬间被照得闪亮，旋即陷入一片昏暗之中，带着寒意的秋风在街角悄然骤起。一中年大汉背着一口大刀，踢破枯黄的落叶，疾步走向府邸的正厅。此人正是武林志士大刀王五。王五步入正厅，却见一年轻人稳立案前，认真地写着什么。

“谭大人！我备好了两匹快马，咱们快走吧，不然就来不及了！”王五无比焦急。

年轻人正是这个夏秋之际因变法而名扬京城内外的谭嗣同。

四年前的甲午战争，令清政府签订了丧权辱国的《马关条约》，中国彻底被推向半封建半殖民地社会的深渊。说起来，天干之戊，属阳之土；地支之戌，亦属阳之土，戊戌年历来被看作是风调雨顺的合和之年，然而公元 1898 年的这个戊戌年却是风雨飘摇，朝廷内外弥漫着血腥之气。农历八月初六，光绪帝被囚，以慈禧太后为代表的守旧势力疯狂反扑，抓捕维新人士，持续 103 天的变法宣告失败。

现在，相比王五的焦急，谭嗣同倒显得很是淡定:“这份奏折至关重要，今夜必须写完。”

王五急得不行:“老佛爷都翻脸了！皇帝已被软禁，您还写奏折，谁会看呢？！”

听到王五这么说，谭嗣同执笔的手顿了片刻，但却更坚定地道:“就算奏折到不了皇上手里，我也要把它写完，变法乃当务之急，兴我中华之根本。”

见谭嗣同如此，王五却是更加急躁了，说话声都不自觉地大了几度:“谭大人啊谭大人，让我说您什么好啊！康大人和梁大人都走了，您再不走就走不了了！”

谭嗣同还是同样的淡定，手中的笔也不再停顿:“我是皇上钦命的中宪大夫，未见圣旨，怎可弃官逃命？”

王五猛地单膝跪地，口气放缓了不少:“我知道您的脾气，可是老百姓说得好，留得青山在，不怕没柴烧，刚才我路过大栅栏的时候，看见善扑营已经奔您的府上来了，万一您落在他们手里，后果不堪设想啊！”

“为臣子者，岂可瞻前顾后？”

“谭大人，您到底走还是不走？”

“不走。”

王五毕竟是一介武夫，如何说得过学识渊博的谭嗣同，他当下也是把心一横，起身，边上前边咬牙说着:“那可别怪王五冒犯了……”

谭嗣同猛地转身抓住了挂在墙上的剑柄，宝剑“锵啷”一声出鞘，他横剑于颈，见此，王五被吓得连连倒退。

谭嗣同的眼中透露着真诚:“王五大哥，我知道你是一番好意，但谭嗣同绝不会离开京城，离开皇上，若再相逼，便将一腔热血溅于你身！”

王五无奈之际，外面又是一声惊雷，伴随惊雷而来的是善扑营的官兵。

善扑营冲入谭嗣同和王五所在的房间，可此时的正厅之内只剩坐于书案前的谭嗣同一人，他放下笔，站起身，坦然面对刀枪相向的官兵。

躲在院子黑暗角落里的王五眼睁睁地看着善扑营将谭嗣同捆绑押走，他红着的眼睛里露出杀气，紧紧握了握手里那把江湖闻名的大刀，雨滴砸在刀面上，溅起水花。

雨已经停了，房梁上滴着水滴，地面湿乎乎的。

王五一个人走在冷清的街道上，神色黯淡。走着走着，王五停住脚步，似乎是意识到有人跟踪自己，他猛地抽刀回身大喝："谁？！"

刀声一响，宁静小街的夜幕仿佛都被划破了，一身着白袍之人立于王五身前，他的身后还跟着三个人，两个二十多岁模样，一个十四五岁的模样。白袍人并未回答王五的话，只是幽幽道："这口刀真的是名不虚传，只可惜主人配不上它……"

王五不知来人是谁，听得此话微微一愣："你是何人？"

白袍人看向王五："津门霍元甲。"

霍元甲，字俊卿，出身武学世家，父亲霍恩第以保镖为业，家传秘宗拳名震京津和华北。不过，由于从小身体羸弱，所以一开始的时候，霍恩第没打算让霍元甲习武，因为担心他底子不好，以至于学艺不精，将来给霍家丢脸面。却不承想，霍元甲天资聪颖，足足是块练武的料子，长年偷看父亲和大哥霍元栋练武，最后不但自己学得一身功夫，还在霍家拳的基础上自创了迷踪拳，接连击败津门的武林中人，这着实叫霍恩第吃惊不小。霍元甲虽生性纯良，却也沾染了旧武林的习气，加上天津乃九河下梢的水陆码头，民风中本就有争强好胜的一面，所以功夫了得的霍元甲，总以与人比武斗胜为乐，此番挑战京城武林赫赫有名的大刀王五，亦出于此。

却说那王五，低声嘀咕着霍元甲这个名字，仿佛想到了什么。

王五刚欲张口，霍元甲身后的其中一人已经开骂：“我们原本以为大刀王五有多么了不起，原来就是个缩头乌龟！”

此人名为许大有，是霍元甲的徒弟，虽排行老四，却是霍元甲几个徒弟里武功最为精进的一个，被称为“武痴”，看上去颇为憨厚。

王五定睛看向许大有：“小子，你骂人？”

没等许大有说话，另一看上去有些机灵的高奇接上了王五的话：“骂你怎么样？三个月前，我替师父下的战书你接了，约定今日在德胜门外比武，可你呢？让我师父溜溜等你一天，那么多来观战的武林同道全都败兴而归，你什么东西？！”

年纪最小的少年是霍元甲的五徒弟小伍，他有些结巴，只是附和着高奇的话：“就……就……就是……”

“是”字还未说完，王五瞪向小伍，本来就有些结巴的他被王五的目光吓得不觉向后退了一步。

高奇不依不饶，继续叫骂着：“瞪什么眼睛？我师父可是天津卫第一高手，给你下战书，是抬举你了！早知道大刀王五徒有虚名，他老人家才懒得专程从天津跑一趟呢！”

顿了顿，高奇又道：“我给你划条道儿，你跪下，磕三个响头，以后江湖相见叫声霍爷，我师父自会饶你条性命，不然这事儿没完！”

王五没有理会霍元甲的三个徒弟，而是看向霍元甲本人：“毛长全乎没有？都敢称爷了？”

徒弟们出言不逊，霍元甲自知理亏，瞟了三人一眼：“放肆！退后！”说完，霍元甲又是冲王五一抱拳道：“霍某教徒不严，请王老前辈见谅。”

王五心不在此，自然也是不过多计较，放下一句：“算是说了句人话……”转身就走。霍元甲却是气不打一处来：“站住！”

王五驻足，霍元甲快走几步拦在他身前，义正词严道：“习武之人最重言而有信，你接了我的战书，我专程从天津卫赶来比武，你无故爽约，连个招呼都不打，也太不给我面子了吧？”

面对霍元甲的质问，王五却是冷笑面对：“你的面子值几吊钱？你练武就为了沽名钓誉，根本不配跟我比！”

霍元甲一愣，不承想王五如此无礼，怒意又是增加几分：“沽名钓誉？我第一次与你相见，你凭什么这么说我？”

王五不搭霍元甲的话，只是淡淡道：“霍元甲的名字我早就听说过，霍恩第的二儿子，在天津卫收了不少徒弟，大老远地跑到北京来，不就是为了打败我证明你们霍家拳天下第一，以后好收更多的徒弟，挣更多拜师的银子吗？”

霍元甲越发生气，声音不免大了几分：“你胡说！我们霍家祖上创秘宗拳，取传子不传徒，传内不传外之意！元甲自幼体弱多病，如今筋骨强壮都受益于习武练拳。违背父命，收了徒弟，也是想让他们和我一样，在习武中受益，不受人欺负！你可以问问我的徒弟们，我是否收过他们一两银子？”

许大有和高奇同时叫道：“没有！”

小伍结巴，与二人同时开口却半晌才说出：“没……没……没有！”

王五看着小伍笑了，目光中满是讥讽：“这谎话说的，结巴上了……”

小伍满脸通红。

王五又瞟向霍元甲，似是丝毫没把他放在眼里，道：“爱有没有，与我何干！”说完，转身又要走。

高奇也是气极，看向霍元甲：“师父，这王老头欺人太甚，忍无可忍了呀！”

霍元甲没想到王五此人竟如此傲慢，再加上高奇从旁煽风点火：“大有……”

许大有立刻将一条长棍递到霍元甲手里。

霍元甲持棍在手，大声喝道：“大刀王五，你既已接下比武战书，今天非比不可！”

话音刚落，霍元甲冲将上去。王五的刀一直垂在手里，听见背后的风声，不得不回刀迎战，刹那间一阵棍影刀光。三五个回合之后，相互之间已知对方深浅，二人各自持兵器在手，对望着。

观战的三个徒弟也有些紧张，狡黠的高奇，武痴许大有，憨实的小伍。

王五突然出声："你已取先机，为何不乘胜出招？"

霍元甲正色道："比武最重公道，况你年长，先机本应让给你。"

王五没想到霍元甲这般回答，笑了："还懂点儿规矩，看刀！"

说话间，王五挥刀冲向霍元甲，可他心思都系在谭嗣同身上，不愿与霍元甲过多纠缠，刚开始便是自己平生所学之精华。面对这般凶猛的攻势，霍元甲应付得有些吃力，但仗着年轻气盛，险中反攻，棍如雨点般一阵猛打。

王五没想到霍元甲在自己的强攻之下竟还能有如此表现，也来了兴致，一阵兵器交接，将霍元甲的棍削掉一截，棍头已然成尖状。许大有、高奇、小伍三人见师父兵器被毁，也是有些焦急。

王五收招笑道："枪似游龙棍若雨，你的棍法领教了，让我再看看你的枪练得怎样！"

霍元甲觉得这是王五对他的羞辱，并不搭话，长棍化枪已经刺出，奈何王五也不是吃素的，应对着霍元甲袭来的长枪不落下风。霍元甲招招刺的都是要害，王五刀刀砍中也都会见血，可王五有些急，突地漏了一个破绽，霍元甲的棍尖直刺王五的咽喉，即将刺中之际，却硬生生地停在半空中。

高奇叫道："师父，挑了他！"

王五淡定地看着霍元甲的枪，将大刀戳在地上说："好，津门霍元甲，你赢了老子，从此以后你可以四处吹牛了，滚吧！"

许大有、高奇和小伍三人都蹦起来欢呼。

霍元甲猛然收枪，严肃道："不行！今日比武不能算数！"

王五挑眉："赢了还不算数？你徒弟们可都看见了！"

霍元甲已气消，口气归于平静："虽说你出口伤人，但我霍元甲敬你是前辈。大刀王五，你今天心里有事，比武不专，不然绝不会让元甲抓住破绽。"

王五笑道："没想到你不光能打，武学上也还有些造诣。"

霍元甲追问："到底出了什么大事，让老英雄失信爽约。"

王五不答，只是道："老子困了，要回家睡了。今天出了什么事，明天看告示你就知道了。"说完，便拖着大刀转身离去。

三名徒弟欢呼跳跃而来，纷纷叫嚷着。

霍元甲怒道："住口！跪下！"

三人见霍元甲生气连忙跪倒。

高奇跪在地上面露委屈："师父，我们怎么了，又罚跪？"

霍元甲带着怒意："还敢问？大刀王五乃前辈英雄，轮得到你们胡言乱语、出言不逊？"

高奇嘟囔着："他也没什么了不起的，比师父的武艺差远了……"

霍元甲瞪向高奇："胡说！他是故意露出破绽，不愿与为师恋战……你赶紧带两个师弟回去，好好睡觉，不许在京城闲逛惹事！"

高奇不敢违背，只得应是。

霍元甲转身，看向王五离去的方向，思考着。

王五撞开自家小院的门，走进院子，似是感觉有什么不对，他走向屋门，拉动门闩的一瞬间，突然，两条长枪从屋里直刺而出。王五硬生生一个金刚铁板桥躲过长枪，连躲带退，大喝道："哪来的奸贼，暗算某家？"

屋里冲出两名持枪的官兵。

一见是官兵，王五愣住了，环顾四周，不知何时，三面墙上都出现了伏兵，各持长枪从墙头跃下，对他行成围攻之势。

王五平静地说："各位官家，误会了吧？"

一个声音从房顶传来："误会不了，善扑营抓的就是你！"

王五抬头定睛望去："鹰四？"

只见一锦衣华服之人，一脸阴邪之气，站在逆光之中，正是善扑营首领鹰四，只听他道："你还认得我？"

王五怒目而视："手下败将，十年前你跪地求饶，发誓不再干坏事，我才饶你一条狗命。你怎么不知羞耻，还敢来受死？！"

鹰四回想起十年前的羞辱也是气极："大胆刁民，你忘了你在跟谁说话吧？"

王五这才意识到鹰四穿的是官衣，便道："你这个鹰爪门的武林败类，我知道你找到主子了，你今日竟公报私仇，大清国没王法了吗？"

鹰四笑着："我可不是来寻私仇的，我是奉直隶总督荣禄大人之命来办公事的。"

王五故作镇定："谭大人不是已经被你们抓了吗，你还有什么公事？"

鹰四道："谭嗣同是叛党，自然要抓。你，姓王名五，乃是叛党的帮凶，成天背着把大刀，在京城里招摇撞骗，也该伏法了吧？"

王五道："笑话！你当朝廷是你家的，想抓我？拿朝廷的公文来！"

鹰四道："你也配？谭嗣同好歹有个官职，砍他脑袋当然要等老佛爷降旨，你王五本来就是个江湖流寇，今日本官先斩后奏了，动手！"

鹰四话音刚落，八条长枪齐刷刷地刺向王五，王五知道是鹰四算计自己，只得拔刀迎敌，拼命奋战。

鹰四在房顶观战，只见王五大刀上下翻飞，以一敌八竟不漏破绽，他冷笑一声，挥手一支飞镖飞出，直射向王五，王五刀背一挡，将飞镖弹了出去，飞镖力度实在太大，让王五瞬间陷入危机，险些被枪刺中。

鹰四又是一甩手，又一对飞镖同时袭向王五，险象环生，王五用尽全身解数才化解了这次危机，但已被官兵的枪尖挑开了辫子，散发的王五自知劫数难逃，大吼一声："你们都给我听着，鹰四阴险小人，公报私仇，你等不知原委，充当帮凶，大错特错！听我一句劝，赶紧滚开！不然别怪我大刀无眼，切掉你们的脑袋！"

众官兵面面相觑，看向鹰四，鹰四却不慌不忙："诸位兄弟，此乃朝廷要犯，荣禄大人早已下了密令，诛杀大刀王五者，官升三级，赏黄金十两！"

重赏之下必有勇夫，官兵们长枪再一次刺出，王五吃力应战，很快气喘吁吁。

鹰四脸上露出诡异之笑，抬手间又一支飞镖已在两指之间，用力一甩，飞镖再次飞出。王五应对枪阵，已无力挡镖，命悬一线之际，只听"当"的一声，一把长柄刀弹开了飞镖，墙头上一蒙面人持刀飞跃而下，加入战团。对付长枪，长柄刀之长显示了威力，长刀一扫，八名官兵连连后退。

鹰四大喊："什么人？竟敢妨碍朝廷缉拿钦犯？！"

蒙面之人将刀一横："你暗器伤人算什么英雄？有本事下来！"

说完，蒙面人大刀一挥，又开打，用的全是杀招，两名官兵为了保命长枪脱手，鹰四见状大怒，又发暗器，被王五挥刀弹开。

王五怒喝："鹰四狗贼，我劈了你！"

说着，王五就要纵身上房，蒙面人拉住王五轻声道："他们人多势众不可恋战，前辈先走，我为你断后。"

王五觉得声音熟，一愣，看向蒙面人恳切的目光，席间又有官兵长枪刺来，蒙面人挥刀迎敌，王五知其言有理，不再恋战，夺门而出。蒙面人连攻数招，长刀出手，吓得官兵们连忙躲闪，趁此机会蒙面人越墙而出。

鹰四纵身从房顶跃下，两只手成鹰爪之势，甚是恐怖，一官兵上前询问："四爷，追不追？"

鹰四恨得咬牙切齿："本想趁乱杀了王五报仇雪恨，没想到半路上杀出个程咬金来。此人武功高强，身份不明，万一是朝廷的人，就不好办了，再让王五多活几天吧！"

蒙面人匆匆而来，不时回头查看追兵，忽然王五出现在拐角处拦住他的去路，蒙面人一愣，抬眼见是大刀王五。

王五："你是谁？为什么救我？"

蒙面人摘掉黑布，除了霍元甲还能是谁。

王五一愣："霍元甲？"

霍元甲："从刚刚的情形看，我没有猜错，前辈爽约不是故意的。"

王五不顾霍元甲刚刚的救命之恩，语气不善："故意不故意又如何？都到什么时候了，你还唠叨这种废话……"

霍元甲一愣，没想到王五会指责自己，王五也知自己的言语有些不妥，不好意思地抱拳道："多谢相救，大恩不言谢，后会有期！"

霍元甲赶忙叫住王五："等一等！那些人为什么对前辈下毒手？今天到底出了什么事？元甲能否为前辈分忧？"

王五一挑眉："为我分忧？"紧接着便哈哈大笑道，"用不着，今日以后，我大刀王五再也不是从前的王五了，霍元甲，你最好不要跟我有任何瓜葛，免得连累了自己！"

王五说完扭头就走，只剩霍元甲一人站在黑夜里独自迷茫。

夜尽天明，街道上人山人海，朝廷的告示前围满了老百姓，有识文断字者摇头晃脑地念着，一张张麻木的脸默默听着。告示旁立着官兵，官兵手里握着锋利的刀枪。

霍元甲和三名徒弟站在人群中，他看向告示，仿佛明白了王五所说的话，告示之上，"戊戌六君子"的名字都打着红钩，赫然在目。

小伍结结巴巴地询问着：“师……师父，写的都是啥，您给我念……念……念念。”

霍元甲铁青着脸说：“念什么念，走。”

霍元甲挤出人群，三名徒弟只得跟上，小伍再次出声询问：“二师兄，告示上写……写……写的啥啊？”

高奇不屑道：“小屁孩问这么多干什么？”

小伍：“不是，你们不能都……都欺负我不认字啊！”

许大有：“别问了，是要杀人的告示，名字上划红钩的，都要被砍脑袋。”

小伍惊讶：“啊？砍……砍……砍那么多？”

走在前面的霍元甲目光冰冷。

一名穿官服，年纪与霍元甲相仿的人快步跑来，远远地看到霍元甲：“师父！”

霍元甲一愣，看向身着官服之人，来人正是霍元甲的大徒弟刘振声。

刘振声：“师父，可找到您了！”

霍元甲眼睛一瞪：“穿着官服，大呼小叫，像什么样子！”

刘振声挠了挠脑袋：“来得急，忘换衣服了……老爷派人捎信来了，说最近京城乱，怕您惹祸，叫您赶紧回去！”

霍元甲：“撵师父走？你现在好歹也是个吃官家饭的，我带着师弟们大老远跑一趟，你不好好招待几顿？”

刘振声有些尴尬，小伍却在旁边起哄：“对！大……大……大师兄，我没吃过烤……烤……烤鸭！”

刘振声：“小伍子，就你嘴馋，走，全聚德！”

小伍欣喜若狂，霍元甲也笑了。

京城全聚德包间，小伍用饼卷着鸭子，吃得满嘴流油，高奇和许大有也是狼吞虎咽，霍元甲擦了擦嘴角轻声道：“振声，如今你好不容易有了前程，以后见到为师可以换个称呼。”

刘振声：“那怎么行？一日为师终身为父！”

霍元甲：“我才比你大一岁，至今尚未娶妻，我怕你把我叫老了。”

刘振声：“大一岁也是师父，谁让我从小就笨，老爷教的我学不会，这点武艺全靠您传授的呢！”

霍元甲想起昨夜王五的话：“昨天还有一位前辈说我收徒弟是为了挣银子，都是你害得，要不是你开了先例，哪至于有他们几个！”

刘振声伸了伸舌头：“对了师父，您跟老爷说说，让我跟您回去吧。”

霍元甲听了这个正色严厉道：“刘振声，你可保证过要在京城混出个模样来，对得起我爹给你花的银子。这才干了两年就想回去，你有点出息没有？”

刘振声哀求道：“师父，我本来就是替您来的，老爷花钱是想给您买个官当，是您不干才落在我的头上。”

霍元甲：“怎么，这么好的事让给你，你还委屈上了？”

刘振声：“不是，这差事干的窝囊！从小您跟我说的那些忠孝节义，一点都用不上！牢里往上混全靠钩心斗角，天天看的都是尔虞我诈，黑白颠倒。进来个坏人，住不了三两天就被花钱买出去了，要砍脑袋的，全都是忠义之士啊！”

霍元甲疑惑道：“是吗？你这个牢头都押过哪些忠义的犯人呀？”

刘振声降低音调，神秘地说：“昨天夜里就抓进来一个，大人物。”

高奇边大口吃着边问道：“谁啊？”

刘振声：“说出来吓死你！”

高奇不屑地说：“一个要死的犯人，还能吓死我高奇？吹吧大师兄！”

许大有也好奇：“到底是谁啊？”

刘振声：“都跟着打听？行，那你们把耳朵竖起来，话说此人在京城那可是赫赫有名，官居四品，姓谭……”

霍元甲“腾”地站了起来：“莫非是谭嗣同谭大人？”

刘振声吓了一跳：“师父，您咋知道的？”

霍元甲思考着：“你先说说怎么回事。”

刘振声正色道：“善扑营放出消息说谭大人在一号死牢，其实是他们虚张声势，谭大人根本不在那里，而是在我管的地盘！”

霍元甲：“他们为什么这么做？”

刘振声：“圈套，给大刀王五设的圈套。”

吃得正香的许大有和高奇几乎同时喊了出来：“大刀王五？”

刘振声：“对啊，师父，您不是跟他下战书了吗？结果怎么样？谁输谁赢？”

高奇：“那还用得着说，咱们师父……”说着突然住嘴，因为他发现霍元甲正瞪着自己。

刘振声疑惑：“怎么了师父？”

霍元甲：“振声，你再把他们设圈套的事，仔细跟我说说。”

就在刘振声把善扑营设套抓王五的事情告诉霍元甲的同时，京城某个光线昏暗的屋子里，二十几位武林人士聚集在一起，众人围着一张铺着巨大草图的桌子，王五也立于其中，他指着图中心说：“谭大人就被关在这里，今夜之成败就拜托诸位了！”

一武林人士立刻回道：“王五大哥，砸牢劫狱的事，二十年前洒家就干过。我们敬佩你是英雄，该怎么干全听你的！”

王五听之立刻抱拳，感激地环视在座众人。

夜幕降临，两三辆推车行驶在安静的街道上，推车的贩夫走卒猛然控制推车拐弯，驶进昏暗的小巷，周遭各个角度也陆续走来了各式打扮的二十几人，纷纷向小巷快速聚集着。

小巷之内，二十几位武林人士各自从推车上抽出已经藏匿好的兵器，片刻，一个小个子跑来：“王五大哥，刑部大牢戒备根本不严，门外就那么三五个站岗的兵，好像还都喝了酒。”

王五面露喜色：“天助我也，兄弟们，待会儿我攻门，大家策应！”说完，他转身向巷口走去，众武林人士纷纷跟上。

巷口不远处正是刑部大牢，大牢门口的守卫看上去也确实并不多，仅有三五个怂兵吊儿郎当地巡逻。

王五把一切尽收眼底，又向四周望去，另外几个小胡同的暗处，都有武林人士冒出头，手握兵器，时刻准备着，只等王五一声令下。

王五握刀在手，正要冲出之际，突然蹿出一个人，拦住了他的去路，众武林人士纷纷看见了这一幕，不知发生了什么，只是默默地等待。

来人正是霍元甲，他恭敬地冲王五一抱拳：“前辈，元甲在此恭候多时。”

王五一愣：“你……你来干什么？”

霍元甲：“前辈可否借一步说话？”

说完，霍元甲一把抓向王五的腕子，王五不知霍元甲来意，甩掉其手，瞬间将刀架在了霍元甲脖子上。

王五：“滚一边儿去，别坏了老子的大事，不然抹了你！”

霍元甲：“前辈可是来劫狱的？”

王五瞪大了眼睛：“你怎么知道？难道你和那些朝廷鹰犬是一伙的？”

霍元甲一愣，没想到王五竟如此说：“大刀王五，你怎么这么说话？昨天我刚刚帮了你！”

王五自知失言：“对不住，今夜之举关乎二十几位壮士的性命，既然已被你探听了消息，我只能杀你灭口了！”说着，王五就要动手。

霍元甲赶忙道：“前辈可是打听到了谭大人被关在一号死

牢？善扑营之所以散出消息，就是为了等您来。”

王五的刀停住了：“你怎么知道？”

霍元甲呼出一口气道：“前辈，我确实收过几个徒弟，虽然没挣到拜师的银子，但其中一个刚好在刑部大牢当差。”

王五傻了。

霍元甲：“设圈套的就是善扑营统领鹰四，此时他应该就在里面等您。”

王五看向刑部大牢，他不知道的是此时的刑部大牢内，大量的官兵手握兵器，藏于墙后，一排弓箭手占领了制高点，瞄准了大门，鹰四指挥着弓箭手，他的目光真如鹰一般阴森可怕。

王五痛骂道：“这个狗贼！居然利用谭大人！”

霍元甲：“我在这里等前辈，就是要把消息告诉您，以免您上当。”

王五扭头盯着霍元甲：“我为什么要信你？”

霍元甲：“前辈若是不信，尽可抹了我的脖子，那时，鹰四自然会带人杀出来，前辈一看便知。”

被大刀架着脖子的霍元甲很坦诚，王五见状收刀，向四周的小胡同一招手，径自撤了，看到王五的暗号，几波武林人士原路返回，纷纷消失在夜色中。

房间内，有武林人士前来向王五报信，他点着头，看向在一旁悠然喝茶的霍元甲，霍元甲目不斜视，权当什么都没有发生。报信的离开后，王五靠近霍元甲，幽幽道：“我的人一直盯到了天亮，还真见到善扑营大队人马撤出了刑部大牢，你又救了我一命……”

王五突然猛地一抱拳：“王五在此谢过！”

霍元甲连忙起身：“同是武林中人，哪有见死不救的道理，不值一谢。”

王五突然抓住霍元甲的手，露出恳求的目光：“霍兄弟，既然你徒弟负责看押，可否让我见见谭大人？”

霍元甲一时没想到王五会提出这样的要求，不知如何是好。

刘振声在房间里踱着步："我的妈呀！师父，这事儿太大了！"

霍元甲镇定自若："有多大？大不了丢了这身官衣，你不是想跟我回天津老家吗？"

刘振声急道："不是，这要是走漏了风声，我得掉脑袋，最怕的是连累老爷呀！"

霍元甲："大刀王五名震武林，不光武艺高强，而且人品武德俱佳。他之所以选择跟随谭大人，就是为了保护谭大人不受奸人暗害。而谭嗣同谭大人，那更是当世英杰，无可挑剔！如今，谭大人身陷囹圄，他人想见上一面，我们难道不该成全？"

刘振声："可是王五是火爆脾气，万一他砸牢劫狱，事可就闹大了！"

霍元甲劝着："为师会跟他在一起，他想砸牢，没那么容易。"

见刘振声仍一脸的不情愿，霍元甲又道："刘振声！从小到大，你做错的事都是我替你挨板子！"

刘振声："师父您说这干啥？要是没有老爷收留，我不早就被饿死了嘛！"

霍元甲："就是啊，算为师求你了，为师行走江湖，一诺千金，更何况他是大刀王五，我岂能在他面前言而无信，那传出去多丢人啊！"

霍元甲说完，一把搂住了刘振声的肩膀。他们两个是从小一起玩到大的，此时的霍元甲一点师父样没有，甚至有点嬉皮笑脸，更让刘振声无法拒绝。

霍元甲又来到王五在的房间，王五着急地问着："什么时候能见到谭大人？"

霍元甲：“我徒弟仔细算过，最好的时间是后天夜里。”

王五：“后天？八月十二？八月十三就是行刑处斩的日子，太晚了吧？”

霍元甲无奈道：“后天夜里是我徒弟当班，那天夜里的其他几名狱卒他都使了银子，为了万无一失，只能等到后天，到时候您只能一个人来，我陪您同行。”

王五稍一犹豫：“那……也罢！霍元甲，你也算是拿你的身家性命帮我了，说吧，要我怎么报答你？”

霍元甲笑了：“报答就不必了。”

王五板起脸：“不行，必须报答，我大刀王五一辈子从不欠人情，说！”

霍元甲：“我就是个习武之人，若能与前辈好好切磋一次武功，便是我霍元甲今生大幸。这样，等见过谭大人之后，请前辈安排一个时间……”

王五打断道：“不！明天就比！”

霍元甲一愣。

王五：“就明天！京北银山塔林，我等你！”

王五何许人？他本名王正谊，祖籍沧州，是京师武林闻名的高手，因在师门排行第五，又因他刀法纯熟，德艺高尚，江湖人称“大刀王五”。

霍元甲打遍津门无敌手，初涉津门以外的江湖，当然要挑一个名头响的，大刀王五自然就成了他的目标。此时的霍元甲立于苍山脚下的一片塔林之中，他略有些激动，紧握的双拳微微有些颤抖，因为即将到来的是他期待已久的一场比试。

霍元甲与王五相对而立，他的身后戳着一杆枪，而王五的身后插着从不离身的那把大刀。

霍元甲起拳，亮出架势，王五以掌应对，他们都珍视这场比武，格外认真。猛然间，二人打在一起，招式变幻莫测，速度之快，力道之足，武林罕见。三招两式之后，王五停住问道："你的霍家拳跟你爹的不一样，你拜过别的师父？"

霍元甲："没有，我的拳是在祖传的秘宗拳基础上，自己琢磨出来的。"

"可有名字？"

"瞎起了一个，叫迷踪拳。"

"你这拳法迅疾，虚实莫测，倒是刚好配'迷踪'二字！来吧，让我好好领教领教！"

王五说完便冲上前去，化掌为刀，一阵乱砍，霍元甲出拳如铁，一一应对，二人由相互进攻，变为相互欣赏，打得酣畅淋漓。

王五拉开一段距离，好不畅快："好个迷踪拳！当世武林，你霍元甲能数一数二了！"

霍元甲一抱拳："前辈过奖，这个可万万当不起！"

王五回身抽刀："既是比武，光比画拳脚太没劲了。"

霍元甲明意，顺势将长枪握在手中："那是自然。"

长枪红缨飘舞，大刀威武凛然，二人再次迫不及待地打在了一起，三招五式后又一度分开。

王五："那日你化棍为枪我就看出了端倪，你这枪法有讲究。"

霍元甲："实不相瞒，霍家枪源于岳家枪。"

"精忠报国的岳飞？"

"正是。"

王五点点头，又一次冲上前去，大刀将三魂七魄演绎得畅快淋漓，霍元甲的枪也确实做到了圆神不滞，变化无穷。

云朵在塔尖之上飞快地变幻着，两位武林上一等一的高手在百招之后，纷纷停手，王五感叹："好枪法，武林中如你这般年纪，能接我大刀王五一百招的恐怕只有你霍元甲一人了！"

霍元甲："前辈谬赞，这个元甲更担不起了！"

王五有些不悦："喂，你怎么张口前辈、闭口前辈的，我有那么老吗？"

说着，王五将刀插在地上，向前三步，对着塔林跪倒在地。

霍元甲一愣：“前辈，您这是……”

王五面向苍天，正色道：“我大刀王五沧州人士……”

霍元甲笑了：“早知道您是沧州人士，元甲祖籍也是沧州，和您是同乡。”

见霍元甲装糊涂，王五更是不悦：“废这么多话干什么？我二十年前就与你爹交过手，你们霍家怎么回事我早就知道！过来跟我一起跪下！”

霍元甲不知该如何是好，呆愣在原地。

王五：“怎么？我王五要与你结为兄弟，你不愿意？”

霍元甲受宠若惊：“不不不！只是……”

王五：“啰唆什么，难道我配不上你？”

霍元甲：“不是，以您的辈分，元甲怎敢跟您结拜？”

王五：“什么敢不敢的，江湖上的辈分算个屁，让你跪下你就跪下！”

霍元甲：“真的不能！要是让家父知道了我没大没小，乱了武林规矩，还不得打烂我的屁股！”

霍元甲一下子可爱得像个孩子。

王五：“你爹墨守成规，跟你比起来差远了，不用听他的！告诉你，谭嗣同谭大人比你长不了几岁，但我敬佩他，对他如同对自己的父亲、师父。今天我认准了你霍元甲，要与你义结金兰，你若跪，从今以后你我就是兄弟，不然……”

话音未落，霍元甲“扑通”一声跪倒在王五身旁，王五笑了，霍元甲诚惶诚恐。

王五再次抱拳：“我，大刀王五，沧州人士。”

霍元甲也抱拳：“我，霍元甲，天津人士。”

“今日我二人结为兄弟，从今日起，我王五的命就是我兄弟霍元甲的了！”

“前辈，您怎么这么说？

王五一瞪眼："还叫我前辈？"

"大哥……"

"这就对了，磕头！"

王五一个头磕了下去，霍元甲也跟着磕头。

天地间高耸入云的塔林见证了这对兄弟的结义。

— 第二章　昆仑 —

跟前辈大刀王五义结金兰，又切磋了武艺，霍元甲自然高兴得很，但霍元甲并非莽夫，兴奋之余总觉得事情有些不对。

回到了客栈，等其他徒弟都出了屋，霍元甲叫住刚要出门的刘振声说：“振声啊，为师有件事情没想明白，一般人结拜都说有福同享有难同当，不求同生，但求共死，可王五大哥却说了句把他的命交给我了，这是什么意思？”

刘振声转过身道：“师父，这大刀王五骗您呢！”

霍元甲疑惑道：“骗我？”

刘振声：“对啊！他是知道我看守牢房，才和您结拜，为的就是混进牢房，劫狱，救出谭嗣同！不行，我得赶紧报官去！”

霍元甲沉下脸：“为师陪大哥一起进牢房，你想连我一起出卖？”

刘振声愣了半晌，狐疑道：“师父，您……您不会早就知道王五的用意了吧？”

霍元甲尴尬地笑了出来，他怎么会不知道王五与他结拜的深意，可又不知如何向刘振声解释。

刘振声：“我是越来越糊涂了，他到底什么意思？”

霍元甲叹了口气：“大哥的意思是让我带走谭大人，然后制造谭大人试图越狱的假象，他让你用刀砍烂他的脸和全身，让验尸官难辨真伪。这样，你不但免受牵连，还可能会立功。”

刘振声吓了一跳：“什么？大刀王五乃当世豪杰，武林人士要知道是我……我这后半辈子还怎么做人？”

霍元甲上前拍了拍刘振声：“我知道你会这么说，所以我没有答应，朝廷也没那么好糊弄，露了破绽，前功尽弃，枉搭了大哥的性命；纵使侥幸蒙混过关，天下人皆知谭大人已死，那活着的谭大人还能有何作为？再者，我与大哥皆是习武之人，本应光明磊落，砸牢劫狱就是砸牢劫狱，何必要作假骗人？”

刘振声傻了：“师父，可是这以后……”

霍元甲正气凛然：“此生能与大刀王五并肩行走江湖，岂不快哉？”

刘振声呆愣在原地，不知该说什么。

霍元甲看着刘振声：“振声，若让你脱掉官服，陪为师行走江湖，你肯吗？”

刘振声：“我的命是霍家给的，师父让我干什么我就干什么，这您还用得着问吗？”

霍元甲欣慰，旋即又惭愧道：“振声，这次是师父连累你了。”

是夜，刑部大牢门口仍是吊儿郎当的几个兵站岗。

围墙之内则是另一番景象，暗藏的重兵、随时准备着的弓箭手。

鹰四仍坐在那个位置上，双手成鹰爪状，各攥着一个石球，三指用着力，他的目光死死地盯着那扇门。

此时的刑部大牢后门悄无声息地被打开，刘振声探出头，四周观察后，轻轻向不远处挥手，已经换上狱卒服装的霍元甲和王五向大牢后门跑去，二人挤进小门后，刘振声掏出一个钱袋塞在狱卒手里，狱卒关门，上锁，权当什么都没发生。

牢房过道，刘振声带着霍元甲和王五向死牢方向走着，一队巡逻的狱卒擦肩而过。

死牢之内，一人静静地坐在其中闭目养神，正是谭嗣同。牢门被打开，他仿佛没有听见，手脚虽被铐着脸上却静若秋水。

王五看见谭嗣同热泪盈眶："谭大人！"

谭嗣同睁开眼，甚是诧异："王五？"他猛地站了起来，又看向拿着钥匙的刘振声，以及和王五同样穿着狱卒服装的霍元甲。

王五："大人放心，这两个人靠得住，快跟我们走！"

谭嗣同叹道："我最担心的事还是发生了……大胆王五！跪下！"

王五傻了，"扑通"跪倒在地，对谭嗣同的突然变色有些不解："谭大人……"

谭嗣同严厉道："这是什么地方？你竟敢私闯？意欲何为？"

王五不知如何回答，只得"我……我……"个不停。

霍元甲连忙道："谭大人，王五大哥是来救您的！"

谭嗣同瞪向霍元甲："住口！我教训他，轮得到你插嘴吗？"

霍元甲没想到此人竟如此不讲道理。

谭嗣同不理霍元甲，继续道："王五，事变之夜我就命你离开京城，你为何不听？！"

王五："大人身陷囹圄，我怎么能走？"

谭嗣同："你本是江湖中人，好武斗狠，多年来官府未追究你已是法外开恩！今日你还想砸牢劫狱不成？”

王五：“正是啊谭大人，您还不知道，满街都贴满了告示，朝廷翻脸了，明天就要砍您的脑袋！我不来救您，您就没命了！”

谭嗣同呆愣了一下：“明天是大限，我又怎么会不知道……八月十三，好日子，日后只在中秋月圆之夜，敬我一杯酒便是，不用单独祭奠。”

王五急赤白脸道：“您说什么呢大人，有我王五一口气在，绝不能让朝廷枉杀好人！那日您不走，是对朝廷没有死心，对皇上没有死心，可是今天，皇上已被慈禧囚禁，朝廷上下再也没有一个明白人了！”

谭嗣同怒斥：“不许胡言乱语！”

王五：“谭大人，我知道您是忠臣，讲道理我也说不过您，可我王五一介草莽，不管什么王法，更不怕别人说我造反！”说着，又指着霍元甲，“我的结义兄弟冒死助我，就是要救您走，我已进了死牢，此事再没有回旋余地，走不走由不得您 ！”

说完，王五不再理会谭嗣同：“兄弟，动手，将谭大人打晕，扛着他走！”

霍元甲没想到会是这样的一个结果，但王五怒目而视，他不敢反驳，只得上前，他运力于掌，看着谭嗣同。谭嗣同见状如此，只得轻轻地叹了口气：“也罢，王五，难得你对我忠心耿耿，我就听你一回，不过，你得先帮我办一件事。”

王五喜上眉梢：“您说。”

谭嗣同：“你去一趟我住处，在我书桌下有个暗格，内藏当今圣上亲授的密旨。这密旨对社稷至关重要，你先将此物取回，我再跟你们一起走。”

王五面露难色：“这……这不行啊！我们好不容混进来，机不可失失不再来！错过了时辰，就救不了您了！这样，您跟我们一起走，一同回府上取了密旨，再逃出京城如何？”

谭嗣同：“不行，我离开死牢，非同小可，京城一定会大乱，各路官兵围追抓捕，就再无机会去取密旨了！”

王五不屑道：“都这个时候了，还要那傀儡皇帝的密旨有什么用？！”

谭嗣同：“放肆！皇上的密旨比我的命重要，你不取回，我绝不离开。”

二人僵持不下，王五突然大喝道：“元甲动手！”

谭嗣同猛然拉开距离：“用不着别人动手，今日虽无宝剑，但我可以一头撞死，你非要逼我？”

看着谭嗣同坚定的目光，王五万般无奈，急得直流眼泪，霍元甲更是不知所措。

片刻后，王五大大叹了口气，转身走出牢门，霍元甲看向刘振声，刘振声会意，立即跟上，死牢之内只剩谭嗣同与霍元甲二人。

片刻后，谭嗣同看出霍元甲的尴尬，率先开口：“请坐。”

霍元甲说到底就是武夫，谭嗣同是何许人也他知道，有些受宠若惊：“呃，不敢……”

谭嗣同笑了，边起身边说着：“那我也陪你站会儿。”

霍元甲有些惊慌：“这更不敢，谭大人您坐。”

谭嗣同不接霍元甲的话茬：“刚才我听王五叫你元甲……”

霍元甲连忙端正身姿：“在下天津静海霍元甲，字俊卿。”

谭嗣同点了点头：“俊卿兄也是习武之人？”

“自幼习武。”

“俊卿兄贵庚？”

“虚度光阴三十载。”

“我虚长三岁，刚才王五说你是他的结义兄弟。”

“是，蒙大哥抬爱，昨日刚刚义结金兰。”

谭嗣同突然发问：“你可知我与大刀王五是什么关系？”

霍元甲一愣：“听说他是您的随从？保镖？”

谭嗣同摇了摇头：“非也，我与王五相识多年，别人都以为他是我的保镖，还有人说他是我的家仆，其实我一直视他为兄长。你既已和王五结拜，我们便也兄弟相称了。”

“不敢。”

谭嗣同：“有何不敢？能被叱咤江湖的大刀王五看中，你也是个大侠吧？”

霍元甲有些不好意思：“江湖上倒也有此谬赞。”

谭嗣同点了点头：“谭某虽不懂武学，却知古往今来，可称侠者皆义士，能赴汤、敢蹈火……今日你与王五一同到死牢里救我，便是侠士之举。”

霍元甲被夸得有些惶恐。

顿了顿，谭嗣同再次发问：“霍贤弟，你怎么看洋人称我国人为‘东亚病夫’？”

霍元甲没想到谭嗣同会这么问，半晌道：“洋人可恶、自大，若敢在我面前挑衅，我一定打倒他们！”

谭嗣同：“好，我想任何人看到贤弟，都不敢称‘病夫’二字。”

霍元甲被大名鼎鼎的谭嗣同表扬，不由自主地挺起了胸膛。

谭嗣同：“其实洋人之所以狂妄，也不无原因呀。百年来，西洋人靠科学之进步、制度之创新，执牛耳于全球；东洋人虽邯郸学步，却也收获了令人瞠目的实效。甲午一战，日本全胜，令我朝廷丧权辱国、割地赔款。多年来谭嗣同夜不能寐，深究我中华除科学与制度外，比洋人还差了什么？思前想后，我以为是尚武精神的丧失。西洋骑士和日本武士传统，从未泯灭，而我中华自唐之后，民族气质越发柔弱。历朝历代频频颁布禁武令，令我民族雪上加霜。时至今日，我同胞又有几个像霍贤弟这般身强体健、气宇轩昂？更有很多人受鸦片之害，骨瘦如柴、精神萎靡。这也正是我中华被世界民族之林所弃的重要原因。故而复兴我民族，仅靠公卿自上而下的变法是不够的，还需各行各业的奋起，比如身在武林的霍贤弟。”

霍元甲很是意外：“元甲一介武夫，也能为复兴民族尽一己之力？”

谭嗣同：“当然。”

霍元甲顿时觉得整个人都与从前不同了。

谭嗣同：“实不相瞒，变法失败的消息我是第一个得到的。”

霍元甲一愣：“那您怎么不赶紧离开京城？”

谭嗣同：“我命人通知了老师和梁大人，而我自己故意不走。”

霍元甲：“这又是为什么？”

谭嗣同：“羸弱之中华，不变法难得新生。但据我所知，各国变法皆由流血开始，我们不成功，就是因为无人为变法而死。为改变这腐朽的朝廷，唤醒沉睡的国人，必须有人付出生命的代价。我谭嗣同誓用项上人头，警醒世人，感召后代！”

霍元甲有点预料到谭嗣同将会说些什么。

谭嗣同：“王五大哥耿直，我很难在短时间内说服他，先将他支开就是想说服霍贤弟。”

霍元甲：“说服我？”

谭嗣同：“谭嗣同牺牲之心已决绝，但不想连累他人，所以……”说着他突然一抱拳，“请贤弟助我！”

王五顾不得什么暗号，大踏步冲向刑部大牢后门，负责接应的刘振声连忙打开门，放王五进去，看见王五，看门的狱卒浑身颤抖。

王五与刘振声来到死牢，进门见霍元甲、谭嗣同已双双坐下促膝长谈，王五一愣，但也顾不得其他，直接双手将皇帝的密旨呈上。

谭嗣同很高兴，接过密旨道：“辛苦王五大哥。”

想着即将可以营救成功，王五很高兴，笑着说：“喂，谭大人，咱们可是早有约定，您是朝廷重臣，不能与我这一介武夫称兄道弟啊。”

谭嗣同："无妨……刚才我与霍贤弟相谈甚欢，畅往着'且放白鹿青崖间，须行即骑访名山'的生活。"

王五看了看霍元甲，后者一脸堆笑。

谭嗣同："我们还约定日后我们两个都叫你大哥。"

王五："呀，这可不行。"

王五回身又看向霍元甲："元甲，你怎么能跟谭大人……"

话音未落，霍元甲猛地出招，一掌砍在王五侧颈，王五猝不及防，晕倒在地。

跟在后面的刘振声吓了一跳："师父！"

霍元甲示意刘振声不要出声，看向谭嗣同："谭大人，明天元甲去送您。"

谭嗣同："好！但……不要为我收尸，免得连累你和你的家人。"

霍元甲："您为国为民，忠心耿耿，元甲要为您买一口好棺材厚葬！"

谭嗣同："一身臭皮囊，狗叼鸦啄又何妨？不仅你不能为我收尸，还要拦住王五大哥，更不能让他为我收尸！王五在江湖上名声甚大，又疾恶如仇，得罪过很多人，早就有人想借此机会害死他，不能让那些宵小得逞！"

霍元甲的眼睛有些发红，一咬牙，背起地上的王五转身出了牢门。

刑部大牢院内，埋伏在此的鹰四思考着，突然间他双爪较劲，竟将两个石球都捏碎了，随即猛地站起："王五死心追随谭嗣同，他不可能不救！准是有人走漏了消息，跟我来！"

说完，鹰四三步并作两步，急切地往大牢方向奔出，几名亲信手下迅速跟上。刚走到死牢不远处，鹰四已然听得死牢内的谭嗣同正在吟诗："望门投止思张俭，忍死须臾待杜根……"

鹰四放慢脚步，见谭嗣同面壁而立，正在念着墙上的一首诗。

谭嗣同手里还握着毛笔，继续念道：“我自横刀向天笑，去留肝胆两昆仑！”

他对自己的绝笔诗很是满意，将笔一扔，转过身，看了鹰四一眼，却如同视而不见，径自坐下，神情坦荡。

鹰四狐疑地看着他。

死一般沉寂的夜，霍元甲牵马走在街道上，马上驮着昏迷不醒的王五，回想起谭嗣同方才在牢里跟自己说的话，他咬紧了牙关，目光无比坚定，眼中却也有些湿润。

紫禁城的金顶被晨光照亮，反射出绚烂的光芒，这座古老的城池再一次被唤醒，城池之上的五脊六兽欲显凶猛。

菜市口人山人海，麻木的人群拿杀人当热闹看。霍元甲也挤在人群之中，他身后跟着便服的刘振声、二徒弟高奇、四徒弟许大有、五徒弟小伍。师徒五人神情凝重，他们是来送谭嗣同最后一程的。

“戊戌六君子”被押上了断头台，一时间现场一阵大乱，众人指指点点，被押上断头台的谭嗣同仍然无比从容。

霍元甲垫着脚尖张望着，他希望谭嗣同能看到自己。

透过一片人头，谭嗣同真的看到了霍元甲，远远的，谭嗣同微笑示意，霍元甲却笑不出来。

监斩官在鹰四的陪同下走上了高高在上的监斩台，监斩官看向鹰四，欲询问何时开斩，却发现鹰四似乎在寻找着什么：“吕大人，你找什么呢？”

鹰四下意识道：“我看看大刀王五躲在哪里……”

一听到大刀王五的名字，监斩官吓得一哆嗦，忙道：“他来了？”

鹰四：“好像还没有……”

六名刽子手已经就位，他们手中的大刀像是索命的鬼魂，大刀之下是坦荡的谭嗣同。

监斩官四处张望着，看热闹的老百姓一阵阵骚乱，有的痛哭，有的惋惜，有的麻木……监斩官打了个哈欠："王五还没来？"

鹰四也有些急躁："回大人，还没有。"

"哎呀，别等了，这怪晒得慌的，我都要被烤得流油了！"

说完，监斩官就把令箭抓在手里。这一动作是菜市口的百姓非常熟悉的，一下子，骚乱声更剧，有老太太捂住了孩子的双眼，怕孩子看到血腥的场面。刽子手则举起了大刀。霍元甲眼里只有谭嗣同，他突然大声喊道："谭大人，霍元甲来送您了！"

断头台上的谭嗣同一愣，有些意外，他向霍元甲点了点头。

霍元甲热泪盈眶："谭大人，请您给世人留下几句话吧！"

一时间，所有人都将目光聚焦在谭嗣同的身上，他想了想，大义凛然道："有心杀贼，无力回天，死得其所，快哉快哉！"

这四句诗一出口，读过书的捂面泣泪；当过官的低头不语；贩夫走卒不知所以；婴儿啼哭；孩子懵懂……霍元甲潸然泪下。

鹰四瞪着人群中的霍元甲，回想起三天前救王五的蒙面持刀人。

监斩官出声打断了鹰四："下面带头闹事的那个，刚才他自己说叫什么来着？"

鹰四从思绪中回过神，答道："霍元甲。"

监斩官："霍元甲？有名没名？"

鹰四："这个人在天津卫那可是大大的有名。"

监斩官："干什么的？土匪？"

鹰四："武林中人，练拳的。"

监斩官："一个拳师啊？他哪来这么大胆子？"

鹰四："我怀疑他跟大刀王五是一伙儿的，是叛党的帮凶！"

监斩官："你有证据？"

鹰四："前几日，我奉密令缉拿王五，马上就要得手，突然有人救了他，那人还蒙了面，应该就是这个霍元甲。"

监斩官斥责："什么叫应该？没铁证不能杀人！你之前说的那个大刀王五还会不会来？"

鹰四有些含糊："应该会来……"

监斩官："怎么又应该？到底会不会来？！"

鹰四："一定会来！请大人再耐心等一等，午时三刻还没到。"

监斩官又看了看太阳，疑惑地问："还没到？"

令箭垂了下来，老百姓不知发生了什么变故，刽子手也不知所措，放下了刀。

似是过了很久，法场越发混乱，骚动声不绝于耳，监斩官再次拿起令箭："不能再等了，再等刁民会生乱的，催魂枪！"

几只火铳冲天开枪，枪口喷射出的火焰犹如地狱的鬼火，所有人瞬间安静了下来。

刽子手再次举起大刀，刀下的谭嗣同及其他五人还是那般坦荡。

监斩官高声叫着："时辰已到，奉旨处决！"

说完，将令箭扔了出去，令箭落地，刽子手大刀砍下，惊呼声此起彼伏。

谭嗣同虽然倒下，但在霍元甲的眼前，这名为求国家之强盛而慷慨赴死的青年的身影，却犹如巍巍昆仑一般骤然屹立在他面前，久久地不能消失。

霍元甲一时间泪流满面。

一个惊雷落下，雷声之大惊得马都不走了，王五仰头望天，天空乌云翻滚，似是就要下雨了，路边的贩夫走卒开始收摊避雨。

王五使劲儿地拍打着马屁股，向菜市口方向冲去。

此时的菜市口已经空荡荡，没有一兵一卒，只有远处屋檐下零星躲雨的百姓。

雨点噼里啪啦地落下，落在霍元甲的脸上，他一动不动地面朝断头台跪着。一声马嘶，王五骑马赶到，霍元甲回首，但见王五勒住马，纵身跃下。霍元甲连忙起身向王五跑去，他有些歉疚："大哥……"

王五看都不看霍元甲一眼，将其推到一旁，便向断头台奔去。台上，"戊戌六君子"留下的鲜血已被雨水混合在一起，王五"扑通"跪地，双手捧起血水："谭大人——"

霍元甲上前道："大人已殉难，兄弟替大哥送了他一程。"

王五暴怒，一跃而起，对霍元甲一阵拳打脚踢，可霍元甲不还手，只是躲闪，终于，霍元甲找到机会，用双掌将王五的双拳压住："大哥，兄弟知道对不起您，但这是谭大人的主意，他担心您劫法场，丢了性命！"

王五怒极："你竟然给朝廷做帮凶，和那些鹰犬一起害死谭大人！"

"我没有！"

王五："还敢狡辩？把我打晕了，不让我救谭大人，你就是他们的帮凶！"

话音未落，王五挣开霍元甲，出拳更狠，霍元甲不慎脚下一滑，被王五一拳砸到，一个踉跄摔倒在地。王五的拳很重，霍元甲疼痛不已，他示弱，没有立刻站起。远处的刘振声、高奇、许大有、小伍四人，撑着伞跑来，很明显他们怕霍元甲淋雨是去买伞的，这会儿发现霍元甲挨打，徒弟们急了，扔掉雨伞都冲了上来，师兄弟四人摆开架势就要和王五开战。

王五血气上涌，就要冲向四人："小兔崽子们，来！"

霍元甲大喝一声：“刘振声！”

刘振声急道：“师父，您别管，这老头儿疯了，您对他一番好意，他不识好歹，师弟们，一起上！”

霍元甲也急了：“我看哪个敢？！这是我与义兄之间的事，你们退下！”

刘振声等人被吓住了，不敢再前进半步，只得退到远处。

霍元甲看向王五：“大哥，谭大人是要用鲜血警醒世人，感召后代……”

王五早已红了眼，不等霍元甲说完就冲上来打，这一次，霍元甲干脆连躲都不躲了，任凭王五三拳两脚将他再次打倒，王五指着地上霍元甲质问：“霍元甲，你既然来了法场，为何不救谭大人？！”

霍元甲艰难地从地上爬起：“朝廷下令处斩谭大人等六人，劫法场便是犯上作乱，不但我不能，大哥也不能啊！”

“贪生怕死就不要答应我！既承诺，又不救，便是小人！”

说着，王五又是一脚将霍元甲踢倒，抓起霍元甲的脖领子：“你为何不还手？！”

霍元甲的嘴角淌下血来：“谭大人罹难，大哥心里难受，若打我可以解气，尽管打，兄弟绝不还手。但是大哥，人死不能复生，兄弟想劝您……”

王五：“呸！你骗我错过了营救谭大人的机会，还想教训我？我宰了你！”

王五伸手握住背上的大刀，“噌”的一声将大刀拽了出来，直指霍元甲，徒弟们吓了一跳，想要往前冲，可是又都不敢，而且也来不及了。

雨水打在刀上，溅起水花。

霍元甲表情平和，仿佛是愿意接受这一结果，王五恶狠狠地盯着他，却又怎能下得了手，半晌，王五怒问：“谭大人尸首何在？！”

霍元甲："浏阳会馆的一位刘先生，还有一位姓罗的和一位姓胡的先生已为大人收了尸。"

王五泪下："那是老长班刘凤池，还有罗升、胡理臣，此三人都是谭大人生前好友，重情重义之人……我告诉你，这三位壮士都曾示好，要与我大刀王五结拜为兄弟，可我没答应他们。我真是瞎了眼，负了英雄好汉的厚爱，却跟你这个小人义结金兰！"

王五一只手撩起袍子，抓起自己衣服的内袍。

霍元甲一愣："大哥……"

王五："别再叫我大哥！"

宝刀一闪，王五已割断了袍子："你我昨日结拜，今日割袍断义，从今后，你走你的阳关道，我过我的独木桥，我大刀王五不再认识你这个姓霍的！"

王五愤怒地将割掉的衣袍扔在霍元甲的脸上，转身而去，他的手里仍紧紧攥着大刀。

雨点砸在霍元甲的额头上，飞溅，四个徒弟也早已被浇成了落汤鸡。

远处房檐下避雨的老百姓指指点点。

霍元甲无暇顾及其他，久久注视着义兄王五的背影。

—第三章　夺头—

“与我公别几许时，忽警电飞来，忍不携二十年刎颈交，同赴泉台，漫赢将去楚孤臣，箫声呜咽……”这个稚嫩的声音是霍元甲的侄儿十岁的霍东方发出的。

奋笔疾书的霍元甲抬起头，一时间眉头微皱，仿佛又回到了两年前的刑场。

霍东方继续念道：“近至尊刚十余日，被群阴构死，甘永抛四百兆为奴种，长埋地狱，只留得扶桑三杰，剑气……摩空。”

霍元甲刚好写完“摩空”二字，他收笔，那样子却像刚打完一套拳似的。

霍东方：“二叔，我念的都对吧？一共七十二个字！”

霍元甲：“不错，七十二个字……这是谭嗣同谭大人遇难之后，他的好友唐才常先生作的一对挽联，七十二字，字字泪恨交加。”

话音未落，门被推开，一个苍老的声音传来：“让你教孩子写大字，你教的是什么乱七八糟的？”

霍元甲连忙放下笔，规规矩矩地行礼。原来是霍元甲的老父亲霍恩第从外面走了进来，还没等他发脾气，却先咳嗽了起来，很明显他正在重病之中，霍元甲连忙上前帮助捶背：“爹，您怎么又咳嗽上了，大哥新请的郎中抓的药不管事？”

“我是被你气的！两年来这副挽联，你写了几千遍了？”

“不记得了……”

“那么多好诗句不写，你总写挽联干什么？”

“儿是想表达对谭大人的敬重与怀念。”

“谭嗣同年纪轻轻就丢了性命，断了谭家的香火，他是谭家的不孝之子，有什么好敬重的？又有什么好怀念的？”

霍元甲愣住了。

霍恩第换了一种语气：“君子不立于危墙之下，儿啊，你与这种人交往，给咱们家带来多少麻烦你不知道？”

霍东方突然大声道：“我知道！两年前老佛爷要砍‘戊戌六君子’的人头，二叔在法场上捣乱得罪了官府，要不是爷爷变卖了田产，买通了官府，二叔早就被抓去坐牢了！”

霍元甲瞪了一眼霍东方，霍恩第却宠溺地摸了摸孩子的头：“东方，你玩去吧，我跟你二叔说几句话。”

霍东方向霍元甲伸了伸舌头，跑了。

待得孩子出了门，霍恩第没有说话，只是拿起一支大笔，蘸饱了墨，在宣纸上写下了一个大大的“忍”字：“元甲，从今以后你进书房只练这一个字。”

霍元甲看着斗大的“忍”字，皱紧了眉头：“爹，洋人用大炮轰开了大沽口，长驱直入，路过咱们家大门口的时候开枪杀了人，您死活拦着我，我怕惹您生气，没敢出门，您还让我怎么忍？”

“和洋人打仗那是朝廷的事！你不忍，还想出去挨枪子儿？”

霍元甲低下了头。

霍恩第：“不许学谭嗣同，不孝有三，无后为大……正日子定下来了，下月初八，三吉四喜的好日子。”

“什么日子？”

“给你娶媳妇的日子呀！婚事五年前媒人就说好了，你一拖再拖，让爹怎么和亲家交代？”

“爹，儿武学未成，每天四更就得起来练功，咋娶媳妇啊？再说我也不想这么早……”

霍恩第“啪”一拍桌子：“早？你已过了而立之年，还说早？徒弟都一大堆了，还未娶妻生子，像什么样子？！趁我还没死，赶紧让王家小姐过门，给霍家添丁进口！”

霍元甲倍感无奈。

大红“喜”字，披红挂彩的霍家大门，忙忙碌碌的下人，负责招呼客人的高奇、许大有、小伍。

一个身着洋装的高大青年拎着皮箱出现在不远处，看到霍家办喜事，青年的脸上不冷不热，看不出他是欣喜还是仇恨。

霍家后门门口偏僻的角落里，青年将皮箱拉开，一支磨得发亮的三节棍被一双大手握住，他持棍在手，向小门溜去，很明显他对霍家很熟。

小伍跑过卧室与客厅间的小天井，转向窄巷，窄巷尽头是霍元甲婚前的住处，他大声喊着：“师……师父……”

霍元甲拉开门：“干什么？”

霍元甲一身大汗，很明显正在练功，而且只穿了练功的水衣。

小伍比画着自己身上的喜庆衣服道：“师父，你怎么还没换……换……换新郎官的衣服啊，师爷叫您去呢，还说您以后要和师娘一块儿住……住……住新房，不能再睡这儿了！”

霍元甲放下一句“知道了”后，转身回了房间。房间内陈设简洁，有些简单的练功设备，房中间挂着一套大红喜袍。

霍元甲沉着脸，看着喜袍。

片刻后，霍元甲已经穿上了喜袍，他凑近镜子看着自己，对新郎官的装束很不满意，绷着脸走出了房门。没走几步，霍元甲突然听到耳边一阵风声，一条三节棍直向自己袭来，他连忙缩身，躲过，并跳出一米开外。

洋装青年不肯放过霍元甲，一套连环的三节棍法打得其连连后退，也是幸好环境狭小，不然赤手空拳的霍元甲定会在青年手里吃亏。退到了相对宽敞的小天井处，霍元甲一跃，与青年拉开距离，方才稳住阵脚，亮出了迷踪拳的架势。青年不依不饶，满眼杀气，再次冲向霍元甲，一招狠似一招，抡、扫、绞、劈皆用上了。

霍元甲借助院子地形躲闪，并试图空手夺白刃，青年也不怂，并没有让他得逞，反而抓住机会一棍向其砸去。说时迟那时快，霍元甲用尽浑身解数，终于躲过这一招，可是身后的水缸却逃不过这一劫难，只听“咣”的一声，水缸应声而裂，水缸里的水泉涌般喷出。

霍元甲脚踏高台阶，纵身跃起，没让水湿了新郎官的鞋。青年傻了，刚刚还凶狠着的脸一下子变得如孩子犯错般难堪，略有些委屈地看向霍元甲。只见霍元甲一把抓住青年肩头，青年愣了一下，才明白霍元甲的用意，跟着他跳上高处的台阶。二人落定之际，水缸彻底裂成两半，整缸水一泄而出，小天井立刻被水淹没。

霍元甲语气平和：“三节棍贵在可远可近、攻守兼备，此处空间狭小，你用三节棍试图出奇制胜，兵器选的很合适，但……”

话说了一半，霍元甲猛地转过身去看着青年，平和的脸突然严厉起来：“今天我娶媳妇，是大喜的日子，你砸烂了水缸，该当何罪？要是湿了新郎官的鞋，罪过更大！”

青年正是霍元甲的三徒弟，南洋少爷黄文发。

阿发直咧嘴，“扑通”跪倒在地：“师父，弟子错了，我这就上街买口新缸来，给您当大婚的贺礼！”

霍元甲笑了：“就买口缸？太便宜你黄大少爷了吧？”

阿发也笑着：“师父，您还要啥？”

霍元甲：“先起来。”

阿发连忙起身。

“走了几年了？”

“六年。”

霍元甲似有些生气：“六年？你怎么就长了这么大个子？”

阿发一脸懵懂：“我也不知道，母亲大人说是跟您学武以后，筋骨被抻开了，就长高了……”

霍元甲没好气地说：“你说你这么大的个子，要是跟着为师上街，不把师父比下去了吗？”

阿发立刻一曲腿，成马步状：“那以后跟着您，我这么走。”

霍元甲笑了，一把抱住阿发：“师父逗你呢，你长得高，我高兴！这身板，绝没有人敢说你是‘东亚病夫’！”

被师父抱着的阿发这回是真高兴了，突然有人从前门冲了出来：“谁打烂了水缸，怎么回事？”

来人正是霍元甲的长兄霍元栋。

霍元甲：“大哥，这缸太旧了，要娶媳妇了，我想换一口新缸喜庆喜庆，又怕你不舍得……”

霍元栋：“胡说八道！那是谁？”

霍元栋指着阿发。

阿发一松手，三节棍掉在地上，单膝跪倒抱拳道：“见过大伯！”

霍元栋愣了一下：“黄文发？你从南洋回来了？”

阿发笑着点头：“对啊！我是专门回来……”

霍元栋看向阿发掉在地上的三节棍：“你身后是什么？三节棍！一进门就比武，还打烂了我们家的缸，对不对？！”

阿发一脸的尴尬，看着霍元甲，刘振声的喊声从外面传来：“师父！”

阿发连忙就坡下驴："是大师兄！启禀大伯，是我打烂了缸，我错了，现在就让大师兄带着我去买新缸去！买俩，我们俩一人扛一个，省得下次打烂了，您又生气……"

阿发嬉皮笑脸间，刘振声已经从侧面的回廊跑了过来，阿发上前："大师兄……"

刘振声顾不得理会阿发，也没和霍元栋打招呼："师父，您来……"

刘振声一把拉起霍元甲，就向拐弯处的小门走去。

阿发不知道发生了什么事，有点傻，霍元栋也有些疑惑。

"怎么可能？王五大哥武艺高强，胆大心细，你肯定弄错了！"

霍元甲面色发白，不敢置信地看着刘振声，很显然刘振声带来的不是好消息。

刘振声肯定道："错不了！他带着镖局的兄弟攻进了洋人的教堂，事闹得可大了，京城内人尽皆知！"

霍元甲傻了。

刘振声继续道："一队洋鬼子专门负责对付他，还有朝廷的人给带路，三十多条洋枪把他围在了源顺镖局，大刀王五是寡不敌众啊！我一个兄弟，亲眼看见他被五花大绑，让洋人押走了！"

泪水从霍元甲的眼里夺眶而出："大哥……"

两辆马车飞快地行进着，赶车的分别是刘振声和许大有。

霍元甲和小伍坐在一辆马车上，阿发和高奇坐在另一辆马车上，除了人，马车上还放着各种兵器，大刀、长枪应有尽有。

霍元甲早已经换下喜袍，大声地吆喝着："振声，让开！"说完，他抢过刘振声手里的马鞭子，抡圆了抽："驾——"

霍元甲拽着缰绳，站着赶马车，车轮飞转。

刘振声和小伍对视，看着霍元甲焦急不堪的神情，他们不敢多嘴。

后车里，高奇道：“四师弟，你赶快点，追上师父！”

许大有：“再快车就要散架了！”

两匹马出现在远处，穿越了马车车轮扬起的尘土，直追而来。在相对宽敞的地段，两匹马超过马车，拦住了马车的去路。霍元甲不得已勒住缰绳，看向骑马追来是霍恩第和霍元栋，他明白，不费番周折是走不了了，只得争取主动，于是他跳下马车，来到霍恩第马前，单膝跪地：“元甲不辞而别，请父亲大人原谅。”

霍恩第没说话，面色不善地盯着霍元甲。

霍元栋：“想让爹原谅你，总得说明白你要去干啥吧？”

霍元甲：“义兄大刀王五落入洋人之手，我得去救他！”

霍恩第突然发声：“什么义兄？他不是已经跟你割袍断义了吗？”

霍元甲：“但在我心里，他仍然是我的大哥。”

霍元栋气极：“我才是你大哥！亲大哥！作为霍家长子，我要替爹教训你这个不肖之徒！”

说着，霍元栋从马上跳下，手里拎着鞭子，冲向霍元甲。徒弟们一见霍元栋要动手，都从马车上跳下，刘振声伸手制止师弟们，示意大家不要插手。

霍元栋举鞭就要抽，霍元甲却纹丝不动，霍元栋想了想，将鞭子扔在身后，抬手在霍元甲背上拍了一掌，这掌拍得很重，霍元甲忍住了。

霍元栋：“两年前你闯下大祸，爹变卖田产，四处求人，才让你免了牢狱之灾。老人家着急上火，犯了老肺病，长咳不止，今天你又让他不省心，该不该打？”

“该打。”

霍元栋抡起手又是一掌：“明知故犯，该不该打？”

“该打。”

霍元栋："今天是你大喜的日子，宾客盈门，花轿马上就到了，你这个新郎官居然跑了，不顾霍家的名声，不顾爹的脸面，你该不该打？！"

伴随着最后四个字，霍元栋化掌为拳，砸向霍元甲的肩头，这一拳把霍元甲打了一个跟头，小伍连忙跑上去搀扶。

霍元甲示意小伍退后，再次起身，重新跪好："大哥，你打也打了，骂也骂了，消气了吧？快陪爹回去吧，我要赶路了！"

霍元栋急了："我教训你半天，你还要走？"

霍元甲："义兄蒙难，我必须去救他。"

霍元栋："我今天打折你一条腿，看你还敢走！"

霍元栋用秘宗拳的杀招向霍元甲袭来，正在抱拳的霍元甲猛地抬起左手去接霍元栋的这一拳，拳掌相撞。

霍元栋："你还敢还手？"

霍元甲："大哥，从小元甲惹了祸都是你替我扛着，今日，就请大哥再帮我扛一回，把婚退了，把宾客送走！"

霍元栋："你……混蛋！"

霍元栋连出四五拳，正是秘宗拳的精华，霍元甲半跪在地上，回了四五招，身形竟丝毫未动。

霍元栋："好啊！起来，把你自创的什么迷踪拳都使出来吧！"

说着，霍元栋一脚向霍元甲下盘踢去，霍元甲不得不起身，兄弟二人打在一起。霍元栋拼尽全力，霍元甲却能从容应对。很快，霍元栋汗流满面，可霍元甲仍很从容，徒弟们见师父明显技高一筹，脸上露出兴奋的神色，霍元栋眼里露出焦急的神情。

霍恩第突然出声："元栋。"

听到父亲的叫声，霍元栋停手。

霍恩第："你让开，你根本不是他的对手，就别在他的徒弟面前给霍家拳丢人现眼了！"

说着，霍恩第慢腾腾地从马上下来，霍元栋连忙回身上前搀扶，霍恩第挥手一甩将他的手打在一旁，接着，霍恩第将长袍的前襟撩起，掖在腰间，走向霍元甲。

霍元甲退了一步："爹……"

霍恩第淡淡道："生你那年，你爷爷说，咱们霍家应该出个秀才，让我督促你好好读书。不想你体弱多病，骨瘦如柴，我怕保不住你，才同意你练武。没想到，铸成今日大错！"

"爹，儿习武以来，遵从武德，从未恃强凌弱，何错之有？"

"眼见小命都丢了，还不知错？！"

"我到了京城，救得义兄性命，立刻就回！我一定会小心谨慎，洋鬼子的枪再厉害，也伤不到儿分毫，请爹放心！"

"你好大本事！大刀王五都被洋鬼子抓了，你的本事比他还大？"

霍元甲无言以对。

霍恩第："为父命你忘了什么义兄，立刻回去拜堂成亲！"

霍元甲："爹，洋人入侵，大刀王五奋起反击，报效国家，此为尽忠之举；兄长有难，儿进京相救，此乃江湖之义。"

霍恩第："你是说我拦你，就是不忠不义？"

霍元甲："不敢，但……儿今天非去不可！"

霍恩第："那除非先打死你爹！"

说着，霍恩第猛地出拳，又快又狠，果然与霍元栋的秘宗拳不是一个级别。霍元甲仓促应对，又不敢还击，只能顺着父亲的攻势接招，狼狈不堪。好不容易，霍元甲架住了父亲的招式："爹，您别累着！"

霍恩第："少废话，还手！"

霍恩第招式更加迅疾，竟打得霍元甲连连后退，他万般无奈，只得还手，父子各亮架势。

霍恩第所用为霍门祖传拳法秘宗拳，为汉代骠骑大将军霍去病所创，兴于宋，据传由抗金大元帅岳飞的师父周侗发扬光大。

霍元甲所用为迷踪拳，是他在霍家秘宗拳的基础上取其长，融合再创而成。

父子二人打在一起，霍元甲几次险些打中霍恩第，却都在关键时刻收招，霍恩第却是用尽全力，只可惜并不能真正打中霍元甲。

霍元甲没办法，只得故意让出一个破绽，被霍恩第一掌拍在其胸口，倒退了五六步，撞在了马车上。

徒弟们连忙围上："师父！"

霍元甲制止弟子们，看着霍恩第："爹，儿子败了，您的秘宗拳高深莫测，不愧是一代宗师。"

霍恩第："少拍马屁，跟我回家！"

霍元甲："儿子打不过您，认输。但身为习武之人，不敢违忠义二字，只能不孝了！"

说完，霍元甲伸手从马车上抄出一把刀，横在脖子上："今日，儿就把命还给霍家！"

霍恩第一愣，霍元栋吓得连忙冲上："元甲！"

霍元甲眼睛通红，很明显不是简单的威胁，徒弟们也都瞪大了的眼睛。

半晌，霍恩第叹了口气转身，一个"滚"字从他的牙缝里挤了出来，霍元甲大喜，连忙将刀扔在车上，看向刘振声："振声，赶车！"

刘振声等徒弟各自跳上马车，开始行进，霍元甲向父亲的背影抱拳，跪地磕了个头。

马车已经飞奔了起来。

小伍叫道："师……师父……"

霍元甲起身向飞奔的马车追去，手搭车身，纵身跃上马车。

霍恩第慢慢地回过身，却只能看到两辆马车扬起的尘土。

霍元栋："爹，都是让您和娘给惯得，这兔崽子……"

霍恩第重重"嗯"了一声打断霍元栋："你骂的是自己兄弟！"

霍元栋收声。

霍恩第忽然略带一些笑意："祖宗有德，霍家出了个大忠大义的后人！"

霍元栋没想到老爷子还表扬上霍元甲了："您还夸他？"

霍恩第笑得越发开心："元甲能言善辩，把我都说服了，要是从小好好读书，说不定还真能考上秀才……走，陪为父给亲家负荆请罪去。"

说着霍恩第便走向马，一拽缰绳，突然他觉得胸口一紧，重重地咳了起来，霍元栋连忙上前帮父亲拍打后背："爹……"

霍恩第从衣兜里摸出手绢，捂住了嘴，却发现咳出了一口鲜红的血。

霍元栋一惊："爹，您吐血了！"

霍恩第："大惊小怪，千万别告诉你娘！"

京城，两辆马车赶进城门，正是霍元甲以及一众徒弟们，令他吃惊的是，城门口由很多清兵、洋兵共同把守，而且洋人个个高高在上，清兵如奴才般伺候着他们。

高奇疑惑道："大师兄，这是怎么回事？为什么官兵和洋鬼子一起守城？"

刘振声示意高奇小点声，高奇顿时明白其中的利害。

霍元甲脸色阴沉，心中气愤。

离城门不远的告示牌上贴着告示。

小伍率先发现，指道："师父，您……您看！"

霍元甲顺着小伍手指的方向望去，看到告示上正是大刀王五的画像，他跳下马车，挤过人群，看向告示的内容。

告示上书：乱党王五，早年即自负武力，以"大刀"为绰号，多行目无王法之事。今夏，拳乱中聚众袭击西洋友邦之教堂，伤害无算。现已缉捕，为正王法，即交付友邦，今处决，头颅悬于朝阳门示众，以警心怀不法之徒！

刘振声："师父，咱们来晚了……"

霍元甲悲愤无比，一言不发，转身就走，徒弟们也连忙跟上。

至朝阳门，王五的人头果然高高悬挂在城墙之上，过往的行人不敢抬头去看。

霍元甲直勾勾地盯着装在木笼子里的人头，瞬间泪目，"扑通"跪倒，身后的徒弟们也跟着跪成了一排。

霍元甲叩头于地，嘴里念念有词："大哥，兄弟来晚了，我这就接您入土为安！"

说着，他起身就向城墙走去，被一队官兵拦住，霍元甲红着眼："让开！挡我者死！"

刘振声上前一把抱住霍元甲："师父，不可！"

霍元甲看向刘振声，刘振声使劲地摇着头，轻声道："即便您想给王五收尸，也得从长计议啊！"

突然一个阴冷的声音从空中飘至："怂了？你倒是动手呀，不是挺能打吗！"

霍元甲抬眼望去，只见鹰四出现在城墙之上："霍元甲，我总算是等到你了，我还以为你这辈子都像缩头乌龟一样，躲在你爹屁股后边不敢离开天津卫了呢！"

霍元甲："鹰四！是你陷害王五大哥？"

鹰四冷笑："是，我是跟王五有仇，可这回，还真不是我动的手，遗憾啊！"

鹰四随即指向人头："他自讨苦吃，带着一群不法之徒攻打洋教堂，还放火行凶！正当荣大人跟洋大人议和的关键时刻，你说他不是捣乱吗？幸好我得到密报，带人将王五围在源顺镖局，让友邦大军用洋枪把他打成筛子，洋大人才消了气，议和谈判才得以顺利进行！哼，大刀王五，身首异处，罪有应得！"

霍元甲怒极："鹰四，你穿着朝廷官服，拿着朝廷俸禄，洋人打进京城，你不与洋人作战，反而助纣为虐，杀戮国人，你真不如一条狗！"

听得霍元甲骂自己，鹰四瞬间变色："放肆！辱骂朝廷命官，你这是破坏议和，你就是乱党！来啊，拿下！"

十几个士兵冲向霍元甲，霍元甲的徒弟们当即冲了上来，他们虽有一马车武器，可也不敢随身携带，众人都赤手空拳，只有黄文发拽出腰间的三节棍，一扫一大片，打落了两名官兵的钢刀，他双手持棍，保护霍元甲周身。

鹰四找到了借口："还带了凶器！果然是乱党暴徒，全都拿下，一个也别放跑！"

更多的士兵围了过来，刘振声急了："师父，快走！"

可是已经来不及了，士兵们纷纷举起兵器，霍元甲等人几次试图突围，都没有成功，这时正巧有一支日军部队经过，领头日军军官身旁跟着一个满脸堆笑的翻译，翻译一眼认出了黄文发，大吃一惊："阿发？！"

此翻译名叫农劲荪，一身洋装，却还留着大辫子，是那个年代典型的中西合璧之人士。

鹰四带着四名亲信冲下城墙，霍元甲等人已被官兵团团围住，他有些歉意，低声道："徒弟们，师父连累你们了。"

刘振声："别这么说师父。"

霍元甲冷着脸："擒贼先擒王，待会儿你我师徒合力击杀鹰四，为老英雄报仇！"

徒弟们纷纷点头。

鹰四走近霍元甲等众人，点指着："霍元甲，你的死期到了！"

随即便是一挥手，官兵们持长枪就要向霍元甲等人进攻，霍元甲正要出招对付鹰四，突然听到一声尖锐的哨声，却是那队日军向城墙下跑来，鹰四回身定眼望去，见这支队伍挑着日本旗："东洋人？"

日军洋枪开道，官兵们见了害怕，连忙退后，霍元甲等人的包围圈解了，却也不敢有丝毫放松。

鹰四卑躬屈膝地走向日本军官："东洋大人，有何赐教？"

日本军官看着现场的形势，用日语说着，农劲荪狐假虎威地翻译："将军问你这是怎么回事？"

鹰四手指霍元甲："此人霍元甲，跟大刀王五一样，应该砍下脑袋示众！"

日本军官滴里嘟噜一串日语，鹰四一句也没明白，翻译的农劲荪又道："将军告诉你，议和谈判已经开始，光天化日之下不要为难老百姓！"

鹰四急道："不是，东洋大人，他不是老百姓，是叛党乱匪！"

农劲荪不再等日本人说话，直接呵斥："听将军的还是听你的啊？"

鹰四还想说什么，可碍着清廷与洋人的关系，不敢多嘴。

农劲荪向阿发看去："黄文发，还不快带着你的朋友走？"

众人都看向阿发，这才知道此人认识他，农劲荪向阿发使眼色，阿发一拉霍元甲，低声道："师父，走！"

可是霍元甲死死地瞪着鹰四，身体不动地方，怒意充斥着双眼，见阿发拉不动人，刘振声也上前："师父！"

霍元甲从牙缝挤出一句话："鹰四，你这武林败类，我饶不了你！今夜我就还王五大哥全尸！"

鹰四笑了，仿佛得逞一般："很好，爷爷等着！"

霍元甲扭身走了，农劲荪也松了口气，这才向日本军官赔笑。

鹰四看着霍元甲的背影，眼里露出了凶光。

京城某客栈里，刘振声"啪"的一拍桌子："黄文发！你离开师门六年都干了什么？"

阿发一愣："大师兄什么意思？"

刘振声："你是怎么认识东洋兵翻译的？"

阿发："我……从小就认识啊。"

刘振声："胡说！你八岁就跟着师父习武，从小是在霍家长大的！那个翻译在东洋兵面前一脸的奴才相，一看就不是好东西！我们霍家怎么会结交这种人？"

阿发急了："刘振声，你说话怎么这么难听？什么叫你们霍家？你姓霍呀？"

刘振声："我……我是霍家收养的孤儿，就姓霍了，怎么样？"

霍元甲："师兄弟就是亲兄弟，应亲近一辈子，好几年没见面，见面就吵，成何体统？振声，你是大师兄，向阿发认个错。"

刘振声想争辩，但见霍元甲沉着脸，只好咬了咬牙："老三，对不住了。"

阿发立刻抱拳："大师兄，是我不好。"

高奇："甭管是谁不对了，三师弟，你确实得说清楚是怎么认识那个人的，毕竟他救了咱们的命，就算是知恩图报，咱们也得知道他是谁啊。"

许大有："二师兄说得对，三师兄，他是谁啊？"

阿发嘟囔着："我舅舅。"

刘振声没听清："说什么呢？大点声！"

阿发大声道："他是我舅舅！亲舅舅！所以我从小就认识。"

所有人都愣住了。

霍元甲一下子兴奋了起来："行啊阿发，我知道你们家有钱，是个大少爷，没想到你还有这么厉害的舅舅！连东洋话都会说，你知道他住哪儿吗？"

阿发："知道，母亲还让我给他捎过东西呢。"

霍元甲略带讨好地说："你这就带我去拜见他，为师要当面道谢。"

刘振声瞪起了眼睛："师父……"

霍元甲伸手制止，很明显想见农劲荪，他是有目的的，刘振声看不出霍元甲的心思，很是生气。

霍元甲跟着阿发来到浏阳会馆，看门的瘸腿老汉询问着："你是农先生的外甥？"

阿发："对啊，亲外甥，我是专门从南洋来投奔舅舅的！"

老汉："那他呢？"

老汉指着霍元甲，阿发刚要介绍，霍元甲一把接过阿发的手里拎着的皮箱："老伯，我是黄少爷的仆人。"

阿发一愣，霍元甲冲他使着眼色。

老汉点了点头："跟我来吧。"

低矮的小房间里，老汉将霍元甲和阿发带至此地："农先生有事，现在不方便见客，你们在这里等他。"

霍元甲和阿发面面相觑。

老汉要出门之前又回过头来说："不要出屋，更不许乱走。"

老汉出门后，阿发便问："您怎么说是我仆人？"

霍元甲："我觉得有些奇怪，所以不想漏了身份。"

阿发："师父，您不会也怀疑我舅舅不是好人吧？"

霍元甲："我是觉得这个地方奇怪……两年前，就是这里的人给谭嗣同谭大人收的尸。"

阿发一脸茫然。

浏阳会馆的一个大房间里，十几名各色打扮的人聚在一起，纯西式打扮的有，如农劲荪一样大辫子穿西装的也有，纯中式的江湖豪客亦有，可虽然是白天，但是这里四门紧闭，显得很神秘，众人围着一张桌子，桌子上摆着几条洋枪。

人群里有人抱怨着："刚才我亲眼看见，朝廷鹰犬又加派了人手，都怪那个霍元甲！"

霍元甲正在暗处悄悄地向这群人靠近，听到他们说到自己的名字，连忙停住脚步。

农劲荪："今天我在场，霍元甲打草惊蛇，确实给抢回王大侠人头带来很大麻烦，但这件事意义非凡，我们必须要做。"

农劲荪和城墙之下判若两人，很明显他是这些人的领导者。

“夜里没有洋人的军队，咱们准能成功，咱们有枪啊！”

一个青年拍了下桌上的洋枪。

农劲荪：“不能大意，我们花光了所有经费，只买到了这么几条洋枪，而且子弹有限。现在不像从前，官兵的洋枪队也不容小觑，而且那个叫鹰四的老奸巨猾，他亲自在城楼上看守，我们成功的概率就更低了。”

“关键是王英雄的人头挂得太高，就算用枪把看守都打退了，也来不及架梯子啊！那枪声一响，洋人的军队还不转眼就到！”

农劲荪：“对，这是关键。”

一个声音从黑暗的角落里传来：“不用梯子。”

众人吓了一跳，几名青年立刻抓起枪，瞄准了黑暗处，农劲荪喝道：“谁在那儿？出来！”

霍元甲从黑暗中走了出来，有人认为是奸细，欲开枪杀之。

农劲荪连忙制止：“慢着！霍元甲？你怎么找到这儿来的？”

霍元甲：“两年前，这个地方我来过，我义兄王五被抄家之后曾住在这里。”

有江湖豪客看霍元甲不爽：“王五大哥早已与你割袍断义，没有你这样的义弟！两年前你就出卖过他，如今又来当奸细？”

话音刚落，已经有人抽刀。

农劲荪再次制止：“等等，王大侠亲口跟我说过，霍元甲是个值得托付的人。”

众人都愣住了，看向农劲荪。

农劲荪娓娓道来：“谭大人临刑那日，王大侠与霍元甲割袍断义，也并非真心，只是不想连累他。”

霍元甲一愣：“你叫农劲荪？”

农劲荪点了点头。

霍元甲很是激动，上前抓住农劲荪：“你刚才说的那番话，是大哥什么时候告诉你的？！”

农劲荪：“就在十天前，那也是我与王大侠最后一次见面，他说一生有两个知己，一个是已故的谭嗣同谭大人，另一个便是天津静海霍元甲。”

霍元甲没有想到会受到王五如此的肯定，想起兄弟情谊，他咬紧牙关，但泪水还是淌了下来。

是夜，王五的人头仍被高高地悬挂在那里，朝阳门广场守卫森严，巡逻的官兵来回走动，城墙之上，鹰四的眼睛格外明亮，两只手成鹰爪式凭空抓着。

“四爷，您跟大刀王五有仇我们知道，可是这霍元甲……您跟他也有过节？”

鹰四旁边一亲信手下好奇地向鹰四发问着。

“没有，不过，我跟他爹……”

鹰四哼了两声接着道：“我鹰四混进善扑营，一步一步爬到今天，就是为了一雪前耻！凡是当年在江湖上羞辱过我的，我一个也不会放过！霍恩第那老狐狸，成天缩在家里，天津的官家也早被他收买，想找他的麻烦太难了。幸好他儿子是个愣头青，硬往四爷的爪子上送！”

说完，鹰四的目光越发阴狠。

突然，远处出现四辆手推车，车上都装着货物，车头很高，形状有些怪异，四辆车几乎平行着驶向城墙广场，推车的正是农劲荪等四人。

鹰四抓过一个单筒望远镜：“这些拉货的脚力有蹊跷，都把眼睛给我瞪圆了！”

行至一个位置，四辆手推车突然同时停住，鹰四愣住了，他身后的官兵们也愣住了。

推车的四人同时蹲身，他们整个身体都被隐藏在手推车后面，藏好后又从车上的货物里抽出长枪，一边调整着瞄准，一边做好掩护。

鹰四意识到不好，刚要下令，手推车后的四人已然在农劲荪的带头下先开了枪，虽然子弹都打在墙上，但目的却已经达到，手持冷兵器的官兵们抱头鼠窜。

鹰四急了：“奶奶的，连枪都有？是大股乱党！开枪！”

洋枪队开始还击，可四人都躲在车后，而且车上有大块的铁片遮挡，安全得很。

躲在车后的农劲荪想着霍元甲的话，还有他那“中国人不打中国人”的理由，不自觉地咧嘴笑了。

原来白天在浏阳会馆，霍元甲早已在农劲荪的协助下制订好了夺取王五人头的计划：先是让农劲荪四人引起朝廷鹰犬们的注意力，打光子弹后，在手推车的掩护下撤退，知道了我方有枪，必然是洋枪队去追击……只是计划到这里的时候，霍元甲一句“中国人不打中国人”让众江湖豪客很是不爽，毕竟在他们眼里，这些朝廷鹰犬与洋人同样可恨。

引走洋枪队之后，就轮到霍元甲出场了……

一支队伍从另一个方向出现，人数众多，所有人都蒙着面，领头一人从武功身形看很像霍元甲。

“四爷，快看！”

鹰四的手下指向人群。

鹰四瞪大了眼睛盯着：霍元甲？他胆子可真大，竟敢带这么多人，明目张胆地对抗朝廷？给我上！

一声令下，多数官兵都冲了出去，鹰四怕霍元甲跑了，正要亲自出马，忽然意识到什么不对，回过头去，只见城楼之上空空如也，竟然已经没有一个人。

“坏了，中计了！”

接下来的计划是这样的，以霍元甲的徒弟们为首，一支腿脚功夫好的队伍大张旗鼓地来，吸引了剩下所有官兵的注意，刘振声模仿霍元甲的武功身形，吸引鹰四的注意，等所有人都下了城墙之后，真正的霍元甲就去夺取王五的人头，夺取成功后，这支腿脚功夫好的队伍立刻撒丫子跑。

果然，身着白袍的霍元甲突然出现在城墙之上，也蒙着面，他快步向挂人头的地方跑去。

鹰四第一时间发现了他，对身边两个亲卫吼着：“拿下！”

两名亲卫举刀冲向霍元甲，霍元甲借助墙垛的力量一跃而起，双脚同时向二人踹出，只一招，两名亲卫便被踹倒在地，霍元甲落地，继续奔跑，鹰四拦住他的路，鹰爪猛地袭去，霍元甲不与之恋战，三招两下躲过鹰四的攻击，便继续向前奔跑。

奔跑间，鹰爪再次从天而降，向霍元甲抓去，他就地一滚，躲过了这一击，手扶墙垛，已翻到城墙外。

扶墙望去，霍元甲离王五的人头越来越近，鹰四一抬手，一支飞镖向霍元甲的后心飞去，霍元甲一把拎起悬挂王五人头的木笼子，飞镖也在这个时候命中他的后心，只听“当”的一声，飞镖应声弹开。

鹰四一愣。

愣神之际，远处的那只以霍元甲徒弟们为首的队伍已经开始撤退了。

城墙之上，只见霍元甲飞身一跃，便从墙垛上跳出，在空中一甩手，一支飞爪搭在了城墙墙垛之上，他借助飞爪上系着的绳子稳住身形，向地面滑去。

鹰四一甩手，又一支飞镖向霍元甲飞去，飞镖狠狠地飞向霍元甲后心，可霍元甲却并未躲闪，飞镖再次应声弹开。

从地上爬起来的两名亲卫看傻了：“四爷，他练过金钟罩铁布衫？！”

鹰四怒极：“放屁！他身上绑了铁板！”

话间，霍元甲已经落地，开始向黑暗中狂奔。

鹰四气不过，又两支飞镖飞向霍元甲，一个奔头，一个奔腿，就在飞镖即将命中霍元甲之际，他突然跃起，身体打横，同时躲过两支飞镖，再之后旋转落地，速度迅疾，动作飘逸，好不帅气。

霍元甲回身与城楼之上的鹰四短暂对视后，消失在黑暗中。

鹰四看着霍元甲慢慢消失的身影，气得一阵嚎叫。

又回到了霍元甲和王五结拜的那个塔林，八个汉子各担一根棍子，抬着王五的棺材走上高台阶，抬棺的队伍在塔林中穿行，充满仪式感，最前面的是霍元甲和农劲荪。

浏阳会馆的瘸腿老汉扔着纸钱，引领着棺材，纸钱在空中飞舞，飘过霍元甲的脸。

塔顶，云朵翻舞，如银龙苍驹。

霍元甲的几个徒弟守在塔林东侧的一块空地处，手里扶着铁锨，他们已事先挖好了大坑。

农劲荪："王大侠，到了，这地方是霍元甲师傅给您选的，山清水秀，风水绝佳。"

众人合力，将棺木下葬，霍元甲将一锨土扬在棺木之上，一会儿的时间，巨大的坟已经耸起。

瘸腿的看门老汉向霍元甲走来，手里抱着一个木盒子。

霍元甲看向老汉："老人家，您有何吩咐？"

老汉："我就是谭嗣同谭大人家里的一名老仆，'吩咐'二字可不敢当。那日王大侠殉难，老汉我趁天黑爬进了镖局，在遍地尸骸中，找回了这个……"

霍元甲一愣："老人家，这是……"

他双手打开木盒子，里面躺着的正是大刀王五的那口刀，霍元甲愣住了。

老汉："王大侠生前每天都要亲手擦拭它，可见何等珍爱。如今，就请霍师傅收下吧！"

"不，大刀王五名震江湖，靠的就是这口宝刀，可以说这就是大哥的衣钵，我怎么敢接？"

农劲荪在一旁插话："霍师傅若不接，这口刀也就只能绝迹人间了。"

霍元甲不知何意，看向农劲荪。

农劲荪：“王大侠一生没收过徒弟，除了霍师傅外，也没和第二个人结拜过，更何况，洋人穷凶极恶，王大侠身首异处，是霍师傅舍命夺回大侠的头颅，今日王大侠才得以全尸下葬。这口宝刀，除霍师傅外，哪个还配得上？”

霍元甲没想到农劲荪这么说，他环视现场的众人，众人虽穿戴各异，但都身束孝带，表情庄重，每个人都用诚挚的目光看着霍元甲。

“好，我收下。”

塔林入口处，霍元甲抱着木盒子，枯坐在台阶之上。

农劲荪走来，坐在了他身边，农劲荪：“霍师傅接下来有何打算？”

“回家。”霍元甲失神地望着远处。

农劲荪一愣，有些不敢相信：“你不是开玩笑吧？”

“家父年迈，母亲多病，我当然要回家尽孝。”

“可你还回得去吗？”

“农先生不必多虑，那日我和徒弟们都蒙了面，即便朝廷找麻烦，我也可以拒不认账。”

“朝廷鹰犬个个凶狠歹毒，霍师傅难道要跟他们讲理不成？难道你忘了，两年前你送别谭大人，就被扣上了私通乱党、扰乱法场的罪名，要不是令尊上下打点，使足了银子，恐怕兄台早就有牢狱之灾了吧？”

“阿发太爱胡说，这种事怎么也跟你讲。”

霍元甲有些不好意思，可这也是事实。

“不是阿发告诉我的，是王大侠怕你受连累，求我托人去打听的。”

霍元甲一愣。

“实不相瞒，今日一早我得到消息，鹰四昨夜就已经带着善扑营的大队人马，杀奔天津，抓你去了！听我一句劝，腐朽的清王朝没有被推翻之前，就请霍师傅不要回天津了。”

农劲荪刚说完，霍元甲的脸猛地绷住，他慢慢地转向农劲荪，起身怒目而视：“你在说什么？朝廷腐朽，那是因大权旁落、奸臣当道！我等应唤明君出世，挽社稷于危难，你却口出狂言，试图颠覆朝廷？是何居心？”

“霍师傅……”

霍元甲打断道：“我武林中人，当以精忠报国为己任！我大哥王五身在江湖，却心怀社稷，怎么会有你这样的朋友？道不同，不相为谋，咱们自此别过，永不相见！”

说着，霍元甲大踏步走了。

没想到霍元甲如此脾气，农劲荪不知如何是好，呆愣在原地。

不远处，徒弟们都在等着霍元甲，阿发第一个冲上前：“师父，我帮您！”

“用不着！”

霍元甲径自走下台阶，徒弟们连忙跟上，阿发有些疑惑，但也只能跟在最后。

刘振声和许大有解了马缰绳，收拾车准备出发，霍元甲跳上马车，阿发跟在身后，准备上车。

“你不用上车了。”

阿发一愣，霍元甲的态度让他摸不着头脑。

“你早已出师，况且你亲舅舅在这里，就别跟着我了。”

阿发还是糊涂：“师父，我的武艺还未学成，这次父亲大人让我以三年为期……”

“不要再说了！振声，赶车！”

其他几人都看着阿发愣神，不知发生了什么事。

刘振声挥舞鞭子，两辆马车疾驰而出，阿发也飞步追出，追着车央求着：“求求您带上我吧，哪错了我可以改！”

阿发伸手去抓马车车帮，霍元甲一掌将其打开，阿发急得要哭，又去追另外一辆车，小伍连忙伸手去拽。

霍元甲怒道：“小伍，不许他上车！”

小伍傻了，连忙收手，阿发哪里用人拽，手搭车帮跳上。

“高奇，打他下去！”

高奇有些犹豫，可看到师父坚决的脸，一拳袭向阿发，几招过后，阿发被打落马车。

看着马车远去，阿发大喊着：“师父……”

霍元甲却像没听见的样子。

两辆马车在蜿蜒的山路上行驶，高处就是残缺却巍峨的万里长城。

霍元甲突然出声：“停车。”

刘振声拉住马车：“师父饿了吧？要想打尖儿还得再走十里路。”

霍元甲：“不，为师想到长城上走走，你们几个都来。”

霍元甲跳下马车，走向上山的山路，四个徒弟连忙下车跟上。

霍元甲在前，四人在后，霍元甲突然驻足：“知道我为什么不让阿发跟来吗？”

高奇：“这小子逞能，有大师兄在，轮得到他打着您的名号显摆吗？”

刘振声仿佛也觉得有道理。

霍元甲：“错，官兵凶狠，扛旗子的最危险。阿发勇气可嘉，何罪之有？”

高奇被噎了回去。

“朝阳门一战，为师鲁莽，先暴露了意图，恐怕会引火烧身。所以，我撵阿发走，是不想连累他。刘振声，京城你也不要回了，我听说你在乡下置了地？还有人给你说了亲？赶紧去把媳妇娶了，你为人忠厚，又有一身武艺，早晚能出人头地，那时可千万别忘了帮衬你几位师弟。”

刘振声一愣。

“高奇，你武功不错，人最聪明，就是心眼儿小了点。以后行走江湖，切记多与人为善。”

高奇连忙看向刘振声。

“大有，你入门虽晚，但进步最快，以你的功夫，在镖局武馆找份差事，一定不难。若是一生研究武学，可成为一代宗师。”

许大有傻了。

“你们三个谁混得好，就带上小伍，当亲弟弟一样照顾他，为师也就放心了。”

小伍哭道：“不！我要跟着师父！”

霍元甲俨然一副遣散众人的样子。

“我们霍家练的是秘宗拳，所谓秘宗，就包含了对外秘而不传之意。为了收你们这几个徒弟，我创迷踪拳，我爹骂我离宗背祖，险些被逐出家门。现在想来，我仗着自己有些练武的天分，就好为人师，真是贻笑大方……”

说到这里，霍元甲叹了口气：“天下无不散之筵席。我回家后，官府定来追究，牢，总是要坐的。你们几个若跟我回去，免不了受牵连。师父没能给你们什么大好前程，却带着你们一起临危涉险，大错特错，请你们原谅。”

说完，霍元甲给四个徒弟鞠了个躬。

徒弟们全都跪倒：“师父！”

刘振声：“师父，当官的都贪，朝阳门的事，用银子能摆平的！就算真要坐牢，我也陪着您，在牢里伺候您呐！”

高奇：“大师兄说得对，我们都陪着您！”

“胡闹！刘振声，你从小跟我一起长大，叫师父也叫了二十年，你难道不听师父的话了？”

刘振声不敢再言语。

“小伍也是孤儿，就先跟着你，日后你们三个轮流照顾他！记住我刚才的话，大家各奔东西吧！”

说完，霍元甲绕过跪着的四人，向下山的路走去。

四人跪着转身，看着霍元甲的背影，面面相觑。

— 第四章　灭门 —

层林尽染。

土黄的道路坑坑洼洼，两旁的荒草仿佛一路长到天涯。

霍元甲独自赶着马车，眼前不时闪现着大刀王五的身影，耳边又响起谭嗣同在狱中说的那番话。

当时听起来确实叫人激动，但后来想来想去，霍元甲还是觉得那话有些空洞，所谓国家跟自己这武林中人又有什么关系呢？虽然变法失败了，但以后只要出个好皇帝，朝廷清明了，一切自然就解决了。

霍元甲正琢磨着，一匹马飞驰而来，近前了，霍元甲却发现是哥哥霍元栋。

霍元甲顿时有种不妙的感觉，慌忙停住马车。这时霍元栋也看到了霍元甲。

“元甲？还真是你！”霍元栋翻身下马。

霍元甲慌忙跳下马车，单膝跪地：“我又惹祸了，请大哥……”

霍元栋一把拉起霍元甲，盯着弟弟看，突然一拳砸在霍元甲胸口：“好样的！”

霍元甲一愣。

“你在朝阳门抢夺王五人头的消息早已传回，大街小巷都在议论，说咱们天津卫出了个大英雄！爹和我都替你高兴呢！”

“这么说，善扑营没来抓人？”

“没有！爹说你先不用回家，到老家沧州玩上几个月，咱们老家可是武术之乡，遍地武林高手，跟高手切磋，你的功夫长进得会更快！”

“玩？找高手切磋武功？大哥逗我吧？自戊戌年后，爹就一直不许我练武，如今又怎么可能……”

“大哥什么时候骗过你，快调转马车，走吧……哎，你那些徒弟呢？带着他们几个一起啊，哪个都不许回霍家！这是盘缠，爹让我给你的。”

说着，霍元栋从腰间拽出几张银票和一包银子，交给霍元甲，霍元甲接过银子，有些疑惑。

霍元栋双手抓住霍元甲的胳膊，用力地攥了攥：“行了，我走了！”说完，霍元栋就要上马。

霍元甲意识到不对劲：“大哥！善扑营是不是已经到了？爹不让我回家，是要替我承担罪责？”

霍元栋知道瞒不住了，有些急：“你……你怎么变得婆婆妈妈的？爹说让你回老家玩，你就玩去吧！”

“不，我惹的祸，又岂能连累父兄？”

霍元甲将银子塞回霍元栋怀里：“把马给我，我先回去为霍家解围！”

霍元栋抓着缰绳不给：“你解得了围吗？善扑营来了二百人，已将咱家团团围住。我废了九牛二虎之力才从后门跑出来，就是为了在半路拦住你！爹说了，你不许回去，无论发生什么事也不许回去！”

霍元甲义正词严：“我是抢了王五大哥的头颅，却并未伤人，罪不至死！大不了坐上二十年牢！男子汉大丈夫，这又算得了什么？”

“你得罪了一般人，兴许能坐牢了事，可你知道你得罪的是谁吗？”

“善扑营的鹰四，只会暗器伤人，有什么了不起的？”

霍元栋急道：“糊涂！他就是吕四鹰！”

霍元甲倒吸一口凉气。

鹰四，本名吕四鹰，鹰爪门弟子，排行老四，故又被江湖人称“鹰四”。自从习得鹰爪门武功后，鹰四四处为祸，曾惨败于大刀王五，险些丢了命。之后机缘巧合入仕为官，就一一报复曾得罪过自己的人，真可谓是武林败类。

此时，善扑营已将霍家围得水泄不通，大门口，鹰四斜靠在一张大椅子上，手里仍空抓着鹰爪，很多老百姓赶来看热闹，指指点点，议论纷纷。

大门打开，霍恩第走了出来，向天津当地官员刘大人抱拳，刘大人还礼，很明显相互之间是认识的。

霍恩第转向鹰四，抱拳：“吕大人，我一早就跟您说了，我儿元甲出了远门，不在家，您说这骄阳似火的，兄弟们着实辛苦，就别这么围着了！”

鹰四打断：“不辛苦！为朝廷效力，哪个敢叫苦啊！”

霍恩第：“那也总得吃饭吧，诸位远道而来，我当尽地主之谊。下一条街，天津最好的馆子都开有分号，我们同往，兄弟们看上哪家吃哪家，我一并结账如何？”

鹰四：“用不着！拿着朝廷俸禄，还在乎你等小民的吃喝？”

霍恩第一板脸：“吕大人，说起来，你我也算是有过交情，二十五年前……”

鹰四再次打断：“少套近乎，有也不是什么好交情。”

霍恩第义正词严：“好交情也罢，坏交情也罢，论起来元甲是晚辈，你理当提携关照才对，怎么好端端的就把对抗朝廷的罪名，硬加在他的身上，陷害于他呢？！”

鹰四：“陷害？这两个字我可不认。那天晚上，在朝阳门抢走王五人头的就是霍元甲，错不了！”

霍恩第：“消息早已传到天津，我也听说了。据说那个人蒙了面，你又怎么确定就是小儿呢？”

鹰四眼珠一转开始胡编：“我跟他交过手，撕下了他的蒙脸布，看得清清楚楚！”

霍恩第：“哦？那可有别人看见？”

鹰四一转头，看向他身后的四名亲卫，其中有两个正是那日留在城墙上的：“你们四个那天都在，我撕下霍元甲蒙脸布的时候，你们都看见了对吧？”

说完，鹰四瞪眼，四个人立刻明白，齐声喝道：“看见了！”

霍恩第：“这几位兄弟想必是吕大人的亲信吧？欲加之罪，何患无辞！大清国真没王法了？”

鹰四猛地起身：“霍恩第，你光天化日之下辱骂朝廷，给我拿下！若敢反抗，就地正法！”

那四名亲信各持刀枪，冲向霍恩第。

刘大人看不下去了，他上前阻止：“别别别，吕大人，霍恩第就是说了句气话，怎么就辱骂朝廷了？”

鹰四：“你拿了霍家的银子，要替他开脱？”

刘大人气道：“吕大人言重了吧？”

刘大人又上前，悄声道：“霍家在天津也算大户，霍恩第德高望重，你这随便抓人说不过去吧？要不给下官一个面子？”

鹰四：“一边儿去！我奉朝廷之命来缉拿凶犯，谁的面子都不给！不拿下霍恩第，叛党霍元甲绝不会来自首！动手！”

四名亲信再次冲向霍恩第。

霍恩第身后，几个小伙子持棍棒冲出，保护霍恩第，忽然一名女子的声音传来：“等一等！”

这声音不大，却足以吸引在场的所有人，霍元甲的新婚妻子王氏从大门里迈了出来。

王氏首先走向那群小伙子，厉声道：“真不懂规矩，在各位大人面前，岂容你等放肆？”

小伙子们看向霍恩第，霍恩第挥了挥手，几人知趣地回了院子。

王氏走向霍恩第：“公公好。”

霍恩第点了点头。

王氏转过头，向鹰四等人行礼：“各位大人，刚才我在门后听了多时，好像你们为霍元甲而来，请问他身犯何罪啊？”

鹰四疑惑：“你是谁？”

王氏：“我是元甲刚过门的妻子，霍王氏。”

鹰四不怀好意地看着王氏：“你男人在洋大人的眼皮底下抢夺大刀王五的人头，洋大人很生气，要抓他砍脑袋，你马上要成寡妇了！”

王氏微笑：“我见大人穿着，还以为是朝廷命官呢，原来您听命于洋人？”

“你说什么？！”

看热闹的老百姓一阵讥笑，连天津当地的官员也笑了。

鹰四气道：“霍恩第，你们家男人都死绝了吗？派个女人出来说话？”

霍恩第看了一眼王氏。

王氏不急不恼：“若是别的事，有公公在，当然轮不到我插嘴，但事关元甲，有几句话我得问问。刚才听这位吕大人说，曾与元甲交过手，在哪儿？”

“京城，朝阳门！”

“哪一天？”

“两天前的深夜！”

“初九？您弄错了吧？三天前，初八，是我和元甲大喜的日子，就在这大门口，鞭炮放了半个时辰，街坊邻居都知道吧？”

围观的老百姓发声了。

“知道！听见放炮了。”

“霍家娶媳妇这么大的事，谁不知道啊？！”

“我还喝了喜酒呢！”

王氏听了百姓的话有些得意：“就是啊，公公把存了多年的好酒都拿了出来，不怕邻居们笑话，元甲贪杯，那天被徒弟们灌醉了，都没能入洞房。”

顿了顿，王氏继续道：“初九，也就是吕大人说的那一天，才是我们真正的洞房花烛夜，元甲他又怎么可能跑到京城朝阳门去跟您过招呢？”

周围的老百姓一阵哄笑。

鹰四有点发怒：“你胡说！那天晌午，霍元甲在朝阳门下与我叫过板，好多人都看见了！”

王氏：“元甲新婚，一直留在家里，霍家所有人也都看见了，您想要证人吗？这院子里的几十口都能作证。”

鹰四气得冲向王氏，霍恩第见状一伸手，单掌拦住了鹰四的去路：“吕大人想干什么？”

鹰四：“霍王氏，你编瞎话的本事，了得呀！”

王氏面不改色：“我明白了，准是有人冒充元甲，请吕大人尽快缉拿真凶，还我夫君清白！”

鹰四：“不可能！两年前我见过霍元甲，他扒了皮我都认识，怎么可能是冒充的？”

王氏：“两年前？可是在刑场之上？”

鹰四：“不错！”

王氏：“元甲曾去菜市口送别谭嗣同谭大人，这件事他跟我说过。他说当时吕大人坐得高高在上，离得远着呢。请问吕大人离那么远看一眼，也能记清元甲的长相？”

鹰四：“……那我问你，霍元甲为什么不在家？还有他那几个徒弟，哪去了？！”

王氏：“早在半年前，元甲就接到郑州一家镖局的邀请，出任总镖头。但由于婚事未了，一拖再拖。昨天是新婚第三天，元甲才告别公公婆婆，带着徒弟们去了郑州。”

鹰四：“郑州？够远！这瞎话编的……”

王氏：“吕大人，在您面前编瞎话那是欺骗朝廷命官，这罪名我可担当不起。”

王氏突然大声道：“各位父老乡亲有所不知，这位吕大人来过咱们天津，那个时候他还没当官，靠着一身好武艺行走江湖。在娘娘庙门前立过擂台，靠鹰爪拳打伤了好几位武林前辈。我公公也接到过战书，被迫应战，险胜吕大人。今天，听说吕大人兴师动众，带重兵围了霍家，我还以为他是来算旧账的呢！”

人群中顿时议论纷纷。

“想起来了，有这么回事。”

“这个练鹰爪拳的不是什么好东西！”

鹰四怒视王氏。

王氏仍然面带微笑：“但我这一见之下……吕大人仪表堂堂、官威赫赫，绝不是那种栽赃陷害、公报私仇的小人。所以我断定是有人冒充元甲，让吕大人看走了眼。不过，这也要怪霍家拳在江湖上小有名声，我公公和元甲是天津的两代武林翘楚，惹人嫉妒。”

刘大人连忙插话：“对，霍家二少奶奶说的有道理！一定是有人冒充霍元甲！吕大人，您再好好想想，闹这么大动静，要是抓错了人，传回京城，那可是有损善扑营的脸面啊！”

说着，刘大人向鹰四挤了挤眼睛，仿佛在给他台阶下，刘大人再次压低声音：“天津的老百姓最爱看热闹，有点什么新鲜事就编成快板相声，广为流传。今天的事保不齐就能传到荣禄大人耳朵里，老佛爷听说也是早晚的事，吕大人慎重……”

鹰四气而无奈，老百姓多数认为鹰四公报私仇。

刘大人：“霍恩第，你刚才说要请客，真的假的？”

霍恩第也松了口气：“刘大人，当着您的面儿，怎敢打诳语？”

刘大人一把拉住鹰四：“走吧吕大人，您日夜奔袭，鞍马劳累，让霍恩第请客，咱们好好喝上两盅？”

鹰四瞪了一眼王氏，一甩袖子，还真下了台阶，跟刘大人走了。

津门大街上，霍元栋赶着车，换了衣服，乔装打扮的霍元甲坐在车上，脸上粘着长长的胡子，有官兵路过，他连忙低下了头。

霍家下人霍福一直在牌楼下张望，认出了霍元栋，连忙上前：“大少爷，您拦住二少爷没有？”

霍元栋一瞪眼，示意霍福小点声，霍福是个机灵人，立刻明白：“向您报喜，官兵退了，被二少奶奶用三寸不烂之舌说退了！不过老爷说二少爷还是不能回家。”

霍元甲听见了这句话。

某破庙内，霍元甲一把拽下胡子：“霍福，哪来的二少奶奶？”

霍福：“你新媳妇啊……哦对了，您还没见过呢。”

霍元甲一把拉过霍元栋：“大哥，怎么回事？我不是说让把婚退了吗？”

霍元栋：“混蛋！亲事五年前就说定了，三媒六聘全齐了，花轿抬进了门，怎么退？”

霍元甲一愣：“我根本没拜堂，不算数！”

“你没听见霍福说吗，人家刚刚退了官兵，咱们家的有功之臣！你还想不认账？”

霍元甲有些含糊，玩着胡子的霍福转过头：“二少爷，这胡子哪弄的？半道上碰到戏班子了？”

霍元甲哪有心思回答，无奈地摇着头。

霍家天井内，霍恩第站在屋檐之下沉思，王氏走来，向其行礼："公公，您叫我？"

霍恩第一见王氏连忙走下高台阶："老二媳妇……"

他无法表达自己想说的话，突然行了个江湖抱拳礼，王氏吓了一跳："呀，公公，这可折煞我了！"

"你舌战吕四鹰，退了官兵，这个礼你受得起。"

"公公过奖了。"

"元甲从小桀骜不驯，有你这么个好媳妇管着他，我也就放心了。"

王氏不好意思地笑了。

霍恩第想着白天的事，带着些许疑惑问道："只是有些事，我没想明白，得问问……我与吕四鹰二十五年前的过节，你是如何得知的？"

王氏笑了："我和元甲的婚事五年前就说定了，虽一直未过门，但我早拿自己当霍家的儿媳妇了。霍家是武林世家，霍家拳在天津卫顶顶有名，江湖上关于霍家的旧闻轶事我当然要知道。"

"这么说，元甲闹法场的事，你也是听说的？"

"对呀。"

"那你当时怎么想？没怕嫁给这样的男人吗？"

"不但没怕，我还暗自欣喜来着。朝廷上的事，我们女人不懂，但谭大人名声在外，是个君子，路人皆知。元甲冒险相送，彰显大丈夫本色。能嫁给这样的男人，是我的福分。"

霍恩第欣赏地点了点头："只可惜这浑小子……唉，还没来得及和你拜堂呢！那日你已进门，我说要到你娘家负荆请罪，你又不让。"

王氏："幸好我没让公公去，不然今天可就无法自圆其说了。"

霍恩第再次抱拳。

"公公，您怎么又……"

“这一次，是替我那不孝之子，等这场危难彻底化解，我一定让元甲当着祖宗的面，给你磕三个响头谢罪！”

入夜，月朗星稀，一个黑影慢慢走近破庙，微弱的月光射入，能清晰地发现正在熟睡中的霍元甲，忽然间他猛地睁开眼，抬脚向黑影踹去，只听“啊”的一声，黑影被踹飞。

霍元甲一跃而起，看见黑暗中有几个人影，挤做一团，他手顺着床铺一摸，抽出了王五的那把大刀，持刀在手又纵身一跃，冲出了破烂的窗户，他守着门口，断喝道：“朝廷鹰犬，出来受死！”

破庙里传来声音：“师父，不是朝廷鹰犬，是我们……”

霍元甲一愣。

刘振声、高奇、许大有和小伍从庙里挤了出来。

霍元甲：“怎么是你们几个？”

高奇捂着胸口：“师父，你这脚踹得太狠了，我差点断了气啊！”

“谁让你们偷偷摸摸的？”

刘振声：“师父，您都住到这了，不偷偷摸摸的，还大张旗鼓啊？”

霍元甲：“你怎么做大师兄的，为什么不听师父的话？”

刘振声：“师父恕罪，就算要走，也得知道您和霍家都安然无恙，才能走吧？”

高奇附和着：“就是啊，我出的主意，我们四个乔装打扮，混进了城，四处打探消息。”

许人有：“这一打听才知道，师娘是个了不起的女人，巾帼不让须眉！三言两语，那个鹰四就滚蛋了。”

小伍补充道：“长得还……还……还漂亮呢！”

霍元甲“啪”的一巴掌拍在小伍脑门上：“你看见了？”

“我……没看见，不过街坊邻居都看见了，一打听那还不就……就……就……”

高奇把小伍推到一边，接着小伍的话：“就知道了……

师父，善扑营撤走了，好像是接到了什么紧急差事，一路往北，我亲眼看着他们上了官道，您可以回家了。”

刘振声很谨慎：“那不行，鹰四老奸巨猾是出了名的，不可大意。师爷让师父在此暂住，这主意挺好。”

霍元甲：“这不是我爹的主意，他老人家让我远走高飞，永远不要回家，是我自己赖着没走。”

四人都愣了。

霍元甲：“还有你们四个也不能回去，那个王家小姐说我带着你们去郑州当镖头了。她一句话，就害得我们有家都不能回！一个女人居然在我们霍家门前出尽风头，你们还说她了不起？怎么了不起了？有父亲大人和兄长在，轮得到她说话吗？巾帼不让须眉那说的是花木兰、穆桂英！王家小姐习武吗？哼，还漂亮，八成是个裹小脚的，一想就让人恶心……”

霍元甲似乎很是嫌弃这个夫人，众人都咧着嘴，不知该说什么。

霍元甲的新房之中，小丫鬟打来了一盆水：“小姐，您洗脚吧。”

王氏：“我已嫁进霍家，以后你不许再叫我小姐。等二少爷回来了，你也就不用来这间屋了，我会每天亲自给二少爷打洗脚水。”

“啊？”

“啊什么，他日夜练功辛苦，睡前必须用热水泡脚，才能舒筋活血。”

“您是大家闺秀，打洗脚水啊？”

“一个从小就不肯缠足的大家闺秀，有什么好娇气的？”

王氏脱了鞋，那还真是一双大脚。

身在破庙之中的霍元甲心事重重，辗转反侧难以入眠，睡在他身旁的刘振声也没睡：“师父，您睡不着？”

霍元甲叹了口气："振声，你从小没爹没娘，理解不了我心头的这股急火呀！善扑营大兵压境，我爹行走江湖，见多识广倒还好，我担心我娘，她老人家会不会吓着，要不这样……"

说着，霍元甲坐起身："你看着他们仨，别让他们乱跑，我趁夜深，回趟家，给我娘磕个头。"

"师父，还是算了吧。"

"戊戌年听说我要坐牢，我娘就险些哭瞎了眼睛，现在……"

刘振声解释着："师父别急！我的意思是，再多等几天。我好歹是在京城当过差的，明天我回去一趟，把鹰四的行踪摸清楚，您再回去也不迟！"

"你还真当师父怕他不成？"

霍元甲微微有些愤怒。

刘振声："以您的人品武功能怕他吗？只不过，毕竟他是官，您是民，他还巴结了洋人，万一……不得不防啊！"

破庙门口，霍元甲和几个徒弟正在习武，高奇、许大有、小伍各显绝技，霍元甲一一纠正辅导。

刘振声快步跑来。

霍元甲："振声？怎么样？"

"跟了鹰四三天，这小子天天忙着伺候他的洋大人，焦头烂额，天津这边的事，看来他一时是顾不上了。我又在天津官府这边摸了一圈，善扑营走了个干净，一个没留，而且咱们这儿的官表面上对鹰四客气，实际上恨他恨得咬牙切齿，绝不会帮他们盯着您！"

霍元甲点了点头："太好了！你们几个，都把干净衣服换上，今天夜里，咱们回家！"

师兄弟们喜笑颜开。

已是深夜，霍元甲的身影出现在后门附近，他向远处一指，许大有便冲了过去，往地上一蹲，小伍冲来一个鞬子翻到了许大有的肩上，脚刚刚搭稳，许大有往上一顶，小伍的双手就搭上了院墙，一跃而入。

后门被从里面打开了，小伍使劲地挥手，霍元甲等人，偷偷地钻进了自己的家门。

霍元甲带着几个徒弟先到了自己的房间："你们都在这儿等着，我先去给爹娘磕头，我回来之前你们谁也不许乱走！"

说完，他转身出了门，向正厅方向而去，行至正厅，发现屋里掌灯，却没有人，思考了片刻，霍元甲向里间母亲的住处走去，却猛听得耳后一阵风声，他连忙缩头。

扫过来的是一杆长枪，而袭击他的正是父亲霍恩第。霍恩第一串枪花，扎得霍元甲连连后退，每一枪都在其咽喉附近。霍元甲早已看清父亲，他不再躲闪，一闭眼睛就把喉咙让给了枪尖，霍恩第枪尖一摆，压在了霍元甲的肩头，用力一按，霍元甲"扑通"跪倒在地。

"逆子！我早已命你远走高飞，你为何不听？！"

"儿行千里母担忧，我怕我娘想我！"

"混账！你心里要是还有娘，能惹出这么多祸来？"

话音未落，只听得后面帘珑一挑，竟是霍母听到动静来了。

"元甲！"

"娘！"

霍元甲跪着爬向母亲。

霍母将霍元甲抱在怀里："儿啊，娘想死你了！"

"娘，您可千万别哭，当心您的眼睛！"

霍母拭泪："对，娘不哭，娘不哭，我儿回来了，娘应该高兴才对！老爷，咱们怎么商量来着？只要元甲回来，立刻就拜堂成亲！快张罗吧！"

霍恩第戳着长枪，冷着脸："张罗什么？霍家好不容易才躲过一劫，他就不该回来！"

霍母恳求道："老爷……"

"娘，您快别求爹了，我爹说得对，动静闹大了不好。我回来就是看看爹娘，不娶媳妇，不娶媳妇……"

霍恩第指着霍元甲的鼻子对霍母道："你听见没有，我说什么来着？号称行走江湖，是为了研习武学，呸！逆子，你说，你是不是早已在外寻花问柳，跟什么不干不净的女人好上了？！"

"爹，我没有！"

"没有？没有不娶媳妇？"

"这……这不是您说的嘛，霍家好不容易才躲过一劫，我是怕娶媳妇动静闹大了，惊动官府，引来仇家……"

"住口！为什么回来？"

"看爹娘，给二老磕头。"

"行孝道？"

"是。"

霍恩第越说越气，看向霍母："那你这个当娘的就告诉他，什么才是孝！"

说完，霍恩第转过头去，不再理会霍元甲，霍元甲满脸委屈，看向母亲，霍母反而笑了："别害怕，你爹没跟你生气……那句老话，你没听说过？不孝有三，无后为大。这次回来，你可就不许再出门了，赶紧和媳妇为霍家添丁进口，这才是大孝！等着……"

说完，霍母就走出门外喊着："元栋！元栋媳妇！"

霍元栋和他的大个子泼辣媳妇霍冯氏跑来。

霍冯氏："娘，这大晚上的，啥事啊？"

霍母激动地说："好事！"

霍元栋一听就明白了："回来了？"

霍母点头："回来了。"

霍元栋"腾"的起身："我这就带人锁门去！"

霍冯氏："我这就去祠堂准备！"

屋里的霍元甲听得一清二楚："爹，我大哥大嫂这是……"

“你赖在天津不肯走，为父早已知道！既然不走，就在祖宗面前完婚，也算我们霍家给儿媳一个光明正大的交代！拜堂之后人洞房，明日天亮，带着你媳妇一起走，也就算你霍元甲自立门户了！”

“爹，这……”

“你独创迷踪拳，又广收门徒，不就是想自立门户吗？”

霍元甲“腾”地站了起来：“我没有！我也不想娶媳妇！习武之人行走江湖，带着个女人多有不便。更何况我刚刚摊上了官司，结上仇家，跟着我岂不是害了人家！趁现在还未圆房，就请爹帮我把她送回娘家吧！”

“混蛋！”

霍恩第急了，话音未落，又是三枪刺出，枪杆一抖，正砸在霍元甲的头顶，霍元甲受力再次跪倒。

“你若不想把你爹气死，你娘的眼睛哭瞎，就顺着爹娘的心意，拜堂成亲！”

霍元甲倍感无奈。

祠堂之内，庄严肃穆，霍元甲再次穿上了那身大红色的喜袍，恭恭敬敬地站在这里，等待着迎娶新娘。

霍姓族人、下人、丫鬟全都来观礼，个个喜笑颜开。

霍冯氏上前：“兄弟啊，婆婆吩咐了，今天大嫂帮你主持婚礼！既当司仪，媒婆该干的事我也管！”

霍元甲笑不出来。

霍冯氏凑到霍恩第面前：“公公，您看这时辰……”

霍恩第：“好时辰都被他错过了，随时开始。”

“得嘞！霍氏门庭大喜，什么时辰都是好时辰！响动班子咱也省了啊！你大哥说怕闹出动静，招来官兵。”

霍元栋：“哪那么多废话！赶紧！”

霍冯氏：“请新娘子进祠堂，拜见祖宗！”

穿上新娘服装的王氏在小丫鬟的搀扶下走进祠堂，霍元甲抬眼看去，新娘子盖着盖头，看不见脸，裙摆过长，也看不见脚。

霍元甲小声嘟囔着："走路都用人搀，肯定是个小脚……"

霍元栋："你嘟囔什么呢？还不上去接！"

霍元甲无奈，只得走上前去，伸出了一只手，盖头下的王氏看见了，将手轻轻地搭在了霍元甲手上。霍元甲拉着王氏走向牌位，两个跪垫早已摆放在那里。

霍冯氏："霍式秘宗拳第七代传人霍元甲，携妻霍王氏，拜见祖宗！一叩首……"

霍元甲与王氏一起磕头。

霍恩第虽板着脸，心满意足之意却扬上眉梢。

"再叩首……"

"三叩首……"

"拜了祖宗拜高堂！"

……

听着大嫂的指挥，霍元甲和王氏拜了祖宗，拜了高堂，拜了对方，三跪九叩之后刚刚结束，"当"的一声巨响传来，整个祠堂的人都感觉到了震颤。

"怎么回事？！"

霍恩第抢上一步。

有下人撞门而入："老爷！大少爷！ 门外来了很多官兵，还有端枪的洋鬼子！

祠堂瞬间慌乱了起来。

大门口，鹰四指挥着十多名官兵抱着大圆木撞门，声音震耳欲聋，而且还有德国兵、日本兵……鹰四得意地叫喊着："给我使劲撞！生擒霍元甲，个个有赏！"

撞门的声音越来越大。

霍元栋紧张道："爹，怎么办？"

没等霍恩第说话，霍元甲朗声道："好汉做事好汉当，官兵要抓的是我，霍元甲绝不会连累父兄和家人！”

霍元甲就要往外走。

霍恩第：“站住！这个时候了，你还敢称好汉？”

霍元甲转身跪倒：“爹，元甲不孝，一再闯祸，您就权当没生过我这个儿子吧！”说完，霍元甲又要走。

霍恩第：“你绝不能出去！”

“我不能连累您！”

“要是让鹰四见到你，你就真连累了我！”

霍元甲一愣，不明所以。

霍恩第娓娓道来：“那鹰四，原名吕四鹰，鹰爪门弟子。鹰爪功，起源于岳氏连拳，与我霍家拳同宗，不想却出了鹰四这个败类！二十五年前，他在天津卫欺男霸女，被我当众教训，由此结怨，但找不到把柄，他奈何我不得。今日你若出去，他一定会说霍家窝藏凶犯，那可就不是连累我一个人了，弄不好得满门抄斩，全家遭殃！”

霍元甲傻了，环视众人。

霍恩第：“但只要你走了，鹰四就抓不到霍家的把柄，我就不相信，他敢不分青红皂白，陷害于我！”

霍元栋：“走？可是二弟怎么走啊？您刚才没听到吗？连后门都给围了！”

刘振声跑上前来“扑通”跪倒：“师父，都怪我，去京城打探鹰四行踪，我一定是被他给骗了！辜负了师父的信任，振声这就以死谢罪！”说完，刘振声掏出匕首就要自刎谢罪。

霍恩第抬脚将匕首踹飞：“振声，你对师父、对霍家忠心耿耿，师爷早就看在眼里，那鹰四老奸巨猾，你上了他的当，无须自责！”

又一下人跑了进来：“老爷，门快被撞开了！”

所有人的精神又一次绷紧。

霍元栋：“元甲，爹说得对，你和你的徒弟们蒙面冲出去，家里的事不用你管！”

霍恩第：“他们有洋枪，元甲师徒硬往外冲恐怕很难全身而退，万一落入敌手，那不成了霍家窝藏凶犯的铁证！”

霍元栋急得出了哭腔：“那怎么办呐？！”

霍恩第显得很是淡定：“元栋、元甲，随为父给祖宗磕头！”

众人连忙让开，霍恩第在前，霍元栋、霍元甲在后，三人给祖宗磕头。

霍恩第：“祖父大人，当年为防匪患，您为霍家修的密道，今日恩第就要开启了，惊动了祖宗之灵，请见谅！”

说完，霍恩第径自向牌位走去，他双手捧开两个大牌位，贡台上露出一个不大不小的八卦。霍恩第提气在手，一掌拍向八卦的黑色一半，“咔”的一声响，祖宗贡台应声裂开，露出一条向下的台阶。

“元甲，带着徒弟保护你娘和所有女眷、孩子从密道走！霍姓男儿，随我出门迎敌！”

“爹，儿惹了祸落荒而逃，却让您老迎敌，岂不让祖宗耻笑！”

霍恩第一把抓住霍元甲的手：“元甲，你是咱们霍家武功最好的，所以才让你保护你娘和侄男侄女，我这是把霍家的血脉都交在了你手里！我和你哥带着霍式子弟出门迎敌并不是要跟鹰四拼命，只是跟他们周旋，拖延时间而已。即便他们抓我去坐牢，只要你跑得远，不落入奸人之手，他们没有证据，也得把我放出来。牢里面清静，爹正好练功，调养身体。”

“爹……”

霍元甲明知父亲说的不是事情，泪水迎面。

霍恩第：“男儿有泪不轻弹，这是什么时候，你再这样婆婆妈妈才会让祖宗笑话！走！”

霍元甲猛地一抱拳，转向刘振声：“振声、高奇，头前带路！”

二人各端了一个烛台，下了密道，霍冯氏扶着霍母，紧跟而下，丫鬟、婆子们一拥而入。

王氏还盖着盖头，小丫鬟跑上前："小姐，快走啊！"

王氏："慌什么，别乱了规矩。"

小丫鬟牵着王氏的手，往密道走去。

霍元甲见人都进了密道，自己也端了个烛台，钻了进去，临近之际回头与父亲对视，霍恩第只是微笑着向霍元甲挥了挥手。

霍家大门訇然中开，鹰四跳下马，带人冲进大门。

院落之内，十几名霍家子弟手持长棍，意欲护家，却被官兵逼得连连后退。霍恩第带着霍元栋走来，与官兵成两军对垒之势。

鹰四："老东西，我们又见面了。"

霍恩第："吕大人深夜到访，不会是要切磋武艺吧？"

鹰四："你看像吗？跟你个老东西比武还用得着烦劳洋大人？"

霍恩第看向德国军官和日本军官："鹰四，你是武林中人，但武德败坏，恃强凌弱，四处作恶，被逐出鹰爪门。后来，我听说你在善扑营找到了差事，曾暗自替你高兴过，想你拿了朝廷的俸禄，可丰衣足食，好好为朝廷出力，也不枉半生习武。不想，你……不好好保护皇上，却给洋人当上狗了？"

"大胆！"

鹰四刚要动怒，却突然哈哈大笑起来了："老东西，我知道你为什么要激怒本官，你不就是想拖延时间，让霍元甲逃走吗？告诉你，没用！我早知道霍元甲回了天津，虚晃一枪就是为了让他回家，才好定你个同案，一起斩首！霍元甲也真不好对付，居然还派他徒弟盯着本官，他哪知道螳螂捕蝉黄雀在后。我早就画了一百张刘振声的头像，他一进京城就被善扑营盯上了。"

鹰四甚是得意。

霍恩第看了一眼长子，二人明白今晚已在劫难逃。

鹰四:“快把霍元甲交出来吧，还等什么?”

霍元栋:“元甲根本不在家，他从来就没回来过，你弄错了!”

鹰四:“嘴硬?告诉你，把王五的脑袋挂在朝阳门，那可是洋大人的主意，霍元甲偷了王五的脑袋就是得罪了洋大人!你说他不在家，那洋大人可是要搜的!”

说着，鹰四就向德国人和日本人伸手示意，德国人赫尔曼带着四名德国士兵就要冲进去搜，霍恩第一转身，从霍姓子弟手里抓过两条长棍，“啪”的双棍一横，拦住了去路，洋人立刻将枪对准了霍恩第。

鹰四:“霍恩第，你想造反?!”

霍恩第:“我霍氏门庭乃中华礼法之家，岂容洋人践踏?”

赫尔曼就要开枪，鹰四上前制止:“洋大人息怒，这老头早晚是死，别浪费您的枪子。”

鹰四将赫尔曼和山本劝退:“不允许洋大人搜查，那就我来吧。善扑营何在?”

二十几名善扑营士兵齐声道:“在!”

“给我挨个屋搜，霍元甲还有他那几个滋事的狂徒，都给我抓出来!还有，甭管男女老幼，都给我押到这里来，尤其是霍元甲那新媳妇!欺骗朝廷命官，我非抓烂她的脸!”

“是!”

众善扑营士兵冲向后院。

密道之内，走在霍元甲之前的正是王氏，她脚踩裙子险些摔倒，霍元甲想伸手去拉却停住了，小丫鬟费了半天劲才将王氏扶稳，气道:“姑爷，你怎么不扶着小姐呀!”

王氏的声音从盖头下传来:“放肆!跟你说多少回了?”

小丫鬟连忙改口:“二少爷，您怎么不扶?”

霍元甲冷笑:“密道里这么黑，还盖着盖头，能不摔吗?”

王氏：“既已拜堂，新娘的盖头要新郎揭，这是规矩。”

霍元甲一愣，王氏转过头，好像在等着霍元甲揭开头。

霍元甲：“那就这么走吧，小心着点。”

王氏：“路越来越窄，盖着盖头确实不便，有劳二少爷了。”

霍元甲无奈：“原来是规矩啊，我还以为长得丑不敢见人呢。”

说着，霍元甲右手顺手一揭，左手的蜡烛便照亮了王氏的脸，这是二人的第一次对视，王氏端庄漂亮，让霍元甲大吃一惊。

小丫鬟偷笑：“还说丑，我家小姐是出了名的美人，提亲的媒人踢破了门槛呢！”

霍元甲缓过神来，刚想说什么，王氏先开了口：“我已出阁，不可再叫小姐，你怎么又忘了？”

“是……二少奶奶……”

霍元甲尴尬地说道：“快走吧，别落远了……”

霍家院落内，善扑营官兵分别跑回，为首的四名亲信在鹰四耳畔嘀咕，鹰四的眼睛越瞪越圆，立于对面的霍恩第面色坦然。

鹰四推开最后汇报的亲信，怒道：“霍恩第，你家有密道吧？”

霍元栋：“哪有什么密道？我早说过元甲没回来，你们不信嘛！”

鹰四：“那女人和孩子呢？！”

霍恩第：“元甲在郑州镖局已经落脚，贱内携家中女眷、孩子前往投奔了。”

鹰四：“放屁！这么大的家业不要了？我才不信呢！”

霍恩第：“家业再大，有仇家惦记，也睡不踏实啊。”

鹰四突然哈哈大笑：“好你个霍恩第，以为我是三岁孩子啊？这些天我的眼线从来没有撤过，你们家根本没有女眷和孩子出过门！”

霍恩第：“三驾大马车，今天一早走的，吕大人的手下恐怕是玩忽职守了吧？”

顿了顿，霍恩第继续道：“时候不早了，要是没有别的事，霍某可要送客了！”

说完，霍恩第转身要走，鹰四手变鹰爪猛地袭向霍恩第，霍恩第躲闪不及，他肩头的衣服被撕烂。

霍恩第大怒：“鹰四，你……”

霍元栋和霍福连忙抄棍子，拦在霍恩第面前。鹰四猛地变招，冲向霍福。霍福举棍招架，被鹰四将武器打飞，一把抓住了喉咙。

霍恩第：“鹰四你住手！”

霍恩第冲上前与鹰四过招，鹰四一只手对付霍恩第，另一只手死死地掐住霍福的脖子，甚至利用霍福的身体做武器，抵挡霍恩第，霍福被死死地掐住脖子，脸色已变得惨白，终于，鹰四将已经咽气的霍福扔开。

霍恩第看向霍福的尸体，气得浑身颤抖。

鹰四：“霍恩第，你不要以为只有证据确凿我才能杀人，告诉你吧，老子今天来天津卫，就是来灭你门的！”

霍元栋有点着急：“爹……”

霍恩第将霍元栋拨在一旁，轻声道：“鹰四，我们霍家犯了什么罪，自有我霍恩第一人承担，身为朝廷命官，出口就要灭门，你是奉了谁的旨，领了谁的命？！王法何在？！”

鹰四：“皇上早跟着老佛爷跑了，如今我就是王法！”

话音未落，善扑营个个举刀架枪向前冲了几步。

鹰四：“霍恩第，快说出你家密室在哪里，我能让你死得痛快点！不然……”

霍恩第不再理会鹰四，回头看了看二十几个霍姓子弟：“诸位，有我族中子侄，也有为了拜师学艺改姓霍的入室弟子，今日老朽连累你们了……”

霍家一门忠烈，一双双目光毫无畏惧。

“你等随我奋勇杀敌，但凡得以脱身者，就到官府状告吕四鹰！一告他勾结洋人，屠戮同胞；二告他欺上瞒下，蒙蔽朝廷；三告他公报私仇，滥杀无辜！”

鹰四笑道：还想告老子的状？找谁？你的故交刘大人？他不会来救你的！

霍恩第更是气极，知道鹰四对此早有防范，大喝：“拿枪来！”

一名老仆双手将枪端上，霍恩第持枪在手：“鹰四败类！今天老夫就替武林行道了！”

说罢，霍恩第举枪刺出。

刹那间，霍府已是喊杀声四起。

— 第五章　复仇 —

再说霍元甲，他带着家人从密道走出，心里却一直惦念着父兄。找来的数辆马车到了，霍元甲让几名徒弟先护送女眷们出城。

霍元甲:“娘，先让振声护送你出城，我回去看看。”

“不行，你爹不是说了嘛，不让你回去!”霍母斩钉截铁。

霍元甲刚要说话，突然，一个方向传来闷闷的几声枪响，所有人都向枪声传来的方向望去。

霍母声音颤抖道:“这是开枪了?”

王氏:“枪声好像是从咱们家方向传来的。”

霍冯氏:“啥?不是元甲躲了就没事了吗?怎么还开枪啊?”

女人们的声音还没停，霍元甲已经蹿了出去。

空荡荡的霍家大门口，霍元甲疾步冲入，刚一进院子他就愣住了，此时善扑营和洋鬼子早已撤离，只留下遍地尸体。

霍元甲在尸体中寻找着："爹……大哥……"

终于，霍元甲在祠堂内找到了霍元栋，他的喉咙处被抓烂，爪印分明，尸体旁血迹斑斑，霍元甲抱着大哥尸体哀号了片刻，又慢慢放下，顺着血迹向前找去。

贡台所遮挡的角落里，躺着霍恩第的尸体，他浑身是血，头发散乱，死不瞑目，而那条霍家枪静静地躺在霍恩第身旁。

霍元甲嘶吼道："爹——"

霍元甲"扑通"跪倒，狠狠地在地上磕着头，再次起身，双眼早已变得血红。

津门驿站之中，鹰四、德国人赫尔曼、日本人山本正喝着酒，三人很是兴奋。

山本："吕将军，霍元甲真的会来吗？"

"会来！您放心，他肯定来！"

山本干了酒盅里的酒，"啪"的把酒盅摔在地上。

鹰四一愣，不明白山本的意思。

山本："霍元甲是第一高手，要领教第一高手的武功，不能喝太多酒。"

鹰四笑了："刚才您的东洋刀没派上用场，霍元甲来了，就看山本大人的了！"

鹰四哈哈大笑，山本不再理会他，端坐在自己的位置上闭目养神，调整气息，很明显这是个武林高手。

幽静的夜，寂静的街道，一人、一刀、一枪，霍元甲背着刀，提着枪，向驿站方向前行，至门口，守卫们惊呼，却不迎战，转身蹿回驿站，霍元甲仿佛没看见一样，只是一步步走向驿馆，目光充满决绝。

鹰四在守卫们的禀报下已经知道霍元甲来了，却不着急，仿佛一切都在他的算计之内，山本却异常激动。

鹰四安抚着："山本大人不急，霍元甲年轻气盛，又刚刚死了亲爹，肯定要拼命。我已经准备好了四个人替他泻泻火，等他把火气泄了，您再出马也不迟。"

鹰四阴暗地笑着。

无人看守大门，霍元甲已经冲进院落，只见四名壮汉，各手持怪异兵器，目露凶光。鹰四带着赫尔曼和山本走出大厅，霍元甲看见仇人分外眼红，哪里还有心思顾得其他，举枪便冲向鹰四，奔跑中突然听到耳畔风声，他连忙举枪招架。袭击他的是流星锤，锤上还带着刺，明显是杀人利器，舞锤的大汉异常勇猛，一时间，霍元甲必须全心招架。

观战的鹰四等人仿佛看戏般看着战圈中的霍元甲二人。

霍元甲瞟向鹰四，甩开流星锤，一枪刺向鹰四，鹰四却并不躲闪，只见一条杆子鞭突然弹开了霍元甲的枪，霍元甲稍一愣神，持杆子鞭的凶徒也加入了攻击。

流星锤，由锤身、软索、把手三部分组成，锤头末端有象鼻孔，以贯铁环，下以绳索扣环，软索以蚕丝夹头发混合编制，软索粗如手指，长一丈五尺至二丈。把手以坚竹制成，缚于软索末端，长三四寸，亦属索系暗器类，平时将索成四折，或藏于袖中，用时即可一抽而出。

杆子鞭，是汉代一牧羊人铁盖所创，牧羊时，有狼袭击羊群，盖用牧羊鞭抽打饿狼，经后人不断演习发展创此械，故又称护卫鞭，流传于河北一带民间。使用时可软硬兼施，一节木棒的一端安一铁吊，上套三四个圆环，一环上缚一条牛皮拧制麻花形绳索，绳头系一铁锥而成，木棒长度以棒竖直一头触地，另一端与胸窝齐为宜，绳索与木棒同长。主要击法有：抡、绕、缠、背、拐、盖、打、扫、蹬、滚等。

鹰四忽然大声喝道："你们哥俩一起上，杀了这小白脸，本官就饶你们无罪！不然，秋后问斩，你们等着掉脑袋吧！"

二人相互对视一眼，冲向持枪的霍元甲，一场血战开始，霍元甲以一敌二，苦战多个回合，枪经常被铁链缠住，要费很大周折才能抽回武器，逐渐的，他摸清两样兵器的弱点，猛地跳出圈外，将长枪戳在地上，借助枪杆在空中旋体，手从背上抽出王五的大刀。

流星锤和杆子鞭见霍元甲换了兵器，不等他站定脚跟，继续攻击。

鹰四冷笑着："哟，换刀了？二位大人，怎么样？好看吧？"

山本瞪大了眼睛盯着，赫尔曼却不停地喝酒，像坐在竞技场上观看奴隶的生死搏斗。

战圈，霍元甲看准时机，以硬碰硬，用大刀砍断了流星锤的铁链子。流星锤眼见霍元甲的大刀已到胸前，却猛地收刀，以刀戳地，纵身跃起，将流星锤踹出去。流星锤倒地，捂着胸口在地上挣扎。

杆子鞭从背后袭击，霍元甲避开锋芒，再战，举刀向杆子鞭劈去，杆子鞭举鞭迎刀，大刀将杆子鞭径自砍开，杆子鞭大骇，霍元甲以双脚夹杆子鞭脖颈，将杆子鞭摔倒在地。

鹰四骂道："废物！"

大刀卷了刃，霍元甲也大口地喘着粗气，可没等一会儿，另外两人已经冲了上来，这两人身材并不高大，使的武器一模一样，霍元甲愣了半天神，才明白对方的武器乃是子午鸳鸯钺。

子午鸳鸯钺是由清代董海川所创，又叫"日月乾坤剑"。钺分子午，一雄一雌，演练时开合交织，不即不离，酷似鸳鸯，故名"子午鸳鸯钺"。此兵器练法与众不同，它步走八方，运动中求变化，并随心所欲，变化万端，易攻难防，是一套不可多得的民间武术。

两个人用同样的兵器，那便是四把利刃，霍元甲刀大，在对方近距离的进攻下显得有些狼狈。

鹰四在一旁解释着："这个叫子午鸳鸯钺，这俩人是亲兄弟，打架从来都一起上。在京西犯案，劫镖银，一口气杀了七个镖师！"

霍元甲稍一闪失，衣服便已被划开，肩头受伤，鲜血直流，他退到长枪处，将刀插在地上，换枪迎敌。枪足够长，让子午鸳鸯钺兄弟无法近身，几个回合之后，霍元甲用枪将对方的兵器挑飞，失去兵器的二人倒是轻易地被霍元甲打倒了，霍元甲知道对方只是帮凶，也并未下杀手。

鹰四很是生气："废物！废物！都是废物！你们这四个废物，活着有什么用？赫尔曼大人，辛苦你的手下……"

赫尔曼一挥手，几名德国士兵举枪射击，瞬时间，四人倒在血泊中。

鹰四笑着看向霍元甲："霍元甲，四爷在此恭候你多时了。你胆子挺大呀，难道你不知道德国的赫尔曼大人和日本的山本大人跟我一起来的吗？刚才你看见洋枪的厉害了吧？还敢来送死？！"

霍元甲一抖长枪道："鹰四，这是我爹留下的霍家枪，今天，我定用他刺穿你的胸膛！"

霍元甲又抓起王五的大刀："这是王五大哥传我的宝刀，今天我定用其砍下你的狗头！"

山本早已等不及了，他猛地抽出武士刀，刀又窄又长，寒光凛凛。

山本走上前："霍元甲，你的武功确实厉害，让我来领教领教！"说着，山本脱下木屐，将霍元甲拦在了台阶之下。

鹰四："山本大人的武士刀厉害，听说在廊坊，他一个人就砍死了好几十号……啊，对了，你大哥霍元栋的武艺可真稀松平常，还敢跟山本大人过招？山本大人险些卸下他一条胳膊，还有你爹，他也领教了山本大人的武士刀！"

霍元甲一愣，看向山本，想起大哥和父亲惨不忍睹的死状，便知这日本人也有份，眼睛更是红了几分。

此时山本正将武士刀摆正，一副要进攻的样子。

武士刀，起源于东洋本土，以蕨手刀为始祖，又借鉴大唐横刀，锻造锋利，身狭柄长，双手握刀，劈斩自如。

霍元甲咬牙一字一句道："东洋倭寇，伤我慈父，我就让你领教领教霍家枪的厉害！"

说着，霍元甲掷刀于地，举枪刺向山本，山本的武士刀确实厉害，霍元甲的霍家枪也无比娴熟，几个回合之后，山本已气喘吁吁，可霍元甲枪法更厉害，但由于着急，也让山本抓住了破绽，攻到近身，险些受伤。霍元甲撤身，再战，这次他根本不给山本机会，枪尖始终在山本的咽喉处舞动。危急关头，山本急得嗷嗷直叫，突然“砰”的一声枪响，霍元甲连忙抽枪躲闪，子弹打空了。山本趁机一刀撩在霍元甲胸前，霍元甲胸前瞬间血红，二人收招，同时向枪响地方望去。

赫尔曼吹着自己手枪枪口冒出的白烟，又一口喝光了手里的红酒，将枪拍在了桌上，赤手空拳地走向霍元甲。山本怪叫了两句，就回了座位。

鹰四道:“霍元甲！德国的赫尔曼大人，西洋拳厉害！你是中国人啊，别给祖宗丢脸！把手里的兵器放下，跟赫尔曼大人过过招！”

霍元甲看着周围站着的几个德国人，又看了看他们手里的枪，已然知道父亲身上的枪伤是此人所为，他自言自语:“父亲，您在天上看着，今日儿就用霍氏秘宗拳教训这穷凶极恶的洋人！”

霍元甲亮出了秘宗拳的架势，二人打在了一起，拳拳到肉，虽霍元甲武艺更胜一筹，可他已连战数场，有些疲惫。赫尔曼专打霍元甲受过伤的地方，让他很被动。霍元甲在拳上面很难占到赫尔曼便宜，便用脚进攻，一个神龙摆尾，脚底抽在了赫尔曼的脸上。赫尔曼倒地，却又迅速跃起，继续出拳。霍元甲多处受伤，体力发生变化，一个失误，被赫尔曼击中面门，鼻口流血，他抹了一把脸，冲向赫尔曼，继续打，终于，霍元甲双手拿住了赫尔曼的胳膊，他猛地一用力，赫尔曼的肘部“咔嚓”一声，惨叫着退后数步。

两名德国兵连忙上前架住赫尔曼，另两名德国兵举起枪——霍元甲见状迅速撤后，抓起王五的大刀，只听“当当”两声，子弹被大刀挡下，霍元甲的身体被子弹的强大力道险些震倒。

赫尔曼疼得龇牙咧嘴，鹰四上前将赫尔曼错位的关节恢复。

赫尔曼惨叫过后，欲拿枪击杀霍元甲，鹰四制止，缓步走向霍元甲，边走边说着：“可知这两年，你在江湖上名声大了不少。”

霍元甲看着鹰四不语。

“少装糊涂，两年前你和大刀王五比了一场，虽然没人观战，可王五逢人便说你赢了他！故而江湖上就有人传，当今武林，天下第一的是你霍元甲！”

霍元甲浑身是伤，他在调整气息，准备着更惨烈的战斗，对于鹰四所说的话，他是不知道的。

“所以四爷必须跟你打一场……今天观战的可不少，还有洋大人见证。打死你，我鹰四就夺了你天下第一的名头，也不枉我少时学武，苦练了一辈子！”

霍元甲：“你练的是中华武术，却给西洋鬼子、东洋倭寇做帮凶，没有武德，拿什么名头也是败类！”

“哼，少说废话，今天你我比的是武，不是嘴皮子！”

说着，鹰四便亮出了鹰爪拳，霍元甲插刀，以迷踪拳应对。

鹰爪拳，以拳化爪，形神似鹰，融合了岳氏连拳、翻子拳之精髓，抓拿掐锁，迅猛凌厉，招招夺命。

鹰四发力冲向霍元甲，鹰爪拳极为凶狠，招招致命，霍元甲的喉咙险些被鹰四锁到，他勉强躲过，眼前闪过了某一瞬间，大哥霍元栋正是死在鹰四这一招之下。想到兄长惨死的一幕，霍元甲目眦欲裂，以凌厉的攻势袭向鹰四，鹰四一直在保存体力，且专攻击霍元甲的受伤处，很快再次得手。

霍元甲重重地倒在地上，鹰四一跃而起，使出杀招，欲锁住霍元甲的喉咙。霍元甲就地一滚，顺手抄起了霍家枪，此时，他已鼻口滴血，伤痕累累，握枪的手都在颤抖。

鹰四笑了：“怎么？拳脚认输了？拿我兵器来！”

鹰四的武器被拿出，这是他特制的一种武器，中间是一根铁棍，两面是钢爪，耍了一个花，鹰四亮出了兵器。

霍元甲看到鹰四的兵器再次愣住了，血泊中的父亲，胸前的血窟窿甚是鲜明，想着想着，他的泪也流了下来，“啊”的一声大叫，长枪送出。霍元甲用尽最后的力气向鹰四发起了进攻。十几个回合之后，霍元甲身上又多了三五处伤，腿部伤最重，他单膝跪倒，以枪支撑身体，难以站立，鹰四见准机会，背后偷袭，眼见就要得手，却不想霍元甲猛地一缩身，长枪一抖，反向刺出，霍家枪的枪尖直奔鹰四胸口而来。鹰四大惊，连忙躲闪，可是枪还是插在了他的肩头，一阵惨叫。

霍元甲支撑着身体站了起来，目光凛冽。

鹰四：“回马枪？！”

霍元甲：“霍家枪，岳家枪也！岳武穆精忠报国，专杀你这种里通外国的奸贼。”

霍元甲举枪再次袭向鹰四，鹰四只有招架之功，霍元甲越战越勇，却不想背后，鹰四的两名亲信持刀偷袭，他无暇顾及，背部中刀，寡不敌众，霍元甲终于倒在地上，再也站不起来了。

鹰四吼道：“全给我让开！”

他看着倒在地上的霍元甲哈哈大笑，转向洋人：“赫尔曼大人，山本大人，其实中国习武之人多数都是废物，因为他们根本不知道习武的目的！就像那个王五，耍得一手好刀，却只知道四处打抱不平，不知给自己谋个一官半职，好不容易跟了个主子，还是个跟老佛爷作对的谭嗣同！所以才落了个身首异处……”

倒在地上的霍元甲挣扎着想站起来。

鹰四抬起一脚将霍元甲踢倒：“这个霍元甲也一样，不识时务！明知咱们布下天罗地网，还敢来；看到洋大人手里有枪，也不跑！你说傻不傻？这不是找死吗？山本大人，借您刀一用！”

鹰四接刀在手，指着霍元甲："霍元甲，不能让你死的这么痛快！我要斩下你双手，拉你回京示众，这样天下人才知道我鹰四打败了你霍元甲！"

霍元甲已毫无力气，只是死死地瞪着鹰四，鹰四持武士刀走向霍元甲，对着霍元甲的胳膊抡起刀就要砍，突然"轰"的一声巨响，驿馆大门被炸开，守着门口的善扑营士兵皆被炸飞。

门外一片烟尘，看不清来了多少人，只能听到枪声。

鹰四大喊："保护洋大人！"

来人冲在最前面开枪射击的是农劲荪和阿发，其他的便是和霍元甲一起抢夺王五人头的那些进步人士，众人火力很猛，将鹰四等人压制住。

刘振声等人冲向重伤的霍元甲，抬起就跑。

"不能让霍元甲跑了！洋大人开枪啊！"

鹰四急不可耐，可德国兵被炸药震住了，不敢轻易开枪。

鹰四一咬牙，自己欲冲上去砍杀霍元甲，却被两名亲信抱住。

烟尘中，农劲荪见霍元甲已脱险，一个手势之后，众人一同逃跑。

又一次回到了城外的破庙，霍元甲浑身被包得像个木乃伊，除了为他换药的农劲荪，其他人，包括霍母、霍冯氏、王氏、霍元甲的徒弟们，全都戴着孝，哭声四起。听着这哭声，霍元甲眼角淌下一滴泪，再次昏迷过去。

深夜，老人小孩都已睡去，霍元甲的伤现在已好了很多，不再像个木乃伊，他悄然地摸到一根棍子，艰难地起身，他以为所有人都睡着了，可是刚要下地就有人冲上来扶住了他。

霍元甲定睛看去，借着月光，清晰可见是王氏。

“不用你扶，让开。”

王氏只好退后，霍元甲自己拄着棍子，艰难地向外走着。

走到一帐篷旁，霍元甲向负责警戒的刘振声吩咐着：“帮我请下农先生。”

农劲荪听见了霍元甲的声音，已经从帐篷走出。

农劲荪：“霍师傅，感觉好些了吗？”

霍元甲：“习武之人，受伤是常有的事，只要元气不散，很快就会痊愈。”

农劲荪敬佩地点了点头：“这要是换了普通人，三个月都很难下地，伤筋动骨一百天啊……”

霍元甲：“请问农先生，你是如何知道元甲有难的？”

农劲荪：“我听阿发说你不让他跟着，就猜到霍师傅的心意。鹰四这个人睚眦必报，怎肯善罢甘休？我就联系了几个同道，都是王五大哥的故交，也都敬佩霍师傅的人品和担当。再说了，夺回王大侠的头颅是大伙的主意，怎能让你一个人扛？所以……幸好阿发跟你多年，发现你家中遇难，就找到了这儿，和几位师兄弟会合。”

霍元甲点了点头：“农先生是有备而来，若不是有炸药和洋枪，也是徒劳。”

霍元甲说着，艰难抱拳。

农劲荪：“唉，能救下霍师傅的性命是我们的荣幸，你可千万不能谢！”

霍元甲：“非也。元甲害死了父兄，罪该万死，那日就是抱着必死之心去找鹰四报仇的，你们救我之命，元甲不谢！”

农劲荪一愣。

“今日昏迷中，听说农先生已带人为父兄和族人收了尸，如此大恩，元甲非谢不可！”

话音未落，霍元甲身体往前一倾，单膝跪地，凳子都被他带倒了。农劲荪连忙双膝跪地拖住霍元甲：“这更无须谢！霍氏一门节义，况且祸事因我们而起，若非如此，我等怎能心安？”

“不，请农先生退后一步，元甲要给您磕头。”

“真的不用啊！”

霍元甲很倔强：“农先生请受！”

“这……”

刘振声：“农先生，我师父最讲忠孝节义，您带人为师爷收了尸，就受此大礼吧！”

农劲荪见刘振声落泪，又看向霍元甲那真挚的目光，无奈起身，退后了一步。霍元甲双手艰难按地，“当”的一个响头磕在了地上。农劲荪的双腿突然跪倒，“咣当”也磕了一个响头。

霍元甲抬头：“农先生，您这是……”

农劲荪抬头：“我外甥是大侠弟子，你我同辈，刚才互相磕了头，就此结拜为兄弟如何？”

霍元甲愣了一下：“不可，元甲不愿拖累您，义兄王五已死……”

“劲荪不怕！结拜之事，请大侠应允！”

霍元甲还是犹豫着。

“伯父大人已停尸数日，天气如此炎热……今日你我结拜，明日我好替你为老人家发丧！”

刘振声：“是啊师父，满城贴的都是抓捕你我师徒的告示，我们想替师爷下葬都无能为力呀！”

霍元甲握住农劲荪的手，首肯了。

“太好了！我听阿发说过，你我同年而生，不知你是哪个月份？你我谁是兄谁是弟？”

“农先生，家兄霍元栋与义兄王五都已故去，兄弟相称难免会让我……”

霍元甲说不下去了，农劲荪饱含热泪，表示理解。

霍元甲：“你是新派之人，我二人今日结拜，不论兄弟，从今以后，你只称我元甲，我只叫你劲荪如何？”

“元甲！”

“劲荪！”

二人双手握在一起，自此便是一生的肝胆相照。王氏站在破庙大殿门口听得一清二楚，得知霍父可以入土为安，她甚是欣慰。

二十几座新坟，每个坟包上都插着幡，霍元甲跪在其中一座坟前。农劲荪走近，放慢了脚步，细心观察。此时的霍元甲十指插入泥土间，满眼泪水："爹，儿定杀了鹰四，替您，替兄长，替这二十多口霍姓子弟报仇雪恨！"

农劲荪轻轻地跪在了霍元甲身旁，霍元甲发现，但他止不住泪水。

农劲荪："四处找不到你，大伙急坏了，快回去吧。"

霍元甲："父兄已下葬多日，白天我不能来，夜里鹰四又奈我何？吕四鹰，我必须让你血债血偿！"

"报仇？"

农劲荪摇了摇头："我派眼线盯了鹰四几天，他身边的善扑营高手都配了洋枪，上街时身边没少过八个随从，就是防你的！"

霍元甲："就算粉身碎骨，我也要报此大仇！"

农劲荪："罪魁祸首是对外怯懦、对内残酷的清王朝，鹰四只不过是爪牙而已。你要报仇，难道也去灭了鹰四的满门才痛快？"

这是霍元甲没想到的，他愣住了，紧接着他仰望苍天："如果不报仇，又怎么对得起父兄和这些亡灵？劲荪，我求你给我一枪，送我赴黄泉找他们磕头谢罪！"

"元甲，你说什么呢！"

"习武之人最要脸面，奸人杀我父兄，我却不能为他们报仇，世人怎么看我？以后我又如何在武林中昂首做人？"

"一个人活着，不应在乎一朝一夕的荣辱，若能在历史的长河中担负起应有的使命，才是让人敬佩的伟人！"

霍元甲又愣了。

农劲荪："这不是我说的，是谭嗣同谭大人对我说的！谭大人就是这样的伟人，王五大哥也是。元甲，好好想想，你若意气用事丢了性命，伯母怎么活？还有二位嫂夫人怎么活？再说那失去父亲的侄男侄女，你难道没有责任将他们养大成人吗？"

霍元甲无话可说。

农劲荪继续道："天津不能久留了，元甲，你现在应想想去何处安身立命！"

虽脸色苍白，但已基本康复的霍元甲立在运河之畔与农劲荪一行道别。

农劲荪："元甲，昨夜我和阿发聊了半宿，他就是不肯跟我走……"

霍元甲看向阿发，阿发"扑通"跪倒："师父上次撵我，是怕连累我，一番好意徒儿心领了。可现在您已决定退隐山林，就让徒弟跟在您身前尽孝，也能……日夜学习武艺……求您答应！"

霍元甲："你是大少爷，到了山里日子苦，可受得了？"

"为学武，我什么苦都受得！"

"也罢！那你就留下吧。"

阿发兴奋地站了起来："舅舅，到了京城给我母亲写信，就说我一切都好，请她不用惦记！"

高奇："你小子别美得太早，到了山里没你舅护着，看我怎么收拾你。"

阿发笑了："与二师兄切磋武艺，挨收拾我乐意，不过你也小心，别被我收拾了！"

众人哈哈大笑。

农劲荪与霍元甲相互抱拳。

"元甲，就此别过！"

"劲荪，就此别过。"

二人惺惺相惜。农劲荪转身带着他的一众同道上了两辆马车，马车上有些箱子和包裹，枪支藏匿其中。

待得农劲荪走远，刘振声出声："师父，那咱们也赶路吧？"

霍元甲："等等……"

霍元甲看了一眼自己身后的两辆马车："你先去把王家小姐请来。"

刘振声一愣："师娘……"

"别叫师娘！王家小姐。"

"二少爷叫我？"

霍元甲转过身与王氏对视，突然抱拳深深鞠躬："这么多天来害得王家小姐颠沛流离，霍元甲深表歉意！"

王氏傻了："你叫我什么？"

"徒弟们告诉我，令尊正在四处寻找小姐，我这就让振声送你回家，如何？"

"你我已拜堂成亲，这番话又是什么意思？"

"如今霍家已破，我也成了朝廷缉拿的要犯，将来只能四处逃亡，浪迹江湖。更何况，虽草草拜堂，却……却并未洞房……就请小姐权当没有过这门亲事！"

"我既已进霍家的门，怎可当没有过婚事？你我给霍家祖宗牌位磕了头，你就是我丈夫！"

霍元甲突然一绷脸："我一番好意你听不出？难道是个傻子不成！"

王氏针锋相对："你到天涯，我随你天涯；你吃糠咽菜，我随你吃糠咽菜；你说我是傻子，我便是傻子了。"

霍元甲怒道："说得好听，三天前我就遣散了下人，唯独你……"

霍元甲指着站在不远处的小丫鬟："直到现在还要丫鬟伺候，还说要跟我吃糠咽菜，我能信你吗？！"

王氏也大声道："莲儿自幼孤苦，与我情同姐妹。我也劝过她，可她不肯走，我又怎么舍得把她送回我娘家？我哥哥早就打她的主意，要纳她为妾，扬言如果不肯，就卖入娼门。霍元甲，你难道就差这小丫头一口饭吃不成？”

“强词夺理！总之，我与你并没有夫妻之实，与你成亲也因父命难违。如今，跟着我随时都会大难临头，还请你现在就振翅高飞，另择佳偶吧！”

王氏满眼泪水：“霍元甲，我生是霍家的媳妇，死是霍家的鬼！”

说罢，王氏一转身，霍元甲大惊意识到不好，可已经来不及，王氏纵身跳进运河，身影没入滔滔河水，霍元甲张大了嘴，半晌才反应过来，随之跳入河里。

霍元甲将已经湿透的王氏抱上岸来，将王氏抱于平坦之处，使劲按着她前胸，接着他捧着王氏的腰，将其倒控。

入夜，一堆篝火前，王氏慢慢睁开眼，猛地起身，发现身上盖的是霍元甲的衣服，王氏连忙拽高衣服，遮挡身体，却发现一双雪白的大脚裸着，没了遮盖。

霍元甲回过身：“醒了？”

“你……你脱了我的衣服。”

“怕你着凉，没办法。”

“你何苦救我？”

“我霍元甲已害死很多人，不能再害你了。”

“那还撵我走吗？”

霍元甲愣了愣：“没想到你居然是双大脚……”

王氏有些失望：“原来你是因为我没缠足嫌弃我？”

霍元甲不答，而是反问：“你是大脚，为什么早没人告诉我？”

王氏：“媒婆拿了我爹的银子，当然不会说。”

霍元甲忽然哈哈大笑：“我霍元甲居然娶到了一个大脚女人，老天爷待我不薄啊！”

“你说什么？你……”

王氏羞红了脸，霍元甲将烤干的衣服扔给她："衣服烤干了，夫人快换上，再耽误娘更该着急了！"

霍元甲看王氏的目光，眼神中已经有了笑意，而聪颖的王氏自然也明白，在那一刻，她已被丈夫完全接纳了。

第二卷

遁隐风云

第一章　生计

骤雪纷飞，北方大地一片苍茫。

坐落在山沟里的几间茅屋似乎也快要被厚厚的大雪压垮。

这是河间府地界，后属沧州辖地的东光县，霍元甲的祖籍之地。

逃离天津后，霍元甲便带着家里的老小和徒弟们一路上辗转流浪，最后还是回到了老家。为避人耳目，他们在远离县城的无名山沟搭了茅屋，隐姓埋名地住下来，一晃就是两年光景。

这两年里，霍元甲一边维持着家里人过活，一边心无旁骛地带着徒弟们习武。

不远处，几个“雪人”马步而立，正是霍元甲和徒弟高奇、阿发、许大有、小伍。

许久，霍元甲收势，抖落了一身的雪，徒弟们也照做，几个人冻得嗷嗷叫唤。

霍元甲回身道："天冷了，以后你们可以不用跟为师一起练功了。"

小伍："师父，我不……不……不怕冷！"

霍元甲看向小伍："尤其是你，小伍，你还在长身体，本来就吃不饱，练功饿得更快。"说完，霍元甲向茅屋走去。

高奇踢了一脚小伍："小伍，师父什么意思你听明白没有？"

小伍迷茫地摇了摇头。

高奇又道："就算是饿了，你也得忍着！今年秋天收成不好，打的粮食有数，你不知道？"

小伍："我知道。"

高奇："知道就少吃点，饿不死得了，省得那头母驴叫唤！"

小伍立刻明白了，阿发有些不悦："二师兄，你背后叫大伯母什么？无论如何她是长辈，你太没礼貌了吧！"

高奇："礼貌？我比不了你黄大少爷，今天再敢给我白眼，我要她好看！"

许大有："二师兄，大伯惨死，大伯母心里难受，脾气大了点，瞪我们几眼，嚷我们几声，又算个啥……"

阿发："就是，连师父每天都在练一个忍字，何况我们？！"

高奇："忍？我早就忍无可忍了！非得找个机会教训教训那头母驴……"

阿发："住口！不准你再对长辈出言不逊！"

高奇："哟！黄文发，你忘了自己是老几了吧？"

说着，高奇一拳向阿发打去，阿发还手，二人打在一起，越打越凶，小伍和许大有插不上手。打着打着，高奇和阿发竟摔起跤来，高奇将阿发摔在地上，阿发不服，起身再战，又将高奇摔在地上，这下两人都急了，再打在一起时都用了狠招，已不像师兄弟闹着玩了。

小伍："四师兄，我去叫师父吧！"

许大有：“不用，让师父少操点心吧。”

说完，许大有突然冲上前，同时抓住了正在较劲的阿发和高奇的胳膊，许大有向外用力，竟将两人硬生生地分开了，高奇和阿发再次冲上，许大有又用简洁有效的招式将二人击退，自己站在中间拦着，不许二人再动手。

高奇：“大有，你刚入门的时候可是二师兄替师传艺的，帮我揍他！”

阿发：“大有，咱们学的不光是武艺，师父常说以德为先，还让师兄弟间相互督促，高奇辱骂长辈，就该教训！你帮我一起，打他个心服口服！”

许大有：“我谁也不帮，但你们俩打架也没门！”

高奇：“行啊，许大有，平时我可对你最好，你良心让狗吃了？仗着师父夸你几句，还真以为自己武功高强，师兄们都不是你对手了？”

许大有一下被说愣了，阿发却笑了：“大有，就算你天资好，也不至于一个人能打我们两个吧？太小瞧人了！”

高奇：“阿发，你要不说我还没想到，许大有这是目无师兄啊！”

“我……我没有！”

高奇：“还嘴硬？阿发，咱俩先教训他！”

说着，高奇一掌向许大有劈去，许大有应战，却只用一只手，几招下来，高奇还真不是许大有的对手。

高奇气坏了：“他还只用一只手？阿发，还愣着干什么？”

阿发也有点生气，一拳向许大有袭去，许大有用另一只手与阿发过招，还真应付了十来个回合，二人确实比许大有差一点，但合力而上，许大有是万万打不过的，二人双双抓住许大有的胳膊，将其扔了出去，摔在雪地间。

正在高奇和阿发拍手称快之际，远处一个声音传来：“两位师兄一起欺负师弟，长本事了？”

高奇和阿发听到声音都不敢回头，可还是慢慢地回过身去，霍元甲站在二人身后："师娘喊吃饭了，大有、小伍快来，欺负师弟的就不用吃了，在门口倒立。"

霍元甲转身进屋，许大有爬起身，瞪了两个师兄一眼，和小伍跑向茅屋。

高奇和阿发面面相觑。

茅屋之内，一张高桌，霍母、霍冯氏、王氏、十一岁的侄女霍东媛、九岁的侄子霍东方和霍元甲在桌上吃着饭。

丫鬟小莲、许大有、小伍在小桌上吃饭，小莲瞥了一眼许大有，那眼神中暴露了喜爱之情，她将自己的玉米面饼子掰了一半，塞给许大有，许大有笑了笑，又将接到手里的半个饼子掰了一半，分给小伍。

霍冯氏起身来到小桌："今儿个好，吃闲饭的人少……"说着就端起小桌上的干粮笸箩，回到大桌："娘，这儿还有，您再吃一个！"

霍母："我够了。"

霍冯氏："弟妹……"

王氏："我也够了，多谢大嫂。"

霍冯氏不再让，直接拿起一块干粮塞在霍东方手里："东方，你吃！看你瘦的，这要你爹还活着，看见得多心疼啊！"

霍东方："我饱了……"

霍冯氏："那也得吃！你是霍家的长房少爷，你不吃，给那些外人留着，那不是傻吗？"

霍元甲低头喝着粥，顿了顿，但没敢抬头。小桌上，许大有、小伍和小莲脸色都有些难看。

王氏不再吃自己面前的干粮，拿出了手绢，霍元甲瞟了她一眼，王氏会意，将自己和霍元甲没吃的干粮都包了起来。

仍在倒立的高奇和阿发看到王氏从茅屋里走了出来。

王氏笑道："你们兄弟俩可真实在，还真一直这么倒立啊？"

阿发艰难道："师父之命不敢违。"

王氏："那立到什么时候？"

高奇："不知道，师父只说让倒立，没说罚到什么时辰……"

王氏：刚才我问元甲了，他说不是罚，是你们两个缺练倒立这门功夫。行了，练得差不多了，起来吧。

高奇立刻翻了下来，活动着胳膊，阿发却没动。

王氏看向阿发："你怎么不起？"

阿发："师父没说，不敢。"

王氏又笑了："我真的问过元甲了，怎么，怕师娘骗你？"

阿发这才起身。

王氏拿出手绢，递给二人："这是你们的早饭，还有鸡蛋，可惜只有一个，你们俩分着吃吧。"

高奇："鸡蛋可不行，师娘有了身孕，每天一个鸡蛋是奶奶吩咐的，我们怎么敢……"

王氏："我每天都吃，早吃腻了。"说着，王氏就把鸡蛋塞到了高奇手里。

王氏转向阿发："阿发，你是南洋少爷，却跟着我们在这山沟里受苦，委屈你了。刚才元甲跟我说，想让我劝劝你……"

一听这话，阿发连忙抱拳："请师娘莫开尊口，我早已下定决心，再跟师父学艺三年，期未满，绝不走！"

王氏的话被噎了回去："那我就不劝了。"

王氏转向高奇："高奇，元甲的几个徒弟里数你最精明，师娘求你件事？"

高奇："请师娘吩咐。"

王氏从怀里掏出另一个包裹严实的手绢："师娘有几件首饰，在山里也用不上，请你进趟城，找个当铺换成银子，可一定要好好谈价钱。"

"这我可不敢！"

“为何？”

“要是让师父知道我当了您的首饰，我还不得挨板子！”

王氏笑了：“你师父有那么不通情理，动不动就打人吗？放心，这事我虽没跟元甲商量，但我知道若换成他，也会这样做。霍家是大户人家，我听说在天津的时候，公公婆婆最看重过年，去年虽在山沟里，可靠带出来的银子，咱们的年过得还算不错，可今年……上有老下有小的一大家子，总不能太寒碜吧？尤其是东媛和东方，生下来就是大小姐大少爷，可没受过委屈。”

高奇看了看阿发，他明白王氏的心意了。

王氏：“换了银子，把年货置齐，也就算这些东西物有所值了，可别都花光，一定要留些，明年春天好抓猪崽儿，还要买小鸡儿、小鹅儿，元甲还想再多开几亩荒，这样粮食也就富余了，再到冬天，猪啊鸡啊都长大了，过年咱就不愁了！”

高奇心中的烦躁瞬间被王氏化解。

王氏看向阿发：“阿发和二师兄一起去吧，雪大路滑，相互照应，有事兄弟间还可以商量。”

高奇：“我不带他，一个大少爷，用得着他照应？”

阿发也来了脾气：“我还不愿意跟你去呢！”

王氏笑了：“上次振声说什么来着，他在路上见过老虎……”

高奇一愣。

王氏：“俗话说，打虎亲兄弟，你们跟着师父共同患难，早就不分彼此了，跟亲兄弟没区别。若真遇上老虎，兄弟俩一起上，一定能打跑它！”

高奇：“嗨，打跑干啥，要是让我们哥俩遇上老虎，过年咱就包老虎馅饺子！”

阿发：“二师兄，师娘刚夸你精明，怎么连师娘的笑话都听不出来？路上哪有老虎……师娘是知道咱俩斗嘴、动手了，才故意派咱俩一起进城……”

高奇有些尴尬：“用你多嘴，我早听出来了……”

高奇向王氏一抱拳：“多谢师娘好意，以后我再也不跟阿发一般见识了，我是师兄他是师弟，我全让着他！”

阿发：“二师兄看你说的，我做错了也请师兄多担待！”

“这就对了。”

阿发与高奇相视一笑，见二人已和解，王氏微笑，真是润物细无声。

雪已经停了，许大有和小伍在霍元甲的指挥下贴着春联，霍元甲对字很满意，脸上露出少有的笑容，霍东媛捧着糨糊碗，念着上联：“瑞雪兆丰收，年年有余粮。”在一旁玩耍的霍东方念着下联：“喜梅迎新景，岁岁报平安。”

霍东媛：“横批是，春风化雨。二叔，你的字越写越好了，快赶上爷爷的了！”

霍元甲有些不好意思：“好像还差两个大福字，等着，二叔写去。”说完，霍元甲就进了门。

屋里破旧的桌子上放着红纸和笔，霍元甲用匕首裁出两张方纸，将大笔蘸足了墨，正要写，只听得身后传来母亲的声音：“福字就不用写了，你大大的写上两个忍字，贴在门上。”

霍元甲：“娘，大过年的写这个字，不吉利吧？”

霍母：“平安就是最大的吉利，娘希望你写这个字。”

霍元甲：“……儿可是什么地方又做错了？”

王氏走来：“要不我替元甲写吧？”说着，王氏就伸手去拿霍元甲手里的笔。

霍母：“不行，让他自己写，一笔一画地写。儿媳妇，你研墨。”

王氏：“是，娘。”

霍元甲见母亲严厉：“儿遵命。”

霍元甲转过头，看着红纸，他皱了皱眉头，认真地在红纸上写着忍字，忍字头上一把刀，真像是插在霍元甲心头的刀。

霍元甲写完，霍母看了看："好字，亲手贴到门上去，娘就可以过个好年了。"

霍元甲："儿遵命。"说完，霍元甲拿着两张红纸向外走去。

霍元甲一个人贴着忍字，旁边的许大有和小伍不敢多嘴，霍东媛和霍东方相互对视，也不再出声。

王氏出门，帮霍元甲按着红纸。

霍元甲："娘这是怎么了？"

王氏："还不是怪你。"

霍元甲："我怎么了？"

王氏："昨天你是不是又做噩梦了，一直喊着'鹰四，我要将你碎尸万段'什么的？"

霍元甲倒吸一口凉气："又让娘担惊受怕了，难怪她老人家让我写这个字。"

王氏："这个字也没什么不好，听说公公生前就常让你练这个字。元甲，自古许多盖世英雄难得善终，就是因为没有练好这个字。"

霍元甲点了点头，突然间，马车的声音从远处传来。

高奇："师父！师娘！"

霍元甲和王氏回头。

霍元甲："回来了？这么快？还买了这么多东西？哪来的银子？"

果然，高奇和阿发赶着的车上堆满了货物。

许大有、阿发卸着货，高奇将手绢还给王氏："师娘，完璧归赵。"

王氏打开手绢一看，几样首饰都在："没当首饰，你怎么置办的年货？"

高奇："让师娘当嫁妆，那是我们这些当徒弟的不孝！"

王氏："少耍贫嘴，哪来的银子？元甲教你们习武是为了强身健体，最怕的就是你们仗着身有武艺为非作歹！你们不会……"

高奇："没有没有没有！师娘，您想哪去了，这不是有黄大少爷嘛。"

王氏："阿发？怎么回事？"

高奇："我可没逼他，是他自愿的。当铺老板心黑，您这么多好首饰，就给算了一点钱，黄大少爷一生气，就把自己的怀表给拍进去了。那表纯金的，当铺老板乐得下巴都快掉地上了！"

王氏急了："那怎么行？"

阿发正放下一袋货物往外走，王氏追了过去，拉住阿发："阿发，你快拿我的这些首饰去当铺，换回你的怀表！"

"小意思，师娘您别当回事！我不让二师兄跟您说，他嘴可真欠！"

"不行！"

"怎么不行啊，不就是买些粮食、年货嘛，我难道不吃不喝？"

"你是徒弟，在师父家吃喝是应该的，可是师父一家老小，不能用你的钱过年，这是规矩！去，拿着这些首饰，换回你的表，不然我就告诉你师父，把你逐出师门！"

王氏急了，瞪大了眼睛，阿发吓得不知如何是好。

高奇追了出来："师娘，您别急，这大雪的天，来回一趟，年前就赶不回来了……"

王氏："那也不行！谁让他自作主张？"

阿发直咧嘴，不知如何是好。

高奇低下头："师娘，您别怪阿发，是我挤对他来着，您不是夸我精明嘛，我想，不能白让您夸呀，我还以为没当首饰就把年货办回来，您会高兴呢……"

王氏转身瞪着高奇："这就是你的不对了，你是师兄，比阿发入门早，怎么能……我这就告诉元甲去，让他处置！"

高奇吓得连忙央求："别啊师娘，我知道错了，千万别告诉师父！"

王氏气得不理高奇。

高奇："师娘，您的首饰我也真给当铺看了，跟他的那块金表估的是一个价，要不这么着，您把首饰给阿发，抵了还不行吗？"

王氏："这倒也是个办法，你还真精明，阿发，把你的手伸过来。"

王氏将首饰拍在阿发手上："这些首饰是你的了，再有进城的机会，到当铺把表换回来。"

"是。"

王氏转身进门，高奇和阿发对视。

时间飞快，已到了除夕之夜。

北风呼号中，高奇、阿发、许大有和小伍跺着脚，站在屋门前，一起用嘴模拟着鞭炮的声音："噼里啪啦，噼里啪啦，啾——砰！啾——砰砰！"

霍东媛、霍东方和小莲笑得前仰后合。这贫寒却是温暖的一幕，令霍元甲感慨万千。情不自禁地，霍元甲也走了出来，加入徒弟们的行列，嘴里发出爆竹的声音。

王氏看在眼里，没有立即叫住丈夫，而是等了一会儿，才说道："行了行了！这都放了好几挂鞭了，窜天猴、二踢脚都有了，进屋吃年夜饭吧！"

众人高兴地回身，进屋。王氏见霍元甲望着远处，走了过去："元甲，开饭了。"

霍元甲忧心忡忡的样子："十七天了……"

王氏："你担心振声啊？他办事谨慎，老成练达，不会出什么差错的，我想应该是在京城打听消息的时候，碰到了朋友，被留下过年了。"

霍元甲："但愿如此吧。"

王氏挽着霍元甲向茅屋走去。

茅屋之内，霍母坐在首位，霍冯氏带着一双儿女跪倒："娘，元栋没了，我们苦命的娘仨给您磕头拜年。"

霍冯氏哭着，霍母也掉了眼泪："起来起来，过年了，不哭了，儿媳妇过年好，大孙子大孙女过年好！”

霍元甲和王氏跪倒。

霍元甲：“母亲大人在上，儿子、儿媳给您叩首拜年。”

王氏：“祝您老长寿，万福。”

霍元甲和王氏给霍母磕头。

霍母：“好，好，元甲、元甲媳妇过年好。”

高奇、阿发、许大有、小伍跪下：“给奶奶拜年！”

霍母：“哎！起来吧，你们都过年好！”

小莲跪下：“小莲给老夫人拜年！”

霍母：“你也过年好，起来。”

霍母站起身，小莲连忙扶住。

霍母：“去年还能给你们些压岁钱，今年老太太已经身无分文了，大伙见谅！”

王氏：“娘，看您说的，快坐。”

霍母坐下：“大家也都坐吧，吃年夜饭了！”

众人分两桌入座，刚要动筷子，门外传来“咚咚”的声音，刘振声撞开了门，他一脸的冰雪，身上还扛着一头狼，狼和刘振声都在滴着血。小莲和霍东媛被吓得直叫。

刘振声：“哎哎哎，大小姐别怕，死的！”

说着，刘振声就将狼甩在了地上，自己却“扑通”跪地：“奶奶在上，刘振声给您磕头拜年！”

霍母：“好！好！”

霍元甲上前一把抓住刘振声：“振声，你怎么才回来，急死我了！”

刘振声嘿嘿笑着：“昨天赶夜路碰上头独狼，我一想大过年的，加个菜呗，我就追。这畜生还真能跑，费了一天的劲……”

霍元甲：“你受伤了？”

霍元甲看向刘振声向下淌着血的胳膊。

刘振声：“学艺不精，让畜生咬着了，真给师父丢人。”

霍元甲心疼，王氏连忙道：“大有，快去打热水，让你大师兄洗洗脸，换身衣服，一起吃年夜饭！”

众人一下子忙活了起来。

一会儿的工夫，饭已经吃完，两桌合一桌，灯下，众人听着刘振声的讲述：“冬至月二十九，老佛爷从西安回来了，一看北京城被洋人给祸害的不成样子，她也生气！说了，因得罪洋人被下了大狱的，能放的都放，还专门有人把我师父的事写了奏章，递给老佛爷！老佛爷下旨，说把王五的人头挂在城楼上示众的是洋人，甭管是谁抢下来的，朝廷一概不再追究。”

霍元甲一言未发。

霍冯氏很激动：“这么说可以回天津老家了？快回去吧，这穷山沟，要啥没啥，饭都吃不饱，我可真是待够了！”

霍母没表态。

霍元甲问道：“天津现在怎么样？”

刘振声：“还在洋人手里，那衙门的名叫什么八国联军暂行管理都统衙门。有仨都统，一个英国人，一个俄国人，一个日本人，还有十几个委员。洋人们组织了一个巡捕队，经常四处抓人……总之吧，天津现在洋人横行霸道，老百姓民不聊生。”

“那咱们家呢？”

刘振声：“洋衙门给贴了封条，邻居也都搬走了，毕竟一夜之间死了二十多口，他们害怕闹鬼。”

霍母：“元甲，你的事，朝廷已下旨不再追究，我们这一大家子，何去何从，你做主吧。”

霍元甲：“儿害死了父兄，有罪在身，怎敢做主？”

霍母：“你大嫂想回天津，你怎么看？”

霍元甲：“全听娘的。”

霍冯氏：“虽说死了那么多人，宅子不吉利了，前些年二叔惹了祸，乡下田产也都卖了，可咱们家还有买卖铺户啊！回了天津，孩子们不用忍饥挨饿，还能念书！”

霍元甲始终低着头不发言。

王氏突然出声：“娘，我能说几句吗？”

霍母：“说。”

王氏：“这一年多以来，咱们一家老小在这山沟里艰苦度日，难是难了点，可也有好处。第一呢，往上三代，咱们霍家也是靠天吃饭的庄稼人，元甲虽武功高强，种地的手艺却一点都不会，这来了一年多，庄稼活他可越干越好了……”

没等王氏说完，霍冯氏打断：“这算什么好事？我儿子可不能一辈子种庄稼！”

霍母：“老大媳妇，你让元甲媳妇说完。”

王氏：“第二，元甲隐居山里，远离了祸患，不用每天提心吊胆；第三呢，一家人日夜相伴，少了分别的惦念……”

王氏说完转向霍冯氏：“大嫂，去年夏天旱，粮食打得少，让东媛和东方受委屈了。您放心，元甲又看好了适合开荒的两块山地，明年春天咱们多种几亩，再养上两头猪，多养些鸡呀、鸭呀的，让孩子们有肉吃。念书是个大事，元甲心不够细，教东方确实难为他了。大嫂要是信任，来年让我试试？我读过十年书，在娘家时也给弟弟妹妹们当过先生，保证不会让东方落了学业，东媛要是愿意，也可以一起读……”

霍冯氏：“说得倒是挺好听，可还是不如回天津好啊！”

王氏：“您刚才也听见了，洋人的巡捕横行霸道，元甲自幼习武，爱打抱不平，回到了天津，以他的脾气，万一又招惹了洋人……大嫂……”王氏已经开始央求。

霍母：“元甲媳妇说得好，头头是道，句句在理。老大媳妇，为娘也喜欢这山里，天津就先不回了。”

霍冯氏还不甘心：“娘……”

霍母：“我怕回去了，睹物思人，过不了几天就得随老爷去了……我还没活够呢！”

霍冯氏见霍母如此，也只得收敛，霍母继续着：“种地我是种不动了，养小鸡儿、小鸭儿的活交给我，我在娘家就最爱干这些活！”

听了霍母的话，王氏松了口气，每个人都表情不同，毕竟回天津是多数人的心愿。

霍元甲瞪了王氏一眼。

霍元甲冷着脸，看着为自己洗脚的王氏："哪轮到你多嘴了！"

王氏笑了："不高兴？莫非你想回天津？"

霍元甲一下沉默了。

王氏："我猜你不想回去。我嫁的是顶天立地的大英雄，怎么可能在洋人治下苟且偷生？"

霍元甲："可是大嫂想回去，她一直有怨气。"

王氏："那也不能回，我问了振声，鹰四又升官了，而且派人去天津找了你好几次。"

霍元甲："找我正好，我还想找他呢！"

王氏："所以我们不能回天津，我不想孩子一出世就见不到爹。"

王氏摸了摸肚子，霍元甲顿时哑了火，无话可说。

已到了夏季，倾盆的大雨，汹涌的山洪在茅屋外肆虐，幸好有排水沟，不然茅屋就被山洪冲跑了。

屋里，霍冯氏抱怨着："这叫什么破地方，去年是旱，今年又下大雨，这都下了三天三夜了，好不容易养大的猪都冲跑了，现在就剩这么几只鸡，往后的日子可咋过啊！"

霍母："你少说两句吧。"

霍冯氏直撇嘴。

王氏挺着大肚子："我最担心的是麦子，洪水不会把地冲了吧……"

霍元甲猛地起身："振声，你们几个跟为师上山，先把麦子收了！"

霍母："别去了，麦子还没长熟，就算都收了也打不出粮食，开荒三年丢，认命吧。"

霍冯氏：“啊？家里的粮食可不多了，这么多张嘴等着吃饭呢！你瞧瞧他们几个，一个赛一个能吃！这要是没了粮食，我儿还不饿死啊！”

徒弟们委屈地看向霍元甲。

霍元甲：“娘，麦粒再瘪，也得收回来，总比被山洪冲跑了强。”

说着，霍元甲披了件蓑衣就出了门，徒弟们也都跟着冲了出去。

这场洪水对他们的生活来说，真可谓是雪上加霜。

一大早，阿发正在院子里劈柴，王氏缓步而至，似是有些不好意思。

阿发发现王氏：“师娘。”

王氏：“师娘恐怕得求你了，欠你的金怀表将来有机会再还，那几件首饰……”

阿发：“那几件首饰我一早就给了大师兄。”

王氏一愣。

阿发：“家里断粮了我知道，您放心吧，大师兄已经进城了，天黑前准把粮食买回来！”

王氏：“黄大少爷……”

王氏想不出别的话来，热泪盈眶地抱了抱拳。

山上的荒地里，霍元甲正带着徒弟们种玉米和谷子，新整理出来的地已经浇了水，施了肥，开荒的工具堆在一旁。

刘振声：“师父，棒了和谷子最快也得三个月才能收，师娘那几件首饰换的钱都买成了粮食，可最多也只能挺一个半月，咱们人多呀！”

霍元甲：“你有什么好办法？”

刘振声：“没有……”

霍元甲：“那就好好干活，谷子种密点，争取多打点粮食，冬天少挨饿！”

霍元甲认真地干着农活，几个徒弟无奈，也只得继续干活。

众人围坐在桌前吃着饭，一大盆野菜粥被端上桌，王氏挺着大肚子盛饭，盛到霍东方时，她使劲儿地捞干货。

霍冯氏抱怨着："这也不能天天喝野菜粥吧？孩子的脸都喝绿了！娘，您看看！"

霍冯氏将霍东方的脸掰给霍母看。

霍母："你没发现元甲已经三天连粥都没喝了吗？"

霍元甲："娘，我是在辟谷练功。"

霍母："你骗娘有什么用，唉，我儿盖世英雄，可惜要饿死在这山沟里喽……"

刘振声："不会！高奇、大有都会打猎，刚才我们商量了，待会儿就出发，明儿一早一定让您老人家吃上野味儿！"

阿发："师父，我也想跟您学辟谷练功，您教教我。"

霍元甲瞪了一眼憨蠢的阿发："这种功年轻人练不了！"

说完出了门，临行前看了眼刘振声，刘振声会意，起身跟随。

霍元甲将一枚玉佩拿出来："振声，去把这个当了。"

刘振声不接："师父，这个不行吧，这是师爷留给您的唯一的念想了！"

霍元甲："念想都在心里，玉佩就是个物件。当了吧，别光买粮食，也买些肉回来，东方想吃。"

刘振声挠着脑袋："都怪我们几个，上了三天山也没打着什么像样的东西！"

霍元甲："别自责了，你们本来也不是猎户，这个季节草深林密，又没有像样的家伙，就算是我也不一定能打得到猎物。"

霍元甲将玉佩塞到刘振声手里："去吧。"

刘振声看着玉佩落泪，转身走了，霍元甲注视他的背影，茅屋门口，王氏注视着霍元甲的背影。

苗木已经长了起来，但还不足以过膝，霍元甲站在地里，目光望着远方。

高奇、阿发、许大有扛着生产工具赶来。

高奇：“师父，干活啊！这苗长得挺好的，我们干点啥？”

霍元甲：“今日叫你们三个来不是干农活。”

阿发兴奋地说：“那是教我们练功？我早就听说过，有一门轻功叫草上飞，师父，这苗子的高度正好，您不会是……”

霍元甲：“哪有什么草上飞，那是说书先生编的！”

阿发失望的神情，许大有：“站桩！陪着苗子一起长！”

说着，许大有便站好了桩。

霍元甲：“也不是……出来吧，别把苗子踩坏了。”

霍元甲说完就向高坡荒处走去，三名徒弟连忙跟上。

行至荒处，霍元甲从腰间拿出一套书籍来，共三册，封面上写着上卷、中卷、下卷，他将三本书分别递给三人。

高奇：“这什么呀师父？”

霍元甲：“打开看看便知。”

三人分别翻开书，全都惊讶了，里面写的竟是霍氏秘宗拳，下面还有“外人莫传”的字样。阿发连忙将书合上：“师父，这是霍氏秘宗拳拳谱，我曾经听师爷说过，外姓弟子若敢偷学，要被废掉武功的！”

霍元甲：“不错，我爹活着的时候，遵照祖上遗训，从未外传。两年前父兄罹难，我娘虽走得匆忙，却没忘了带上这传家之宝。”

许大有：“那您给我们三个……”

霍元甲朗声道：“津门武者霍元甲，今日正式将霍氏秘宗拳上、中、下三卷分别传给爱徒高奇、黄文发、许大有。”

高奇和许大有同时跪倒：“多谢师父！”

阿发却愣在原地："师父，我听舅舅说过，这个您不能传，也没有权力传！"

霍元甲："其实我早就传过了，你们都是自幼跟我学拳，我独创的迷踪拳就是在霍式秘宗拳的基础上幻化而来的，要论武学根基，这里面记载的更为准确而深厚。当年我创迷踪拳，其实只是为了避开秘宗拳秘而不传的规矩。"

阿发："可是……"

霍元甲："我知道你想说什么，不错，我年少时背着家里私自收徒，传授武功，被父亲大人抓到祖宗祠堂里，杖罚三百……"

阿发："对啊，这件事我们都知道，所以，我们不能要这套拳谱！"

高奇和许大有听了也都连忙站起。

霍元甲："你们当真以为我是钢筋铁骨，真能扛住三百大棍？实话告诉你们吧，我爹只打了我十棍，便停下来问我是否能保证徒弟们一辈子遵从武德，不为非作歹，不恃强凌弱，我说我保证。他又问我，把本事都交给了外姓徒弟，未来自己有了儿孙又当如何？我答，元甲痴迷武学，生性不羁，没心思成家，现在不收徒弟教拳，一身功夫便没了传人。我爹气得将家法摔在地上，让我记住自己说过的话，不许后悔。"

霍元甲笑了笑，他其实是在回忆着霍恩第对自己的宽容。

阿发："就是啊，师爷说得没错，师娘有了身孕，也许很快就能给您生个儿子了！这套拳谱您应该留给他，我们拜师只为了学武，从来没有奢望过霍家的传家之宝啊！"

霍元甲摇了摇头："霍家早已有了嫡传男丁，其实去年春节，我将这套拳谱拿给过东方，试图正式教他习武，让霍家武学后继有人，却没想到大嫂严厉禁止他学武……说着他顿了顿，"我曾经仔细想过，就算是我自己有了儿子，等他长到五岁，我教他习武，他娘会答应吗？"

高奇、阿发、许大有面面相觑。

阿发："师娘是个通情达理的人。"

霍元甲叹了口气："是，但去年她执意不肯搬回天津，我就明白了她的心思。我不怪她，要怪就怪我自己学了武，却因此闯下天大的祸……好了，我今天把拳谱传给你们三个，霍家拳就后继有人了。振声从小跟我一起学武，秘宗拳的精髓他早已了如指掌，不再需要拳谱。小伍会留在我身边，我慢慢教他，也不需要。你三兄弟一人一本，为师的心思你们可懂得？将来无论走到哪里，为师希望你们三兄弟在一起，共同研习武学，相互照应。"

高奇："师父，您不会是要撵我们三个走吧？"

霍元甲："不是撵，是请。家里早已断粮，那块玉佩能换回多少粮食为师心里有数。你们三个正值壮年，没必要在山沟里挨饿，离开这里，无论干什么换口饱饭吃都不难，攒好了盘缠你们就跟阿发一起下南洋吧。黄家家境殷实，在南洋有很多矿业、买卖，一定也需要人手打理。阿发，带着你师兄弟一起回去，你爹一定会很高兴的。"

阿发已经落泪，无话可说，许大有："不！我不走！我还没出师！跟您学武我还没学够呢！"说着，许大有便已满脸泪水。

霍元甲严厉道："不许哭，若不是今年遭了大水，我也绝不会出此下策！大有，你为人耿直，需懂得江湖险恶，遇事多听两位师兄的。"

高奇也含着泪："师父，您这真是要撵我们走啊？"

霍元甲："是请，请你们不要陪我在这山沟受苦了！"说完，霍元甲狠心地转过身去。

高奇一抹眼泪，一咬牙："也是，有我们这么几张嘴吃饭，没少让师父受那寡妇的恶气！咱们听师父的话，走！"

阿发："二师兄？"

高奇："阿发，你别婆婆妈妈的了，师父没有难处能让我们走吗？"

许大有："可是……"

高奇："可是什么？听我的，咱们哥仨一起给恩师磕头！"

说完，高奇跪倒，阿发和许大有也跟着跪下，三人端端正正地给霍元甲磕头。

背身的霍元甲露出不舍的神情，没办法，吃不饱英雄也是气短。

又到了吃饭的时间，霍元甲只是给每个人盛着，自己却不吃。

霍冯氏："早就该这样，少了几张嘴吃饭，野菜粥每人都能多喝上一碗！儿子，吃！"

另一张桌上，小莲和小伍都抹着鼻子。

霍冯氏起身："哎呀，小伍哭也就哭了，人家是师兄弟嘛，小莲，你跟着哭啥？"

小莲连忙抹眼泪："我没哭……"可是一出声，小莲的哭腔更明显了。

霍冯氏："哦，我明白了，准是跟那仨坏小子哪个好上了吧？相好的被二少爷撵走了，你伤心了？快说，你相好的是哪个？"

小莲一听吓得够呛。

王氏笑道："大嫂，别拿小丫头寻开心了，她才多大呀！"

霍冯氏："才多大？我早就看出苗头来了！高奇吧？啊不对，阿发！你知道人家是大少爷，想嫁到南洋去享福对不对？"

霍母用筷子敲了敲粥碗，慢悠悠道："粥太稀了？堵不住你的嘴？"

霍冯氏一愣。

霍母："你是个大少奶奶，逗人家小丫头合适吗？"

霍冯氏："什么大少奶奶，都喝一个月的粥了，这不是找个穷乐嘛……”

霍元甲一言不发，但脸上表情更加沉闷，一会儿后，他突然起身走向角落，打开粮缸，小缸里还有少量的米，大缸里还有些高粱，他将小缸的米倒进大铁锅，又用双手将大缸举了起来，将高粱也全都倒进铁锅，一点不剩。

王氏："元甲，你干啥？"

霍元甲："明天把这些米全都做成饭，干饭，娘和孩子们不能总喝粥。"

王氏知道霍元甲有些生气，但她却微笑着说："行！"

王氏看向霍母："娘，明天咱们吃干饭！"

霍母："我喝粥挺好，还是省点粮食吧。"

霍元甲："娘，也该吃顿干饭了，今天一早我已派振声去了县里，最迟明天晌午就能回来，到时候不光有了粮食，还有肉。东方，想不想吃肉？"

"想！"

霍元甲无奈地笑着。

烈日高照，霍元甲站在练功的平台上向远处眺望着。

霍冯氏从远处走来："孩子他二叔，不是说今儿个有肉吃吗？你那徒弟刘振声咋还不回来？东方等着呢……"

"大嫂，想必是路上遇到了什么事，耽搁了。要不……"

"好不容易给孩子吃回干饭，又配野菜，连个油星都没有！东方可是霍家的长房大少爷，你这个二叔就这么对他？"

霍元甲无话可说，只得垂下头。

霍冯氏拂袖而去。

屋里，一盆饭已经端上桌，可桌上只有些烫过的野菜，大粒的盐巴。

霍冯氏一蹾空碗，气道："吃吧，别等了，你二叔红口白牙糊弄你呢！"

"二叔是津门大侠，从来不骗人。"

“侠个屁啊！忘了你爹是被谁害死的了？仗着会打拳就觉得自己了不起了？媳妇也惯着，还什么不能在洋人眼皮子底下，天津卫那么多老少爷们儿，也没听说人家就不过日子了！吃！好歹是干饭，吃了这一顿能晚饿死三天！”说着，霍冯氏就给霍东方和霍东媛盛饭。

坐在一旁的霍母听着这番话既生气又无可奈何。

王氏挑帘而进，声音也跟着传来：“等等！好饭不怕晚，瞧二婶给你们做什么了？”

霍东方眼尖：“鸡！”

王氏手里正拎着一只刚刚宰了的鸡，毛还没褪：“大嫂，让孩子晚点吃，我把这只鸡炖了。”

一见王氏手里拎着鸡，霍冯氏也傻了，霍母站了起来：“元甲媳妇，你……你怎么把它给杀了？！”

王氏笑道：“不就是一只鸡嘛，您也该喝点鸡汤补补了。”

霍母：“就剩这最后一只鸡了，它还正下着蛋，你眼见就要临盆，娘指着这些鸡蛋给你坐月子呢！”

王氏：“娘，您天天让我吃鸡蛋，我都吃腻了，坐月子的时候，啥清淡吃啥！”

霍母不再说什么，转过头去，眼里流下了泪水。

茅屋外，霍元甲仍注视着远方，他已经辟谷七八日，面颊消瘦，神情都有些恍惚，挺着大肚子的王氏走向霍元甲。

“元甲，吃饭了。”

“振声还没回来，我答应东方有肉吃的，等等再开饭，不能让孩子失望！”

“有肉啊，你没闻到香味吗？”

霍元甲一愣，看向茅屋里袅袅的炊烟。

“快回去吧，你不回，娘不肯端碗。”

一大碗鸡肉，霍东方、霍东媛、霍母和霍冯氏围坐在一起，小伍和小莲端着碗站在同一张桌前，霍元甲看着桌上的鸡肉和每人面前的一碗鸡汤，傻了眼，他抬眼看向王氏。

王氏正端着一碗鸡汤向霍元甲走来：“你也喝一碗吧。”

霍元甲：“我正在辟谷。”

霍母：“行了，辟什么谷啊，这碗鸡汤你不喝，娘也不喝。”

霍元甲一愣，王氏将鸡汤放在他面前，碰了碰他的胳膊，示意他赶紧吃。霍元甲又看了看霍母坚定的眼神，无奈地端起鸡汤。一口汤下肚，他眼里突然流下了泪水，他不敢抬眼，怕被别人看见。

天已经暗了下去，霍元甲仍站在茅屋外练功的平台上向远处张望，他的脸被映得清冷冷的。霍冯氏走来，这回，她的态度与往日截然不同。

霍冯氏：“孩子他二叔，这些日子你烦死我了吧？”

霍元甲一愣：“大嫂何出此言？”

“你哥活着的时候就成天训我，说我这张嘴呀，不讨人喜欢，可我没办法，管不住自己，该说的不说我憋得慌！”

“大嫂有话尽管直言。”

“外姓人靠不住！这回你信了吧？”

“大嫂何意？”

“你还不明白？咱们霍家拳为啥不外传？他跟你不是一个姓，就不是一条心！家里没粮食了，你那几个徒弟还不是说走就走？还有刘振声，吃了咱们霍家三十多年饭！现在怎么样？诓了你的玉佩，走了！”

“不会的，振声从小和我一起长大……”

“那有什么用？去年卖马我就觉得银子对不上账，准被他半道截下了一半！”

“大嫂，请不要这么说振声，我们虽以师徒相称，但也跟兄弟没什么两样，我保证他不会做这种事。”

“那我问问你，平日进城，多长时间打个来回？要是快，晌午就该回来，再慢，午后也该到了。现在天都黑了，还不见人影，你咋还想不明白?！这些外姓人为啥拜你为师，不就是要跟你学武吗？出了师，好去挣大钱，吃香的喝辣的！眼见就要饿死在这穷山沟里了，人家能干？在你身上再捞不着好处了，正好拿你的玉佩换盘缠，另攀高枝去！反正又不姓霍，你一家老小的死活跟人家没关系！”

霍冯氏的话一句句如刀割般扎在霍元甲的心头。

屋里，王氏点着了蜡烛，来到正在闭目养神的霍母面前：“娘，中午还剩了点鸡汤，晚上擀面条吧，咋样？”

霍母睁开眼睛：“擀面条？哪来的白面？”

王氏笑了：“我知道您的小柜子里有面，过年时存的。”

霍母：“少打那二斤面的主意！你看你瘦的，我是怕我孙子生下来没奶吃，才留了那点面，万一……做点面糊喂，孩子不至于饿死！”

“娘，看您说的，还没到那一步呢。您就把面给我吧，今天是我大嫂的生日。”

“这都啥时候了，还过生日？”

“越艰难越要在意，何况大嫂心里苦，她是真苦啊！”

“这女人嘴上啰里啰唆，我都想把她赶出去了！”

“可别！娘，是我和元甲对不起大嫂，她也是刀子嘴豆腐心，您千万别怪她！”

“唉，我看到时候你要是真没奶，咋办！”说着，霍母从兜里掏出个小钥匙，走向高处的一个小柜子，她眼神不好，无法把钥匙插进锁孔。

王氏举着蜡烛走来：“我来吧。”

王氏将柜子打开，霍母从柜子里拿出一小袋白面，将小小的袋子交到王氏的手里，霍母泪流满面。

一家围在桌前，小伍正在烧火，霍冯氏从外面进来：“做啥了？闻着还挺香……”

小莲板着脸：“大少奶奶，给您拜寿。”

霍冯氏一愣："啥？拜寿？谁做寿了？"

霍母："你啊，元甲媳妇说今天是你的生日，她不会记错了吧？"

霍冯氏吓了一跳，连忙掐指去算："还真是，我都给忘了……我娘家爹要是知道我在这山沟里没吃没喝地过生日，他老人家准得掉泪儿啊！"说着，霍冯氏抹上了眼泪。

王氏："大嫂，好日子你可别掉哭！来来来，尝尝我给你做的长寿面！"

一听长寿面，霍冯氏傻了："啊？"

王氏端着一碗面来到霍冯氏面前。

"这……给我的？"

"对啊！"

"不不不，都啥时候了，还做这个干啥？不是浪费粮食嘛！"

"看大嫂说的，生日一年就过那么一回。眼下虽不像从前……可一碗面条还是要吃的！你快吃！"

霍冯氏将面推到霍母面前："娘，您吃！"

霍母一言不发，又将面推了回去，霍冯氏有些尴尬。

王氏笑了："大嫂，还有呢，刚才娘专门吩咐过，这第一碗端上来先给你……"

话音未落，小莲已经端着第二碗走来："老夫人，您的面。"

王氏："你看，有吧！东媛东方，不着急啊，都有！"

霍母本来在跟霍冯氏生气，但此刻已被王氏轻松化解，霍冯氏看向霍母。

霍母不再板着脸，慈祥地说："吃吧，这两年难为你了，吃了这碗面，也就不想娘家了……"

霍冯氏带着哭腔："娘，谢谢您！"

霍母："要谢谢你兄弟媳妇。"

霍冯氏看向王氏："妹妹……"

霍冯氏掉着眼泪，扑过去，抱住了王氏，霍东方、霍东媛、霍母都为之动容，霍元甲进门，正看到这一幕。

回到房间，霍元甲的脸色不太好看，问妻子："你把最后一只鸡杀了，娘给孩子留的那点面也用了，明天怎么办？"

"元甲，你难道真相信振声骗走了玉佩？他若是这样的人，又怎么会舍了京城的差事，跟你一起冒着掉脑袋的危险去抢那王大侠的人头？"王氏又道，"高奇、阿发和大有也不会走的。"

霍元甲一愣，他没想到妻子所想，跟自己竟又如此一致。

霍元甲的确不相信徒弟们会真走，所谓知徒莫若师，自己这几个徒弟，虽各有性情，但师徒情分却是极重的。可是，他们没走的话，又去了哪里？这些日子，徒弟们是否挨了饿，想到这些霍元甲就又夜不能寐了。

第二章　行镖

清晨，霍元甲走出房门，深深地呼吸着山间的空气，突然一个声音从身后传来，霍元甲警觉，他猛地回身。

高奇肩部受伤，靠在茅屋旁的窗下，他呻吟着："师父……"

霍元甲大惊："高奇？"

霍元甲急忙喊小伍出来。

小伍从一个茅屋走出，辨认着："二师兄……"

身上带伤的高奇望着师父和师弟，一下子满眼泪水。

屋内床榻上，高奇从小莲手里接过水，喝了一口："师父，我伤的并不重，就是跑了一宿，累的。"

没等霍元甲说话，王氏便焦急地问："高奇，你是怎么受的伤，他们几个呢？"

高奇的伤口已经被包扎好，他捂了捂肩伤："那天跟阿发、大有，我们……"

高奇向众人诉说着离开后的遭遇：起初，许大有和阿发都很是沮丧，高奇却早有计划，上次和阿发去城里当表他就发现了，他们三个一身好武艺，挣些银子没问题。也是赶上运气好，刚进城就赶上最大的镖局招镖师，镖局老东家是忍无可忍才招贤纳士，之前的三个镖师霸着位置不好好走镖，他们三个也是年少轻狂，直接跟老镖师打起了擂台，不过他们跟着霍元甲学了十多年的功夫，也确实有狂的资本。阿发第一个就很顺利，三招两式就拿下一人，可是这人最后竟然暗器伤人，暗器上还涂了毒。许大有见此根本忍不了，直接上台，对手武功又稀松平常，三下两下解决了第一个。之后的另外两个见状不妙就一起上了，许大有自信满满，不用高奇帮忙，一杆霍家枪耍得炉火纯青。

高奇讲到这里，小莲更是焦急，担忧地听着。

许大有以一敌二不落下风，越战越勇，将一人武器挑落后，又将另一人踹下擂台，武器脱手的镖师还要偷袭，许大有一个回马枪直指他的咽喉，老东家也是兴高采烈地送走了三位老镖师。他们三人本意其实是不想做镖师的，可禁不住老东家给的保镖钱多，动了心也就接了一趟，想着能带着大把银子回山里孝敬师父，三人就押镖上路了，可岔子就出在了押镖的路上。

途中本来一切正常，可行至一处山路，来了五个戴京剧花脸面具的贼人劫镖，张飞、关公、典韦……武器都为方天画戟、青龙偃月、丈八蛇矛之类的长兵器。因对方来势凶猛，且都有战马加持，三人只得败退。

为了能让镖银多一点，高奇跟老东家签了生死文书，许大有和阿发回去找老东家领罪，他一个人便跑回了山里。

霍元甲阴沉着脸听完，猛地起身冲出，正赶上刘振声背着大包小裹而回。

刘振声："师父，回来晚了，让您着急了吧！"

霍元甲："跟我去趟县城，大有他们出事了！"

刘振声一脸的茫然："您怎么知道的？"

霍元甲："难道你也知道了？"

刘振声很为难，说不出口，却见高奇、小伍、小莲和王氏都从厢房里出来了。

刘振声瞪大了眼睛："高奇？你回来了？"

高奇："大师兄？"

刘振声："那天我买完粮食，就听说有三个年轻人打了镇远镖局的擂台，一打听那三个人的模样就知道是你们哥仨！等我赶到镖局时，你们已经押镖走了！我当时犹豫，是先送粮食回来，还是追你们去。家里快断粮了，我也着急啊！可想来想去，我还是不放心，怕你们出什么意外，就先追你们去了，哪承想……"

霍元甲："好了振声，高奇都跟我说了，把粮食放下，你们俩跟我进城。"说着，霍元甲径自向一间小屋走去，提了三条长枪而出。

小伍上前："师父，带上我吧！"

霍元甲："你还小，这种事用不着你，留下看家。"

小伍还想说："师父……"

霍元甲一瞪眼："我们都不在家，夜里总得有人打狼吧？"

霍元甲拍了拍小伍的肩膀："保护师父一家老小的重任就交到你身上了。"

小伍怯生生地说："放心吧师父。"

霍元甲笑了："大师兄从城里回来一定买了肉，好好解解馋。"

小伍点头，不舍的神情，刘振声已从屋里放完粮食出来了。

"走。"

一声令下，高奇和刘振声跟着霍元甲便上路了，临行前，霍元甲瞟了一眼王氏，王氏一句话没说，只是微微地向霍元甲点了点头。

小莲："二少奶奶，大有他不会有事吧？"

王氏："放心，元甲亲自出马，谁都不会有事。"

霍冯氏跑出门："元甲，我冤枉你徒弟了，这个刘振声还真是靠得住！买了不少好吃的，酱肘子、烧鸡……今天孩子们可算是过年了！"

喊到这，霍冯氏发现霍元甲师徒三人远去的背影："这……妹妹，元甲这是干啥去？"

王氏回头，看着霍冯氏笑了笑，掩饰了内心的担忧。

镇远镖局内，许大有义愤填膺："镖是我丢的，文书上写的也是我的名，好汉做事好汉当，我绝不连累别人！"

老东家："那可不行！当时你们可要了二百两银子！没有金刚钻，揽什么瓷器活！再说了，仨人都在文书上画押了，想一个脑袋顶三条命？没门儿！"

老东家一抖文书，上面确实有三个鲜红的手印。

阿发："老东家，我二师兄和四师弟答应签这份文书是意气用事，请您多原谅！我们无冤无仇，想来您一定也不想要我们的命。"

老东家："那镖就白丢了吗？！"

阿发："不，丢了镖我赔，多少银子您给个数目。"

"我说出数目来你赔得起？"

阿发笑了："我知道东光县没有电报局，河间府有没有？如果没有，我去趟天津或者保定，只要拍一封电报……"

老东家打断了阿发的话："拍电报？往哪拍？东洋？西洋？还是南洋？糊弄谁啊？别以为你剪了辫子就能冒充留洋的少爷！骗子我见得多了！有钱人家的大少爷谁会舞枪弄棒啊？哪个会当镖师？！"

阿发："您若不信可以派人跟着我！"

老东家："我没那闲工夫！丢了镖我是要双倍赔的！这回，镖局的家底可要赔光了，这是我一辈子的心血啊！"

许大有："那你要怎么样？"

老东家："文书上写的清楚，规矩是你们自己定的！"

说着，老东家从墙上抽出一把刀，“啪”的扔在了地上，钢刀明晃晃的，许大有看着刀，一咬牙一把抓起刀来就横在了脖子上。

霍元甲一声断喝传来：“住手！”说完快走几步冲进大厅。

许大有：“师父！大有学艺不精，给师父丢人了，我真是没脸见您呐！”

许大有又要抹脖子，霍元甲猛地出手，一招便将许大有手中的刀打落于地，高奇一把拉住许大有。

老东家看着高奇说：“跑了的也回来了？正好，三个都到齐了！你是他们师父？这张文书你看清楚了……”

老东家用手指着高奇：“是他要这么定的，可不能怪我逼他们抵命！”

高奇垂下头，霍元甲瞪了他一眼，转过身道：“老东家，我的几个徒弟不知深浅，不知道您在试探他们的武功，闹出这么大的笑话，还请见谅。”

老东家：“笑话？这里面可没笑话！我也没试探他们的武功！”

霍元甲：“不对吧？擂台是镇远镖局摆的，守擂的三位武师想必原本就是您的人，我的徒弟在擂台上赢了他们，接了押镖的差事，半路上又被那三个武师带人把镖劫走了，难道不是您一手安排的？”

老东家：“胡说！哪有这样的事？”

刘振声朗声道：“老东家，我是他们三个的大师兄，那天听说他们比武赢了，接了押镖的买卖。我不放心，就在后面跟着，正赶上那几个马贼劫完镖，在半路上喝酒，就凑上去听了……”

原来刘振声看出三个镖师不是好东西，机缘巧合地发现了这个秘密，劫镖的五个贼人名为苍山五虎，其中三人正是镇远镖局原本的镖师。

老东家倒吸一口凉气，他明知是真的却假装不信：“说得有鼻子有眼的，证据呢？再说，就算是被苍山五虎劫走了，那也是你们的错！你们在擂台上打败他们，怎么保镖的时候就不是对手了？”

霍元甲：“老东家息怒，这张文书我们认，但请您宽限几天，若是不能追回那趟镖，我这个当师父的替他们献上人头，如何？”

许大有和阿发一惊。

许大有：“师父，不行啊！我不能连累师父！”

霍元甲：“住口！师父在跟老东家说话，轮到你插嘴了？”

许大有连忙闭嘴。

老东家：“他们几个叫你师父，可你看上去也比他们大不了几岁，我怎么能信你？”

霍元甲四下看了看，院子里有练武的大石墩。

霍元甲一抱拳：“那在下就献丑了。”

说完，霍元甲来到石墩前，屏住呼吸，静心凝气，双手将石墩搬了起来，并单手举于空中，老东家惊讶不已，院子里围观的十几个镖局伙计一片喝彩声。

霍元甲慢慢地将石墩放回地上。

老东家颤颤巍巍地上前：“这位师父，老朽有眼不识泰山，刚才多有得罪！请问您在江湖上的名号是——”

霍元甲：“在下没什么名号，只是个乡野村夫而已。”

老东家：“无妨！有这般力气，一定也有盖世武功！老朽这就拜你为镇远镖局的总镖头如何？”

霍元甲：“徒弟们丢了镖，我这当师父的应全力追回，其他的事一概不谈。”

老东家：“有您出马，一定能追回！不瞒您说，我早就怀疑他们是苍山五虎了，名义上给我走镖，但每年吃里爬外！要是能铲除这伙土匪，那可就大快人心了！您需要多少人手？”

霍元甲：“人手就不必了，但需借我镇远的镖旗一用。”

来到了那条丢了镖的山路上，“镇远镖局”的镖旗迎风飘展，押镖的师徒五人，霍元甲淡定地走在最前面；刘振声断后，目光谨慎；高奇四下张望着；许大有瞪着眼睛，等着报仇；阿发的一只胳膊仍然包着，可目光也是冷得渗人。

突然一声哨响，马蹄声已经传来。

高奇：“师父，来了！”

霍元甲：“不慌，各自拿好兵器。”

高奇闻言连忙从车上抽出一把刀，仍然是长柄刀，却是平头的。

这把刀把短刃长，名为朴刀，又名斩马刀，出发前，高奇已在霍元甲的教导下得知使用方法，应先用此刀斩马腿，对手坠马后方才功成。

高奇握着斩马刀，眼里放出光彩，杀意显而易见。

许大有和刘振声分别握紧了一杆长枪，正是霍元甲从家中带来的长枪，红缨之下又绑了一把镰刀，这也是在霍元甲授意下改制的，专门对付骑马之人。

霍元甲的视线中，五匹马冲杀而来，马上之人还是以京剧面具遮面，依旧手持方天画戟、青龙偃月、丈八蛇矛之类。

马已经冲到近前，霍元甲猛地回身，握住了放在车上的霍家枪，抓炳同时一甩枪，便已向马的颈部刺去。

马上之贼连忙勒马躲闪，枪刺空了。

霍元甲枪一拧，回手一带，镰刀正向马腿最薄弱的地方割去，“咔”的一声，马腿断，一声嚎叫，将马上之贼甩下。

阿发瞪大了眼睛，看呆了。

高奇躲过对方方天画戟的袭击，一哈腰，已在对方马脖子之下，横刀一扫，斩马刀齐刷刷地砍断了马的前腿，人仰马翻。

刘振声和许大有纷纷施展钩镰枪，也勾断了一只马脚，对手落地，仍抡刀来战。

许大有一口气刺出十几枪，对方连连后退，刘振声也越战越勇。

第五个人见事不好，调转马头要跑，霍元甲以霍家枪之力踏车而起，越过地上的伤马，径自踹向第五个人，双脚正蹬在那人后背之上，那人被从马上踹了出去。

霍元甲端坐马上，勒住了缰绳，回身却大惊，厉声道："大有，住手！"

许大有已将贼人逼到绝境，钩镰枪勾到了脖子上，若霍元甲晚叫一声，那人的人头便被镰刀割下。

霍元甲又看向高奇，再次大声喝道："高奇，不许杀人！"

高奇的斩马刀已然抡起，险些砍掉那人的头颅，他气得将那人的吕布面具撕掉，正是镖师甲。

镖师甲连连跪地求饶，刘振声、许大有、阿发上前将另外几人的面具撕掉，苍山五虎束手就擒。

霍元甲："老东家不再追究小徒，在下感激不尽！"

此时师徒一行人早已追回了镖，正在镇远镖局里向老东家请罪。

老东家："大侠多礼了！这个老朽可受不起啊！请坐！看茶！"

霍元甲："老东家不必客气，在下家中还有事，得赶紧带着徒弟们回去。"

刘振声、高奇、阿发、许大有四人都站在霍元甲身后，就要跟着师父走。

老东家："万万不可！大侠无论如何要喝杯茶，我还有要事相商！"

霍元甲："有话就请直说吧。"

老东家："老朽的镖局已开了四十年，虽经历了风风雨雨，但买卖一直不错。今日能遇到大侠，可谓老天爷保佑镇远！我愿拿出两成红利，拜你做总镖头，如何？"

霍元甲："承蒙厚爱，可在下只是山野村夫，无意入世，告辞。"

老东家拦住霍元甲："三成！三成红利如何？"

霍元甲无奈的神情。

高奇插话道："你以为我师父是什么人？还讨价还价上了？他老人家说不干就不干，给五成红利也不一定干！"

老东家："那就五成！自此以后，镇远镖局的生意，一半是您的了！"

霍元甲回头瞪着高奇，高奇低下了头。

霍元甲转过身："老东家，再次感谢您的抬爱，但在下真的一心务农，别无他求，敬请谅解。"说完，霍元甲绕过老东家，带着徒弟们走了。

正在这时，门外突然响起一阵铜锣之声。

一个声音高喊着："知县大人到——"

话音未落，只见一个四十多岁身着官服的人走了进来，此人正是薛知县，薛知县相貌端正，仪表堂堂，身边只跟了两名衙役，显得很亲民。

老东家连忙上前："知县大人大驾光临，镇远镖局真是蓬荜生辉啊！"

薛知县："不必客套，苍山五虎为害一方，本县多年围剿未果，今日却被镇远镖局生擒活捉，老人家，你立大功了！"

老东家："小老儿不敢贪功！抓住苍山五虎的是这位大侠和他的徒弟们！"

薛知县顺着老东家的手向霍元甲望去。

霍元甲连忙抱拳低头："大人。"

薛知县抱拳还礼："大侠怎么称呼？"

霍元甲抬头一时语塞，不知如何是好。

刘振声在后面抢话道："回禀大人，我师父叫刘振声，不是武林中人，在江湖上无名无号，您肯定没听说过……"

师弟们听懂了大师兄话里的深意，都不多言，只有高奇觉得大师兄耽误了师父露脸的机会，有些不爽。

霍元甲被解围，脸上挤出勉强的笑意。

薛知县："原来是刘大侠。"

薛知县上前握住霍元甲的手：“我替东光百姓谢谢你！走，随我到县衙一叙！”

霍元甲：“大人，不必了吧？”

薛知县：“你是抓土匪的大英雄，我已在县衙备好了英雄酒，专门等你去喝呢，怎么？你嫌我这个知县官儿小，不肯给面子？”

面对薛知县的热情，霍元甲不知所措。

一桌丰盛的饭菜，徒弟们忍不住大吃着。

酒过三巡，霍元甲又自饮一杯，随后起身告辞。

薛知县有些意外，徒弟们一听师父说要走，连忙都起身，高奇和许大有擦着嘴上的油，站在霍元甲身后。

薛知县：“大侠可还没动筷子，徒弟们也才刚开始吃，为什么这么着急呢？”

霍元甲：“离家时，未向母亲大人禀明缘由，怕她老人家等得着急。”

薛知县：“大侠是孝子。”

许大有：“是，我师父是大孝子，家里断粮了，奶奶没得吃，我师父怎么能吃得下去？！”

薛知县：“不能吧？本县今年未遇灾荒，家里为何断粮？”

霍元甲瞪了一眼许大有，许大有不敢再多嘴。

霍元甲：“只因我们住在山沟，靠开的荒地为生，不想庄稼还没收，就被山洪冲走了……”

薛知县：“有这事？哪条山沟？刘大侠如此身手，为何住在山沟里？”

霍元甲：“这……”

薛知县：“若有难言之隐，本县便不再多问。只是百姓断了粮，我这个当知县的却不知道，说来真是惭愧！来人啊，再置办一桌酒席，带上了，随我一起去拜访刘大侠的母亲！”

霍元甲：“这……这可万万不可！我住的那条山沟深得

很，路上要三个时辰，恐怕半夜才能到！”

薛知县：“那又何妨？本县体察民情，还怕走夜路不成？走！”

山间茅屋外，官差挑起了灯笼，官轿、马车等交通工具停在山沟里，高奇、阿发、许大有、小伍陪着六个官差站在门口，等待着。

茅屋内，大食盒和小食盒装的饭菜堆满了一桌。

霍母：“知县大人如此厚爱，老身真是诚惶诚恐！元甲啊……”

霍元甲连忙上前打断：“娘也不必客气，薛知县一番好意，就收下吧！”

霍元甲向霍母使着眼色。

期间，薛知县已听到“元甲”二字，却假装没听到。

霍母：“哦，那好，知县大人带来的酒席我都收下，老大媳妇、老二媳妇……”

霍母示意，霍冯氏、王氏和小莲连忙将食盒打开，收拾饭菜。

霍元甲：“知县大人，草堂简陋，连个像样的坐的地方都没有，我就不多留您了……”

薛知县点了点头，就要往外走，忽然看到了霍东方。

薛知县伸手摸着霍东方的头：“小公子，你叫什么名字啊？”

霍元甲一愣。

霍东方朗声道：“我叫霍东方。”

薛知县笑了：“哦，好名字！”

薛知县说着便走出了屋。

霍元甲的脸色有些难看，看了一眼在门口的刘振声，刘振声明白露馅了，有些尴尬地挑开门帘。

山坳间明月高悬。

薛知县叹了口气：“真没想到，名震京津的霍元甲居然在我治下的山沟开荒种地，忍饥挨饿。”

霍元甲脸色一变：“知县大人，之前元甲并非有意隐瞒，只是……”

薛知县一伸手：“理解，理解，劫后余生，格外谨慎，更何况上有老下有小，尊夫人还身怀六甲，谁不想过太平日子？”

霍元甲抱拳：“多谢大人体谅。”

“实不相瞒，今日在镇远镖局与霍大侠见面之际，我就已猜了个八九。”

霍元甲一愣。

薛知县：“东光是霍大侠的老家，两年前就有人从京城追到此地打听大侠的下落，而且是官差，我还奉命帮着寻过，故而对大侠格外留心。”

“找我的人可是善扑营的吕四鹰？”

“你不应称呼吕大人吗？”

霍元甲顿时不知所措。

薛知县笑了：“呵呵，有些人也许是阶下之囚或刀下之鬼，但值得尊敬！比如‘戊戌六君子’的谭嗣同，我在心里永远称他一声谭大人！还有些人，即便他一时得势，在我心里也是个奸人贼子，比如吕四鹰！”

霍元甲有些意外：“大人……”

薛知县再次抓住霍元甲的胳膊：“霍大侠能带着一家老小回东光老家，是薛某的荣幸。身为本地知县，我郑重承诺，定替大侠保守秘密，并确保大侠一家老小的安全！”

“多谢知县大人！”

薛知县制止：“若霍大侠不弃，你我日后兄弟相称如何？”

“不敢！”

“大侠豪气云天，是薛某不配？”

“知县大人说的哪里话。”

“那就好，大侠霍元甲，字俊卿，没错吧？”

“正是。”

“在下薛学，字文韬。”

说罢，薛知县郑重地抱拳：“俊卿兄……”

霍元甲无奈：“文韬兄……”

月光下，霍元甲与薛知县双双抱拳。

远远的，刘振声等徒弟们不知道师父和大官在聊些什么，但他们知道，挨饿的日子到头了，多少都有些兴奋。

当然，更兴奋的是这位薛知县，如此讨好，他必是有求于霍元甲。

清晨时分，霍元甲正带着徒弟们练拳。

霍东方跑来，将一条带子在腰间紧紧勒住，站在小伍身后跟着一起打拳，稚嫩的嗓子中发出“嘿！哈！”的声音。

霍元甲一愣：“东方，谁让你来的？”

霍东方：“我自己要来的。”

霍元甲：“咱们不是讲好了，你不学武！跟着婶娘好好读书才是正道。”

霍东方：“不！要不是二叔会武，知县大人哪能送来那么多肉给我们吃？我就是要学武，好一辈子有肉吃！”

一句话说得霍元甲一阵心酸：“东方，这两年让你受委屈了，二叔对不起你。”

霍东方：“没事，二叔教我练武就行了！”

霍元甲：“这个真不行。你要好好读书，考取功名，就像昨天来的薛知县，将来做个好官，光宗耀祖……”

霍东方似懂非懂。

霍元甲跪地给霍母磕头。

霍母：“元甲，这不年不节的怎么还磕上头了？”

霍元甲：“元甲需离家一个月，请母亲大人恩准。”

霍母：“一个月？什么事啊，要这么长时间？”

霍元甲有些为难：“前几日来的薛知县拜托我押一趟官

镖，儿不好推辞……”

霍母：“薛知县仪表堂堂，一看就是个好官，更何况对你格外器重。”

霍元甲：“所以儿才想走这趟镖，以不负薛知县的信任。”

霍元甲身后的王氏有些担忧，但是她没敢插嘴。

霍母：“命啊！记得你爹年轻时，头一次走镖也是被逼的。”

霍元甲：“娘，薛知县并没有逼迫元甲。”

霍母：“盛情难却难道不是一种逼迫？”

霍元甲一愣：“这……元甲倒是没想到。”

霍母：“去吧，堂堂七尺男儿又怎可经年累月的埋没于此？不过还是要小心为上。虽说朝廷对你的罪责已免，但仇家不得不防。”

霍元甲：“请母亲大人放心，薛知县答应帮我保守秘密，我就暂时用振声的名字行镖。还有，虽是趟官镖，但酬金还算丰厚。走完这趟镖，之后几年的生计也就不愁了。”

听霍元甲这么说，搂着霍东方和霍东媛的霍冯氏很是高兴，王氏却更加担忧。

小屋里，王氏正在整理霍元甲的衣物，霍元甲看着忧心忡忡的王氏，安慰着：“你不必担心，我爹以前就押过镖。现虽只能用镇远的镖旗，但有我亲自押，应该不会有闪失。”

“当年霍家镖局开在天津，押镖走的也都是平原官道，可你接的这趟镖是去山西，听说入晋后多为山路，匪患猖獗……”

霍元甲很自信：“土匪草寇何惧之有？我习武之人最不怕的，就是这些。”

王氏回过头：“可今天一听说你要走镖，我右眼皮就一直在跳。老话说……”

霍元甲笑了，将王氏搂在怀里：“都是我之前惹祸把你吓着了，别怕，我一定会平安回来的。”说着，又摸了摸王氏的肚子，“你跟我儿子好好商量商量，让他在你肚子里多待些日子，等我回家再出来……”

王氏笑了。

后山，许大有跑来，四处寻找着什么，小莲的声音传来：“我在这儿呢。”

小莲从树后绕出，许大有憨憨地笑着：“小莲，你找我啥事？”

小莲掏出一块布制的方巾：“这个给你，走镖的路上擦汗。”

许大有打开方巾，发现上面绣着一对并蒂莲，方巾朴素，绣工也很质朴。

“这啥？”

“莲花啊。”

“绣莲花干啥？”

“我叫什么？”

“小莲啊。”

许大有恍然大悟：“噢，你把自己绣在巾子上给我擦汗？”

小莲害羞道：“讨厌，我是怕你路走得远了，就把人家忘了……”

许大有顿时明白了小莲的爱意，欣喜若狂，手足无措。

小莲：“其实这个早就绣好了，一直没来得及给你……上次我还以为你真走了，后悔地哭了一天一夜，怕再也见不着你！”

许大有挠着脑袋：“二师兄说你喜欢我，我还不信，以为你喜欢三师兄呢！”

小莲：“你们背后议论我？”

许大有：“是啊，我问三师兄了，他说……”

许大有学着阿发的样子：“小莲姑娘心灵手巧、人又善良，是蛮可爱的……我一想我没机会了，他是大少爷，你肯定选他不选我。”

“讨厌!”

小莲羞得转身跑了。

许大有喊着:“喂!小莲,等我回来给你买头花!”

小莲听到了,但是没停下脚步,脸上的笑容却更加甜美,许大有看着方巾上的并蒂莲,咧嘴笑了。

一支二十几人的镖队行走在山路上,镇远镖局的镖旗飘舞,霍元甲走在最前面,刘振声断后,十几辆独轮车由脚夫推着,每辆车上都装着两个箱子,箱子被防雨的油布盖着,又用绳子捆得严严实实。

走镖中的高奇,手里始终握着斩马刀;高大而身着洋装的阿发手伤已痊愈;扛着钩镰枪的许大有,此时的钩镰枪已不再是用镰刀临时捆绑,而是正经八百的武器了。

两个小喽啰远远地观察着,并在山顶上尾随着押镖队伍。

入夜,所有的镖车被集中在一起,篝火旁,横横竖竖睡着脚夫,许大有矗立在高岗之上向远处眺望着,他突然傻笑了起来,拿出方巾看着,很明显在回味着朦胧初恋的甜美。

霍元甲的声音出现在许大有身后:“大有……”

许大有连忙将方巾收了起来:“师父!”

“回去睡会儿,我来替你。”

“别啊,师父,您回去睡吧,我还不困!”

“讲好的,每人一个时辰,该师父了。”

“我早想好了,要替您!”

“不行,必须倒换着睡!这样才能保证人人有精神,遇上了山贼土匪才能战而胜之。”

说着,霍元甲从许大有手中接过钩镰枪,为镖队站岗。许大有无奈地下高岗,回身望去——夜色中,霍元甲身姿挺拔……

蜿蜒的山谷中，天早已大亮，押镖队伍再次踏上征途。

刘振声跑向霍元甲："师父，大伙说饿了。"

霍元甲看了看地图："此处山势险峻，不宜停留！我仔细看过地图，前方三十里有个镇子，天黑前我们必须赶到镇上过夜。"

刘振声点头。

霍元甲站上大石头，朗声道："大伙听好了，山路崎岖，镖车难行，一旦停下，天黑前就赶不到镇上住店了。我知道大伙饿了，待会儿我们互相替换，空出手来的，边走边吃些干粮！脚下不停，镖车不停，晚上到了镇子，我请大家大碗吃肉！"

脚夫们纷纷附和着，表达谢意。

霍元甲从大石头上跳下，替换掉为首的脚夫："快吃干粮，然后替换别人。"

"得嘞！"

刘振声、高奇、阿发、许大有也分别替换脚夫，押镖的队伍井井有条。

又几天过去，镖队进了苍茫的大山深处，晨光透过山的缝隙，洒在霍元甲的身上，微微有些冷。

残阳如血，黄土坡被映得更加金黄，镖队又经过黄土坡，霍元甲的身躯也被映得金灿灿的。

林荫路上，镖队安稳地行进着，四周寂静无比，似乎没有任何危险。

高奇靠近霍元甲："师父，都说这条路上有土匪，可最险的路段都过了，连土匪的毛也没见着，我这手都痒痒了！"

"你练武为了什么？"

"强身健体啊。"

"那盼着撞见土匪做什么！"

高奇伸了伸舌头："师父，我就是贫嘴，胡说八道的……"

霍元甲："险路都过了也不能掉以轻心，你脑子好使，一定要多注意。”

“是！”

高奇领了任务，瞪大了眼睛。

走着走着，一阵香气飘来，镖队众人望去，是路边的小面馆。

面馆内，锅里炖着小肉丁，香气撩人，这是刀削面的浇头，另一只大锅里烧着沸腾的水，这是煮面用的，一老头慈眉善目，将大块的面在案板上摔着。

镖队众人脸上都露出了笑容，放慢了脚步，跟在刘振声身后的阿发咽了咽吐沫，很明显是被肉的香味所吸引，此时的刘振声负责开道，他观察着面摊儿，又回头看了看走在前面的脚夫们，明白了大家的心意。

刘振声从前面跑到压阵中路的霍元甲身旁：“师父，前面有个面摊儿。”

霍元甲定睛望去，正有客人结账，结账后的客人推着车，挑着扁担走了。

刘振声：“有客人，不像黑店……”

霍元甲点了点头：“不是还有干粮吗？”

刘振声：“有是有，可这么多日子，就是干粮就凉水……脚夫们闻着面香，就走不动道了。”

“是挺香的，但要格外小心！”

刘振声笑了：“放心吧师父，我懂。”

刘振声快步跑向面摊儿：“老伯，面怎么卖？”

老头：“三文钱一大碗，两文钱一小碗，面汤管够！”

刘振声：“还真挺香……那我们就在你这打尖儿了！”

老头兴奋道：“老婆子，快！来大买卖了，赶紧数数来了多少位客人！”

刘振声一伸手：“哎，不用数，我就要五大碗。”

老头一愣：“啥？这么多人就要五碗，怎么分？”

刘振声：“我们不着急赶路，倒着吃，每次只要五碗。”

刘振声伸出五个手指头，盯着老头，老头突然一笑：

“那也行，我先削五碗。老太婆，你快洗碗，来的都是贵客，讲究！”

老太太连忙用大木桶洗碗，刘振声死死盯着她洗碗的手。

镖车被集中在树林旁，五个脚夫吃完了，起身离座，刘振声指着另外五个脚夫：“换你们五个吃！”

霍元甲观察着周围的环境，并看着吃面人的反应，高奇、阿发和许大有都饿了，但他们知道师父的谨慎是有道理的，都强忍着饿，守在镖车周围。

端碗的老太太满脸的笑容，削面的老头看上去就勤劳朴实。

过了不久，最后五个人已经起身，刘振声看向霍元甲，霍元甲点了点头。师徒五人来到桌前坐下，五大碗浇着肉卤的面被端到面前，高奇、阿发、许大有露出兴奋的神情。

刘振声：“师父，这么多日子，还是头一回晌午能吃顿热乎的。”

霍元甲：“是啊，这面看着就香，吃吧！”

众人说着便开吃。

很快，师徒五人的面都吃完了，老头端着大勺子来加汤：“喝碗汤吧，原汤化原食！”

木质的大勺子像个盆一样大，汤被加在了每个人的碗里。

汤罢，霍元甲将碗放在桌上：“振声，跟老伯算账，再给些赏钱。”

“明白！”

刘振声起身去掏钱，突然手一软，钱掉在了桌上，他一手扶头，一手拉住桌角，不然就摔倒了，惊愕道：“师父？！”

霍元甲向高奇看去，高奇也捂住了脑袋，阿发和许大有都出现了中蒙汗药的反应。

霍元甲回头瞪向老头：“老贼，你……”

老头仍是一脸慈祥的笑容：“原汤化原食……”

霍元甲眼前一黑，也倒在了地上。

—第三章　匪窝—

不知过去了多长时间，霍元甲慢慢睁开眼。

土匪山寨的大殿慢慢在霍元甲面前清晰了起来。那老头蹲在霍元甲面前，仍笑眯眯。

“原汤化原食……”老头叨叨着。

霍元甲怒火中烧：“老贼做的好事！”

老头面不改色：“骂，随便骂，越骂我越高兴！十五年了，还没遇上一个我放不倒的。老汉我不单摆过面摊儿，还卖过馄饨、送过大碗茶、扮过乞丐、装过麻风病人……心思只有一个，那就是把你们放倒，别让我大当家的受累！”

“大当家的？果然是土匪窝！无耻！”霍元甲挣了挣身体，发现自己被绳子绑得结结实实。

“无耻？我要真无耻，就直接给你下毒了，可我下的是蒙汗药！这是江湖上的规矩，劫了你的镖，得让你明白是谁劫的！”

老头站起身：“来人，把他们几个全都泼醒了！”

有小土匪拿着凉水上来，分别把刘振声等人泼醒。

老头大喝一声：“我叫你们活也活个清楚，死也死个明白——听好了，是十三里岗劫了你们的镖，下辈子要报仇尽管来！”

霍元甲当然明白土匪这是要杀人，他闭上眼睛暗自运气较劲，徒弟们各自挣扎着，但绳索捆得结实，都无济于事。

镇远镖局的镖旗被扔在地上，一只大脚踏在了上面，来人正是十三里岗土匪大当家的——沙狼。

距离霍元甲等人被绑之处的十几米外，镖车整整齐齐地摆放着，沙狼扯开盖在镖车上的油布，衙门封条封着的箱子清晰地露了出来。

沙狼笑了：“嚯，县衙的封条？这趟镖够厚的呀！可就这么几个人押？你们也太不自量力了！瞧瞧你们几个的小身板，还敢当镖师？”

霍元甲并没有睁眼，刘振声却恶狠狠地瞪向沙狼。

老头上前：“大当家的。”

沙狼：“辛苦了。”

老头：“小意思！不过这几个人挺谨慎的，先看着脚夫们吃，自己不肯动筷子，可惜啊，我这双眼是熬鹰的，立马就看出来只有他们五个是练家子，就把蒙汗药下在了面汤里，等他们吃得饱饱的，毫无防备，这才一锅端了。”

刘振声：“你个老东西，是英雄把爷爷放开，咱俩真刀真枪干一场！”

沙狼：“英雄？哈哈哈……告诉你，十三里岗可没什么英雄，这一窝子，都是土匪！”

沙狼话音刚落，坐在大厅里的几十号土匪都大笑起来。

霍元甲仍在闭眼运气。

沙狼：“跟他们说说规矩。”

老头：“我们十三里岗大当家的，也就是方圆百里所有土匪的总瓢把子，沙狼沙大爷。沙大爷立过规矩，敢在我们的地界上走镖，那是非劫不可。劫镖是劫镖，但不杀镖师，因为不是穷得吃不上饭，没有谁敢在这地界上走镖！不但不杀，只要想入伙，大当家的还愿意收留！大家不记前仇，以后一个锅里吃肉，一个碗里喝酒！要是不愿意入伙，对不住，那得废掉条胳膊或一条腿，因为走镖的都是练家子，不废了就放下山，这辈子你们若来报仇，那可咋办？”

老头把这辈子说得很重，以对应之前说过的下辈子。

沙狼：“行了，话都说清楚了，愿不愿意入伙啊？”

刘振声：“呸！我师徒五人光明正大，岂能与你们这群土匪同流合污！”

高奇有些含糊，眼神飘忽不定：“大师兄，你说什么呢，好汉不吃眼前亏。”

阿发：“二师兄，难道你想当土匪？”

高奇：“谁说想当土匪了，我的意思是咱们跟他们好好商量商量……”

许大有吼道：“有什么好商量的！师父早就说过，习武之人顶天立地，绝不能与贼人为伍！来吧，先杀了我！二十年以后又是条好汉！到时我一定踏平你们这破岗子，杀光你们这群烂土匪！”

老头：“可以啊，一个个的……这么说你是师父了？”

老头顺手从腰间抽出一把弯刀，指着闭目的霍元甲：“别在这装蒜了，说吧，愿意留下条胳膊啊，还是留下条腿啊？”

霍元甲眼睛还是闭着。

老头：“你不选？那我替你选了啊！卸条胳膊吧，让你自己走着下山，省得兄弟们抬你。”

说着，老头用刀尖儿比画着霍元甲的肩头，就要挥刀砍下，突然，霍元甲猛地睁眼，身体后撤，老头的刀却刚好劈在了捆绑霍元甲胳膊的绳子上，霍元甲掌握的距离非常准确，刀砍断了一半绳子，他顺势用尽浑身力气将剩下的绳索挣开，同时发出“啊”的一声低吼。

老头吓了一跳，下意识地向后闪身，霍元甲趁势站了起来，老头没想到霍元甲居然能借助自己的弯刀挣脱绳索，再次举刀向霍元甲劈去，霍元甲边侧身躲闪，边去甩开腰间的绳子，由于腿仍被绳子束缚，霍元甲无法挪动身体，老头连续几刀劈空，运足力气，又一刀劈去，霍元甲不再躲闪，一个旱地拔葱，以双腿去迎刀刃，捆绑霍元甲的绳子被弯刀齐刷刷地劈开，他转身落地，抖落身上的绳头。

一时间，土匪们大骇，各持兵器将霍元甲团团围住。

沙狼："好功夫啊！碰到好身手的不容易，让我也活动活动筋骨……拿我的家伙来！"

说完，一人忽然从角落里斜插而出："让我来！"

这人不知何时已冲到霍元甲近前，一拳正冲向霍元甲的面门，霍元甲连忙躲闪，三招五式过后，才开始还击。少年身形灵巧，攻势凌厉，霍元甲为了挡住少年突如其来的拳头，只得伸掌去抓。抓到少年的手，霍元甲一愣，定睛向少年望去，二人的脸近在咫尺。

霍元甲看着少年文静的脸，分明是个女孩子，他连忙收手，向后纵身一跃，跳出圈外，抱拳："对不起这位姑娘，在下失礼了。"

少年气道："你怎么看出来我是女的？"

"不小心攥到姑娘的拳头，男女之拳区别甚大，还请姑娘恕罪。"

沙狼笑道："露馅儿了吧！"

此女正是十三里岗大当家沙狼的妹妹沙燕，她气哼哼地瞟了眼沙狼，将帽子摘下，露出一头秀发。

沙狼："你眼力不错，手上也有准，三招两式就识破了我妹子……沙燕，你一边儿去，看哥哥教训他！"

沙燕："不行，我跟他还没打完呢。"

霍元甲："对不起姑娘，我不能和你比试拳脚。"

沙燕："那斗兵器也行啊！拿我双戟来！"

一个小喽啰跑来，将一对月牙短戟递给沙燕，沙燕持戟在手："你选什么兵器？利索点！"

喽啰四处一让，让出了摆放在角落里的兵器架，兵器架上刀枪剑戟、斧钺钩叉样样都有，霍元甲却摇了摇头："姑娘，我不会跟你动兵器的。"

沙燕："怎么？你要赤手空拳对我的双戟？也太狂妄了吧？"

说着，沙燕的双戟便向霍元甲袭去，霍元甲连续躲闪才躲过了沙燕凌厉的袭击，他再次跳出圈外伸手制止："等一等！"

沙燕持戟定身："有话快说！"

霍元甲撩起衣襟，从水衣上撕下一条白布，众土匪等面面相觑，不知道他要干什么，霍元甲将白布叠成布条，系在自己的眼睛上。

沙燕："你干什么？"

霍元甲："在下自习武之日起就发过誓，一辈子不会和女人过招，既然姑娘执意相逼，我只能将眼蒙住，就当没看见你是男是女！"

说着，霍元甲已系好布条，向后撤身，伸出一只手，做出请对方出招的动作，沙燕气得不知该怎么办好。

沙狼："沙燕，咱们是土匪，不怕丢人，他愿意送死与你何干？动手！"

土匪们大喊："杀了他！杀了他！"

沙燕恶狠狠道："听见了吧，你把兄弟们都惹火了，可就别怪姑奶奶我心狠手辣了！"

说着，沙燕冲向霍元甲，这一回，她的攻势更加凌厉，三招两式过后，二人各自分开，沙燕没占到便宜，亮出继续进攻的架势。

沙燕手持的武器名为月牙双戟，反卷为钩，月牙成刀，可刺可勾，可劈可挑，灵动如龙，闪似寒星。

霍元甲知道双戟的厉害，完全靠耳朵，听风声与沙燕周旋，但并未还手，徒弟们焦急不堪，刘振声大喊着："还手啊师父，不然要吃亏的！"

霍元甲的耳朵听着风声，沙燕的双戟带着风声袭来，他继续躲闪，始终不肯还手，沙燕的攻势越来越凌厉，终于，霍元甲经过准确的判断，连续出手，沙燕的双戟分别脱手，掉在了地上，霍元甲又精准地一掌正拍在沙燕的后背上，她被拍出了好几步，踉跄着站住。

沙燕回头，恶狠狠地瞪向霍元甲，霍元甲解掉白布条，将其扔在地上，抱拳道："姑娘，多有得罪。"

沙狼猛地一声断喝："狼牙棒何在？！"

早有二人抬着沙狼的狼牙棒等候在沙狼身后，二人将狼牙棒递上。

沙狼持棒在手："你，选兵器吧！"

"我并不想比武，只求你们放了我的徒弟还有镖车。"

"什么？你想带着人带着镖走？哈哈哈……只有一种可能，你想不想听听？"

"愿闻其详。"

"杀光我山上的所有兄弟！"

霍元甲愣了愣："没别的法子吗？"

沙狼："先胜了我手里这根狼牙棒再说！挑兵器！"

"这位好汉是想以武会友？那又何须用兵器？你我比试拳脚便是。"

"谁他娘跟你是朋友？老子练武就是为了杀人，拳脚不会！你若不挑兵器，可别怪我这就动手了！"

霍元甲看了眼兵器架，又看了看四周，他发现离自己很近的小土匪手里拎着个刀片子，已生锈，薄如铁皮，霍元甲走上前："这位小兄弟，借你手中的宝刀一用如何？"

小土匪呆住，半响才明白，举起刀片"啊"了一声，原来他是个哑巴。

老头被气得火冒三丈："跟我们大当家的动手，找小哑巴借把破刀？你……"

沙狼："没事！他愿意装大尾巴狼就让他装！反正我也是条狼，看我这真狼不锤烂他的脑袋！"

说着，沙狼已经冲向霍元甲，一棒向霍元甲砸去，霍元甲刚刚接过刀，连忙举刀相迎，两个兵器相撞，火花四溅，霍元甲手里的刀片子已经弯了。

沙狼的攻势越来越猛，霍元甲虽持破刀，但尚能轻松应对。几个回合之后，沙狼不得不重新审视他的对手，他将狼牙棒一横，恶狠狠地瞪着霍元甲。

狼牙棒，状似枣核，布钉于上，惊如狼牙，由此得名。一棒在手，舞动如风，势大力沉，乃杀敌利器。

霍元甲手里的破刀已弯曲，看上去有些滑稽，但他仍沉着应对，沙狼一声嘶吼，舞动狼牙棒再次砸下，霍元甲以刀相迎，刀刃立刻被砸卷。

土匪们一阵尖叫讥笑，徒弟们个个瞪大了眼睛，焦急不安。

十几个回合过后，霍元甲虽尽全力，但破刀还是脱手，掉在地上，完全没有了原本的模样。

霍元甲："大当家的武功高强，我输了。"

沙狼："认输？"

霍元甲："是，心服口服，恳请大当家的放过我们师徒和这趟镖吧。"

沙狼："输了还想让我放镖？呸！其实刚才我早就想好了，你若好好选兵器，赢了我的话，就放你们走，可哪承想你装蒜装大尾巴狼，那就活该了！"

霍元甲愣住了。

沙狼："刚才的规矩还记得吧？你们几个想活着下山，要么废一条胳膊，要么废条腿，选吧，我亲自用狼牙棒伺候！"

"大当家的可废了我双臂，只求让我四个徒弟带着镖平安下山。"

"想什么呢！这十三里岗是你家炕头啊？手下败将，还想改我的规矩？！"

没等霍元甲说话，刘振声大骂道："你个狗屁土匪头子，拿着称手的家伙，我师父只选了个破刀片子，你赢了算什么本事？"

沙狼瞪向刘振声。

刘振声："师父，都怪您，走之前我要背上王五大伯留下的那口宝刀，可您就是不让！若宝刀在，您怎么会败在他手上？师父，我替您冤啊！"

沙狼一愣："你说什么？王五？说的可是大刀王五？"

刘振声："是又怎么样？"

沙狼用狼牙棒指道："你是什么人？胆敢偷王大侠的宝刀？"

霍元甲："偷？在下命里没这个字。"

沙狼："那你哪来的宝刀？"

没等霍元甲说话，高奇大叫道："人家送的，管得着吗？"

沙狼："送？你们师徒一个比一个能吹啊！"

阿发："就是送的！我师父在洋鬼子的枪林弹雨下抢了头颅，还了老英雄全尸！"

许大有："没错！王五大伯的朋友们为了报恩，就将他留下的宝刀送给了我师父！"

沙狼大吃一惊，抢上前两步，仔细端详着霍元甲："你……你是霍元甲？"

沙燕也惊诧道："津门大侠霍元甲？"

没等霍元甲承认，沙狼突然大喝："英雄！霍大侠，请受沙狼一拜！"

沙狼单膝跪倒。

霍元甲愣神之际，所有土匪抱拳，齐声道："霍大侠，请受我等一拜！"

几个徒弟一脸懵懂，突然的变化让霍元甲一时也难以反应过来。

一桌酒席已经备好，霍元甲和几个徒弟都被请上了酒桌。

沙狼侃侃而谈："想当年，若不是大刀王五仗义相救，我沙狼，还有这里的很多兄弟，早就掉了脑袋。那年听说王五大哥在京城兴义军灭洋人，我就赶去了，可惜十三里岗消息闭塞，我赶到之时已晚了。”

一声叹息后，沙狼继续着：“王五大哥被朝廷鹰犬出卖，遭洋人杀害，我痛不欲生。后听闻霍大侠义夺头颅，还老英雄全尸之壮举，我由衷佩服！就赶往天津，想去认识您。不成想，又晚了。霍大侠家门遭遇不幸，没了下落，那个时候，我沙狼就发誓，若有一天能见到霍大侠，一定像对待恩人大刀王五一样对待霍大侠。今天还真就见面了！来，恩公，我敬您一碗酒！”

说着，沙狼端起酒碗，霍元甲连忙起身，徒弟们也跟着起身，端起酒碗。

霍元甲：“既然是王五大哥的朋友，我就喝下这碗酒，但谬赞之词，元甲不敢领受。我与义兄金兰之交，收尸之事天经地义也。”

“好一个天经地义，霍大侠，佩服！”

沙狼举碗相敬，一饮而尽，霍元甲也喝下。阿发和许大有心眼儿少，把酒喝了，刘振声、高奇相互对视，抿了一小口，都将酒碗放下，他们还心有余悸，随时准备拼死一搏。

站在沙狼身边的沙燕发现，用手指道：“喂！刘振声、高奇，怎么回事？我大哥敬酒，你们两个小子贼眉鼠眼的，就抿了一小口，不识抬举啊！”

二人有些尴尬，沙狼却笑了：“妹子，这二位兄弟是担心他们的镖！”

说着，沙狼走向镖车：“我十三里岗的兄弟规矩得很，所有镖都在这，没有我的命令，绝对不会有人开箱，你们看，封条都没人碰过，现完璧归赵！”

霍元甲：“大当家的当真？”

“我是土匪，不充英雄，但吐口吐沫是个钉！谁让你是霍元甲霍大侠呢！秋爷……”

下蒙汗药的老头连忙上前：“大当家的请吩咐。”

"霍大侠的脚夫呢？"

"都被我关在山洞里了，刚才已经派兄弟送去了吃喝。"

"赶紧放了，再点上二十号兄弟，随我一起护送霍大侠出山！"

"是！"

刘振声和高奇再次看向沙燕，沙燕瞪了二人一眼，二人心里都美滋滋的，表现方式却截然不同。

阿发和许大有相互对视，都笑了。

霍元甲知道盛情难却，也没有推辞。

回到了山路上，霍元甲和沙狼走在镖队最前面，有说有笑。每个脚夫都配了一个土匪帮忙推车，速度快了很多。

沙燕来到刘振声身旁："刘振声，你师父看上去年纪不大呀……"

"对呀，虽说是师父，可他就比我大一岁。"

"那他也还没娶妻生子？"

"娶了啊！我师娘可漂亮了，马上就要给我师父生大胖小子了！"

沙燕顿时失望。

刘振声突然想起什么，端详着沙燕的脸："喂，沙燕妹子，我还没娶媳妇呢，我……"

沙燕瞪了一眼刘振声，转身走了，高奇挤了过来："大师兄，你跟沙燕聊什么呢？"

"没聊什么。"

高奇看着沙燕的背影："这姑娘不错，我看着就喜欢。"

刘振声一愣。

"大师兄，你可别跟我争！你们家亲戚在你乡下老家不早给你说媒了？走完这趟镖，你赶紧跟师父告假，完婚去！"

没等刘振声反应过来，高奇已经跑向沙燕，刘振声自言自语地嘀咕着："什么乡下老家，早就让媒人把婚事退了……"

高奇追上沙燕:“沙姑娘，今天你跟我师父过招时我看见了，你拳脚也太差了，那真叫个花拳绣腿。”

沙燕:“你说什么?”

沙燕举起拳头要打。

高奇:“来，你打我一拳试试。”

沙燕猛地一拳袭向高奇，高奇迅速用两掌夹击，化解了沙燕的拳。

沙燕一愣。

高奇:“实话告诉你吧，我们师兄弟几个，我武功最厉害!你要是想学真功夫，跟我学得了。”

“去你的!刚才我这一拳是打着玩的，要是真出手，早把你鼻子打歪了!小小年纪还想教徒弟?要学我就跟霍大侠学!”

说完，沙燕跑向队伍前面，去追霍元甲和沙狼，高奇有些失落，这一幕正被许大有看见，他憨笑着。

高奇:“大有，你学坏了，敢笑话我?”

高奇上前在许大有头上拍了一巴掌，又转向一旁的阿发。

“阿发，这姑娘不错吧?是不是和我特别般配。”

阿发摇了摇头:“没看出来。”

“你……你小子怎么也不说实话?”

阿发是故意的，他和许大有对视笑着，走在前面的刘振声听到师弟们的议论有点着急，他真动了心。

很快，镖车已经行至山口处。

沙狼:“霍大侠，只能送到这儿了，再往前容易惊动官府，人家该说土匪进城要造反了!”

霍元甲笑了:“多谢大当家的一路相送。”

沙狼:“唉，什么大当家的，叫我沙兄弟便是。”

霍元甲抱拳:“沙兄弟保重。”

沙狼抱拳:“霍大侠，后会有期!”

两支队伍正要分别，刘振声突然听见耳后有风声，连忙缩头，沙燕的拳头已经砸了过来，刘振声只好接招，二人打在一起，所有人都不知道沙燕为什么对刘振声下手，愣住了。

霍元甲想上前制止，被沙狼拦住。

沙狼：“我妹妹顽皮，看看她要干吗？”

十几个回合里，刘振声一直在让着沙燕：“哎……哎，沙姑娘……哎，你这是干啥啊？沙姑娘……”

让着让着，刘振声就露出了破绽，被沙燕一脚踹在肩头，刘振声一个踉跄。沙燕落地，嫣然一笑，走向霍元甲。

沙燕：“霍大侠，我把刘振声打败了，他武功稀松平常，不配给您当大徒弟！要不您把他废了，收我当首徒？我跟您一起押镖，好好学艺，绝不给师门丢人！”

刘振声直咧嘴，因为刚才他根本没认真打。

高奇凑上前：“挺好挺好！师父，您也收个女弟子，这样，咱们一路上……”

高奇说到一半，便发现霍元甲正瞪着他，连忙收声。

霍元甲：“承蒙沙姑娘抬举，但我不收女徒弟，更何况我这趟押的是官镖……”

沙狼：“就是，万一被人知道你是我妹子，不是给霍大侠惹麻烦嘛！”

沙燕噘着嘴：“你还是不是我亲哥？不帮我求霍大侠收我为徒也就算了，你还……我再也不理你了！”

说完，沙燕转身走向一棵大树，生着闷气，沙狼笑了笑：“没事，甭理她，一会儿就好。霍大侠，赶紧赶路吧！”

霍元甲：“多谢沙兄弟，多谢众位兄弟！”

霍元甲抱拳，他的四名徒弟也连忙抱拳，沙狼、秋爷和身后的二十名土匪抱拳还礼。

押镖的队伍继续前行。

沙燕这才转过头来，追向镖车远去的方向，沙燕驻足望着霍元甲的背影，眼里竟含着泪水。押镖的队伍中，刘振声回头向沙燕挥手，一脸朴实的真情。高奇回头向沙燕招手，献媚地送上笑脸，他也是真喜欢。

沙狼回到了十三里岗，刚一进大殿的门就爽朗地笑着：“祁老大、肖老大，什么风把你们二位吹上了十三里岗？”

沙燕跟在沙狼身后，仍一脸的不高兴。两名土匪头子坐在大殿里。

祁老大没好气：“妖风。”

沙狼一愣，不知哪里得罪了这位：“老祁，你怎么阴阳怪气的？”

更年长些的肖老大叹了口气：“沙狼，听说你刚交了位朋友？”

“没错，这朋友可不一般，猜猜是谁？”

祁老大：“不就是霍元甲嘛。”

沙狼：“什么叫不就是？霍元甲那可是了不起的大英雄！两年前……”

祁老大：“行了行了！甭说两年前了，就说这一回吧，他是不是押着镖来的？”

沙狼点头。

“那镖呢？”

“劫了又放了，我还亲自送出山，眼见他上了寿阳的官道才回来。你看，我妹妹还噘着嘴呢，她想跟霍大侠学武艺，没得逞！”

沙燕不高兴的神情。

肖老大：“那你知道他押的是什么镖？”

沙狼：“他说了，官镖……二位老大，虽说官府坏人多，可这趟毕竟是霍元甲保的，不给官府面子也得给霍大侠面子啊！”

祁老大“啪”的将茶杯砸得粉碎。

沙狼一愣，沙燕却急了，喝道：“老祁，你想干什么？”

肖老大猛地站起来：“丫头，你别怪老祁发火，沙狼他这次是大错特错了！”

霍元甲的镖队终于抵达寿阳。

押着镖，霍元甲师徒一行来到县衙，禀报后，在差人引领下，转到了后庭。

出来接洽的，是面目整肃的侯典使。一番交接后，官兵帮着脚夫搬着箱子，油布也已经全部拆开，上面的每张封条都严严实实、干干净净。侯典使检查着箱子，很是满意。检查完，他走到院子里的一张小桌旁，在事先准备好的文书上盖上了衙门的大印。盖完后，侯典使将文书递给霍元甲。

霍元甲抱拳，郑重地接过文书，长长地松了一口气。

寿阳县城不大，但街上买卖铺户很多，打把式卖艺的，唱山西梆子的，卖各类东西的，应有尽有。

完成差事的霍元甲师徒非常高兴，走在街上东张西望着。

刘振声发现了一个绸缎店，想了想，走了进去，他是想给沙燕做件衣服。

高奇在买梳子的地方停下了，梳子多种多样，高奇看上了一把最复杂、雕花最多的，他心里向往着，拿起了梳子，同样心里想的也是沙燕无疑。

许大有发现卖头花，凑了过去，阿发疑惑道："这是女孩子用的，你看什么？"

"我就是看看嘛……"

"快走了！别让师父他们落下。"

许大有有些扭捏，很明显是要为小莲买礼物，阿发没理他，转身走了。

阿发追上霍元甲。

"阿发，他们都买东西，你怎么不买啊？"

"我……"

"你坐过轮船坐过火车，见过大世面，这种小县城卖的东西，你确实看不上。"

"那倒不是，我已经买好了……师父，您看。"

阿发从兜里掏出一个小首饰袋，将首饰袋里的一对耳环倒了出来。

“耳环？这是要送给姑娘啊。”

“我想送给小莲……”

霍元甲一愣。

“小莲心灵手巧，人又善良，长得吧……”

霍元甲突然发问打断阿发：“你喜欢小莲？”

阿发有些不好意思：“师父，我……”

“你是大少爷，她是个小丫头，你爹娘能答应吗？”

“如果写信跟他们说，肯定行不通，所以我打算……只要您答应，等出师的时候，我就带着小莲一起回南洋，我爹娘见到真人，小莲那么可爱，他们怎么会不答应？”

看着阿发坚定的神情，霍元甲有些尴尬：“也是……你们都是大小伙子了，男欢女爱也是人之常情。”

“师父您答应了？！”

“我可没法答应你，小莲是你师娘的陪嫁丫鬟，这事儿你得去求她。”

“回去我就求师娘！”

阿发憧憬的样子，霍元甲也显得很欣慰。

沙燕的身影突然在街道上一闪而过，很明显她是在跟踪霍元甲，此时的她，目光不再是欣赏，而是冷漠。

— 第四章　身陷 —

一个闪电照亮了整个客栈的院落，雨点噼里啪啦地开始掉。

客栈里还有几间房亮着灯。正在看书的霍元甲起身去关窗，雨已经溅进了屋里，但他拉住窗子把手的一瞬间，突然察觉到不妙，连忙向一旁闪身，一支箭擦着他的面颊飞过，直挺挺地钉在房间的墙上。

霍元甲大惊："什么人？！"

话音未落，已有黑影从窗外一跃而进，落地起身之际，两只狼牙棒已经显露出来。霍元甲看清来人是沙狼，刚想打招呼，沙狼的狼牙棒已经上下翻飞，向他袭来，霍元甲连忙躲闪："沙兄弟，你这是……"

"谁是你兄弟？领死吧！"

沙狼越打越狠，屋里的家具被狼牙棒砸烂了，好不容易霍元甲才抓住他的一只手，问："元甲哪里得罪了？沙兄弟请明示！"

“你还敢冒充霍大侠？”

沙狼再次袭来。

“我就是霍元甲，何谈冒充？”

“不可能！霍元甲顶天立地，绝不会帮官府贩卖鸦片！”

霍元甲连出三四下狠招将沙狼击退：“贩卖鸦片？”

“装什么糊涂？你押的那些箱子里装的不是鸦片？”

“当然不是！出发前东光薛知县亲自将盖了官印的货单交到我手，上面写得清楚，是珍贵药材！”

沙狼冷笑：“对呀，官府怕他们的洋主子，不早就把鸦片改名叫洋药了吗？！”

霍元甲一愣，继而道：“《天津条约》，丧权辱国，禁烟失败后，洋人和买办内外勾结，以至于鸦片横行，但东光薛知县，是朝廷的命官，更是个好官啊！”

“你怎么知道是好官？！”

霍元甲愣住了。

“害死王五大哥的吕四鹰也是朝廷命官，比东光知县官大多了吧？就因为你，我被江湖同道指着鼻子骂，脸都丢光了，我今日不杀你，难解心头之恨！”

说着，狼牙棒再次袭向霍元甲，可霍元甲不还手，只是躲闪，又一次跳出圈外：“沙兄弟且慢！你怎么知道那些箱子里装的是鸦片？”

一个声音从外面传来：“我亲眼所见！”

沙燕的身影从窗外跳进：“你真是霍元甲？”

“本来说好以大徒弟刘振声的名义走镖，没想到却暴露了身份。霍元甲这三个字早就连累了父兄，让霍家数十口遇难，如今大仇难报，贻笑江湖！这个名字，有冒充的必要吗？！”

沙燕愣住了。

霍元甲：“那批货已由寿阳侯典使查收，交货时，我二人一同检验了封条，所有的箱子都封得完好无损，我还亲眼看着它们被装进县衙仓库，沙姑娘说亲眼所见，请问，你在哪看见的？怎么看见的？！”

“当然是蹿房越脊，拧门撬锁了。”

“你……你好大胆子！竟敢去撬县衙仓库？”

沙狼：“你别吓唬我妹子，土匪有什么不敢？！王五大哥一生最恨洋人用鸦片迫害我同胞，你难道不知道？”

霍元甲看向沙狼。

沙狼：“霍元甲我只问你，为什么贩鸦片？为了钱？你娘吃不上饭了？”

霍元甲：“几十年来，鸦片荼毒中华，我和王五大哥一样恨之入骨，如今霍元甲虽穷，但即便和老娘一起饿死，也绝不可能贩毒去赚银子！”

“说的比唱的都好听。你也不想想，没真凭实据，我沙狼会来取你人头？”

“除非我亲眼看见，不然，霍元甲绝不相信我用命保的镖是鸦片！”

沙燕：“这还不容易，你武功高得很，蹿房越脊不是什么难事吧？跟我来！”

淅淅沥沥的雨仍然下着，沙燕在前，霍元甲、沙狼紧跟其后，三人跃过房顶，跳到矮墙上，跃入院子，进入县衙仓库，打开了箱子，呈现在霍元甲眼前的赫然是满目的鸦片，他难以相信，呼吸突然变得凝重。

沙狼欲烧了所有鸦片，被霍元甲制止了。

“你让开！”

“在县衙纵火，万一火势难控，烧死无辜怎么办？”

“活该！县衙里住的，哪有无辜？”

沙狼推开霍元甲，火折子已经将包着鸦片的牛皮纸点着了，霍元甲连忙伸手扑灭，二人近距离拳脚相争，打斗之间，火折子灭了。

一阵声响过后，火折子再次被燃起，举着火折子的沙狼愣住了，沙燕的匕首已扎进霍元甲的肩膀。

沙燕也傻了："你为什么不躲？"

霍元甲："沙氏兄妹武艺高强，元甲躲闪不及。"

沙燕："那日你和我比武，蒙了眼，我都不能伤你，今天你是故意的！"

霍元甲："随沙姑娘怎么想……"说着，霍元甲猛地向前用力，匕首刺得更深了。

沙燕只好扶着匕首的把往后躲："你要干什么？"

"这趟镖是我走的，我有错在先，愿以血赎罪！"

血确实在向外涌着，沙燕不知所措地看向沙狼。

沙狼："霍元甲，我也看出来了，你确实被人骗了，也用不着以血赎罪，和我一起放火烧了这害人的东西就行了！"

霍元甲："不行！如此鲁莽，只会烧毁证据，永失了真相！那样，元甲以后就真不清不白了！"

沙狼：那你想怎么样？

天已大亮，寿阳县衙大门口，鼓槌敲在鸣冤的大鼓上，击鼓之人正是霍元甲，他身旁的衙役有些发愣，围观的老百姓越来越多。肩膀上裹着的白布条已渗出了血迹，但霍元甲仍执着地击鼓，他的节奏越来越快，那鼓声震天动地。

几个徒弟站在人群中，担心地看着霍元甲。

角落里，侯典使赶来，他看到霍元甲大吃一惊，一言不发，转身就走。

两名挎刀衙役从县衙里走出，用腰刀指向霍元甲："击鼓的，跟我们走！"

霍元甲停止击鼓，将鼓槌放好，转身跟着衙役走进县衙，刘振声等人想跟着进去，却被衙役持刀拦住了。

惊堂木"啪"的一拍，正大光明的牌子下，坐着一个尖嘴猴腮、身着华丽官服的魏知县，他说话的样子也有些猥琐："堂下何人？本县问你，可知击鼓鸣冤的规矩？"

霍元甲跪于大堂正中："在下知道。"

“那就好，若是告错了状，可是要挨板子的！报上姓名！”

“在下津门霍元甲。”

“谁？！把你名字再说一遍！”

“霍——元——甲。”

魏知县“腾”地站了起来，看着身边的师爷：“我记得此人是朝廷钦犯，快给我查查……”

“不错，庚子年，霍元甲确实摊过官司，但据我所知，朝廷现已撤销了对本人的缉查。”

师爷使劲地翻着，拿着个大册子跑来：“大人，确实撤销了。”

魏知县上下打量着霍元甲：“那……你今日击鼓所为何事？”

“半月前，本人受河间府东光县知县薛学大人之托，押送一批药材到贵县。怎知，那些贴了官府封条的箱子里装的不是药材……”

“那是什么？”

“鸦片。”

魏知县再次站起：“官镖走鸦片？！”

“没错！虽受制于洋人，以至当下鸦片未能被朝廷所禁，但鸦片误国害民，尽人皆知！在下身为习武之人，受人蒙蔽押运了毒物，乃奇耻大辱！请大人查明此案，还霍元甲清白！”

“你刚才说的那批货现在何处？”

“县衙后院的仓库之内。”

“真有此事？谁收的货？！”

“是典使大人，姓侯……”

“来人，把侯典使叫来！”

侯典使快步跑来：“知县大人，您叫我？”

魏知县一指霍元甲：“可认识他？”

侯典使看向霍元甲：“这不是刘振声刘镖头吗？”

魏知县："什么刘镖头，他姓霍！"

侯典使："不能吧，昨天他亲口跟我说他姓刘。"

魏知县一皱眉："霍元甲，怎么回事？"

霍元甲："大人，霍某曾向东光薛知县禀告过，庚子年之事令在下心有余悸，故而用了徒弟刘振声之名走镖。"

霍元甲一抱拳："侯典使，霍某不是故意隐瞒姓名，请原谅。"

侯典使抱拳道："好说好说……"

魏知县："侯典使，你昨天收了他押送的镖？"

"不错。"

"货在何处？"

"县衙仓库。"

"带我去看！"

仓库之内，霍元甲挨个箱子查看着，难以置信的神情："不可能！昨夜我亲眼所见，鸦片定是被人调包了！"

侯典使一惊："你在哪儿看见了鸦片？"

"就在此处！"

"此处？这是县衙仓库，你昨天夜里怎么来的？"

侯典使转向魏知县："启禀知县大人，刚才我用钥匙开仓库时，就发现锁被人动过。来人啊，这个霍元甲是贼，快将其拿下！"

霍元甲愣住了，两名持刀的衙役冲上前，两把刀架在了霍元甲的脖子上。

县衙大门口，刑具已被摆放于此，一条大长凳被放在了高台阶之上，接着，几十个箱子抬到了门口，打开后，老百姓争相观看。

百姓议论着："都是药啊，好药材……"

尖嘴猴腮的魏知县走出来："没错！都是药材！没有鸦片！今天在此地击鼓鸣冤的是霍元甲，这个人还有点名气……他也不知道怎么就来了寿阳，居然散布谣言，制造事端，本应严惩，但本县觉得他好像得了什么疯病……”

很明显，魏知县似乎有意偏袒霍元甲，并没有定他什么罪名，他继续着：“病人嘛，不至于砍头，下狱也算了，可鸣冤不实，杖责二十大板的规矩不能破！来人啊，把霍元甲押出来！”

剥去外衣的霍元甲被从院子里押了出来，几个徒弟一见，都很着急，许大有憨憨地叫道：“不许打我师父！”

刘振声没拉住，许大有已经冲上高台，高奇、阿发紧随其后。

魏知县：“想造反？拿下！”

十几名官兵分别抽刀、持枪，要拿下冲上来的许大有、阿发和高奇。

霍元甲一声断喝：“官府门前，不得放肆！刘振声，还不带着师弟们退下！”

刘振声上前几步：“师父……”

霍元甲瞪着刘振声：“为师做错了事，心甘情愿挨打。”

四名徒弟含泪退后，持枪、持刀的官兵也便退后了。

霍元甲趴在了长凳之上，魏知县一声断喝：“打！”

行刑的两名衙役抡起板子向霍元甲的屁股上拍去，围观的老百姓指指点点。高处的魏知县显得猥琐而跋扈，角落里的侯典使嘴角浮现出狡黠的笑容。

长凳上的霍元甲紧咬牙关。

微弱的烛光勉强照亮了夜色中的客栈房间，霍元甲缓慢地从床上起身，徒弟们连忙上前搀扶。

“不必扶我。”

尽管虚弱，霍元甲的语气还是很坚定，他硬撑着走向书桌坐下，屁股接触椅子的一瞬间，疼痛使他皱紧了眉头。

高奇：“师父，您伤得挺重的，应该在床上趴着……”

霍元甲：“高奇，为师发现你好出风头，这是毛病。”

高奇："是，师父，我以为老百姓都懂得大烟害人，师父击鼓鸣冤会大快人心的，哪承想……高奇该死，我真想替师父挨板子！"

霍元甲："知错能改善莫大焉，下去吧。"

高奇只得灰溜溜地退后。

许大有："师父，您不该坐着，大师兄刚给您上的药……"

霍元甲："大有，你功夫不错，但凡事应三思而后行，莽撞有时会送了性命。"

许大有："是，师父，今日在县衙门口我不该逞能。"

许大有也低下了头。

阿发："师父，有一点我没想明白，昨夜您亲眼所见的鸦片，到底哪儿去了？！"

霍元甲："你听我说看见了，自己有没有看见？"

阿发一愣。

霍元甲："阿发，以后若非自己亲眼所见，任何事都不要轻易相信，为师的话也不可轻信。"

阿发想着霍元甲的话，看向刘振声。

霍元甲："振声，今夜无论有什么动静，权当没听见，更不许到我房里来。"

刘振声仿佛意识到了什么："师父……"

霍元甲："帮我把窗子推开，带师弟们回房去睡。"

见霍元甲沉着脸，刘振声只好挥手让师弟们走，自己打开窗子后也转身走了。

开着的窗子不断有风袭过，除了风声，似乎这世间再无他物。霍元甲在房间内正襟危坐，等待着访客的来临。

一个人影通过窗子跃进客房，霎时，狼牙棒已摆在了霍元甲的头顶，只要一砸，他就会脑浆迸裂。

"沙狼，霍元甲不知与你到底有何仇怨，你为何陷害于我？"

冷笑声传来："都什么时候了，还在这儿装腔作势！你放心，我不会就这样砸碎你的脑袋，起来，你我打个痛快，我让你死得心服口服！”

“元甲有伤在身，也没心情跟你比武，十三里岗秋爷蒙汗药的厉害我已经领教过了，可这次的障眼法你是怎么使的？我真是想不明白。”

“障眼法？还是你的苦肉计厉害吧！说什么烧毁证据，就失了真相，装模作样地跑到县衙去击鼓鸣冤，大门口鼓一响，后院衙役就开始调包，你不觉得敲了那么半天鼓才升堂，戏演得假了吗？！”

“调包？”

“这难道不是你和那狗县令的计策？还假装挨了二十板子……你以为你是黄盖啊！”

“沙狼，你越说我越糊涂了！”

“我可越来越清楚了！昨夜还以为你是被人蒙骗，现在想来，你就是主犯！说，那么多鸦片，你到底挣了多少黑心钱？”

霍元甲“腾”地站了起来，吓得沙狼放在他头顶的狼牙棒下意识地抬高，他转过头，看着比他高大威猛许多的沙狼。

“休要血口喷人！”

“你以为掉了包，那些鸦片安然无恙，你们就可以分银子了？你忘了，我妹子叫沙燕，身轻如燕的燕！你们在地上的鬼把戏能逃得过燕子的眼睛吗？”

“这么说，真有人掉了包，沙燕一直跟着？”

“没错！那些鸦片已是我兄妹的囊中之物，跑不了！”

“好，带我去！”

一处黑漆漆的屋里，借着灯光，三个人坐在桌前密谋，一个商人模样之人将一沓银票交给东光薛知县的亲信胡六，四十多岁瘦小枯干的胡六将银票折好：“银货两讫，胡某人这就告辞了。”

商人和另一人起身抱拳，俨然就是侯典使。

侯典使：“我就不送了，免得被人看见，徒生事端。”

胡六：“那是自然，我就是个跑腿的，哪敢让侯大人送啊！”

奸商送胡六出门，侯典使落座喝着茶。

屋子顶端似乎有一处空缺，一双眼睛注视着这里，三人的所有谈话都被沙燕听到了。

霍元甲随沙狼行至，正见商人送胡六出了门。

霍元甲目光始终追随着胡六，眼前迅速闪现出在东光出发之时，薛知县身旁之人，也是此人，他一下子全明白了。

沙狼带着霍元甲与沙燕汇合。

沙燕：“货没动地方，人走了一个。”

沙狼：“我们看见了，他还认识。”

霍元甲有些尴尬。

沙燕：“我没听太清楚，不过走的那个应该是卖家，他说之前走的两批货都血本无归，这趟来得不易，多开了一倍的价钱。”

沙狼：“之前是有两批大烟膏子，都被我十三里岗劫了，烧了！姓霍的，你不是想再亲眼看看那些鸦片吗？来吧！”

沙狼向一个方向走去，霍元甲起身跟随。

商人家的后院，一扇门前，沙燕再次用上了她开锁的手法。

门开了，门里是同之前完全不同的箱子，可打开后，里面的鸦片却还是那批鸦片，霍元甲目瞪口呆。

沙狼：“你还有什么好说的？”

“元甲曾被江湖朋友赞为侠者，常以武德教徒，可今日……唉！我丢的是中华民族所有练武之人的脸！沙狼，用你的狼牙棒砸烂我的脑袋，但请别让人认出这是霍元甲的尸体！”

霍元甲说这话时声音低沉，有泪流出，他闭上了眼睛，懊悔不已。

沙狼与沙燕对视，只听“噌”的一声，一把匕首出鞘，霍元甲睁开眼睛，见沙燕正将匕首递给自己。

“霍元甲，其实我和哥哥都相信你是被蒙蔽的，你拿上我的匕首，去杀了那奸商和侯典使，这件事就算过去了，我兄妹自会替你作证，贩卖鸦片的名声不会落在你头上！”

霍元甲看着匕首有些犹豫。

沙狼：“还愣着干什么？让你杀的都是十恶不赦之人，你不舍得，那你就是他们的同伙！”

霍元甲被激怒了，一把抓过匕首，冲了出去。

几个飞身，霍元甲已经到了侯典使的门外，听着屋里的污言秽语，他脸上的杀气也是越来越重，可刚一推门，却突然停住了，他想起了临行时跟母亲说的“早去早回”，想起了与王氏甜蜜的日子和王氏那已接近生产的肚子。

霍元甲的手停在半空中，突然，一阵嘈杂声传来，他撤步一看，后院火光已起，他知道，放火的是沙狼。

三四个人跑来报信，霍元甲闪身藏于暗处，商人与侯典使冲到院里，看向着火的方向瞪大了眼睛，冲了出去。

街上，老百姓们围着一个告示牌，有人议论着：“是土匪趁夜放的火，烧了马善人家一大片房子！”

“哎呀，土匪进城了，听说来了上百号，这是要造反啊！”

刘振声看着告示，默默地挤出人群。

客栈之内，师徒几人围着一锅面、几个小菜吃着，刘振声回来汇报着一切。

“知道了，振声，你也盛碗面吃。”

霍元甲的声音不带任何情绪。

刘振声：“师父，咱就别吃了，东西我都收拾好了，走吧。”

霍元甲：“走？那批鸦片到底是怎么回事尚未查清，我们不能走。”

刘振声："那是官府的事！否则要那些衙役干什么？走吧师父，我总觉得这寿阳，是个是非之地啊！"

霍元甲："大有，给你大师兄盛碗面。"顿了顿，霍元甲又道："今日为师要出去办事，你们就在客栈等我。"

刘振声："师父去办什么事？我陪着您吧，也好……"

刘振声发现霍元甲正用严厉的目光瞪着自己，闭上了嘴。

霍元甲厉声道："为避免是非，你们几个不能出门，听见了没有？"

阿发、许大有听话，回答得最快："是！师父！"

霍元甲看向高奇。

高奇："遵命，师父。"

许大有已将面递给刘振声，霍元甲顺势看向刘振声。

刘振声："放心吧师父。"

县衙之外，鼓声再次响起，擂鼓的霍元甲，又急又狠，老百姓发现仍然是他，议论纷纷。

片刻，衙役们抄棍而来，喝道："霍元甲，知县大人念你是个疯子，不治你的罪，怎么又来捣乱了？来呀，知县大人有令，打！"

霍元甲一愣，棍子已经向他袭来，他不得不边躲边退。

街上，霍元甲低头走着，忽然对面一阵喧嚣，他抬头望去，大吃一惊。

两辆囚车驶来，囚车上分别押着刘振声、高奇、阿发和许大有。

霍元甲远远就看见了被关在囚车里的徒弟们，他飞快地跑了过去。

"振声，怎么回事？！"

没等刘振声回话，官兵已拔刀相对，侯典使走过来："霍元甲？"

“我徒弟们何罪之有？你为什么要抓他们？”

侯典使：“来得正好！加上你，放火的贼寇就抓全了！把匪首霍元甲拿下！”

刘振声连忙大喊：“师父快跑！”

霍元甲哪里肯跑，赤手空拳与官兵打了起来。

侯典使：“还真是要造反！弓箭手何在？”

一排弓箭手从队伍后面跑了上来，街上一片大乱，弓箭手搭弓。

突然，三个口袋从空中滑出三道漂亮的弧线，砸向侯典使和他身边的官兵，官兵不知是何物，连忙用刀枪去挡，天空飞来的三个口袋被刀枪砍破，彩色的烟雾喷出。

霍元甲愣神之际，沙燕一把抓住了他的手：“还愣着干什么？走！”

沙燕拽着霍元甲就跑，烟雾散尽，二人已经跑远。

侯典使大喊着：“追！给我追！不能让匪首跑了！”

荒废的道观里，霍元甲来回踱着步，焦急而无奈。

沙燕递了一个水囊过来，霍元甲推却。

“不是酒，是水，喝一口吧，再大的英雄不喝水，也是要渴死的。”

霍元甲仍不接。

“昨天我哥说你是个不识好歹的，嫌我兄妹是土匪，让我们赶紧走，怕连累你，我还不信，原来你真是这种人！怎么？土匪的水你不肯喝？”

霍元甲叹了口气，接过沙燕的水囊，咕咚咕咚地喝着。

沙燕笑了：“你呀，错就错在不该信官府，不管是让你保镖的东光知县，还是这里的寿阳知县，都不能信！当官的没一个好东西！”

说着，沙燕坐在了霍元甲身旁，挨得很近，他的身体立刻僵硬了。

“告诉你吧，我们沙家曾经也是大户人家，我爹还中过举人呢，可就因为他为人正直，不与那些坏官同流合污，结果被陷害，全家几十口都被官府砍了脑袋。只有我哥哥自小练武，背上襁褓中的我逃了出去……”

“原来沙氏兄妹占山为王也是迫不得已。”

“就是啊，我听我哥哥说了，你们霍家也遭遇了不幸，父兄遇难，一家几十口被无端杀戮，咱俩真是同病相怜。”

说着，沙燕就用双手去环挎霍元甲的胳膊，霍元甲连忙起身，避掉了沙燕。

沙燕有些失落，但很勇敢地说："霍元甲，我哥向你提亲了，昨天我问他你怎么答复的，他说让我自己来问你。怎么？你没看上我？”

“多谢沙姑娘救命之恩，但霍元甲早有妻室，提亲之事玩笑尔，不可再提。”

“你干什么去？”

“我的徒弟们被奸人陷害，我得出去打听消息！”

“哎呀，不行，就你这个样子，威风凛凛的，别人一眼不就认出你来了？还没等你打听消息，就被抓起来了！”

霍元甲觉得沙燕说得有道理，不知怎么回答，沙燕回身，从角落里取来一条大围巾，搭在了霍元甲的头上，他很不自在，但沙燕认真地帮霍元甲打扮着。

“你走路时躬点身，装瘸也行，小心啊……”

“多谢沙姑娘。”

霍元甲说完扭身走了，沙燕盯着他的背影，含情脉脉。

寿阳县衙大堂之内，魏知县正在看着刘振声等人的供词，密密麻麻，大意为刘振声等人受土匪指使，放火烧了马善人的家，目的是制造混乱，意图造反。拿着供词的魏知县气得咬紧了牙关，脸上显得更加狰狞："岂有此理！简直是无法无天！侯典使，此等贼寇该怎么处置？！”

侯典使："土匪公然进城，应杀一儆百，不然恐生变故，寿阳不保啊！依我看，此事紧急，可先斩后奏，告示我已拟好！”

侯典使一挥手，有人拿来一张大大的告示，很明显这都是他计划好的，供词如何来的可想而知。

魏知县看着告示："写得好，义正词严！正合我意！"

说着，他抄起朱红大笔，在刘振声等人的名字上划了钩，判了他们的死刑。

告示栏再次贴出了告示，以布裹头的霍元甲挤进人群看着被大红笔勾掉的刘振声等人的名字，霍元甲目眦欲裂。

回到了道观，霍元甲两眼通红。

沙燕："官府真是着急，刑期就定在明天，午时三刻问斩。"

霍元甲喃喃道："我恨，恨自己没听振声的劝，背上王五大哥留下的那口宝刀！"

沙狼："你背上那口刀又有何用？"

霍元甲："劫法场。"

沙狼："不再指望官府了？"

霍元甲无言以对。

沙燕："就算是你有宝刀，光天化日之下，你一个人去劫法场？官府对你早有戒备，一定会布下重兵，弓箭手、洋枪队……你怎么对付？！"

霍元甲："徒弟救不出，为师者岂可苟活？！"

沙燕笑了，霍元甲泪水横流，没想到沙燕却越笑越开心。

沙燕："瞧你这几个徒弟，一个比一个笨。那天我怎么说来着？让你把刘振声废了，收我当首徒！我要是当了大师姐，定会好好教他们！喂，你这个当师父的也不咋样嘛，虽武艺高强，脑袋却不灵光，榆木疙瘩一样。"

霍元甲盯着沙燕，有些气愤："你说什么？"

沙燕："我问你，你劫法场的目的是什么？"

霍元甲："救出徒弟们！"

沙燕："对啊，现在明明救不出徒弟，你还去劫法场干什么？"

霍元甲一愣。

沙燕："我倒是有个主意，保证你那四个徒弟可以安然无恙。"

霍元甲站了起来："沙姑娘，此话当真？"

沙狼："行了，沙燕，他现在是真着急，没准主意就别瞎说！"

沙燕："哼，你们爱信不信！"

霍元甲一抱拳，单膝跪倒："怎么样才能救出我的四个徒弟，请沙姑娘指点！"

沙燕吓了一跳，连忙双手托住霍元甲："哎呀，这我可不敢当！我要是能帮你救了他们，你收我为徒就是了。"

霍元甲愣住了。

沙燕："我可不是要挟你！霍元甲，不管你答不答应，我都出主意帮你救徒弟！你好好想一想，在这整个寿阳县城，最坏的是哪一个？"

霍元甲想了想回答道："侯典使。"

"一个小小的典使，能够为所欲为？"

"莫非是那个知县？"

"准是他！你击鼓鸣冤，他却迟迟不升堂，而是先派了人去县衙后院调包，要不是我在房顶盯着，鸦片就没了踪迹了！"

霍元甲一愣，魏知县猥琐的相貌出现在他眼前。

"你的四个徒弟武功虽然就那么回事，但也不是轻易能抓到的，若不是寿阳的官兵倾巢出动，刘振声他们能束手就擒？谁又能调动全县的官兵？"

霍元甲觉得有理："今日我又去击鼓，他便派人把我赶走了。"

"就是啊，这个知县一定就是寿阳最坏的坏蛋！所谓擒贼先擒王，你去劫法场，不如绑了这个姓魏的，拿他的脑袋换回你四个徒弟！"

沙狼"啪"的一拍大腿："行啊妹子，你这主意我都没想到！"

沙燕得意地笑着。

入夜，衙役们早已回家，师爷打着瞌睡，相貌猥琐的魏知县此时却仍坐在大堂之上，亲自写着文书。

霍元甲和沙燕蹲于大堂的房梁之上，向下看着。

梆子声传来，师爷被惊醒：“知县大人，不早了……”

“也是，歇了！”

魏知县将笔放好，收起写到一半的文书。

“知县大人早早休息，小的告退。”

“明天见，明天见！”

师爷出门后，魏知县向后堂而去。房梁上，沙燕示意霍元甲不要出声，顺着柱子来到大堂，带着霍元甲跟着魏知县向后堂而去。

沙燕突然驻足，霍元甲也发现魏知县正在更衣。魏知县将官袍脱下，整整齐齐地挂好，极为爱护的样子，过了一会儿，他从更衣处走出，沙燕一见险些笑出声，原来脱掉华丽官服的魏知县，里面穿得极为寒酸，衣服的几处破洞都是用旧花布打的补丁，那花布如小姑娘的布兜兜。

沙燕小声道：“这种大坏蛋，不知贪了多少金山银山，还装腔作势穿成这样！”

到了院里，二人见魏知县端着个木盆进了一间屋子，沙燕递给霍元甲一把匕首：“他娘的住处，不会有官兵站岗，正好下手。”

霍元甲点了点头，握着匕首向那扇门而去，门没关严，他能看得见里面，小屋内很寒酸，魏知县正蹲在地上给一老太太洗脚。

魏母：“儿啊，听说你要杀人，还一下就杀四个？”

“土匪混入城中，放火行凶，百姓震恐，不杀没法向民众交代，更没法向朝廷交代。”

“阿弥陀佛！愿他们下辈子做好人……”

魏知县笑了。

见有老人在，霍元甲有些不忍，沙燕使劲地向他比画着。

霍元甲只得冲了进去，匕首直指魏知县。

魏知县猛地回头起身，匕首已经顶住了他的咽喉。

魏母却仍然满脸含笑："谁啊？"

霍元甲看向魏母，发现有些不对劲，魏知县却临危不惧："哦，是师爷。"

"师爷呀，快坐，桌上有茶！"

霍元甲一时不知如何是好，没想到魏知县竟模仿着师爷的声音："老人家，我就不喝茶了，给知县大人送份公文，这就告退……"

没等魏母搭话，魏知县又自己答道："什么要紧的公文啊？还送到我娘屋里来……呀，省城来的，娘，对不住，儿先告退。"

魏母："你快去忙，快去忙。"

就在霍元甲的匕首之下，魏知县从容不迫："娘，那您自己擦脚，能行吧？"

魏母："能行！擦脚又不用看着，你快去，忙就不用每天都过来了！"

"儿告退。"

说完，魏知县恶狠狠地瞪了一眼霍元甲，向门口走去，霍元甲大气不出，上前一步将匕首抵在了前者的腰上，魏知县腰杆一硬，虽也有些害怕，但强撑着出了门。

远处的沙燕见霍元甲已得手，很高兴。

魏知县慢慢地关上门，压低声音："霍元甲，带了几个帮手？"

"即便我一人，赤手空拳也可以随时结果你性命。"

"这个我信，魏某人一介书生，手无缚鸡之力，落到你手里也就不反抗了。不过，想要挟我，救出你那几个同伙却是妄想！我是朝廷命官，绝不会受人胁迫！今日若为你所杀，朝廷自会抚恤，为我娘养老送终！"

霍元甲傻了，他没想到会是这样的情况，魏知县一甩袖子，径自向另一处房子走去。

见霍元甲没动手绑架，沙燕有些诧异，她从暗处现身，冲向魏知县，欲动手，被霍元甲伸手制止，他快步追向魏知县，进了房门。

刚进门，魏知县便大怒："霍元甲！你好大的胆子！"

霍元甲挺步上前："姓魏的，死到临头还摆什么官威？我难道怕你不成？"

魏知县气得喘着粗气："魏某人自为官以来，一直秉公执法，从未徇私！然对你霍元甲……我真是愧对朝廷的信任！我知道你没有疯病，却以此为借口为你开脱，我是看在谭大人和王大侠的面子上，本想放你一条生路，你却不知好歹，竟潜入县衙行凶！你有本事杀了我，但天网恢恢，朝廷一定会缉拿你归案，斩下你的人头，替我报仇！"

霍元甲愣住了。

日出东方，重现光明，县衙的官兵早已立于门前。

大堂之内，高高在上的魏知县缓缓道："本县彻夜未眠，思之再三，昨日对土匪的判决不妥呀！"

站在大堂里的侯典使一愣。

"那四名土匪应该先押解到省城的臬司衙门，请上官复审。一来，他们光天化日之下进城滋事，说明本县匪患严峻，应让上官知晓；二来，我县一日之内便缉拿四名恶匪，如此功绩，也应闻达于上官及同僚啊！侯典使，你觉得呢？"

"呃，知县大人，这恐怕不合适吧？老百姓都等着午时三刻您亲自监斩，以大快人心呢！"

"唉，这是大事，怎能图一时痛快！你再帮我起草一份告示贴出去，就说本县昨天的判决较为草率，砍土匪脑袋的热闹看不成了……"

"啊？知县大人，这真不合适！"

"没什么不合适的，就这么办吧，那四名土匪明日由你押送省城。侯典使，你可要多加小心，出了差池你我都担待不起啊！”

侯典使琢磨着接下来该怎么办。

“霍元甲，你是精是傻？居然还要相信这个狗知县？”

沙狼不可置信地看着霍元甲，沙燕也有些质疑。

霍元甲：我觉得此人可信……

时间回到昨天夜里，在魏知县的房间，二人坦诚相见。

“我且问你，你当真是那个在菜市口送别谭嗣同谭大人的霍元甲？”

“是我，如何？”

“那抢夺大刀王五头颅，为老英雄全尸者，也是你？”

“又如何？！”

“听说你为此事，连累了家人，父兄遇难，霍家上下几十条人命……”

“说这些干什么？你现在不是也要草菅人命，枉杀我的四个徒弟吗？”

“枉杀？放火行凶的难道不是他们？”

“当然不是！”

“那你知道是谁？说出名姓来，我立刻将真凶缉拿归案，放了你的四个徒弟！”

霍元甲想了想，咬了咬牙，他编了瞎话：“是我霍元甲！”

“你？你为何放火？”

“我烧的是鸦片！”

“真有鸦片？”

“我霍元甲像是无中生有之人吗？难道侯典使与那奸商不是受你指使，为你赚取黄金白银吗？”

魏知县不由得退了一步，脸色难看得很。

霍元甲为沙氏兄妹二人讲述着昨晚发生的一切，沙狼和沙燕都傻了眼：“为了将奸人一网打尽，魏知县为我争取了一天的时间，一早我便去市上买了匹快马，去追那胡六……”

沙狼：“对！只有抓到那个胡六，才能真相大白！”

一段临近悬崖的陡峭山路，胡六悠哉地骑着马而来，还哼着小曲，忽有一人拦住了他的去路，胡六勒住马：“这位朋友，让让路。”

拦路之人穿着像个樵夫，但目光阴损，似江洋大盗“飞天刺猬”。

“让不了。”

“劫道的？”

“看出来了？”

胡六跳下马，从腰间拿出一锭银子：“我是跑单帮的，这趟买卖还赔了钱，就剩这么点银子了，您笑纳，借个路过。”

飞天刺猬接过银子掂了掂，突然一甩手，把银子扔下悬崖。

胡六一愣。

飞天刺猬：“跑单帮的？蒙谁啊？明说了吧，寿阳侯典使派我来的，为的就是劫回你怀里的银票！”

“姓侯的好歹也为官府做事，居然勾结匪盗？”

“少废话！”

飞天刺猬拽出一把牛角弯刀：“银票留下，放你条生路，不然……”

胡六也抄出一把匕首来：“丢了银票，回去我没法交代，不就是拼命吗？来！”

飞天刺猬举刀就砍，胡六也练过几下子，两人打了起来，可是胡六哪里是江洋大盗的对手，逐渐有些招架不住，危在旦夕。

突地一声马嘶，霍元甲追至：“住手！”

胡六和飞天刺猬都看向霍元甲，胡六一愣：“霍元甲？”

他随即眼珠一转大叫道：“霍大侠，这个人光天化日之下劫道，快救命啊！”

霍元甲下马，看了一眼胡六，又看向飞天刺猬。

飞天刺猬：“哟？还有帮手？看来我得多宰一个，回去找侯典使要赏钱了！”说着便扑向霍元甲。

霍元甲听到飞天刺猬报出侯典使的名号，已知这不是好人，一个江湖草寇与霍元甲动武，又岂能占得便宜，三招两式，霍元甲便将飞天刺猬的弯刀打落在地，一个擒拿将飞天刺猬按倒：“刚才你说侯典使？是他派你来劫道的？”

飞天刺猬也是个狡诈之人，见打不过立刻认怂：“是啊是啊，我本不想来，可侯典使抓了我八旬老母，逼着我来的！”

霍元甲听不得别人说这样的话，他松了手：“既如此，没你的事了，滚吧！”

霍元甲转过身：“胡六，我有话问你，你要如实回答！”

胡六脸色突然大变，大喊道：“小心！”

霍元甲猛地回身，见飞天刺猬一掌向自己劈来，轻松一躲，便抓住了飞天刺猬的手腕，飞天刺猬又掌形一变，向霍元甲的手划去。

霍元甲惊愕，一把翻过飞天刺猬的手腕，将其制服，飞天刺猬倒在地上号叫着，竟将本想用在霍元甲身上的暗器扎在了自己身上。

霍元甲厉声道：“狗东西，暗器伤人，上面抹的什么毒？”

哪承想飞天刺猬不但不服，猛地一个倒钩，又抬脚向霍元甲踢来。按常理，霍元甲只能用掌去挡飞天刺猬的脚，可霍元甲清晰地看到，飞天刺猬的鞋尖上也有暗器，看来此人浑身都是暗器机关。

霍元甲收手倒退，飞天刺猬得以脱身，再次抓起弯刀，稳住脚跟：“有两下子，再来！我飞天刺猬浑身毒刺，在这条道上劫了十多年，还从来没失过手！”

说着，飞天刺猬连连进攻，越发疯狂，霍元甲躲过他右手的刀，紧接着就要防他左手的刺，万般无奈之下，霍元甲只能用出真功夫，一掌击在飞天刺猬的后背之上，这一掌用力过猛，飞天刺猬向悬崖方向踉跄而去，眼见要跌落之际，飞天刺猬一声惨叫。霍元甲惊愕，他担心此人掉下悬崖摔死，欲伸手去抓，哪承想飞天刺猬一翻腕，手腕里又窜出一根刺，猛地刺向霍元甲救他的手，霍元甲躲过，胡六却看准机会，飞起一脚，正踹在飞天刺猬的后腰上，后者被大力踹下悬崖。

霍元甲耳畔传来飞天刺猬必死的惨叫，霍元甲道："若非暗器伤人，他不至于死，也不知八旬老母之事是真是假……"

一旁的胡六手里始终攥着匕首，见此时霍元甲站在悬崖边毫无防备，试图下手，却又有些不敢，霍元甲猛地回身，胡六连忙跪倒在地："多谢救命之恩！这等贼人奸诈得很，必满嘴假话，家里断不会有八旬老母，霍大侠不必惋惜！"

霍元甲点点头："在东光县衙，我一直称自己姓刘，你怎么知道我姓霍？"

"津门霍元甲谁人不知，哪个不晓？今日我算是领教了您的武艺，要不是碰上您，我可就命丧奸人之手了！"

"我的身份，是东光知县薛学告诉你的？"

胡六不答，默认。

"那也一定是他派你来寿阳的？把银票交出来！"

胡六假装很诧异："您说什么？"

"别装糊涂，那日你与侯典使在奸商家中讨价还价，拿走了很多的银票，我早已知晓，由不得你抵赖！"

胡六毫不慌张，脸上仍露着笑容："银票是吧？在此，请霍大侠过目。"

胡六从怀里掏出银票递上去，霍元甲接过，果然数额巨大。

趁霍元甲吃惊之际，胡六猛地一刀刺向霍元甲的腹部，霍元甲闪身躲过，胡六再次攻击，霍元甲还击，胡六连连后退。

霍元甲怒目："薛学身为朝廷命官，居然利用官镖走鸦片，真是胆大妄为！你这个帮凶，还不束手就擒！"

"人为财死鸟为食亡！你断我们财路，我跟你拼了！"

胡六哪里是霍元甲的对手，两下就被卸了匕首，求饶："霍大侠饶命！"

"起来！跟我回寿阳，在县衙大堂之上把你们的罪行讲个清楚！"

"是是是，我一定如实交代！"

霍元甲相信了胡六，松开了胡六，可胡六一咬牙，竟有股子狠劲，猛地上前一蹿，向崖下滚去。

回到了道观，沙燕看着银票说："赚这么多黑心银子？比土匪可恶多了！"

沙狼："你就这么信魏知县？万一姓侯的真将刘振声他们几个押进省城，又该怎么办？省城再碰上两个糊涂官，那还有救吗？！"

霍元甲点了点头："侯典使不敢让振声他们到臬司衙门，一定会带上亲信，动手肯定会在路上动手。"

"不行！你有四个徒弟，侯典使突然下手，想救都救不过来！我已约了几个江湖朋友，一出城就砸烂囚车……"

"万万不可，这件事本来是说得清的，只可惜你冒失地烧了奸商的仓库，毁了证据！现在若由你救人，岂不坐实了我通匪的罪名？"

"我知道自己是土匪，用不着你再三提醒！不识好歹的东西，妹子，我们走！"

沙狼很是生气，转身走了，沙燕将银票拍在供案上也跟着走了。

霍元甲自知失言，但无可奈何，他想起了魏知县再三叮嘱的那番话。

"从现在起，不要再让你那些土匪朋友插手此事，否则可就没法还你清白了，这对你那些朋友也不利，明白吗？！"

霍元甲的眼前是魏知县严肃的表情。

野外路上，两辆囚车颠簸着，侯典使骑着高头大马走在前面，突然他勒住马，指着一旁的小路：“走山路。”

队伍立即转向山里，囚车里的刘振声几人都很虚弱，明显是受尽了折磨。

路越来越窄，霍元甲的身影出现在山坡上。侯典使也四下观察，很明显，事先约定的行凶地到了。

突然一声马嘶，四名蒙面杀手骑着马杀来，杀手大声喝着：“劫囚车啦！”

侯典使假装害怕：“不好，土匪劫囚车，赶紧迎敌！”

话是这么说着，侯典使自己已经打马向后撤，几名官兵冲上来迎敌，与杀手胡乱交战两下，扔掉兵器就跑。

车把式傻了，官兵“啪”的一巴掌抽在车把式的脸上：“愣什么呢？还不快跑！”

车把式这才逃跑。

高奇有些高兴：“快来救我们！”

此时的霍元甲已趁乱从山坡上飞奔而下，但他的目光始终注视着四个徒弟。

为首的杀手大喝着：“砍下他们的脑袋！”

说着便一踢马肚子，抡刀向刘振声和高奇而来，高奇傻了，嗷嗷直叫。

霍元甲见事不好，加快了脚步，杀手的马飞奔着，手中的刀已经对准了高奇的人头。借助大石头，霍元甲一跃而起，手中的长枪向马上的杀手刺去。杀手根本没发现霍元甲，就在刀即将砍到高奇之时，被霍元甲的长枪挑开了。

杀手在马上一踉跄，险些坠马：“兄弟们，来了捣乱的，一起杀了他！”

四名杀手分别向霍元甲袭来，霍元甲一杆长枪对马上四人，勉强应战，久攻不下，一杀手大叫道：“我拖住他，你们宰了囚车里那四个！”

说完，一名杀手就拦住了霍元甲，两匹马在两个不同的方向移动，另外两名杀手分别持刀去砍囚车里的人。

霍元甲大惊，撑枪而起，将一名杀手踹下马，脚踏马背去拦截向阿发攻击的杀手，霍元甲用自己的身体撞向杀手，虽将杀手撞下马，但他已经无法去救高奇了。

高奇惨叫着，闭上了眼睛，只听“当”的一声清脆的声音传来，抡刀的杀手武器脱手，原来是沙燕发暗器打掉了杀手的武器。

另一名杀手持长枪刺向许大有，霍元甲眼睁睁地看着，但距离太远已经无法施救，一件偌大的暗器在空中飞着，那是旋转着的小狼牙棒，狼牙棒砸在马头之上，马惊了，那名持枪的杀手被甩在地上。

被沙燕暗器打掉武器的杀手从马鞍上拽出另外一件武器去杀人，沙狼已经飞奔而至，用狼牙棒将他的武器挡开，狼牙棒袭击马腿，第四名杀手也滚落马下。

沙燕制服试图逃跑的杀手，沙狼抡着狼牙棒要去砸碎一个人的脑袋。

“不要杀人！”

霍元甲一声大喝终止了沙狼的动作，沙狼气坏了，一脚踹在杀手的下巴上，那人倒在地上，没了战斗力。

霍元甲捡起地上的大刀，一跃而起，双手持刀砸向囚车，几名徒弟得救了。虽重获自由，但他们浑身是伤，一身是血，艰难地与霍元甲拥抱在一起，师徒五人都掉了眼泪。

霍元甲拍了拍留在身边的阿发的肩膀，又用手抓着许大有的胳膊，心疼道：“让你们四个受苦了，都是为师的错，但要一辈子想清白，就不能随意杀人，哪怕是现在……”

高奇高声道：“师父！你是不知道那狗东西怎么折磨我们的！我杀他一百回都难解心头之恨！”高奇气得直哭。

霍元甲：“吕四鹰难道不该杀一百回吗？！”

高奇愣住了。

霍元甲："你们可还记得咱家门上贴的是什么字？"

高奇："忍？我忍无可忍了……"

霍元甲："那也得忍！你们四个就在此等待官差，哪也不许去！"

高奇气得把刀扔在了地上。

沙狼走了过来："都捆上了，交给你吧！"

霍元甲见那四名杀手已都被捆了手脚，抱拳："多谢你兄妹出手搭救，不然我这四个徒弟可就……元甲昨日出言不逊，还望沙兄弟原谅！"

"哼！我心眼儿要是小，早就不搭理你了！"

沙燕："霍元甲，我哥昨天真生气了，但是想来想去，你双拳难敌四手，好虎架不住群狼，你一个人根本救不了四个徒弟，所以我们就来帮忙了。"

霍元甲一脸惭愧的神情："沙兄弟……"

霍元甲上前与沙狼拥抱。

沙狼："这就对了，你我可要做一辈子的好兄弟！"

霍元甲点头，刘振声凑上前："沙姑娘，谢谢你。"

高奇："要谢得我先谢，刚才要不是沙姑娘，我就身首异处了，以后我不逞强教你拳脚了，你的功夫我都看见了，真不错，不是花拳绣腿！"

沙燕白了高奇一眼，高奇挤到刘振声前面，气氛一下子活跃了。

侯典使回县衙禀报，魏知县从高处三步并作两步冲下，一把握住他的手："居然有这种事？"

"土匪来势凶猛，得有上百人！我虽浴血奋战，可实在打不过，请知县大人降罪！"

"唉，你不是已经尽力了吗？何罪之有？"

魏知县在大堂里踱着步："土匪劫了囚车，这就说明……"

侯典使："那四人确是土匪，知县大人判斩判得没错！"

魏知县假装同意："对对对。"

侯典使："还有一人，就是四人的师父霍元甲，他肯定是土匪头子！此人武功高强，那天居然让他跑了！现应立刻往上呈报，请派重兵缉拿他归案！"

魏知县："对对对，你说得有道理！"

忽然，鼓声自外面响起。

这是霍元甲第三次击鼓，魏知县率众从衙门内赶了出来。

侯典使一见霍元甲大惊，又看见那被捆着的四名杀手更是魂飞天外，喝道："大胆匪首，嚣张至极，来呀，保护知县大人！"

说着，侯典使抽出腰刀向霍元甲砍去，霍元甲侧身，抓住侯典使的手，一用力，刀就已经反架在了侯典使的脖子上。

侯典使的几名亲信冲上前去，却不知如何是好。

侯典使："别管我，快快斩杀匪首，保一方平安！"

亲信们不再犹豫，向霍元甲冲来，魏知县突然大喝："都给我退下！"

侯典使的亲信们面面相觑，都不敢再上前。

"大人快下令啊，不要管我死活！"侯典使声情并茂。

"侯永贵！死到临头还在给我唱戏？来人，把马连财押上来！"

魏知县的话让侯典使一愣。

马连财正是那日的商人，此时被五花大绑着与侯典使对视，两人都傻了。

大堂之上，刘振声四人已被官兵带回，魏知县查看着四人的伤，心疼地摇头："如此伤情定是屈打成招，此事发生在寿阳是魏某失职，还望四位壮士原谅！"

高奇很激动，转身低声对霍元甲："师父，这知县是个明白官儿呀……"

霍元甲大声道："魏知县已查明案情真相，你们受委屈了。"

魏知县："陷害诸位壮士的奸人已下狱，不日将押往省城交由按察使大人严审定罪！霍壮士协助寿阳县衙查获大案，本县会向上呈报，为壮士请功，等上官批复下来，论功行赏后再走不迟。"

众人都很高兴。

霍元甲："知县大人不必，元甲惦念老母，准备这就告辞，尽快回家。"

"那可不行，就算你们不等着论功行赏，老百姓的深情厚谊可是不能不顾啊！"

刘振声："老百姓？老百姓不认识我们师徒五人啊！"

魏知县笑了："你师父发现马连财和侯永贵相互勾结，利用官镖私运鸦片，谋取暴利，便放了一把火，将那害人的黑疙瘩全烧光了，整个寿阳人人拍手称快！百姓自掏腰包，备好了酒席，等着你们师徒回去痛饮呢！"

霍元甲无奈的样子。

街道之上，宽敞处放了六七张大桌，桌上堆放着好酒好肉，老百姓围着桌子看热闹，还有老百姓敲锣打鼓。

两位乡绅捧着大红花而来，将大红花系在了霍元甲的胸前，并簇拥着他来到酒席中间，让他登高讲话。霍元甲推辞，但最终还是被推上高凳。

霍元甲一抱拳："鸦片害人，自当被销毁，但元甲一时冲动放了火，虽未伤及无辜，已是大错。知县大人格外开恩，没有治我的罪，反得父老乡亲如此厚意，元甲真是诚惶诚恐，无地自容！"

"霍大侠客气了！您烧的是鸦片，哪有什么罪！"

"对！大烟膏子害得多少人家破人亡，卖儿卖女，我们都恨那玩意儿！"

"朝廷不禁烟，是怕洋人，可我们老百姓不怕！有大侠做表率，以后再有谁在寿阳贩卖大烟，我们见一个烧一个！”

老百姓们群情激奋，霍元甲更是激动不已。

一老者挤过人群，他身后，两个伙计抬着一块木板，老者一抱拳：“霍大侠，听说了您的壮举，我连夜雕了这块牌匾，送给您！”

说着，老者一挥手，撤下了蒙在牌匾上的红布，红布下覆盖着的牌匾露了出来，上书四个字——销烟大侠。

霍元甲愣住了：“这，这……这元甲可受不起！”

“我们都听说了，有好几十箱子鸦片流入寿阳，要不是霍大侠，老百姓可就遭殃了！前有林则徐虎门销烟，今有霍大侠寿阳一炬！这块牌匾您一定收下，这是寿阳百姓的心声！”

老者说完，老百姓们一起鼓掌，几个徒弟也都跟着鼓起掌来。

一直站在一旁的魏知县也跟着鼓起掌来：“霍壮士，请吧！”

霍元甲盛情难却，他双手接过牌匾，泪流满面。

—第五章　圈套—

山路上，霍元甲背着牌匾走在最前面，徒弟四人手持长枪或长棍跟在身后。许大有想帮师父背吧，但被霍元甲拒绝了。

阿发又道："师父，我的伤最轻，而且背上没有伤，您就把牌匾给我吧。"

"你们的心意为师领了，但真的不用，我必须自己背着，这是寿阳百姓对我的错爱。其实，鸦片本不是为师烧的……"

高奇："那……那谁烧的鸦片？"

"沙狼……在魏知县面前，为师撒了谎，不是为了邀功，而是因为沙狼、沙燕兄妹毕竟是占山为王的土匪，我怕官府知道他们进城放火对他们不利。"

刘振声："那县城上下还不得人心惶惶啊！"

"正是。更何况，沙氏兄妹对我们有恩，我也不想给他们带来更多的麻烦。可谁知一句谎话，竟得寿阳百姓们如此爱戴，所以这块匾我要自己背，既因说谎而自罚，也希望这块沉甸甸的匾能让我记住，天下之毒莫过于鸦片。洋人之所以称我们是‘东亚病夫’，就是因为泱泱大国烟鬼实在太多了……此害不除，民不聊生，国难自强！”

四名徒弟知道师父是在教育他们，都在认真地听着。

“你们也要记住，习武之人一定要做民之表率，不能沾大烟，一辈子都不能！若有违者，必废武功，逐出师门！”

四人郑重地点了点头，自此霍元甲坚定了对鸦片的态度，但他不知道的是这块牌匾未来会带给他无限痛苦。

突然一阵锣声传来，只见十几个土匪从山坳里迎了出来，为首的正是秋爷。

秋爷上前：“霍大侠，可把您盼来了！大当家的三天前就让我们去打野味，还专门派兄弟走了百里山路，买来最好的三十年陈酿，就等着您来一醉方休呢！”

霍元甲抱拳：“多谢十三里岗一番好意，但我急着赶路，就不打扰了。”

霍元甲始终没有笑意，绕过秋爷，秋爷愣了。四个徒弟见师父没表态，也不敢搭茬，都跟着绕过秋爷。秋爷捋着胡子，不解的神情。

转过一个山坳，又一阵锣声，这次来的是沙狼本人。

沙狼翻身下马，大踏步而来：“怎么着霍元甲？还得我亲自来请？”

“有劳了。”

“客气啥！来人，快把霍大侠身上的牌匾接下来抬着，请贵客上马！”

霍元甲制止了迎上来的土匪：“不！沙狼，我着急赶路，实在不能上山。”

“什么意思？过家门而不入？”

“哪来的家门？”

“霍元甲，我拿你当过命的朋友，我的家不就是你的家吗？你路过十三里岗，不上去喝碗酒，不是过家门而不入？”

霍元甲再次想起了魏知县的话……

“实不相瞒，谭嗣同谭大人遇难之后，大刀王五曾来过寿阳……所以，我对你多少有些了解，更爱惜你是个人才。你虽遭家门不幸，但那是恶人公报私仇，并非朝廷之错。如今朝廷已撤销对你的缉查，你自可光明正大地做人了，更何况当下是多事之秋，国家正是用人之际，而你霍元甲文武双全，若隐而不出实在可惜……我有一言相劝，土匪山贼再讲义气，所行也非正道。他们实是朝廷之患，百姓之害，你务必要远离！另外，你有没有想过，你的土匪朋友武功再高，若不是因为我故意不追究，他们能那么随意地离开寿阳吗？以后别再来往了，否则害人害己……”

霍元甲咬了咬牙：“你我虽是朋友，但你的家就是你的家，并非我的，更何况，十三里岗是官府眼中的土匪窝子，霍元甲不能踏进半步。”

沙狼顿时急了：“你说什么？！”

沙狼一声叫喊，身后的土匪们纷纷抽兵器而上，霍元甲的徒弟们也连忙亮出武器。

“霍元甲，你是用得着人朝前用不着人朝后啊！”

“多次劳烦大当家的出手相助，霍元甲再次谢过。”

说完，霍元甲又一次抱拳，鞠躬，沙狼看着他气得不行。

“大恩已谢，就此别过，山高水长，各奔前程。”

“你的意思就是这辈子再不相见？！”

“你的江湖，终不是我的江湖。”

“我真是瞎了眼……”

沙狼瞪红了眼，转身对土匪们喝道：“你们都给我听着，我沙狼这辈子从来没认识过这个叫霍元甲的！”

说完，他不再看霍元甲，径自走了，土匪们各向霍元甲瞪着眼，有的还吐着唾沫，有的骂骂咧咧，待土匪们都走了以后，霍元甲才继续赶路，权当什么都没发生过。

又绕过一个山冈，沙燕从山坡上跑了下来，很明显是才得了消息。

“霍元甲，你……你不识抬举！不识好歹！无情无义！”

霍元甲不语。

沙燕不解气，仍指着霍元甲：“你……我希望我这辈子都不要再见到你！”

沙燕哭了，掉头就跑，霍元甲却平静地继续走着，可刘振声和高奇都急了，二人同时开口：“师父！”

霍元甲：“你二人何事？”

高奇眼珠一转：“我想撒尿……”

“去吧。”

高奇将斩马刀塞给许大有，撒腿就跑。

“振声，你呢？”

“我想去追沙姑娘，有几句话跟她说。”

“非说不可吗？”

“非说不可！”

“去吧。”

“多谢师父！”

说完，刘振声将长枪递给阿发，跑了。

许大有：“不对呀，二师兄撒尿跑那么远干吗？”

霍元甲：“高奇撒了谎，为师早已看破，之后自会责罚。你是师弟，应替师兄周全，不该说破。”

许大有咧了咧嘴，霍元甲：“我们走慢点，等等他们。”

高奇健步如飞，追向沙燕：“沙姑娘等等！”

正在奔跑的沙燕驻足回身：“高奇？你来干什么？”

“沙姑娘，我……我师父他做得不对，大当家的和沙姑娘一番好意，你说他怎么看不出来呢！”

“你来追我就是说这些废话的？”

精明的高奇变得吞吞吐吐：“不是，我……”

“你什么？有话快说！”

高奇从腰间掏出木梳：“这个是送给你的……”

沙燕一愣：“你送我这个干什么？”

“啊，山里风大，头发容易……”

“本姑娘难道还没个梳子？”

“不是！这是我一番心意……我，我喜欢你！”

沙燕傻了。

“江湖不远，说不定哪天就又见着了，我师父虽固执，但也不是不能变的，兴许他待会儿就改了主意，以后两家多亲多近，咱俩不就……”

高奇有些不好意思，把梳子塞进沙燕手里，扭头就跑，沙燕有些意外，不知道该怎么办，因为她对高奇从来没有过好感。

山冈上，高奇与飞奔而来的刘振声险些撞个满怀。

“你跑哪撒尿去了？”

“你管得着吗？”

高奇不好意思地跑了，刘振声看到远处呆呆地站在那里的沙燕，脸上露出笑容，向沙燕飞奔而去。

刘振声：“沙姑娘……”

“刘振声，是你师父让你来的吧？他知道错了？那还不自己来道歉！派你这个笨手笨脚的徒弟来干啥？”

“是我自己要来的。我虽笨手笨脚，但从不说假话。沙姑娘，我喜欢你。”

沙燕又傻了：“刘振声你说什么？！”

“我喜欢你，见你第一眼就喜欢上了，我刘振声从小尽顾着练武了，三十多了没娶媳妇，也从来没有过相好的。我本来以为这次路过十三里岗，师父肯定会带着我们上山和大当家的、沙姑娘一起热闹几天，想在那个时候求师父替我提亲，没想到是这么个结果……”

刘振声从包裹里取出料子：“这个给你，我问裁缝了，能做身好衣服，你穿上肯定俊！”

沙燕更加意外地看着刘振声，这个她也没想到。刘振声激动得都流出了泪水，他抹了把眼眶：“我虽喜欢沙姑娘，可早已下定决心一辈子跟随师父，所以……今日就是诀别了，看来我没福分娶沙姑娘，但观音菩萨会保佑你嫁个好男人，一辈子乐乐呵呵的……长命百岁！多子多福！！”

说完，刘振声一抱拳，转身跑了。

刘振声与高奇完全不是一个性格，两个人都从不同程度上打动了沙燕，可她的心里只有霍元甲，沙燕呆呆地望着刘振声的背影，不知如何是好。

东光县衙某个屋子里，胡六浑身破烂，明显是被树枝、石头刮的，他身上有伤，脸上有血，极为狼狈，此时正跪在地上向薛知县汇报着。

薛知县阴沉着脸，看向胡六的眼神慢慢变得凶狠。

牢房里，胡六歪在地上，委屈的神情，他没想到因为一个霍元甲，荣华富贵没了，薛知县竟然也把气全撒在自己身上，要砍自己的脑袋，他心里全是眼泪，想着想着，脸上也全是眼泪，忽见有人向自己走来，胡六瞪大了眼睛，来人正是薛知县。

“知县大人救我，救我呀！”

“闭嘴！丢了银票我本该宰了你，但念你跟我多年，饶尔不死，快滚吧，滚得远远的！”

说着，薛知县将钥匙扔在地上，扭身就走，胡六呆住了，慢慢伸手去捡钥匙。

打开了牢门，胡六摸索着向外走，突然一只大手突然从栅栏伸出，抓住了他，胡六险些叫出声来。

“六哥，是我呀！”

“还有我，六哥，快救命啊！”

竟是之前的苍山五虎其中的两个，胡六看向二人，一个计划逐渐从脑海中诞生，他声音低沉：“他们哥仨呢？”

“他们仨被审出来身上有命案，全被移送府衙了。”

“你们哥俩身上没有？”

“有啊！再过两回堂也就扛不住了，所以才求六哥救命！从此以后，我们哥俩就是您的狗，您让我们咬谁，我们就咬谁！”

听到这话胡六笑了：“也好，谁让我也落了难呢……放了你们俩，以后咱们哥仨互相也好有个照应。”

师徒一行人已经抵达东光，他们都有些激动，刘振声和高奇二人还不时地四处张望，阿发在一旁说着“别看了，这两天我一直留心观察，沙燕没跟着。”

原来沙燕不死心，一直跟在霍元甲身后，没几天就被发现了，刘振声和高奇知道了很是高兴。

高奇抬起一脚踹在阿发腿上：“谁看沙燕呢，我可没有！大师兄，你不会也惦记上沙燕了吧？不合适，你乡下有媳妇……”

刘振声气坏了：“闭嘴！想找师父骂？大有，把匾卸下来，让你二师兄背，省得他闲着胡说八道！”

霍元甲忽然发声：“振声的主意好。”

霍元甲指了指前面的岔路口：“高奇，你背上这块匾，先赶回家去，向我娘报个平安。”

高奇傻了：“啊？那您……还有他们仨呢？不回家？”

“那日我绕到悬崖峭壁之下，见那个浑身毒刺的歹人已摔死，但我找了两个时辰都没找到胡六的尸体，所以……”

“您是怕他跑回东光县城？”

霍元甲点点头：“阿发、大有，你们俩先行一步，摸进城去，打听胡六的消息，若他真回来了，待其落单，立刻拿下，绑来与我会合。”

高奇无奈，接过许大有身上的牌匾，背在身上。

刘振声：“师父，我呢？”

霍元甲想了想："你附耳过来。"

刘振声凑近了霍元甲。

茅屋里，正在做饭的王氏一不留神被烫着了，手里的碗掉在了地上，"啪"的一声响，碗碎了，吓了霍母一跳。

霍冯氏连忙走来："哎哟妹妹，我不早说了嘛，你不能再做饭了！烫着了没？要不是东方的袜子破了，正补着，哪能让你干活啊！这再生在锅台上，元甲回来该赖上我了！"

说着，霍冯氏解下王氏的围裙，全面接管做饭，王氏神情有些恍惚："娘，我有个不好的预感……"

霍母早已看在眼里："元甲媳妇别慌，你心里越着急就越会往坏了想。"

王氏："但愿……如此。"

院子里，小莲正在洗衣服，远处胡六和苍山两虎已气势汹汹而来，自恃山高皇帝远，三名匪徒各持凶器，根本没有避人的意思。

"到了，就是这儿。"

小莲正起身晾衣服，露出优美的身姿。苍山五虎之一正看见这一幕，眼睛都直了，他露出淫笑："哟，这小丫头还真不错，我进去一个月都快憋死了！六哥，你们俩先去杀人，我来对付对付她……"，说着，他冲向小莲，并将手里的刀抛在地上。

小莲吓了一跳："你们是谁？！"

"待会儿你就知道了。"

只见这人一把抱住小莲的腰就往草垛上按，小莲大声地喊着："救命啊！"

王氏听到动静，让霍母等人别出声，自己抄着笤帚疙瘩冲了出来。

一虎放开小莲，转过头来，衣冠不整的小莲连忙躲到王氏身后。

一虎："又来一个？长得更美，可惜是个大肚婆！"

胡六：“这个大肚婆就是霍元甲的媳妇，都交给你了，挨个给我收拾！我们俩先进去，宰了老太太和那几个小崽子！”

“多谢六哥！”

一虎就要扑向王氏，王氏紧退几步拦住门：“谁也不许进去！你们知道我男人是霍元甲，他徒弟个个武艺高强，如不快走，等他们回来，就抓你们去见官！知县大人是他朋友，会砍下你们的脑袋！”

胡六大笑：“知县大人？那还是我朋友呢！这会儿他恨不得亲自砍下你男人的脑袋……你肚子里是霍元甲的儿子，杀你一个顶俩，更解恨！”说着，胡六抄钢刀就向王氏的肚子扎去。

挑着担子砍柴回来的小伍发现，大喊一声：“住手！”

胡六的钢刀停在半空中，向山坡上望去，小伍扔下柴火，握着砍柴的镰刀冲向胡六。

小伍：“哪来的歹人，敢对我师娘无礼？！”

胡六：“小兔崽子快滚！看你黑不溜秋的就不是霍家的人，老子饶你不死，快滚！”

“一日为师终身为父，我怎么不是霍家人？你们再敢无礼，休怪我不客气！”

“呵！小兔崽子嘴还挺硬。”

胡六往后一撤，一拍二虎：“交给你！”

二虎抡家伙就向小伍砍去，小伍持镰刀与对方打在一起，竟不相上下。

一虎乐了：“嘿嘿，让他们俩先打会儿，我等不及了！”

一虎又扑向王氏，试图强暴，小莲见工氏被抓到，上前去咬一虎的胳膊，一虎嗷的一声松开了手，急了，便去抄刚才插在地上的钢刀。

正在与苍山二虎搏斗的小伍发现了，找准机会将镰刀飞了出去，二虎连忙躲闪，小伍趁机跑向草垛，抓住草垛里的一根棍子，向外使劲地拽着，“棍子”被拽出，原来是一条长枪。

此时，一虎正举刀向小莲而去，却被小伍的长枪拦住了去路，小伍长枪一甩，便拍在了苍山一虎的胸前，一虎被拍得连退几步。

小伍持枪守在王氏和小莲身前道："小莲，快扶我师娘进屋！"

小莲看向王氏。

王氏："小莲，你进屋，帮我把挂在屋里那口大刀拿来！"

王氏急得眼里都是泪水，她明白生死一线，躲已经没有用了。

两虎一起冲了上来，小伍使出浑身解数，以霍家枪对苍山两虎，拼尽全力，竟将二人逼退。

王氏双手握住大刀的刀柄，但是刀太沉，她真的举不起来，或者说，由于过度紧张，她的肚子产生了异常，要不是依靠这把刀，她站都站不住。

小莲躲在王氏的身后，担心地看着王氏和小伍，见两虎久攻不下，胡六也抄刀加入战团。

小伍以一敌三，奋力拼杀，可还是渐落下风，多处受伤。

王氏着急无奈，紧握大刀。

回程路上，背着牌匾的高奇喜气洋洋，他吹着口哨，突然停住了脚步，猛地回身："出来吧，我早就发现你了！"

一棵树后，闪出沙燕的身影。

高奇哈哈大笑："真是你啊沙姑娘！阿发那个傻子还说自己观察了两天，你没跟着，我就一直觉得你跟着呢，还是我对了吧？"

沙燕冷着脸："前两天我就是没跟，万一再碰上老虎呢？反正你们也得住店，我在后面打听便是，眼见到了东光才追上来的。"

"是吗？你没追刘振声，专门追我……嘿嘿，这下我放心了！"

“你放心什么？”

“不告诉你。”

“他们去东光县城有什么好跟的？你是回家吧？”

“对啊！”

“你们家都还有哪些人？”

“奶奶、大伯母……不过那是个讨厌的女人，你可以不用理她，大伯留下的一双儿女，还有师母……”

高奇掰着手指头，还要继续往后数，被沙燕打断。

“行了！前面带路。”

沙燕用手扶了扶腰间的匕首，很明显，她想对王氏动手。

一场血战过后，小伍已多处重伤，长枪掉在了地上，一虎抡刀向小伍劈去，几近昏迷的小伍猛地跃起，向一虎踹去，竟将一虎踹倒了。

小伍再次落地，这回爬不起来了。

胡六：“别耽误工夫了，进去杀人！”

二虎的兵器早已掉在地上，听见胡六的吩咐，欲捡兵器行凶，小伍一把抱住二虎的腿，二虎抬脚向小伍头上踹去，一脚、两脚……都踹在小伍头上，他鼻口蹿血，但没有松手。

王氏心疼地叫着：“小伍……”

胡六举刀向王氏冲来，王氏紧紧握着大刀，胡六挥刀向王氏劈来，王氏猛地一用力，将大刀抡起，兵器相磕，“砰”的一声，胡六退后 步，发现自己的刀刃被砍豁了。

王氏拄刀大喝：“我手里的可是大刀王五留下的宝刀，看你们谁还敢来！”

胡六本就武功稀松，一时被镇住了，向后喊着：“你们俩还愣着干什么？杀了那个小兔崽子，一起来对付这个女的！她手里有宝刀，还值些银子！”

刚才一虎也是打累了，躺在地上，此时已起身捡起刀，远处的高奇和沙燕转过弯来，正看到这一幕。

小伍已血肉模糊，仍抱着二虎的腿，一虎抡起刀向小伍砍去，一支暗器打在一虎的手腕上，刀脱手而出，一虎向暗器袭来的方向望去。

“奶奶的！”

高奇大骂着将牌匾扔在了地上，握着斩马刀飞奔而来。

二虎连忙用力将小伍踹开，捡起自己的兵器。一虎也再次捡起刀。

胡六见来者不善，举刀相迎。

沙燕跟着高奇也冲了上来，高奇一动手，自跟小伍不是一个级别，很快便将苍山两虎打退，沙燕继而加入战团。

高奇看到血肉模糊的小伍，伸手去摸，大声地喊着：“小伍！”

小伍睁开眼睛：“保护师娘……”说完，小伍昏死过去。

高奇向王氏望去：“师娘！”

王氏见来了救兵，再也没了力气，腿一软栽倒在地上，小莲发现了什么：“血！二少奶奶流血了！”

只见王氏的裙摆之下是一摊鲜血，高奇更急了，拖着刀冲过来看：“快把师娘扶屋里去！”

正在这时，只听得身后风声，高奇眼睛一立，猛缩身，回手一斩，这一刀又快又狠，正砍在欲偷袭高奇的一虎肚子上，一虎鲜血喷出，登时倒地。

高奇双眼通红，冲向正在和沙燕缠斗的二虎和胡六，他上前一脚将二虎踹出战圈，三招两式，一刀插进其胸膛。

二虎倒地，高奇将斩马刀拔出，刀上淌着血。胡六本来就打不过沙燕，一见阵势不好，虚晃一招调头就要跑。

高奇大喊：“狗贼还想走？！”

高奇拎刀就追了上去，胡六哪里跑得过高奇，没几步就被追上，胡六举刀迎战，更不是高奇的对手，很快刀被磕飞，被高奇踢倒在地。

胡六倒地：“英雄饶命！英雄饶命啊！”

“饶命？你们杀了我师弟……小伍，二师兄给你报仇了！”

说着，高奇一刀抡下，向胡六的身上劈去，血溅在了高奇脸上，高奇连杀三人，目光凶狠。

沙燕的声音从身后传来：“你师弟没死，还有气！”

高奇喜极而泣：“小伍！”

东光街道僻静处，霍元甲背着手等待着，许大有和阿发快步跑来。

阿发：“师父，在市面上打听了大半天，没有胡六的消息。”

许大有：“住的地方已找到，但上了锁。他不是本地人，老家在哪儿没人知道……”

霍元甲点了点头：“看来为师是该去会会这个薛知县了。”

霍元甲端端正正地站在县衙大门口，薛知县从院子里快步迎出，一见霍元甲连忙抱拳：“霍壮士回来了！一路辛苦！快，里面说话！”

说罢，薛知县一把拉住了霍元甲的胳膊，霍元甲一愣，他没想到薛知县会是这般表现，他将自己的心思藏了起来，跟随着薛知县进了县衙。

书房，薛知县亲自斟茶，递了上来，霍元甲从怀中掏出侯典使签过的镖文，试探道：“官镖已顺抵，这是寿阳接镖的文书，请知县大人过目。”

薛知县一愣：“不是说好了吗，私下里你我兄弟相称。至于这文书……寿阳出了那么大的事，莫非俊卿兄在有意用它羞辱我？”说着，薛知县一把从霍元甲手里抢过文书，撕个粉碎，扔在地上。

霍元甲愣了，但仍在试探：“知县大人撕了文书，莫非是因为霍某差事没办好，衙门不打算给镖银了？”

“俊卿兄为什么还在跟我打哑谜？两天前我就收到了寿

阳的公文，那批官镖有假！大胆胡六，居然将贵重的药材换成鸦片！”

“知县大人都已经知道了？难道鸦片的生意不是您出的吗？”

薛知县“啪”的一拍桌子：“霍元甲！你……你……你把我薛学当什么人了？你看这是什么！”

说着，薛知县把一张纸递给霍元甲，霍元甲看着。

“胡六潜回东光之日，我刚好收到寿阳的公文，立刻就将胡六收了监。哪承想昨夜他勾结狱卒，竟逃走了！我这正在起草公文，打算呈发各府县，共同缉拿他！若胡六受我指使，我会这么做吗？我难道会让各府县帮着朝廷抓可弹劾我的证人？霍元甲，你真在怀疑本官？”

薛知县的言辞令霍元甲感到意外，但似乎又无懈可击，他将信将疑，下意识地抱拳拱手：“霍某不敢。”

薛知县显得很愤怒：“你真辜负了我的一番信任！”

霍元甲有些尴尬：“……那知县大人，霍某告辞了。”

“你等等！”

薛知县“腾”地站起来：“你可以怀疑我，因为这事确实蹊跷，我也觉得难以置信，谁知道胡六这贼子用了什么诡计，瞒天过海，把你我都给糊弄了！不过，俊卿兄……”

薛知县目光中突然充满了真诚与敬佩：“你胸怀坦荡，心系百姓，在寿阳干得漂亮！鸦片烧得好，烧得解恨，烧得大快人心！你老家是东光，又是替东光县衙走官镖去的寿阳，我这个东光的父母官？也跟着你脸上有光啊！”

霍元甲仍将信将疑，但薛知县演得实在太像了。

“怎么？还不信我？那你看看这是什么！”

薛知县从怀里掏出另外一封公文，拍在桌上，霍元甲上前拿起公文看着。

“给天津知府的公文？天津哪还有什么知府……”

“你呀！就在你走镖的这一个月里，洋人和朝廷谈好了条件，他们的都统衙门撤销了，天津又已在朝廷的治下了，你想不想带着一家老小回去？”

霍元甲有些意外：“只是……”

“你先看看公文上我是怎么写的！”

霍元甲打开公文看着，不由得有些感动，他抬起头来：“知县大人如此美言，元甲真是感激不尽！”

薛知县很不高兴：“是，这趟镖让俊卿兄频频涉险，几位爱徒也被奸人陷害，差点丢了性命，可这并非我本意啊！怎么？俊卿兄记恨我了？不认我这个朋友了？”

“知县大人哪里话……”

“还叫我大人！”

“文韬兄，多谢了！”

“我该谢谢你才对！要不是俊卿兄慧眼识贼，那胡六将来还不定惹出什么样的祸端来呢！唉……”说到这儿，薛知县突然捂面，坐在椅子上抽泣起来，“我出身寒门，十年苦读才考取功名，为官以来尤奉‘谨慎’二字，但却百密一疏，让胡六这奸贼在身边兴风作浪，真是上负朝廷、下愧百姓啊！”

说着，薛知县已经泪流满面，霍元甲很尴尬，不知如何是好。

回到了街上，霍元甲和三个徒弟聚头。

“振声，怎么样？”

刘振声：“县衙后院的仓库倒是有很多东西，但都是救济灾民的物资，没鸦片。”

许大有大惊：“您让大师兄摸进县衙了？”

刘振声：“大惊小怪什么？小屁孩可别什么都学！”

许大有做了个鬼脸。

“还有，这位县太爷挺清廉。”

“何以见得？”

“家中一妻一妾，四个孩子，穿着都很简朴，甚至有点寒酸，根本不像官宦人家。”

许大有又插嘴：“你还摸进县太爷家了？”

刘振声："闭嘴！"

"看来文韬兄确实是个好官，之前为师真的冤枉他了。"

阿发："哦对了，师父，镇远镖局的老东家备了酒席，请您去呢！"

霍元甲摇了摇头："就不麻烦他了……走，赶紧回家，现在走天黑之前还能赶到！"

小屋里，小伍已被擦洗干净，躺在床上呻吟着："师娘……师娘叫得声音好大，你们别管我，快去救她！"

"傻小子，师娘没事，就是要生孩子了……"

"哦，生孩子？怎么叫得这么惨？"

"是啊，我也没见过女人生孩子，是不是都这样……"

二人说者无心，却不知旁边站着的沙燕听者有意，她又握了握腰间的匕首。

霍元甲夫妇的茅屋内，王氏声嘶力竭地号叫着，她早已满头大汗。霍冯氏、小莲在帮王氏接生，在一旁观望的霍母早已浑身颤抖。

霍冯氏突然直起身来："血，怎么这么多血啊……"

话音未落，霍冯氏突然一翻白眼，晕倒在地上，小莲："啊！大少奶奶！"

霍母哆嗦着："小莲，快掐她的人中！"

小莲连忙去掐霍冯氏的人中，半晌，霍冯氏才睁开眼睛，脸色惨白。

"大少奶奶，你这是怎么了？"

"我也不知道，我怎么眼前一黑……"

霍母："我想起来了，她见血就晕，那年家里杀猪，她就晕过！"

霍冯氏："娘，说好了给妹妹接生的，我怎么这么不争气！"

霍母："这也不怪你……小莲，快把大少奶奶架出去！"

小莲连忙去架霍冯氏，她强撑着身体才站了起来，向外挪动着："那谁给妹妹接生啊？"

霍母："我孙子，我亲自接生！"霍母说着，就开始挽袖子，颤颤巍巍地走向王氏。

王氏："娘，使不得！"

"儿媳妇，咱们全家落难，在这穷山沟里没什么讲究的了，来，娘帮你！"

霍母咬着后槽牙，说出了这番话，可是一踉跄，也险些摔倒，她强撑着爬上了炕："儿媳妇使劲！你得赶紧生出来，时候久了孩子非憋死不可！"

王氏："谢谢娘……啊——"

茅屋里的惨叫声越来越大，沙燕往茅屋的方向看着、听着。

霍母一个颤微，侧歪在炕上，险些摔在地上。

"娘，别管我了，您身体本来就不好，要是累坏了，我没法向元甲交代……"

"说什么呢，若是你和孩子有什么三长两短，我才没法向元甲交代！可惜啊，娘这辈子没给别人接过生，真是不知道怎么帮你才好！"

"小莲，你把老人家扶出去，我自己能生……"

"你自己怎么生？"

"给我把刀，豁开我的肚子……"

"胡说！生孩子本就难，生个三天两天的都不稀奇，你不要胡思乱想！"

"这个我懂，可是我不一样，孩子还不到日子，我是不小心动了胎气，我怕……娘，您不知道元甲有多喜欢这个孩子，就请您动手吧，豁开我的肚子，取他出来！"

"你若再胡说，我就一头撞死！"

小莲着急道："老太太、二少奶奶，你们别说不吉利的话，就没别的办法了吗？"

霍母捶着自己的大腿，自责的神情："咱们家就这么几个人，都是没用的……”

王氏突然想起什么：“对了，刚才和高奇一起回来的那个，武艺高强，一看就是个女侠，定走南闯北什么都见识过，更何况练武之人多懂医术，快把她请进来！”

正往门口凑着的沙燕与冲出来的小莲险些撞个满怀。

小莲一见沙燕，哭着说：“女侠，我家二少奶奶请你进来帮她！”

沙燕犹豫了一下，二话不说，挑帘珑就走了进去。

屋里满是狼藉。

沙燕进门打量着：“请我帮忙接生？好啊！小丫头，你扶着老人家出去吧。”

霍母一见沙燕如此自信，连忙道谢：“女侠，如此，多谢你了！”

沙燕一抱拳：“好说好说，老人家静候佳音。”

沙燕试图嫁给霍元甲，故对霍母格外恭敬，霍母更加放心，她也确实太累了，在小莲的搀扶下出了门。

沙燕随口道：“小丫头，我接生是不需要帮忙的，我不喊你，你不要进来。”

小莲应声，扶着霍母出了门。

沙燕随手将门别上。

王氏：“多谢女侠仗义相助，只是污了您的手，待元甲回来，一定重谢！”

沙燕：“元甲谢我？太见外了吧？”

王氏一愣：“你……你叫他什么？”

“这一个月以来，我与元甲朝夕相处，开始我叫他霍大侠，他叫我沙姑娘；后来呢，我叫他元甲，他叫我燕子。”

虽疼痛，但王氏已经心知肚明：“如此，我该叫你燕子妹妹了？”

沙燕没想到王氏没生气。

“既然不是外人，我也就不客气了，快帮我接生孩子吧，再晚恐出意外！”

“帮你接生？我可不会！你知道我来这破山沟，原本是怎么打算的吗？”

“怎么打算？”

沙燕从后腰拽出匕首，把玩着。王氏皱了皱眉头，笑了。

沙燕一愣：“你笑什么？不明白我的意思？”

“你是要跟元甲学武功吗？元甲的迷踪拳厉害，霍家枪更厉害，但是玩刀子，他从来不屑。”

“我根本不是这个意思，我是奔你来的！是……元甲让我来的！”

王氏又皱了皱眉头，再一次笑了出来：“燕子妹妹，你这句玩笑说得好，我肚子都没有那么疼了……”

“我可没跟你开玩笑！我是土匪！”

说着，沙燕用匕首凑近了王氏，王氏伸出手来，在自己的脸前扶住了匕首，向肚子方向推着。

“快动手吧，剖开我的肚子，取出孩子！若还来得及，就让孩子管你叫娘，请你这辈子善待他；若是已经来不及了，就告诉元甲，我尽力了，来生有缘相见，再报答他对我的深情！啊——”

王氏又一声惨叫，疼得晕了过去，手持匕首的沙燕完全傻了，这可能是她人生中遇到的最大难题。

沙燕随手扔了刀子，拿起毛巾蘸足了水，拿到王氏的脸上使劲一拧，水滴到王氏的脸上，王氏惊醒：“燕子妹妹，你怎么还不动手？快啊！”

“我……我怎么动手？我可从来没见过女人生孩子！该怎么生啊，你告诉我！”

“来不及了，我已经没力气自己生了，就剖开我的肚子，快！我不会怪你！”

“我……我……”

沙燕紧张了起来，对着王氏她竟然下不去手了。

“我刚才看见了你的身手，这事对你来说应该不难，燕子妹妹谢谢你了！”

沙燕的眼里瞪出了眼泪：“我刚才说的话你没听明白吗？我是霍元甲在外面的……新欢！你不恨我，还谢我？”

“只要能救我儿子性命，让我为元甲传宗接代，我就谢你！”王氏的话很朴实。

沙燕激动得浑身哆嗦，突然低下头：“……霍夫人，对不起，我刚才扯的全是谎话，你别往心里去！”

“燕子妹妹，别说这些了，帮我！”

“我帮你，但不用刀子，不就是生孩子嘛，我帮你疏通经络，你再使把力气，应该没那么难。”

“疏通经脉？”

“对呀，习武之人讲经络通则气血畅，畅则不痛，只要不疼，你不就能生出来了吗？”

沙燕先抓起王氏的双臂，用手从上自下疏通着，边疏通边说：“霍夫人，请深深地吸气，先养养精神，待会儿好使力气！”

说完，沙燕放下王氏的胳膊，又用双手从王氏的颈部，过胸部，向腹部推着，王氏觉得沙燕说得有道理，努力地配合着。

夕阳染红了天，霍元甲带着三名徒弟回来了，忽然发现停在距茅屋几十米外的三具尸体，四人快步冲向尸体。

霍元甲脱口而出：“胡六？！”

阿发：“另外两个我们也见过，是苍山五虎！”

霍元甲向茅屋方向观察着，虽然已被收拾过，但很明显这里经历过一场厮杀。

“坏了！”

霍元甲大步向茅屋跑去。

刘振声喊着：“高奇！”

高奇从厢房里迎了出来：“师父！你们可回来了！”

“怎么回事？！我娘和孩子们怎么样？”

高奇：“您放心，咱们全家安然无恙，就是小伍受伤了。”

霍元甲："他在哪儿？！"

高奇连忙向厢房指去。

霍元甲窜进厢房，见小伍浑身是伤，心疼地摸着他被打肿的脸。

小伍睁开眼睛："师父！您回来了，我还以为这辈子见不着您了！"

霍元甲心疼地要掉眼泪。

"别管我师父，快去看师娘，她已经叫了几个时辰了，孩子还没生下来！怕是有难啊……"

霍元甲瞪大眼睛，连忙又转身，从厢房冲了出来，突然他停住了脚步，一声响亮而清脆的啼哭之声正从茅屋里传了出来，他瞪大眼睛。几个徒弟也全都愣住了，等待着。

哭声延续着，越来越响亮。

霍元甲："生了？！"

四个徒弟兴奋地对视，刘振声："生了生了！恭喜师父！"

霍元甲浑身颤抖，激动得说不出话。

门被撞开，霍母从里面跌撞而出："是元甲回来了？"

霍元甲单膝跪倒："娘！是儿回来了！"

霍母上前摸着霍元甲的头："元甲，给你道喜，你媳妇给你生了个儿子！母子平安！"

霍元甲泪水夺眶而出："娘！给您道喜！霍家添丁进口了！"

霍元甲一个头磕在地上。

"别磕头了，快去看看你媳妇，她可是九死一生！"

霍元甲冲进屋去。

霍母颤颤巍巍地奔着大山的方向而去，她双手合十，仰望着夕阳染红的天。

"老爷，元甲媳妇生了，是个小子，你在那边也乐和乐和！"说完，她已泪流满面。

高奇和阿发各挑了一挂鞭炮，许大有和小伍点燃了鞭炮，鞭炮声震耳欲聋，响彻山谷。除了霍元甲和王氏外的所有人都看着他们放炮仗，喜气洋洋。

屋里，霍元甲抱着襁褓中的孩子："儿子，炮仗响不响，响不响啊？有没有震着你的小耳朵？"

说着，霍元甲就把孩子立到眼前，用嘴轻轻地亲着孩子的脑门，王氏从炕上下来。

"呀，你怎么下炕了，上去躺着！"

"坐月子，坐月子，孩子都满月了，我该下地干活了。"

"你不一样，生儿子太辛苦了，伤了元气，要多休养，现在家里人多，不用你干活！"

王氏被霍元甲按着，无奈，只好又坐回炕上："好！快把孩子给我吧……儿子满月了，你也该给他起个名字了吧？"

听了王氏的话，霍元甲陷入思考。

王氏出声提醒："按家谱，是东字辈儿。"

"东……"

霍元甲眼前瞬间回到五年前，正是在死牢里与谭嗣同的那一幕。

"若以我之血，令国民开悟，不再萎靡，强健而精进；若以我之血，令朝廷开明，弃旧维新，不再故步自封；若以我之血，令泱泱大国为之一震，促东方巨龙之觉醒，岂不是谭嗣同生命最大之荣耀？！"

霍元甲顿了顿："'促东方巨龙之觉醒'，这是谭大人曾经说过的话，我们便取'东觉'二字如何？"

"霍东觉？好名字！"

王氏亲了一口霍东觉，笑道："东觉，还不谢谢你爹！"

霍东觉在母亲的怀里开心地笑着。

孩子已经睡着了，霍元甲充满爱意地看着他。

"昨天燕子妹妹跟我说，吃过东觉的满月饭她就走了。"

霍元甲不动声色："也好，待会儿我让振声送送她。"

"她可是我和孩子的救命恩人，你就不该留留她吗？"

“我徒弟多，沙姑娘留在这里有诸多不便。”

霍元甲似是不愿谈起沙燕，只是随口应付着。

“孩子满月后咱就张罗着回天津了，家里有那么多空房子，还住不下她？”

“你还要带她回天津？她难道没自己的家吗？”

“没有。”

霍元甲一愣。

“燕子妹妹跟我说过她的身世，她还在襁褓中，家门就遭遇了不幸，亲人都遇难了。”

“她还有个哥哥。”

“沙狼是十三里岗的大当家，可那里不是燕子妹妹的家，她是个女孩子，总在土匪窝子里住，绝非长久之计。”

“难道在咱家就是长久之计？以什么名分？”

“你不是有好几个徒弟吗？再收个女弟子有何不可？”

“女弟子？岂有此理！”

霍元甲有点生气。

“怎么？你的武艺传男不传女？”

“当然不能！”

王氏笑了：“想当初霍家的秘宗拳也是传内不传外的，不是你自己改的规矩？”

霍元甲狡辩道：“那不一样！沙燕不能留在咱们家，她自己提出来要走，正好，不然我也要送客了！”

王氏又笑了：“你可知我与燕子妹妹头回见面时都说了什么？”

霍元甲一愣，看向王氏有些心虚。

“她都告诉我了。”

霍元甲本想问沙燕都说了什么，却没张开嘴。

“她是个坦荡、善良的好姑娘，帮我接生后本就想走的，是因为舍不得东觉……你没发现吗，东觉跟她也特别亲！你若是不肯收她做徒弟，我就认她做妹子，让她做东觉的小姨。”

霍元甲忽然平静了下来，看着王氏："你不觉得把她留下是自找麻烦吗？"

"可能是有些麻烦，但能够让一个好姑娘离开土匪窝，我们岂不是做了件善事？回了天津，以津门大侠霍元甲女弟子的身份，她兴许可以嫁个好人家，或者……刘振声和高奇都喜欢她，你看不出来？将来我这个师娘做媒，你来证婚，若成全一段好姻缘，咱们俩也为东觉积了福德呀！"

霍元甲叹了口气："我说不过你。"

"那你就是答应了？"

"谁让沙姑娘是我儿子的救命恩人呢，看在东觉的面子上，我就破例收个女弟子吧。"

王氏兴奋道："太好了！我这就去告诉她！"

院子里，一张椅子被摆好，霍元甲走来，撩长襟，端端正正地坐下。沙燕从刘振声手里接过一杯茶，来到霍元甲面前。

刘振声喊道："津门霍元甲今日收沙燕为徒，行六——"

沙燕单膝跪倒："师父，请喝茶！"

五个徒弟都高兴地看着，面对沙燕，霍元甲多少有些拘束，他接过茶，喝了一口。

"师父在上，徒儿沙燕给您磕头！"

沙燕一个头磕在了地上。

"请起。"

没想到沙燕却没有起身，连着又磕了两个，霍元甲只好领受，更没想到，沙燕再次抬头的时候，脸上已挂满了泪水。

高奇："哎，师妹，拜师学艺是好事，你咋哭了呢？"

刘振声："是啊师妹，别哭啊！"

小伍："燕子姐姐，你可得管我叫五师兄了！"

阿发和许大有都跟着笑，沙燕仍笑不出来，只是看着霍元甲，霍元甲当然明白沙燕的心思，但也不知如何是好。身后的王氏看得一清二楚，她绕过霍元甲上前，扶住沙燕。

"燕子妹妹，起来吧。"

“不！从今日起，您和我不能姐妹相称，师母大人在上，请受沙燕一拜！”

王氏一把拉住她：“你是我和东觉的救命恩人，咱们单亲单论。”

“这可不行，刚才大师兄跟我说，这样就坏了规矩。”

王氏看向刘振声，瞪了一眼：“元甲先是收外姓弟子，现在又开先河收女弟子，哪条不是坏了规矩？”

王氏看向霍元甲：“元甲，我想和沙燕一辈子姐妹相称，你这个当师父的可应允？”

霍元甲起身：“你都说了，先坏规矩的是我，我不应允行吗？”

王氏看向沙燕，二人相视一笑。突然一匹快马奔跑而来，霍元甲迎了上去。

这是一名衙役，他翻身下马，来到霍元甲面前一抱拳：“霍大侠，知县大人得知小少爷今日满月，特来祝贺，让我头前送信！”

霍元甲一愣：“知县大人？”

屋里，薛知县指着桌上的一些寻常礼物道：“我可不是个有钱的县太爷，略备薄礼，还望俊卿兄笑纳。”

霍元甲连忙抱拳：“文韬兄太客气了！您能来就是东觉的福分！”

霍母：“是啊，知县大人大驾光临，草堂蓬荜生辉！老身代表全家谢过了。”

霍母后站着霍冯氏，抱着孩了的王氏，以及霍东方和霍东媛，众人齐齐行礼。

薛知县连忙起身：“老夫人千万不要这么客气！”

他又看向霍元甲：“俊卿兄，咱们借一步说话？”

“文韬兄请。”

茅屋外的半山坡上，风景秀丽，霍元甲和薛知县并肩而立。

“俊卿兄打算何时启程啊？”

“明天一早。”

薛知县摇了摇头：“唉，我本意真想留俊卿兄久住东光，你我兄弟也好朝夕相处，但俊卿兄是人中豪杰，东光地小，留不住你啊！”

“看你说的，这里是我老家，元甲避难，重归故里，一住就是两年，还真不舍得走呢，只是父兄葬于天津，两年没上过坟了……”

薛知县无奈：“理解理解！更何况俊卿兄拖家带口，在山沟里住，也太苦了！”

薛知县从怀里掏出一张银票，递给霍元甲。

“文韬兄，这是何意？”

“这是你上次走镖的酬银呀，理所应得，这可不是我给的，是衙门。”

“那些鸦片已经被元甲烧了，这个我不能要。”

薛知县笑了：“俊卿兄真是个君子！可你这一大家子回天津总要盘缠吧？再说，天津的家宅两年没人住了，不需要银子修缮？我看这样吧，刚好还有一趟官镖去天津，本想请别人保镖的，要不还是劳驾俊卿兄，这张银票就算是这趟镖的酬劳，如何？”

霍元甲迟疑了一下：“这个倒是可以，只是不知道镖车几辆？所押何物？”

“没有镖车，随我来。”说着，薛知县往山下走去。

茅屋门前，一名衙役捧着一个锦盒递了上来，薛知县接过，打开，里面是一张字画。

霍元甲一愣：“这……”

“这可是宋徽宗的画，你要不要欣赏欣赏？”

“不必了，可这幅画怎么是官镖？”

薛知县娓娓道来：“这画本是宫中之物，英法联军火烧圆明园那年流落民间，近日在东光发现，我便连忙上报，现已得到批复，要我派人送至天津。这是具体地址……”

说着，薛知县从袖子中掏出一张便签，霍元甲接过看着：“法租界巴黎路？”

“没错，宫里会派人在这个地方验明此画真伪，再做定夺。若是真迹，这可是无价之宝，需得托付可靠之人，为了找到合适的人选，我犯愁了好久呢！”

霍元甲有些犹豫。

“怎么？俊卿兄不愿意走这趟镖？那就算了，绝不为难。”

“啊，不为难，我只是有些好奇，这么贵重的东西怎么会在租界交接？”

“唉，开始我也想不通，后来明白了，来验货的不定是哪位贝子贝勒呢，这些爷儿，最爱在租界里吃洋餐喝洋酒，你没听说过？”

薛知县如此解释，霍元甲就打消了顾虑：“那我就明白了，元甲一定不辱使命！”

“好！”

薛知县将封好的锦盒递给霍元甲，霍元甲郑重接过。

薛知县抱拳：“那就祝俊卿兄明日启程，一路顺风！”

霍元甲捧着锦盒：“多谢文韬兄，来日方长！”

第三卷

重返津门

—第一章　入狱—

霍元甲带着老小踏上重返天津之路时，中华大地上的情势更加难以捉摸。

《辛丑条约》签订后，八国联军设在天津的都统衙门虽然撤销，却又专横地规定津城及周边地区不许驻扎清军。与此同时，面对日益加深的国难，革命党人的刺杀和起义也越来越频繁。

在这种风云变幻中，霍元甲带着家人又回到了津门故里。

三辆马车停在了霍家门口，其中一辆的帘子挑开，霍母望着霍家的大门潸然泪下。

“娘，您慢点。”

霍元甲迎上前，搀扶霍母下了马车。

兴奋的霍冯氏一看到大门口那破旧不堪的“霍”字灯笼，便哽咽道：“元栋，我带着东方、东媛回来了！”

沙燕和小莲在马车上接下了王氏，王氏抱着孩子：“燕子妹妹，这就是咱们霍家，总算是到家了……”

沙燕顺着王氏的眼神望去，霍家大门上还贴着官府的封条，有三三两两的邻居发现了霍家人，纷纷议论着。

“老夫人、霍元甲……”

“霍元甲回来了?！霍家的人回来了！”

刘振声冲上台阶要去撕封条开门。

“振声！”

刘振声回头，连忙从台阶上跑了下来：“奶奶，您叫我?”

霍母有些不好意思：“让你师父来吧，毕竟，他姓霍……”

刘振声看了一眼霍元甲，答应着退到了一旁。众位徒弟都来到大门前，望着霍家大门，这情景很有仪式感。霍元甲正了正衣襟，走向那被封闭了三年的霍家大门。

大门被铁链子缠着，霍元甲撕掉封条，抓铁链子在手，运足力气，一掌将铁链子砸断，推开大门。

尘土飞扬，蛛网四挂。

祠堂里满是灰尘，还没来得及打扫，地上只有霍元甲走过后留下的一行脚印，他跪在祖宗牌位前，父兄遇难的场景仿佛在他眼前再现，他的目光如祈祷，亦如赎罪。

霍元甲抬起头，已经泪流满面。

虽然承着官镖，但终归是带着一大家子人还了乡，还有不是家人胜似家人的徒弟们，故而霍元甲少不了抽出时日安顿一番。

此外，还有一件心事叫霍元甲始终放不下。这件事，事关高奇。

这一日，高奇在院子里一边扫着地一边耍着扫帚，如同耍他的斩马刀一般。刘振声挑着担子从外面回来，担子里有米面有肉，还挂着两条鱼、一只活鸡，总之满载而归。

刘振声笑道："高奇，你咋这么高兴？"

"回了天津卫，为啥不高兴？再说，有了小师妹，以后天天练武有使不完的力气，当然高兴了！"

刘振声驻足："你过来！"

"咋？"

"高奇你听着，我在京城当差那会儿，老家的亲戚是要帮我说媳妇来着，可那是哪年哪月的事？亲事早就让我推了，以后你别老提了！"

"啥意思？"

"你看，你大师兄我吧，比师父才小一岁，可你呢？小屁孩！沙燕我看上了，你可别跟我争。"

"你说啥？你看不出来我们俩郎才女貌？身为大师兄，你还想横刀夺爱？没门儿！"

两个人争得急赤白脸之际，沙燕端着一盆水从屋里出来，二人回身向沙燕望去，不觉尴尬起来。

刘振声率先出声："啊，我把粮食和菜都买回来了，想给家里好好做顿饭，让高奇去帮厨，这小子竟偷懒，不干！"

"帮厨？他哪会呀？我来！"

沙燕说着，走近看刘振声的担子："哎，这鱼看着就新鲜，大师兄，你打算怎么做？"

"干烧！"

沙燕"扑哧"笑了："干烧是要放辣椒的，你师娘在喂奶，干烧鱼她就吃不了了。"

刘振声："那你说怎么做？"

"炖！买豆腐没有？"

"买了……"

"这道菜我来做，炖鱼我最拿手了！"

刘振声一下笑了："好！师妹，走，我给你帮厨！"

俩人笑着向厨房的方向走去，高奇断喝一声："等会儿！谁说我不会帮厨了？"

刘振声："你不是不愿意吗？扫地吧你！"

高奇有点急："那总得有个人烧火吧？我来！"

就在这时候，霍元甲的声音从远处传来，他叫小伍去帮大师兄烧火。高奇驻足回身，见师父从侧院走出，身后还跟着小伍，小伍应声追去。高奇有些委屈，喊了声师父。霍元甲看了高奇一眼，叫他跟自己走。霍元甲神色很严肃，这让高奇有些摸不着头脑。

偏房内，正是霍元甲以前在家时练功的房间。

霍元甲转过身："高奇，你坐。"

高奇一愣，笑道："师父，有您在哪有我坐的分儿啊！您老人家坐，有何吩咐？"

"那日胡六带人行凶，若非你和沙燕及时赶到，我娘和孩子们恐怕都……"霍元甲叹了口气，"真是不堪设想啊……为师谢谢你。"说着，霍元甲起身，向高奇一抱拳。

高奇吓了一跳："呀，师父！这我可不敢当，宰不了那三个坏人，我不是白跟您学武艺了嘛！"

高奇未加思索顺口一说，霍元甲却突然眼神一厉："我授你武艺为的是什么？"

"强身健体啊！"

"但杀戒大开，终不该是你习武的初衷。"

"他们三个是坏人，当时我还以为小伍被他们打死了，我是给师弟报仇！您是不知道，那个胡六还跟我求饶来着，这样的坏人，我能留着他性命？"

霍元甲点了点头，变得和蔼："高奇呀，你随为师练武也十多年了吧？"

"十二年！"

顿了顿，霍元甲突然出声："该出师了……"

没等高奇反应，霍元甲起身拍了拍他的肩膀："回了津门，机会就多了，你自己好好找找，奔个安身立命的前程吧。"说完，霍元甲就要出门。

高奇急了："师父！您……您这是要撵我走啊！"

霍元甲停住："不是为师撵你，出师本该如此。"

"我不走！刘振声已经跟您二十多年了都没走，我也不走！"

"你和振声不一样。"

"师父就是偏向大师兄，看不上我！"

霍元甲再次回身："高奇，为师什么时候看不上你了？"

"那我和刘振声怎么不一样了？"

"你大师兄穿过官衣，却从没那样杀过人。"

高奇愣住了："难道还是我错了？我救了奶奶、师娘和一家老小呢！我错在哪？！师父，我想不明白！"

"也许过些日子你就想明白了……走吧，吃饭去，刚才我找到了一坛你师爷存的老酒，为你出师送行。"

"不！我不出师！我不走！师父，我没做错事！您不能撵我走！"高奇跪在地上哭了起来。

霍元甲虽心意已决，但对徒弟还是有些心疼，摇了摇头："也罢，你好好想想，为师也好好想想，这事三天后再议，起来吧。"

霍家天井里挂着两根绳子，上面挂着一些衣物、桌布等东西，回廊处，阿发手背在身后，两个手指捏着装耳环的小布袋，他来到天井中央，向里间张望着。

小莲端着一盆湿衣服从里间出来，阿发试图躲闪，但已经来不及了。

"阿发，你是找我吗？"

阿发张了张嘴，改口道："啊不，师母在吗？"

"在。"

"那劳驾小莲姑娘代为通禀。"

"好说！你不愧是大少爷，一回到天津，你说话更客气了！"

小莲笑着跑回屋里，阿发紧张得出了一身汗。

小莲很快又跑了出来。

“阿发，叫你进去呢。”

“多谢小莲姑娘。”

阿发进屋，手始终背着，不敢让小莲看到他手里的东西。

进了门，阿发说明来意，将耳环给王氏看。

“这对耳环真漂亮！”

“我在山西买的，一眼我就看上这个样子了！师母，您说小莲会喜欢吧？”

王氏笑了：“你不会是无缘无故要送小莲东西吧？”

“……我的心意，已向师父禀报过了，师父让我来找师母。”

“你到底是什么心意啊？跟我说说。”

王氏故意发问，阿发的脸瞬间通红。

天井里，小莲晾着衣服，她的心情不错，许大有的心情更好，因为他发现天井里只有小莲，快步跑来。

“小莲妹妹。”

“大有！”

小莲看到许大有也很激动。

“在山里一个月都没找到机会单独跟你说话，急死我了！”

“回了天津有得是机会，今天不好，万一被人撞到，笑话咱们咋办……”

“不会被人撞到的，我这就走，给你……”

说着，许大有将头花塞到了小莲手里，扭头就走，小莲看见头花，又惊又喜，却要压低声音，小声比画着：“大有哥，给我买的？”

“对，在山西，喜欢不？”

小莲使劲地点着头，许大有欣喜若狂，向其挥手告别。

此时，屋里的王氏还为阿发能喜欢小莲而感到欣喜，丝毫不知道外面发生的事。

“真没想到阿发少爷能喜欢她，小莲这丫头真是好福气！”

“我知道，小莲是从小卖到师母大人娘家的，所以我只能来求您，我愿意出钱赎回她的卖身契！”

阿发有些拘谨。

“你说什么呢！小莲哪有卖身契！”

“啊？没有啊？”

“她陪我出嫁那天，我娘是给我一张纸，一上花轿我就撕了，当天我就告诉小莲她是自由身了。”

“您真是开明！我和小莲的事，求师母大人成全！”说着，阿发一抱拳，单膝跪地。

“你快起来，你这样我有些为难，因为我担心……”

“师父也担心过，我已经向他老人家禀报过了，我爹我娘最疼我，只要我喜欢小莲，他们一定会答应的！什么出身，什么门第，我不在乎，我爹我娘就不会在乎！”阿发着急，一口气说了一大堆。

“我不是担心这个，我担心的是……”

王氏想了想，没说出口。

“师母大人，有话请直说。”

“你是接受新潮思想的，干吗不直接去问小莲，她心里喜欢的是不是你？”

“我……我……我不好意思……”

“那我就帮你问，若是小莲喜欢的是别人怎么办？”

“我认！若无缘分，岂有强求之理？”

阿发说完便告退出了门，正遇上小莲端着盆准备进屋，刚刚收到许大有的礼物，她心花怒放，脸上泛着红晕。阿发被这般的小莲吸引了，直愣愣地看着。小莲察觉到这一目光，有些不好意思，赶紧进了门。

霍元甲从外面回来，阿发连忙低头：“师父！”

霍元甲察觉到了什么，没说话，微笑着。

阿发连忙道："弟子告退。"

阿发灰溜溜地走了。

霍元甲已经换了一身正式的衣服，拿起摆放在桌上的封着的锦盒。

"这就走啊？"

"按说官镖在身，就不该先回家，怎奈护送母亲大人和孩子们，我不得不如此。现在家里安顿得差不多了，我应及早完了这趟镖才是。"

霍元甲突然想到什么："刚才我看见阿发来了……"

"嗯，是……"

"接镖的地址在租界，干脆带阿发一起去吧，这个大少爷在山里跟咱受了两年苦，也该……"

王氏打断了霍元甲："能带小伍去吗？"

霍元甲一愣。

"小伍为全家人的安危险些丢了性命，他还是个孩子，我真觉得亏欠他，再有就是，你们走镖的那些日子里，我跟小伍聊过几次，想着回了天津让他跟东方一起去上学，可他说只想和你学武，别的什么都不要……"

霍元甲被王氏这么一提醒，也思考着。

"有一次，我看他的衣服破了，就说回天津之后找个好裁缝，给他做套新衣服，他很激动，说想要洋装，觉得特别好看，做梦都想穿……"

霍元甲笑了："还是你心细，是好几年没给小伍做衣服了……行！我就带他去租界，给他做身漂亮的洋装穿！"

"有劳你了。"

"看你说的，我徒弟的心思你比我都清楚，有劳你了才对。"

霍元甲与王氏恩爱相惜。

八国联军走了后，天津的租界却没见变小，反而更大了：在老城外，足有九国租界之多——英、俄、日、法、德、美、意、奥之外，还要加上个比利时。走在租界林立的家乡，霍元甲心中如有块垒堵塞。

却说这法租界，是九国租界中最繁华的。

霍元甲带着小伍走来，小伍见着前方热闹的西洋景，显得格外兴奋。

霍元甲道："看租界里热闹不？"

小伍："热闹！"

霍元甲："繁华不？"

小伍："那还用说！"

霍元甲："热闹又繁华，但你要记住，所谓租界，是洋人在我们中国的土地上割的一块肉。这是炎黄子孙的耻辱！"

小伍摸着脑袋，琢磨着。

霍元甲："师父是想叫你记住，无论什么时候都不要忘记我们的国家正在遭难，尤其是你等少年，更需时刻念想着膀子上的责任。我武林之所以陈旧，就是大家只知有江湖、重门派，不知有国家、有天下。"

小伍停住了，望着师父："师父！您说得真好。"

"其实也是因为经历了那么多，师父才渐渐悟出些道理。不过，我还是跟不上农劲荪，他比为师激进多了。"霍元甲又道，"好了！法租界里到处是做洋装的店铺，待会儿你先隔着窗子好好看样子，等把事办完，师父就带你去做洋装！"

"洋装？我不穿！"

霍元甲笑了："这就顽固了不是？我们中国人固然要有一颗爱国之心，但也无须把洋人的东西全扫掉，洋装怎么了？你穿上，精神得很呢！"

小伍："那……那……多……多谢师父！"

突然，一个骨瘦如柴的男人拦住了他们的去路。

"先生，把这闺女买了吧！一两银子就卖！您看，这小闺女长得多好看呐！"

这男人边说话边打着哈欠，他回身指着一个插着草棍的小女孩，招呼着，一听男人叫，小女孩吓得连忙跑了过来，但眼神里充满了恐惧，明显是被打怕了。

霍元甲看了看小女孩：“这是你女儿？”

“对！亲生的，我可不拐卖别人孩子！”

“好好的女儿为什么要卖？！”

“养不起啊！我……我……”

男人龇牙咧嘴，又打起了哈欠，霍元甲已看出这男人是个大烟鬼。

“你不会是卖了孩子要去抽大烟吧？”

“看出来了？先生也好这口？要不您管我一个月大烟，直接把闺女领走！”

“混账！大烟不是好东西，趁早戒掉！”

霍元甲怒气上涌，瞪着眼，吓得男人退了两步。

“跟我厉害什么呀？爱买不买，不买我卖别人去，走！”

男人回手掐着女孩的胳膊走了，女孩回过头来可怜兮兮地望着小伍，小伍的眼睛有些红。

霍元甲气得直哆嗦：“什么东西！小伍，走！”

小伍有些不舍得走，他的神情瞬间从兴奋变得无比失落。

租界的繁华与外面形成鲜明的对比，高高的洋楼，华丽的店铺，霍元甲调整着心情，他突然看到一家店铺橱窗里摆着一套穿在模特身上的燕尾服。

“小伍，这套衣服怎么样？”

“挺……挺好。”

小伍好像不太有兴趣，只是瞟了一眼。

“那就这套了，回来就买。”

说着，霍元甲加快了脚步，小伍又看了眼衣服，快步追上霍元甲。

“师父，买刚才那套衣服要花多少钱？”

“洋装不比寻常，不但得用洋布料，还费料子，裁缝还得手艺好，估计得一两二三。”

“不买了。”

霍元甲笑了：“怎么，嫌贵？不要紧，师父现在有钱了，更何况回了天津，霍家以前那些店铺都可以收租子了。”

“师父把这一两银子给……给……给我吧！”

“你要干什么？”

“我想……想……想……想买刚才那个……小女孩。”小伍憋了半天才挤出小女孩三个字。

霍元甲皱眉：“买卖人口可不好，更何况你还是个孩子。”

“不……不……不是买卖人口！我养着她！那小女孩太……太可怜了！她爹是个大烟鬼，早晚会卖了她的！要是没卖个好人家，就……就更可怜了！”

“那你买了她想怎么样？”

“求师父收留她，在咱们家做……做……做小丫头。”

“然后呢？”

“等她长大了我就娶她！”

“要是她不愿意呢？你可就白花这一两银子了。”

小伍很坚定：“那……那……那也没事儿，那我也买她，不能看着那么好的一个小姑娘，被大烟鬼害死！”

霍元甲笑了，笑容中带着欣慰：“没看出来，你心肠这么好……走，咱们这就去把那孩子买下来！”

霍元甲转身，小伍兴奋坏了，快速地跟在身后。

霍元甲和小伍焦急地找着，但刚才大烟鬼卖小孩的地方早已没了人，失望之际，小伍突然发现大烟鬼从一个胡同里蹿了出来。

大烟鬼烟瘾已经发作，面目狰狞，满脸的眼泪口水，急匆匆地向一个方向跑着，小伍蹿过去拦住大烟鬼：“那小姑娘呢？我买！”

“什么小姑娘？一边儿去！”

“你女儿！就刚才插草棍的那个！”

“已经卖了，早让你们买你们不买……”

小伍一愣。

霍元甲快步上前拦住大烟鬼：“卖哪了儿？”

“管得着吗，让开！”

大烟鬼推开霍元甲就要走，小伍气得咬牙跺脚，蹲在地上哭了。

霍元甲也很生气，望着大烟鬼的背影：“看这架势，是要用卖闺女的钱去抽大烟……小伍，起来！”

小伍站起身，哭着说：“师父，咱们回来晚了……”

“不晚，你追上去，问清楚，他到底把女儿卖到哪儿去了。”

“他不……不……不说呀！”

“师父教你的武艺用得上了，你让他说！”

霍元甲很严肃，小声道：“找个没人的地方。”

“明白！”

小伍转身追了出去，霍元甲仰望着天，长长地呼出一口气。

不多久，小伍跑了回来，见霍元甲站在不远处等着自己，他整了整衣服，冷着脸，体面地走向霍元甲。

“问出来了？”

“问出来了，这个畜生，把自己亲闺女卖进了窑子。”

“我已经猜到了……不用告诉我是哪一家，结了这趟镖，为师给你十两银子，你自己去把那小姑娘赎回来。”

小伍抱拳，单膝跪倒：“我替那个小妹妹谢谢师父了！”

霍元甲扶起小伍。

“你这心肠像你师娘，好抱打不平的这个劲头像为师我！走，先把手里的事办完！”

说完，师徒二人继续向租界走去，走着走着，霍元甲一只手搭在小伍的肩上，亲密地将小伍搂在怀里，小伍受宠若惊，看着霍元甲傻笑。

西洋建筑门前，霍元甲敲开了门，一名和善的老者看着霍元甲提供的地址，抬眼扫了霍元甲一眼。

“进来吧。”

“请问是哪位皇亲贵戚验货？”

老者忽然笑了：“这可不能随便说，进去就知道了。”

老者拉开铁门，霍元甲带着小伍进了门。在老者的引领下，二人穿过装修华丽的走廊，来到一处大厅，大厅非常华丽，但空无一人。

“二位在这里等一会儿，我去通禀。”

老者说完走了。

霍元甲参观着雄伟的西洋建筑，小伍更是好奇地四处张望。

突然，一个声音引起霍元甲的注意，客厅的大门被关上，霍元甲一愣，愣神之际，四周冲出十几个人，个个手持腰刀，为首一人厉声喝道：“来人啊，将擅闯者拿下！”

“等一等！”

霍元甲判断着道：“诸位像是官家的人？怎么都便装打扮？”

“这是租界里边，再说了，我们若不乔装隐蔽，你还敢来吗？”

“这位大人，您误会了吧？我是奉东光知县薛学大人之托来送这幅画的。”

“画？什么画啊？！”

“据说是宋徽宗的真迹，原本是宫中之物，前些日子在东光发现，薛知县先奏明了朝廷，商定后才派我来这里转呈的。”霍元甲解释着。

“打开看看！”

立刻有人冲了上来从霍元甲手中拿过锦盒，精美的画卷被拿了出来，霍元甲显得很坦然，可里面放着的却根本不是画，而是一首诗。

为首人看了一眼诗：“这也敢说是宋徽宗真迹？分明是首反诗！我们早已得报，此地就是逆党的联络之处。近日有逆党头目北上，欲图谋不轨，没想到是你霍元甲！”

“你们知道我是谁？”

没等为首人说话，一个阴森的声音从二楼传来。

“当然知道，我还知道你那反诗是怎么写的！”

一听这声音，霍元甲浑身一震，抬眼向高处望去，攥紧拳头的小伍也抬头往声音方向望去，同样便装的鹰四出现在高高的位置。

鹰四清了清嗓子朗声念道：“清风寒夜冷，壮士必死心，振臂一呼起，耻雪祭甲申。”

鹰四重复着：“甲申？说的是崇祯十七年那个甲申吧？崇祯老儿歪脖树上吊死那年！霍元甲啊霍元甲，没想到你居然是逆党！”

“鹰四，你陷害我！”

“这么多人都看着呢，反诗是你带来的，怎么是我陷害你呢？”

霍元甲气得直哆嗦，但又说不出话来。

鹰四：“拿下这逆党，朝廷重重有赏！”

为首人喝道：“霍元甲，这是朝廷要缉拿你，你敢反抗就是造反，速速就擒！”

“鹰四你好歹毒，居然串通薛学那狗官陷害于我！”

“我陷害你？好啊，那你先服绑，咱们找地理论去！”

两个拿绳子的冲上前，霍元甲攥紧了双拳，但造反的罪名他实在不敢当，只能强忍着，眼看拿绳子的人就要绑了他。小伍的手猛地一搭霍元甲的肩膀，借力跃起，出脚踹向两人，将两人踹飞。

霍元甲很是意外。

小伍大声道：“师父，您杀出一条血路来，快走！我替您断……断……断后！”

“小伍……”

“师爷和大伯就是被这鹰四害死的！您绝不能落在他的手里！”

小伍的脸涨得通红，最后一句竟一个字都没结巴，霍元甲知道小伍说的字字在理，这危急关头他不知如何是好。

“真是要造反呀！不光有个大逆党，还有个小逆党！一起拿下！”

鹰四好像想到了什么，夸张地比画着：“对了，租界里不便开枪，今天可能得费点事。霍元甲是个练家子，霍家的秘宗拳本来就厉害，他还自创了个什么迷踪拳，这个小兔崽子是他徒弟，一定也学了他那个迷踪拳……你们都当心点，实在不行就轮番上，累死这一大一小两个逆党！”

众便装善扑营兵士齐声道：“嗻！”

话音未落，众人便齐亮刀，冲向霍元甲和小伍。眼见小伍要吃亏，霍元甲连忙动手，迅猛地打退了一番进攻，将小伍护在身后。

“鹰四，我这徒弟还是个孩子，你们放他走，我服绑就是！”

“对，这条件提的不错！你先服绑，我自会放了他！”

小伍一声怒吼：“不！师父，鹰四是大恶人，不能听他的！别管我，您快走！”

说着，小伍就冲了出去，一阵乱攻，霍元甲也只好迎敌。

小伍拼着命抢来了一把刀，冲向一扇窗户，用力去劈。彩色的花玻璃落在地上，窗户露出一个洞来，可是为了劈开这个洞，他又身中两刀。

霍元甲急道：“小伍！”

“师父，快走！徒儿给您断后！”

小伍抡刀向敌人砍去，眼见着霍元甲就要逃走，鹰四气坏了：“给我枪！”

亲信递过一把枪，鹰四搭好，直接瞄准霍元甲，霍元甲毫未察觉，他一边与人打斗，一边关注着小伍。

小伍察觉了鹰四的动作，大喊着跳起来扑向霍元甲，霍元甲见小伍扑来，连忙伸手去接，结结实实地抱住了徒弟，可子弹打在了小伍后心，他这才明白，小伍是在替他挡子弹。

霍元甲抬眼扫向鹰四手中的枪，全都明白了。

小伍的口中已经流出鲜血："师父……快走……"

霍元甲的眼中瞪出血丝，青筋暴露，一声声呼唤着："小伍……"

又有善扑营官兵持刀劈来，欲断霍元甲逃走之路，他握住小伍持刀的手，借小伍之手砍翻一人，踢倒三人，抱着小伍的尸体越窗而逃。

鹰四又开两枪，全都打空了，气得嗷嗷直叫："快给我追！别让霍元甲跑了！"

霍元甲抱着小伍的尸体奔跑着，泪水和汗水交融，滴落在小伍的脸上，便装善扑营在后紧追不舍。

突然迎面一声哨响，六名持枪的洋巡捕在一名警官的带领下冲了过来，枪口齐齐对着霍元甲。鹰四带人已经追至，一见洋人，连忙将手枪背在身后。

洋人警官用手枪指着鹰四："你们是干什么的？"

鹰四用目光暗示手下，便衣的善扑营四散而逃，他举起双手，讨好地向洋警官挥着手，走了。

霍元甲怒气未消："快救救这个孩子！"

洋警官上前查看小伍，发现已经断了气："他已经死了，是被你打死的吗？带走！"

霍元甲看看小伍，又看看洋警官，一时间欲哭无泪。

地下仓库内，一人拿着放大镜，趴在一张地图上研究着，这人身后，一青年革命党带来了外面的消息，正和同伴们议论着。

"清廷鹰犬真无耻，可笑啊可笑！南方的同志要来天津，走漏了消息，清廷派出大量鹰犬潜入租界，想逮捕跟咱接头的同志，可咱也得了他们的消息，行动取消了……"

"这不都是半个月前的事了吗？"

“是啊！我估计那些鹰犬没法向主子交差，今天居然找了个替死鬼！那人留着大辫子，看着就不像咱们的同志，听说就是天津的，好像叫霍……霍元甲！”

看地图的人突然将放大镜拍在桌上，猛地回过身道：“你再说一遍！谁？”

“霍元甲……”

“他被朝廷的人抓到了？！”

“没，善扑营的人换了便衣，想在法租界里逮人，被这个霍元甲跑了，结果叫洋人的巡警抓走了。”

此人正是农劲荪，他倒吸了一口凉气。

此时的霍家刚刚迎来了刘大人，霍家院落之内，他焦急地踱着步。霍母走来，刘大人迎上前。

“还真是嫂夫人！你们一家老小什么时候回来的，为什么不先通报于我？”刘大人一拍大腿，焦急不堪的样子。

王氏连忙道：“大人，一到天津，元甲就说要去拜访您，怎奈这次回来他受东光知县的委托，押了趟官镖，所以……”

“什么官镖？就是这件事把他给害了！”

众人都傻了。

刘大人叹了一口气：“唉，抬进来！”

一个被白布盖着的门板被两名衙役抬了进来，放在了院子里，高奇胆子大，也不怕冒犯，上前一把揭开白布。

所有人同时喊出了小伍的名字。

刘振声：“小伍……这是怎么回事？！”

没等刘大人回答，霍母一口气没上来，就要栽倒，王氏腾出一只手，一把拽住了霍母，霍冯氏也上前帮助抹胸捶背。

半晌，霍母缓过劲儿来：“刘大人，老身问一句，我儿元甲是死是活？”

话落，她的眼里已饱含泪水。

租界的监狱里，霍元甲的双脚被戴上了脚镣，双手戴着手铐，他还没从惊愕和悲痛中缓过神来，眼前闪过的都是与小伍相处的片段……

霍元甲潸然泪下。

两个洋警察走来，指着霍元甲用法语交流着，二人在笑声中打开了牢门，比画着，示意霍元甲跟他们走。

洋警察带着霍元甲来到一处大厅，很是空旷，高处一洋人跷着二郎腿，嘴里说着什么，轻蔑地看着霍元甲，还把戴着拳套的手举了起来，他身旁的中国人卑躬屈膝，也用法语在跟他对话，几句之后，中国人看向霍元甲。

“你，爬两圈，让贝特朗大人看看是不是精神人！”

“我有冤情！”

霍元甲不理会这人，只是喊着申冤。

“有冤我们的巡警能把你抓进来吗？赶紧爬几圈让贝大人看看，待会儿把贝大人伺候高兴了，兴许早放你几天！”

“我被人陷害，请官府明察！”

“哪那么多废话？这里是法租界，没官府！甭管什么事，都是贝大人一个人说了算！”说着，常德利指了指沙发里的“大皮靴”。

“让你爬你不爬，贝大人不高兴，一枪崩了你！”

霍元甲生气了：“堂堂七尺男儿，你们凭什么让我爬？”

常德利一皱眉，气急败坏，向霍元甲身后的洋警察作揖、挥手。两个洋警察会意，其中一个猛挥手里的警棍，向霍元甲头部砸去，霍元甲听得风声，一缩头，轻易躲过，另一洋警察手持大棍，向霍元甲两膝后窝砸去，试图让其跪地，霍元甲就地一跃，戴着手铐脚镣的他，原地腾空而起，一个空翻，稳稳地落在地上。

两名洋警察打空，刚要发怒，高处的洋人“腾”地站了起来，兴奋地说着中文：“你会杂耍？”

这个洋人身材很是高大强壮。

霍元甲没有回答。

“嘿！问你话呢！”

霍元甲看了看常德利，仍没有回答。

常德利气道：“告诉你，这位就是法国领事、法租界公议局董事长贝特朗大人！”

“领事先生？我没犯罪，你们不该抓我，请立刻释放，我徒弟小伍惨死奸人之手，他才十一岁！我要为他讨回公道！”

“徒弟？跟你学什么的？也是杂耍？”说着，洋人贝特朗走向霍元甲，“你刚才跳得不错，像猴子一样灵巧，再跳一个，跳一个！”

“领事先生……”

贝特朗制止霍元甲：“对了，现在是下班时间，不要叫我的官职。你刚才说我的属下抓错人了？这样很不好，他们一生气，你就永远离不开监狱了。”

贝特朗向身后喊着：“常德利，告诉这个会杂耍的，他现在应该怎么做！”说着，贝特朗就向一旁挥舞着拳头，开始拳击前的热身。

“你听着，贝特朗先生待会儿跟你练两下，你要是能禁得住他一拳，今儿晚上给你肉吃，禁得住三拳，连续三天给肉吃！”

霍元甲看向贝特朗，贝特朗正在练拳，轻蔑地瞟了霍元甲一眼。

“我没兴趣跟他打拳。”

“兴趣？呸！你以为你是谁？在贝大人面前还给脸不要脸啦？”

常德利转向贝特朗：“贝大人，打他！我打赌他扛不住三拳！我要是输了，我……我给您学猫叫！”

霍元甲没想到中国人在洋人面前竟如此奴颜婢膝，他开始有些愤怒。

"你的主意不坏，就这么定了。"

说完，贝特朗猛地挥拳，他套了拳套，显得很巨大，这巨拳砸向霍元甲，重拳即将碰到之际，霍元甲猛地闪开。贝特朗打空了，调整步伐再战，连续三拳，全都打空了，他有些愤怒。

常德利急得直叫唤："你……你别躲！再躲枪毙你！"

贝特朗审视着霍元甲："你这不是杂耍，你练过拳！"

"练过。"

"练过？把他的手铐和脚镣卸下，我要跟他痛痛快快地打拳！"

"我刚才说了，我没兴趣！"

"你若能扛住我三拳，我会考虑放了你。"

霍元甲愣了一下："那好，三拳，我不躲。"

霍元甲展示了一下手铐，示意自己可戴着手铐应对。

贝特朗轻蔑道："好吧，我也等不及了。"

贝特朗调整着脚步，猛地一拳击出，这一拳他用尽了浑身的力气。霍元甲出掌相迎，并尽量化解拳的力量，但是他的双脚还是在地上向后滑出一米。

贝特朗猛地又一个勾拳，由下往上击向霍元甲的下巴，霍元甲双手成掌，向下一磕，这次他用了力，硬生生地将贝特朗的拳打开。

贝特朗急了，再一拳，正对霍元甲的面门而来，霍元甲两手一转，用手铐将贝特朗的拳套紧紧地缠住，一用力，贝特朗的拳走不动了，正停在霍元甲的眼前。

贝特朗瞪大了眼睛。

霍元甲双手反方向一转，手铐松开，退后一步，抱拳："承让了，三拳已过，请领事先生兑现诺言。"

"兑现诺言？好，我考虑……"

贝特朗假装沉思："我考虑好了！解开他的手铐、脚镣，你我来一场真正的对决！"

霍元甲一愣："你……身为一国领事，怎可言而无信？！"

“没有啊。我刚才说，假如你能扛住我三拳，我会考虑放了你。现在我已经考虑了，但结果是——不放你走。”

贝特朗微笑着看向霍元甲，霍元甲立刻明白了贝特朗是个无赖。

“你是我见过的‘东亚病夫’中最有战斗力的一个，这太难得了！你留在这里供我练拳，我可以天天给你肉吃！”

“我说过，我对和你打拳不感兴趣。你们洋人自诩开明、崇尚自由，请不要无视我的尊严。”

“想要尊严？除非打赢我。解开手铐吧，不然会被我打得像狗一样趴在地上，啃泥巴的！”

“这是在中华国土之上，西洋人，请收起你的野蛮！

“你说什么？”

早就看傻的常德利插话：“枪毙！竟敢对贝大人如此无礼，毙了他！”

贝特朗一挥手，示意常德利闭嘴：“是你自己不愿意解开手铐脚镣的，不能怪我。”

霍元甲一只脚向后退，只拉开半个步子，脚镣链子的长度便已没量了，他戴着手铐的双手亦分前后，但也只能拉开一定的距离，微蹲马步，霍元甲算是做好了比武的准备。

贝特朗挥拳而出，霍元甲连躲带闪，并逐渐展开反击，他只能迈很小的步子，出拳的幅度也不能太大，只能以快和准制敌。霍元甲看准机会，一阵快拳打在贝特朗身上，接着化拳为掌，正中贝特朗胸口。

贝特朗被打倒，常德利连忙上前搀扶贝特朗。霍元甲收拳，坦荡面对。

贝特朗起身，看着霍元甲笑了：“你打的是什么拳？”

“中国拳。”

贝特朗突然转头看向常德利：“打赌你输了，学猫叫。”

常德利愣了，继而脸上堆出了谄媚的笑容，他趴在地上学着猫的样子叫着。

两名洋警察笑了，贝特朗笑着看向霍元甲，霍元甲鄙视的神情。

贝特朗向霍元甲伸出大拇指："你的中国拳很厉害，你叫什么名字？"

"霍元甲。"

正在学猫叫的常德利一愣，蹦了起来："霍元甲？！他就是霍元甲？！"

贝特朗："怎么？你知道这个人？"

"霍元甲在天津卫可是赫赫有名的大人物！老百姓都叫他津门大侠！"

"大侠？"

贝特朗重新审视着霍元甲，霍元甲静若秋水。

霍家这个时候已经乱作一团。

"都这时候了，就剩一条道！小伍已经死了，再晚点，师父也得被他们害死！"

"二师兄说得没错，不能等了！我们这就去把师父救出来！"

许大有附和着高奇的意见。

"二师兄，大有，刘大人说得清楚，师父是被租界巡警抓走的，我们得好好商量，想出个妥当的法子，不能一时冲动！"

阿发稳重，思考着。

高奇一拳砸在柱子上，回过身来："黄文发，刚才我就看出来了，一听说是租界的洋警察，你就怕了，你小子是个怂种！"

"你说什么？"

"你就是怕被巡警手里的洋枪打死！"

"为救师父我不怕死！但我知道就算有再好的武艺，再好的兵器也打不过洋枪，我们不能做无谓的牺牲！"

"我们不牺牲，难道等着洋人把师父的尸体送回来，跟小伍一样？一日为师终身为父，师父要是死了，我们没去救，就是不孝！”

阿发愣住了，高奇继续道：“反正我主意已定，去劫法租界的监狱，跟我去的吆喝一声！”

“算我一个！”

高奇看向许大有。

刘振声：“也算我一个，高奇说得对，师父有难，我们不救是不孝。”

沙燕：“我也去。”

沙燕把目光投向高奇，充满赞许，高奇立刻把脖子昂了起来。

阿发无奈：“那我也去……可是大师兄二师兄，我们得商量好对策，不能这么盲目的……”

“闭嘴吧你！多你一个不多，少你一个不少，抄家伙去！”

高奇扭身就往外走，一时间他已经越过刘振声成了领袖，众人纷纷跟上，阿发无奈地跟上。

五人各选了趁手的家伙，已准备好去拼命，此时大门口却快步走进一个人来，正与五人相撞，五人全停住了脚步。

刘振声：“农先生？您怎么来了？”

农劲荪：“振声，你们这是要干吗去？”

没等刘振声说话，高奇大声道：“救我师父啊！”

农劲荪四下看了看，发现阿发手里也持着武器，他训斥道：“阿发，其他师兄弟着急我可以理解，你怎么也跟着意气用事？这样不但救不出元甲，只会送死，你难道不知道？”

阿发有些尴尬：“……舅舅，我拦了，没拦住。”

高奇：“少在这一唱一和！一个舅舅一个外甥，都在长洋人的威风，灭自己的锐气！让开！我高奇就算是粉身碎骨，也要把师父救出来！”

农劲荪笑了：“小伙子，元甲能有你这样的徒弟，我真替他欣慰。”

高奇：“用不着，别瞎耽误工夫了，小伍已经死了，师父在洋人手里很危险，我们个个心急如焚，你嘻嘻哈哈的看什么热闹？滚开！”

刘振声：“高奇，不得对农先生无礼。”

高奇看了一眼刘振声，暂时压住了气。

农劲荪摆摆手，看着高奇：“你想救师父，好，咱俩比试比试，你若打得过我，我就让你去。”

高奇一愣：“你说什么？你根本没练过武，我知道！跟我比？找死啊！”

阿发也有很着急：“舅舅……”

农劲荪示意阿发别说话，并指着大门：“阿发，去把大门关上。”

阿发只得听话去关上了大门。

农劲荪向后退着，高奇也向后退着，他手里的斩马刀握得紧紧的，两个人已经打开了一个圆场，相距十几米，可以比武了，气氛凝重，一触即发。

沙燕的手从腰间一滑，拽出了暗器，刘振声一把按住了沙燕：“你干啥？”

“这个人看着不像好东西，他要是敢伤二师兄，我就先要了他的命！”

“别胡闹！把暗器收起来，他与师父义结金兰，咱们要叫他师叔的！”

沙燕一愣，只得将暗器收好。

农劲荪一伸手，示意高奇可以动手了，高奇可不客气，抡着斩马刀就向农劲荪冲去，农劲荪镇定自若，就在高奇距他三米之时，他猛地从后腰拽出一把枪来，对准了高奇，高奇吓坏了，但已经收不住脚步，只能一个急停，身子向后一跃。

高奇用刀插地，借助刀的力量才能在这么紧急的情况下后跃，农劲荪持枪冲上两步，高奇后跃落地，再次稳住阵脚之际，农劲荪的枪口已经逼近高奇的头，高奇一时慌了手脚，刀也停在半空中，根本无法挥出。

农劲荪毫不犹豫地扣动扳机，高奇惊呼，“啊”的一声闭上了眼睛。

阿发吓了一跳，刘振声和沙燕瞠目，许大有倒吸了一口凉气。

只有金属撞击的声音，枪口并没有子弹射出，所有人冲上两步，却又都停住了，高奇慢慢睁开了眼睛。

“枪里没放子弹，高奇，你冷静了没有？”

农劲荪语气平淡。

高奇一身冷汗，他觉得无比丢人。

“我记得元甲说过，你是几个徒弟中脑子最灵光的，怎么现在变得有勇无谋了？”

高奇更是尴尬，他向沙燕看去，沙燕的目光让他更加无地自容。

王氏从屋里冲出，小莲跟在身后，很明显是有人报了信。

王氏：“振声！你们不要轻举妄动，一切从长计议！”

刘振声连忙迎上：“师娘，您别着急，农先生来了。”

王氏看向农劲荪愣住了，农劲荪连忙上前抱拳：“在下农劲荪，见过嫂夫人。”

“我见过您，听元甲说，您是在京城做大买卖的……”

“哪有什么大买卖，早赔光了。半年前搬到天津，开了个小药铺，勉强糊口。今日突然得到元甲被捕的消息，就赶过来了，到底是怎么回事，元甲怎么会一到天津就去了法租界？”

众人说着，便进了屋，农劲荪沉思着：“这个东光知县薛学……”

刘振声一拍大腿：“对呀！我怎么没想到，上回在山西，我师徒险些被害，就是这个薛学让师父保的官镖！这次也一样，毛病肯定出在这个姓薛的身上！”

王氏站起身：“可这个薛知县我见过，一身正气、仪表堂堂……”

农劲荪："嫂夫人，有句老话，人不可貌相。"

王氏倒吸了一口凉气。

刘振声："农先生说得没错，寿阳魏知县看着就不像好人，结果却是个大大的好官！"

王氏："可……我想不明白的是，这薛学是朝廷命官，知县大人啊！无冤无仇，他为什么要加害元甲？"

农劲荪："这也正是我疑惑之处。元甲走的毕竟是官镖，若得薛学的证词，对营救有利。"

刘振声："这个容易，我再走一趟东光，把那知县制住，让他把事情说清楚！"

农劲荪："振声不能去，你是首徒，这个时候家里很多事需要你做主。"

高奇蹦了起来："我去！要真是那个薛知县害的师父，我就抹了他的脖子！"

农劲荪："高奇也不能去。"

高奇："我凭什么听你的？"

农劲荪又笑了："当然没必要听我的，但你胆大心细，武艺高强，应留下来保护你师父的家人。"

高奇质疑着："你是想让阿发去吧？我知道他是你外甥，你怕我抢了他的风头？"

阿发愣住了，他很无辜。

农劲荪："阿发也不能去，还有大有，你们师兄弟四人，须担起重任，一定要保护好这个家！"

众人感觉到了农劲荪的严肃，知道了问题的严重性，都不再反驳。

王氏："农先生，您是不是还打听到了什么消息，请直言。"

农劲荪："善扑营吕四鹰已潜入天津数日，原本我以为他是来抓革命党的，现在我明白了，他就是奔着元甲来的！"

四个徒弟都是一愣，他们都对鹰四恨之入骨，但也都知道鹰四的厉害，所以表达各不相同，同时也便明白了农劲荪的一片苦心。

沙燕突然站了起来：“东光的事交给我，若真是知县设圈套陷害了师父，我一定让他招供，拿回证词！”

农劲荪看向沙燕：“刚才忘了请教，这位姑娘是……”

王氏：“她是我的燕子妹妹，也是元甲新收的徒弟。”

沙燕向农劲荪抱拳拱手。

农劲荪又笑了：“元甲收女弟子了？两年不见，他又开明了许多，真是可喜可贺呀！”

沙燕很不好意思，高奇见农劲荪还能笑得出来，没好气的样子。

王氏向霍母汇报着农劲荪的计划，霍母颤颤巍巍地从身边的小柜子里拿出一沓地契。

“农先生是信得过的，你把这些都交给他，让他想办法打通关系，救元甲出来！”

“娘，这是……”

“这是咱们家在天津所有铺子的房契。”

“娘，您舍得？”

“儿媳妇啊！我就元甲这一个儿子了，要我这条老命都舍得！快……快去办事！”

霍母泪流满面，王氏也眼睛泛红。

“多谢娘！”

王氏转身出去，守在一旁的霍冯氏“哇”的一声哭了出来：“这是回了天津，可是没了铺子，一家老小以后还得挨饿呀！”

霍母轻声道：“不想挨饿回娘家去。”

霍冯氏傻了：“娘，您说什么？”

霍母：“元栋已经死了两年多了，你丧期已满，你可以回娘家了！”

“娘，您怎能说出这样的话啊，我不是这个意思，我这不也是看着元甲落难我着急嘛！我还有一双儿女，您撵我回娘家，您可真狠心啊！元栋，你睁开眼睛看看……”

在霍冯氏的哭嚎声中，霍母突然觉得眼前一切都模糊了，这次不是要晕，是眼泪流干了，眼疾又犯了，她使劲地眨着眼睛，可却越来越难分辨事物。

霍母想找个地方坐下，伸手去摸，却碰倒了一个花瓶，花瓶落地，“砰”的粉碎。

霍冯氏连忙止住哭声，上前搀扶住霍母：“娘，您怎么了？”

“我的眼睛……”

“娘，您快把眼睛闭上好好歇会儿，我啥也不说了！您别着急！”

霍冯氏吓坏了，霍母痛苦地捂住了眼睛。

王氏送农劲荪出门，农劲荪手里拿着房契。

“我这就去法租界疏通关系，无论如何不能让贝特朗把人移交官府，元甲要是落在鹰四的手里，后果不堪设想！”

王氏点点头：“我是个妇道人家，这一切就都拜托给农先生了！”

农劲荪点了点头：“请嫂夫人放心，也请想开些，听阿发说元甲喜得贵子，孩子尚小，嫂夫人不宜太过焦虑。”

王氏点头，却还是焦急。

—第二章　营救—

贝特朗的大皮靴翘在桌上。

贝特朗看着来人，问是不是要保释霍元甲。农劲荪点点头，并自称是霍元甲的弟弟。

贝特朗用皮靴根猛地一敲桌子:“你是个骗子！你以为我分不清中国人的名字吗？他姓霍，你姓农，你们不可能是兄弟！”

“我知道领事大人对东方文化很有研究，也来中国多年，说您是“中国通”也不为过，所以您一定知道桃园三结义的故事。我与霍元甲虽不同姓，却以兄弟相称，他年长，故而我是弟弟。”农劲荪解释道。

“明白了，像刘备……张飞，那你打算用几根金条保释你哥哥？”

农劲荪一愣，从怀里掏出地契:“这是霍家几间铺子的地契，都是好地方，愿意孝敬领事大人。”

贝特朗不屑:“法租界的地盘已经足够大了，而且地段是天津最繁华的！它，都是我的！所以我要你的破地契干什么？难道让我去做‘东亚病夫’的生意，去开鸦片馆？”

贝特朗忽然笑了：“我倒是有鸦片生意，不过开烟馆这种事还是交给你们中国人吧，我才不会干呢！”

“这些地契是能换成金条的，要不领事先生宽限几天？”

“几天？太短了，起码两个月，我的拳法才能更厉害！”

农劲荪愣了一下：“拳法？您在说什么？”

正在比画拳头的贝特朗不耐烦地说：“说了你也不懂……你两个月以后再来，多带些金条，霍元甲不是小人物，津门大侠！应该值很多钱吧？”

说着，贝特朗哈哈大笑起来，农劲荪有些无奈。

常德利进门：“贝大人，有客人求见，是个官儿，京城来的。”

贝特朗看向农劲荪：“你，该走了。”

农劲荪无奈地抱了抱拳，转身离开。

出了门，农劲荪看见穿着官服的鹰四跟在常德利身后，愣了一下。

看到一排金条，贝特朗眉开眼笑，向鹰四伸出了大拇指。

鹰四一见贝特朗高兴，觉得有戏，立刻赔笑。

常德利看向鹰四：“贝特朗大人说他喜欢金条，让我谢谢你。”

鹰四：“不客气，那霍元甲我可以带走了吧？”

没等常德利翻译，贝特朗连忙摆手，鹰四一愣。

“霍元甲是我的，谁也带不走！”

鹰四有点急了：“霍元甲是逆党、朝廷要犯！我身为善扑营首领，来津一个月了，就是为了逮捕他，今天我必须把他带走！没什么好商量的！”

贝特朗“啪”的一拍桌子：“这是什么地方？法租界！我说了算，不是你！”

鹰四愣住了，他连忙抱拳："我想与贝大人讨个交情，八国联军进京那年，贵国瓦隆将军跟我私交甚好，回去时我还给他带了好几件礼物呢……"

鹰四开始套近乎。

"我见过，景泰蓝的佛像、宣德炉，还有他们家古堡门口放雨伞的元青花大缸，他逢人就吹嘘，说是从中国带回去的战利品……"

"这些好东西中国还有，贝大人要是喜欢，改日我也送上两件？"

贝特朗笑了，在笑容最盛之时突然一板脸："我不喜欢。"

鹰四要挟道："贝大人，朝廷跟租界之间可是有协议的，霍元甲属朝廷要犯，你必须移交！"

贝特朗："如果我不交，你能怎么样？"

鹰四气得一提气，两只手已经化为鹰爪。

贝特朗注意到了鹰四的手："你要跟我打拳吗？太好了，除了黄金，我最喜欢打拳了！"

说着，贝特朗从墙上摘下拳套："走，我们去好好打一场！"

鹰四收了鹰爪，抱拳道："贝大人，刚才让您见笑了。您是友邦领事，我怎么能跟您过招呢？"

"我们都喜欢打拳，有什么不可以？我知道善扑营是你们皇帝专门抓人的部队，你是首领，一定很厉害！必须比试比试！"

"朝廷有规矩，我不能跟您动手，还请贝大人见谅。"

"你不想要霍元甲了？"

鹰四一愣。

"要不这样吧，你和霍元甲打，你打败他，就把他带走；你若输了，他就留在我这儿，怎么样？"

鹰四没想到，还没等他反应，贝特朗道："就这么定了！"

又是那个大厅，戴着手铐脚镣的霍元甲再次被押进这里，他很烦躁，贝特朗迎了上来：“哈……霍元甲，我们又见面了！”

霍元甲没有理会贝特朗，贝特朗热情地拥抱他：“虽然两个小时前我们才分开，可我已经想念你了！”

“请尽快放我走，我真的没兴趣跟你打拳。”

“哎！这次不是我跟你打，我帮你请来个对手，你看看，他在那儿！”

贝特朗一转身，指向远处的鹰四，霍元甲瞪大了眼睛，先是诧异，继而眼中冒出仇恨的光芒。

贝特朗看了看鹰四，又看了看霍元甲：“看来你们俩是老熟人，那我就不用介绍了，开始吧，我迫不及待了。来，把霍元甲的手铐脚镣打开！”

拿钥匙的洋警察就要上前，鹰四身后的亲信大声道：“那可不行！霍元甲是革命党，朝廷要犯，手铐脚镣绝不能松！”

贝特朗一皱眉，回头看了看霍元甲：“霍元甲，这样对你不公平吧？”

霍元甲根本不看贝特朗，而是用手指着鹰四：“鹰四！你串通东光知县薛学，栽赃陷害，欲谋我命，真是无耻之极！”

鹰四：“大胆逆党，休得血口喷人……”

霍元甲：“住嘴！武林败类吕四鹰！国难当头，勾结洋人，害大刀王五在前；公报私仇，网罗罪名，杀我父兄于后！你欠下累累血债，今日拿命来偿！”

说着，霍元甲已经冲了出去，怎奈脚镣限制，他无法迈开大步，只能以小步快上。鹰四摆开架势，亮出鹰爪，二人打在了一起。

霍元甲虽手脚受控，但报仇心切，出招迅猛，小占上风，几个回合过后，两人都受重击，各自退后。

鹰四缓解着疼痛，霍元甲眼中却只有怒火。

“父亲大人在天之灵看了！兄长，还有无辜横死的霍家子弟二十一口，你们也都睁开眼——”

说完，霍元甲又冲了上去，他虽拼命，但鹰四亦是鹰爪门高手，又能伸展，招数使得淋漓尽致，霍元甲手脚受限，无法发挥全力，但用的都是致命招式，二人又一次相互重击，各自退后。

鹰四："霍元甲，你要玩命？"

霍元甲："爱徒小伍，自幼孤苦，品性良厚，年少义大，今亦横遭祸端，惨死尔手！吕四鹰，霍元甲今日为国锄奸，为父兄、为义兄、为爱徒，报仇雪恨，讨尔狗命！"

霍元甲再一次冲上，更是拼命，鹰四招架。

贝特朗目不转睛地瞪着打斗的二人，问常德利："常，下注吧，你猜谁能赢？"

常德利："吕大人是善扑营首领，自是武功高强，虽说霍元甲也不弱，但毕竟被束了手脚……"

贝特朗转过脸，不耐烦道："少废话！你押谁？"

"啊，我押吕大人胜……"

"我押霍元甲胜。你输了，学一百声狗叫，加一百声猫叫；赢了，我请你吃牛排，喝波尔多红酒！"

常德利觉得很公平，满脸笑容："好！好！红酒我是喝定了！您瞧！"

鹰四的鹰爪在霍元甲的肩头划开一个长长的口子，再战，霍元甲因无法施展开拳脚，几次险遭毒手。

霍元甲受伤，伤口流着鲜血。

鹰四冷笑："姓霍的，你以为四爷浪得虚名？想你爹了？还有王五，你徒弟？好啊！今天我就送你去阴曹地府陪他们！"

说着，鹰四继续进攻，他的鹰爪确实厉害，被束缚的霍元甲此时完全不是他的对手，霍元甲逐渐落败，几次倒地。

贝特朗焦急的神情。

常德利喜出望外："贝大人，要是吕大人一爪把霍元甲抓死了，能不能算我押中两回，请我两顿牛排、红酒？"

贝特朗一拳将常德利脑袋推向一旁，拳头比画着，他试图从中国武术中找到一些练拳的启发。

霍元甲再次倒地，鹰四一跃而起，以鹰爪袭向霍元甲的喉咙，绝境中，霍元甲忽然用手铐弹开鹰四的鹰爪，并猛地起身，用手铐的铁链直袭鹰四的咽喉，身形迅疾，跃于其身后。战局骤变，霍元甲的铁链子勒住了鹰四的咽喉，鹰四连忙用双手抓住铁链子，往外使劲拽着，霍元甲抬腿一蹬鹰四的膝后腿窝，鹰四跪倒在地。

鹰四的两名亲信冲上前来，怎奈在洋人地盘他们都没法带刀，只能空手施救，霍元甲早已洞察，他一跃而起，两脚将两名亲信踹倒在地，这两脚又准又狠，两名亲信便爬不起来了。

眼见鹰四就要被勒死，两名洋警察冲上前，用枪对准了霍元甲，霍元甲视而不见。

常德利:“贝大人，吕四鹰毕竟是清廷命官，这样下去……”

贝特朗从腰间拽出枪来，冲向霍元甲，枪顶住他的头:“霍元甲，松开他！”

霍元甲抬眼瞪向贝特朗，誓死不松的样子。

“松开！不然打碎你脑袋，你就再也没办法申冤了！”

霍元甲哪里还想申冤，猛地一用力，勒得更狠了，鹰四翻了白眼，马上就要断气。

贝特朗一使眼色，洋警察抡起枪托向霍元甲的头上砸去，霍元甲在贝特朗的枪口之下无法躲闪，被打晕了。

铁链一松，鹰四得以逃生，趴在地上大口大口地捯着气。

走廊里，鹰四的手揉着脖子，气哼哼地走着，他一口气没上来，停下脚步深呼吸，亲信欲上前搀扶，被鹰四回手一巴掌抽在脸上。

鹰四目光凶狠:“奶奶的，我吕四鹰为官以来还从来没受过这种窝囊气！”顿了顿，他又道，“不行！这口气出不去，我会憋死的！霍元甲不是一个人回的天津吧？”

走廊里空旷无人，鹰四也无所顾忌。

亲信："不是，他娘、老婆孩子，一大堆人呢！"

"住哪了？"

"还是老地方，就是您带着我们抄家的那处宅子。"

鹰四站住："胆子不小啊，也不怕霍恩第的魂儿回来找他们？告诉兄弟们，夜里换上便装，我要杀人！"

乌云遮月，霍家门前，一排黑衣人潜行而过，两名黑衣人蹲在院墙之下，另两人踏肩而上，蹿进霍家。

进入霍家，便服鹰四落地，活脱脱一个土匪头子，他观察着环境："睡得还挺香……挨屋给我宰，一个不留！"

十几名杀手分别蹿出。

一会儿的工夫，几队人马从不同方向跑来。

"吕大人，没人啊！"

"所有能住人的屋都翻遍了，一个人没有！"

鹰四抓过一人："你不是说霍元甲一家老小都回来住了吗？"

"是啊，我……我白天亲自打探过！"

"那人呢？！"

那人直哆嗦，说不出话来。

"四爷，您忘了，他们家有密道，当年……"

鹰四："当年就没查到密道在哪儿，这回准是走漏了消息，又让他们跑了，这口恶气怎么出！"

鹰四号叫着，喘着粗气，半晌："放火！放火！把所有的房子都给我烧光，我就不信密道烧不出来！"

很快，四五支火把举了起来，鹰四的手下们就要四散去点火，忽听得外面一阵呐喊之声："大胆贼寇，官府已将尔等包围，还不束手就擒！"

听到喊声，众人全都围向鹰四。

"官府？天津卫的衙门才恢复几天啊，新官还没到任，哪有比我大的官？让他们滚蛋！"

鹰四吩咐着。

“四爷，不行啊！您可没穿官服，再说，咱们夜闯民宅，人家不认账怎么办？”

鹰四看了看众人的穿着，包括要放火的火把，外面的声音又一次传来：“放下刀枪束手就擒，不然乱箭射死！”

鹰四倒吸一口凉气。

霍家外为首的正是刘大人，他身后的武将向院子里喊着，两排整齐的官兵都已弯弓搭箭，准备开弓。

一名杀手从门缝向外张望后，跑向鹰四：“吕大人，我们真被包围了，外边是重兵啊，箭都上了弦了！”

“四爷，快拿主意吧，不然……”

鹰四想了想：“告诉他们，我在这儿，善扑营在奉命抓人。”

连忙有人大声喊道：“外面的人听着，这里没有贼寇，善扑营奉命抓人，你们不要管闲事，走开！”

刘大人：“胡说，刚才本官在暗处看得清清楚楚，若是善扑营抓人，怎么会便装打扮，又鬼鬼祟祟？定是贼人冒充！”

武将继续冲里面喊着：“里面的人听着，你们私闯民宅，非抢即盗，还敢冒充善扑营？岂有此理！放箭！”

一声令下，几十只箭越过院墙射了进去。

一听“放箭”二字，鹰四眼睛瞪得溜圆，连忙抽刀抵挡。箭已至，有的用刀枪抵挡，有的落荒而逃，跑得慢的中箭倒地，惨叫声迭起。

又一轮箭雨射出，鹰四连忙向大门的门洞冲去，箭又至，鹰四就地一滚，才避掉了飞来的剑雨，躲到了大门之后，他向院里望去，带来的十几个人已有一半受伤。

鹰四气得大喊大叫：“别放箭了，善扑营统领吕四鹰在此，我这就开门出来！”

刘大人铁青着脸，他身后的士兵们再次把箭搭在弓上。

大门打开，鹰四走了出来：“哪位大人当差啊？我是吕四鹰，这是善扑营的腰牌！”

刘大人看向鹰四，气得咬了咬牙，但又露出了笑容："哎哟，还真是吕大人啊！这不是误会了嘛！"

鹰四看向刘大人："原来是刘大人，我知道你与霍家交好，应该不是误会吧？"

"吕大人说笑话了，霍恩第死了好几年了，这附近的邻居里一直说着宅子里闹鬼，今日又得到线报，说有大股土匪进城，欲行杀人越货之事，我怕事情闹大愧对朝廷，从三十里外借来了官兵，哪承想不是土匪，是吕大人，您怎么打扮成土匪的样子呢？"

鹰四气得说不出话来，半晌找茬道："少说废话，我的手下受伤了，赶紧派人救治！"

刘大人："是是是……来人，进去看看！"

一队官兵冲进院子，角落里的农劲荪看见转身走了，他身后跟着刘振声和阿发。

破庙外，高奇和许大有各持兵器把守在院子里，农劲荪、刘振声和阿发三人走来，高奇连忙迎上："怎么样？"

刘振声："农先生神机妙算，运筹帷幄，可把鹰四这狗官收拾惨了！"

原来竟是白天农劲荪在法国领事馆看到鹰四时留了个心眼儿，他没有离开，而是在暗处偷听，鹰四的计划都被农劲荪听到了。

高奇急道："这热闹怎么不让我去看啊！暗处放个飞镖取了他性命就算了！"

刘振声一愣："飞镖？高奇，你什么时候练上暗器了？"

高奇自知失言："没……没有……大师兄，我没练，就是跟沙燕学着玩的，你可千万别告诉师父！"

刘振声狠狠地瞪了高奇一眼。

王氏从庙里迎出："农先生，怎么样？"

农劲荪一抱拳："嫂夫人，您可以带着老夫人和孩子们回去住了，我想，经昨夜一役，家里应该平安了。"

王氏点了点头："多谢农先生……那……元甲呢？什么时候可以救他出来？"

"嫂夫人，这个我也在想办法，还请您不要太着急。"

王氏在农劲荪脸上看出了难色。

农劲荪："也许等沙姑娘从东光拿证词回来，会好办一些。"

薛学书房，他正在问一名衙役："天津那边有消息了没有？"

"有了，霍元甲已经被抓起来了。"

薛学叹了口气："那就好……"

"不过好像不是吕大人抓的，是被洋人抓起来了。"

"这有什么区别，吕大人跟洋人最为要好，在洋人那里，没有他办不成的事，这下我放心了，霍元甲必死无疑，也算解了我心头恨……"

薛学突然咬牙继续道："要知道，上次那批鸦片，我可是把为官这么多年的血本全搭上了！本想多赚些银子，孝敬上头，叫上头在老佛爷那儿美言几句，换个大点的官儿当，哪承想被霍元甲害得连本钱都没拿回来！行了行了，你去吧。除了心头之患，我也能睡个好觉了！"

衙役出门，薛学起身，摘帽，脱官服。一个绳套自上而下，慢慢地向薛学的头顶降了下来，房梁之上，正是沙燕。

绳套突然出现在薛学面前，薛学一愣，抬头之际，沙燕一抖一提，薛学被绳子吊住，他双手抓绳发出声音。

窗子猛地被撞开，一名大汉蹿了进来，钢刀立刻架在薛学的脖子上，薛学顿时瞠目，大汉正是沙狼。

"你们是何人？胆敢行刺本官？"

"还敢质问我？官威不小啊！妹子……"

沙狼向上轻轻一挥手，沙燕一提。

薛学脖子被勒得更紧了，在喉咙里挤出了四个字："壮士饶命！"

沙狼笑了："这还差不多……妹子，下来吧，知县大人求饶了。"

沙燕坐到薛学身后，一手拉着绳子，一手端着茶杯。

"你刚才和手下说的话，我在梁上听得一清二楚，还想抵赖？"

"我……我没有，我不敢，真的不是我要害霍元甲……"

"鸦片被烧，升官发财的机会也没了，所以你才陷害我师父！赶紧写口供画押，不然勒死你！"

"不是！真不是这么回事！我也是奉命而为！"

"你还狡辩！"

沙燕又一拉，这回薛学真的要被勒死了，眼珠都翻了上去。

沙狼示意沙燕轻点，薛学喘息着。

沙狼："奉命？奉谁的命？难道有大官儿命你陷害霍元甲？"

薛学捯着气，半晌道："是啊！京城的大官儿！"

薛学坦白了一切，沙狼咬牙切齿："善扑营统领吕四鹰？这个武林败类！"

沙燕也气坏了："师父躲回东光老家，在山沟里开荒种地就是为了躲这个鹰四，他身为朝廷命官，居然如此歹毒！"

"这有什么稀奇的！你忘了，咱爹娘还不是被当官的陷害！这些狗官，什么下三烂的手段都用得出来，个个该死！"

薛学转着眼珠判断着："二位大侠，下官可不是你们说的那种人，我半辈子清廉，就犯这么一回糊涂，还是受了胡六的蛊惑，望大侠高抬贵手，饶我性命啊！"

"想让我饶尔不死，那就如实招来！"

说着，沙狼走到书桌前猛地一拍，薛学害怕地点头。

薛学写着供词，沙燕看着供词，还比较满意。

写完，沙狼将印泥摆到薛学面前："画押。"

薛学将手按在印泥里，在供词上画了押，突然起身跪倒在地："多谢二位大侠不杀之恩，薛学知错了，悔恨不已！如若需要，下官愿亲往天津，协同二位大侠一同救出霍元甲！”

沙狼和沙燕对视，二人觉得事情已办妥，都很放心。

“难得你认罪，也有悔改之心，我就饶你不死。”

说完，沙燕看向沙狼：“走吧，哥。”

沙狼迟疑了一下，点点头，二人离开。

跪在地上的薛学眼珠乱转，二人刚大摇大摆地走出书房，走到院子中央之际，薛学起身从书房里冲出，大喊着：“快来人啊！抓土匪！不能让他们跑了！”

沙狼和沙燕一愣，有衙役听到薛学的叫声赶来，拔出腰刀。

沙狼转过头：“薛学，你这狗官！”

薛学大声道：“二匪胆大妄为，竟胁迫本官为他们做伪证，速将他们乱刀砍死，以正国法！”

又有两名衙役赶来，院子里已经聚集了六名衙役，六人同时挥刀冲向沙狼和沙燕，沙燕气坏了，猛一甩手。

薛学正大呼着：“上啊……”

薛学的声音戛然而止，一支暗器正中其咽喉，他登时倒地。

沙狼三招两式击退衙役，一跺脚：“妹子，你怎么把他杀了？！”

“这等狗官，留他干什么？”

“你糊涂啊！杀了他，咱们的证词就没用了！”

沙燕这才意识到自己犯了大错，有些不知所措，一衙役从地上爬了起来，高喊着：“快来人啊！知县大人遇刺啦！抓凶手啊！”

越来越多的衙役跑来，沙狼不得已，抓住沙燕的手，越墙而逃。

农劲荪气急败坏地在屋里溜达着，沙燕站在屋里，垂着头，很沮丧。

“我见你是个女孩子，又知你行走江湖多年，以为你胆大心细才派你去的，你竟然……”

沙燕不敢抬头，许大有等人同情地看着沙燕。

坐在一旁的沙狼：“姓农的，我妹子很内疚，你就别再没完没了了！”

农劲荪看了一眼沙狼，想了想，抱拳道：“沙兄，既如此，就请你带令妹立刻离开天津吧。”

沙狼一愣：“为什么？我们今天才到，你就撵我们走？”

“东光知县遇刺，必会上报清廷，若你兄妹二人的行踪在天津被人发现，定会连累元甲，那个时候，纵使是天王老子来了，也救不了他！”

沙狼想了想，觉得农劲荪说得有道理。

沙燕低声道：“我不走。”

农劲荪：“不走？你应该知道自己的身份吧？你本来就不该留在元甲身边，现在还把你哥哥带回天津了，你难道真想害死霍元甲和他的全家？！”

沙狼生气了，冲了上去：“你说什么？！”

刘振声连忙上前：“哎哎哎，大当家的，您别往心里去，农先生也是着急，急得……”

刘振声回头向农劲荪使着眼色，农劲荪叹了口气，坐在了椅子上。

沙燕：“是我犯的错，就算是舍了性命，我也要救师父出来！”

高奇：“师妹，你没错！那狗官狡诈，你是在气头杀了他，何错之有？换我去，也许口供都拿不到呢！”

沙燕看了一眼高奇，感激的神情，高奇有意巴结沙氏兄妹：“要我说，事已至此，拼了！正好沙大当家来了，您给拿拿主意，我们跟着您，咱砸牢劫狱，然后杀出天津！跟着大当家的回十三里岗，从此以后大口吃肉大碗喝酒，逍遥快活！”

高奇一番话说完，发现刘振声正狠狠地瞪着他，他伸了伸舌头，低下头去。

沙狼向王氏抱拳：“嫂夫人，这件事让我们兄妹办砸了，还请您多担待！”

王氏手中正拿着口供，听沙狼这么说连忙起身：“沙大哥说哪里话，你兄妹冒了多大的风险才得到这份证词，实属不易，我们全家上下感激不尽！”

沙燕：“姐姐……”

“燕子妹妹，你也不必自责，你年纪轻轻就去办这么大的事，难免有不周全之处，更何况那薛学奸诈狡猾，确实可恨。我要是会武，也许会和你一样杀了他。”

沙狼和沙燕听王氏这么说，都安心了很多。

“不过农先生说得有道理，薛学遇刺的消息一旦传到天津，你们兄妹就危险了。”

“姐姐，我不能走，师父还在牢里呢！”

“你放心吧，这么多人想办法呢，农先生神通广大，一定会有办法救元甲出来的。”

刘振声上前：“就是，师妹，你也得为你哥哥着想，十三里岗上百号人指望着他呢，不能让他在天津涉险。”

沙燕看了一眼沙狼，完全没有要走的意思。

沙狼：“傻妹子，非得让人家说出不好听的话来呀？咱们是土匪，又刚杀了人，留下也帮不上忙，只能连累霍家！告辞！”

说完，沙狼上前一把抓起沙燕的胳膊就往外走，沙燕哭哭啼啼，可也没办法。

高奇：“不是……师妹，我送你！”

高奇追了出去。

农劲荪：“阿发，你代表我去送送，刚才我话重了，替我向他们兄妹道歉。”

阿发也追了出去。

刘振声走向王氏：“师娘开明，这件事是怪不得沙氏兄妹，可……薛学死了，这份证词没用了，想救出师父就更难了！”

农劲荪："是啊，那个法国领事贝特朗软硬不吃，真不知道他到底想干什么。"

屋里的人都愁眉不展。

监狱里，贝特朗吹着口哨，比画着拳击动作，向关押霍元甲的单独牢房走去，常德利跟在身后。

监狱里的霍元甲正襟危坐，不远处的饭桌上摆着丰盛的西餐。

贝特朗走来，看了看西餐，又看了看霍元甲："叫你去陪我打拳，你不去，我好心给你送来的饭菜你也不吃，要知道你这一份和我的午餐一模一样！"

"多谢领事先生关照，我没罪，请放我离开这里！"

"你为什么着急走呢？想你的女人了？这个容易，常德利！"

常德利连忙应声。

"霍元甲住在哪里，你查到了吗？去把他老婆接来，这样他才可以住得安心。"

霍元甲猛地站起身，怒道："岂有此理！贝特朗，你凭什么把我关在这儿？"

贝特朗："你是被巡警抓进来的，有个十一岁的孩子被谋杀，他们怀疑是你干的。"

霍元甲："小伍是我爱徒，被吕四鹰所杀，而且还是在你们洋人的租界里行凶，你们难道不应该枪毙他吗，又为何质问于我？！"

"哦，这件事嘛……虽然我很讨厌那个家伙，但他毕竟是你们朝廷的官员……"贝特朗做了一个无奈的手势。

"哼，原来你们洋人也欺软怕硬，不敢得罪朝廷官员，就抓我这种小民坐牢！"

贝特朗笑了："你们中国有句话，叫狗咬吕洞宾，不识好人心……你有没有想过，假如这些天你不在这里，而在租界之外，会怎么样？"

霍元甲一愣。

“你的中国拳再厉害，能打得过整个善扑营？他们有枪！从我们手里买去的高级武器！”

霍元甲瞪着贝特朗，一时竟说不出话来。

“把门打开！”

监狱门被打开。

“你们都离远点！”

常德利：“哎，贝大人，您可得小心呀……”

贝特朗不耐烦道：“知道了，远点！”

常德利和两名洋警察走远了，贝特朗进入牢房：“霍元甲，我很欣赏你，你应该看得出来吧？”

“承蒙抬爱，元甲只求自由之身，请领事先生成全！”

“你跟我回法国去吧。”

霍元甲一愣。

“你要是舍不得老婆，带上，还有你母亲、别的亲戚，都可以带上！”

“我不明白您的意思。”

“你的中国拳很厉害，可在这里……”

贝特朗摊了摊手：“不但没有用，还会让你丧命。去了巴黎就不一样了，那里是世界之都，全世界的贵族、精英都在那里！他们喜欢听音乐、看戏剧，也喜欢观赏比赛，尤其是打拳！”

贝特朗说着说着笑了起来：“我会让你成为巴黎最大的明星，因为没有任何人能想到，‘东亚病夫’中居然有你这样杰出的拳手！而且你很英俊，我相信会有很多贵妇喜欢上你的！”

霍元甲急了：“请你不要侮辱我的人格！”

“我并没有，我是为你好，你是他们眼里的叛党，吕四鹰又拿了所谓的证据，只要离开我这里，你就一定会被抓起来砍脑袋的！我给你一条生路，你不应该感谢我吗？你跟我去巴黎，变成了法国人，过几年想回来，也可以呀！那时候，吕四鹰就得仰着头看你，叫你一声洋大人。”

贝特朗说得很真诚，他等待着霍元甲答复。

半晌，霍元甲才开口：“霍元甲是中国人，即便含冤而死，也要埋骨中华，绝不会因贪生怕死而离开祖宗之地！”

贝特朗无奈，转身走了。

霍元甲再次闭目养神，不动桌上的饭菜，殊不知现在外面的沙狼、农劲荪和王氏都在计划着如何救他，而鹰四也在想方设法地要他的命。

据点里，十几个人在开会，农劲荪和阿发也在其中，众人激烈地讨论着。

“这笔经费筹措不易，拿来救人也不是不行，可要看救谁！”

“说得没错！霍元甲不是我们的同志，我不同意！”

“农先生，我们都知道你与霍元甲的私交，可你要用革命经费去救磕头兄弟，太难服众了吧？”

农劲荪有些无奈：“诸位先不要激动，听我解释，这些经费……”

阿发猛地站了起来插话：“算我借的！”

所有人都看向阿发，农劲荪向大家介绍着。

“南洋有一个百亩橡胶园在我名下，如果你们同意先用这笔经费救出我师父，我就立刻拍电报给家里，卖掉橡胶园，连本带利还给你们！”

阿发信誓旦旦。

“我们怎么信你？”

阿发走到桌前，从腰间拔出匕首：“我留下一根手指，以明诚信！”

说着，阿发举起匕首就向自己的手指剁去，农劲荪看向他，有些心疼，众人也都全傻了，离阿发最近的一个人双手托住了阿发的胳膊。

“小伙子你不用这样，革命就是为拯救万民，我信你便是！”

众人纷纷点头同意。阿发有些激动，眼圈发红。

妓院里花枝招展，常德利和鹰四左拥右抱。

“吕大人，让您如此破费，真是不好意思！您有何差遣，尽管说！”

常德利说着，喝了口酒，很是享受的样子。

“兄弟附耳过来。”

鹰四突然有些严肃，常德利连忙将女人推到一旁，凑了过去。

“我的意思是这个霍元甲……”

鹰四嘀咕着，常德利吓了一跳，蹦了起来：“吕大人，这我可不敢，小的就是个翻译……”

话音未落，鹰四已经掐住了常德利的脖子，四个女人一阵嗷嗷乱叫，都跑了。

鹰四将常德利按在桌子上：“我知道你在法国人那儿有办法，你要是敬酒不吃吃罚酒，我就掐断你脖子！”

常德利连连求饶。

霍家大门口，王氏将襁褓中的儿子交给霍冯氏：“嫂子，东觉就交给你了。”

“你啥时回来呀？”

“快则十天，慢则半月。”

霍冯氏有点急：“啥？那孩子饿了咋办？”

“就请大嫂帮着给熬点米汤。”

“他要是不吃呢？”

“饿得久了，自然就吃了。”

霍冯氏哭了出来：“这……你非走不可吗？”

“得走，只要有一线希望，我就得去试试！”

王氏很坚定。

“妹妹，你这心肠……大嫂可比不了你啊！”

王氏安慰着：“大嫂别哭，尤其在娘面前。”

霍冯氏止住眼泪。

王氏点头，刘振声忽然上前："还是让我去吧！往返京城一路颠簸，您受不了，再说东觉在家没奶吃也不行啊！"

王氏盯着刘振声的眼睛："振声，鹰四心狠手辣，随时会来行凶，这个时候需要你挑起担子，奶奶和孩子们的安危全就交到你手上了！"

刘振声只能点头，跟在他身旁的高奇抢上一步："师娘，就算大师兄不能去，那我也能替您去啊！您是不是忘了师父还有我这个二徒弟呢？您把薛学那狗官的供词给我，我一定送到紫禁城里去！"

王氏停住了脚步，看着高奇，想了想："振声，要看好师弟们，尤其是高奇，不允许他离家门半步！"

高奇愣了一下："师娘，我怎么了？"

"你师父蒙受不白之冤，这个时候最怕的就是再生事端！你师父还说过，你人虽精明，却心硬手重，容易惹祸，所以这个时候你不能出门！"

高奇："不是，我不惹祸还不行吗？我去京城总比您一个女人强吧？"

王氏："你一看就是个练武之人，脸上带杀气，人家正找不到杀害薛学的凶手呢！万一抓你去抵罪，可是要掉脑袋的，我怎么对得起元甲？！"

高奇傻了，他明白王氏是好意："那……那谁给您赶车呀？"

小莲插嘴道："大有哥，我早就让他套车去了。"

说着，许大有拉马车而来。

"大有，你可得多加小心，保护好师娘！"

"对啊，去京城非同小可，多长个心眼儿，别傻不拉叽的，师娘要是有个三长两短，我可饶不了你！"

刘振声和高奇都很不放心，嘱咐着许大有。

许大有憨实地点着头："放心吧，大师兄二师兄！"

监狱里，霍元甲静静地坐着，有声音在背后传来，一名中国警察带着两个人走来，赫然是沙狼沙燕兄妹。

“您打开门让我们进去说说话吧？”

听到声音，霍元甲一愣，觉得熟悉，猛回身，铁栅栏外是含情脉脉注视着他的沙燕。霍元甲慢慢地站起身，有些不敢相信。

“那可不行！只说你们要看看他，可没说你们要进去，这不是一个价。”

一锭银子塞进了警察的手里，沙狼脸上带着笑。

警察一愣：“早掏出来啊！”

说完，将银子塞进兜里，拿出钥匙就去开门，沙狼看着贪婪的警察，目光中划过一丝得意。沙燕迫不及待地冲了进去：“师父，您还好吧？”

“好……你们兄妹怎么进来的？”

沙燕身后，沙狼突然出手，一掌劈在警察脖颈之处，警察哼了一声倒在地上，霍元甲和沙燕都愣住了。

“这不是说话的地方，出去再说，走！”

沙燕也连忙道：“走啊师父！”

“等一等！我不能这样走。”

“明白！”

沙狼从腰间拽出利器：“来，我将你的脚镣弄开！”

霍元甲退后半步：“沙兄且慢！我不能跟你们离开监狱。”

沙狼一愣：“咋？洋人的狱里有好吃好喝？还不愿意走啦？”

“沙兄说笑了，元甲日夜盼着离开这里，但却不能这么走。”

“什么意思？”

“沙兄这是劫牢，我若跟你走了，便坐实了罪名。”

“那也比你掉脑袋强吧？”

“昔日谭嗣同谭大人宁可被斩首，也要用鲜血昭告国人。我虽远不及谭大人，但也绝不能就这样稀里糊涂地走了！”

“这是洋人的牢房，他们鬼花样多，你不走，随时可能会丢了性命！”

沙狼有点急躁，可霍元甲还是很淡定。

“元甲有冤，此次牢狱之灾是吕四鹰勾结东光知县薛学陷害于我，事情的原委，我那几个徒弟一清二楚。我想刘振声早就去东光谋取证据了，不日等官府查清真相，定会与洋人交涉，那时我就可以光明正大从这里走出去了！”

沙燕忽然哭了起来：“师父我对不起你！我失手杀了薛学，他的证词没用了！”

霍元甲惊诧：“你杀了朝廷命官？你……”

霍元甲突然冷静下来：“沙燕，师门规矩背给我听。”

沙燕有些惭愧：“霍家师门，三扬四戒。一扬武德，良善为先；二扬武风，精艺强身；三扬武志，敬事报国。四戒者，一戒卖祖求荣，二戒好勇斗狠，三戒奸佞淫邪，四戒……杀。”

“我之门规，戒杀。你入我师门前杀过人，可既往不咎，但入门后一旦破戒，便不再是我霍元甲的徒弟了。”

沙燕“扑通”跪地：“师父！”

“霍元甲，我妹子一时鲁莽，已自责多日，现木已成舟，就算你责怪她又能怎样？你以为我妹子真愿意拜你为师啊？还不是看上你了，想跟着你！”

听到沙狼的话，沙燕脸红了。

霍元甲生气道：“你脏了我和沙燕的师徒名分，你我交情断了！”

沙狼被气笑了：“断就断。出去后，嫌我话难听，杀了我都无妨，现在就别耽误时间了，快走吧！”

霍元甲：“不可！人生在世，‘清白’二字最重。我不能就这样跟你们走！”

“土匪救了你，就不清白了？”

“随你怎么想，我绝不走。”

正在沙狼生气之际，被打晕的那名警察醒了，晃了晃脑袋要起身，沙狼从腰间拽出刀来，就要去杀人。

霍元甲猛地一个错步，拦住了沙狼。

“不可行凶！”

沙狼见那名警察摇摇晃晃地想要站起来，急坏了：“你让开！”

说着，沙狼出手试图将霍元甲击倒，二人打在了一起，一时难分上下。

警察终于站了起来，观察着形势，沙燕猛地拽出暗器，飞了出去，霍元甲纵身一跃，用手铐的铁链子将暗器击落。

沙狼想借机冲出门去，霍元甲迅速回身，再次将沙狼拦住。

霍元甲叫道：“还不快跑，不然就没命了！”

警察反应过来，转身赶紧跑，警察慢慢没了影，霍元甲收招，让开了大门，沙狼一步蹿了出去。

“别追了，监狱的地形我比你们熟悉，已经追不上了。你们现在可以原路返回，既能进得来，就能出得去。”

沙狼犹豫。

沙燕突然看向霍元甲：“师父，小时自从知道了身世，我就明白了一个道理，官府是不能信任的！杀了薛学，坏了师父大事，是我的错，但谁说不是塞翁失马。师父您想想，师爷、大师伯和霍家二十几口的性命，难道不是官府所害？杀死小伍，害你锒铛入狱的，难道不是清廷的官员？你信他们，早晚会搭上性命！”

霍元甲淡淡道：“鹰四向来公报私仇，他不能代表官府和朝廷。你们快走吧，待那名警察找来同伙，就走不了了！”

“师父！”

“以后不要再叫我师父，江湖走好。”

沙燕泪流满面，沙狼这回真急了，咬牙道：“白瞎我那些真金白银！更枉我兄妹冒死相救！霍元甲，你真是迂腐，我看你是练武练傻了！等着吧，你非得死在这鬼地方！我们走！”

沙狼拽着沙燕走了，但他多少也能想到，霍元甲不走更多的是怕连累他们兄妹二人。

片刻后，两名洋警察冲进牢房，用枪对准了霍元甲，此时的他正襟危坐，仿佛什么都没发生，中国警察和常德利也跑来。

中国警察：“霍元甲，人呢？”

“什么人？”

“就是要劫狱的那两个！”

霍元甲挑眉：“劫狱？怎么回事？”

“你装什么糊涂！我带来的那两个人！”

“您带来的？您是警察，怎么会带人来劫狱？莫非他们给了你整锭的银子？”

霍元甲笑着，中国警察连忙去摸银子，脸色陡变。

“刚才您说要检查刑具，可打开门就晕倒了，是我把您救过来的。”

边说，霍元甲边用眼神暗示警察，警察聪明，“啪”的一巴掌抽向自己的脸：“想起来了，是我自己晕倒的……这两天闹牙疼，一宿一宿地睡不着，身体是熬坏了！”

常德利看着警察：“胡说八道，滚！”

中国警察灰溜溜地退下，常德利突然满脸笑容看向霍元甲：“霍元甲，请吧。”

“我对和领事先生打拳没兴趣。”

霍元甲很冷淡。

“今天不打拳，过堂。”

“过堂？”

“要放您出去，总得走个过场吧？”

霍元甲听常德利这么说，有些兴奋，他看到了希望。

一家高档的西餐厅包间，阿发端着用精致的陶瓷盖子盖着的盘子进来。

“领事大人，这是我们专门为您准备的，今天的主菜……阿发，给领事大人上菜。”

农劲荪与贝特朗对坐，阿发将盘子摆放在贝特朗面前。

“一个外甥，一个舅舅，你们搞得很神秘，让我对这道菜充满了兴趣。”

说着，贝特朗就拿起了刀叉，做好了准备，阿发打开盘子，是好几层黄灿灿的金条，贝特朗惊讶，慢慢地放下了刀叉，用手拿起金条：“成色真好……上次你拿来的地契，不可能值这么多吧？”

农劲荪笑了：“领事大人好眼力，那两张地契确实拿不出手。但跟您交朋友，我们是诚心实意的——这次，您满意了吧？”

贝特朗点点头。

“那什么时候能放人？”

“放人？放人可不行。”

农劲荪一愣。

阿发有些生气：“你胃口太大了吧？”

贝特朗并不生气：“不，年轻人，你不懂。这些黄金，换回霍元甲足够了，但问题是，我的拳法还没练够。”

农劲荪：“拳法？”

贝特朗：“我本来想让霍元甲跟我去巴黎，但他不肯。我非常遗憾！出于对他中国拳的欣赏，我决定不计较，而且叫他在狱里受到特别的优待。我要留霍元甲多住一个月，一个月后，放人时再收你们的金条怎么样？我要抓住这一个月的时间，多跟他请教拳法。”

农劲荪：“领事大人，霍元甲入狱后，一家老小都很着急，尤其是他母亲，眼睛都快哭瞎了！您 看就是个通情达理的人，肯定不希望看到悲剧发生对不对？这样，您先把霍元甲放了，之后我每天接您到他家切磋拳法，如何？”

贝特朗大笑，突然停住：“你没有跟我讨价还价的权力！我这样做，也是为了霍元甲着想，因为他是个优秀的拳手，我不希望他死！”

农劲荪：“领事大人，我不明白您的意思。”

贝特朗厉声道："给你一个月时间，买通你们朝廷比吕四鹰更大的官！否则，霍元甲离开法租界，就会上断头台。那，才是真正的悲剧！嗯？"

农劲荪顿时明白了。

"我该走了……这道菜我很喜欢，一个月后再品尝也不迟。"

说完，贝特朗起身离席。

阿发急了："你别走！我想见见我师父！"

贝特朗一皱眉："师父？你是他徒弟？也会打拳？"

贝特朗说完，猛地出拳袭向阿发，阿发侧头躲过，下意识出招，两人近距离过招，三下两下，未分胜负。

农劲荪喝道："阿发！不得无礼！"

贝特朗笑了："很好！你的中国拳也很厉害！我可以带你去见霍元甲，但你们俩必须当着我的面打一场！师父不许让着徒弟，徒弟也不许让着师父！我喜欢看真正的决斗，像上次那样精彩。跟我走吧！"

农劲荪有些意外。

审讯室内，常德利正在检查被吊着的霍元甲是否完全固定住，试了几下发现很结实，起身看向两名洋警察："二位，拜托了。"

说完，常德利走了。

两名洋警察走向霍元甲，其中一人戴上了拳击手套，另一人握着根铁棍子，霍元甲已经预感到了不好，戴拳套的洋警察一拳砸向霍元甲的脸，铁棍子则是打向霍元甲的后背，他又疼又气地挣扎着，整个刑具都被他的力气撼动了，但并无法挣脱，雨点般的拳头和坚硬的铁棍不停地向霍元甲身上袭来，霍元甲拼命忍受着，但人都不是铁打的，他的嘴角流出了鲜血，目光开始迷离。

打了许久，霍元甲已经昏了过去，可两名打手还没停手。

突然门被撞开，贝特朗冲了进来：“你们在干什么？！”

两名打手没想到来的是贝特朗，惊慌失措。

阿发冲了上去：“师父！”

阿发急了，抬脚便向一名打手踹去，完全不顾及对方穿着警察的衣服，那警察直接被踹飞。

农劲荪一把抱住阿发：“阿发，冷静！”

果然，另一名警察已经从腰里拔出枪来，指着阿发。

阿发：“师父已经没气儿了，我要给师父报仇！”

农劲荪：“他们有枪！”

阿发：“我不怕！你们杀了我师父，我要你们血债血偿！”

被踹倒的警察起身，也从身上拔出枪来，对准阿发，两支枪口下，阿发疯了一样，毫无惧色，眼见农劲荪就要抱不住阿发了。

贝特朗突然出声：“如果不想让你师父真的死掉，就赶紧来帮忙，把他抬回牢房去！”

阿发看向贝特朗，此时他正将手放在霍元甲的鼻息处和颈下动脉处摸着。

阿发这才冷静下来，挣脱农劲荪冲向霍元甲，在他的注视下，霍元甲的嘴动了动，明显还有知觉。

贝特朗骂道：“你们两个还愣着干什么？快把人给我放下来！你们难道不知道吗？他不是一般的犯人，是我的客人，贵客！”

贝特朗骂着两名持枪的洋警察，面目狰狞。

回到了监狱，两名洋医生在帮霍元甲治伤，他的眼睛始终不能睁开，在医生的救治下，霍元甲再次吐血。

牢房外，是焦急的阿发，他一拳砸在墙上，手都破了。

农劲荪：“我可以再加一倍的金条，三个月内送上，你立刻释放霍元甲，我们为他治伤。”

“不行，他这个样子离开监狱会给法租界带来坏名声，我不会同意的。”

农劲荪：“那你必须保证，从今以后不能有人伤害他！”

贝特朗狡辩着：“霍元甲是因为越狱才被打的，我的手下没做错，更何况他们是高贵的法兰西人，不管是在监狱里还是监狱外，他们都有教训人的权力！”

农劲荪强压怒火：“这样下去霍元甲会死在你们监狱里！你不要金条了吗？”

贝特朗耸了耸肩：“说实话，我真没办法。除非你们进来人看着他，但这是监狱，不是想进来就能进来的。”

正在面壁流泪的阿发猛地回身看向贝特朗：“贝特朗，让你的手下跟着我！”

说完，阿发向门外走去，农劲荪和贝特朗都疑惑地看着他。

角落里的常德利露出头来，很明显他一直在偷听偷看。

阿发冲出监狱，正见大街上有两个喝醉的洋人在调戏卖花的姑娘，他一言不发，冲过去直接开打，三拳两脚，两个洋人被打倒，嘴里叽里咕噜地惨叫着。

两名跟着阿发出来的警察傻了，阿发看向二人：“来抓我啊！我打掉了他的牙，抓我坐牢啊！”

“咔”的一声，监狱的门被锁住了，阿发和霍元甲被同时锁在了牢房里。

农劲荪心疼地看着阿发和昏迷中的霍元甲。

阿发坚定道：“舅舅放心，有我在，谁也别想再伤害我师父！”

农劲荪点了点头，跟着贝特朗离开。

昏迷中的霍元甲突然费力地喘息着，很明显是嗓子干渴，阿发连忙给霍元甲喂水，细心地照料着。

这一刻，在遥远的京城里，一顶官轿从远处走来，车把式打扮的许大有凑到一个中年商贩身旁：“大叔，这轿子看着挺气派，这是哪位大官儿吗？”

中年商贩捋着胡子看着，摇头晃脑：“刑部尚书……”

话音未落，许大有身后的王氏已经冲了出去，官轿前，她跪倒在地，高高举起一块布展开，上面是一个斗大的“冤”字。

“民女有冤，请大人做主！”

“大胆！有冤找衙门，拦礼部侍郎徐大人的轿子干什么？打走！”

王氏一愣。

两名衙役抡着棍子就向王氏打去，许大有突然冲了出来，一把抓住两根棍子，向后一较劲，将两名衙役推了一个跟头。

衙役头儿急了，抽出腰刀：“拿下这刁民！”

许大有猛地回过身叫道：“小莲，快扶师娘走！”

小莲将王氏扶起，许大有攥着拳头就要跟衙役拼命。

王氏一抱拳：“各位衙役大哥，民女是外地人，拦错了轿子，还请原谅！我家这伙计鲁莽，也请你们不要怪罪！”

“再敢冲撞徐大人仪仗，抓你们去坐牢！滚！”

几名衙役上前将王氏、小莲和许大有推搡至一旁，轿子走了。

又一台轿子停在衙门门口，一名官员在衙役的护送下上轿，一直等在此处的王氏跑上前来，跪地喊冤。

“这个女人怎么又来了？你男人在洋人的租界里被抓，我们管得着吗？”

官员看着王氏直皱眉。

“虽在租界里被抓，却是被朝廷官员陷害，现有东光知县薛学证词，请大人做主！”

官员烦躁地摇着头挥手，两名衙役上前将跪在轿子前挡住官员上轿路线的王氏拖了起来。

“大人，请大人做主啊！”

官员上轿，王氏被扔在一旁。

衙役："不打她明天还来，打！"

躲在角落里的小莲张大了嘴，她身旁的许大有早已冲了过去。

这一回，许大有不再去跟衙役动手，他张开双臂护住王氏，任凭三四名衙役的棍棒打在他身上、臂上。

倾盆大雨，街上一个人都没有。

刑部大门口，小莲撑着雨伞，王氏举着"冤"字跪在刑部大门外，穿着蓑衣的许大有在一旁守着，像一座铁塔。

许久，雨逐渐停了，几个级别不同的官员从刑部走出，看着王氏指指点点，议论纷纷。

阳光透过监狱的窗子照在霍元甲的脸上，他慢慢地睁开了眼睛，趴在床上睡着的阿发慢慢出现在霍元甲的视线中。

霍元甲艰难地伸出手，摸在了阿发的脸上。

阿发一激灵醒了："师父！"

阿发连忙跪倒，握住了霍元甲的手："师父，您醒了！"

霍元甲的声音非常微弱："阿发，你怎么……在牢里？"

"我是来陪您的，师父您受罪了！"

霍元甲目光迷离，忍着剧痛："洋人可恶，肆意妄为，视我国人如蝼蚁，你辈当自强，以后不要再被洋人欺负……"

声音虽无力，但说得很坚定，阿发使劲点着头，流下了泪水。霍元甲突然胸口一热，脸涨得通红，一口血吐了出来，阿发连忙帮他擦血，捶着他的后背。

半晌，霍元甲缓了过来，闭上了眼睛，阿发焦急，抓着铁栅栏向外喊着："来人哪！快叫医生来！我师父吐血了！"

霍家里，刘大人拿着一封公函，兴奋不已："我今天来就是要告诉你们一个好消息，霍元甲的事居然惊动了朝廷！都察院调吕四鹰回京，让他说清事情原委，还责成天津府与洋人交涉，让他们放人！”

众人相互对视，很是兴奋。

农劲荪很激动：“一定是嫂夫人把状告成了！”

刘大人疑惑：“你说霍元甲的媳妇……去告状了？”

“对，已经去了京城十日。”

刘大人更加疑惑：“她一个妇道人家，又没门路，怎么告状？”

“这个我也不清楚，但是元甲一介草民，若是没有人告状，朝廷恐怕难以理会。”

“你说得有理，虽然朝廷正在推行新政，但百废待兴，如何能顾及一个小小的霍元甲？”

刘大人想到这儿笑了：“这个从小就爱打拳的后生倒是有福气，娶了个好媳妇！”

农劲荪也甚是欣慰。

艳阳高照，回程路上，王氏神色有些疲惫，但还是可以看出很开心。

许大有赶着马车，有些兴奋：“师娘，再有两个时辰就到家了。这些日子在京城告状，我看您也没睡个整觉，闭上眼睛眯会儿吧！前面的道太平无事，您放心！”

“我还真困了，那我眯会儿。”

听到王氏的回声，许大有笑得开了花，他侧脸向小莲望去，小莲也很兴奋，从随身携带的小包里摸出那支许大有送她的头花，将头花戴在头上，歪头向许大有笑着。

在许大有眼中，这一刻的小莲是绝美的。小莲将左手放在了马车上，许大有会意，伸出右手，盖在了她的手上。粗壮的大手抚摸着温柔的小手，这是这对恋人最亲密的时刻。

透过帘子的缝隙，车厢里的王氏刚好看到了这一瞬间，她一下就不困了，张了张嘴没敢发出声音，脸上却露出了祝福的笑容，却突然又想到了阿发，眨着眼睛思考着。

王氏进家直奔霍母房间，进门直接跪地。

“娘，这些日子没在床前尽孝，您老人家恕罪！”

“儿媳妇，我知道你去了京城，妇人家告状不是件容易的事，你受苦了！”

霍母颤颤巍巍地从榻上起来，将跪在地上的王氏抱在怀里。

霍冯氏的声音传来：“妹妹回来了？”

霍母和王氏回头，霍冯氏抱着霍东觉进门，身后跟着她的两个孩子。

“大嫂，这些天辛苦你了！”

“一家人不说两家话，只是苦了这孩子了，他一哭，我心里边就难受……快，东觉啊，你娘回来了，这下你有奶吃了！”

霍冯氏将霍东觉递给王氏，王氏接过。

孩子辨认着王氏，似乎认出是自己的母亲，“哇”的一声哭了起来，孩子一哭，众人都忍不住了，跟着掉了眼泪。

霍家那边好消息频传，鹰四却被气得直哆嗦，他看着公文，愤然将公文撕得粉碎，扔在地上：“让老子回京述职，还要跟洋人交涉放人？哼！真没想到全家都快死光了，还有人替霍元甲出头！谁啊？！”

“打听了，好像是他媳妇……”

亲信在身旁小声地汇报着。

“霍元甲媳妇去了京城？好啊！告诉兄弟们弄死她！”

鹰四突然面露淫邪：“别让她死得太痛快了……”

“说了，可是这女人告成了状，好像已经回了天津，兄弟们想在半路截杀，没追上。”

“废物！全是废物！”

鹰四暴怒，却突然想到什么：“对了？那天谁跟我说来着，蛇形门那对兄弟来投靠我了？告诉他们，把霍元甲的娘、老婆、孩子全给我杀光了，就算他们的投名状！到时候我必会重用！”

又顿了顿，鹰四拽过一名亲信：“法国领事馆那个翻译，叫什么来着？把他给我抓来！”

鹰四的目光越发毒辣：“既然弄不死霍元甲，我就要让他生不如死！”

深夜的监狱里，霍元甲内伤又犯，疼得难以忍受，大汗淋漓。

阿发叫喊着：“来人哪，快请医生来！”

负责看守的华人警察：“你别嚷嚷了，昨天不是刚请过吗？”

“昨天那医生像个江湖骗子，根本不会看病！我师父受了重伤，不能让他这么干忍着！”

常德利带着洋医生走来：“别喊了，医生来了。”

阿发看着常德利，有些戒备。

“这可是天津最好的医生，我专门去请的，医生有止痛的良药，打上针就不疼了！”

阿发怀疑：“你怎么这么好心？”

常德利：“我本来就心软嘛，都是中国人……”

医生已经拿出了打针的器械，在做准备，阿发突然拦住：“打什么针？先拿我试试，我信不过洋人！”

洋医生愣住了，常德利凑近阿发，假装神秘：“我是你舅舅农劲荪的朋友，之前来的那些医生、郎中，都是糊弄事的，领事馆怎么会给你师父好好看病？可是你舅舅知道，霍元甲的伤再耽误下去，是要送命的，所以才专门找到我的！”

阿发半信半疑，昏迷中的霍元甲再一次疼得叫出声来。

常德利向医生使了一个眼色：“好不容易把您请来，先给检查检查吧！”

医生会意，取出血压器、听诊器等东西，开始为霍元甲看病。

阿发始终瞪大眼睛看着，医生显得很专业，这让他逐渐失去了戒心。

医生取出针，液体吸满了针管，消毒后，便为霍元甲静脉注射。

霍元甲呻吟着，痛苦的表情逐渐平息，安详了许多。

王氏为睡熟了的霍东觉盖好了被子。

小莲：“您也歇着吧，我熄灯。”

王氏：“不急……小莲，来，咱们姐俩说说话。”

说完，王氏起身拉着小莲的手来到榻前。

“小莲，坐。”

“您坐，我哪敢啊。”

“没事，屋里又没有别人，咱俩都坐着，好说话。”

王氏将小莲拉着坐下，看着她：“咦，这头花好漂亮，我以前没见过。”

小莲有些脸红：“啊……是……是新的。”

“你也不小了，等元甲出来，我跟他商量商量，也该给你找婆家了。”

小莲急了：“我不想嫁出去！我愿意留在霍家跟您一辈子！”

“你是不想嫁，还是怕我给你嫁错人呢？”

小莲张了张嘴。

“我就明说了吧，你师父这几个徒弟属阿发家世最好，人品也好，他向我来提过亲了……”

小莲很是诧异：“阿发少爷？”

“他早就看上了你，发誓一辈子会对你好，嫁给他你可就成了南洋阔太太，一辈子荣华富贵……”

小莲打断道：“我不！我说了，我不愿意离开霍家！”

“哦？那你是一辈子不想嫁人？”

小莲顺口便答：“不是！”

“那就是心里已经有人了？”

小莲知自己说漏了嘴，“腾”地站了起来：“二少奶奶……我还是叫您小姐吧！小姐，我错了，我本不该……但我心里是有喜欢的人了，请小姐成全！”

说着，小莲“扑通”跪倒在地。

王氏点了点头：“你还真有主意，大有自幼家贫，嫁给他可没有大富大贵，你不后悔？”

“小姐，您怎么知道是大有哥？”

“以前就猜过，但不确定，这回你们俩陪我去京城告状，日夜相处，在你们俩的眉梢眼底，我看得一清二楚。”

小莲不好意思的神情：“大有哥人好，我就喜欢他，跟着他过一辈子穷日子，我都不后悔！”

“真好，等元甲回家，就让他给你们做主，早日成亲！”

小莲大喜。

阿发正小心翼翼地给霍元甲喂着汤，看着师父身体渐渐恢复，他有些兴奋：“师父，再给您盛一碗！”

“不了，歇会儿再喝。”

“看来我舅舅请进来的医生还真管用，师父的伤好多了！”

“你舅舅神通广大，连洋医生都请得进来，可是你到底是怎么进来的？”

阿发有些迟疑：“我……我就是进来陪您嘛！”

“不对，若不是警察抓你，你不可能在这里陪我住，到底怎么回事？如实告诉为师，你故意在法租界惹了事，对不对？”

阿发低下头：“那洋人真不禁打，一拳就被我打掉了三颗牙。”

霍元甲责备道：“糊涂……”

“师父别骂我，我实在不能看着您一个人在牢里受罪，更怕您被奸人算计！”

“难得你一片孝心……”

霍元甲很欣慰，突然想到什么：“我记得你喜欢小莲，上次求我成全你来着。”

阿发有些害羞：“我已经按师父的吩咐去求师母了。”

“她怎么说？”

“师母大人说，她帮我问小莲，还没给信儿。”

“小莲这丫头好福气，转眼就要变成大少奶奶了，她又怎么会不答应？最多是害羞推辞而已。为师若能活着出去，就为你们做主，早日成亲！”

阿发连忙跪倒：“多谢师父成全！”

许大有坐在长凳上，因为白天摸了姑娘的手，他仍在兴奋，得意扬扬。高奇在他身后慢慢逼近，他浑然不知，高奇猛地在他背后偷袭，吓得许大有起身应招。

一见是高奇，许大有有些不好意思：“二师兄……”

“让你巡夜，你睁着眼睛做美梦呢？我都到你身后了，你还不知道，这要是鹰四来了，你不就坏了大事！”

“对不住二师兄，我是走神了……”

“行了，时辰到了，回去睡，该我了。”

许大有走了两步，又回身：“二师兄，要不我陪你一起吧，反正我也睡不着。”

高奇：“你不是赶了一天的马车吗？怎么这么精神？”

许大有：“我心里高兴……”

高奇一瞪眼：“师父身陷囹圄，你还高兴？”

“不是……这不是师娘告成了状，师父就……快出来了嘛，所以我才高兴……”

高奇白了一眼许大有：“也成，要不你再守一时辰，我多睡会儿，这些天，我跟大师兄轮流守夜，真困啊！”

许大有：“行，那你睡去。”

高奇转身，打着哈欠，走了两步突然转身，瞪大了眼睛，他站立不动，竖起耳朵向外间听着。

许大有发现不对，凑了过来：“二师兄，怎么……”

高奇立刻伸手制止许大有，并用手指指向外院的方向，压低声音:“有人跳进了院墙。”

高奇一把抓住许大有，拽着他跑向暗处。

确实有两个黑衣人摸进了霍家，他们腰里挂着链子镖，这二人正是想投靠鹰四的蛇形门邵氏兄弟，此时他们已推开了厅堂的门。

邵氏兄弟穿越厅堂来到天井，动作很轻，暗处的高奇和许大有看得一清二楚。

许大有就要冲出去，高奇拉住他，示意他不要冲动。

高奇压低声音:“你去看看他们还有没有同伙。”

许大有点头，顺着回廊向前院摸去。

邵氏兄弟捅破窗户纸，向正厅内观察，相互摆手，示意没人，他们穿过月亮门，来到一扇门前观察，二人掏出竹管，塞进门缝，拿出小药包，试图向屋里放毒。

许大有回来:“就这俩，后面没人。”

高奇点头:“一人收拾一个。”

邵氏兄弟将小药包点燃，对着竹管向屋里吹着。

高奇一声断喝:“这屋里睡得是你爷爷我！”

高奇、许大有上前与邵氏兄弟缠斗在一起，打着打着，许大有和高奇便发现二人用的是蛇拳。

高奇喝道:“蛇拳？我师父与蛇形门无冤无仇，谁派你们来的？”

邵氏兄弟相互对视，一言不发，知道不敌，打算就此逃跑，二人几乎抽出了腰间的链子镖。高奇一跃身，从兵器架上抽出斩马刀，并将齐眉棍扔给许大有。

邵氏兄弟互相配合，边打边撤，很快，二人退出了天井。

高奇:“本事稀松，跑得倒挺快！追！”

追至霍家外街道，邵氏兄弟借助链子镖，跃上墙头。

高奇和许大有追来不见人影，相互对视之际，猛地觉察不对，向高处望去。邵氏兄弟早就借助链子镖，将身体悬挂于大树之上，与此同时发出暗器。

由于是夜晚，视野不佳，许大有慌忙应对，用兵器挡开了暗器，高奇腿上中了一镖，惨叫一声跪在了地上。

邵氏兄弟从树上跳下，围战许大有，高奇急了，将暗器从腿上拔出，手型一变，向邵氏兄弟飞了出去。

邵氏兄弟链子镖一甩便将飞镖打落在地，一人奸笑："使飞镖？拜爷爷为师，我教你！"

说着，邵大又向高奇袭来，高奇有伤在身，拼命迎敌，邵氏兄弟武艺一般，又一次落了下风，二人再一次使出狠招，双双逃窜。

高奇欲追，许大有："二师兄别追了，这两条蛇就等着咱们追，好使暗器呢！"

高奇咬牙："那也不能眼睁睁地看着他们跑了啊！"

此时，邵氏兄弟正把链子镖向墙头抛去，试图上墙，墙很高，二人动作敏捷。高奇瘸着一条腿去追，眼见就追不上了。突然"啊"的一声，其中一人从墙头上翻了下来，已经上了墙头的另一人惊道："大哥！"

摔下的那人捂着屁股嗷嗷乱叫，但见屁股上中的正是沙燕的独门暗器。

沙燕从暗处闪出："会使暗器有什么了不起吗？"

高奇看到沙燕惊喜道："沙燕，你没走啊？"

"师父还在监狱里，你们大老爷们儿粗心大意，我当然得帮你们守夜呀！"

"啊？原来你一直都在？"

"废话！每天夜里你打几回盹儿我都知道！"

高奇笑了，却突然喝道："小心！"

只见两枚飞镖同时袭来，沙燕拔地而起，一个空翻，躲过了两枚飞镖。

许大有上前与另一人斗在一起，那人很快落了下风。

高奇大吼着："交给我！"

高奇忍着疼痛抡斩马刀而来，用的都是杀招，猛地一刀豁开了那人的肚子。

中了沙燕暗器的那人急了，大吼着：“兄弟！”

他红着眼看向高奇：“我跟你拼了！”

许大有大喊一声：“抓活的，送官！”

话音未落，许大有已经傻了，高奇正挥刀冲向那人。

沙燕大喝：“不要！”

高奇已一刀砍中邵大要害，连杀两人，他无限兴奋，“啊啊”的怪叫着。

刘振声拎着长枪追来：“怎么回事？！”

高奇这才停止叫喊，回过头来看着刘振声。

刘振声看了看沙燕，又看向许大有，再看了看地上的两具尸体。

刘振声怒道：“高奇，你怎么把人都杀了？”

“这两个是来行凶的，我不杀他们，等着他们用暗器算计我呀？”

刘振声露出难以置信的目光，此时高奇满脸杀气，杀戮后的他，状态让沙燕都有些难以接受。

回到了霍家，沙燕看着高奇：“二师兄，因为我杀了薛学，师父要逐我出师门，可我是失手误杀，你……”

高奇没觉得自己错：“我今天怎么了？他们有暗器，我是怕他们伤了你！”

沙燕不知说什么好。

刘振声：“行了！做错了事还敢这么大嗓门？你拜师的时候没背过师门规矩？”

高奇：“背了呀……”

刘振声：“三扬四戒，最重要的是戒杀！”

高奇不服：“我不杀他，等着他杀我呀？”

刘振声：“你这是借口！尤其是第二个人，你们明明可以将其制服，为什么非要杀了他？难道不应该交给官府，让刘大人审出幕后真凶吗？”

高奇无言以对，不服气的样子。

刘振声："等着师父将你逐出师门吧！"

高奇急了："喂！大师兄，今天的事你不说，沙燕妹妹不说，大有不说，师父怎么会知道啊！咱不是把那俩人都埋了嘛，就帮我保个密呗……"

刘振声："欺骗师父的事，我做不出来！"

"那我们师兄弟一场，一个炕上睡了十几年，你就眼睁睁地看着我被撵走？"

刘振声没了话。

"再说，我也是因为师父被关进了大牢，我着急！"

高奇的声音越来越大，眼里还噙着泪水："小伍死了，我们还没为他报仇呢！"

刘振声看高奇很激动，叹了口气，上前拍了拍他肩膀："你的腿伤不要紧吧？"

"不就是掉块肉吗？啥要紧不要紧的。"

"伤好快点，别等师父回来了，问你怎么受的伤，我可不会撒谎！"

高奇笑了："大师兄，那你答应了？"

刘振声不再理会高奇，看向沙燕，高奇也看向沙燕："小师妹肯定会给我保密的……"

高奇又看向许大有："大有，你呢？"

高奇看着许大有："你可别没良心！二师兄对你咋样，你刚进师门的时候，前两套拳是我教你的！"

刘振声："不管怎么样，高奇也是为了保护这个家，再说，他受了伤，也是情急之下……"

许大有看了一眼刘振声："今天我巡夜，啥也没看见。"

高奇笑了："够意思！"

刘振声："今天的事就算了，不管过多少年，都不许说出去，要不然没法向师父交代。"

沙燕郑重点头，高奇甚是得意，不无显摆地看向沙燕。

可就在拐弯处，霍东方竖着耳朵偷听，把他们的话听得一清二楚。

监狱内，霍元甲伤已经好了不少，但仍疼痛难忍：“打针的怎么还不来？”

阿发：“差不多该来了，您再忍一忍。”

霍元甲闭目，攥紧了双拳，浑身流着汗，甚至有些颤抖，他有些急躁。

“师父，您的外伤好得差不多了，原来流脓的地方也都结痂了，您怎么疼得反倒更厉害了？”

“不是疼，我的五脏六腑像有很多小虫子一样！”

“怕是内伤，估计要好好调理了。”

“不，打针就管事，每次打针过后，我就觉得舒服……医生怎么还不来？”霍元甲咬着牙，艰难地忍耐着。

常德利带着医生走来，这次二人都已经不再紧张，常来常往的样子。

打完针，针管从霍元甲身上拔了出来，他闭目喘息着。

见到霍元甲疼痛消失，阿发松了口气。

领事办公室内，贝特朗正在跟农劲荪交谈中。

“清廷天津府的刘大人已经找我交涉很多次了，可是鉴于霍元甲的身上有伤，我还打算过两个月再放人。”

“他在监狱里待得越久伤好得就越慢，领事大人，这个道理您知道的。”

说着，农劲荪将两根金条放在了桌上，那里已经有整齐摆放的十几根金条了。

贝特朗看了一眼金条：“好吧，看在这些金条的份上……但我还有一个条件，出狱后的霍元甲，必须教我打拳，不然我保留随时把他抓回来的权利！”

农劲荪笑道：“这个容易，以武会友不分中外，我替元甲答应您！”

贝特朗和农劲荪对视，两个人打着不同的算盘，机敏和狡黠的程度不相上下。

贝特朗突然哼哼笑了："我是打算和霍元甲做朋友的，一辈子。"

"我和元甲早已是一辈子的朋友了，那咱们以后便也是朋友了。我今天来是受你我朋友——霍元甲的母亲大人重托，您能让我把他接回去吗？"

"今天就要接回去？你让我很为难。"

农劲荪又将两根金条放在桌上："就今天吧，朋友，家里实在等不及了！"

贝特朗感觉很为难的样子："好吧，看在金条的份上……"

— 第三章　镖局 —

山坡上，一座新坟，坟包不大，无碑，无字。

遍体鳞伤、神色悲戚的霍元甲坐在坟前：“小伍……那日为师没对你说出那个小女孩的下落，是想让你自己去赎她，将来给你当媳妇，没想到……孩子，待为师给奶奶养老送终后，定为你报仇！不然，我就枉为人师了！”

霍元甲咬了咬牙，眼里噙满泪水，他手指深入泥土，发泄着无限怨恨。

包括沙燕在内的五名徒弟站在远处，一块门板立在许大有身旁，很明显霍元甲是被抬来的。

农劲荪走向霍元甲，静静地坐下：“回去吧，养伤要紧。”

“我真是不孝，此番又叫我娘担心，本来她的眼睛就……”霍元甲满脸自责。

农劲荪道：“这怎么是你的过错？再者，昨日伯母大人见到你，不是说了你回来就好。老人家那样深明大义的人，又怎么会怨你？要怨只能怨鹰四那恶人，早晚得找他算账！好了，起风了，赶快回去养伤吧。"

霍元甲心有所思："你花了多少银子才从那个贝特朗手里把我救出来？不要告诉我一锭银子没花。"

农劲荪有些尴尬，叫霍元甲不要问了，霍元甲岂可罢休。没办法，农劲荪叫他问阿发，并说这是做徒弟应该做的。霍元甲摇摇头，他告诉农劲荪，为了徒弟，师父做什么都是应该的，但当师父的不能欠徒弟，否则何以为师。

霍元甲回头看了看不远处的五个徒弟，目光停在了阿发身上。

霍元甲强撑着站了起来，转向农劲荪："对了，你帮我请的那个洋医生医术真高明……"

农劲荪一愣："哦？你知道我帮你请医生了？太好了，快回去吧，费德勒医生应该已经在家里等你了！"

"是吗？"

霍元甲想到打针的感觉，脸上有些欣慰。

"元甲，我就不陪你了，有件很重要的事，得去趟京城，已经耽搁好几天了。"

"都是因我所累……劲荪，你又救了我一命，叫元甲如何报答？"

农劲荪笑道："说什么呢，你我是结义兄弟，不分彼此，何谈报答？再说，这次最大的功臣是嫂夫人，要是没有她进京告状，就算我买通贝特朗，把你从法租界监狱救出来，你也逃不过逆党的罪名啊！"

霍元甲点了点头。

对于王氏的所为，霍元甲是无比佩服，这奇女子为了他，竟到京城告下了御状。

霍元甲欣慰而又愧疚。

霍家院落，兵器架前，一只白人的手握着长柄刀，洋人费德勒穿着中式长袍，脚下是千层底布鞋，他持刀在手，摆着架势，但很明显他并没学过武，把兵器拿成了京剧舞台上的模样。

小莲端茶陪着王氏从屋里出来，王氏见客人持刀有些意外：“费德勒医生，您还是进屋喝茶吧，元甲出去了，不知道什么时候回来，也许很久的。”

“不怕，这儿有这么多兵器，我每一样都想比画比画。”

费德勒中文很流利。

小莲瞪大了眼睛要生气，王氏制止：“小莲，看茶。”

小莲将茶蹾在石桌上：“那你边比画边喝茶吧！”

石桌上还摆着费德勒的医药箱和相机包。

王氏转身想回屋。

费德勒叫道：“喂，等一等！你是霍元甲的夫人，想必也是高手，你会使用这把大刀吗？让我给你拍张照片！”

说着，费德勒就把大刀戳在王氏身前，王氏不得不扶住大刀，费德勒打开相机包，取出了照相机示意着要给王氏拍照。

小莲更生气了：“我家二少奶奶是大家闺秀，你怎么能这样？”

王氏：“小莲……”

小莲生气的噘起嘴来。

王氏微笑道：“费德勒医生，元甲武艺高强，我却一窍不通，请您见谅。这件兵器还请您摆放回去。”

费德勒：“你们中国人不是讲夫唱妇随吗？你不练武实在太遗憾了！”

费德勒放下相机，又拿起了大刀。门被推开，在众徒弟的搀扶下，霍元甲进得院来。

王氏连忙迎上：“元甲，农先生帮你请的医生来了。”

霍元甲抬眼望去，正赶上费德勒端着大刀冲了上来：“呔！费德勒在此，哪个是霍元甲，上前答话！”

没等霍元甲说话，沙燕怒道：“你这洋人真无礼！你算老几，敢对我师父这样说话？”

霍元甲回头看向沙燕，曾被撵走过的她有些害怕，她连忙回避霍元甲的目光。

阿发冲上前去，一把抢过费德勒的大刀，就要踹。

刘振声制止："阿发！"

"师父说过，让我们不要再受洋人的欺负！"

费德勒："我没欺负你，我在开玩笑，我是农劲荪请来的医生，医生！"

霍元甲仔细看着费德勒，他眼前出现了那个在监狱里给他打针的医生的形象。

"阿发，你瞧瞧，在监狱里给我打针的好像不是他。"

"不是！你敢冒名顶替？谁派你来的？"

阿发对着费德勒一抖刀，吓了费德勒一跳。

高奇："假的啊！大有，打他！"

说着，高奇和许大有就冲上前去，欲和阿发一起打费德勒。

费德勒被吓得抱住了脑袋。

霍元甲："住手！不管怎么样这是在我家里，不许打人！"

费德勒焦急道："我不是假的！你是霍元甲吧？我叫费德勒，是农劲荪请我来给你治伤的！"

霍元甲："费德勒……劲荪今天跟我说过，他请来的医生是叫费德勒。高奇，你们别胡闹，退下！"

高奇和许大有连忙退下。

阿发道："师父，虽然那个医生一直戴着口罩，但我能认得出来，绝对不是他！"

费德勒看着阿发："什么不是我？你以前见过的当然不是我，我第一次来！"

霍元甲和阿发对视，有些疑惑。

霍元甲突然有些难受，头和内脏都开始有了微弱的反应，他攥紧拳头忍耐着。

费德勒发现了霍元甲的不对劲："怎么？霍元甲，你不舒服吗？快进屋，我帮你检查伤情。"

霍元甲看着费德勒，毫无信任。

医药箱和相机包摆放在桌上，费德勒拿着听诊器，听着霍元甲的前胸后背。

霍元甲不耐烦了：“你来来回回已经听了半天了，怎么还不给我打针？”

“打针？为什么要打针？”

“我头疼，五脏六腑也都不舒服，你们洋医生不是有止痛针吗？快给我打上一针！”

“你的外伤伤口都愈合了，没有发炎，不需要打针。”

阿发在一旁急道：“你根本就不是医生！”

费德勒：“我当然是了！”

阿发：“我没见过医生出诊还拿着照相机的，你更像个记者！”

费德勒兴奋了起来：“你猜对了！我也是个记者！”

霍元甲反感地看向费德勒。

费德勒：“是这样，我一直利用业余时间为欧洲的报纸撰写新闻通讯，我还专门写过一篇关于霍元甲的人物稿件，你在刑场上给谭嗣同送行，还有，你不顾个人安危，夺取大刀王五的头颅，这两件事我都写进了稿件！当然，我没采访过你本人，这些都是道听途说的，不过今天机会来了，我们可以好好聊一聊！比如你的家人因为你的行为而被杀掉，现在你有没有后悔？恨不恨你们的朝廷？”

霍元甲气愤不已：“送客！”

霍元甲忍着疼痛起身，向里间走去。

费德勒：“喂！虽然不需要打针，但是你应该吃药！”

霍元甲已经忍无可忍：“把他轰出去！”

高奇和许大有立刻动手，连人带药箱、带相机包，全都推了出去，二人将费德勒推到大门口。

高奇：“快走！再不走可别怪我揍你！”

许大有也攥着拳头，吓唬着费德勒，狼狈不堪的费德勒拉住了阿发：“你是阿发吧？刚才我听到霍元甲这么叫你的名字。”

阿发疑惑。

费德勒："你应该是农劲荪的亲戚，对吧？农劲荪说起过你，你不应该跟他们一样对待我！"

阿发："我舅舅请的是医生，不是记者！"

费德勒："我知道，我是要行使医生的职责。这瓶药给你，你交给霍元甲，疼的时候吃一片会缓解很多，但是记住，一天不能超过三片！"

费德勒把药塞进阿发的手里。

阿发看着药，迟疑着："真的是我舅舅找你来的？"

费德勒："当然，我不是假的费德勒！"

阿发："那在你之前我舅舅请去监狱里为我师父治病的是哪位医生，你能告诉我吗？"

费德勒："那我就不知道了……药可是我从欧洲带来的，很珍贵的！"顿了顿，费德勒有些不好意思，"我……我为今天的事情感到抱歉，我不该提霍的家人，让他伤心了。"

费德勒耸了耸肩膀，挂着医药箱、相机包，转身走了，阿发看着费德勒的背影，打开了药瓶，闻了闻，想着什么。

痛苦让霍元甲有些难以忍受，但他仍坐在床边的椅子上，只是反复地攥着拳头，王氏在一旁看着，有些担忧。

"元甲，要不你躺一会儿吧，睡着了也许就不疼了。"

"不，我多看我儿子一会儿，看着我儿子，我就不疼了。"

床上的霍东觉睡得正香，霍元甲看着孩子，眼里流下了泪水。

王氏见父子情深，更是湿了眼眶。

"对了，有件事交给你，沙燕，你劝她立刻离开天津。"

王氏不明所以："为什么？你收她为徒，还没教武艺呢。"

"我已经将她逐出师门了！"

"这么大的事我怎么不知道？"

霍元甲很烦躁："你个妇道人家，难道我什么事都要告诉你吗？总之，明天我不想在这个家里再见到她！”

霍元甲仍然很痛苦，但他看着霍东觉，强忍着。不知为何，王氏觉得霍元甲说话与之前完全不同，整个人都很烦躁的样子，甚至粗鲁。

练功房内，霍元甲运足力气，用两掌打着铁砂，可是很快，他便没劲了，一个踉跄险些摔倒，正赶上阿发进门，连忙上前搀扶。

霍元甲：“阿发，师父害你同受牢狱之灾，真是过意不去。”

阿发：“师父，阿发能跟您日夜相处求之不得，您可千万别再这么说了！”

霍元甲笑了笑：“好，这件事不再说了。为了救为师出来，花了多少金条，告诉我吧。”

阿发一愣：“什么金条？哪有的事？”

“你舅舅已经说了，你何需隐瞒？告诉我金条数量！”

“没有多少……”

“难道为师的性命不值钱？到底多少？”

“……四十根。”

霍元甲“腾”的从椅子上站了起来：“四十根金条……霍家祖宅死过人，不吉利，即便全卖了，恐怕也不值这么多。”

“卖房子？那一家老小住哪儿啊？金条是我自愿出的，师父您不用还！”

“放肆！为师收徒难道是为了占徒弟的便宜？”

阿发没想到霍元甲竟然这么说。自己突然发火，霍元甲也有些意外，他用手拍着胸口。

阿发连忙上前去帮着霍元甲顺着后背。

霍元甲：“对不起阿发，师父疼痛难忍，有些急躁。”

阿发：“那您吃片药吧，是刚才那个费德勒留下的。”

霍元甲抬手将药瓶打飞：“我才不会吃那个假医生的药呢！”

阿发跑出将药捡回："师父，我刚才替您试了一片，还真有些止痛作用，要不您也试一试？"

霍元甲烦躁道："不吃！"

霍元甲突然想到什么："等等，你怎么试出来有止痛效果的？"

阿发："我……我刚才拿小莲的洗衣棒照着脑袋上来了一下，然后吃了一片药……"

霍元甲："打哪儿了？让我摸摸。"

阿发只得将头凑过去。

霍元甲伸手一摸："这么大一个包，你傻啊！"

阿发笑了："师父，这药真的能止痛，您就吃一片吧。"

霍元甲眼里含着泪："看在你一片孝心的份上，我吃。"

阿发连忙帮霍元甲倒出药，又倒水。

霍元甲把药吃了下去。

阿发嘱咐着："师父，疼的时候吃一片，一天最多三片。"

"记住了，但是最好能找到会打针的那个医生，他的西洋药水很管用！"

"师父放心，虽然我舅舅不在天津，但是是那个法租界的常德利把医生带进监狱的，只要找到常德利，一定能找到医生！我这就去租界！"

霍元甲："我都疼糊涂了，怎么忘了常德利了……太好了，阿发快去！"

阿发就要出门。

霍元甲："等等！小莲的事……今晚回来，等为师的回话。"

阿发大喜。

霍元甲强忍着疼痛走来，双手拎着两桶水，连练功带干活的许大有看见霍元甲，连忙上前搀扶。

"师父！"

"不用你扶，师父走得动。"

霍元甲走向在角落里洗衣服的小莲，许大有好奇，跟了两步，在后面听着。

“小莲，你多大了？”

小莲一愣，回答道：“二少爷，我十九。”

“也到了谈婚论嫁的年纪了，我问你，你可愿意嫁给我的徒弟？”

小莲一听，不好意思地捂住了脸：“二少爷，我……”

霍元甲笑了：“按说这种事不该我来问你，但看你这样子，是愿意了？好，我这就去跟东觉他娘商量，给你们筹备婚事。”

说完，霍元甲扭身就走。

不远处的许大有听得一清二楚，见霍元甲转过身，他连忙低头蹲在了地上，将头埋进臂间。

霍元甲：“你个傻小子，害羞什么，也想娶媳妇了？”

许大有只好露出脸来：“嘿嘿，师父……”

霍元甲见许大有做着鬼脸被逗笑了，这是他回家以后少有的笑容。

许大有和小莲几乎同时看向对方，他们以为霍元甲在给他们俩说亲，一下子都害羞起来，各自又转过头去。

由于吃了一片止痛药，霍元甲的情绪已经好了一些，但仍然不算正常。

霍元甲喝了一口茶：“把沙燕打发走了吗？”

王氏：“没有。”

霍元甲有些急：“你怎么回事？交代你这么点小事都办不成吗？”

“你收沙燕为徒，尚未传授武功，怎么能打发人家走？”

“她破了杀戒！必须逐出师门！”

“若不是她拿到薛学的证词，我怎么进京告状，又怎么能把你救出来？”

霍元甲一声大吼：“救我出来的是四十根金条！”

王氏愣了。

霍元甲也没想到自己会说出这样的话，缓和了一下语气："当然，没有你去告状，我从法国人的监狱里出来也逃不过鹰四的欲加之罪……对不住，我今天难受得厉害，说话颠三倒四的，你多原谅。夫人，你这次去京城受了不少苦，元甲在此谢恩了。"说着，霍元甲抱拳。

霍元甲态度转变，王氏也不再说什么："你我是夫妻，自从嫁给你那天起，我就想好了，我的一切，包括我的命，都是你的，为你受点苦又能算得了什么？"

霍元甲将王氏抱在怀里，一言不发，这是出狱以来的第一次拥抱，王氏珍惜着这一瞬间。

半晌，霍元甲又道："可是沙燕……我知道你与她姐妹相称，甚是投缘，但她毕竟是土匪，又刚刚背上命案，杀的还是朝廷的知县，留在家里对我们不好，对她自己更不好！不用防别人，就说鹰四吧，他没能要我的命，难道会轻易放过我？也许早已经留下眼线盯着我们家了！沙燕出出入入，万一落入贼手，我又怎么向沙狼交代？"

王氏也想了想道："你说得都有道理，可是我这个妹妹的性子我了解，撵是撵不走的，就算真的要她走，也得教她一些本事，毕竟她给你磕过头的。我会跟她说，让她平日不要出门乱跑，只留在自己房中，你若是白天不方便，可以夜里教她武功。"

霍元甲："男女有别，更何况夜里，怎么教？"

王氏："再好的法子我是没有了……"

霍元甲又有些不耐烦了，高奇的声音传来："师父，郎中请到了，快让他给您号号脉吧！"

郎中号着脉，霍元甲心不在焉地瞟着站在厅堂里的沙燕、高奇和刘振声。

沙燕觉得有些不自在，霍元甲却计上心头。

郎中："霍大侠，你这脉象有些怪……"

"怪在哪了?"

"不像是受伤，倒像是……"

"像是什么?"

"说不准，说不准，我们有规矩，瞧不准的可不能胡说。"

王氏也觉得奇怪，皱了皱眉头。

刘振声:"郎中，我师父就是受伤了，被两个洋人轮番算计，打成了内伤，你赶紧给开方子治病啊!"

郎中有些为难:"这……也好也好，我开方子，调理调理。"

郎中写好方子，交给刘振声。

刘振声:"师父，我抓药去。"

霍元甲:"让大有去吧，顺便送送大夫。"

一直站在另一旁的许大有连忙接过方子，送郎中出门。

霍元甲看了一眼刘振声、高奇、沙燕三人道:"你们三个过来。"

听到师父叫自己，沙燕很兴奋，连忙上前。

刘振声:"师父有何吩咐?"

霍元甲:"为师受了伤，可能有些日子不能练武，从今日起，振声、高奇，你二人带师传艺，教授沙燕迷踪拳、霍家枪。"

刘振声和高奇听到这话都有些兴奋，双双抱拳:"是，师父!"

霍元甲看向沙燕:"沙燕，你的两位师兄得我真传，你要好好学。为期三月，学成之后，我会摆酒送你出师。"

说完，霍元甲起身向后面走去，王氏觉得他态度有些强硬，但又不好劝，只能上前扶住。

沙燕很委屈，明白霍元甲这是变相撵她走。

回到了房间，王氏嗔怪:"元甲，你刚才是不是太武断了?"

霍元甲："我才高兴一会儿，你要搅了我的好心情？"

王氏不敢再说话了。

霍元甲："还有件事交给你，霍家连遭不幸，我想办个喜事去去晦气！"

王氏："喜事？哪来的喜事啊？"

霍元甲："你带过来的丫头，小莲，多大了？"

王氏："十九了。"

霍元甲："亏你还记得，十九了难道不该嫁人？我刚才亲自问过了，她愿意嫁给我徒弟。我这徒弟孝顺，想起他为我受的苦，我都要落泪，当师父的无以为报，只能帮他操办喜事了！"

王氏："你都知道了？"

霍元甲："当然，去山西保镖之时他就跟我说过，他喜欢小莲。"

王氏："徒弟还是跟师父亲，跟我这个当师娘的从来都没有开过口。"

霍元甲："不对呀，他说他求过你，你也答应问小莲，可是并没给他回话。"

王氏一愣。

"准是我突遭不测，你给忘了，不怪你。婚事办得热闹些，就算你补偿孩子了。"

王氏更糊涂："我真是越来越糊涂了，大有可从来没跟我提过，我记性再不好……"

"大有？"霍元甲哈哈笑了，"谁说许大有了？我说的是阿发！阿发看上小莲了，他向我保证，他的父母双亲也一定不会反对，这一点我信，他舅舅农劲荪就是个新派人物……"

"不对！小莲看上的是大有，不是阿发！"

"什么？大有？不可能！大有除了练武就是个呆子，小莲怎么会看上他？再说，这种事不能听小莲的，阿发的人品、家境你也清楚，小莲能嫁给他，那就是上辈子修来的福分！"

“你要这么说我就明白了，阿发是求过我，我也答应过帮他问，我问了，可是小莲明确地告诉我，她喜欢的是大有，不是阿发！阿发陪你才从监狱里出来，我还没来得及告诉他呢。”

霍元甲皱了皱眉头。

“我倒是觉得大有和小莲才是天生一对，大有无父无母，你这个当师父的倒是应该替他做主，操办婚事。”

气愤的霍元甲加上药物的反应，哆嗦了起来，他抓起茶杯“啪”的摔在地上，茶杯摔得粉碎，王氏被吓了一跳，床上睡觉的霍东觉“哇”的一声醒了。

王氏连忙抱起霍东觉哄着。

霍元甲不依不饶：“没见过你这么当小姐的！小莲跟着你陪嫁过来，你难道不应该为她的一辈子着想吗？嫁给阿发，荣华富贵，嫁给大有，万一我死了，他们得去要饭！”

霍元甲开始疼得说不出话来。

王氏将哄好的霍东觉放到床上：“元甲你别生气，先歇会儿。”

霍元甲从腰间拿出药瓶，打开，倒出一片药扔进嘴里，王氏连忙去倒水。

霍元甲用水将药服下，一手按住胸口，一手按住头，坐在椅子上喘息着。

霍元甲一把抓住王氏的手：“东觉他娘，我想做这个主，既是为小莲好，更是为了报答阿发，你可知道，为了救我出来，这孩子卖掉了南洋祖产，四十根金条可不是个小数目啊！”

“大有没有金条，但是保护我进京告状，风里雨里，挨了多少棍子，你可知道？”

霍元甲甩开王氏的手：“我算知道你为什么替大有说话了，就是因为你欠他的人情！真没看出来，大有这小子平时装得憨厚老实，还挺会耍小聪明，讨你这个师娘喜欢！”

“不是！小莲说得清楚，她就喜欢大有，一辈子过穷日子她也不怕！阿发虽好，但是小莲和他没有缘分！”

霍元甲怒道：“我和你难道就有缘分？！当年我千方百计不想娶你，进了家门还一直骂你丧门星，你忘了？！”

霍元甲嗓门一高，霍东觉又哭了起来，王氏不敢顶嘴，连忙抱起孩子哄着。

“小莲是陪嫁丫鬟，我是一家之主，小莲嫁给阿发，这事就这么定了！”

霍元甲撞开门，却愣住了，许大有端着药碗站在门口，早已泪流满面。

“大有……”

许大有含着泪：“师父，抓的药我给您熬好了，您趁热喝了吧……”

霍元甲不得不接过，许大有抬眼看着师父，满眼都是泪水，扭头跑了。

大锅里烧着水，灶台里生着火，许大有和小莲分别蹲在灶台的两旁哭着。

小莲：“大有哥，小姐答应过我的……”

许大有：“师娘是替咱俩说话了，可是师父不干，师父才是一家之主，他发话了，这事改不了了！”

许大有急得用拳头砸着地。

小莲：“可是我想嫁给大有哥！”

小莲说着转过身来，可怜巴巴地看着大有。

许大有不敢看小莲，地砸得更厉害，嘴里嘟囔着：“现在说这还有啥用！”

突然，门被推开，许大有和小莲吓得连忙站了起来。

进门的是王氏：“整个院子都找不到，原来你们俩在这儿。”

“小姐……”

“师娘……”

“都不许哭！许大有，我问你，你是不是真喜欢小莲？”

许大有不敢抬头，怯生生道：“喜欢。”

王氏："小莲，你的头花呢？"

小莲："这儿呢……"

小莲从身上拿出头花。

王氏："我早看出来了，你一戴上这支头花，就乐得合不拢嘴，无缘无故地傻笑，我问你，这是谁送给你的？"

小莲："大有哥。"

王氏："这么说，你俩早就私订终身了？"

小莲点头。

许大有却拿眼角瞟着，不敢点头。

王氏看着许大有："大有，你师父被洋人算计，受了重伤，一头一头地出汗，动不动就发脾气，他现在意识不到，恐怕做出错误的决定，想跟他讲道理更讲不通。但终身大事不是儿戏，更不能因为他一句话，就乱点鸳鸯。你俩走吧，先找个地方躲几天去。"

许大有吓了一跳："什么？"

小莲也很惊诧。

王氏："小莲，你跟着大有我放心，这是盘缠。"说着，王氏将一个银子包递给小莲，"还有这个……"王氏摘下银镯子，"这个算是我给你的嫁妆。"说着，王氏就要把镯子塞到小莲手里。

王氏对许大有："大有，我把小莲托付给你了，你可要好好待她。"

许大有却突然向角落里躲去："师娘，您这是叫我带着小莲私奔！"

王氏："是我让你们走的，不算私奔！元甲一时转不过弯儿来，也许会逼着小莲嫁给阿发，越闹越僵就更不好了，你们先走，等元甲冷静下来，我慢慢跟他说清楚，等他知道了你们两情相悦，也会为你们高兴的，到那个时候你们再回来。"

许大有："不行，我绝不能违抗师命！"

王氏愣了，小莲也愣呆呆地看向许大有。

许大有："师父待我好，教我武艺、教我做人，我咋能不听师父的话呢？"

王氏："那小莲怎么办？"

许大有："师父说咋办就咋办！"

许大有又哭了起来。

王氏："你学会了武艺，不能保护心爱的女人有什么用？你师父教你做人，难道没教你做个有担当的男人吗？"

许大有没想到王氏瞪大眼睛训斥着他。

王氏："看来元甲没错，这样的人不值得托付！小莲，你对许大有死心了吧！跟我走！"

说完，王氏拉起小莲就往外走，王氏的话深深地打在了小莲心里，小莲看着许大有，眼泪噼里啪啦地往下掉，许大有傻了。

阿发垂头丧气地向家里走着，很明显是没从常德利那得到什么好消息。

许大有从门里跳了出来，大声喝道："黄文发！"

阿发抬头诧异，许大有三步并作两步冲到他面前，指着他的鼻尖："跟我来！"

说完，许大有就往一个方向走去。

阿发叫着："大有，我……"

阿发想向许大有解释自己要向师父回话找医生的事，见许大有头也不回，无奈只有跟上。

许大有将阿发带到一片树林，阿发不耐烦道："大有，什么事啊不能在家里说？我刚去了法租界，师父等着我回话呢！"

许大有猛地回身，指着阿发："你是个小人！"

阿发一愣："什么？"

许大有："我打你这个小人！"

许大有双拳紧握袭向阿发，阿发迫不得已只好接招：

“喂，大有，要想比试咱们回家，也好让师父指点！”

话音未落，许大有一个扫堂腿将阿发扫倒。

阿发重重地砸在地上：“你真打呀？！”

“起来！我今天打死你！”

阿发起身：“我怎么得罪你了？！”

许大有嘶吼着：“夺妻之恨！”

许大有已经开始进攻，阿发与之对打，他的武功并不弱，怎奈许大有拼命，不几下，许大有一拳重击在阿发的胸口。

阿发被打得倒退了好几步，捂住了胸口，他也急了：“许大有，我是你师兄！你打我总得说清楚吧！什么夺妻之恨？你哪来的媳妇？”

许大有懒得解释：“强盗，黄文发，你就是个强盗！”

阿发气得瞪大了眼睛，不知道说什么，许大有又冲了过来，这回阿发不再手软，也跟许大有拼了命。

打了半天，二人双双倒地，都不同程度受了伤。

许大有率先爬了起来，阿发也慢慢站起身：“许大有，你不是疯了吧？”

“我没疯……我早怎么没看出来你满肚子坏水！心里一套，嘴上一套！”

“我到底怎么得罪你了，你能不能说清楚？”

“你心里比谁都清楚！”

许大有又要动手，阿发更加愤怒，拼尽全力。

又一会儿，二人再次双双倒地，这回伤得更重。

阿发一咬牙，一个鲤鱼打挺又跃了起来：“你个混蛋，不分青红皂白跟师兄打架……好，我就替师父好好教训你！”

许大有伤得重，刚刚起身，被阿发占了先机，打来打去又倒地，这次二人都有点爬不起来了。

许大有运着气，突然大号一声哭了起来：“爹啊！娘啊！儿子也不想活了！儿子这就去找你们！”

说着，许大有爬了起来，见不远处有块大石头，运足力气，就一头向大石头撞去，阿发大惊，一跃而起，使出浑身力气抱住许大有的腰，用力一甩，二人再次都倒在地上。

“你真的疯了？”

“你才疯了呢！”

“没疯你寻死干什么？”

“还不是被你逼的！”

阿发愣住了：“我逼的？”

许大有：“少装蒜！仗着你们家有钱，用四十根金条赎出了师父，你就是为了小莲！”

“小莲？”

“师父觉得对不起你，要把小莲许配给你！她本来是我的！”

“你的？你什么时候喜欢上小莲了？”

“我……我一直就喜欢！我们俩早就说了，一辈子在一起！我在寿阳给小莲买了头花，那是我们的定情之物！”

“不对！我也算和你朝夕相处，你喜欢小莲我怎么一点儿都没看出来？”

“我能让你看出来吗？”

“小莲她喜欢你吗？”

“废话！当然喜欢了！就在刚才，她还要跟我私奔呢！”

阿发很震撼：“不可能……小莲喜欢的明明是我！她每次看见我都笑，笑得那么甜，还主动帮我洗衣服。在东光我病了，她单独给我做饭，我上山砍柴回来晚了，她还特意给我留了干粮，我也在寿阳给她买了礼物，我要当着师父师娘的面儿向她求婚的！”

“呸！”

许大有气得直哆嗦，他想不起来该怎么形容，嘟囔着：“你这叫什么来着？你这叫自作多情！小莲就是我的，师娘都答应我们俩的婚事了，要不是你讨好了师父，我们俩就要成亲了！”

“不可能，绝不可能！许大有，你跟我回家，我们找小莲对质！”

“对质就对质！”

进正厅之前，霍元甲在屏风后调理着气息，尽量让自己能够心平气和，当从屏风后转出来时，他却愣住了。

刘振声、高奇、沙燕三人站在一旁看着浑身衣服都被打破了的阿发和许大有，二人都怒气冲冲。

“你们两个怎么回事？”

阿发一抱拳：“师父……”

许大有却突然抢话道：“我先说！”

许大有含着泪：“我喜欢小莲！自从她跟着师娘进了霍家的门，我就喜欢她！春天我给她摘过杏花；夏天我给她捉过蛐蛐；秋天每次砍柴我都会给她带回来一把山枣；冬天我在山里堆过两个大大的雪人，小莲特别喜欢，她说一个是她，一个是我！她也喜欢我，她说她会一辈子对我好，还说只要跟我在一起，一辈子受穷都愿意！她还说嫁给我以后，我们俩就留在霍家，一辈子伺候师父师娘！她还说……”

霍元甲皱着眉头，由于疼痛，有些不耐烦了。

刘振声察言观色，说道：“大有，说的不少了……”

许大有：“不行！我今天必须说完！小莲她还跟我说，要给我生一堆孩子！都跟着师父学武，叫师父师爷！”

说完，许大有哇哇地哭了起来，霍元甲鼻子一酸，险些掉下眼泪，他又看了眼阿发。阿发目光诧异，他不相信许大有和小莲有这么深的感情。

霍元甲扶着椅子把儿慢慢地坐下，想着这件事该怎么办：“阿发，你有没有什么要说的？”

阿发：“我……我想听小莲说。”

霍元甲看向刘振声：“振声，叫小莲了吗？”

刘振声：“师娘亲自去叫了。”

帘珑一挑，王氏拉着小莲走进正厅，许大有的话她们二人刚刚在门口都听到了，此时小莲已然成了泪人，低着头，走路也放不开脚步。

阿发心疼地看着小莲，许大有惭愧地看着小莲。

霍元甲："小莲，我……"

霍元甲看了看王氏："还是你问吧。"

阿发："等一等，师父、师娘，能让我问吗？"

霍元甲点了点头。

阿发上前："小莲姑娘，刚才许大有说了好多话，我不知是真是假，我想问一问，他说……"

小莲："阿发少爷，我在外面都听见了，他说的都是真的。"

阿发怔住了："这么说你们俩早就……"

小莲使劲点着头："是！我和大有哥早就……阿发少爷，谢谢你看得起我，可我就想嫁给大有哥！"

阿发一步没站稳，向后一个踉跄，半晌转过身："师父、师娘，我问完了！"

阿发的脸上既伤心又尴尬，他恨不得找个地缝钻进去，终于，转身往外走去。

王氏："等一等……"

阿发驻足。

王氏："小莲，阿发少爷对你一片深情，而许大有刚才是怎么做的，你忘了？这是个没出息的男人，你选他，我不答应！"

小莲看了一眼许大有，许大有很惭愧。

"小姐……不！二少奶奶，刚才不能怪大有哥，大有哥跟我说过，师恩如山，胜似再生父母，他不敢违抗师命，才说明他本分。再说，我就喜欢大有哥老实厚道，有没有出息，我也不在乎……"

王氏有些生气："小莲，我在替你做主，你怎么竟向着他说话！"

许大有突然上前抱拳，单膝跪倒："师娘，刚才是我错了，但是您也错了！"

王氏："你说什么？"

许大有："您就是错了！我师父最通情达理，他知道我跟小莲相好，绝对不会棒打鸳鸯，我们不用私奔，应该跟师父好好说清楚！"

王氏被气笑了："元甲，刚才谁说这小子傻来着，我看他精着呢，连我都被他兜进去了。"

霍元甲也笑了："刚才的事，你们师娘已经跟我说清楚了，确实是我一时武断。我本想等阿发回来，让你们自己解决，没想到……"

霍元甲指着阿发和许大有："你们俩没回家门，就动上手了？"

许大有和阿发看了看残破的衣服，知道无法隐瞒，几乎同时道："是我的错！"

霍元甲一愣："阿发，你错在哪里？"

阿发："我眼瞎了，与大有朝夕相处，却没看出他跟小莲相好，早知他二人……哎呀，我添什么乱啊！"阿发实在说不下去了，脸涨得通红。

霍元甲："大有，你错在哪了？"

许大有："刚才是我把三师兄叫到树林的，我下手重了，师父您罚我吧，打我多少棍子我都认！"

阿发："大有没错，师兄弟间切磋武功，何错之有？"

许大有愣住了，他感激地看着阿发。

王氏："阿发，还是你师父了解你，你果然心胸宽广，了不起！"

阿发："师娘，阿发惭愧不已，您就别笑话我了。"

沙燕："师父，师兄弟间有些争执，难免的事，您就别罚了。"

高奇："对对对，别罚了，不过大有这嘴皮子今天可让我们长见识了，比我利索多了！"

刘振声："大有，你小子够贼的，什么时候开始打小莲主意的？甭说阿发了，我也没看出来！我告诉你，大师兄、二师兄、三师兄可都还打光棍呢，你想先娶媳妇？我们可不答应啊！"

屋子一下热闹了起来，许大有不好意思，小莲害羞，霍元甲与王氏对视，如释重负。

霍母躺在床榻上闭目养神，霍元甲坐在她身边，为她按摩眼睛附近的穴位。

霍元甲虽重伤未愈，总是不舒服，但按摩尽心尽力。

“元甲，你歇会儿吧。”

“娘，我不累，我……”霍元甲欲言又止。

霍母：“有什么话就跟娘说吧。”

霍元甲起身，来到床榻前跪倒，仅几步路，他走得很艰难。

霍母睁开眼睛，说道：“哎，你这是干什么？”

“娘，儿子不孝，欠下巨额外债，恐怕这处家宅保不住了！”

霍母听罢笑了：“四十根金条？你徒弟阿发卖了南洋的一大片橡胶园，才把你保出来，这钱要还！如今霍家值钱的只有这处宅院，我早想到了。”

“您已经想到了？”

“何止想到，娘还背着你大嫂和你媳妇，请买主来家里谈过了。”

“您找到了买主？”

“找是找到了，可人家连十根金条都不肯出。”

“什么？我原想是卖不了那么多的，但十根金条都不值吗？这买主难道是想趁火打劫？”

霍母摇了摇头：“也不是，凶宅，谁敢买……元甲呀，想还上这四十根金条，你恐怕得另打主意了。”

霍元甲长出了口气，无限失望。

王氏研着墨，她向在一旁闭目养神的霍元甲望去，霍元甲有些颤抖，很明显在抵御着痛苦。

王氏小心翼翼：“元甲，墨研好了。”

霍元甲睁开眼睛，点了点头，他发现自己的手有些颤抖，于是拿出小药瓶，倒出三片药扔进嘴里。

“元甲，这药你是不是吃得太多了？”

霍元甲语气有些生硬：“给我倒水来！”

王氏不敢再多问，连忙倒水。

霍元甲将药顺下，再次闭目，片刻后，睁开眼睛，感觉精神了很多，他提了口气，来到书案前，将大笔蘸满了墨，在事先裁好的大纸上写着“霍”字。

字写罢，王氏连忙将纸拿开，霍元甲又将一张大纸摆好，一个威风的“威”字，一气呵成。接着，又是保镖的“镖”，镖局的“局”相继完成。

王氏已明白霍元甲的用意，霍元甲弃笔，长出了一口气。

霍元甲手持“霍威”二字，看向王氏：“把你手里的两个字给大家看。”

王氏展开“镖局”二字。

刘振声：“霍威镖局？师父，您要重操师爷的旧业，开镖局？”

高奇、阿发和许大有也互相看了看，都有些诧异。

霍元甲放下纸：“我们练武本是为强身健体，但是一大家子人总不能坐吃山空，何况如振声所讲，开镖局乃子承父业，只是走镖有风险，为师想问一问，你们师兄弟四人愿不愿意与师父一同经营这家镖局？”

刘振声：“您说什么呢，镖局是您的，我们是您徒弟，您让我们保哪趟镖，我们就保哪趟镖，全凭您吩咐！”

霍元甲：“那不行，镖局所挣镖银，会按每个人出力大小分给大家。阿发，为师欠下你的债，也只能靠走镖所得慢慢还给你。”

阿发：“师父，您可千万别这么说，让师父还债，当着师兄弟的面，我的脸没地儿搁呀！”

霍元甲笑了笑："大有，你今天说的话为师记住了，将来用你自己挣的银子娶小莲，把喜事办得热热闹闹！"

许大有抱拳："多谢师父！"

霍元甲："高奇，你在东光大开杀戒，我本想让你离开师门，今后走镖，你最当小心的便是戒杀。"

高奇又杀了人，有些心虚，抱拳道："遵命……"

霍元甲："振声，师父的伤还没痊愈，镖局新开一切事宜暂由你代为打理。"

刘振声抱拳："放心吧师父，徒弟一定竭尽全力！"

霍元甲："你先把这四个字接过去，到街上找个店铺，做一面镖旗。"

王氏："镖旗？就不用出去找人做了吧？"

霍元甲一愣。

王氏："我虽自幼读书，但也没耽误学做女红，这件事交给我吧，好歹能省一点儿开销，我保证明天霍威镖局的旗子就能挂出去。"

"明天？"

王氏很自信："明天！"

已经入夜，院子里，刘振声正在教沙燕打拳，沙燕打得认真，刘振声教得也很起劲，高奇端了一碗水走来："沙燕，渴了吧？喝碗水！"

"不渴！"

"那我给你放这儿了啊！"

说着，高奇将水放在石桌上，刘振声却端起来一饮而尽。

高奇："喂，我给小师妹晾的凉白开，你……"

刘振声："晾得不错，我这嗓子眼正冒烟呢！"

高奇："嘿，大师兄，你……"

"你什么你？按师父的吩咐，轮班教沙燕练武，今天轮到我了，你捣什么乱？回去睡觉去！"

高奇要走，想了想又回来：“大师兄，明天镖局开张，第一趟镖你这个当大师兄的得走吧？”

“啥意思？”

“你最好走上一个月，我自己天天教沙燕！沙燕，差不多就得了，别那么卖力气，他教的这都是啥玩意啊，一点真本事没有！明天二师兄教你霍家枪的绝活！”

沙燕笑了笑，仍认真地完成刘振声教的动作。

旗杆高耸，霍威镖局的旗子飘扬在霍家大门口，旗面杏黄，旗子精致而漂亮，黑线绣出的四个大字极为显眼。

霍元甲带着四个男徒走到家门口，向过往的百姓抱拳，百姓们议论纷纷。

“霍家开镖局了？”

“他们家祖上就是开镖局的。”

“这没什么奇怪的，霍元甲再能打，名气再大，也得吃饭。”

“没错没错，听说家底早就被他败光了，不开镖局挣银子全家就得挨饿啦！”

霍元甲听到这样的话，脸上仍挤出笑容，向百姓们抱着拳，说闲话的几人也不好意思，抱拳还礼。

霍元甲来到门前，与过往的行人、商客打着招呼，但很明显，他的精神和体力严重不支。

高奇、阿发和许大有三人也在跟过往的行人们打着招呼，但都不耐烦。

刘振声从门里跑了出来，端着一碗药：“师父，该喝药了……”

霍元甲：“糊涂，要是让别人看出师父还病着，就更不找我们做生意了！”

刘振声：“可是您……师父，您满头是汗，我心疼您啊！”

霍元甲用手去摸，才发现自己果然满头虚汗。

刘振声："要不这样，您先回去歇会儿，把药喝了。"

霍元甲甩开搀扶，提着一口气大踏步走上台阶，刘振声连忙端着药跟上，这一切都被人群中女扮男装的沙燕看得一清二楚，有人从她身边经过，议论着："是有人管他叫过津门大侠，可杀父杀兄的大仇都报不了，谁找他保镖啊？"

"就是，到底是嘴把式还是真本事，没人知道！谁愿意把贵重的镖交给他呀？"

沙燕听着觉得有道理，思考着。

刚一进院子，霍元甲就软了下来，他向角落里走去，扶住了墙。

"师父，快喝药吧！"

霍元甲接过药碗，刚要喝，又甩手泼在地上："这药一点儿用都没有！"

刘振声傻了。

霍元甲从腰间摸出费德勒给的药瓶，打开向手里倒着，一下子倒出了十几片，不假犹豫地吞进嘴里。

刘振声吓了一跳："师父，我给您倒水去！"

"不用！"

霍元甲硬生生地将药片吞了进去，疼痛难忍，他有些站不住了。

王氏本就不放心霍元甲，正想出来看，发现这一幕连忙跑了过来："元甲，你怎么样？是不是那毛病又犯了？"

霍元甲点着头，用手捶着自己的胸口："要是能打上一针就好了，可惜找不到那个会打针的洋医生！"

王氏："不着急，不是说农先生就快回来了吗？等他回来也许就能找到医生了，快到屋里歇歇！"

王氏扶着霍元甲向屋里走去，刘振声急得要哭。

一轮弯月悬于夜空，刘振声和高奇从不同的方向而来，走了个面对面。

刘振声："喂，高奇，今天该我教了，你来干什么？"

“沙燕叫我来的！”

“她叫你？”

“对啊！”

刘振声有些纳闷。

练武之处，二人惊讶地发现阿发和许大有也在。

高奇：“阿发，大有？你们俩怎么也来了？”

阿发：“沙燕叫我们来的。”

许大有：“对啊，她说有事商量。”

四人面面相觑，沙燕从另一个方向走来：“四位师兄好！”

刘振声：“沙燕，你把我们都叫来有什么事啊？”

沙燕：“听说师父今天又犯病了，我看就是没有生意急得，但是你们知道我们霍威镖局为什么没有生意吗？”

高奇：“你说为什么？”

沙燕：“那是因为天津的老少爷们儿不相信咱们师父的武艺！”

刘振声：“不能！师父是赫赫有名的津门大侠，在天津卫成名十几年了！”

沙燕：“可是师爷和师伯被杀，大仇未报，师父却只能隐姓埋名流落他乡，让人家怎么信呢？”

刘振声哑了火。

阿发：“沙燕师妹说得有道理，我也听过别人这样的议论。”

许大有：“那怎么才能让别人相信我们？”

沙燕：“我已经有主意了，你们只要照我的吩咐做就好了。”

众人都凑近沙燕。

霍家不远处的街道上，锣鼓喧天，两只狮子在街上舞着，舞得精彩，不时有高难度动作，很快被百姓关注，围了起来。

“哪个班子？狮子舞得这么威风！”

百姓指指点点，人越围越多，挂在高处的一块牌匾被红布蒙着，两个狮子突然向牌匾方向斗去，老百姓也将目光集中在那块匾上。

“这是要干吗？不会要揭那块匾吧？”

“够高的，行吗？”

“够那块匾吗？够不着！逞能嘛！”

“够不着人家能比画吗？瞪大眼睛瞧着，有热闹了！”

两只狮子集中了所有人的注意力，喝彩声不断，斗着斗着，两只狮子合体，一只狮子跃到了另一只狮子的背上。打底儿的是许大有，阿发站在许大有肩头，由他二人舞的狮子完全站立。

阿发肩头是刘振声，刘振声挺直了身体，他的肩膀上是高奇，两只狮子全部站直，仍距那块匾有段距离。

人群中有人笑了：“我说什么来着？够不着吧？逞能没逞好！”

正在此时，女扮男装的沙燕突然窜出，她借助高台阶一跃而起，阿发接住了她的手，往上一甩，沙燕蹬着阿发的肩膀，刘振声拉住了她的手，刘振声也往上一甩，沙燕蹬着刘振声的肩膀继续向上。

高奇拉住了沙燕的手：“沙燕，看你的了！”

高奇向上一甩，同时大喊着：“蹬我脑袋！”

沙燕的脚踏在了狮头上，借助这力量，她跃得更高了，轻盈地将蒙在匾上的红布一把扯了下来。

“销烟大侠”四个字露了出来。

百姓们都被这精彩的表演震惊了，一阵阵掌声响起，师兄弟五人纷纷翻身跃下落地。

“我问一句，你们这是哪来的杂技班子？”

有围观的老百姓询问着。

刘振声摘下狮头：“我们不是杂技班子，我们都是津门大侠霍元甲的徒弟，我是大弟子刘振声。”

“二弟子高奇！”

“三弟子黄文发！”

“四弟子许大有！”

“我是师父的小弟子，我叫……沙小六！”

高奇和刘振声都看向沙燕，松了口气。

“霍元甲有这么多厉害徒弟？以前可没听说过。”

“前些日子，他们家刚开了镖局。”

刘振声笑着回答：“没错没错！我师父子承父业，霍威镖局新开张，愿为津门商贾押镖走货，也请在场的各位多帮我们吆喝！”

“狮子耍得漂亮，武艺行吗？”

“就是，保镖那可得真刀真枪，花拳绣腿不管用！”

质疑声还未落，许大有一个跟头翻进了场中，打了一套漂亮的拳，拳带着呼呼的风声，许大有的拳刚完，高奇的斩马刀已经来了，接着是阿发的三节棍，沙燕的双戟，最后是刘振声的棍。几趟套路过后，老百姓已经沸腾。

“霍家的秘宗拳本来就厉害，霍元甲又自创了迷踪拳，这我们都知道，有这么几个徒弟，我们今天也见识了，可是开镖局……”

“他可是害怕仇家，逃出天津卫的，好几年音信全无，谁能信得过？”

沙燕：“这位大叔，我师父不是害怕仇家，他离开天津卫是因为得罪了官府。”

“哦，躲官司啊！”

刘振声：“小师弟说得没错，师父是躲官司离开的天津！现在朝廷已经不再追究旧账，我师父是光明正大回的天津！”

“光有武艺没用，保镖得胆大心细，江湖上还得有朋友，霍元甲没干过呀！”

沙燕：“这位老板，您没看见那块匾吗？”

众人看向牌匾。

“销烟大侠？啥意思？”

沙燕："这块匾就是我师父走镖山西时，当地百姓送他的，是我师父保过镖的见证！"

"走镖咋还走出个销烟大侠的名声？哪挨哪啊？"

沙燕："大师兄，您给老少爷们儿讲讲！"

刘振声清了清嗓子，刚要说话，高奇抢话道："是这么回事，我们师徒给人押镖，结果押的几十箱子都是鸦片！"

老百姓们一下沸腾了，纷纷质问，高奇没想到老百姓们反应这么大，不会说了，连忙看向刘振声。

刘振声："一边儿去！"

刘振声上前一步："是这么回事，我们师徒中了奸人的诡计，原以为押的是药材，到地方才发现是鸦片。这趟镖走的，那真是凶险，中间遇到好几回土匪，当然，都被我师父打败了……"

"打败了土匪，鸦片送到地方了？"

刘振声："送到了，押镖嘛，必须得保证所押之物平安抵达！"

"倒是这么个理，鸦片押到哪了？"

刘振声："山西寿阳。"

"哎呀，这地方可遭殃了！"

老百姓纷纷叹息。

刘振声："遭殃？不能！老百姓要是遭殃了，能送我师父这块匾吗？"

"销烟？难道霍元甲……"

刘振声笑了："我师父得知所押之物不是药材是鸦片后，就禀明了知县大人，一把火把几十箱鸦片烧得干干净净！寿阳百姓拍手称快，就送了我师父这块匾！"

众人集体鼓掌，都为霍元甲的销烟行为拍手称快。

"我儿子十七了，明儿我也送到霍家去，让他跟霍元甲学功夫！"

这句话可不要紧，整个现场又沸腾了。

"我孙子十九，我也送去！"

“我儿子不爱念书，也不学做生意，就喜欢舞枪弄棒，正愁找不到好师父呢！我打听打听，让霍大侠收个徒弟得多少钱？”

刘振声傻了，直挠脑袋：“我……这个我说了不算，只能问我师父。”

老百姓们嚷嚷着：“走，找霍大侠去！”

人群向霍家涌去，刘振声、沙燕、高奇、阿发和许大有相互对视，个个喜上眉梢。

屋里，霍元甲蜷缩在榻上，他一会儿掐脖子，一会儿砸头，一会儿用手捶着胸口，无论如何也不能理解自己为什么会这么痛苦。

王氏推开了门：“元甲，你又难受了，来，喝药吧。”

“不喝！”

霍元甲一推，药洒出了一些，烫到了王氏的手，他无暇顾及，又歪在榻上。

王氏只好将药放在桌上，心疼地看着霍元甲。

突然，锣鼓声传来，王氏向外张望。

“外面干什么的？闹死人了，叫振声轰他们走！”

霍元甲难受到脸都有些扭曲。

刘振声的声音传来：“师父，您快出来看看吧！”

“有什么好看的？！”

刘振声大声叫着：“门口来了好多人，其中有好几个老板，说要跟咱们镖局谈大买卖！”

“镖局有买卖了？”霍元甲猛地坐起。

“还有呢，几十个棒小伙要跟您学艺练武，我知道您不想再收异姓徒弟了，可父老乡亲盛情难却，咋办啊师父？只能请您亲自出来拿主意了！”

霍元甲强撑着起身。

王氏有些兴奋：“先把这碗药喝了吧！”

霍元甲没有理会，再次将药碗推开，从腰间拿出费德勒给的小药瓶，倒着，倒了半天，只倒出最后两片药，他一把将两片药吞进肚子里。

大门口已经被看热闹的人群围得水泄不通，许大有和高奇抬着牌匾站在大门口等待着。农劲荪挤在人群中，看着高高悬挂着的“霍威镖局”招牌，又看了看“销烟大侠”的招牌，笑了。

农劲荪挤上台阶：“振声，开镖局啦？恭喜啊恭喜！这么多人来捧场，一定生意兴隆！天津的镖以后还不得都让你们霍威镖局保了啊！”

还没等刘振声说话，阿发抢话：“舅舅，你回来得正好，我有件事要问你！”说着，阿发一把抓住农劲荪的手，就往角落里走去。

“师父在监狱里，您给请的那名医生离开天津，回国了，可是只有他给师父打过的针才管用！你知道打的是什么针吗？在哪儿还能找到？”

阿发有些着急地问着。

农劲荪一愣：“费德勒医生没去过监狱啊，我求过贝特朗，以两根金条为代价，可是他不答应。”

“不是费德勒！是另外一个医生！”

“我只为元甲找过一名医生，就是我的好朋友费德勒。”

阿发傻了。

背着医药箱的费德勒挤进人群，业余记者的敏感让他连忙开始鼓捣挂在胸前的相机包。

霍元甲走了出来，挺着胸膛，走得很慢，眉宇紧锁，他在门前站定，销烟大侠的牌子刚好就在他身后。

众人向霍元甲抱拳问候，霍元甲连忙还礼。

一老者走上台阶：“津门霍元甲背井离乡多年，如今带着销烟大侠的名号回来，给天津的老少爷们儿争了脸！了不起！”

一阵热烈的掌声过后，霍元甲再次抱拳致谢。

人群中还有不少小伙子，有人上前：“霍大侠，我愿意跟您学武，收下我吧！”

他刚说完，几十个小伙子一起上前，又一阵热闹。

“请霍大侠收下我！”“我愿意跟您学武！”“收下我吧！”……

霍元甲只是抱着拳，不知说什么好。

“霍元甲，大伙都是来看你的，就给大伙讲讲怎么当上销烟大侠的呗？”

老百姓嚷嚷着起哄，霍元甲有些激动：“诸位父老乡亲，元甲……”

刚要继续往下说，霍元甲心口一阵难受，汗立刻流了下来，就在此时，费德勒的照相机“啪”的一声。

霍元甲被这快门声吓得直捂脸，半晌他才意识到是照相，想继续说：“元甲……元甲多谢……”

角落里的农劲荪从霍元甲一出门就关注着霍元甲，但他万万没想到霍元甲已病成这般模样。

终于，霍元甲实在撑不住了，他一个踉跄险些摔倒，刘振声和阿发连忙上前搀扶。

农劲荪上前：“元甲，你怎么了？”

霍元甲看到农劲荪觉得救星来了：“劲荪，你回来了……医生……快让医生给我打针！”

霍元甲急得眼泪都流了出来。

“农劲荪，我在这儿！”

费德勒从人群中冲出，走上台阶：“霍元甲这是怎么了？我十天前看过他，他的伤并不严重！”

老百姓一阵大乱。

农劲荪：“阿发，先将你师父搀回去！费德勒，拜托你，再给他好好看看！”

费德勒连忙点头。

阿发将霍元甲搀回院里，举着销烟大侠牌匾的高奇和许大有也跟了回去，一直躲在角落里的沙燕也连忙进了院。

人群中，一名戴着斗笠挑着担子的老百姓扬起头来，露出了脸，正是鹰四身边的亲信，霍元甲的状态让他有些得意。

人群中议论纷纷。

“霍元甲这是咋了？”

“对呀，这也不像个大侠的样啊！”

农劲荪看了一眼留在门口的刘振声，刘振声连忙抱拳：“诸位父老乡亲，对不住啊，我师父他身体有恙，实在是对不住啊！大家请回吧！”

“我们都是来给镖局捧场的，霍元甲到底怎么了，你们得说清楚啊！”

农劲荪见此情景，连忙上前一步：“是这样，元甲才到津门，就被奸人陷害，进了法租界的监狱，在监狱里被打成了重伤。”

刘振声附和着：“对！现在外伤虽好，内伤却还时有发作。”

“洋人？准是烧鸦片耽误他们做买卖了！”

“洋人真不是玩意！他们就见不得咱中国有霍元甲这样的大侠！”

农劲荪：“元甲虽重伤在身，但他自幼习武，功底深厚，相信过不了多少日子就会痊愈的。”

又有老者发声：“刘振声，你是霍大侠的大徒弟，师父有伤在身，你的武功也不差呀！这些小伙子已经来了，你们就收下吧！”

刘振声有些尴尬：“这……这……这我可做不了主！”

老者继续道：“其实你们霍威镖局的镖旗挂出来好些天了，一直没生意，我早看在眼里了！原先的买卖铺户都换了主，你们这么一大家子人总得有开销吧？今天我儿子也来学武了，你先收下，我出二十两银子，当拜师的茶钱！”

有人跟着问：“我家穷，没银子，但我儿子能干活，你们保镖总得要苦力吧？”

刘振声不知如何是好，看向农劲荪，农劲荪笑了：“诸位，我是霍元甲霍大侠的结义兄弟，我替他做个主，愿意学武艺的，都可以先留下，拜师不收银子，粗茶淡饭霍家也管得起！”

刘振声试图制止：“哎哎哎……”

农劲荪挥手示意刘振声不要管，他早已胸有成竹，眼里放着光，仿佛有其他的心思。

霍元甲已被扶回自己的房间，费德勒从里面冲了出来，一把抓住阿发：“阿发，我上次留下的止痛药呢？快帮我拿来！”

“药……我给师父了。”

农劲荪这时也回来了，他已经摆平了外卖的人群：“元甲是怎么回事？”

费德勒摇了摇头：“天知道，他的外伤早就好了，没任何地方发炎，症状很奇怪。”

农劲荪诧异的神情，和他一起进来的刘振声连忙冲进屋，其他人都跟了进去。

房里所有人都在，霍元甲在床榻上挣扎着，样子有些吓人。霍母自然心疼儿子，霍冯氏满脸的害怕。最担忧的，是妻子王氏。

阿发来到霍元甲身旁：“师父，上次我给您的药呢？费德勒医生给的止痛片呢？”

“那药不管事！给我打针！”

费德勒：“那是全欧洲最好的止痛药，你根本没吃过，怎么知道不管事？！”

霍元甲看到了费德勒，怒目圆瞪：“把他轰出去！这个只会照相的洋人是个假医生，就是想看我笑话！”

农劲荪上前拉住霍元甲的手：“元甲，费德勒是个好医生，你要相信他！”

霍元甲紧紧地握着农劲荪的手：“我要那个医生，那个在监狱里给我打针的医生！我难受啊劲荪！”

农劲荪用求助的目光看向费德勒。

费德勒也有点着急："上次我给你的药是管用的！"

"那药最多管两个时辰，之后就没用了！"

"加大剂量，你可以吃两片！"

"那瓶破药早就被我吃光了！"

费德勒傻了。

刘振声小声说着："我见师父吃过那药，一次吃一把……"

费德勒张大了嘴，简直难以置信。

霍元甲："刘振声，你跟他废话有什么用？他是假医生，把他轰出去！"

农劲荪还想解释，霍元甲根本不让他说话："找那个会打针的医生来给我打针！"

霍元甲痛苦的神情。

费德勒咽了咽唾沫，欲言又止，转身出门。

农劲荪在费德勒的脸上看到了一些内容："好的好的，我这就去找会打针的医生，打针，打针！"

农劲荪示意高奇帮忙，才挣脱了霍元甲紧攥着他的双手，狠狠瞪了一眼阿发，转身出去，阿发连忙跟上。

王氏流着泪看向霍母和霍冯氏："大嫂，您快带着娘和孩子们回去吧，元甲这个样子别让娘看着着急了！"

忽然，霍东觉"哇"的一声哭了。

霍元甲头痛欲裂："啊——烦死了！快把这哭的孩子抱远点！"

霍母没想到霍元甲居然对自己的孩子有如此反应，她说不出话来，噼里啪啦地掉着眼泪。床榻上的霍元甲面目有些狰狞，他一会儿摸头，一会儿捋着前胸，其实他根本不知道到底是哪里疼痛。

门外，农劲荪盯着阿发："我只请过一个医生，就是费德勒，费德勒从来没进过监狱！阿发，元甲说的会打针的医生到底怎么回事？！"

"是常德利带进牢房的，他告诉我是您找的医生。"

阿发也有些懵。

费德勒："谁找的不重要，关键是他给霍元甲打的什么针！"

阿发低着头："我……我也不知道，当时师父伤势很重，本来疼得厉害，但打完针以后会舒服很多，甚至脸上会有笑容……"

费德勒瞪大了眼睛："天呐！天呐！看来我的猜测是对的，他打的根本不是药，是毒！"

没等农劲荪说话，阿发已经急了："不可能！中毒会脸色发青，会吐血的！"

"不是那种毒！是吗啡，超剂量的吗啡！"

阿发一脸茫然："那是什么？"

费德勒："就是和鸦片一样的东西！这么说吧，那个所谓的医生，通过打针，让霍元甲染上了你们所说的大烟瘾！"

农劲荪和阿发脸色瞬间发白。

这话被刚出门的霍冯氏听到了，她瞪大了眼睛："还真是大烟瘾啊！让范先生给说中了！"

农劲荪："范先生是谁？"

霍冯氏："郎中啊！那天他走的时候我问的，他说不像是病，像犯了大烟瘾，我当时还急了，给他一顿骂呢，没想到……哎呀，你说这元甲干啥不好，怎么抽上大烟了？"

农劲荪："大嫂，可千万别这么说，元甲不可能抽大烟，即便费德勒和范先生判断得不假，元甲也是被人害了，中了别人的奸计！"

阿发一巴掌抽在自己的脸上："都怪我！我在监狱里没保护好师父！"

农劲荪："现在自责没有用，走，去找那个常德利，问个明白！"

阿发觉得农劲荪说得有理，怒气冲冲地向外冲去。

霍门子弟都是功夫了得的练家子，抓个常德利当然容易得很，不出几个时辰，常德利已经被抓到霍家之中。

阿发舀了一瓢水，猛地泼在了此时还昏迷着的常德利脸上，被凉水惊醒，常德利睁开眼睛，四下张望，眼前是霍元甲五个徒弟怒不可遏的脸。

常德利立马求饶："各位好汉饶命！这是哪儿啊？"

农劲荪的声音传来："这是我农某人的地盘，你身边站着的都是英雄好汉，再打马虎眼，你有几斤几两可得掂量掂量。"

常德利连忙向站在高台阶上的农劲荪示好："农先生，霍元甲的事我在贝特朗面前可没少美言，你们不能这么对我啊！"

"谁让你敬酒不吃吃罚酒？快说！那个医生到底给霍元甲打的什么针？"

农劲荪身边站着的费德勒聚精会神地听着，他想得到答案。

……

常德利全都交代了，所有人都没出声，只是怒视着他，如果眼神能杀人，他早已死了千次万次。

常德利委屈道："我实在是没办法，要是不听吕大人的，他就得先捏死我！"

刘振声饱含热泪："原来是鹰四用毒害的师父。"

"我砍死你这个帮凶！"说着，高奇就举起了斩马刀。

阿发一把拦住："二师兄不可！"

沙燕："对呀，就算要宰了他，也不能在这儿，家里有老有小的，再说了，师父不让我们随便杀人，你又忘了？！"

许大有："你想不死，赶紧把解药给我们！"

常德利一愣。

费德勒："哪有什么解药，霍元甲后半生……恐怕只能靠鸦片度日了！"

农劲荪不敢置信地看向费德勒。

费德勒："他跟普通的大烟鬼还不一样，从反应看，他中毒已深，如果不继续注射吗啡，痛苦会日益加剧，让人陷入癫狂。现在只有鸦片能缓解这种痛苦，我想……”

霍母不知何时来到拐角处，她知道农劲荪他们在审人，侧耳偷听着，月光照射在老人家脸上，她满脸心疼。

刘振声：“那以后呢？”

费德勒：“什么以后？所有大烟鬼的下场不都一样吗？”

刘振声：“可我师父不是大烟鬼！他是大侠，津门大侠！销烟大侠！”

费德勒耸了耸肩膀。

自知声音有些大，刘振声忍住情绪，不再叫喊，泪水却在不停地流。

农劲荪：“鹰四这招太阴损，他不光想要元甲的命，还想毁了元甲的名声！”

满脸泪水的许大有一把抓住常德利：“我掐死你！”

阿发上前一把抱住许大有，常德利被推搡在地上。

常德利险些被掐死，喘着粗气：“诸位诸位，我说了这件事跟我没关系，你们放我走吧，我确实是被逼无奈啊！”

常德利又是磕头又是作揖，众人除了厌恶之外也拿他没办法。

农劲荪示意阿发过来，在阿发耳畔说：“送他走，别让他知道这是你师父的宅第。”

阿发点头，给常德利的头套上黑布，押着走了，高奇连忙跟了上去。

大门口，阿发刚要走，高奇追来：“喂，阿发，交给我吧，我送。”

高奇也不等阿发答应，伸手抓过常德利就走，沙燕又追了上来：“阿发，你放心，大师兄知道他脾气不好，让我看着他点，你回去吧。”

高奇、沙燕押着常德利走了，阿发有些不放心。

行至离租界很近的地方，沙燕：“差不多了，放他走吧。”

“还是再多送他几步吧，要不你先回去？”

“不行！就这儿，放他走。”

高奇看了看被黑布套住头的常德利，嬉皮笑脸道：“行行行。”

高奇一把将黑布拽开：“走吧走吧！”

常德利点头哈腰：“多谢！多谢！多谢壮士不杀之恩！”

说完，常德利掉头就跑，突然高奇猛地一甩手，一支飞镖飞了出去，常德利“啊”的一声倒地。

沙燕：“你干什么？！”

高奇笑道：“怎么样？我暗器练得不错了吧？这可是你教的，教得好！”

沙燕跑过去，发现飞镖正中要害，常德利已死。

沙燕：“高奇，你……你又开杀戒！”

高奇：“他害了师父就不能活！”

沙燕：“师父会将你逐出师门的！”

高奇：“师父已抽上大烟，好好的师门就要毁了！都是他害得，难道不该杀？”

沙燕：“可……可师父立下的规矩……”

高奇：“不能光想着规矩，练武之人本来就应惩奸除恶！再说，这个人活着一定会去给鹰四通风报信！你在东光犯过命案，一旦鹰四带着官兵找上门来，你可就有危险了，我也是为了保护你！”

沙燕哑口无言。

“刘振声没我这心眼儿，当年师父全家遭遇灭门之灾，就是因为他在京城打探消息不准！你以后别啥事都听他的。”

沙燕的脸色很难看。

“放心吧，鹰四要是真来了，有我在，他别想动你一根汗毛！我把尸体扔河里，神不知鬼不觉！”

高奇像哄小孩一样讨好着沙燕，这样的高奇连土匪出身的沙燕都有些惧怕。

— 第四章 戒毒 —

霍家卧房内，更严重的痛苦向霍元甲袭来，他挣扎着：“给我打针！农劲荪，找到那个医生给我打针！”

农劲荪一把拉住霍元甲的手：“元甲，你耐心等一等，医生已经去拿药了，马上就回来。”

霍元甲不停地抽搐着。

王氏上前抱住霍元甲，她的泪水滴落在霍元甲脸上：“元甲，你再忍一忍，忍一忍……”

霍元甲一愣：“你哭什么？”

工氏拭泪：“没有啊……”

霍元甲：“不对，你们有事瞒着我，我到底是怎么回事？为什么这么难受？告诉我！”

王氏无法说出真相，她强忍着泪水将头转了过去。

农劲荪：“元甲，你在监狱里受了重伤，未能痊愈，难受是在所难免的。”

刘振声的声音从外面传来：“来了来了，费德勒医生回来了！”

费德勒："霍元甲，我拿药来了，我给你打针！"

霍元甲还是怒视着费德勒："是你……你个假医生，我不用你打针！刘振声，把他轰出去！"

农劲荪："元甲，费德勒不是假医生，请相信我。"

霍元甲又一阵疼痛，他抽搐的身体难以自持。

费德勒已麻利地将针剂打开，吸着药："这样不行，他这样我没办法给他打针啊！"

农劲荪："阿发、大有，按住你们师父！"

刘振声、阿发、许大有三人一起上前，按住了霍元甲的手脚。

抱住霍元甲的王氏泪水流得更厉害了，不知何时，霍母已经进了门，在门口屏风处看着在痛苦中挣扎的儿子，她犹豫着。

过了一会儿，霍母仿佛决定了什么。

霍元甲被叫到霍母房。

霍母瞟了小莲和沙燕一眼："你们两个退下。"

小莲和沙燕对视，将霍元甲扶到床榻上，连忙退出。

霍母上前几步："元甲，娘知道你难受，娘也知道怎么样能治你的病……"

霍元甲有些惊喜："是吗？娘，那快给儿治病，儿难受啊！"

霍母取出烟枪："你看，这个……只要抽上几口就舒服了……"

霍元甲眼神迷离，看向霍母桌上的东西，半晌才反应过来："娘，这是什么？"

"药。"

"不对，这是大烟枪！娘，您怎么能让我抽大烟？"

霍母急哭了："儿啊，你没有别的路了！"

"您说什么？"

“你在监狱里中了鹰四的圈套，中了毒，要是不抽大烟，就得难受死！”

“中毒？”

“对，他们给你打的那些药就跟大烟一样，你难受就是犯了烟瘾！”

霍元甲浑身颤抖，愣在原地，他突然猛地抡起烟枪，将烟枪摔碎，挣扎着起身冲了出去。

月光照耀下，霍元甲踉跄而来，农劲荪、刘振声、高奇、阿发、许大有都在院子里等待着，一见霍元甲，立刻围上。

“劲荪，我中了烟毒？”

农劲荪错愕：“元甲，你知道了……”

“为何瞒着我？”

农劲荪：“我……我一直在跟费德勒想办法！”

霍元甲瞪着眼睛：“刘振声！”

刘振声“扑通”跪倒在地：“师父，您是销烟大侠，我们不敢告诉您！”

高奇、阿发、许大有全都跟着跪在了地上。

沙燕追来：“师父……”

霍元甲看着众人，向沙燕一抱拳，剧烈的疼痛使他站立不稳，险些摔倒，沙燕连忙上前搀扶。

“沙燕，为师有一事相求！”

沙燕：“师父请讲！”

“杀了我。”

“师父，您说什么？！”

“霍元甲可以死，但不能做大烟鬼，请你成全！”

霍元甲的烟瘾又犯，他捂着前胸：“快动手！给为师保留最后一点尊严！”

沙燕吓哭了，刘振声等人更是一个个泪流满面，所有徒弟们都不肯上前。

霍元甲气坏了，他用尽最后的力气，双拳向自己的太阳穴击去。刘振声还跪在地上，想上前阻止已经来不及了，阿发一跃而出，试图抱住霍元甲的一只胳膊，却晚了，他的左拳重重地击在自己的太阳穴上。

这一拳，霍元甲将自己打晕了，重重地向地上倒去。

正在此时，费德勒撞开了门，跑了进来："搞到了！搞到了！在圣约翰医院，我又搞到了两支镇静剂！"

刚一进门费德勒愣住了，他看见了倒在地上的霍元甲。

太阳从地平线升起，荒草、野花被朝阳沐浴。

晨光照在霍元甲的脸上，脸色苍白的他慢慢睁开了眼睛。

霍元甲的视线中，王氏和五个徒弟都在，众人呼唤着霍元甲的名字，或叫师父，或叫元甲，他没有理会，只是在人群中寻找着，终于发现了费德勒。

霍元甲伸手，刘振声连忙接住，借助刘振声的臂力，霍元甲坐了起来。

霍元甲向费德勒抱拳。

费德勒有些紧张，拿着那支针剂向霍元甲展示："霍元甲，我手上还有一支镇静剂，当你无法忍受痛苦的时候可以告诉我。"

霍元甲摇了摇头，很是郑重："再次请教尊姓大名。"

"哦，我叫费德勒！"

"你除了会照相以外，还是个医生。"

"不，我是业余记者，专业医生！"

农劲荪补充着："元甲，我跟你说过，费德勒是我多年好友，医术值得信赖。"

霍元甲点了点头："请诸位先离开我的房间，我有事请教费德勒医生。"

农劲荪第一个转身离开，徒弟们面面相觑，也都退了出去，王氏不放心地握住了霍元甲的手。

霍元甲："放心，昨天打了针，这会儿还不至于难受得自残，去吧。"

王氏也转身离开。

霍元甲一伸手，指向椅子："费德勒医生请坐。"

霍元甲从床榻上移到椅子上相陪，他尽量正襟危坐，将头转向费德勒，目光中充满请教的神情。

费德勒有些受宠若惊。

众人围在房门口，不知霍元甲和费德勒在里面说些什么，很是着急。

许久，霍元甲走了出来，对着等在这里的众人笑了笑，只是那笑容在苍白的脸上显得有些让人心疼。

"大有，去柴房取两根绳子。"

许大有愣了愣，但马上道："是！"

"刘振声、高奇、阿发，你们随为师来。"

说完，霍元甲向外走去，三人连忙跟上，王氏和农劲荪都愣了。

这时，费德勒从屋里走出。

农劲荪立刻上前："费德勒，你跟元甲说什么了？"

"他问我戒除烟瘾的办法。"

"你怎么说的？"

费德勒有些为难。

练功房内，霍元甲面对着几名徒弟，面色严肃。

"为师曾对你们说过，习武之人一定要做民之表率，不能沾大烟，一辈子都不能，若有违者，必废武功，逐出师门……"霍元甲道，"今日，为师不幸染毒，虽为奸人所害，但绝不能以此为由，自暴自弃！我刚才问费德勒医生戒除烟瘾的办法，他说世间并无良药，为师思前想后，所谓烟瘾实乃心魔所致，我决定自己驱除心魔！"

刘振声："师父，怎么个驱法啊？"

霍元甲："你们师爷活着的时候，常让我练一个'忍'字，我想，只要能忍得过，心魔自然就除了。”

许大有抱着两根绳子跑来。

霍元甲看着绳子：“把为师绑在这间屋子里，不管我喊什么，骂什么，你们都不要理我！一个月为限，要么为师死在这间屋子里，要么驱除心魔，戒掉烟瘾！”

几名徒弟都傻了。

霍元甲拎了一把椅子，直接放在屋子中间，坐下：“来吧，绑！”

刘振声：“师父，这可不行啊，徒儿们怎么能看着您干难受呢？”

“绑！”

阿发“扑通”跪倒在地：“师父……”

众人全都跪倒。

“你们难道不遵师命了吗？”

高奇：“您又不是自己要抽大烟的，是受他们算计，要不您就……”

“闭嘴！”

刘振声：“师父！我也打听过了，这大烟瘾难戒啊，之前也有人试过，可是都……”

“对我国人来说，鸦片之毒不亚于来犯之敌！为师未战，休得动摇军心！我的话你们没听见吗？绑啊！”

霍元甲异常坚定，可几人无一敢上前，突然一个声音从外面传入。

“我来！”

王氏进门，泪眼蒙眬地看着霍元甲：“元甲，刚才的话我都听到了。你愿与烟瘾一战，我为你擂鼓助威。”

霍元甲的眼睛也湿润了。

两天过去了，费德勒从练功房里走出，窄小的天井里，农劲荪和王氏都在此等候。

“霍元甲的身体状态还好，但我觉得他坚持不了三天……”

众人无言，费德勒又说道：“对了，他饿了，要给他补充营养。”

王氏端起一旁的托盘：“我去喂他。”

可王氏刚要进门，霍元甲的嘶喊声已经传了出来，那声音让众人不寒而栗。

又是三天过去，费德勒背着药箱，再次从屋里走出，这一次，所有人都站在门口。

“他坚持不用这支镇静剂，而且说三天之内不吃饭，让我们把门锁好。”

农劲荪惊诧：“什么？”

“其实他挺过五天已经是奇迹了！霍元甲没有必要对自己这么残忍！”

王氏咬了咬牙：“锁门。”

刘振声要哭：“师娘……”

“宁为玉碎，不为瓦全。我了解你师父，听他的，锁门！”

徒弟们全都落了泪，刘振声哭着将门上了大锁，众人依次离开，只有王氏望着门一动不动，虽然说锁门的是她，但其实她比谁都更担心！

已是深夜，而且是稀里哗啦的雨夜，王氏撑着油纸伞走向练功房，她将耳朵贴在门上听着，房间里，霍元甲与烟瘾较劲的声音越发的大了起来。

已经不知道这是霍元甲戒烟的第几天了，从声音就能感觉到他是多么的痛苦。

王氏手里紧紧捏着钥匙，想打开门，可还是咬牙忍住了，泪水从脸颊流下，她只是一声不响地在门口陪伴着霍元甲，数日的担忧也使她憔悴了许多。

时间走得很慢，一个月终于过去了。

这日霍家迎来了不少客人，为首的是一名长者，乃天津八极门掌教，他左右各站一个与他年龄相仿的人，身后跟着十几个徒弟，都各持兵器。他们的队伍浩浩荡荡，惹得很多老百姓围观看热闹。

“咣”的一声，大门被踹开，正在教授武艺的刘振声和许大有愣住，收拳定睛向门口望去，八极掌教在前，上百名看热闹的老百姓随后，统统挤进霍家。

没等刘振声说话，八极掌教喝道：“叫霍元甲那个大烟鬼出来！”

刘振声一愣：“三位，你们是什么人？如此出言不逊！”

“哼，打着销烟大侠的旗号招了这么多后生来练武，就为了骗银子吧？你们知道吗，霍元甲抽大烟，跟他学武，你们都想变成大烟鬼是不是？”

练武的三十几个小伙子都愣住了，高奇顺手抄起家伙就要上前打架。

刘振声拦住高奇：“请不要信口胡说！我师父从来不抽大烟！”

“你才是信口胡说！把福寿堂的姓孙的掌柜押进来！”

一个年轻人押着骨瘦如柴的孙掌柜走来，孙掌柜被拧得胳膊生疼，见众人怒目圆睁，猥琐抱拳道：“诸位诸位，在下福寿堂掌柜，鄙姓孙。”

八极掌教：“我问你，一个月前，霍家有人去过你们福寿堂？”

“有有有，置办了烟枪、烟灯，还有福寿膏，量可不小，一个人抽足了，也能顶俩月，那人是霍元甲他娘。”

“你没认错？”

“错不了！老街坊了，我认识她好几十年了。”

刘振声等四师兄弟互相对视，也有些心虚，不知如何是好。

八极掌教扫视着学武的小伙子们：“你们这些后生来霍家一个月了吧，霍元甲可曾露过面？可曾教过你们武功？”

众人纷纷摇头。

“一个月前，霍元甲当众出丑，被遮掩过去了，天津的父老乡亲们厚道，当真以为他病了，老夫现已查明真相，他那就是犯了大烟瘾！”

跟来了的老百姓们顿时议论纷纷，学武的小伙子们也犹豫了起来。

高奇有点急：“你们来捣乱也不挑挑地方，霍威镖局可不是好惹的！在下高奇，讨教你几招如何？”

八极掌教瞟了眼高奇：“后生晚辈滚一边儿去！叫大烟鬼霍元甲出来！”

阿发：“我师父身体不适，你想捣乱，我们几个都可以奉陪！”

八极掌教：“身体不适？哈哈哈……躲屋里抽大烟呢吧？他不敢出来，那就叫他娘出来，跟姓孙的对质，让大伙明白明白！”

孙掌柜在一旁插嘴：“对对对，叫老太太出来，我们家的福寿膏最好了，我得问问他儿子抽得舒不舒坦？”

孙掌柜虽然是被押来的，但很明显，这是早有人授意而为。

许大有：“奶奶年岁已高，是你想见就见的吗？”

八极掌教：“都不出来？好啊，那就把你们上次糊弄人的‘销烟大侠’的牌子拿出来，叫我徒子徒孙在上面撒泡尿！”

八极掌教身后跟着的徒弟们哈哈大笑，高奇急了，冲上前就要打，对方也立刻亮出了架势，手里的兵器明晃晃的，剑拔弩张之际，一个声音从远处传来。

“住手！”

农劲荪从门外挤了进来，示意高奇无论如何不能动手打人，高奇虽不服他，但他已挡在高奇的身前。

农劲荪抱拳：“这位大侠，在下姓农，是霍元甲的结义兄弟，我义兄确实有恙在身，虽已调养多日，但仍未痊愈，不方便出来见客，还请各位海涵……敢问大侠是在何处得知这件事情的？”

“老夫也是一代宗师，没有确凿证据绝不会蹚这趟浑水霍家是武学世家，老夫一向敬重，但可惜出了霍元甲这样的败类！抽大烟就躲个没人地方抽死算了，还敢明目张胆地开镖局、收徒弟！我要是不管，津门武林颜面何在？”

农劲荪安抚着：“前辈息怒，前辈息怒！”

“你个油嘴滑舌的外姓人滚一边儿去！要么叫霍元甲出来，老夫当众教训教训他！要么叫霍元甲他娘出来，当着父老乡亲们的面儿承认她儿子抽大烟，给大家鞠躬认罪！要么把那块你们糊弄人的牌匾抬出来，不撒尿也行，你们自己砸烂了烧火，还有，砍下霍威镖局的旗子，全家滚出天津！”

来人太过放肆，农劲荪也有点忍无可忍了，几个徒弟拿师门的荣耀当自己的生命，哪里肯干，各自抄起家伙，就要开打。

刘振声：“农先生你让开，让我们替师父教训他们！”

正当剑拔弩张之际，王氏徐徐走来：“都把兵器放下，来者是客，我们霍家怎么能对客人刀枪相见？”

众人回身望去，刘振声急道：“师娘，他们……”

王氏不理，伸手制止刘振声，看向八极掌教：“这位大侠，您想砸了那块牌匾？好说。大有，去取，你师父是盖世英雄，难道只靠一块牌匾撑门面？他们想砸，让他们砸。”

许大有急得不知如何是好。

“去！”

王氏一瞪眼，许大有只好低着头走了。

“振声，把咱镖局的旗子也摘下来，别让各位大侠碍眼。”

刘振声：“师娘，不能啊！别看他们人多势众，我们兄弟四个一起上，不一定落下风！”

王氏朗声道：“元甲重病在身，你忘了是谁害的他？害他的人正在等着你们动手，也许现在就有官兵埋伏在附近等着抓人呢，霍家可不能再成为是非之地！”

刘振声："可师娘，镖局已接了生意，不日即将走镖，下了镖旗，这生意就黄了，一大家子何以为生?！"

八极掌教："说漏了吧？就是为了骗钱！你们霍家也算大户人家，现在一家老小吃喝都难了？银子都让霍元甲抽大烟抽光了？"

"你们胡说！"

刘振声瞪大了眼睛，双眼通红。

高奇："大师兄别废话了，跟他们拼！"

阿发："师母大人请让开，不能让这些宵小再侮辱我师父的名声！"

阿发真的是气急了，以前他都是最冷静的那一个。

眼见王氏与农劲荪都无法稳定局面，两帮人即将开打。

"师娘，我回来了。"

许大有拿着牌匾的一角站在不远处，脸上乐呵呵的，目光落在身旁拿着另一个角的人身上，众人齐齐跟随许大有的目光看去。

一只刚毅的手抓着牌匾的另一角，镇定自若地从牌匾后面走出，正是霍元甲，此时的他脸色仍有些惨白，但胸膛挺拔，眼神镇定。

阿发连忙跑上前，接过牌匾："师父，您……"

霍元甲镇定地与徒弟们对视，一瞬间，院子里所有人的目光都集中在他身上。霍元甲缓步上前，但步伐却很稳，他向王氏微微一笑，示意不要紧张，又向农劲荪点头。

农劲荪的目光中充满惊诧："元甲，这一个月不见，你……"

霍元甲低声道："劲荪，今晚摆酒，你我再叙。"

与农劲荪擦身而过后，霍元甲站定，面向众人，抱拳道："诸位父老乡亲光临，寒舍蓬荜生辉，元甲有礼了。"

老百姓们议论着。

"这看着不像大烟鬼啊？"

"没准是刚抽足了，正精神……"

霍元甲再转过头，看向站在两侧的来霍家学武的小伙子们："承蒙诸位看得起霍家拳，元甲本应亲自教授，怎奈伤病缠身，一直请刘振声他们代我传艺，还请见谅。"

小伙子们不知霍元甲是不是真的大烟鬼，一个个面面相觑，不知如何是好。

"伤病缠身？你是大烟瘾犯得厉害吧？"

八极掌教在一旁阴阳怪气，霍元甲看向他："这位前辈，我们好像没见过面，请问怎么称呼？"

"算你懂事，知道叫声前辈！至于我的名号，你个烟鬼不必知道，牌匾既已抬出，自己砸了吧！"

霍元甲看着牌匾，回想着往事："这牌匾凝结着寿阳百姓的心意，元甲看得比命还重。"

"你是不肯砸了？那我替你砸！"

话音未落，人已冲了出去，一套八极拳袭向霍元甲，刘振声害怕霍元甲的身体无法抵挡，欲上前相救。

霍元甲呵斥："退下！"

霍元甲左躲右闪，不还手，突然向后一让，跳出战圈："八极拳？来的莫非是天津八极门的掌教？"

"是又如何？"

"家父曾经说过，八极门与霍家素有渊源，三位世伯，元甲失敬了。"

"少套近乎！我跟你爹是朋友，但你抽了大烟，这么叫，我都嫌寒碜！"

霍元甲很恭敬："禀告世伯，元甲确实染了烟瘾，却从来没抽过大烟。"

八极掌教一愣："什么？我怎么听不明白？"

"我可以证明！"

费德勒挤过人群，跑向霍元甲说："霍元甲，你看上去很好，难道你成功了？"

霍元甲轻轻点头，费德勒却激动得热泪盈眶，一把抱住霍元甲，抱得紧紧的，然后转过身。

“诸位，霍元甲没有抽过大烟，他是被别人害了！他在法租界的监狱里，有个假医生通过注射吗啡，让他染上烟瘾，但霍元甲是个英雄，看他的样子，他已彻底戒掉了！”

费德勒很激动，可老百姓好像不买账。

八极掌教：“这洋人说什么乱七八糟的？霍元甲，你娘给你买了大烟，我们有证人！你说你不是烟鬼，也得能证明，找个洋人替你说话算什么？”

霍元甲：“世伯，您需要元甲怎么证明？”

“烟鬼都面黄肌瘦，手无缚鸡之力，你要是能接上我三招，我就信你！”

高奇：“师父，让我替您接三招，看我不拧折这老头的胳膊！”

“不得无礼！”

霍元甲怒目，高奇低头退后。

“世伯是前辈，元甲怎敢以下犯上和您动手？”

“不敢，你就是大烟鬼！ ”

霍元甲想了想，不接八极掌教的话，诵道：“文有太极安天下，武有八极定乾坤……八极拳朴实无华且发力迅猛，大有‘晃膀撞天倒，跺脚震九州’之势。”

八极掌教不知霍元甲要干什么，等待着。

“元甲少时有幸见过父亲与八极门前辈切磋，也记下了一招半式。不如这样，我打一套，请世伯指点如何？”

汉《淮南子·坠形训》曰“天地之间，九州八极”，后人遂创八极拳，至刚至朴，讲求寸截寸拿、硬打硬开，极富技击之特色。

霍元甲猛地一亮相，一套八极拳已经打出，招式虽不多，但拳中带风，质朴刚勇，打得明显比刚才八极掌教袭向他的好很多。

霍元甲收招，一抱拳：“见笑了。”

八极掌教诧异，他身旁之人低声道：“霍元甲竟得八极拳精髓，师兄，他若无深厚内力、身体虚弱，这套拳可打不出来……”

八极掌教瞪向孙掌柜："姓孙的，你可看清楚了，一个月前去你那大烟馆里买鸦片膏子的真是霍元甲他娘？"

孙掌柜有点心虚："错……错不了！"

"三位世伯不要难为这位掌柜，刚才我已承认染上了烟瘾，娘心疼我，确实在孙掌柜处买了鸦片，但我没有抽，而且亲手砸烂了烟枪，这一个月，我已经彻底戒除了烟瘾。"

孙掌柜："不可能，大烟鬼我见得多了，没有一个能戒掉的！"

"我再说一遍，我不是大烟鬼。"

霍元甲瞪着孙掌柜，吓得孙掌柜不觉往后退了几步。

霍元甲轻蔑地一笑："诸位，霍某被人陷害入狱，又遭酷刑，昏迷之际被打了一种毒针，后来才知道，已中毒成瘾，当时我也曾想过，恐怕此生就这么废了，但这位费德勒医生鼓励我，只要有强健的体魄，坚定的意志，驱除烟瘾并非难事！"

费德勒使劲地点着头。

"我闭关一个月，戒了烟瘾，回想起来，简直轻而易举！故元甲认为，鸦片之毒可以戒，只要有恒心、有毅力，人人皆可为！"

八极掌教挑眉看着霍元甲："你说的是真的？"

"世伯还不信？振声，帮我拿条枪来。今日三位前辈难得大驾光临，元甲就再献献丑。"

刘振声从兵器架上取下长枪送至，霍元甲接过，二话不说便耍了一套枪法，枪扎一条线，以枪为棍，棍扫一大片；以枪为刀，有劈山之力。

霍元甲收枪，迎来阵阵喝彩。

"霍家枪，请指教。"

八极掌教傻了："这套枪法漂亮，霍元甲没抽大烟……虽染烟瘾，却能自行戒掉，真是武林的榜样，了不起"说着，八极掌教抱拳微微躬身。

"霍元甲，津门武林你已经是头号了！日后霍威镖局生意要兴隆了！”

满院子的掌声、喝彩声。

躲在人群中的鹰四手下见状，连忙灰溜溜地走了。

霍元甲持枪在手，身后正是那块“销烟大侠”的牌匾，此刻的他意气风发，犹如凤凰涅槃，费德勒适时拿出相机，记录了这一伟大的瞬间。

终于戒了烟瘾，霍元甲很是高兴，正在练功房里的铁砂盆前练着掌法，霍东方从外面挤了进来，先是在一旁观看了一会儿，突然出声。

“二叔，我也想跟您学功夫！”

霍元甲一愣：“不可，我只能教你写大字。”

“我就要学功夫！学了功夫，什么都不怕，连鸦片瘾都能戒掉！”

霍元甲停下手，淡淡一笑：“我真的不能教你，我答应过你娘的。”

“那二叔就叫您徒弟教我，我……我选高奇！”

霍元甲一愣。

“二叔所有徒弟里，高奇最厉害，能杀人！”

霍元甲沉思片刻：“在东光老家，高奇杀了三个行凶的恶人，这件事……”

“不止仨！前些日子，他还又杀了两个呢，也是恶人，趁您被关在狱里，来咱家偷袭的！”

霍元甲惊诧，正欲询问，忽听外面传来许大有的声音，他迎了出去。

“师父，外面来了个洋人，说是法国领事，还带着好几个端着枪的洋警察！”

“贝特朗……”

霍元甲皱了皱眉头。

农劲荪满脸堆笑地看着贝特朗，可贝特朗却板着脸，不知所谓何事，霍元甲快步而来，冷眼而视。

贝特朗瞪向霍元甲："霍元甲，是我放了你，你见到我不应该面露微笑、心怀感激吗？"

"我根本没有罪，却在你们法租界含冤入狱，更在狱中遭到奸人的算计，以致身中鸦片之毒！你贝特朗难道不是同谋？"

"有这样的事？我真的不知情。"

贝特朗很意外。

"即便你不是同谋，但你能保证那个翻译常德利不是？就是他带着假医生到狱里给我打针的！"

贝特朗一挑眉："你恨常德利？我找到凶手了！来人，把霍元甲抓回去！"

话音刚落，有洋警察立刻端枪上前，对准了霍元甲。几个徒弟见事不妙抄起长枪就要跟洋人拼命。

"都给我住手！贝特朗，你这话什么意思，我听不懂，但这不是法租界，你若肆意妄为，霍元甲奉陪到底！"

霍元甲深受毒害，又恨洋人，故而对贝特朗毫不留情。

"杀人凶手，却理直气壮。"

"我并未杀人，何来凶手？"

贝特朗对门外一挥手，有苦力抬着一副担架进来，上面正是常德利，他的尸体被水泡得已经有些臃肿。

高奇一惊，眼神错落之际，发现院子的角落里，沙燕正盯着他。沙燕双手紧握，成欲发暗器状，很明显担心大战一触即发，试图策应救人。

众人都有些吃惊。

这一切都被霍元甲看在眼里，他瞟向另一侧的高奇，高奇察觉到师父的目光，连忙躲闪，假意与警察对峙，根本不看尸体。

霍元甲盖好白布，气愤道："贝特朗，你把一具尸体抬到我家里来，这很不吉利，请赶紧把他抬走！"

"怎么？人是你杀的，我要把你抓走枪毙！"

“请问尸体在哪里发现？”

“河里！他的后背中了暗器，正是你们练武人的手段！”

霍元甲轻蔑地笑了：“我霍元甲虽是练武之人，却从未用过暗器，你随便在江湖上打听打听，无人不知。”

“你说的是真的？”

“当然。”

霍元甲很坦然。

“那你的徒弟呢？你有一个徒弟，应该是他……”

贝特朗用手指着阿发：“他曾经到法租界找过常德利！”

阿发：“没错，我是去找过常德利……”

霍元甲迅速打断：“但阿发不会用暗器，师父没教过，徒弟怎么会？快把尸体抬走，不然我就不客气了。”

贝特朗有点儿急：“你是不是忘了你在跟谁说话？”

“贝特朗，请你记住，你脚下踩的是我们的国土，霍家的私宅里更由不得你们洋人撒野！”

贝特朗从腰间拽出短枪，指向霍元甲，又气又恨又有些犹豫，他知道霍元甲的厉害，不敢轻举妄动，双方僵持在了这里。

刘大人带着几人赶来：“哎哟，这位是贝特朗先生吧？不知道您今天来有何公务，不过按照咱们两国的约定，在租界外您是不能随便抓人的……”

贝特朗看了一眼刘大人，找了个台阶下：“霍元甲，一旦我找到你杀人的证据，你就死定了！”

说完，贝特朗拂袖而去，一众洋人连同抬尸体的中国苦力尽数退出。

高奇活动着肩膀，恶狠狠地瞪着洋人的背影，却不想目光与霍元甲相遇，又连忙躲闪，他的反应已经让霍元甲明白了一切。

霍元甲、农劲荪和刘大人三人坐在厅里喝着茶。

刘大人：“根据与洋人的和约，天津城外二十里不许驻军，上官想了办法，模仿西洋组建巡警总局。”

农劲荪：“就是说以后天津租界外的治安也归警察管了？”

“对，最近正在招募巡警，忙得手脚不停歇啊，关键是津门的后生都不明白巡警是个啥玩意儿，不管是读过书的，还是身强力壮的，都不愿意干啊！眼下来报名的，不是地痞流氓就是大烟鬼，想找几个称职可靠的，难呐！”

霍元甲一听招人，抱拳道：“刘大人，元甲愿举荐一人。”

刘大人一挑眉。

“我的次徒高奇自幼习武，疾恶如仇，早该出师了，若能在刘大人身边给他谋份前程，也算我尽了当师父的责任。”

“津门大侠的爱徒愿意当巡警？好啊！我还可以让他当教官，教别的巡警功夫，就这么说定了！”

“如此，多谢刘大人！”

霍元甲长出了一口气。

练功房里，高奇红着眼睛。

“师父，我不想当什么巡警，那些警察看着耀武扬威的，老百姓背地里都对他们吐唾沫星子！再说，您戒了毒，霍威镖局名声大振，今儿一天就接下了四五单生意，走镖总需要人手吧？我高奇在您身边这么多年了，现在终于能独当一面了，您怎么能让我走呢？”

“高奇，你屡犯杀戒，不走，难道想被逐出师门？”

“我什么时候屡犯杀戒了，不就那一回吗，那三个恶人险些杀了奶奶、师娘，还有孩子们，又把小伍打成重伤，我实在气坏了！再说，您也骂过我了，我知错了……”

高奇说这话时根本不敢看霍元甲。

“蛇形门的两兄弟是怎么回事？”

高奇傻了。

“常德利又是谁杀的？！”

高奇低声嘟囔狡辩着。

霍元甲“啪”的一拍桌子：“你还敢撒谎！”

高奇“扑通”跪倒在地：“师父，我可都是为了师门的安危！我……”

高奇满脸通红：“我明白了，刘振声，准保是刘振声出卖了我！我找他算账去！”

“站住！”

霍元甲缓和了语气：“高奇，你替为师做的，为师心里都有数，今日送你出师门，也是因为你屡犯门规，实属万般无奈。当警察，一来可约束你的性子；二来惩奸除恶成了本分，你若能成为津门最好的警察，也是替师门争光。这件事就这么定了，你谁都不要怨，高高兴兴出师门吧！”

霍元甲把话说绝了，他是真心希望高奇能够走上正路，可高奇饱含泪水的眼里只有怨恨。

已是深夜，高奇一个人摇摇晃晃地回到霍家，直奔沙燕的房间，他满脸通红，很明显是喝了酒。

门被突然推开，沙燕吓了一跳：“高奇，你干什么？”

高奇三步两步来到沙燕身旁，一把握住沙燕的手：“沙燕，咱俩回十三里岗吧，师父不识抬举，可我愿意给你哥当二当家的！将来我娶了你，你哥就是我大舅子，我们大碗喝酒，大块吃肉，替天行道，杀尽恶人，一辈子逍遥快活！”

沙燕猛地甩开高奇的手：“你胡说什么！你是不是喝醉了？”

“我没喝酒！沙燕，你难道看不出来？我见你第一眼就喜欢上了，我会一辈子对你好的！”

说着，高奇就要去抱沙燕，沙燕试图推脱，推不开，只得出拳，继而一个嘴巴子抽在高奇脸上。

高奇愣住了。

“天太晚了，你赶紧出去！不然别怪我对你不客气！”

“你是看上刘振声了？”

沙燕气得瞪向高奇，没说出话来。

“被我猜中了……你说，我宰了常德利的事，你是不是告诉刘振声了？”

沙燕涨红了脸：“我……不是我说的，是大师兄自己猜出来的。”

“刘振声……我就知道是他告了我的状，师父才逐我出师门！”

“不可能，大师兄向我保证过，他不会告诉师父的！”

“他的话你也信？他早想挤我走了，就是因为你！”

沙燕一愣：“你不要乱猜！”

高奇：“我乱猜？我警告他多少回你是我的，他还跟我争！他以为我走了，你就是他的了？想得美！我找他拼命去！”

高奇扭头就跑。

“站住！”

高奇驻足。

沙燕盯着高奇的眼睛：“你和刘振声都是我的师兄，师兄与师妹的情谊，没有差别，至于男女之情，我心里从来就没有过刘振声！”

高奇欣喜不已：“真的？那太好了！既然没有他，那咱们俩……”

“住口！高奇，你给我听着，我从来没喜欢过你，你不要再一厢情愿了！师父让你走，一定是你自己做错了事，你应该反省，赖不着我，更赖不着大师兄！你若在师门捣乱，找大师兄拼命，只会让师兄弟们更看不起你！”

“你就是看不起我，师父最信任的是刘振声，家里最有钱的是黄文发，功夫最好的是许大有……你们谁都看不起我！”

沙燕不想理会歇斯底里的高奇，转过头去。

“其实才回到天津就有人雇我当保镖，可不少给银子！我没去，就是因为你……这辈子娶不上你，我就白活了！”

说完，高奇从背后一把抱住沙燕的腰，就把沙燕往床上按，试图来硬的，沙燕转身与高奇扭打。

“高奇你混蛋！”

沙燕与高奇近距离搏斗，半晌，终于挣脱，她恶狠狠地瞪着高奇：“滚出去，不然我喊师父来废了你！”

高奇“扑通”跪倒在地：“沙燕，你就嫁给我吧！”

“不要再说了！你赶紧出去，不然我们连同门师兄妹的情义也没了！”

高奇流着眼泪恳求：“沙燕……”

“师父——”

沙燕猛一声大喊吓了高奇一跳，他“腾”地站了起来：“你真的这么绝情？”

“我说了，只拿你当师兄，没有你说的这个情字可言！”

高奇一咬牙，转身走了。

高奇刚走，刘振声、阿发、许大有都来了，刘振声敲门问着：“师妹，你没事吧？”

沙燕满脸通红，她咬了咬牙，泪水已流淌了出来，但听到刘振声的声音，她擦拭着泪水。

沙燕：“没事，我跟二师兄闹着玩的……”

这个时候，高奇背着包出现在刘振声三人身后，他谁也不看，径自向门口走去。

刘振声先发现了高奇：“高奇，你干什么去？”

“你管不着！”

“你给我站住！”

高奇转过身，瞪着刘振声：“干吗？想打架啊？”

许大有：“二师兄，你怎么跟大师兄说话呢！”

“轮得到你教训我了？”高奇的语气非常不好。

许大有气得直瞪眼，刘振声拉住了他：“算了，大有，你二师兄正在气头上，你少说两句。”

刘振声笑了笑：“高奇，我知道你舍不得离开师门，可师父自有他的想法，更何况他亲自求了刘大人，为你找到了出路，这不也是件好事嘛。以后师兄弟们在街上碰见，得叫你警察先生了！”

“对啊，霍威镖局以后还得靠你多多关照呢！”

阿发抱拳调侃高奇，想逗高奇笑。

高奇撇了撇嘴。

刘振声：“师父刚才叫我去了，让我明天置办酒席，为你送行呢。我多买点酒，大伙好好喝一顿，咱们师兄弟一醉方休！”

“不稀罕。”

“高奇，咱们师兄弟可有年头了，我们都舍不得你走！要不明天咱们再一起好好求求师父？”

“少来这套！假惺惺的，别以为我不知道，最巴不得我走的就是你！”

刘振声一愣。

“还装糊涂？蛇形门两兄弟和常德利的事，还不是你向师父告的状？哼，我没你这样的师兄，此处不留爷，自有留爷处！”

刘振声怔在原地，阿发和许大有也都为高奇的态度感到吃惊。

高奇不再解释，转身而去。

时间缓慢地走着，霍威镖局也逐渐走上正轨，日子一天比一天好了起来。

这一日，来霍家习武的后生们正在休息，他们围在一张桌前，农劲荪坐在中间，嘴里不停地说着，后生们听得异常认真。

霍元甲走来看到了这一幕，农劲荪发现了霍元甲，笑着向他挥了挥手，继续讲。

霍元甲思索片刻，他多多少少知道农劲荪在干什么，有些不悦，吩咐身旁的许大有告诉农劲荪自己有事找他，便走了。

厅堂内，农劲荪快步走进，端起桌上的茶喝了个精光，看来是说得口渴了。

“元甲呀，你的这些徒弟们都很上进，思想上也没有那么故步自封，从他们的身上我看到了希望，民族的希望！”

“那些后生不是我的徒弟。”

霍元甲语气很冷淡。

农劲荪一愣：“咦？什么意思？他们是来拜师的，既然已经留下习武了，不是你徒弟又是什么？”

“人是你留下的，不是我，想拜我为师也没那么容易！”

“元甲，你怎么还开上玩笑了？”

霍元甲正色道：“我没开玩笑，霍威镖局现在还没挣钱，之前家里已无银钱。我听说后生们的饭钱是你出的……”

“小事情，不必计较！”

“我当然要计较，你出的钱，我会还给你，至于那些后生们，我也会跟他们说清楚，在这里习武已成事实，愿意的话可以继续，但并非是我霍元甲开门收徒，我的师门规矩，他们也没有几个能承受的！”

“孩子们想练武，你定那么多规矩干吗？”

“没有规矩，不成方圆，我不会随便收他们为徒，更不能让他们受你影响，反对朝廷！”

说到最后，霍元甲的声音提了起来，这突然转变的态度让农劲荪不知如何是好，只得继续自己倒茶喝。顿了顿，霍元甲缓声说道：“劲荪，你想做什么，你在做什么，我都管不了，但你不能利用霍威镖局招兵买马！”

农劲荪忽然笑了：“是，官府早已把我列入了一个名单，稍有风吹草动就格杀勿论的名单！怎么，元甲，你怕我连累你？想当年在朝阳门抢夺大刀王五人头的霍元甲，可不是今天这个模样！”

“朝廷危难之际，大刀王五率众抵抗攻入京城的洋人，你的所作所为，好像和王五大哥不太一样吧？”

“那是因为王老英雄尚且没有看清这个国家病在哪里！帝制不铲除，中华何以融入世界文明的潮流；清廷不推翻，民族何以打破被奴役的枷锁？”

农劲荪越说越激动，霍元甲也越听越生气，他“啪”的一拍桌子，又强忍住怒火，严肃道：“农劲荪先生，你刚才说的话我全当没有听见过，听说你在天津已经置下了药铺，很快就要开张，那霍府也就不留客了！”

农劲荪一愣：“你撵我走？我还真没想到你会为清廷跟我翻脸，你忘了，杀害你父兄和霍家上下几十口的鹰四，就是清廷爪牙！”

“鹰四是武林败类，公报私仇，与朝廷何干？霍元甲乃大清子民，虽身处江湖，却应时刻为朝廷着想，若有需要，当随时为皇上持节尽忠，绝不与乱党为伍！”

最后一句，霍元甲说得很重，强调了“乱党”二字。

“我……好，我走！农劲荪不能连累良民！”

农劲荪气愤地走了，霍元甲并未相送，虽然他很珍惜这份友情，但道不同不相为谋。

院子里，刚刚赶走农劲荪的霍元甲在给后生们训着话。

“愿意学习武功的可以继续留下，但习武的目的首先是强身健体，之后要心系国家，懂得忠君报国，这个道理希望你们牢记……日后大家可以叫我霍师傅，但不能叫我师父。”

小伙子们直咧嘴，纷纷议论。

“家父在世时就不赞成我收徒弟，前不久，我最小的徒弟小伍便是受我连累，早早地就……”想到小伍，霍元甲眼睛有些湿润，他忍住泪水继续说着，“我之所以这么做也是怕连累了你们，希望你们能明白我的良苦用心！”

小伙子们仿佛懂了，不再议论，有的点了点头。

“虽没有师徒的缘分，但大家都是习武之人，相互之间切磋武功，却是元甲的幸事！从今日起，我就和大家共同切磋由我所创的迷踪拳。”

小伙子们大喜，甚至开始了欢呼。沙燕也偷偷摸到角落，定睛看着。霍元甲的迷踪拳打得出神入化，她看得聚精会神。

已经入夜，沙燕一个人在院子里按照白天偷学的本事在练武，练得脸上时不时露出笑容，反复练习又觉得哪里不对，正在犹豫之际，一转身吓了一跳，霍元甲一袭白衣正站在不远处，她连忙上前。

“师父。”

霍元甲点了点头。

“我先回去了。”

说完，沙燕就向自己的房间方向跑去。

霍元甲：“你刚才的拳打得杂乱无章，连为师都认不出这是自己所创的拳法。”

沙燕连忙回身：“对不起师父，我太笨了，没学会。”

“你已行了拜师礼，我却从来没教过你，你不会，不是你的错。从明日起，每天五更，我在这里教你拳法。”

沙燕一愣。

霍元甲低声道：“好了，你先回房去吧，无论听到什么声音都不要出来。”

沙燕有些诧异，想回身看。

霍元甲低声道：“不要四处张望，回房去。”

沙燕连忙停止动作，走了，待她关上房门，霍元甲向前走了几步，开始练拳，一套拳打得是虎虎生风。

突然，一支镖从房脊上向霍元甲射来，他一闪身，镖打在了地上。霍元甲上前拾起了那支镖，一甩手，镖向来处回射而去，只听“噹啷”一声，镖被房顶上的鹰爪弹开，竟然是鹰四站在房顶之上。

鹰四阴森道：“霍元甲，原来你也会用暗器。”

“霍某从来不练暗器，但以其人之道还治其人之身的道理，三岁的孩子都懂。深更半夜，你来我家里做贼，刚才的飞镖就算杀了你，也是活该！”

“普天之下莫非王土，我吕四鹰是朝廷命官，给皇上当差，哪儿我都能来！”

“哼，武林败类，打着皇上的名义为非作歹，你早晚会遭报应的！”

“咒我？有本事你来跟我打，刚才看你那套拳，还真把烟瘾戒了？”

“区区鸦片之毒，岂能害得了霍某人？”

“口气不小啊！霍元甲，那天你我也没打痛快，有本事你跟我来！”

鹰四这么说，明显是在别处给霍元甲设下了圈套，霍元甲不是傻子，他当然也知道。

“没心情。”

“霍元甲，就在这儿，我杀了你爹霍恩第，还有你哥哥霍元栋，你不想报仇吗？”

鹰四想激霍元甲就范，但霍元甲不为所动。

“夜深了，元甲大病初愈，该休息了，恕不远送。”说罢，他向屋里走去。

“你那小崽子徒弟，可是老子亲手毙的他！不报仇你还配当师父？”

霍元甲不理。

“大烟瘾可好受？才戒你就忘了？”

霍元甲仍不理。

鹰四气坏了，从天而降，落在院子里，拦住霍元甲。

霍元甲皱了皱眉头：“吕四鹰，这是我的家，请你离开。”

“你说的这叫什么话？还请？一点都不像个练武之人！你我有深仇大恨，今日何不做个了结！”

“想找我比武吗？你不配。”

霍元甲绕过鹰四，继续向屋里走去。

“比武？老子宰了你！”

鹰四突然在背后偷袭，铁链子鹰爪直逼霍元甲的要害，霍元甲却只是退让，不还手。

“你不还手？！”

鹰四用尽杀招：“我叫你不还手！”

霍元甲仍在退让，突然，大门被撞开，一队持枪的警察冲了进来，警察身后是刘大人。

霍元甲上前抱拳：“刘大人，您来得正好，此贼夜闯民宅，试图行凶杀人，请大人为我做主。”

刘大人看向鹰四：“拿下！”

“我看谁敢！姓刘的你把眼睛睁开，是我！”

鹰四把脸露了出来，恶狠狠地瞪着刘大人。

“吕四鹰吕大人？”

“我是奉朝廷之命来办差的，你们让开！”

刘大人：“办差？您弄错了吧？按朝廷和洋人签订的和约，此地官兵不得进入，善扑营也不例外吧？您没看我手下都换成警察了吗？”

刘大人脸上露出得逞的笑容，鹰四傻了，愣了片刻，他改口道：“我刚才说错了，我来找霍元甲为私事，跟朝廷无关！”

“我与吕大人可没什么私事好谈。”

刘大人正气凛然：“我知道你们有私仇，这深更半夜的，吕大人手持凶器，意欲何为？杀人行凶？还是放火烧宅？这种事本官可得管啊！吕大人，随我走一趟吧。”

鹰四气笑了：“霍元甲，你是知道我要来，和姓刘的合谋给我画了圈套。”

“我刚才若跟你走，便中了你的圈套，不是吗？”

鹰四点了点头：“有两下子……走就走，姓刘的，我看你能把本官怎么样！”

鹰四大踏步地出门而去，嚣张不已，可他也知道，这次自己不占理，姓刘的又偏袒霍元甲，以后想再找机会杀霍元甲，难了。

—第五章　离乡—

霍威镖局在霍元甲的操持下日益红火。

不押镖的日子，霍元甲就教习后生们练武。

刘振声一度提醒师父，叫他有所保留。霍元甲告诉大弟子，他绝不会藏着掖着，这积弱积贫的国家，这被鸦片侵害的民众，是多么需要强健的身体和刚硬的精神。经过烟瘾风波后，他更是深刻地意识到这一点。至于后生们能学到什么程度，就看他们的造化了。对于沙燕，霍元甲也是倾囊相传。刘振声看在眼里，觉得师父一直在变化，师父的变与不变是他一直所钦佩的。霍元甲却告诉刘振声，自己其实一直在努力，努力适应这翻天覆地的时代，虽然有些东西他还想不通。

赶上中秋节，街道上非常热闹，刚刚押镖回来的刘振声正买着东西，突然有人在背后拍了他一把，刘振声一回头，欣喜：“沙燕！”

“听说大师兄押镖回来了，我一猜你就得先上街。”

“你咋猜这么准呐？”

“大师兄最孝顺了，两年了，每次回来不都先给奶奶买好吃的，更何况今天是中秋，大师兄还能落了这个礼？”

刘振声有点不好意思：“师父对我恩重如山，孝敬奶奶是应该的！沙燕，这个给你。”

说着，刘振声从胸前掏出一个布包来。

“这是啥？”

刘振声说道：“打开看看。”

沙燕打开布包，里面是一个雕工精美的银把镜子，她没说话，将镜子裹了裹还给刘振声。

刘振声很苦恼，因为他每次不但给奶奶买好吃的，还都会给沙燕带个礼物，但每次沙燕都是拒绝，他不知道为什么。

沙燕明白刘振声的心意，以往都是一笑置之，可这次却出乎意料地说了出来。

“大师兄，你对我的心意我早就明白，但我与你只有师兄和师妹的缘分。”

刘振声张大了嘴。

“大师兄心胸宽广，今天我把话挑明了，你可不许不高兴啊！”

刘振声很难过，虽然早知道会是这样，但被正主亲自说出来还是很不舒服，可他假装洒脱地将镜子揣回怀里：“哪能啊？走，师妹，回家！”

“回家可不行，你还得陪我好好逛逛街呢！我要给全家老小每人买一件好礼物，你帮我挑，还得给我背着东西！”

沙燕说完径自走出，刘振声觉得今天的她有点不一样，愣了片刻也连忙跟上。远处角落里的高奇把两个人有说有笑的样子看在眼里，虽然不知道说了什么，但看着他们亲密的样子，高奇很嫉妒。

到了晚上，两桌丰盛的饭菜，全家人都聚在一起过节，觥筹交错好不热闹。酒后，王氏端着一块块月饼出来，霍元甲仔细地将月饼切开，分给霍母、孩子、徒弟们。

沙燕和阿发都有些过于激动，眼眶通红，随时都感觉要哭出来，似乎是有心事，但没有人注意到这个细节。

节庆祝完了，众人都回了房间，霍元甲端着水习惯性地去给母亲洗脚，霍母看着儿子忽然发声："元甲，你想对沙燕作何安排？这丫头在咱们家住了两年多了吧？"

面对母亲的突然发问，霍元甲不知怎么回答。

霍母继续问着："你教她武功都是在夜里，孤男寡女，什么时候成一家人呐……"

霍元甲吓了一跳："娘？"

"你媳妇大度，早就与她姐妹相称了，你又何苦瞒着娘。沙燕若是对你没意思，又怎么会跟来天津？你的大徒弟、二徒弟都讨好她，可是她哪个都看不上，这又是咋回事？还不是心里有你。依娘的意思，反正早晚都是这么回事，还不如趁早！你又已经教会了她一身好武艺，将来她不还能帮你打理镖局生意嘛！"

"娘，儿从来没有过这个意思，此等话请以后千万不要再说！"

霍母本是好意，见霍元甲急了也只好作罢。

皓月当空，刚刚母亲的话让霍元甲想了很多，觉得是时候了断一些事了，他站在院里沉思着，也等待着。

沙燕走来："师父，您早啊！"

霍元甲看了看沙燕，移开目光："沙燕，你的武功根基本来就好，又肯用功，春夏秋冬，无论刮风还是下雨下雪，从不耽误，武功进步之快令为师始料不及。如今已有大成，可以出师了。"

沙燕一愣："师父，我哪做错了吗？"

"没有，只是你一个人在天津已两年有余，也该回去了，难道你不怕哥哥惦记？”

“师父您等一等！”

沙燕扭身向自己屋里跑去，再回来时，手里捧着一件长袍。

“中秋过后，天就要凉了，我为师父做了一件衣服，一针一线都是亲手缝制，做得不好，请师父不要嫌弃。”

“为师已有冬衣，这件衣服带回去，给沙狼穿吧。”

“不行，这衣服是按师父的尺寸做的，我哥穿不了。怎么，师父都没试，就嫌我的手艺不好？”

沙燕眼眶有些发红。

“那倒不是，只是穿你师娘做的衣服习惯了。”

“我与您师徒一场，给您做件衣服，师娘不会挑眼的！当日既已行了拜师礼，我心中对您的惦念就早已变成了徒弟对师父的情意，这一点请师父放心！”

说着，沙燕便落了泪。

霍元甲有些尴尬：“呃，你又何苦落泪？为师收下便是……刚才师父跟你说的……出师的事？”

“我走。”

沙燕干净利落，反倒让霍元甲傻眼了。

“我早就该走了，却让师父先说出口，真是丢人……师父，明早就不再向您辞行了，授业之恩，牢记在心，一生不忘，请受沙燕一拜！”

沙燕双膝跪地，正式地磕了一个头，霍元甲双手捧着长袍，又不好上前搀扶，显得更是尴尬。

已是正午，霍元甲带着一脑袋的疑惑向正厅方向走着，沙燕一大早给全家所有人都留了礼物之后，便不辞而别了，与王氏商讨了一番，并没有发觉沙燕最近有什么反常之处，只是听小莲说近一年来，沙燕好像经常白天出去听课。

听课……霍元甲思考着，已然来到了正厅，阿发已等候多时了，他是来向师父辞行的。

“其实春天就收到了家母的来信，可是镖局的生意太好了，我一直没敢告假。前两日家母又来信催，主要是家父的六十大寿快到了。”

“那可得回去！我还要备上寿礼，你一并帮我带回！”

阿发抱拳：“多谢师父！”

霍元甲起身拍了拍阿发的肩膀：“令尊令堂没催你的婚事？”

“催了，这次回去也是要相亲的……”

“太好了！你最好办完喜事，带着媳妇一起回来！”

霍元甲兴高采烈，却发现阿发眼里含着泪水。

“怎么了阿发？要回家了，你不该高兴才对吗？”

阿发不知怎么开口：“我是怕……不能回来了。”

霍元甲一愣，立刻明白：“哦，你看看为师糊涂了，你本来就是黄家的大少爷，家里那么多产业等着你继承，娶了媳妇就更不能让你回来当镖师了！”

阿发突然跪倒：“师父在上，徒儿黄文发给您磕头，感谢您教了我一身武艺，教我做一个堂堂正正的人！”

霍元甲连忙单膝跪倒将阿发抱住：“哎，不必行此大礼，其实你早就该出师了，是霍威镖局的生意耽误你了，你等着……”

霍元甲转身向自己房间走去，一会儿，将一沓银票拿了出来，递给阿发：“这个你带上。”

阿发不解。

“当年为了救我，你花费了四十根金条，这些银票还不一定能抵得上。”

“师父，我早说了，那是我孝敬您的，您不用还！”

“那可不行，自从镖局有生意以来，你师娘一直在攒着，就是为了尽早还给你。阿发，这些银票你若不带上，师父会一辈子寝食难安的！”

阿发无奈：“那好吧……师父，我买了明天的船票。”

“明天？这么快？我得赶紧去告诉振声，今晚摆酒，为你送行！”

阿发欲言又止，霍元甲发现：“你还有什么话要说吗？”

“没有了，只是……我走以后，师父要是发现我做了什么对不起师门的事，您可别怪我。”

霍元甲笑了：“不可能，阿发，你们师兄弟几个我对你最放心，对不起师门的事，你做不出来！”

阿发眼圈泛红，霍元甲紧紧地把他抱在怀里，被师父拥抱的阿发泪水流淌。

“你们俩什么时候成亲？”

阿发看着坐在面前的许大有和小莲，二人不好意思地笑着。

阿发看着许大有：“你笑啥？这两年替镖局走镖，每一趟师父都分你镖银。咋？娶小莲的钱还没攒够？”

小莲：“早攒够了，我嫁给大有哥也不用花什么钱的……”

“听见没有，小莲着急了！你小子还不赶紧求师父做主，让你娶媳妇！”

许大有：“大师兄还没娶媳妇呢，三师兄你也没娶，我不是不好意思嘛……”

阿发：“傻小子……小莲，我发现你有眼光，你大有哥比我可靠多了！”

阿发笑着。

许大有急了：“哎，三师兄，你还惦记小莲呢？”

“惦记怎么了？我长这么大，唯一对一个女孩了动过心，就是小莲，你可得好好待她，一辈子不许欺负她，不然我饶不了你！”

许大有伸了伸舌头。

小莲：“放心吧阿发少爷，大有哥对我可好了。”

阿发：“大有，这块金表送给你。”

说着，阿发将一块精致的金表递到许大有面前。

“哎，三师兄，这个好东西我可用不上！”

“你留着吧，也算是咱们师兄弟一场的念想，我更用不上了。”

“也是，听说你们家可有钱了，一回南洋你就有更好的了是吧？”

阿发想了想，点了点头：“就算是吧。”

阿发又拿出那对耳环：“小莲，这对耳环本来就是给你买的，现在就当作三师兄送给你们俩成亲的贺礼！”

阿发把曾经要向小莲求婚的耳环递到了小莲面前，小莲感激地看着他。

许大有和小莲已经离开，坐在阿发对面的是刘振声。

“大师兄。”

“三师弟！这咋说走就走呢？！”

“我走后，就拜托大师兄在师父身前尽孝了！”

“放心，你啥时候回来？”

“不管有什么消息传回来，都请大师兄记住，我黄文发决不给师门丢人！”

阿发眼睛湿润了，他跟平常不一样，可神经大条的刘振声并没有察觉。

“大师兄信你！你不就是回家给老爷子拜寿娶媳妇嘛，这说的咋跟诀别一样！”

刘振声一拳砸在阿发胸前：“大小伙子，咋动不动就掉眼泪呢？”

“大师兄，我舍不得你……”

刘振声也流了泪：“我也舍不得你啊！走，酒席好了，喝酒去！明天师兄送你去码头！”

“不用你送！”

刘振声一愣。

“谁都不许送我，我怕到时候又掉眼泪，让人看见了笑话……”

刘振声笑了。

革命党天津秘密据点内，农劲荪一个人坐在这里愣神，他万万没想到这次抓阄刺杀清廷大官的任务会落在阿发和沙燕头上，想着，他自言自语道：“师出同门，这恐怕也是天意吧……”

刚说完，沙燕和阿发来了，农劲荪强挤出笑脸。

“这次行动，是用一腔热血浇灌革命之花！定将给腐朽的清王朝致命一击，执行者亦必名垂千古！但，也几乎没有全身而退的可能。阿发、沙燕，你们有什么要交代的吗？”

说这话时，农劲荪的眼里已经泛出了泪水，他实在是心疼自己的外甥。

沙燕率先出声：“没有。”

“你哥哥……”

“我哥性情鲁莽，一旦我……他定会去找师父算账，到时请农先生证明，我是自愿的，与师门无关。”

农劲荪点了点头，看向阿发：“你呢，你有什么想跟你父母说的？”

“你是我舅舅，亲舅舅，该怎么向父母大人禀报，全听舅舅的。”

农劲荪没想到阿发这么说，眼泪更是控制不住地流了出来。

“但我有一件事不放心，舅舅跟《大公报》的总编很熟吧，我想明天刊登一个声明。”

农劲荪一愣。

“本人黄文发，津门武师霍元甲入室三弟子，于本报声明如下：吾师德高，武艺更精，春秋之间，受益良多。然，庚子国变以来，天下大势浩浩荡荡，有志者无不奔走，以图国之存，更期族之兴，无为世界文明所弃也。”

屋里坐满了人，连霍母和霍冯氏都在场，众人听王氏读着报纸上的内容，霍元甲脸色很难看。

王氏继续念着："奈何师霍元甲，心思守旧，故步自封，师徒之间，鸿沟渐深，已成陌路。古人云，道不同，不相为谋。文发不能因师恩而弃大体。故，再三思忖，意决如下：自今日起，黄文发不再以霍元甲为师，霍元甲亦再无黄文发一弟子。声明一出，名分两清。黄文发秋日于沽上。"

霍冯氏"啪"地一拍桌子："我早就说了，这外姓弟子靠不住！吃咱们霍家的，穿咱们霍家的，武艺学到手了，就不认师父了！"

"大嫂，发声明的是阿发！"

霍冯氏一愣："喔，阿发……他是大少爷，前些年可没少添补家用，几十根金条把他师父赎出来的……这咋……"

霍母："元甲呀，不会是农劲荪挑唆的吧？他是阿发的舅舅。"

霍冯氏："对啊，元甲，你跟那姓农的咋突然就不来往了？如今他挑唆外甥跟你这个师父翻脸，对镖局的生意可不好啊！"

霍元甲不言语，思考着。

小莲突然想起了什么："我想起来了！二少爷您等着！"

小莲再次冲回客厅，手里拿着个信封："二少爷，您看看这个！"

霍元甲打开信封，发现里面正是他给阿发的那些银票，他看着银票，回想起阿发告别时的几个瞬间，阿发双眼含泪。

"不对，阿发发此声明一定有苦衷……振声，今早你可送阿发到码头了？"

"没……没有。"

"师兄弟一场，他要走你为何不送？"

"他不让我送啊！说怕自己掉眼泪丢人！"

"坏了，我怀疑阿发没回南洋！他要闯大祸！振声，大有，快跟我去把阿发找回来！"

说完，霍元甲已经冲出了门，刘振声和许大有连忙跟上。

霍母明白了："元甲媳妇，你说得有道理，阿发的舅舅农劲荪本来就是……"

霍母早就洞察了农劲荪的身份，一直没说，此时她也说不出口，干着急。

火车站廊桥之上，身着警察衣服的高奇从腰间拽出酒壶来，喝了一口。

一名警察上前："高队长，咱是来当差的，有大人物要来，你就少喝两口吧，别让上官闻着酒味，要倒霉的！"

高奇一脸的不在乎："来的是钦差大臣，老佛爷身边的红人，能轮到咱们这些小警察往近了凑吗？这种差也就是摆摆样子，不耽误喝酒！"

正在这时，一列火车进站，整个车站戒备森严，很多警察和清廷鹰犬遍布四周。阿发出现在站台上，但被戒备的警察隔得离火车很远，他在人群的后排观察着。遥远的角落里，女扮男装的沙燕也出现了。

霍元甲三人冲进一个药铺，几名伙计正在盘货，掌柜的正在和一个老板模样的人交接着什么，众人见霍元甲等人冲进来都愣住了。

"叫你们老板出来，就说霍元甲要见他！"

"霍师傅啊，这位就是淮庆药铺的新老板。"

掌柜的示意面前的人就是。

霍元甲："农劲荪呢？"

老板："他已经把店盘给我，离开了天津，你没看正在交接吗？"

霍元甲身后的刘振声和许大有也都意识到了问题的严重性。

在警察的严密保护下，整个火车站站台被制造出了一个很大的空间，旅客都被拦在这个空间以外。火车门慢慢地打开，钦差大臣的保镖纷纷下车，钦差大臣也终于露了头，被允许进入的记者们连忙上前准备拍照。阿发凝神聚气，他的手插进了腰间，猛地抽出手枪，对准了远处的钦差大臣，尽管警察很快发现了他，向他扑来，但阿发镇定自若。

阿发的手枪准星对准了钦差大臣，可钦差大臣的身后突然闪出了鹰四的面孔。

阿发一慌神："鹰四？"

再看警察，即将扑到阿发的身边，阿发无奈，只得开枪。

枪声响了，钦差大臣肩头中弹，旅客尖叫四散。

鹰四一把抓住钦差大臣，往车厢里拽："保护大人！"

保镖立刻上前站成人墙。阿发又连开两枪，射中了两个保镖。

警察已至，阿发扔枪，拽出三节棍与警察对打。

大批的警察都向阿发冲去，阿发边打边退，尽量吸引更多的警察向他涌来。

鹰四："练家子？"

鹰四大喊："抓活的，审出同党一起枪毙！"

喊完，鹰四向阿发的方向冲去。

远处被警察忽略的地方，女扮男装的沙燕飞快地向车厢跑去，这一切都被廊桥上的高奇看在眼里。

高奇嘟囔道："声东击西？这群废物……"

高奇就要往下跳。

警察："高队长，你要干啥？"

高奇："救钦差大臣的命还不得升官发财啊？！"

说着，高奇从廊桥上跳了下去，正落在火车顶上，再一翻，人已落在站台上。几乎与高奇同时，沙燕上了火车。

警察围攻阿发，久战不下。

鹰四正要拨开人群，忽然意识到了什么，扭头望去，正见沙燕的身影一闪，上了火车，他倒吸一口凉气，向火车飞奔而去。

火车内，两名保镖架着受伤的钦差大臣往车厢里躲。

沙燕迎面而来。

“让开！”

保镖怒喝着，却不想沙燕突然亮出双钺，钦差大臣瞪大了眼睛，沙燕的兵器插入了他的胸膛。

沙燕得手，转身就跑，连兵器都舍了，却听到高奇的一声断喝：“刺客休走！”

高奇三蹦两跃来到沙燕身旁，沙燕知道来人，不敢抬头，二人迅速交手，没打两下，高奇就觉得奇怪。

高奇突发狠招，一巴掌抽掉了沙燕的鸭舌帽，一头秀发甩了出来，沙燕回身的瞬间，二人四目相对，高奇傻了。

鹰四上车看到钦差大臣的尸体，大喊道：“抓刺客！”

高奇听到猛地出招向沙燕打去，二人近距离过招，高奇轻声道：“跳窗走。”

沙燕眼神一瞟，抛出谢意，高奇露出破绽，沙燕一掌劈在高奇脖颈处，高奇佯装倒地。沙燕脚蹬车厢，纵身一跃，从开着的半扇窗口蹿了出去。

倒地的高奇见鹰四追至，假装捂住脖颈，其实是为了挡脸，怕被鹰四认出，鹰四根本没工夫看高奇，也一跃，从窗口蹿出。

火车轨道上，沙燕奔跑着，两名清廷爪牙堵截，鹰四窜出车厢也向沙燕追来，沙燕没办法，只能施杀招，快速将两名鹰爪打伤，继续逃跑，可鹰四太快，瞬间已到眼前，尽管沙燕武功进步很快，但还是被鹰四抓伤了肩头。

沙燕不得已施展迷踪拳精髓与鹰四对打，可沙燕不是鹰四的对手，很快落败，即将束手就擒。

从窗口追出的高奇见到这一幕心急如焚，他一咬牙，“嗖”地飞出一枚暗器。马上就要制服沙燕的鹰四突听身后风响，连忙回身，用铁鹰爪击落暗器。高奇的第二枚暗器已经飞出。

鹰四再次击落暗器，有些不屑：“跟我玩暗器？”

“嗖”的两声，鹰四两枚暗器扔向高奇，高奇连躲带闪钻到了火车下面。鹰四再回头，沙燕的身影一闪即逝。

鹰四气坏了，指着远处的高奇：“抓住那个警察！”

鹰四和亲信甲、乙向高奇躲藏的方向追去。

站台上，阿发以一抵几十，虽身高力不亏，但毕竟寡不敌众。

最终，阿发被各种兵器架住，浑身是伤，鲜血淋淋，无法动弹。

高奇也已被鹰四擒住，求饶着：“吕大人饶命！我刚才是对着那个刺客放暗器，是在帮您啊！”

“放屁！”

鹰四上前就卡住高奇的脖子，欲置之死地。

“别杀我啊吕大人，吕大人饶命……”

鹰四疑惑：“你怎么知道我姓吕？”

高奇这才意识到说漏了嘴。

旁边鹰四的亲信出了声：“这小子好像是霍元甲的徒弟！”

鹰四：“好啊，混成警察了？砍下他的脑袋，送给霍元甲！”

说着，鹰四往前一推，亲信甲的刀就举了起来，向高奇的脖子砍去。

高奇大喊一声：“等一等！我早就被霍元甲逐出师门了，我恨死他了！”

“你说什么？”

“真的！我恨死霍元甲了！我知道吕大人跟霍元甲有仇，别杀我，我可以帮您报仇！”

刀下的高奇哭哭咧咧，只要能活命，他什么都能说出口。

浑身是血的阿发脸上露出了笑容，虽然被擒，但是他听到了钦差大臣被刺身亡的消息。

鹰四押着高奇恶狠狠地走来，他并没有正眼看阿发，便喊道："给我审，审出他受谁指使，那个女同伙是谁？"

阿发看到被押的高奇，大吃一惊，高奇连忙回避阿发的目光，反应敏锐的鹰四察觉到这一瞬间，猛地回头，卡住高奇的下巴："你认识他？"

"我……"

阿发大喊道："杀剐随意，何必难为别人？"

鹰四亲信端详着阿发，凑到鹰四身旁："禀告大人，我认出来了，这个也是霍元甲的徒弟，叫……叫什么黄文发的！"

鹰四顿了一下，他看了看阿发，又看了看高奇。

"哈哈，这下有意思了！"

霍家，霍元甲三人回来了，正遇到王氏在溜两岁的霍东觉。

"收拾东西，准备离开天津！"

王氏一愣："怎么了？"

霍元甲："别问了，赶紧告知大嫂和小莲！我去向娘通禀。"

霍母很诧异："就算阿发、沙燕和农劲荪都失踪了，咱们也不用离开天津吧？"

"娘，实不相瞒，儿有不祥之感，出此下策是为娘和孩子们的安危！"

"元甲啊，你是家里的顶梁柱，不管遇到什么事，娘都听你的！"

"那请娘迅速收拾细软，我和振声去套车，半个时辰内我们就走！"

霍元甲起身刚要走，许大有的声音从外面传来：师父——师父不好了！鹰四带人把咱家围了！

霍母快走两步，一把抓住霍元甲的胳膊："儿，光天化日之下，又有刘大人在，谅鹰四不敢胡作非为，无论如何你一定要记住，你爹让你只练一个‘忍’字的良苦用心呐！”

霍元甲看着母亲，不知如何是好。

院子里，鹰四手下的便装爪牙和警察正向外驱赶着练武的后生们。霍元甲走来，他身后的刘振声和许大有都持着称手的兵器。

“吕四鹰，你想干什么？！”

站在院子中间的鹰四：“抄家伙了？想阻拦本官捉拿刺客？拿下！”

立刻有持洋枪的警察冲向霍元甲三人。

刘大人连忙上前两步：“哎哎哎！吕大人，说好了是来捉拿刺客的，霍元甲肯定不是刺客呀！刘振声、许大有，还不把你们手里的兵器放下！”

许大有和刘振声将兵器扔在一旁。

鹰四：“把霍家的人都给我轰出来，挨个房间搜！”

刘振声又要急，霍元甲制止他。十几名便衣爪牙冲进屋去。

鹰四看着霍元甲，跋扈的样子，霍元甲无奈，只能忍着。

霍母被赶了出来，霍元甲连忙上前搀扶，没多久，全家都被轰到院子里，一排洋枪对准了他们。

霍元甲：“鹰四！你到底想干什么？！”

“干什么？待会儿你就知道了。”

鹰四等待着，手下们逐渐都跑回，很明显是没搜到什么。

“我就知道你们找不着，要是轻易就让咱们把刺客抓着，那还是霍元甲吗？”

霍元甲：“什么刺客？！鹰四，刘大人在此，你又想耍什么鬼把戏诬陷于我？”

鹰四笑了：“带进来！”

两名持枪警察将五花大绑的高奇押了进来，霍元甲愣了。

“高奇，刚才你跟我说的什么？再说一遍？”

霍元甲诧异地看向高奇。

高奇：“师父……”

高奇突然表情变得狰狞，口气发狠：“霍元甲！你可不能怪我，你心里只有刘振声，所有的徒弟里面你最疼他！把我撵出去，就是为了让沙燕给刘振声当媳妇！结果怎么样？刘振声教唆沙燕当刺客，行刺了钦差大臣！”

霍元甲诧异不已。

刘振声大喝：“高奇！你血口喷人，污蔑师父，我宰了你！”

刘振声说着就要上前，枪口怼住了他，霍元甲一把将刘振声拉到身后。

鹰四：“别跟他费嘴皮子，四处都找遍了，没见着那女刺客，准是被他们藏起来了。高奇，他们霍家有密道，你不会不知道吧？”

高奇瞟了一眼霍元甲：“我……”

鹰四一把抓住高奇的后脖颈子：“你看他干什么？我问你知不知道？！”

“密道……是有密道，先前是通往霍家粮栈的，可是后来粮栈的铺子卖了，密道就堵死了……”

鹰四：“堵死了不正好藏人嘛！那小娘们受了伤，一定被他们藏在密道里！带我去！”

鹰四提溜着高奇向祠堂方向而去。

不多久，鹰四搜完回来了，高奇跟在身后。

刘大人迎上：“吕大人，怎么样啊？可找到了那女刺客？”

鹰四根本不搭理刘大人，直接怒斥道：“霍元甲！你居然是南方逆党在天津的头头儿！藏得够深的呀！来人啊，抓！”

立即有两人上前要拧霍元甲的胳膊。

霍元甲：“等一等！鹰四，你诬陷我！你有何证据？”

鹰四转过身："家里挖秘道，你就是逆党！"

"密道乃祖上所留，乱世之中以防不测，有什么稀奇？"

"乱世？这世道还不是被你们这些逆党搅乱的？！"

鹰四一把揪住高奇的辫子，拽过来："说，刺杀钦差大臣那个女刺客是不是他徒弟？"

高奇不敢看霍元甲："是……是……"

鹰四："听见没有？当师父的教唆徒弟刺杀钦差，这罪过大了！还想活？"

霍元甲："女刺客在哪儿？作为朝廷命官，你仅凭高奇一家之言就做此推断，也太草率了吧？！高奇是我弟子，两年前闹了点磕绊，你就想利用他诬陷我？"

霍元甲向刘大人抱拳："刘大人，请替元甲做主！"

刘大人："呃，吕大人，若是没有证据就抓人，确实有些草率，更何况你们之间本来就有恩怨，两年前您可是在上官面前写过保证的，您忘了？"

鹰四："姓刘的，我知道你会袒护他……是，那个女刺客没抓着，不过她的同党可被我擒了。霍元甲，你想不想看看是谁啊？押进来！"

几杆长枪架着浑身是血的阿发进门，此时的他已不能走路，几乎是被架进来的。

霍元甲、刘振声、许大有全都愣住了，小莲更是双眼立刻瞪出了泪水，王氏虽镇定些，但也变得呼吸急促。

霍元甲眼里只有阿发，他心疼得青筋暴露，满眼通红。

"阿发！"

只这两个字叫出口，霍元甲眼泪便淌了出来。

鹰四得意地笑道："你徒弟黄文发在火车站向钦差大臣开枪，制造混乱，以便你的女弟子趁机行刺！这一切难道不是你幕后指使？你这个逆党头目还想抵赖？"

霍元甲无言以对。

"黄文发，我知道你是个南洋大少爷，家里日子过得不错，只要你说出是霍元甲指使你干的，我就放你一条生路！"

霍母吓坏了，霍冯氏也浑身颤抖，她们都是不相信外姓弟子的。

霍元甲只是心疼阿发，已将生死置之度外："阿发，你为什么瞒着为师？"

阿发抬眼看向霍元甲："呸！我早在《大公报》上刊登声明，跟你这故步自封的顽固之人断绝师徒关系，你只知道给清廷当顺民，我没你这样的师父！鹰四！你听着，火车站刺贼，乃我黄文发所谋，杀贼脱身者是我的同志，津门革命者仅我二人，再无其他！"

鹰四："你想一个人把罪名全担了，替霍元甲开脱？哈哈，我看你是不知道死的滋味！来，我让你尝尝……"

鹰四一把抓过高奇的脖子，将高奇提溜到距阿发十米远的地方。

鹰四从怀里掏出他的独门暗器，对高奇道："你小子不是会使暗器吗？来，扎瞎他的狗眼！"

高奇刚一犹豫，鹰四"啪"的一巴掌抽在高奇脸上，高奇只得接过暗器，看向阿发。

"高奇！"

霍元甲的声音让高奇一哆嗦。

鹰四："不肯？那你就跟霍元甲是同党！"

高奇："不！不！我早已跟霍元甲恩断义绝！"

高奇看向阿发："黄文发！你居然敢行刺钦差大臣？可别忘了我高奇是警察！我对你动手天经地义！"

说着，高奇一飞镖飞了出去，飞镖没扎中阿发的眼睛，正中胸口，血瞬间涌了出来。

霍元甲大惊，他万万没想到高奇敢动手，不由得双手攥紧拳头，就要往前冲，想冲出去救阿发，杀鹰四——

就在这时，霍母低声道："元甲！别忘了娘跟你说的话！"

霍元甲回过头去，看着母亲含泪的双眼，自己也是泪流满面。

鹰四："废物！就你这暗器功夫，霍元甲教的？"

霍元甲怒道："我霍元甲没用过暗器！也不可能教徒弟暗器！高奇，你与阿发师兄弟一场，竟能下得了手？！"

鹰四："再来，这回用这个，扎他的右腿！"

一把匕首被鹰四递到高奇手里，高奇接过，半晌不肯出手。

阿发忍着疼痛怒道："狗官！有本事你亲手杀了我，假人之手算什么？"

霍元甲心疼地看向阿发。

鹰四笑了："霍元甲，你不是号称大侠吗？霍大侠，我今儿就是让你好好看看戏，看看你的徒弟自相残杀，让你过过瘾！"

霍元甲攥紧拳头。

鹰四一脚踢在高奇屁股上："还愣着干什么？右腿！"

高奇不再犹豫，一甩手，匕首飞出，正中阿发右腿。

霍元甲疼在心里，他已忍无可忍，决定放手一搏，就要移动步子。

阿发察觉到霍元甲的反应："霍元甲！你休要管我的事！"

霍元甲愣住。

阿发转过头："鹰四，我跟你拼了！"

阿发用尽全身力气，竟将架着他的四条长枪挣开，他从腿上拔出匕首，冲向鹰四。

鹰四不得不扔出飞爪，飞爪正抓在阿发的喉咙上，阿发倒在了地上。

刘振声和许大有目睹了这一切，霍元甲目眦欲裂。

鹰四见阿发死了有些恼火："哼，把逆党头目霍元甲拿下！"

霍元甲、刘振声和许大有准备动手反击。

王氏突然大声道："岂有此理！吕大人，今天的《大公报》你没看到吗？黄文发已登报与霍元甲断绝师徒关系，津门尽人皆知！你却把黄文发带到霍府来杀，是何居心？当年我夫含冤入狱，我曾到京城告状，今日谁敢动他一根汗毛，我必万死入京告御状！我就不相信，青天白日之下，你们这些朝廷命官屡屡陷害、公报私仇，就没地方管了！”

王氏说着，高高举起了《大公报》。

刘大人上前拿过《大公报》：“是啊吕大人，你看啊，这可是黄文发自己登的声明，你这么抓走霍元甲，说不过去啊！”

鹰四一把抓住刘大人的脖领子。

刘大人：“你想干什么？津门巡警何在？”

院子里毕竟有一半是刘大人的手下，警察们都调转枪口对准了鹰四。

鹰四看了看形势，松开刘大人，用手点指：“霍元甲，我跟你没完！”

说完，鹰四带人离开，高奇想了想，赶紧跟上鹰四。

刘大人见事情已了，看了眼霍元甲：“元甲，钦差大臣在津门火车站遇刺是真，本官公务在身，告辞！”

外人都走了，半晌，霍母才从惊愕中缓过神来。

霍冯氏“哇”的一声哭了出来。

霍元甲：“都不要哭了！振声、大有，给阿发收尸。娘，阿发在霍家多年，也算是亲人了，您老人家，还有大嫂和孩子们，我们一起去墓地送阿发一程如何？”

王氏立刻明白了霍元甲的意思。

霍母和霍冯氏看着霍元甲都有些发愣，片刻也明白了。

霍母：“好好好，一起去墓地！”

驿馆内，鹰四正在找画师画着沙燕的样子：“这这这，眼睛再大点……对对对，差不多了，有点像了！就是这小娘们儿，迷踪拳打得不赖！”

鹰四身后的十几个便衣爪牙正在比对。

一名亲信在旁边发现了什么：“四爷，这有张画像，上头的人跟这个长得差不多！”

另一张画像被拿到鹰四面前比对，不是一个画师画的，但很明显就是沙燕本人。

“这是谁啊？”

鹰四问着。

“此女子在东光行凶，是杀害知县薛学的凶手！”

鹰四“腾”地站了起来：“薛学？！就是帮我算计霍元甲的那个知县？奶奶的，把高奇给我带进来！”

高奇被押了进来。

“这个女的叫沙燕对吧？”

高奇点着头。

“她是行刺东光知县的凶手，你可知道？”

高奇想回避，鹰四又掐住了他的脖子：“说！”

“我知道！”

“霍元甲知不知道？”

“师父当然知道了，沙燕就是为了师父才杀了薛学的……”

“混蛋！刚才你为什么不说？”

鹰四将高奇扔在一旁，迅速出了门。

鹰四率众再次赶到霍家时已是深夜。

霍家已经一个人影都没了，鹰四气急败坏，下令火烧霍家。

不单单烧了津门霍家，鹰四带着高奇还火烧了东光山沟里的草房。无论如何，在鹰四的脑子里，霍元甲在这世上已经没有立足之地了。

火光中，鹰四面目狰狞。

秋去冬来，北国大地苍茫一片。

大雪从天而降，大山银装素裹。

一处矗立于半山腰处的山庄，被笼罩在大雪和暮色中。山庄的大门紧闭，牌匾上的“鹰墅”二字格外显眼。

每年寒冬到来，鹰四都会置身鹰巢。

在鹰四的脑海中，霍元甲已经从这个世界上消失了；不是饥寒交迫地倒闭途中，就是死于非命。

总之，跟他鹰四作对的人，不会有好果子吃的。

对此鹰四坚信不疑。却说此日，鹰墅大厅里，鹰爪门四大高手齐刷刷地跪倒在鹰四面前，他们是在邀请鹰四接任新的鹰爪门掌门之位。

鹰四哈哈大笑又假装犹豫：“哎呀，这不合适吧？当年我可是被逐出鹰爪门的……”

四人相互对视，纷纷找出理由劝说着。

鹰四本就是假装，一套套说辞过后高兴地应承下来。

“今天晚上都留下来住，本掌门人有赏！”

四人齐声道：“多谢掌门人！”

高手乙突然抬起头：“赏什么呀？”

鹰四：“赏个给你暖被窝的！”

高手乙立刻露出一脸的色相，四人都是高兴不已，可见全都不是好人。

屏风后坐着赫尔曼，他喝了一口洋酒，对鹰四的表现有些不屑。

鹰四绕过屏风：“不好意思，赫尔曼将军，处理点小事，耽误陪您喝酒了！”

“我只是觉得奇怪，你也是个将军，还要那个掌门干什么？”

“这你们洋人就不懂了，在中国，除了朝廷以外，还有一个地方很大，那就是江湖。我鹰四之所以入朝为官，就是为了有朝一日能称霸江湖！今天对我可是个好日子，这一天我可等了二十多年！哈哈哈！老赫，你是我最好的朋友，今晚留下陪我一醉方休！”

赫尔曼点头。

鹰四叫道：“高奇！”

高奇像奴才一样，哈着腰，从后厅走来。

“把客房给赫尔曼将军收拾出来，挑俩最好的、听话的伺候将军！”

高奇转身去安排。

赫尔曼：“最好的？听话的？什么？”

鹰四哈哈大笑，示意赫尔曼附耳过来，赫尔曼凑近，鹰四嘀咕了两句。

“少女？”

鹰四：“什么少女？别扭！说黄花大闺女多好。”

赫尔曼笑了：“没想到吕大人的鹰墅有这样的特别之处……”

“不过是我的灵丹妙药而已。”

赫尔曼不解，疑惑地看着鹰四。

“最近得了个法子，以采阴补阳之术达返老还童之效，这法子还真灵……”

鹰四猛地一抖，亮出了鹰爪：“最近我鹰爪功精进就得益于此。”

赫尔曼：“是吗？那我也得试试。”

“试试！”

二人对视，哈哈大笑。

雪花漫天飞舞，一个身影出现在鹰墅远处。

那身影向大门口走着。随着距离越来越近，这个人的脸也越来越清晰。

霍元甲！确实是他。霍元甲的手里，提着一杆枪，带缨子的枪头时而破雪，他一身白衣，与雪色融为一体。鹰墅越来越近，霍元甲一步步拾阶而上，每一步都充满杀气。大门于霍元甲已近在咫尺，他脚下生风，奔跑起来，至大门处，霍元甲长枪杵地，人一跃而起，向门踹去。

“咔”的一声，门闩被踹折了。

两名在院子里站岗的兵忽听声响，连忙竖枪冲上，在皎洁的月光中清晰可见，白影一闪，霍元甲落地。

“敢闯吕大人别院，你是什么人？”

“津门霍元甲，索吕四鹰之命而来！”

两名士兵对视。

“霍元甲来了！”

正欲送赫尔曼回房的鹰四等人听到院子里的喊声回过头去。

众人快速抄家伙，冲出大厅。

两名士兵冲向霍元甲，长枪一扫，二人的武器被打飞。霍元甲以枪为棍，将两名士兵扫倒，踹到院子的角落里去。

鹰四等人从大厅里冲出，洋随从都拿了长枪，立刻对准了霍元甲。

鹰四喝止：“等一等！”

鹰四看向霍元甲：“还真是你？我这鹰墅一般人可找不到，你竟摸上门来了，怎么？来找我玩命啊？”

“吕四鹰，你知道今天是什么日子？”

“今天？明年的今天就是你的忌日，这个四爷我知道！”

“今天是爱徒黄文发百日祭，我霍元甲要跟你旧仇新账一起算，替武林斩除败类！”

鹰四将辫子往脖子上一盘，盯着霍元甲，突然仰天大笑：“霍元甲！四爷我告诉你，武林从无败类，江湖只有强者！这个强者就是我吕四鹰！武林之道就是强者为王！”

霍元甲不再废话，提枪径自向张狂的鹰四刺去。

鹰四向后一退步，鹰爪门的四大高手各持武器拦住了霍元甲，一时间，他被四人纠缠住。

鹰四站在高处哈哈大笑：“霍元甲，忘告诉你了，今日四爷接任了鹰爪门掌门，他们就是我的四大护法，有本事你把枪扔掉，用你的迷踪拳试试他们的鹰爪功！”

霍元甲长枪一扫，四大高手被击退。

霍元甲厉声道：“吕四鹰！在你挑唆下鹰爪门内讧不断，两个月以来死伤几十人。这四个便是你的帮凶没错吧？同为武林败类，霍元甲一并铲除！既非武功切磋！霍家枪在手，杀贼又何须用拳?!”

说着，霍元甲以一敌四，霍家枪用的全是杀招。

手持匕首的高奇听到动静从客房里冲了出来，他想去看个究竟，猛觉后背有风，连忙回头，发现是许大有重拳袭来。

高奇立刻迎战:“许大有，你小子胆儿太大了，竟敢摸到吕大人的住处来?!”

背着刀的许大有根本不说话，一阵狂拳，高奇手持匕首都难以取胜!

高奇边打边说:“你小子混蛋!你忘了刚进师门的时候是我代师传艺了吗?”

一个声音在高奇身后传来:“你还有脸提师门?”

高奇一愣，他没想到刘振声站在他身后，稍一慌乱，被许大有占了先机，手里的匕首被打飞。

高奇拼命还击并大喊:“来人呐!有刺客!”

背着王五大刀的刘振声，抬起一脚将高奇踹进了赫尔曼的客房。

客房内有两名打扮朴素的女子被绑在床上，一看就是良家姑娘。

刘振声怒道:“你做的好事!”

高奇从地上爬了起来:“刘振声，你不想活了别拽着大有呀!许大有你傻吧，跟着刘振声与吕大人作对?你们是对手吗?小莲还等着你娶她呢，还不快跑!”

许大有见两个姑娘的嘴被堵着，冲上去将两人嘴里的布团拽了出来。

“英雄救命啊!快放我们走!”

高奇看准时机，猛地向刘振声发起进攻，试图夺门而出，刘振声早有防备，拦住高奇的去路，许大有从高奇身后发动进攻。二打一，高奇很快失利，被刘振声和许大有擒住了双臂，按倒在地。

许大有早已捡起了高奇的匕首，抡起匕首就要刺。

高奇叫道：“大师兄四师弟饶命啊！”

刘振声一把拦住：“大有，忘了师父说过的话了？”

许大有气得双眼通红，终未下手。

院落里，霍元甲鏖斗四人，一时难以取胜。

鹰四皱着眉头，看向身旁的亲信：“霍元甲恐怕不是一个人来的，他还有俩徒弟呢，赶紧四处去给我搜搜，见着了格杀勿论！”

亲信们点头，又带了两名持长枪的善扑营向后院冲去，院落里只剩下四大高手对阵霍元甲——鹰四、赫尔曼及他的两名洋随从。

刘振声和许大有已经解救了更多的良家女子，鹰四手下追至，见面就开了枪。女孩们惊慌失措。枪一直不停，刘振声借助柱子掩护向敌摸去，找到机会，刘振声猛地上前与鹰四手下近距离搏击。许大有瞬间赶到。

“大师兄，怎么办？”

“杀！”

“师门的规矩……”

“他们都是鹰四的帮凶，屠戮霍门在前，劫掠良家妇女在后，该杀！”

许大有一刀劈到一人的面门上。

刘振声刀刺亲信乙的前胸。

只是片刻间，几名鹰四手下都被二人击杀。

雪花飞舞，霍元甲越战越勇，猛地施展出回马枪，刺中一鹰爪高手的喉咙，一拧枪，此人倒地毙命。

战势发生巨大变化，这是鹰四和赫尔曼始料未及的。

赫尔曼立刻命令身后的两个随从：“开枪！”

两个洋随从刚要举枪向霍元甲射击，两支飞镖从天而降，一镖击中一洋随从胳膊，另一镖击中另一洋随从要害，二人皆扔枪倒地，一死一伤。

赫尔曼和鹰四大惊，向高处望去。

一身红衣的沙燕悬挂在房檐下，她纵身一跃，借助一条红绸子的力量从房檐飞落而下，正在掏枪的赫尔曼被沙燕踹到，手枪也脱手而出。赫尔曼欲去捡枪，被沙燕拦住，赫尔曼只得抽出腰刀迎战。

鹰四："沙燕？行刺钦差大臣和东光知县的女匪，拿命来！"

说着，鹰四扔出飞镖，霍元甲见势，长枪一挺，将飞镖挡落在地。

霍元甲挺枪刺向鹰四，鹰四只得接招，剩下的三名鹰爪门高手从后面向霍元甲围攻，弄得霍元甲一时难以招架。

倒在角落的两名士兵见到机会，试图逃跑去叫人，可是刚跑到门口就被人以重器相击，倒地身亡。

一声断喝："呀——呔！"

手持狼牙棒的沙狼出现在鹰墅大门前。

"鹰爪门的败类们，以多欺少算什么？"

鹰四以及鹰爪门三大高手都愣住了。

鹰四："霍元甲，你倒真是有备而来啊！"

霍元甲一笑："今日取尔狗命，焉能掉以轻心？"

鹰四的脸上不再那么自信。

沙狼："霍元甲，你专心对付鹰四，这三个败类交给我！"

沙狼抡棒而来。

鹰爪门三大高手合力围攻，难以占得上风，便无暇去照顾鹰四。

鹰四与霍元甲边战边退，突然一跃而起，用飞爪将一支火把凌空打飞。

火把旋转着，飞向一处铁锅，"轰"的一声，铁锅里燃起熊熊大火。

鹰四阴笑着："霍元甲！你以为我的鹰墅就这么几个人，能容得你偷袭？你错了！山下的大军见到烽火立刻会来救，哈哈哈……老赫！不要惊慌，你们三个也慢慢跟他斗，待我大军一到，一个个砍下他们的脑袋！"

鹰四自信的神情让赫尔曼也来了精神："这位女士，你投降吧，陪我睡觉，吕大人会饶你不死的。"

沙狼大喝一声："沙燕，你要是我妹子就割下他的舌头！"

沙燕不搭话，手里的双戟挥舞得更加猛烈。

沙狼："霍元甲，你还愣着干什么？速战速决！"

霍元甲与鹰四各施绝技，再战。

沙狼人高力大，狼牙棒使的是炉火纯青，鹰爪门三大高手本来已无力气，此时被沙狼打得节节败退。

受伤的洋随从抓起了枪，枪口对准了霍元甲，枪口下的他浑然不知。

洋随从即将扣动扳机，从后院赶来的许大有发现这一幕，大叫着提醒。

霍元甲听到了许大有的叫声才发现枪口，枪响了，霍元甲一个空翻，子弹贴着霍元甲的身形飞过。

刘振声大喝一声，一跃而起，一刀将洋随从砍翻在地。

鹰四发现霍元甲还有帮手，有些慌乱，霍元甲找准机会一枪挑破了鹰四的衣服。

刘振声、许大有各对付一名鹰爪门高手，院落里都变成了一对一，只剩下一个对手的沙狼变得很从容。

角落里，高奇已经挣脱绳索跑了出来，他一见霍元甲在与鹰四对打，也没多想，猛地甩出一支飞镖。

飞镖来得突然，没有人发现，霍元甲与鹰四打得全神贯注之际，飞镖正中他的右胸。

霍元甲发现高奇，用左手捂住伤口，显出难以置信的神情。

沙燕急了。

“高奇！”

沙燕一甩手，一支飞镖正中高奇大腿，高奇中镖倒地。

鹰四见霍元甲受伤，攻势立刻猛了起来。

沙狼越战越勇，他的对手怕得要死，试图逃跑，狼牙棒正锤在他的后心，死得不能再死了。

沙燕连续两戟都击中了赫尔曼，赫尔曼两处受伤，无心恋战，试图去捡地上的手枪，更露了破绽。

沙燕的戟尖扎进了赫尔曼的嘴里，戟尖一挑，赫尔曼也奔了黄泉。

霍元甲与鹰四激斗，可身上负伤无法发挥出全部实力，逐渐被逼退，鹰四趁机想跑，却被沙狼拦住。

“想跑？没门！”

“沙狼兄弟，鹰四交给我！”

“不行，你受伤了。”

沙狼有些担忧。

霍元甲脸上很坚决：“不打紧，杀贼无妨！”

说着，霍元甲再次与鹰四斗在一起。

高奇见势不妙，想逃，沙燕怎可放过他。

受伤的高奇打不过沙燕。

“师妹，放我走吧！”

沙燕不理高奇，一戟砍中他胳膊。

这时许大有和刘振声也解决了各自的对手，高奇试图从另一个方向逃跑，被许大有拦住，他一刀砍伤了高奇另外一只胳膊。

高奇再次起身，刘振声的刀已经架在了他的脖子上。

“大师兄！”

高奇在刘振声的目光中看出不舍，借机拨开刘振声的刀，一掌击在刘振声胸口，试图逃跑，刘振声再次追上，一刀划在高奇肚子上。高奇倒在地上，动弹不得。

霍元甲与鹰四进行最后的决战，由于时间紧迫，霍元甲用的全是致命之招。鹰四本就凶狠，受伤的霍元甲也是险象环生。刀光剑影间，两个人都受了不轻的伤，终于，霍元甲找到机会，用尽全身力气，一脚将鹰四踢翻在地。

鹰四在地上挣扎着。

霍元甲血灌瞳仁，大吼一声："王五大哥宝刀何在？！"

刘振声将宝刀抛向空中。

霍元甲飞身接刀，双手握刀，对着正要爬起来的鹰四迎面一刀，鲜血迸溅，鹰四毙命。

高奇连滚带爬："师父！师父！杀得好！"

此时的霍元甲已经有些站不稳了，对他最致命的伤实际上就是右胸的暗器。

霍元甲看向高奇，用力将飞镖拔出，鲜血喷涌，他看着飞镖，冷冷一笑。

"师父！这暗器我瞄的是鹰四啊！我可跟了师父您快二十年了，先前那都是叫鹰四逼的呀！"

刘振声上前："师父，让我杀了他！"

霍元甲："你们做了快二十年的师兄弟，你，不能。"

许大有上前："让我来！"

霍元甲："高奇曾代师传艺，大有你更不能！"

沙燕不再说话，直接抡戟向高奇砍去。

高奇一声惨叫，沙燕的戟被霍元甲的枪拦在半空中。

沙燕疑惑。

霍元甲的眼里淌下了泪水，看向高奇："高奇，你走吧。"

高奇愣住了。

沙燕："不能啊师父！"

霍元甲："他自幼入师门，走到今天，为师有不可推卸的责任。他叫我多年师父，我下不了手；你们都是师兄弟，更不许自相残杀。放他走！"

高奇看到了生的希望，连滚带爬向外跑去，突然一支飞镖正中后心，他张大了嘴试图转过身，可就在转身的同时身体缓缓倒在地上。

霍元甲向沙狼望去。

沙狼脸上很平静："霍元甲，你不舍得杀他，也不许徒弟们动手，但你管不了我。你若留他活口，必向官府告密！这些条人命，就都得记在你霍元甲身上了！你又不肯与我占山为王，一家老小何处安身！这些你想过没有？"

霍元甲愣住了，突然远处传来叫喊声。

"师父，鹰四的援兵已至，快走吧！"

霍元甲又看了一眼高奇的尸体："大有！带上高奇一起走，为师命你将他好生掩埋，不得有误！"

霍元甲泪下，许大有背起高奇的尸体，众人离去。

沙狼断后，环顾四周，笑了，挥舞着狼牙棒向支撑铁锅的木架子砸去。

山脚下，半山腰的鹰墅已经变成一片火海。

霍元甲回望，还是有些诧异。

这时候，沙狼追至，朗声告诉霍元甲："放火者，沙狼也！"

沙狼继续道："鹰四可是朝廷命官，但他说点你房子就点你房子，还一连气点了两处，你难道不该烧他一处？更何况大火一起，烧个干净，今晚的事就再也没人能查得出来了。大伙都听着——"

众人看向沙狼。

沙狼："我老沙看不上朝廷和它的狗官，所以今晚这人是我杀的，火也是我放的！"

霍元甲望着鹰巢的大火，有些内心的想法和期待已经随着这大火而化为灰烬。

霍元甲一时间百感交集，他知道这把火已将他的前半生彻底燃尽；这一把火，也把他的旧梦想烧了个干净。

大侠霍元甲

下

郭靖宇 著

中国广播影视出版社

图书在版编目（CIP）数据

大侠霍元甲 ：全2册 / 郭靖宇著. -- 北京 ：中国广播影视出版社，2020.7
ISBN 978-7-5043-8453-9

Ⅰ. ①大… Ⅱ. ①郭… Ⅲ. ①长篇小说－中国－当代 Ⅳ. ①I247.5

中国版本图书馆CIP数据核字(2020)第020537号

大侠霍元甲（全2册）
郭靖宇 著

出版人 任道远
特约监制 冻千秋 江 俊
图书策划 王 萱
项目统筹 李文静
责任编辑 王 萱 宋蕾佳
封面设计 南大古
责任校对 张 哲 龚 晨

出版发行 中国广播影视出版社
电　　话 010－86093580 010－86093583
社　　址 北京市西城区真武庙二条9号
邮　　编 100045
网　　址 www.crtp.com.cn
电子信箱 crtp8@sina.com

经　　销 全国各地新华书店
印　　刷 河北鑫兆源印刷有限公司

开　　本 880毫米×1230毫米 1/32
字　　数 578（千）字
印　　张 22.75
版　　次 2020年7月第1版 2020年7月第1次印刷

书　　号 ISBN 978－7－5043－8453－9
定　　价 68.00元（全2册）

目 录

第四卷
沪上风云

第五卷
精武天下

大侠霍元甲

第四卷 沪上风云

第一章 新途

正逢清明时节，坐落在茶山之下的翟水村，细雨蒙蒙。

古树下，坟冢前的墓碑上，书着“清故中宪大夫谭公复生府君之墓”。

墓旁有石马石虎各一，华表一对，篆刻“亘古不磨，片石苍茫立天地；一峦挺秀，群山奔赴若波涛”。

油纸伞下，一身白衣的霍元甲打开食盒，在墓前摆放了一壶酒、一个酒盅和三样点心。

满上酒，霍元甲恭恭敬敬地将酒洒于坟前。再满，霍元甲向墓碑敬酒，自饮。又满上。

霍元甲将盅恭恭敬敬地摆在墓碑前。

香炉里的香，霍元甲用伞为其遮雨。

香即将燃尽，霍元甲将最后一盅酒轻洒于墓碑前。

香燃尽，霍元甲将壶、盅装进食盒，准备离开。

来路上，一个穿蓑衣的老翁引着两个人走来。

年轻的后生为农劲荪打着伞。

霍元甲有些诧异，他不相信自己的眼睛。

农劲荪兴奋不已，顾不得下雨，从伞下冲出。

“元甲！”

“劲荪？你也来看谭大人？”

“听说去年清明你来给谭大人扫过墓，我就想今年清明一定要等到你。没想到你来得这么早，我若再晚半刻，怕又要错过一年。”农劲荪突然将霍元甲紧紧地抱住，良久才松开。

河畔旁的小酒馆，一盘茴香豆，两壶热酒。

霍元甲将一个大信封从怀里掏了出来，放在桌上，推向农劲荪。

“这是什么？”

农劲荪顺手打开信封，发现是银票。

“阿发留下的，请转交他的父母。”

农劲荪叹了口气，将银票装回信封，又推了回去。

“姐夫得知阿发的死讯，悲伤过度，不久辞世，姐姐……”

农劲荪说不下去了，他抓起酒杯，喝了一口老酒，泣不成声。

“姐姐更是难以接受这接连的打击，服毒自尽了，家里再无他人，要银票何用……”

“都是你干的好事！”

霍元甲愤怒一拍桌子，酒壶、酒盅都被震得直响，小酒馆里其他的客人都看向二人，霍元甲强压住怒火。

“不错，阿发是受我影响才走上这条路的。他的任务应该由我完成，但我没有那么幸运，没抽到‘英雄’二字。”

“阿发是替你而死？！”

“阿发是替民族而死！谭大人墓前有副对联——亘古不磨，片石苍茫立天地；一峦挺秀，群山奔赴若波涛。这副对联表达的是对谭大人的勇气、责任和牺牲精神的激赏。在我农劲荪心里，阿发是和谭先生一样的民族精英。元甲，时至今日，你不会仍然为清廷辩护吧？”

霍元甲眼前闪回杀害阿发的鹰四，他实在无法再说什么，抓起面前的酒杯一饮而尽，继而将酒杯蹾在桌上，手有些颤抖：“你志向如何我管不着，可你不该把霍门弟子拉入险境！”

“霍门弟子？”

农劲荪笑了：“国将不国，霍门岂能独守？实不相瞒，庚子年初，阿发就已经是我们的人了，他参加了广东的起义。”

“不可能！参加过你们的起义，怎么可能再回师门？”

“元甲，你以为革命党人只会在战场上厮杀？非也。对我们来说，更重要的是变成一颗种子，埋在中华大地的任何一片土壤里，等待机会……”

“阿发回到师门，是作为一颗种子？”

霍元甲有些诧异。

农劲荪点点头：“在需要他的时候，他用义无反顾的牺牲，震撼了许许多多的世人，我想也包括你吧？”

霍元甲难以置信，他再次想起阿发临死前的神情，倒酒，农劲荪也倒，端起示意与霍元甲碰杯，霍元甲却将酒杯伸出窗外，洒了，酒混在雨水中，流进了河水中。

“这杯敬阿发。”

农劲荪点点头，也将酒洒了，再斟酒，试探着问：“这一年过得怎么样？”

“还好。”

“住在哪？”

“搬过四个地方，又快要搬家了。”

“以何为生？”

“南方冬天没有农闲，我师徒有力气，能养活一家人。”

一问一答，二人语气都平淡得很，可平淡之中又透露着无奈。

农劲荪突然提高声音：“可是津门霍元甲、销烟大侠，应该有更奋进的人生。”

“我只求一家平安。”

农劲荪换了一个语气：“现在我住在上海，那里的洋人比天津还要多，他们一直靠鸦片和‘东亚病夫’的舆论，在精神上压制着国人，现有愈演愈烈之势。武林的很多有识之士，看不惯他们趾高气扬、肆意妄为，便开起了武馆，欲以练武强身，打破‘东亚病夫’的谬论。怎么样？你要不要也……”

霍元甲打断：“你来找我就是为了这件事？”

“强健国人体魄，打破洋人谬论——我特意打听了，你的名声沪上武林也是认的，若开武馆定受欢迎。”

“那你呢？”

“辅佐你开武馆呀！”

霍元甲想了想，点头：“种子？”

“随你怎么想，反正地方我都帮你看好了。作为一名武术家，当之无愧的大侠，上海滩有你的用武之地！”

霍元甲思忖着，仿佛被说动了。

十里洋场的上海，作为晚清时代的第一大都会，更被称为“冒险家的乐园”。

此时的上海格局十分之复杂：南边的老城早就败落，城外的英美公共租界和法租界，却成了最繁华的所在。租界在苏州河之南，北边则是闸北华界，住的大多是平民百姓。

霍元甲带着家人初到上海，经过一番安置，最后在闸北落脚。

精武门，亦在霍元甲的操持下建立。却说这一日，大门口鼓乐喧天，舞龙的，舞狮子的，热闹非凡，很多老百姓来看热闹，又议论纷纷。

屋里，三岁的霍东觉拉着霍母从里间出来，霍母笑容可掬，头发却已花白，整个人显得老了许多。

霍元甲夫妇上前。

“娘，咱们算是在上海正式安家了！这一年多让您颠沛流离，儿之不孝，叩头谢罪！”

说着，霍元甲跪下，王氏连忙陪跪于侧，二人磕头。

“起来，起来，你们俩都起来。”

霍元甲起身，霍母拉住他的手，霍元甲不自觉地看向母亲的白发。

“儿啊，你老盯着我的头发看什么？”

“儿不孝。”

霍元甲眼眶隐隐泛出泪光。

霍母笑了，轻声道：“我儿替父报仇，那是大孝，儿生死未卜之际，当娘的急白了头发，人之常情罢了……好了好了，以后你可不许再为这事内疚了。元甲呀，听到外面敲锣打鼓，娘心里很是高兴，霍氏门庭又要兴旺了！”

霍元甲略有欣慰。

霍冯氏：“是啊元甲，到上海这些日子娘天天乐呵，头发虽然黑不回来了，可眼神好多了！”

“真的？娘！”

霍元甲有些兴奋，霍母点了点头。

霍冯氏：“你媳妇孝顺，每天早晚都给娘用药糊眼睛！”

王氏：“大嫂，您就别夸我了，这还不是我应该做的。”

霍冯氏上前拉住王氏：“妹妹啊，从今儿个起，伺候娘的事交给我啦！你安心地养好你自己的身子！”

霍元甲一愣：“怎么了？你身上哪不舒服？”

王氏一时不知如何回答。

霍冯氏：“元甲你还不知道啊？你媳妇又怀上啦！”

霍元甲看向王氏，面露喜色，王氏有些不好意思。

霍母：“添丁进口是喜，平平安安是福，元甲，以后冒险的事可不能再做了。”

“遵命。”霍元甲害怕此话题深入，连忙转移，“对了大嫂，东媛和东方上学还习惯吗？”

“习惯！习惯！我打听了，农先生给他们找的可是上海滩最好的学校！吃住都在学校里，一个礼拜才回家一天，也不用听我唠叨了，这俩孩子乐得都合不拢嘴！”霍冯氏道。

霍元甲笑了：“孩子们喜欢学校就好。”

许大有的声音从外面传来：“师父，来了位贵客，看着派头像武林前辈，说是来道喜的！”

霍元甲走出大门，举起双手，舞狮子的和舞龙的立刻停了下来。

一美髯公正对精武门大门，端端正正地站着，他身后跟着一众弟子，穿着相似。霍元甲连忙上前，抱拳道：“来的定是沪上武林的前辈。元甲初来乍到，在此请问尊姓大名。”

美髯公看上去很面善，却突然出手，大巴掌横扫而来，霍元甲连忙躲闪。美髯公脚下滑动，人已追至，连攻三招。霍元甲一招未出，连躲带闪退至自家门前。跟出来的许大有急了。

“老头！你不是说来道喜的吗？怎么动起手了？！”

霍元甲严肃道：“大有，这位前辈是在试探为师的武功，你休得无礼！”

霍元甲看向美髯公，再次抱拳：“您刚才这几掌出神入化，元甲佩服。请问阁下是八卦门哪位前辈？”

美髯公没说话，他身后一名师爷模样的人发声：“有眼无珠的东西！告诉你，这位便是八卦掌江南第一高手美髯公雷霆云！”

霍元甲两眼放光，惊喜不已：“原来是雷老前辈！元甲失敬！小时就听父亲说过，前辈是八卦掌的一代宗师！今日得见，三生有幸！”

雷霆云不搭话。

“马屁拍得倒是挺响，不如跪下磕仨头，认干爷爷，然后自己砸了精武门的牌匾，改投八卦门算了！”

师爷模样的人再次发声，这话让刘振声红了眼。

“你说什么？！”

霍元甲再次拦住刘振声：“这位先生何以出言不逊？”

没等师爷模样的人说话，雷霆云出声了：“你出言不逊在先，还怪得了别人？”

霍元甲一愣：“元甲什么时候得罪过前辈？”

“少装糊涂！雷某今天就是专门来找你比武的，你不是说我们沪上武风华而不实吗？我倒要领教领教你实在哪里！”

说着，雷霆云又是一阵凌厉的攻势，霍元甲不肯还手，却也无路可退，只好借势从雷霆云的掌风下钻过。围观的老百姓和八卦门弟子们一阵喝倒彩。

霍元甲再次抱拳，试图制止，可此时，看热闹的人已将雷霆云和霍元甲围在圈内。

“前辈的指责令元甲如坠云里雾中，不知您受了何人的挑拨？”

“住嘴！你自己口出狂言，还说别人挑拨？”

“元甲又何曾口出狂言？”

“我问你，津门霍元甲可有第二个？”

“应该没有吧……”

“那就是了，沪上武林中人岂容你羞辱？”

霍元甲诧异，看向刘振声，又看向许大有，两个徒弟也是一头雾水。

正在此时，一阵骚乱，一个尖厉的声音叫着：“让开让开！霍元甲在哪里？叫他出来受死！ 不然老子就砸了他的狗屁精武门！”

人群被分开，这回来的是个中年人，身后也跟着一队练武之人，还有人为他打着两面旗子，旗子上绣着花，上书——虎鹤双形震天下，劈山倒海南拳王。

南拳王看上去并不强壮，甚至有些瘦小，典型的广东人，他阴着脸，一见雷霆云却抱了抱拳：“雷兄早我一步？”

“叶老弟是火爆脾气，怎么比老夫来得还晚？”

南拳王瞟了一眼霍元甲：“这就是霍元甲？幸好雷兄掌下

留情，这小子还有气，要不然我可真要后悔来晚了！”

霍元甲连忙抱拳：“这位南拳的叶前辈，元甲与雷老前辈有些误会……”

“误会不了！”南拳王一下打断了霍元甲的话，“雷兄眼里不揉沙子，这一点跟我叶双形一模一样！”

说着，南拳王叶双形向雷霆云一抱拳：“雷兄年长，先在一旁观战，待我先打折他的三根肋骨！”

话音刚落，叶双形冲向霍元甲，霍元甲越发意外，这一次他不再躲闪，而是出手防御。几个回合之后，叶双形收手：“呵？有两下子，生死文书！”

立刻有长须老者拿着生死文书举到霍元甲面前。

“看见没有，我已签了字，该你了。签了文书再过招，胜负在人，生死在天，打死你活该！”

霍元甲看着文书愣住了：“二位前辈，元甲初来乍到，实不知哪里得罪了，还望明示！”

“少废话！你羞辱我们的话，难道还想让老子在这儿再说一遍？！快签生死文书，我等不及了！”

正当霍元甲迷惑之际，远处一阵锣声响起，众人都向锣声传来的方向望去。四人抬着一顶滑竿，上边坐着一个两百多斤的胖子，胖子身后竖着一杆旗，上写“神跤”二字。敲锣的在给神跤巴图开道，身后一片追随者簇拥。

人群让开，巴图的滑竿被直接抬到了圈内，落轿，巴图起身先一抱拳，叶双形和雷霆云回礼，很明显三个人认识。

巴图看了一眼正举着的生死文书：“签这干啥？多此一举。你们让开，看我把他摔成肉酱！”

巴图的身高比霍元甲高一头多，体重也重很多。

霍元甲诧异，也生气了：“元甲初创精武门，确实未曾逐一登门，虽有礼数不周之嫌，但已登报声明，也算是拜了沪上武林诸前辈的码头，又何以如此难为霍某？”

一阵爽朗的笑声从高处传来，霍元甲这才注意到街对面的一栋建筑上有一阳台，阳台上搭着凉棚，阳台上坐着一位中式长袍马褂留辫子的中年人。

“你报上的声明也叫拜码头？笑话！”

南拳王、雷霆云、巴图都向阳台望去，立刻抱拳，人群中传来议论声。

雷霆云：“荣先生，把您都惊动了。”

“看了报纸，我就想，姓霍的如此狂妄，一定会有人教训他，所以一早就赶来看热闹。霍元甲，你狂言既出，就该早有准备，别卖关子了，你面前的三位，都是沪上武林响当当的人物，跟谁先比武，你挑吧！”

霍元甲对高高在上的荣爷毫无好感：“这位先生，霍元甲从未想过与谁比武，更何况这里也不是比武的地方。”

荣先生笑了：“不是地方？你是说没有擂台吗？好办！荣家有人在吗？”

立刻有十几人聚集，为首的向荣先生抱拳：“请荣先生吩咐！”

“找些木匠，就在这，搭个擂台。”

荣府的人立刻跑去办事。

“今天是精武门大喜的日子，霍元甲不想比武！”

荣先生一皱眉，思忖着：“也好！上海滩讲腔调，你在这好日子里，万一被打死在擂台上了，得多难看啊……”

说着，荣先生起身：“雷大侠、叶师傅、巴图兄弟，给荣某人个面子，缓一天，明日擂台上再教训这个乡巴佬，如何？”

三人抱拳：“听荣先生的。”

“那好，大家也散了吧，明天再来看热闹。”

说完，荣先生转身走了，老百姓们起哄四散。

一老者路过霍元甲时将一份报纸狠狠地摔在霍元甲身上，霍元甲一愣，他捡起报纸翻着，突然愣住了。霍元甲手中的《海上新报》，醒目位置上的头条新闻便是“拳打江南门派，脚踢沪上武林——津门霍元甲刊登声明”。

霍元甲瞠目结舌，看着内容，他的手越来越颤抖，脸上的肌肉也变得哆嗦起来，突然大声道："刘振声，农劲荪何在？"

农劲荪急匆匆地冲进院落。

许大有冲了过来："农先生，你跑到哪去了？师父让我和大师兄四处找你，就是找不着！"

"大有，你小点声，我够着急的了！"

农劲荪三步并作两步跨进过厅，刘振声拦住了他。

"农劲荪！你干的好事！"

农劲荪本想解释，但见刘振声横眉冷对，无可奈何地抖了抖手。

"我跟你说也没用……"

农劲荪绕过刘振声接着往前走，刘振声从后面追上，一把抓住农劲荪的脖领子往旁边一甩，农劲荪没站住，一个踉跄摔在了地上。

"你干什么？！"

刘振声用手点指："你这个伪君子！假惺惺地说什么在这里大有可为，我看你就是为了把我师父骗到上海来，想害死他！"

农劲荪"腾"地从地上站了起来："我是元甲的结义兄弟，你应该叫我师叔，没资格教训我！"

"没资格？我还打你呢！"

刘振声气愤地冲向农劲荪，正面抓住脖领子，挥拳就要打。

"刘振声……"

不知何时，王氏已经出现在厅堂门前。

"你师父已经够着急的了，农先生是自己人，这个时候我们不能起内讧！"

农劲荪不再搭理刘振声，连忙上前来到王氏面前："嫂夫人，请听我解释……"

王氏有些埋怨："元甲等你多时，你还是跟他解释吧。"

说完，王氏便向屋里走去，农劲荪只好跟着。

霍元甲正在闭目养神，但他的双手仍气得在颤抖。

农劲荪有些歉疚，他看到霍元甲身边桌上摆放的报纸，想了想，抓起茶杯，将茶杯里的水一饮而尽。

霍元甲："你到底意欲何为？"

农劲荪冷笑："你跟我走。"

"去哪儿。"

"《海上新报》，你不亲自跟我去报馆，这件事我解释不清楚了！"

"你想说，我字斟句酌的精武门创立声明，不是你妄自改动的？"

"当然不是！"

"那这报纸上刊登的内容，又是怎么回事？！"

"这件事报馆总编应该最清楚。一大早看到报纸，我就吓坏了，连忙赶往报馆去找他理论，可等了大半天都没等到姓曹的总编。报馆的人说他熬了半夜改稿子，回家睡觉去了，午后才到报馆。我怕精武门出乱子，就想先回来看看，半路上就都听说了。元甲，你跟我一起去报馆亲自弄个究竟，这件事太大了，我不想咱俩心里系上疙瘩！"

霍元甲犹豫了，已矗立在门口的刘振声和许大有上前拦住。

刘振声："师父不能跟他去！他居心叵测，还不定又设下什么圈套等着您呢！"

许大有："对！姓农的已经害死三师兄了，师父你不能再信他！"

农劲荪饱含着泪水走向许大有："大有！你要知道，阿发是我亲外甥，是我在这个世界上最亲最亲最亲的人……"

许大有没见过农劲荪如此激动，他一下子不知如何是好。

农劲荪猛地转向霍元甲："霍元甲！你若信我，就跟我去报馆查个究竟；若不再信，我也不解释了，就算你我今生从未相识。”

农劲荪扭头向外走去。

“元甲，大难临头之际，是农先生替咱们埋葬了父兄，按道理，他还是可信的。”

听了王氏的话，霍元甲起身向外追去，刘振声和许大有连忙跟了出去。

农劲荪气愤地冲进报馆，大厅内一片混乱——写稿的记者，抱着报纸乱窜的编辑，来登广告的客户，讨价还价的报馆职员……

农劲荪抄起一个暖瓶，“啪”地摔在了地上，报馆里安静了下来。

“我要见你们的曹总编！”

众人面面相觑，一个声音从里间传来：“谁在捣乱呐？”

一个屋门打开，又矮又胖、相貌滑稽的曹总编走出来，看到地上的暖瓶：“有人来报馆摔暖瓶？为什么不报告巡警？！”

农劲荪冲向曹总编：“姓曹的！谁让你改了我们的声明稿？报馆操守何在？！”

曹总编一愣，随即笑了：“噢！是你啊，我正要找你呢！进屋里来谈。”

农劲荪随曹总编走进屋，曹总编皱着眉头：“来上海滩开精武门的霍元甲，他到底能不能打呀？”

“你什么意思？”

曹总编微微一笑：“今天一大早，我就派了三个记者去你们精武门守着，八卦掌第一高手雷霆云、南拳王叶双形，还有神跤巴图，可都来了，他们仨能凑到一起，这本身就是个大新闻！更重要的是，荣先生也到场了，可霍元甲为什么不打呢？这要是打起来，明天报纸的销量，我还能再翻一番！要打死一个，能翻两番！”

“你是为卖报纸，才改了我们的声明稿？”

“实不相瞒，小报销量最近欠佳，报馆快到了关门的地步，可幸好有你们的声明，才叫我起死回生，今天的报纸，多卖出了三千份！三千份啊！”

农劲荪气得挥拳向曹总编鼻子打去，“咚”的一拳，曹总编仰面躺在沙发上，鼻子里冒出血来，曹总编擦了擦血：“农先生打得好，你打了我，我也就该心安理得了。不改你的声明，报馆真就要关门了，从编辑到记者，从职员到襄理，是都会丢饭碗的。关键是，我已经欠了他们三个月的工钱，他们能饶了我？都是挨打，被一个人打，总比被一群人打好吧？”

“你！”

农劲荪气得咬牙切齿。

“霍元甲他一个乡巴佬，来大上海开武馆，还不是为了钱？本来就是个打拳的，难道还怕比武？你回去跟他讲一讲，明天一定要打擂台，不然我这报纸的销量又要下去……大不了，报馆挣的钱，我分你们一半！”

“你混蛋！我掐死你！”

农劲荪冲上去掐住了曹总编的脖子。

“姓农的，报馆可在租界里，你敢行凶，巡捕房会枪毙你的！”

农劲荪哪还管什么枪毙，他死死地掐住曹总编的脖子，真的下了死手，突然，有人抓住了农劲荪，将他从曹总编身上拽了下来。

曹总编喘着粗气，发现一个生面孔站在了办公室。

“你又是谁？”

“霍元甲。”

曹总编一愣，上下打量着霍元甲：“看你这文文静静的样子，不会一场就被人打死吧？那我的新闻可就没得做了！”

“盗亦有道。姓曹的，你连个贼都不如！”

霍元甲知道遇见了无赖，不再理会，转身看向气愤的农劲荪：“劲荪，我们走。”

说完，二人离开了报馆。

黄浦江畔，天空已经逐渐转黑，霍元甲、农劲荪二人并肩走着。

“真没想到碰上这么个无赖。元甲，是我对不起你，叫你把整个上海武林都得罪了，现在解释也解释不清楚了。我看，只能连夜走了……”

“走？津门霍元甲的名字已经出现在报纸上，若是走了，岂不被人嘲笑？”

农劲荪有些意外：“那怎么办？难道还真比武啊？”

霍元甲转身望着暮色中的江面：“还记得你是怎么劝我来上海的吗？精武门既开，岂有随便关门之理？欲推我精武之道，借擂台扬威也许是必经之路。有些事，有些人，躲是躲不掉的，就像鹰四……”

农劲荪一愣：“元甲，你……你变了。”

霍元甲淡淡地笑了笑：“你不是说我来上海滩大有可为吗？奋进的人生自当轰轰烈烈。”

说罢，霍元甲满脸笑容地沿江而行，任凭清冷的江风拂面。

清晨，精武门大门口，正正当当的一个木质擂台被钉在这里，与擂台同高的一个看台上，三张椅子摆好，雷霆云、叶双形、巴图纷纷就座。两只舞狮穿越擂台，到精武门门前耍着，不时地用屁股去撞紧闭的大门，逗得围观老百姓哈哈大笑。

一名老者来到鼓乐班子身前，示意停止。

“霍元甲咋还不露面，不会是怕被打死，趁天黑带着一家老小跑了吧？”

有打手模样的人喊着：“大伙放心，昨天夜里荣先生派了二十多个兄弟把他们家围得水泄不通，想跑没门儿！”

二楼阳台上，荣先生攥着茶壶，悠闲地走来，坐下，雷霆云三人向荣先生抱拳，荣先生招手示意。

曹总编以及《海上新报》的两名摄影记者、四五名文字记者聚在擂台边商议着。

“这个霍元甲昨天我见到了，根本就不是这三位爷的对手，怕就怕一个回合被打死。”

“那咱们的新闻就没得做了。”

曹总编寻思着。

“我们的目的是利用这次比武把报纸的销量推上去！要想多卖报，报纸就要有名，对不对？”

众人纷纷点头。

“报纸要有名，总编要先出名对不对？”

众人再次点头。

“把我推上去！”

擂台一米多高，对练武的人来说，一跃而上没有问题，可曹总编却需要四五个人一起把他推上去，他从擂台上费劲地爬起身。擂台上摆放着一个签生死文书的桌子，桌前长须老者质问着：“哎，你是谁？你上来干什么？”

曹总编嬉皮笑脸，径自来到桌前，抄起扩音喇叭，老者欲拦，曹总编直作揖，借机立刻向周围喊着：“沪上武林的各位高手，洋场里弄的诸位贤达，鄙人就是《海上新报》总编曹达人……”

台下没什么反应，显然都不知道此人。

曹达人有些尴尬，扶了扶眼镜：“……啊，可能有人要问，以你曹大总编的身份，不在窗明几净的报馆里激扬文字，怎么跑到擂台上来？面对这种质疑，曹某必须说清楚。霍元甲的声明，是本报刊登的，准确地说，就是本人亲自接的稿！哦对了，可能还有很多人没看过报，我现在就再念一遍给大家听！”

说着，曹达人就把事先准备好的《海上新报》从兜里掏了出来，高高举起：“大家看好啊，《海上新报》，昨天的新闻——拳打江南门派，脚踢沪上武林……这就是霍元甲声明的标题！”

曹达人摇头晃脑地读着："世人言，江南之地，物华人杰；沪上里弄，卧虎藏龙。津门霍元甲，自幼习武，至今三十载，行走江湖十余年，未尝败绩。今初来贵地，开精武门于闸北。既称武林，当见拳脚；共处江湖，必有刀枪。元甲以凛冽之姿踏入上海，推精武之门是小，革沪上武风是大。沪上武风何也？华而不实，虚而无用也！"

还没念完，台下的练武之人已经开骂。

曹达人继续念道："拳打江南门派，脚踢沪上武林！霍元甲欲以一己之力扭转沪上武风。今日广布，若有异议者，铁拳以待。津门霍元甲。"

只听"嗡"的一声，一个大西瓜砸向了关闭着的精武门大门，"啪"地砸得粉碎。

众人嚷嚷着让霍元甲出门受死。

"诸位少安毋躁，再听曹某人啰唆几句……看到霍元甲送来的稿件，气得我真想把它撕得粉碎！可是后来我又想，如果我不把它登出来，霍元甲这个乡巴佬就真的会以为上海滩无人！登出来，就是要让沪上的高手好好教训这个不知天高地厚的东西！没想到，还真惊动了高手，你们看，八卦掌雷大侠、南拳王叶师傅、神跤巴图都来了。我看不用三位出手，只需每人吹口气，霍元甲就屁滚尿流地滚蛋了！"

台下众人一阵哄笑。

高处的荣先生喝了一口茶："《海上新报》……我怎么没听说过？"

荣先生的管家左叔："是一家快倒闭的小报，昨天刊登了霍元甲的声明，销量一下翻了好几倍。"

荣先生笑了："难怪这个总编这么卖力气。"

人群都在吼着，各种谩骂层出不穷。

突然，精武门的大门被打开了，霍元甲出现在大门口，喝喊声停止，众人都将目光看向他。

霍元甲淡定地走向擂台，擂台刚好高至他的胸前，没有台阶。

曹达人快步跑上前："霍元甲，要不要我拉你上来呀？"

说着，曹达人便伸出了手。

霍元甲没有理会，一只手搭在擂台上，一用力，跳上擂台，动作低调，毫不夸张。

"看来不全是吹的，练过，练过！大家都看到了，我没有人帮忙是上不来的，霍元甲的武功肯定比我强啊，嘿嘿……"

曹达人阴阳怪气，引来人群中一阵哄笑。

长须老者："霍元甲，请签生死文书！"

霍元甲："既是比武，点到为止，既分输赢，何必签生死文书？"

巴图大喝："那可不行！你没看见我都签了吗？老子这可是破例，就是怕把你摔死，你媳妇告我，讹我银子！"

叶双形："霍元甲，我三人都已签了生死文书，你若不签，便跪下挨个叫爷爷，不比也罢！"

雷霆云："姓霍的，你自谓以凛冽之姿踏入上海，挑起今日事端，现已上了擂台，却要临阵退却？真是缩头乌龟啊！那就在擂台之上学乌龟爬上三圈，雷某便饶你不死！"

雷霆云真的是雷霆大怒，老百姓跟着起哄，谩骂声又起。

霍元甲的脸上始终没有什么表情，只是走向了那张桌子，拿起笔，认认真真在三份生死文书上分别签上名字，叫喊声一下子停止了。

刚签完一份，就被曹达人拿了起来，来到擂台边，高高地举着。

"快拍照，拍照！"

摄影记者连忙拍照，镁光灯闪白。

"文书已签，胜负在人，生死在天，横尸擂台，对手无关！"

长须老者向众人展示生死文书，看热闹的老百姓不嫌事儿大，鼓掌欢呼。

“霍元甲，沪上武林三大高手都签了文书，先与谁比武，你自己挑吧！”

“既如此，愿先讨教南拳。”

“好！有请虎鹤双形震天下、劈山倒海南拳王叶双形叶师傅！”

叶双形起身，将身披的大红斗篷解掉。三大高手所处之处与擂台之间还有些距离，叶双形纵身而出，脚踏徒弟们的肩头，三步两步一跃而起，翻了个跟头，稳稳地站在擂台之上，只是上场便迎来了阵阵喝彩声。

曹达人不知深浅，仍在抢戏，他拿着喇叭大声地喊着：“这位叶师傅可是响当当的人物，十年前受天下武林大会之约，从广东来到上海……”

曹达人废话之时，霍元甲已经向叶双形抱拳，叶双形并未还礼，猛地出拳，两人打在了一起，说到半道的曹达人发现二人动了手，吓得屁滚尿流，爬下了擂台。

霍元甲边接招边退，被叶双形追得围着擂台转了一圈，虽然没有还手，但叶双形已经知道他并非俗辈。

“姓霍的，怎么还不出招？”

“今日误会皆因霍元甲而起，我先让十招，以示歉意。”

“果然是个狂徒！”

叶双形怒气上涌，再次冲上，进攻更猛烈。

霍元甲仍退让，叶双形每一拳必喊，声壮拳威，霍元甲谨慎应对。很快，十招已至。

叶双形再次停住：“霍元甲，你该出拳了吧？”

“恭敬不如从命。”

霍元甲展身形，亮出了架势。

叶双形一愣：“你会打南拳？”

的确，霍元甲亮出的是与叶双形同样的架势。

“略知一二。”

“不用自家本领，竟用南拳对我，果然狂妄，欺人太甚！”

叶双形扑将上去，出招更狠，霍元甲以南拳应对。

南拳，行于闽粤，步法沉稳，出拳迅猛，招数绵密，手法多变，出拳时，呼呵吐气，以声助拳，以快取胜，自成气象。

霍元甲露出破绽，被对方抓住机会猛袭，他躲避不及险些掉下擂台，危急关头，变换拳法，才得以自保。

二人再战，霍元甲拳风突变，叶双形渐落下风。激战中，霍元甲一掌拍在擂台侧面的一根栏杆上，栏杆应声而断，向擂台中间倒来，叶双形抬起一脚将其踹飞。

栏杆向人群中砸去，栏杆上本是拴着旗子的，旗下有绳，霍元甲一把抓住绳子，人群中一片惊呼，若不是他及时拉住，栏杆就会砸到很多人的脑袋。

叶双形趁霍元甲一只手和一只脚控制栏杆之际冲上来紧急还击，霍元甲单手还招，直至栏杆下的人全部退开才松手。

霍元甲双手迎战，叶双形逐渐不敌，腿部挨了一脚，已单膝跪地，霍元甲一跃而起，一掌向叶双形头上劈去，老百姓才见识过霍元甲一掌劈开栏杆的厉害，一阵惊呼，即将劈到，掌却在叶双形的头顶停住了。

荣先生看傻了。

雷霆云和巴图都站了起来。

一时间突然鸦雀无声。

霍元甲收掌去扶叶双形。

叶双形脸上难看，猛地趁霍元甲不防再次出拳，那拳正砸向霍元甲的下巴，千钧一发之际，霍元甲一侧身，躲过偷袭。二人再战，不到三五个回合，霍元甲的拳停在叶双形的面门。

霍元甲看着叶双形，等待着第三次进攻。

叶双形放弃了，向后退了一步抱拳道:“你赢了，叶双形技不如人，今日就离开上海滩，回广东！”

说着，叶双形就要下擂台。

“叶师傅请留步！”

“你还要怎样？”

“叶师傅，你我同用南拳过招时，元甲已落下风，之所以取胜是因为我拳路突变，侥幸而已。叶师傅的南拳，鹤借虎威，虎随鹤形，出神入化，元甲虽学武多年，虎鹤双形也只是听说过，今日得见，钦佩不已，日后希望常与叶师傅切磋武功，相互学习。”

叶双形冷哼一声：“输了就是输了，叶某人认账，用不着你奉承！”

巴图：“叶师傅，就算是输了，也用不着离开上海滩啊？你我三人同签的生死文书，谁打赢他都算赢！我来了！”

巴图身材魁梧，他走下高台，走上台阶，上擂台之时，巴图故意一跺脚，一块台布板在“咔嚓”声中断裂。

巴图瞪着霍元甲，亮出的是摔跤的架势，霍元甲不知该如何应对。

愣神之际，巴图已伸手搭向霍元甲的肩膀，霍元甲连忙拆招。巴图紧紧跟随，还是将霍元甲抓到，用力一甩，霍元甲的双脚就离了地，巴图将霍元甲扔了出去。

霍元甲凌空，后背即将着地之时，小腿一蹬，侥幸站住，回过身，看着巴图。

巴图亮出摔跤的架势：“有本事你也摔我！”

“摔跤我确实不会，以拳脚之灵巧，对你的跤术，不太公平，你我就不比了吧？”

“你说什么?！你个打拳的看不起我摔跤的？今天我要是输了，就亲手撕了‘神跤’的旗子！”

说着，巴图进攻，霍元甲退了几个回合，但二人仍然摆出了摔跤的架势。

“你的拳脚不是灵巧吗？怎么不打？”

“这是在我精武门门前，怎么样我都要让上几招。”

巴图急了，再次冲上去，霍元甲几次被扔出却都能够做到以脚着地，再战。

巴图的蒙古式摔跤，讲气势，重仪式，扑、拉、抱、甩、绊，出手彪猛，势大力沉，一跤分胜负。

喝彩声，叫好声，此起彼伏，曹达人指挥着摄影记者频频拍照。

霍元甲突然还击，借助腿部的功夫将巴图扫倒在地，巴图的身子重重地摔在地上，砸得擂台都颤了三颤。

霍元甲伸手去拉，巴图不理，自己撑着站了起来："拿我的旗子来！"

有跟班的将"神跤"的旗子送了过来，送到台上，霍元甲拦住，不让他拿到旗子："壮士何须如此？"

"我说了，输了就撕掉这旗子！"

"这旗上是"神跤"二字，意思是摔跤无人能敌，但你我比的并非摔跤，且拳脚与跤术的规则大相径庭，故而没有胜负之分，又何须撕掉这面旗子？"

巴图也有点不舍得，此时有些为难，雷霆云已跃上擂台，且上台的技巧更胜前二人。

"巴图兄弟，这面旗子得来不易，为个霍元甲撕了岂不可惜？他说的也不无道理，摔跤与拳脚本来不同，没什么胜负之分，你且退下，待老夫与他一决雌雄！"

巴图找了一个台阶："那就有劳雷大侠了。"

巴图退下擂台，和叶双形一样，都不好意思再回高处坐，只是在台下观战。

雷霆云："霍元甲，你拳脚功夫果然不俗，难怪目中无人。"

霍元甲："雷老前辈，报上声明之事有误，还请您听元甲解释……"

台下的曹达人打断霍元甲："雷大侠！您的武功可绝非华而不实、虚而无用！少跟他理论，沪上武林的颜面全靠您了！"

霍元甲瞪向曹达人，曹达人却用嬉皮笑脸的目光挑衅霍元甲。

雷霆云："拿我大刀来！"

雷霆云接刀在手："雷某虽以八卦掌闻名，今日却要跟你兵器相见。"

"雷大侠不要受人挑拨，且听我解释！"

"没兵器？那我就不客气了！吃我一刀！"

雷霆云"哗哗"两刀向霍元甲砍来，霍元甲左躲右闪，让过了这两刀。

"还不拿兵器？"

"前辈非比不可？"

"非比不可！"

刘振声有点急："师父！我为您取霍家枪来！"

"不，雷老前辈用的是刀，去堂上取刀来。"

片刻，刘振声飞奔而来："师父，接着！"

大刀在空中划了一个曲线，霍元甲一把接住，就在这一刹那，雷霆云已经开始进攻，抢了先机，霍元甲仍是不出刀，只是一味地躲闪退缩。

雷霆云停住："我已攻出十刀，你并未还招，又是何缘故？"

"您是前辈，晚辈礼让，理所应当。"

雷霆云哈哈大笑："果然巧舌如簧，你若真懂得江湖规矩，又怎么会登出那样的声明?！就算你说得再好听，雷某的刀下也不会留情！"

霍元甲已料到对方会出狠招，格外戒备，果然，雷霆云加快了进攻速度，一招狠似一招。

这是一场真刀真枪的较量，霍元甲仗着年轻，稍微取得了一些主动，正在这时却瞟见母亲在王氏与霍冯氏的搀扶下从精武门里走了出来，霍元甲一晃神，险些被雷霆云的大刀伤到。

一阵惊呼，霍元甲的衣服被划破。

霍元甲退后，抱拳："雷大侠，元甲甘拜下风。"

"不行！你想用这种办法羞辱于我？没门儿！"

说着，雷霆云再次进攻。霍元甲顾忌母亲，招式有些凌乱。

霍母着急，又看不清楚，她的视线中人影模糊，询问着：“怎么样啊？我儿没受伤吧？”

王氏看得担心，大声喊：“元甲！母亲大人是来为你助威的，她老人家说了，既上擂台，专心应战！霍家是武林世家，你不能给祖上丢人！”

霍母露出诧异的神情，霍冯氏更是惊讶地看着王氏。

王氏：“娘，恕我……”

霍母并没有责怪王氏，而是一副理解的神情。

农劲荪没想到，他大声喝道：“对，元甲，你以一敌三，已胜两场在先，这一场只要专心比，无论胜负都会声震上海滩！”

正与雷霆云比武的霍元甲，听到王氏和农劲荪的喊声备受鼓舞。

擂台上，一场高手的较量，雷霆云也是个正人君子，刀法都是堂堂正正，霍元甲之刀法多从与王五比武中体会而来，刀法刚猛。

激战中，两人的刀磕在了一起，相互逼近，各自的刀顶住了对方的脖子。

雷霆云毕竟年纪大了，有些气喘吁吁，落了下风，他忽瞟见霍元甲刀上“王五”二字，猛地一激灵竟失口念了出来：“王五？！”

雷霆云猛地将刀架开，倒退了三步：“霍元甲，你手里的刀是哪来的？”

“义兄遗物，已随我多年。”

“大刀王五是你义兄？”

“正是。”

“怎么可能？你这后生晚辈，王五怎么会与你结义？”

雷霆云有些不敢相信，霍元甲也不知该如何回答。

农劲荪却朗声道：“霍元甲说得没错，戊戌年，大刀王五与津门霍元甲八拜结交，京津一带无人不知，只是大江阻隔，消息没传到上海而已。”

雷霆云："即便如此，王五刀不离人，人不离刀，他已故去多年，宝刀为何没有随他下葬，却在你的手里？"

提到此事，霍元甲眼圈微红。

农劲荪又朗声道："庚子年，王五横遭不测，是霍元甲在洋人的枪口下，于京城朝阳门抢回了英雄的头颅，才使他老人家得以全尸安葬。可惜下葬之时并未找到宝刀，后，由王五仆人相赠。元甲得刀后，便欲重新开棺，使人刀合葬。我们大家劝他留刀于世，也是希望这口刀所代表的王五的浩然正气，能够长存人间。"

霍元甲一言不发，却淌下了泪水，雷霆云一愣，看向霍元甲："霍元甲，我问你，果真如此？"

霍元甲咬了咬牙，半晌才挤出四个字："正是如此。"

"既然你为人方正，又安敢在报上口出狂言？！"

"刚才元甲说了，这里面有误会，报上的声明并非我所撰写的原稿。"

雷霆云又一愣，擂台下的叶双形和巴图对视，百姓们顿时也骚动起来，交头接耳，议论纷纷。

高处阳台上的荣先生也将茶壶蹾在桌上，侧耳倾听。

擂台下的曹达人见势不妙，朝左右的记者使了个眼色，就要往人群里钻。

农劲荪眼疾："拦住那个姓曹的！"

所有人都将目光看向了逃跑的曹达人。

刘振声一把抓住曹达人的后脖领子，曹达人满脸堆笑："误会，这里面肯定有误会！"

曹达人想跑，哪里能挣脱刘振声，再加上许大有抓住了他的胳膊，被两个人拎上了擂台，与他随行的记者也被老百姓们围堵而回。

被扔上擂台的曹达人，不敢看霍元甲。

雷霆云怒道："开报馆的，你刚才油嘴滑舌我就觉得你不是好东西，你说，你刊登的声明可出自霍元甲之手？"

曹达人不得不看向霍元甲："我……我当然是接了霍元甲

的声明稿啊，只……只是我觉得他没把事儿说明白，就帮他稍加润色，锦上添花而已……”

农劲荪气得跃上擂台：“稍加润色？锦上添花？”

农劲荪一把抓住曹达人的脖领子，抡拳要打。

霍元甲拉住农劲荪：“劲荪……”

农劲荪将曹达人推开。

“曹总编，那份声明，你可还记得原文？”

曹达人显得非常尴尬。

霍元甲：“我却记得！今日众人之怒，不外乎因为《海上新报》的一纸声明。然，该声明，并非是我们送到报馆的原稿，而是这位曹总编的篡改之作……”

擂台下的百姓们又是一阵骚动，高处阳台的荣先生则皱起眉头。

雷霆云：“霍元甲！你原本是怎么写的？可否说来听听？”

“好，因兹事体大，声明原稿乃我与劲荪贤弟字斟句酌而成，故而记忆犹新，我就在这擂台上念与大家听，算正式声明。”

顿了顿，霍元甲正色道：“《霍元甲拜沪上武林志士书》——世人言，江南之地，物华人杰；沪上里弄，卧虎藏龙。霍某自幼习武，后因事流落江湖，机缘巧合，来至贵地，贸然开精武门于闸北，深感惶恐，夙夜不安，故以声明为帖，诚拜上海武林诸前辈。精武之立，非以门派自诩，只求强中华国民之体魄，除‘东亚病夫’之谬论。津门霍元甲再拜！”

百姓晓得真相，又开始议论纷纷。

擂台下的叶双形和巴图，不知道如何是好，一起看向雷霆云，雷霆云也捋着胡子陷入思忖中，突然大喝：“姓曹的！都是你干的好事！”

曹达人吓得一哆嗦：“雷大侠，我……我也是没办法，我要不这样做，报馆的十几口子就要喝西北风了，他们都是上有老下有小，全指着我养活呢！”

“你这几笔改得轻巧，我上海武林却险些血雨腥风！看老夫不宰了你！”

说着，雷霆云一把揪住曹达人的脖领子，挥刀就要砍。

曹达人号叫一声，抱住了脑袋，霍元甲却抬手挡住了雷霆云挥刀的胳膊。

“雷老前辈息怒。”

“霍元甲，姓曹的害你不浅，如何还替他说话？！”

“今日与上海武林的诸位高手拳脚相见，根由确实在于这位曹总编。但他的报馆我去过，正如其所言，经营惨淡，作为一报之总编，一时不择手段，昏了头脑，但终非十恶不赦，也有可以谅解的地方……”

雷霆云猛地一推，曹达人被推了一个跟头，打着滚爬下了擂台，他手下的记者等人接住他。

“霍元甲，我与大刀王五交情甚深，他的为人我信得过，你既是他的结义兄弟，你的人品我也信了！”

“多谢雷老前辈！”

“沪上武林这么多英雄，竟都听信了小报的胡编乱造，险些酿成大祸，惭愧啊……”

雷霆云叹了口气。

“您千万别这么说。”

荣先生的声音从高处传来：“这事也怪荣某人，没弄清真相，就将擂台搭在了人家门口……霍师傅，见谅。”

霍元甲连忙向高处抱拳。

“难得今日来了这么多人，既然霍师傅初到上海，有什么要对大家说的，尽可直言。”

“呃，多谢荣先生，元甲没什么要说的……”

“哎，别呀！”

农劲荪出声，向霍元甲使了个眼色。

“你来上海开武馆不是有很大的抱负吗？今天机会可难得啊……”

霍元甲想了想，看向台下的老百姓们，再度抱拳："各位父老乡亲，沪上的武林同道，如今国势艰难，洋人肆虐，万民羸弱，对我武林中人来讲，如何激发国民习武强身之愿，实为今日所急。元甲想，一旦练武成了习惯，身强体壮的人多了，'东亚病夫'帽子自可摘除。所以，精武门希望广招愿意习武的后生……"

话音未落，有年轻人喊："算我一个！霍师傅武功高强，我愿意跟您习武！"

现场就有十来个后生举起了手。

一阵阵热烈的掌声，众人都为霍元甲鼓掌，雷霆云、叶双形、巴图都无话可说。

掌声中，台下的曹达人也被感动了："霍元甲！啊，不，霍大侠，曹某的《海上新报》，愿免费为精武门连登一个礼拜的广告！"

门口的王氏欣喜不已，霍母、霍冯氏等也都露出欣慰的笑容。

二楼阳台，左叔："霍元甲今日算是出尽了风头，其他武馆、跤行的生意怕是不好做了。"

荣先生笑了笑："上海滩的武林本来就是群龙无首，现在来个霍元甲，不是挺好吗？"

"荣先生好像很看重他。"

"霍元甲是个难得的人才，待会儿给他送个帖子，请他到家里喝茶。"

就在霍元甲初得上海民心之际，在上海远郊的地方，一青年手里拿着报纸，奔跑着，健步如飞，冲进一座酒窖之中。

酒窖里，一个穿着如乞丐的老头躺在酒窖的摇椅上打着盹。

"师父！师父——"

老头慵懒地睁开眼睛，看着气喘吁吁的青年，一副不耐烦的样子。

“怎么这么早就回来了，码头上的活干完了没有？领不到工钱咱爷俩吃啥？”

“今天码头上有条从上海来的船，客人们都在议论一件事！”

“让你白天专心干活，晚上专心练武，你……”

老头一把揪住青年的耳朵：“长个耳朵偷听别人东谈西论的干什么？”

“师父，他们说的是打擂台的事儿！有人开了叫精武门的新帮派，连着打败三个高手，名震上海滩！”

“上海哪有什么高手？还精武门？这帮派名字就不吉利，长不了，别理他。”

老头口气很是不屑。

“开精武门的人叫霍元甲！”

老头突然一激灵，瞪大了眼睛：“陈真！你再说一遍，精武门是谁开的？”

“霍元甲！”

“可是天津霍元甲？”

“没错，报纸上写得很清楚，津门霍元甲！”

“拿来我看！”

老头一把抓过报纸，上面是霍元甲连挫三大高手的照片和整版的广告，他看着霍元甲的照片，眼睛瞪得越来越大，目光很瘆人，一旁名为陈真的青年也是异常激动。

— 第二章　血气 —

朝霞将精武门的牌匾照亮。

院子里，传来精武门弟子练武的声音，“嘿哈”有力。

很多人围在精武门门口，透过门缝向里张望。四五个后生，在家长的陪同下前来报名练武。

院子里，几排后生排列整齐，教习的是刘振声。

霍元甲在弟子练武的队伍中走着，不停地纠正着他们的动作。弟子们很用功，霍元甲也很满意。

在院子的二进里，一些武功基础好的弟子被集中，由许大有教习、提高。

众人见霍元甲来，一一抱拳问好，霍元甲也纷纷回礼。

许大有继续教习，这些后生打起拳来很有精神，令霍元甲更加欣慰。

一个幼小的身影从拐弯处拐了出来，叉开腿，试着比画拳脚。

霍元甲余光发现，瞟了过去，发现三岁大的霍东觉正在学拳，有模有样，严肃的霍元甲也被逗笑了。

霍元甲夹着霍东觉走进客厅。

“怎么了？”

王氏连忙迎上，霍元甲却没说话，只是笑。

霍东觉：“娘，被我爹发现了！”

“我早跟你说过，爹是不会让你练武的，你就是不听话，惹爹生气了吧？”

霍元甲笑着：“没生气，我也从来没说过不让东觉练武。”

王氏一愣。

“是，因为习武我惹过很多祸事，但我不后悔。也许等东觉长大的时候，我们这个国家，人人体格强健，我怎么能让东觉落于人后呢？”

“娘，我爹让我练武，我要去练！”

霍东觉叫着。

“现在还不行，你年纪太小，筋骨尚未长成，还不是练武的时候。”

“那要到几岁？”

霍元甲想了想：“爹是七岁开始习武，你也等到七岁吧。”

霍东觉一脸的失望。

小莲扶着霍母从里间出来，霍母神情显得很是忧伤，霍元甲有些疑惑，小心翼翼地问道：“娘，您没睡好？一下子来学武的弟子太多了，连里院都用上了，天还没亮就开始，准是吵到您了。”

霍母叹了口气：“你爹年轻的时候也是天不亮就练武，我早就习惯了。”

“那您这是……”

“做噩梦了，连着三天同一个梦，一闭上眼睛就把自己吓醒啊。”

“什么梦？”

“梦见我儿在擂台上与人比武，被……”

霍母说不下去了，饭桌上也一下子安静了下来。

霍冯氏："都是那天在家门口打擂台，把娘吓得……"

霍元甲这才明白过来。

霍冯氏唠叨着："兄弟武艺高，娘和我都知道，可来的那几个也如狼似虎，万一他们不守规矩一起上，兄弟可就吃亏了，毕竟咱们在上海滩人生地不熟不是？你说你要是有个三长两短的，这么大的一个家，娘，还有三个没长大的孩子……是四个，妹妹可又怀上了！"

霍冯氏越说越激动，马上就要哭出来了。

"大嫂！"

王氏打断了霍冯氏。

霍冯氏看向忧心忡忡的霍母，有些不好意思。

王氏："娘，今晚睡前我帮您烫脚，脚烫热乎了，睡得就实了。"

霍母摇了摇头，她仿佛根本没有听到王氏的话："每天夜里被吓醒了，我都不敢再合眼，怕闭上眼睛元甲就在擂台上和人打架，就只好瞪着眼睛看房梁，可这眼神不争气，看着看着就啥也看不见了……"

霍元甲拉住霍母的手："娘，您的眼睛本来就不好，可千万不能这样！"

"要想让娘睡安稳了，除非你答应娘一桩事。"

"娘，您说，甭说是一桩，百桩千桩元甲都应您！"

"从今以后，你不许再上擂台，不许再与任何人比武！"

霍元甲稍加犹豫："遵命。"

霍母一下笑了，用手摸着霍元甲的脸："好，这回娘放心了，能睡安稳了！"

霍元甲有些内疚。

精武门外仍围着不少人。就在这时，只听一声断喝"让开"，陈真赫然出现。

陈真望着高高悬挂的"精武门"牌匾，突然飞奔向前，猛地一跃而起，腾空飞踹向大门。

“当”的一声门被踹开，陈真不屑地环视着精武门。

正在教习武功的刘振声愣住了，他上下打量着来人：“来学武的？没见大门关着吗？要等到晌午才能报名！”

“你是霍元甲？”陈真傲慢的神情让刘振声很是生气。

“你是什么人？小小年纪竟敢直呼我师父名讳？”

“喔，霍元甲的徒弟呀？也敢教武功骗银子？丢人现眼。”

刘振声怒了：“你说什么？！”

正在这时，许大有和武功基础好的十几名弟子从里院跑来。

“怎么回事？”许大有发现陈真，怒目而视，“你谁啊？”

刘振声拦住了许大有，强压怒火，一抱拳：“霍门大弟子刘振声，敢问壮士尊姓大名？”

“无名小辈，不配知道我的姓名。你们开的武馆叫精武门对吧？叫霍元甲出来，让我看看他的武功到底有多精？”

“你就是存心来捣乱的！看我怎么教训你！”

许大有忍不住了，冲上前，却被刘振声一个跨步抢在前面。

“大有，你一边去，我是大师兄，教训他还轮不到你。”

刘振声瞪着陈真：“师父来上海开设精武门，为的是光大中华武学，不想与任何人为敌，可是故意来捣乱的，我们也不怕！”

“那就来吧，我拿你活动活动筋骨，活动开了，待会好收拾霍元甲。”

“狂徒住口！看拳！”

刘振声冲上去与陈真对打，陈真从容接招。一打起来，院子里的精武弟子都围成了一个大圈，而门的方向也有很多看热闹的人挤了进来。

陈真的师父，那个如乞丐般的老头懒洋洋地倚在门框上观战，他从腰间拽出酒壶，边看边喝，从酒糟鼻子上可以看出，这是个常年饮酒的酒鬼。

陈真与刘振声打得不可开交，许大有认真地看着。陈真武功不弱，尤其腿上功夫较强，但想一时取胜刘振声也不容易。

老头喝了一口酒，有些着急，自言自语：“哎呀，这么打下去要打到什么时候啊？”

说着，老头就在怀里摸出个小钢珠来，二指一用力，弹了出去，钢珠很小，且陈真与刘振声打得精彩，围观之众根本没有发现。钢珠正中刘振声肩头穴位，他身子一软，露出破绽，陈真飞起一脚将之踹倒在地。

老百姓喝彩声四起，许大有上前搀扶刘振声。

刘振声捂着肩头大骂道：“哪个暗器伤人？站出来！”

“哎哎哎，输了就是输了，别找借口。”

“我没输！接着打！”

“嗨！原来你们精武门是耍赖门啊？大伙说说，他输了没有？还想抵赖？”

老百姓们没发现暗器，对刘振声颇有微词，他气得青筋暴露，但再上去打显然不合适了。

“让我来。”

许大有冲了上去，二人打在一起，刚猛对刚猛。

老头：“哎呀，这个比那个还厉害，这么下去体力都耗尽了，待会儿怎么打霍元甲啊？”

说着，老头又从怀里摸出钢珠来，看准时机，刚要发珠。

“师父来了！”

听到霍门弟子的喊声，老头停住要发钢珠的手。

霍元甲走来：“怎么回事？”

刘振声：“是来捣乱的。”

刘振声身后一名小弟子：“大师兄输了。”

“我没输，他们暗器伤人！”

霍元甲看了一眼形势，又看了一眼刘振声，见刘振声正捂着肩头。

“让我看看。”

刘振声扒开上衣，露出肩头，穴位上一块青紫的瘀痕，霍元甲立刻明白了。

刘振声低声道：“师父，这小子不是一个人来的，有帮手。”

霍元甲转过身，在看热闹的人群中找着，将目光停留在如乞丐般的老头脸上。

老头与霍元甲四目相对，指法一变，将钢珠塞回怀中，霍元甲看到这一细节。

许大有与陈真打得正酣。

刘振声：“师父，我虽与他过了招，却看不出他使的是哪门哪派的拳法！”

霍元甲：“此人学艺很杂，应该拜过很多师父。”

许大有与陈真仍在对打，各自用尽全力，虽都有中招，但谁也不能把谁打倒，老头有点急，喝了一口酒，仿佛在说着醉话：“右……腿……”

说着，老头假装咳嗽了起来，仿佛是一口酒呛到，陈真却听得清楚，他看向对打中的许大有的右腿，猛然变换招式，攻击许大有的右腿。

许大有右腿薄弱，被踹中后一个踉跄，陈真趁机去踹许大有的右腿后窝，许大有竟被踹得单膝跪地，陈真趁机绕到许大有身后，重拳砸在其后心上，许大有险些栽倒，踉跄出圈外。

陈真伸展着四肢，插着腰，得意扬扬地看着许大有，许大有气得挥拳又要上。

霍元甲：“大有，切磋武功点到为止，你已经输了。”

许大有心里不服，却无奈。

霍元甲走上前：“在下精武门霍元甲，请教阁下尊姓大名。”

“噢，你就是霍元甲啊？徒弟教得不行啊，一个不如一个……该你了，来吧。”

说着，陈真拉开架势。

霍元甲笑了笑：“这位小兄弟，你的身手刚才我已经看到了，失敬失敬，请里面喝茶。”

“喝茶就算了吧，我是专门来找你打架的，拳头早就痒痒了，这么多人都等着看呢，你快来吧！”

“我从不与人打架。”

“啊，我说错了，不是打架，是比武。你开武馆的，总不能不与人比武吧？《海上新报》我可看到了，你连胜三位武林高手，难道都是你请来的戏子，故意输给你，帮你上报纸收徒弟骗银子的？”

“小兄弟，我与你素不相识，何故口出狂言？”

霍元甲皱了皱眉头。

“我可早就知道你，我日夜练功就是为了有朝一日能打死你！”

陈真指向霍元甲。

霍元甲再次抱拳：“看来这位小兄弟与霍某有宿怨了？请报上尊姓大名。”

“我的名字可长，你听清楚了啊。”

“洗耳恭听。”

陈真在胸脯上拍了一巴掌：“我的名字叫——拳打霍元甲，脚踢精武门。没了，十个字，这名字好听吗？快来受死吧！”

许大有和刘振声气得就要上前，霍元甲伸开臂膀将二人拦住，笑了笑走上前。

陈真以为霍元甲要动手，连忙拉开架势准备迎敌，可霍元甲却绕过陈真，径自向大门口走去。

围观看热闹的人连忙让开。

霍元甲来到老头面前抱拳：“这位前辈，大驾光临有失远迎，恕罪。”

“你叫我前辈？哎，我是个叫花子！”

“我弟子许大有半个月前练功伤了右腿，经过医治好得已经差不多了，若不是精通武学的前辈，又怎么能够看得出来？”

老头喝了口酒，挠着脑袋：“徒弟，霍元甲果然名不虚传，你跟他打可得小心点！”

“放心吧师父！霍元甲，别婆婆妈妈的，快过来受死！”

“二位远道而来是客，精武门应略备薄酒招待客人才是。振声，去告诉师母有贵客来。”

“呃，不用！酒我自己带着呢，我徒弟要跟你比武，你到底比不比？”

“不比。”

“不比武你开武馆干什么？”

“弘扬中华武学，强健国人体魄，更重要的是，不让洋人小视我中华男儿。”

老头笑了：“说的比唱的都好听……看打！”

老头突然出手向霍元甲袭来，霍元甲连忙退后。老头瞬间攻出十几招，霍元甲躲过了十几招。

看热闹的老百姓们一阵唏嘘。

精武门弟子，包括刘振声和许大有都甚是惊讶，打起拳来的老叫花子状态与之前迥异，简直如下山之猛虎。

霍元甲跳出圈外：“您在十招之内用了螳螂拳、通臂拳、少林罗汉拳、八卦掌、南派洪拳，能将多种拳法融会贯通，果然是高手中的高手，元甲敬佩不已。”

“少拍马屁，还手！”

老头又攻出一招，霍元甲再次跳出圈外：“前辈，我不想与您比武。”

“我也不想跟你比……徒弟，打他！”

陈真猛地向霍元甲袭去，霍元甲连退带让，陈真却越打越勇。

老头笑道：“还手啊！连我徒弟都打不过，你还敢开武馆？还敢叫精武门？你不想比武也可以，自己砸了精武门的牌子，自废一条胳膊，我们爷俩转身就走，永远不找你的麻烦！”

陈真越打越得意，使出了看家本领飞踹霍元甲，霍元甲不得不出掌还手，一招将陈真弹了回去。

陈真落地，身体向后倒退了三五步，要不是老头出掌，他仍停不下来。

陈真定睛向霍元甲望去，霍元甲气定神闲，他这才意识到对手的功夫，神情中有了忌惮。

霍元甲抱拳：“元甲不想比武，既然您师徒二人也不想交朋友，那寒舍就送客了。”

刘振声大喝一声：“送客！”

陈真还想接着打。

五六十名弟子齐声喝道：“送客！”

老头一把拉住陈真：“哎哎哎，徒儿，好虎架不住群狼，再说，连着打趴下俩，你也累了，师父这酒瘾也上来了，咱们先走，日子长着呢。”

老头说罢，向霍元甲瞟了一个别有深意的眼神，拉着陈真走了。

大门口，看热闹的老百姓都退了出来，老头拉着陈真也走了出来。

“师父，就这么放过霍元甲了？”

“陈真啊，你还年轻，师父已经想好主意了，到时候由不得他不答应。走走走，喝酒去！”

农劲荪从黄包车上下来，刚好听见这对师徒的对话，他皱着眉头看向一老一少的背影。

“陈真……”

“没错，就是这个名字，我听得一清二楚。”

厅堂之内，霍元甲闭上了眼睛，使劲地思考着。

小莲端了一碗汤走来：“农先生，喝汤，趁热。”

“唉，多谢小莲姑娘！”

刘振声从外面跑了进来，农劲荪连忙迎上："怎么样？"

"那个老叫花子带着他徒弟下馆子去了，足足喝了三壶老酒。他徒弟却是一口不沾，干吃饭。之后，两个人就奔了租界，我一直在后面跟着，可是跟着跟着就给跟丢了。"

"租界？看那老头的穿着不像是会去租界的样子呀？"

霍元甲睁眼："劲荪，你怎么还让振声跟着人家？"

农劲荪回过身："知己知彼方能百战百胜，敌人来得突然，我们总得知道他们的底细吧。"

"何谈敌人？我刚才想了，陈真这个名字我以前从来没听说过，即便是昔日的仇家，也没有姓陈的，他师父应该是一位隐姓埋名的前辈，武林之大，藏龙卧虎，不被世人所知的高手又何止这一位？今日见他出拳之快，拳法变化之诡异，真是大开眼界。正所谓天外有天，人外有人！唉，只可惜老人家不愿意交朋友，留下喝杯茶都不肯，不然，若能与之研习武学，切磋武艺，一定受益匪浅。"

一直因败北而生气的许大有坐在角落里，闻言猛地站起来："交朋友？师父，您这肚量也太大了吧？陈真出言不逊，下次若被我见到，我一定打折他的肋骨！"

霍元甲看向许大有："这个陈真看上去与你年纪相仿，今日你二人过招，你未占上风，怎么？怀恨在心了？"

"我没有，我是因为他辱骂于您！"

"怪都怪报纸上把为师吹得太厉害了，我想这师徒二人一定是看了报纸才来找咱们麻烦的。"

霍元甲摇了摇头："唉，这个《海上新报》的曹达人主编可算是把为师害惨了。"

五六位记者模样的人在报社总编室门前站成一排。

陈真竟然在这里，他叙述着，曹达人打断："哎，不行不行不行！你这么说谁看报纸啊？你得给霍元甲下战书，生死战书！你敢不敢？"

陈真看了看师父："那有啥不敢的！"

“这就对了，只要你敢下生死战书，我就免费给你登报，不仅免费登，之后还免费追踪报道！对了，报馆还免费为你搭建擂台！”

“行，就这么说定了！”

曹达人看到了商机：“太好了太好了……”

曹达人看向几名记者：“你们几个都明白了吧？谁愿意领下这份差事，为陈真先生好好润色这封战书啊？”

几个人都摇着头，大家不愿意接这种烂事。

“何玛丽！你的文笔好，你来写。”

何玛丽：“我是新闻记者，不适合干这种事！”

“这就将是上海滩最大的新闻，我打赌，这期报纸能再多卖出一千份！这么好的机会给你，你可别不识抬举！”

何玛丽急了：“我不干！上回你们篡改霍元甲的声明闹出那么大的笑话，难道还不知道悔改？”

“要是没有上次的声明，我们的报馆能起死回生？报馆关了门你就丢了饭碗！”

“你这明摆着就是挑唆打架，就算丢了饭碗，我也不能干这种事。”

曹达人急了：“何玛丽，你被开除了！”

“开除就开除！”

何玛丽甩手走了。

曹达人对陈真师徒嬉皮笑脸：“让你们师徒二人见笑了，年轻人就是不知道把握机会……这样，我亲自为你们润色战书，保证明天一早，陈真的名字就响彻上海滩！”

老头喝了一口酒，得意扬扬。

陈真脸上带着笑意，有些虚荣。

荣府餐厅，几样点心摆在桌上，都是沪上风味，正在吃早饭的荣先生放下报纸。

“又上报纸了，霍元甲可真成了沪上新晋的大红人。”荣先生道。

“这个人不太懂规矩，您抬举他，送了帖子，可他一直不来拜码头。”

左叔立在一旁抱怨着。

“人红架子大嘛，无妨。今天没别的安排吧？”

“没有。”

“那我们就再去精武门看看热闹，看看这个叫陈真的乡下人会不会被霍元甲打死在擂台上？”

荣先生语气平淡，却掩藏不住那份对霍元甲的欣赏。

木匠在精武门大门口钉擂台，这回指挥搭建的是曹达人，负责办事的一名编辑在他面前用笔记着，他身后正是精武门的牌匾。

“旗子要做漂亮一些，上面就用那两句——拳打霍元甲，脚踢精武门！简单明了，快去办。”曹达人道。

编辑应声而去，曹达人吩咐完得意扬扬地回过头来，被吓了一跳，农劲荪正站在他的面前。

曹达人：“不关我的事啊！陈真给霍师傅下战书，《海上新报》不登，别的报馆也要登的。这次我可没有杜撰，哎，你看啊……”

曹达人说着，从兜里掏出一份手写稿的战书，继续道：“这是陈真自己画了押的，报上就是如实刊登而已呀！”

果然，陈真的大红手印按得清清楚楚。

“元甲让我告诉你，他不想比武，绝不会上擂台！”

“哎，那无妨，反正陈真也说了，不在擂台上一决生死是绝不会善罢甘休的。”

曹达人压低声音：“请放心，下战书的是个乳臭未干的孩伢子，他师父是个连鞋都买不起的叫花子，绝不是霍元甲的对手。我是故意骗陈真，让他在这份生死战书上按了手印，有了这个，打死白打，你告诉霍元甲一定要打死，不然新闻不够大！这一战之后，霍元甲在上海滩就更有名了，《海上新报》也就更好卖了！”

农劲荪气坏了，一把薅住曹达人的脖领子，挥拳要打。

“哎呀哎呀，记者记者，快来拍照片，精武门的人打人了！”

果然有记者跑了过来，农劲荪有所顾忌，推开曹达人，扭身进了大门。

“荣先生也来看热闹了，还有雷大侠、南拳王叶师傅、神跤巴图都来了。擂台是《海上新报》出钱搭的……”

厅堂里，听了农劲荪的话，霍元甲已经了然。

“曹总编唯利是图，为了卖报纸不择手段，早上一看报上的生死战书我就猜了个十有八九。”

“上次就不应该轻易饶他！太可恶了，找个机会，送他见阎王去！”

霍元甲严肃道：“劲荪，你什么时候变成火爆脾气了？”

霍元甲用目光瞪着农劲荪，农劲荪明白霍元甲是怕情绪影响到刘振声和许大有。

刘振声上前：“师父，我知道您答应奶奶不再与人比武了，我替您打！”

“振声，你虽学武刻苦，但天资稍差，与陈真上擂台，没有胜算。”

许大有：“让我来！我的右腿好多了，今天决不会再输给他！”

“你刚勇有余，变化不足，想胜陈真也无十足把握。”

刘振声有些气：“师父，您怎么长敌人志气，灭自己威风？”

“我已经说过了，这师徒二人不一定是敌人。”

刘振声：“在报纸上辱骂霍家祖先，还不是敌人？”

“是啊！与师父挑衅，就是我许大有不共戴天的仇人！我一定要杀了他！”

许大有附和着刘振声。

霍元甲：“振声，师门规矩还记得吧？”

刘振声一愣："当然记得，霍家师门，三扬四戒。"

"好，把四戒背来我听。"

"四戒者，一戒卖祖求荣，二戒好勇斗狠，三戒奸佞淫邪，四戒杀。"

霍元甲点了点头："很好，一字不差，你和大有随我到书房来。"

书房里，刘振声与许大有站在书房的书案前。

霍元甲正在一张大纸上写着什么，写罢，将毛笔放在砚台旁。

"振声，你为大有研墨，让他把四戒背写一千遍。"

许大有傻了。

"大有，你写完以后，为你大师兄研墨，让他把四戒也背写一千遍。没写完之前，外面无论发生什么事都不准离开书房。"

说完，霍元甲拿着自己写满字的大纸离开了书房，刘振声和许大有面面相觑。

"这个时候我不便出去，有劳劲荪帮我贴在大门口。"

霍元甲从里间出来，将一张布告递给农劲荪，农劲荪边看边问着。

"然后呢？"

"精武门暂时关门，直至他们拆除擂台。"

农劲荪看完，将布告放在桌上："元甲，你这样做会被沪上武林耻笑的！"

"又如何？"

农劲荪一愣。

霍元甲笑了："逞一时之勇，那是一介武夫，霍元甲开办精武门是为了弘扬中华武术，不是要争什么天下第一。何况陈真尚且年轻，万一在擂台上有什么闪失，岂不可惜？他师父虽武功高强，却面色灰暗，应该有旧疾缠身，一把年纪了，也不适合打擂台比武啊。更何况他们师徒与我无冤无仇，应该是受了小人挑唆，我暂避锋芒，日子久了，误会自然会消除。我还盼着那天早点到来，好与那老人家交个朋友，共同研习武学，切磋武艺，不亦乐乎！”

农劲荪无奈，拿着布告走了，霍元甲转过头，正见客厅门前王氏走了出来，他有些不好意思。

“心怀伟志，且进退有度，又懂礼让，大丈夫也。”

王氏的夸赞让霍元甲淡淡一笑，目光中带着感激。

精武门门前，擂台已经搭建好，陈真站在擂台之上，双拳紧握，他身后飘着两面旗子，正是“拳打霍元甲，脚踢精武门”。

曹达人举着扩音喇叭爬上擂台：“诸位诸位！今天的《海上新报》都看了吧？今日盛举之由来，是因为陈真先生找到报馆，在我报刊登了这则新闻，震惊上海滩呐！下面我念一下给大家听……”

说着，曹达人抖开报纸。

坐在高处的荣先生：“这个姓曹的怎么四处卖报纸？”

左叔：“这个人人品很差，为卖报不择手段，今天的擂台就是他出钱搭的。”

荣先生点了点头，很明显已经明白了八九。

曹达人朗声道：“开宗明义：拳打霍元甲，脚踢精武门！天津霍氏，恃武骄矜于沪上，多有不明真相者受蒙蔽。其自言汉冠军侯霍去病之后，无非攀附古之豪雄，光耀寒酸门庭而已。霍家祖上皆蝇营狗苟之徒，獐头鼠目之辈；父霍恩第，自称燕青拳传人，盗武林宗师之名，实押镖糊口之小民，关东道上之走卒。霍元甲之迷踪拳，更是花拳绣腿、雕虫小技也！今立馆于沪上，自吹自擂，广骗门徒，实乃敛财之邪道，却妄言以振兴国术为己任，真叫人哑然失笑。武林虽大，不败者自当为尊；江湖虽远，擂台间可见高低。我陈真，虽名不见武林，声未播江湖，却有热血一腔，拳脚一副，专铲吹牛事，专打自大人！现以此声明为生死状，邀霍元甲上擂，在我铜拳铁脚下，若一命呜呼，自不关我事；我陈真如有闪失，横尸擂台，亦因学艺不精，不关霍元甲事。请沪上父老共同见证！声明者，陈真。”

陈真的叫花子师父位于擂台旁，仍在喝酒，太阳很足，他闭着眼睛晒着太阳。

曹达人念罢：“好文章啊！千古奇文！看不出陈真先生年纪轻轻，不仅武艺高强，文章写得也这么好！鼓掌！鼓掌！”

精武门大门打开，农劲荪走了出来，身后还跟着两名精武门弟子。

陈真指着农劲荪骂道：“你是干什么的？叫霍元甲出来！”

“对呀对呀，农先生，时辰已到，快请霍元甲霍师傅出来吧，大家都等不及了！我报将追踪报道，霍师傅若胜了，那在上海滩的名声可就更大啦！”

曹达人一边说着，一边向农劲荪眨着眼睛。实则他心里知道，霍元甲必胜，他希望将陈真打死在擂台上，可以做大新闻，卖报纸。

农劲荪一言不发，他身后的两名弟子正在门上刷着糨糊，糨糊刷好，农劲荪回身，将布告贴在门上，带着两名弟子回去，又将门重重关上。

陈真傻了眼。

“哎，这……这是什么？”

曹达人蹦下，若不是有名记者扶着，险些摔个狗啃泥，他凑近布告，扶了扶眼镜，不觉念出声来：“精武门立于沪上，一不为钱财，二不为争勇，所秉宗旨唯一，强健吾中华同胞体魄耳！故，元甲拒与陈真擂台比武，即日起关闭精武门，至擂台拆除止。霍元甲。”

念到最后，曹达人突然叫了出来：“哎！这算什么？挂起免战牌来了？这……”

曹达人急得直拍精武门大门，陈真生气了，他看见旁边有锣鼓班子，便用手点指：“把鼓给我抬上来！”

鼓被抬到了擂台中间，陈真使劲地敲着，那鼓声带着杀气传向精武门。

院子里，二十几个精武门弟子跟着霍元甲练臂部力量，每人提两只水桶，有人听见鼓声慌了神，水桶提不住了。

霍元甲平心静气道："练功时要心无旁骛。"

那人连忙纠正姿势，坚持住。

霍元甲面对着弟子们，动作从容，慢慢将一条腿抬起，盘于另一条腿之上，弟子们看傻了，有的想学着做，水桶落地，摔个跟头。

"不用学我，练上三年，你们自然可做到。"

弟子们敬佩不已，掉水桶的弟子也连忙去打水。

外面的陈真已经开骂："霍元甲，别做缩头乌龟！有本事擂台上见高低……霍元甲，你若再不出来，可别怪我骂你八辈祖宗！"

擂台之上，比陈真更着急的是曹达人，他走近陈真，小声道："陈先生，陈英雄，霍元甲怕你，是不敢出来，看来不真骂是不行呀！"

陈真气得青筋暴露，想着怎么骂人，终于，他大声叫道："霍元甲！你祖宗……"

一声"住口"从高处传来，众人望去，一直坐在那里的荣先生站起身来。

"后生，你口下留点德吧。"

陈真不识泰山，被人喝止，很生气："老头，你是谁呀？"

台下的荣先生手下听闻陈真出言不逊，立刻喝道："放肆！敢对荣先生无礼？"

陈真一见台下的人都锦衣华服，立刻便明白对方是有身份的人。

农劲荪守着大门，透过门缝向外张望，而霍元甲仍在监督徒弟们练功，仿佛什么都没听见。刘振声和许大有从书房冲出。

“字写完了吗？”

霍元甲的话让刘振声很尴尬。

“回去接着写。”

许大有有些急：“师父，人家都打上门来了，要骂您家祖宗，不能忍了！”

刘振声：“是啊，再忍下去，以后在上海滩就没法混了！”

“骂我祖宗？我怎么没听到？今日有人踢馆，我们打回去，明日又有人踢馆，我们还打回去，难道要一直打下去？那我们开设精武门意义何在？不如直接摆擂台算了。”

刘振声和许大有面面相觑。

“回去接着写，每人一千遍，差一遍，再罚一千遍。”

刘振声和许大有瞠目，只好回身进屋。

霍元甲看向练功的弟子们：“你们记住，学武易，静心难，中华武术之道，在于内外兼修。”

弟子们看着霍元甲，有些人不理解，有些人很敬佩。

擂台上的陈真被荣先生喝止，也不知道干什么，有些尴尬，荣先生也不再理会陈真，看向曹达人：“《海上新报》的总编，你姓曹对吧？”

“啊，是是，荣先生，在下曹达人，您有何吩咐？”

“今天的事是你挑唆的吧？”

“没有没有没有，陈先生找到报馆，我只是如实刊登，何谈挑唆？”

荣先生看向陈真：“陈真，报纸上刊登的内容，请你再复述一遍！”

陈真含糊了，很明显，报上那些文词他完全不懂。

“说呀，你登报的内容，应该是你自己说出来的，你难道复述不出来？”

“我……我要跟霍元甲比武，上了擂台，生死由命，决不反悔！”

“这就对了，我看你的样子也没念过几年书，能说出刚才这几句，已属不易……曹达人！”

荣先生突然提高的音量吓了曹达人一跳。

“那些辱骂霍家祖先的话，又是你亲手炮制的吧？倘若霍元甲意气用事，在擂台上打死这后生，你的报纸更要大做文章，对不对？！”

“我……我没有啊！荣先生，您冤枉我了！”

荣先生不再说话，左叔出声了：“姓曹的，若再嘴硬，当心立刻砸了你的报馆。”

曹达人连忙闭嘴，灰溜溜地下了擂台，陈真一下子被晾在了台上。

荣先生：“后生，一看你就是个乡下来的，练了几天武，就不知天高地厚了，受曹达人挑唆，才闹出这番笑话，也不怪你，你走吧。”

“我不走！我还没打倒霍元甲呢，绝不走！”

“真嘴硬……你是哪门哪派的，什么辈分，配跟霍元甲比武吗？”

“我……”

雷霆云：“荣先生说得没错，你自是无名小辈，但你师父是谁？报上名号来，让雷某见识见识！”

陈真看了一眼师父：“我……我不告诉你！”

叶双形：“哪来的野小子？你不会根本没师父吧？”

巴图：“惹这么大的乱子，荣先生让你走，就是给你条生路，还不赶紧滚蛋？！”

老百姓们也跟着指责，陈真一时不知如何是好，又看向师父，老头笑着冲陈真招手，示意别怕。

“我有师父！”

“哪个门派的？”

“我师父是无影无踪派掌门人！”

雷霆云等三人全笑了。

“你们笑什么?！我说的是真的，我师父武功盖世，天下无敌！”

众人笑得更厉害。

雷霆云：“无影无踪派？没听说过，他都教你些什么功夫？无影无踪功吗？打套拳让我看看？”

“打就打！”

陈真在擂台上来了套拳脚，很漂亮，荣先生和雷霆云等三人都愣住了。

雷霆云严肃起来：“陈真，你师父到底是谁？今天来了这么多沪上武林有名有姓的人物，就别卖关子了！”

“我师父就是无影无踪派掌门，我是他的开山大弟子！”

“你师父姓甚名谁？”

陈真有点着急：“他老人家无名无姓！”

“胡说！你刚才的一套拳里，汇集了各大门派的绝学，能教你这套拳，定是位武林高手！”

叶双形：“连虎鹤双形拳都被化在了你的招数中，你师父到底是谁？”

陈真也愣住了，一急，又去看老头。

老头拄着拐棍站了起来：“哎呀，你们这些人难为个孩子干什么？徒儿别怕啊，师父来了！”

说着，老头一精神，三步并作两步蹿上擂台。

雷霆云一抱拳：“请教阁下尊姓大名？是哪个门派的高手？”

“我无名无姓，创的是无影无踪拳，我徒弟不都告诉你们了吗？”

巴图一下子站起来：“别给脸不要脸！你们一老一小在这装什么蒜？！”

“报上写得清楚，我徒弟给霍元甲下了生死战书，什么门了派了名了姓了的，与今天的擂台有关系吗？我看你们几个才是装蒜的！都是霍元甲的手下败将，还好意思高高在上地坐在那，号称沪上武林的高手？呸！真给练武的丢人，我要是你们，早就找根绳吊死了！”

巴图急了，三步并作两步，奔至擂台中央，猛地出手，一把按住老头的肩膀，老头瞥了一眼他的手，嘿嘿一笑。

“神跤？这么大个子，摔我一糟老头子，不是欺负人吗？还是叫我徒弟跟你比画比画吧，我再喝两口。”

老头谈笑间，随手那么一拨拉，就把巴图压在自己肩上的大手拨拉掉。

巴图一惊：“老叫花子，倒真有两下子！”

说着，巴图猛地扑向老头，老头已经闪出老远，一屁股坐在了鼓上。

“徒弟，快替师父挡一阵。”

“想摔我师父，没门！我先来！”

说着，陈真一跃而起，重拳砸向巴图，巴图躲过这一拳，只好迎战。

陈真与巴图摔跤，巴图几次险些把陈真摔倒，可陈真都灵巧地挣脱，并用拳脚攻击巴图，陈真的腿法很厉害，巴图几次脚部受攻击，要不是他人高体大早就被踹下台了。

巴图被踢急眼了，找准机会拦腰将陈真抱起，重重地向擂台下扔去，擂台下的老百姓一阵惊呼，躲闪。

只见老头从鼓上跳下，抬起一脚将鼓踢飞，鼓在空中转了几圈，准确地落在了陈真的身下，陈真的身体砸在鼓上，不但没受伤，还造出了“咣咣”的声音，这一口一米五见宽的大鼓，平稳地接住了陈真。

陈真吓了一身虚汗，看向师父。

老头笑了：“好结实的鼓！谁家做的？赶紧明儿给老叫花子定做个更大的，我在上面睡觉准保比皇上的龙床还舒服！”

陈真起身：“师父，对不住，我……”

“哎，你没输！摔跤讲究得把人摔倒在地，他把你摔在鼓上了，不算赢！”

“那我接着跟他打！”

“行了徒儿，还是给师父看着酒壶吧，可不许偷喝啊！”

老头把酒壶扔向陈真，巴图已经气得不行，恶狠狠扑向老头，他躲过巴图的一扑，顺势两掌，打得巴图很狼狈。

老头拳法随意，很像戏弄巴图，巴图再扑，老头借力打力，不停变换招数。

巴图三扑，老头身子一缩，已到巴图身后，猛地一掌拍在巴图后背，看上去只是轻轻的，但从巴图猝然前倾的反应看，这一掌力气极大。

雷霆云和叶双形几乎同时站起来，惊讶地对视，高处的荣先生不会武，但已经看出了门道，皱起眉头。

一阵踉跄的巴图最后收住脚步回过头："老叫花子！劲不小啊，我巴图喜欢！"

巴图俯下身，两条胳膊张开，亮出摔跤的架势，步伐步步为营，逼近着老头，老头这时神色也肃然起来，死死地盯住巴图移动的步伐。

巴图确实也非等闲之辈，随着步步为营的步伐，手上又使出神跤的看家本领，别、缠、踢、掰、得合勒——两手抓牢，先一拉，再向前猛推，同时右脚插入老头裆下，向右后方勾其左腿——这是巴图的绝招。

绝招下，老头看上去有些被动。

陈真有些担忧。

老头眯起眼，看起来很痛苦，即将得逞的巴图露出恶狠狠的神情，眼见巴图将老头举了起来，恶狠狠地摔了出去，老头即将落地之际，身形一缩，脚先于身子点到地上，随着这一点，人已经站起，使出连环腿，一腿快似一腿。

巴图以为得胜，没想到老头的袭击来得这么快，他只能用双臂靠身体力度去扛，不承想老头脚法是假，猛地一缩身，人已面向巴图，一拳重重砸在巴图的胸口。

巴图本已退到擂台边，这一拳顿时让他失了重心，掉下擂台，摔在地上。

围观的人们惊呼一片。

巴图一阵剧烈地咳，咳出了一口血，徒弟们都急了，要上台群殴老头。

“擂台之上，你们难道要打群架吗？抬着师父去瞧郎中，叶某自然会为他报仇！”

叶双形制止巴图徒弟们的行为，自己飞身上了擂台。

随农劲荪贴布告的两名弟子原本一直在门口观战，此时叫喊着冲进厅堂。

“师父！神跤巴图被摔下擂台，吐了血！”

霍元甲“腾”地站了起来：“这个陈真居然能赢巴图？”

“不是，是陈真的师父，那个老叫花子把巴图摔下的擂台！”

霍元甲跟农劲荪相互对视。

“元甲，不管是谁了，你既已贴出免战牌，谁把谁摔死都不关你的事。”

“不行，一切因我而起，现在事有些大了，生死攸关，我不能袖手旁观。”

说完，霍元甲冲了出去。

精武门大门打开，霍元甲和农劲荪冲了出来，正赶上擂台上叶双形和老头拉开架势，正要对打。

老头瞟到霍元甲：“嘿嘿，正主儿出来了！姓叶的，要不然咱俩不打了，让陈真和霍元甲打，这擂台本来就是给他们俩摆的。”

没等霍元甲说话，叶双形喝道：“不行！你我已上了擂台，非打不可！”

“哎呀，我认得你，不就是那个号称什么‘虎鹤双形震天下、劈山倒海南拳王’的叶双形吗？报纸上说了，你已败在霍元甲手下，我和我徒弟是来给你报仇的，怎么反倒难为上我了？”

叶双形被说得愣住了，半晌才道：“你适才口出狂言，又重伤巴图，我打你怎的？”

“非要打？可你辈分不够呀……这样吧，我跟你打上五十招，你若在五十招内看出我的门派、套路，就算你赢；要没看出来，你就输了！接招！”

老头说着说着就出招，中间毫不停顿，叶双形一时竟难以招架，老头的拳越打越快，各套拳法，各出几招，打得叶双形是眼花缭乱。

老头突然大喝道：“虎鹤双形拳来啦！”

老头竟用南拳——叶双形的看家本领攻打叶双形，让叶双形无法招架，他边打，脸上边露出笑容，仿佛在调戏叶双形。

叶双形使出绝学，老头不与之硬来，连躲带闪，气得叶双形情绪越发激动。

霍元甲仔细地观察着，他皱起了眉头。

农劲荪：“我虽看不出门道，但这老头的拳太怪异了！”

霍元甲：“那日我与他过招便已看出，他拳集各家所长，很难洞察源自哪家哪派。”

高处的荣先生看得眼花缭乱，雷霆云瞪大眼睛看着。

曹达人命令记者拍照：“快拍快拍！反正打上了，管他谁跟谁打呢，明天必须见报！”

曹达人面露笑容，他又看到了卖报的机会。

老头突然跳出圈外：“五十招到了，叶师傅，你可看出来了？”

叶双形有些尴尬。

“就知道你没看出来，输了吧？给脸不要的东西，滚下去！”

说着，老头转过身：“徒弟！酒壶！”

此时老头背对着叶双形，向陈真伸出手，要酒壶，刚要扔出酒壶的陈真突然大喝：“师父小心！”

叶双形碍于面子下不来，竟从背后偷袭老头，老头脸上的笑容不改，抬起就是一脚，正踹在叶双形胸口，他直挺挺地飞起。

霍元甲眼见不妙，连忙紧跑三步，抱住掉下擂台的叶双形，二人双双后退数步，可见老头的力道之大。

叶双形喘息着，突然噎住，霍元甲连忙运气，一掌拍在其后背上，叶双形才得以倒上气来。

“多谢霍师傅。”

擂台上的老头喝了一口酒，转过身来：“姓叶的，让你认输你不肯，吃苦头了吧？告诉你，我这一脚收了劲，不然非踹折你三根肋骨！”

叶双形气得不行，但是无法大声说话。

霍元甲：“前辈，我已贴出免战告示，你师徒又为何苦苦相逼？请尽快拆除擂台，离开此地！”

“我是不会走的，除非你上来打擂。”

还没等霍元甲说话，雷霆云吼道：“用不着霍元甲，让我雷霆云试试你！”

雷霆云蹿上擂台，老头看到雷霆云，一皱眉，神色肃然：“八卦门雷霆云？！”

继而调侃：“哎呀！你可是大名鼎鼎，美髯公嘛！不过，胡子比你的八卦掌，名气可大多了！”

雷霆云更是生气：“你……好！今天就让你见识见识我的八卦掌！”

“等一等！你跟叶双形不是一个辈分，我只能给你三十招，三十招看不出我的门路、套路，就滚下台去，换霍元甲来战！”

雷霆云不答话，一掌劈出，开打，雷霆云武功根底深厚，二人打得甚是精彩。但接下来，老头用腿控制住局面。

霍元甲在一旁提醒：“雷老前辈，他腿脚功夫了得，近身相击，攻其面门。”

打斗过程中的雷霆云觉得有道理，拼尽全力近身攻击，八卦掌直劈老头面门，老头见八卦掌已近，只得使出自己的绝招来护面门，他双手成鹰爪状，袭向雷霆云的八卦掌，继而瞬间化解，鹰爪直锁雷霆云的咽喉。

雷霆云大惊，连连后退，但咽喉已被抓破，不甘心，运掌欲再上。

霍元甲喝道："别打了！"

二人停手。

霍元甲冲老头一抱拳："孙老前辈！晚辈霍元甲，有眼不识泰山，还请见谅。"

老头愣住："谁？谁是孙老前辈啊？"

"阁下莫不是鹰爪门前辈孙无疾孙大侠？"

孙无疾被点了名姓，瞬间变色。

陈真有些蒙："师父，谁叫孙无疾？"

孙无疾暴露了身份，也有些气极，瞪着陈真："闭嘴吧你！"

霍元甲继续说着："前辈，昨日我见您脸色灰暗，似有旧疾，刚才连战三场，现面带潮红，恐是内力耗损所致吧？"

"哎，我说霍元甲，你是郎中？你不会要卖我大力丸吧！"

陈真："师父，他好像说得对啊，您前两天不是还说旧伤复发了吗……"

"我叫你闭嘴你没听着啊？！都是你惹祸，非要来打什么擂台，走吧！"

说着，孙无疾跃下擂台，一把拉起鼓上的陈真就走。

所有人全都愣住了。

霍元甲看着孙无疾的背影，若有所思。

突然，高处传来掌声，众人向高高在上的荣先生望去。

"霍元甲，看来你不光能打，还有见识。这老头说雷大侠三十招内看出他的门派、套路就算赢，没承想不到二十招，你在台下就看出他底细，吓得屁滚尿流就跑了！"

孙无疾此时已经拉着陈真从街道一角拐了过去，众人这才明白过来。

雷霆云小声说着："孙无疾？莫非是鹰爪门第一高手？不当掌门而只愿做江湖散仙的孙老怪？"

"就是他。"

"我倒是听说过，此人专门研习各门各派的武功，以化为己用。"

霍元甲点点头："若不是雷大侠八卦掌根底深厚，逼出他看家的鹰爪功，恐怕我也难以识破他的身份。"

说完，霍元甲陷入沉思。

快步走在大街上的孙无疾见有小胡同，立刻朝里钻去，刚拐过弯，他立刻捂住胸膛，吐出一口血来。

"师父！你受伤了？"

"没受伤，老毛病又犯了，稍微累着一点就这样，喝口酒压压就好了。"

说着，孙无疾就咕咚咕咚喝了两口酒，然后拍打着胸口，示意自己没事。憨直的陈真突然笑了。

"师父，原来您大号叫孙无疾啊？"

"胡说！这么难听的名字怎么会是你师父我呢？"

"那为什么霍元甲一点出名字来，你就拽着我跑啊？"

孙无疾不知怎么回答，顿了顿一巴掌拍在陈真脑袋上。

"我是因为累了，怕他们看出破绽，才找个机会跑的，怎么能当真呢？你这憨子！"

陈真挠了挠脑袋，笑了，师徒二人又回到了街道上。

孙无疾吐血后精神头不足，没有刚才走得快了，在他们身后不远处出现了刘振声的身影。

霍元甲将霍东觉从澡盆里捞了起来，放在榻上事先准备好的擦身布上面，认真地擦拭着，又将擦过身体的湿布扔在一旁，将东觉放在被窝里。

"爹，倒立！"

"好！"

霍元甲抓住霍东觉的双脚，将孩子倒立起来，霍东觉"咯咯"地笑着。

"推腹！"

"好！"

霍元甲让霍东觉平躺在床上，用手自上而下为霍东觉推腹，从熟练程度上可见他经常这么做。被推腹的霍东觉瞪大眼睛看着霍元甲，突然出声。

"爹，孙老怪是谁？"

霍元甲一愣："你听谁说的呀？"

"许大有他们。我长大了，一定要一拳把孙老怪打扁！"

"不许胡说！这位老人家原名叫孙无疾，是爹的前辈，你不可不敬！"

"那他武功厉害不厉害？"

"厉害，当然厉害！"

"那爹和他比谁厉害？"

霍元甲又愣住了："这不是没比过嘛，你奶奶不让爹比武，你娘没说，但我能看得出来，她也不愿意。说实话，今天把爹痒痒坏了，要知道，江湖传闻孙无疾是武林第一高手，爹要是能跟他过下招就痛快了！唉……"

霍元甲叹了口气，双手摩拳擦掌："可惜了……来，提筋！"

霍元甲将霍东觉翻了个个儿，又帮他做着后背上的提筋，霍东觉被弄得很舒服。

"我爹才是天下第一，孙无疾打不过我爹！"

"别瞎说！"

说着，霍元甲一用力。

"疼！"

"忍着！"

霍东觉龇牙咧嘴，这一切都被早已进门的王氏尽收眼底。

— 第三章　忘年 —

明月高悬，万籁俱寂。

一身白衣的霍元甲深夜练起武来，一边练，一边琢磨，仿佛在应对什么招数。他的眼前不停出现白天孙无疾与叶双形比武时用的招数，一一拆解；孙无疾与雷霆云对打的招数又出现在霍元甲脑海中，他再次一一拆解。

遇到破解不了的地方，霍元甲摇着头。

王氏一手持杯，一手拎着茶壶来到院子里，静静地将茶壶和茶杯放到石桌上。

正在练武的霍元甲听见动静回过身来，有些尴尬："呃……你怎么起来了？"

"你平日都是卯时练功，今天寅时未到就起来了，我能不担心？"

"我睡不着，你可得多睡会，孩子也要睡觉的……"

说着，霍元甲指着王氏的肚子。

"若不是怕娘担心，你定会上擂台与孙无疾比武吧？失去了当武林第一的机会，就睡不着了？”

霍元甲愣住了。

“不要不承认，上次连胜雷霆云等三大高手，名震上海滩，你晚上做梦都笑出声来了。”

“是吗？你怎么没跟我说过……”

霍元甲有些不好意思。

“平日里你说许大有是武痴，其实真正的武痴是你自己。”

霍元甲还想辩解，却突然笑出来：“哎，天下最了解我霍元甲的人就是你了，今日我写免战告示：精武门立于沪上，一不为钱财，二不为争勇，所秉宗旨唯一，强健吾中华同胞体魄耳！写完之后，扪心自问……”

霍元甲长叹一口气：“多少有些心虚啊！先前我还说不争什么天下第一，并以此要求徒弟们，可发现来的是孙无疾后，我……我心里也真着急，拳脚也跟着痒痒啊！要知道，他可是当今武林顶尖高手，跟他比武过招的机会太难得了！”

霍元甲仰望圆月，回忆着：“我自幼体弱，七岁起背着父兄偷偷习武，本来是练着玩的，可三个月后第一次与人比武，就将对手三次摔倒在地，那么多人为我摇旗呐喊，当时的情景我至今还记得。后来就经常约人比武，先是跟同龄的孩子打，再跟大我三岁的打，十三岁那年，我就与成年高手约战擂台，且屡战屡胜，扬名静海，继而自创迷踪拳，开师门、收徒弟。再后来，为了‘津门大侠’的称号，曾在擂台上连胜九场……”

想到这，霍元甲面露喜色，却突又悲伤：“庚子年，父兄因我而遇难，我开始悔恨，不该学武，惹是生非！若不是要替父兄报仇，我真想自废武功！后来的事，你就都知道了。这一身武艺，对我来说是福亦是祸……”

王氏忽道：“有一身好武艺不是坏事，但比武斗狠就不是好事了。我听说孙无疾是鹰爪门的前辈，那你可知他带着徒弟来捣乱，是何缘故？”

“当然是替鹰四报仇来的。鹰四之死，朝廷虽未查出子丑寅卯，但武林中一直有传闻针对我……”

王氏望着丈夫，推心置腹：“浩浩中华文明，自古以和为贵，但尚武之风亦久，所谓书剑联袂，士人所求之道。孔子言‘六艺’，文武未分途。武，士之荣耀也，故敢死乐伤；武，侠之所恃也，故一诺千金。后，武学分野，一曰军阵之武，二曰民间之武。民间之武，渐成武林。唐宋之后，拳剑并尊；到了前明及本朝，更是门派林立。利虽有之，弊端亦显，即各门各派喜于争强好胜，推崇自家武功，打压其他门派，一桩桩、一件件由此引起的恩怨甚至惨案，还少吗？”

霍元甲对王氏所说的话感到有些震惊。

“你什么时候把武学渊源及门派纷争探究得如此透彻？”

“所谓近朱者赤。我嫁了个武痴，难道不应该懂得这些吗？”

“夫人言简意赅，几句话就把千年武学和武林弊端说得清清楚楚，元甲由衷佩服！”

“元甲，你最初练武的目的是什么？”

“那时身体弱，想变得强壮，不被别的小孩欺负。”

“初心为本心，正如你今日的布告——所秉宗旨唯一，强健吾中华同胞体魄耳！这句话说得好，太好了！至于拳脚分胜负、擂台见输赢，那是井蛙之见。”

霍元甲脸色有些难看。

“我这么说你别不高兴，是，古人习武不是为了做攻城略地的将军，就是为了做称霸武林的豪杰。然，今非昔比，前有鸦片之战，后有甲午之役，泱泱大国早已形姿狼狈；而所谓武林，仍在为技高一筹和门派之争打得头破血流，真是可笑。若因技高一筹而自鸣得意，那我看，最该得意的是洋枪洋炮。”

王氏一句话说得霍元甲面红耳赤。

“至于门派相争，比武斗狠，自是鹰四之流所推崇的，我想你应该最厌恶才是。”

“元甲受教了。夫人一席话，让元甲惭愧不已。来上海之前，我与劲荪彻夜长谈，也没想透刚才夫人话里的那层深意，唉……”

霍元甲长叹一口气：“之所以前有三大高手，今有孙无疾师徒，想是因为精武门这块牌子，别人以为我霍元甲要新立门派，挑战武林旧尊，能不把擂台摆在家门口吗？”

王氏继而抚慰：“你真觉得我说的有些道理？”

“有！这道理让我真正的茅塞顿开！至于精武门之事，我需与劲荪再好好商议商议！”

清晨，刘振声从一条船上走下，活动着筋骨，很明显一夜没睡好，他迈着大步向码头外走着，忽听一报童吆喝。

“看报看报！武林第一孙老怪惊现上海滩，缩头乌龟霍元甲忙关精武门！”

刘振声瞪大了眼睛，他实在想不到这样的标题。

“卖报的！”

“这位大爷，您买报？《海上新报》比平时的贵一倍，有重要新闻！”

“给我来一份！”

刘振声给钱，接过报纸，看着标题，向下念着：“本报新闻记者何……何马？”

刘振声气得牙根痒痒。

霍元甲看着报纸，忽然笑出声来。

“元甲，说你是缩头乌龟你还笑得出来？”农劲荪不解。

“这位何记者的文笔还是不错的。”霍元甲打趣道。

“文笔再好也是造谣，尤其是新闻记者造谣更难容忍！《海上新报》再三跟精武门作对，这次不能再饶了他们，这个姓何的记者，三天内我让他到黄浦江喂鱼！”

霍元甲看向农劲荪，轻声道：“劲荪，你可是有宏图大志的人，万万不能因为这么一个舞文弄墨的小丑惹上官司。”

“可我实在咽不下这口气！是我拉你来上海的，你我彻夜长谈，试图以精武精神唤国民之自强，哪承想碰上了这家《海上新报》！姓曹的总编已经可恶，一而再再而三地搬弄是非，现在这个姓何的记者竟然还发出这样的新闻，直接替我们在报上关门了，这不是要毁了精武门吗？！”

“莫急。流言蜚语总会不攻自破。”

农劲荪难以理解：“你怎么突然变得这么乐观？”

“这标题前一句挺准确的，孙无疾江湖人称孙老怪，还真够得上是武林第一。他一向来无影去无踪，这次惊现上海滩，确实是个难得的机会……哎，劲荪，我觉得可以跟他好好交交朋友，倘若能把他请到精武门来，为弟子们指点一二，说不定这就是新武林的开始！”

农劲荪愣住了：“元甲，你好像胸有成竹，可这不现实啊！他是鹰爪门的人，你与鹰爪门……”

“今晨与夫人长谈后，我已在脑海里勾勒出武林的全新模样。摒弃门户之见，终结门派之争，便是发轫之始。”

农劲荪仍有些含糊，正在此时，刘振声冲进屋来：“师父！”

气哼哼的刘振声看到霍元甲手里拿着报纸，换了个口吻：“哎，农先生，你们都看过报纸了？”

农劲荪见刘振声回来，一拍大腿，起身迎上：“振声，你可算回来了！昨天一夜未归，我可真怕你有什么闪失！”

“能有什么闪失？这孙老怪住得太远……”

听到这，霍元甲：“怎么？劲荪，你……”

霍元甲用手指着刘振声。

“没错，我又让振声跟了一回这个孙老怪……”

“你们这样不好！”

“师父，这事不能怪农先生，他们是鹰爪门的，不得不防。”

霍元甲无奈地叹了口气。

农劲荪：“振声，他们到底住哪？有多少帮凶？”

“朱家角。”

“那么远？”

“可不！昨天离开擂台，发现他们师徒直奔码头，我就连忙买船票。他们坐船头，我坐船尾，到了松江码头，他们下了大船，又雇了条小船，我就也雇了条小船在后面跟着，一直跟到朱家角。”

刘振声凑近低声道：“这个孙老怪住在一个废弃的老酒窖里，倒是没发现有帮凶。那个老酒窖特别偏僻，四面连街坊邻居都没有，找个月黑风高之夜动手，那才是神不知鬼不觉呢！”

“振声，你说什么呢！”

刘振声看了看农劲荪：“师父，孙无疾找上门来肯定是为鹰四报仇的，趁他现在没帮凶，咱们赶紧动手，不然鹰爪门的大批弟子赶到，就来不及了！”

霍元甲呵斥：“住口！孙无疾是武林名宿，你还想杀人啊？”

“可他先找上门来了，那就说明咱们……”

刘振声用手比了一个杀戮的动作：“鹰四的事肯定已泄露了！不先下手为强，难道等着他们报官？那咱们可就遭殃了！”

霍元甲坐回，想着什么：“武林有武林的规矩，孙无疾不会报官……振声，明天一早再麻烦你带个路，我要登门拜访。”

“拜访孙老怪？师父，那不是打草惊蛇吗？！”

“我相信一定可以和他化干戈为玉帛，我还想着把他请到精武门来教授武功呢，到时你可要好好学。”

“不是，师父……”

刘振声看向农劲荪：“农先生……”

农劲荪示意刘振声不要争辩。

“行了，你一来一回辛苦了，明早咱们坐第一趟船！”

“我不累！这个何马怎么办？”

“什么怎么办？”

“不收拾他，难道由着他造谣？”

“振声，昨天让你默写了一千遍四戒，看来远远不够，你也别睡了，现在就去书房，再写两千遍。”

“我……”

霍元甲已经转身走了，刘振声气愤而无奈，农劲荪耸了耸肩也离开了。

书房里，刘振声仍然在默写着四戒，但从神情上看，他对惩罚毫不服气。

“骂我师父是缩头乌龟，还造谣关了精武门，何马，你等着！”

刘振声一边写着字，嘴里一边嘟囔着，许大有端着一碗面走进门。

“大师兄，听说你又被罚默写，真让人心疼……我知道大师兄最不爱写字了，所以让小莲专门给你擀了面条，给你补补。吃吧，吃完有劲写得更快！”

刘振声将笔塞进许大有的手里：“还剩一千五百遍，你替我写！”

许大有傻了：“啊？我……我比大师兄还不爱写字……”

“非写不可！这碗面条也犒劳你了。”

“这要让师父知道……”

“你不会不让师父知道！我要连夜出去办件大事，此事不办，白当霍门弟子！”

许大有发现刘振声神情严肃，意识到了什么，刚想问用不用帮手，刘振声已经离开了书房，理都不理他。

“曹达人，你凭什么冒我之名发表假新闻？你……太过分了！”

何玛丽拍着总编室的桌子，愤怒地盯着曹达人，可曹达人却在装傻。

“哎，你说什么我怎么听不懂啊？”

“那天我去了现场，霍元甲贴出了布告，说明了拒绝比武的原因，何谈缩头乌龟？更何况他在一旁观战，便识破了孙无疾的身份，足以证明武功见识非同寻常！你凭什么这么写？还署名新闻记者何马，我一看文笔就知道是你所为！”

何玛丽敲打着报纸上的标题。

“何玛丽小姐，这篇文章不是你写的？不会吧，我今天早上还夸你文笔好来着，你忘了？”

“你胡说！我两天前已经被你开除了！”

“除了报馆的人，外人知道吗？报纸已经印了，销量再创新高，上面就是你的名字，改是改不了啦！”

“我要登报，声明，揭发你！”

“好啊好啊，登《海上新报》吧，版面的费用我只收你一半。”

“你……无耻！”

“从乡下逃婚逃到上海的，骗了男方聘礼，人却跑了，你还敢说我无耻？”

何玛丽傻了。

曹达人越发嚣张：“一个女孩子，仗着读过几天书，就想来大上海当记者？哼，也就是我曹达人收留你，全上海的几十家报馆，有第二家敢要你的吗？你不知好歹，还敢当众顶撞我？我开除你就是给你个教训！”

何玛丽气得扭过身去哭。

“你别哭嘛，你一哭我倒是心疼了，其实我还是可以让你再回报馆的，只要你答应我提过的那件事……”

说着，曹达人凑了过去，用手摸着何玛丽的肩，何玛丽猛地甩开。

“你放尊重些！”

“我是很尊重你的！我不是让你做妾吗？我娶你，暂时做外室，等我老婆死了，我就给你扶正。”

说着，曹达人又凑近了一些，何玛丽“啪”的一巴掌抽在他脸上。

曹达人被打蒙了，恶狠狠地看着何玛丽。

“你还敢打我？好，那你就滚吧！被《海上新报》开除的，我看你还能在哪找到差事！一个女人在大上海还想再找到饭碗？要去快点去，别在街上溜达，全上海都知道这篇新闻是你写的，霍元甲那么多弟子，个个摩拳擦掌准备打你的闷棍呢！”

何玛丽不知如何是好，只得气得跑出总编室。

刘振声凑近《海上新报》大厅，询问着：“这是《海上新报》吧？我找何马先生，新闻记者何马，我跟他是老相识，多年不见，甚是想念。昨天看了报纸才知道他在《海上新报》供职，所以……”

接待处的老伯瞟了刘振声一眼，刚要说话，何玛丽顺着高台阶气愤地走下，老伯叫道：“何玛丽，找你的，说是你朋友。”

何玛丽看了刘振声一眼：“我不认识他。”

说完，何玛丽冲出了报社。

刘振声被弄得一头雾水，又问老伯：“哎，我说我要找新闻记者何马。”

“刚才那位就是何玛丽啊！她说不认识你，我想你找错人了吧？”

“不是，我找的不是何玛丽，是何马，新闻记者！”

“对啊，何马就是何玛丽小姐的笔名嘛！”

刘振声恍然大悟，扭身追了出去。

何玛丽在街道上走着，越想越气，不知道该怎么办。刘振声跟在她身后，人多的大街上他难以下手，待目标拐进小胡同，刘振声跟进，何玛丽根本没察觉身后有人。

此时的胡同里空无一人，刘振声随时都可以下手，他看不到何玛丽的表情，寻思着既然是个女的，就不要她的命了，给点教训，刚要出手，突然听到了何玛丽的哭声，刘振声愣在原地。

何玛丽突然加速，刘振声发现目标对象突发状况，只得快步跟上。

跑至黄浦江旁，何玛丽看着面前的滔滔江水，拭泪，抬脚迈上河堤，闭眼就要往江里跳，就在这一瞬间，刘振声抱住了何玛丽的腰，将她从河堤上救下。

“放开我！放开我！让我去死！”

何玛丽挣扎着，用拳头捶打着刘振声的胸口，被救下后，她连看都不看刘振声，起身又要跳江，刘振声轻松地一伸手就抓住了她的肩膀，让她动弹不得。

“你是该死，但不能就这么死！你死了，全上海都会以为我师父真的是怕了孙老怪才关的精武门！”

何玛丽这才认真地去看面前的汉子：“你是精武门的？霍元甲的徒弟？”

“没错，行不更名坐不改姓，霍门首徒刘振声！”

“噢，我想起来了，刚才就是你冒充我的老朋友，去报馆找的我。”

“是又怎么样？”

“那你不是救我，是来找我报复的？带刀了没有？给我一刀，抹了我的脖子！”

说着，何玛丽闭上眼，将脖子伸向刘振声，刘振声傻了，半晌：“让你死还用得着刀？一掌就能劈死你！”

“那就劈吧，快点！”

何玛丽的态度反而让刘振声不知如何是好，已经比好掌形的手也放松了。

“你……你好好的，寻什么死啊？你要是个男的，污蔑我师父，我一定一掌劈死你！可你是个女的……好男不跟女斗，你以后小心点！”

刘振声说完转身就走。

“那你救我干什么？多管闲事！”

看着刘振声的背影，何玛丽气坏了，转身再次登上高处又要跳江，可看着滔滔江水，却失去了跳下去的勇气，自语道：“我是被诬陷的，我为什么要死？我死了，坏人不就得逞了吗？我不死了！”

刘振声已经发现何玛丽又要跳江，可看到她停住了，也愣在原地。

何玛丽又从江堤上跳了下来，发现刘振声没走，有些诧异，向刘振声面前走来：“你还要不要给你师父报仇？”

刘振声尴尬得说不出话来。

“不报了是吧？那我走了。”

何玛丽转身向一个方向走去，刘振声被弄得满脸通红。

月如钩，刘振声站在院子里，望着月亮发呆。

许大有甩着胳膊走来，发现刘振声，撒着赖：“大师兄，累死我了，两千遍呀，我腕子都要折了。”

刘振声根本没理许大有，仍然发呆。

许大有凑近，看着刘振声，用手在他眼前晃了晃：“大师兄，又想沙燕了？”

“一边去！”

刘振声恶狠狠地瞪了许大有一眼，朝屋里走去。许大有哪里知道，现在的刘振声满脑子都是白天救下的何玛丽。

大清早，霍元甲、刘振声师徒二人已经出现在码头上，走向停泊在岸边的一艘大船。刘振声双手提着霍元甲为孙无疾准备的礼物，他有些不情愿，可师命难违。

过了几个时辰，乌篷船抵达了如诗如画的江南水乡，刘振声引着霍元甲走上小码头。

“振声，走快些。”

刘振声本来就不情愿，也不搭霍元甲的话，只是加快了脚步。

“就在那儿。”

此时刘振声正指着一栋老旧的建筑，四周也早已破败不堪。

“倒真像是个隐居之所，不过找个酒窖隐居，也不是常人能做到的。”

“老怪嘛！”

刘振声嘟囔着。

“待会儿见了面，可不许提这两个字。在武林中，孙老前辈长为师一辈，你需小心恭敬。”

走到大门口，霍元甲轻轻敲着残破的门，里面传来孙无疾的声音：“谁啊？”

霍元甲惊喜，朗声道：“请问孙老前辈在吧？晚辈……”

他把即将说出口的“霍元甲”三个字收了回去，改口道：“晚辈慕名而来，不知前辈可否赏脸相见？”

“这么客气干吗？进来吧！”

霍元甲随即推开门，入目满是酒坛子，远远可见，酒窖的尽头，一个破椅子上半躺半靠着孙无疾，他背对门口，手里举着酒壶，看样子又喝多了。

霍元甲进门站定，不便上前，抱拳道：“前辈，在下是霍元甲。”

话音未落，霍元甲突然觉得脚下不对，本来结结实实的泥土突然松动，出于练武之人的本能，他脚尖一蹬，一跃而起，与此同时，一张巨大的网从泥土里撑了起来，刘振声一直跟在霍元甲之后，还没等反应过来，已经被大网结结实实地套住，网迅速向上，刘振声被吊了起来。

霍元甲落地，驻足回身看去，只见大网已经将刘振声高高地吊上了房梁。

“师父，套着了一个，跑了一个！”

陈真在角落里拽绳子叫着。

孙无疾仍不回身：“我听见了！霍元甲耳疾脚快，竟能逃过我下的网！总有二十年的功底吧？哎……”

孙无疾伸着懒腰，慢慢从椅子上站起来，回身望着霍元甲和高处的刘振声："套着了一个也不错。行了徒弟，把绳子系上，出去望风，看看他们带了多少帮手，霍元甲狡诈，不得不防。"

"是，师父！"

说着，陈真麻利地就把绳子系在柱子上，瞪了一眼霍元甲，走出酒窖。

被吊起来的刘振声嗷嗷大叫："孙老怪，你个老妖精，放我下来！有本事真刀真枪干一场！"

霍元甲瞪了一眼刘振声，继而抱拳向孙无疾说着："孙老前辈，在下霍元甲，带着弟子刘振声远道而来，登门拜访，您的待客之道有点太特别了吧？"

孙无疾哈哈笑了："什么登门拜访，黄鼠狼给鸡拜年，没安好心吧？"

"前辈何出此言？"

"你以为我眼瞎耳聋？告诉你，武林上有啥风声我都知道！在精武门门前你认出了我，我为啥找你，恐怕你也心知肚明了吧？"

"元甲今天既然来了，就不打算再隐瞒什么。"

"那你说，我四师弟吕四鹰……"

"确实是我杀的。"

孙无疾有些意外："这么容易就承认了？你到底带了多少帮手来，确定能杀了我灭口？"

孙无疾边说边往外面张望。

"我早已言明今日是登门拜访，前辈为何一口一个杀字？"

孙无疾判断着霍元甲，很谨慎，根本不说话。

"这个就不劳驾前辈了，元甲自己把徒弟放下来，如何？"

霍元甲指着和刘振声一起在网里的礼物："我还备了薄礼，被您一起套在网里了，不放下来，礼也送不成啊！"

说着，霍元甲径自走向捆绳子的柱子，才走两步，就察觉到了背后的风声，连忙回头，孙无疾已到霍元甲近前，几招连续攻出，又快又狠。

霍元甲连连后退，地方狭窄，只能退到两个酒缸上，他一脚踩着一只酒坛，样子有些狼狈。

孙无疾已经守住了系绳子的柱子，嘿嘿笑着："以为我孙老怪的酒窖是你精武门？由得你想干什么就干什么？"

"不敢。"

刘振声忍不住了，再次叫骂道："老妖精，你设圈套害人算什么本事？有能耐你把我放下来，我一掌劈死你！"

孙无疾讥讽道："你叫刘振声对吧？还舔着脸叫唤？前天下了擂台，我本打算在上海多住几日，喝点好酒，没承想你小子在后面跟踪我，我就只好跟你演戏，直奔码头回了朱家角。之前跟我跟丢了，这回跟得这么容易，你就不动动脑子？上了船，我在船头你在船尾，戴个斗笠就以为我认不出你来了？我就是不想搭理你！在松江码头换乌篷船，我带着徒弟在前，你在后，给了船家加了一倍工钱对吧？还让人家替你保密！"

被吊在高处的刘振声气得满脸通红。

"跟我玩这套，你差远了！我像遛小狗一样把你带到这，就是知道霍元甲会来。四师弟，大师兄今天给你报仇，你睁开眼睛看看！"

话音未落，孙无疾一个箭步蹿向霍元甲，连续攻出三招，霍元甲仍只是躲闪退让，不还手，连续退让后，再次跃出很远。

"孙老前辈慢动手！吕四鹰死在我手，事出有因，此人虽为朝廷命官，但作恶多端，是名副其实的武林败类，我杀他绝非只因私仇！"

"几年前津门霍家遭了难，你爹霍恩第死于非命，这事我有所耳闻。但如果我没记错，那是在庚子年！乱世之中，洋枪洋炮，是你先在京城惹恼了洋人，才招致灭门之灾，这笔账你不该全都记在鹰四头上！"

孙无疾对事情的来龙去脉如此清楚，霍元甲有些意外。

“可你霍元甲在鹰墅大开杀戒，十几条人命啊，其中就有我鹰爪门五位高手！你还一把火把房子烧了，毁尸灭迹，够狠！这一劫乃近十年来武林最大的一宗血案，更是我鹰爪门自道光年以来受过的最大耻辱！我决不会跟你善罢甘休！”

孙无疾越说越激动，青筋暴露，双眼恶狠狠地瞪着霍元甲。

“前辈，鹰四勾结洋人，危害武林在前，杀戮无辜在后，我霍元甲杀了他是为武林除害，更是为民除害！何谈武林血案？更何谈鹰爪门的耻辱？”

“呸！鹰四做的那些事我也知道，就算他不地道，也轮不到你霍元甲出手！武林规矩你不懂？”

“规矩？前辈说的是哪条规矩？”

“大宋年间，武林才建，门派初分，老祖宗就预料到既称武林就免不了有恩有怨，为避免血雨腥风，便定下了规矩：不管何门何派，只要是正统弟子，犯了错都需交由本门惩处！我鹰爪门自成立以来，天下各派谁敢争锋？至光绪年，鹰门九子响彻武林！你杀了鹰四，就是不把整个鹰爪门放在眼里！”

“我与鹰四结怨于庚子年，可并没有立刻报仇。没想到数年间他不知悔改，一意孤行，助洋为虐！被他所害的武林中人又何止数十？我之所以摸到他的行踪，是因我二徒弟高奇背叛师门，跟在鹰四身边做了许多坏事。我本欲清理门户，没想到顺藤摸瓜，得知鹰墅之内，藏匿少女十数人，供鹰四和洋人行乐！可以说鹰四已恶贯满盈，十恶不赦！我不杀鹰四，怎救得下那些良家妇女？从这点上看，完全可以不论武林规矩，更何况，多年来，鹰爪门对吕四鹰胡作非为视而不见，难道老祖宗没规定过各大门派约束门徒、惩处奸佞吗？要谈武林规矩，是贵派先坏的，而非我霍元甲！”

孙无疾翻了翻白眼：“呀哈？你小子还真能说会道！说什么为救良家妇女，我凭什么信你？”

霍元甲从怀里掏出一沓纸来："实不相瞒，杀了鹰四后，我也想过早晚有一天要面对鹰爪门的前辈，故而我便找到了那些被营救的女子，这就是她们的证词！那些姑娘们本来不愿再提及此事，但为了佐证救命恩人的义举，每个人都在证词上画了押，请前辈过目！"

霍元甲恭恭敬敬地将证词递上，孙无疾抓过翻看几眼，扔在一旁："谁知道是真是假……"

霍元甲见孙无疾对证词不屑，有些怒意，声音也不自觉地提了起来："少时，我也听父亲说过一条老规矩：一旦出现武林败类，自家门派又不加管束，其他门派有代其铲奸除恶之责！风雪之夜，元甲挺枪鹰墅，即源于此！"

"牙尖嘴利，你霍元甲名不虚传！请问，你说的这条规矩后面还有一半，你可知道？败类若被其他门派所除，不管是什么原因，除恶之人都必须亲自到该门派的掌门面前把事情原委说清楚。如果只杀人不登门解释，那就是对该门派最大的不敬！霍元甲，你可曾亲自拜访过鹰爪门？！"

霍元甲安定了一下情绪："这个前辈就更怨不得元甲了。我听闻十年前贵派德高望重的前任老掌门，也就是您的师叔横死后，鹰爪门内乱，一直没有选出新任掌门，这能怪我吗？"

孙无疾一愣："如果某门某派的掌门之位空缺，那就向该门该派的嫡传大弟子解释！你找了吗？"

"虽然有些晚，但元甲不是来了吗？"

"什么意思？"

"鹰门九子，武林尽知，九子中的大师兄，不就是您孙无疾，孙老前辈吗？"

"这么说你今天来找我就是要解释你杀我师弟的事的？"

"不仅如此，还想请前辈代元甲向天下鹰爪门的各路英豪解释，吕四鹰危害武林，祸害百姓，死有余辜，元甲杀的是恶人，无意与鹰爪门为仇。"

"哈？说得真好听，照你这么说，老怪我应该谢你不成？"

正在此时，陈真突然撞门而进："师父，看清楚了，霍元甲没带人来！"

"没带帮手？"

孙无疾有些不相信。

"一个都没带！师父，咱爷俩一起动手，宰了霍元甲吧！"

"去！出去！接着望风！屋里的事跟你没关系！"

陈真一脸懵懂，只好退出。

"孙老前辈，元甲诚意来拜，除了被吊着的大徒弟刘振声带路外，真的没带第二个人，事情原委我也都说清楚了，您总该相信我了吧？"

孙无疾抬起头来瞪着："霍元甲，霍元甲！你要是带十个八个的徒弟，我孙无疾跟你的过节也许就一笔勾销了！可是你！欺人太甚！"

"前辈何意？"

"你明知我有个徒弟叫陈真，他的功夫你也见识过了，你大老远地来，就也只带了一个徒弟，你是觉得你的迷踪拳能胜我的鹰爪功，你有十足把握是不是？！你什么辈分，我什么辈分！你才练了几天拳脚，就把我这练了一辈子的都不放在眼里？！你这不是看不起我孙老怪，是看不起整个鹰爪门！今天我跟你没完了！"

霍元甲万万没想到孙无疾的逻辑跟常人完全不同，没等解释，孙无疾已经蹿了过来，用的全是最狠最毒的招，在孙无疾的强烈进攻下，霍元甲只得还手。被吊在高处的刘振声从没见过这么厉害的鹰爪功，应该说孙无疾的功大在鹰四之上很多，他瞪大了眼睛，心提到了嗓子眼，担心着霍元甲的安危。霍元甲小心应对，二人过招出神入化，险象环生。

几个回合之后，霍元甲再一次跳出圈外："前辈，元甲此番诚意拜访，决不是要跟您一决高低，您出招何必如此凶狠？"

“我呸！不想一决高下，你来干什么？！”

“请前辈息怒，听元甲多说几句。您的武功可谓天下无敌，元甲与您之间更差着辈分，靠迷踪拳打赢前辈那更是痴心妄想！元甲有自知之明，怎会如此糊涂？”

孙无疾笑了：“你是见打不过我，现改口，拍我马屁？告诉你，我可没那么好糊弄！”

“随前辈怎么想，但我来拜见，确实有目的。”

孙无疾喘了口气，喝了口酒：“就让你小子再啰唆几句！”

孙无疾嘴上这么说，实际上是他打累了，在喘息。

“斗杀鹰四后，元甲本应浪迹江湖，隐姓埋名一辈子，但流浪途中屡见洋人欺我同胞。国人既受烟毒之害，又受禁武之锢，身体羸弱、精神萎靡，被指为‘东亚病夫’，这四个字洋人信口唤来，随便得很。可元甲入耳，心如刀割！”

霍元甲说到这有些激动，他稳定情绪，继续道：“此番元甲携一家老小冒险抵沪，开设精武门，决不是以一个新门派去对抗武林旧尊，而是想通过精武门，打破旧武林门派纷争的陋习，倡导自强共进的新风！设想有朝一日，习武之风盛行中华，男儿个个体魄强健，男女老少精神振奋，洋人岂敢再称我‘东亚病夫’？若能以中华武学改变一个民族的精神面貌，将是何等的丰功伟绩啊！”

说到这，霍元甲精神抖擞，气宇轩昂。

孙无疾却一脸的不屑：“不知天高地厚，你以为你是当今皇上啊？”

“元甲虽一介草民，却愿为国强民振，尽一己之力！戊戌年，我曾有幸聆听谭嗣同谭大人的教诲，后更有幸与抗击洋人的前辈大刀王五结为兄弟。时至今日，虽未对国家和民族作出贡献，但此二人的胸怀与精神一直感召着我！刚才晚辈所说都是肺腑之言，望前辈深思！”

霍元甲的话多多少少让孙无疾有些反应：“好好好，听了你的梦话，我这个自幼习武的老头心里边也挺敞亮的……可说来说去，这跟你来拜访我有什么关系？”

“想让武林有新气象，关键是打破门派界限，元甲斗胆，想请孙老前辈到精武门教习武功！”

“你说什么？”

“也有私心，到了精武门，后辈可有幸与您研习武学，切磋功夫……”

“我呸！精武门是你霍元甲开的，你请我去当教头？真以为我是个老叫花子，吃不起饭呐？！”

霍元甲没想到孙无疾会这么理解。

“我若真去了，鹰爪门上千弟子怎么看我？我连鹰爪门的掌门都不做，去给你霍元甲当武教头？你真是欺人太甚，要骑在我脖子上拉屎啊？”

孙无疾气得哆嗦：“好！我这就用看家的鹰爪功废了你的迷踪拳！”

霍元甲还想解释，可孙无疾已经冲了上来，又是一阵昏天黑地的恶斗。

酒窖外的陈真不知道里面发生了什么，只听到噼啪乱响，他想进去帮师父，可又不敢，站在门口紧握着双拳。

打斗间，孙无疾突然有点气喘，很明显旧疾又犯，露出了破绽，霍元甲已收不住掌，径直拍在孙无疾的胸口上。

孙无疾倒退了几步，捯着气。

“前辈，您没事吧？”

孙无疾倒气更紧，霍元甲连忙上前，试图搀扶，可孙无疾猛地出手，一爪抓在霍元甲的肩头，霍元甲肩头的衣服被撕破了，流出了血。

孙无疾大笑：“兵不厌诈，来呀，再战！”

话音未落，孙无疾已攻出。

霍元甲小心应对，又找了个机会，佯败，跳出了战圈。

“前辈，您的鹰爪功确实厉害，元甲甘拜下风。”

“不行，有几年没打得这么痛快了，胜负未分，你不许认输！”

霍元甲笑了："能与前辈过招就是元甲的荣幸。实不相瞒，自从上次相见，我就一直奢望有今日的切磋，适才打得淋漓尽致，元甲已心满意足。"

"你心满意足？我还没打够呢！今天不是我死在你的迷踪拳下，就是我的鹰爪索你的命！"

说着，孙无疾又要攻出，霍元甲快速后退。

"前辈，即便要打，明日再约如何？"

"什么意思？"

"元甲今天实在太累了，我得回去好好休息休息，您是前辈，总得给晚辈一个养精蓄锐的机会吧？"

"也好，那明日再战！"

"还有，这酒窖是您的居住之所，今天被弄得狼藉满地，真是不像个样子，明日我们约个山清水秀的地方，痛痛快快地打一场如何？"

"正合我意！出了门往北，后山山顶有个好去处，你我明日那里再战！"

"遵命……我这不争气的徒弟，还请您放下来吧，他在上面吊着不舒服，咿咿呀呀地叫嚷，也影响您休息。"

孙无疾没气了："也是，自己动手吧！"

霍元甲上前解开绳子，将刘振声放了下来，刘振声扒开网，上前就要打孙无疾，孙无疾歪着眼睛看刘振声，刘振声拳抡到一半停住了，的确，他有自知之明，自己的拳头根本打不到孙无疾，但若真出手，很有可能被孙无疾收拾。

"振声，还不把礼物呈上？"

刘振声只好把礼物整了整，没好气地将礼物放好。

霍元甲抱拳："那就先行告退。"

孙无疾摆了摆手，一副懒得搭理的样子，霍元甲转身出门，刘振声气哼哼地跟着。

霍元甲刚一出门，陈真吓了一跳，立刻拉开搏斗的架势，霍元甲笑了，向陈真微微一揖手，转身走了，陈真不知道师父是否安全，连忙冲进酒窖，见师父站在酒窖中央，他松了口气。

“师父，您怎么放他走了？”

话音未落，孙无疾一口黑血喷出，不停地咳嗽。

“快，快扶我坐下。”

陈真吓坏了，连忙扶着孙无疾坐下，孙无疾盘腿坐好，调整着气息。

“酒……拿酒来！”

陈真连忙去取孙无疾的酒壶，孙无疾咕咚咕咚喝了两口，脸色慢慢好了起来。

陈真骂道：“霍元甲，敢伤我师父，我宰了他去！”

陈真从角落里拽出一把藏匿着的钢刀，就要往外冲。

“站住！不关他的事，区区霍元甲怎么伤得了你师父？”

“那您这是……”

“是我的旧疾犯了，要不然早就像捏小鸡儿一样捏死他了。你可千万别去追霍元甲，万一他知道你师父身上有伤，明天比武他必有所藏，那打起来还有什么意思？刚才这一架打得真是痛快，痛快！好些年没遇到这样的对手了，霍元甲确实有两下子，有两下子……”

孙无疾情不自禁地夸着霍元甲，弄得陈真有些蒙：“师父，他不是杀死四师叔的仇人，你怎么还夸上他了？”

“谁是你四师叔？”

“就是刚才霍元甲说的吕四鹰啊，他都承认是他杀的了！”

“让你小子在外面望风，你怎么偷听啊?！”

“我是偷听了，原来您是鹰爪门的嫡传大弟子，不是无影无踪派的，我是您徒弟，那我也是鹰爪门弟子了！我这一下就多了好几千个同门师兄弟。对了，您跨江渡河，塞北江南，找了霍元甲一年，就是为了给您的四师弟报仇，您可真是个有情有义的大师兄！”

“什么乱七八糟的?！我告诉你，我是鹰爪门的大弟子，可你跟鹰爪门没关系！你就是无影无踪派挺好，别跟他们瞎掺和！还有，吕四鹰是我师弟，但二十年前我就看出来了，他不是好东西，你更用不着叫他师叔！”

“啊？”

“啊什么啊？榆木疙瘩脑袋，还不快给师父做饭！我可得好好恢复元气，要不然明天比武胜不了霍元甲……”

孙无疾不再提鹰爪门之事，双手画圆，汇集于丹田，开始闭目调整气息，陈真在一旁傻了，他完全不明白孙无疾的逻辑。

小镇路上，刘振声追着前头的霍元甲：“师父，那老头的鹰爪功已乱了分寸，您为何不乘胜追击，却说自己累了呢？”

“被吊得那么高，居然看出了门道？”

“这个孙无疾是劲敌，不除必是后患！”

霍元甲停下来，转过身：“振声，旧武林的习气，你也应该改改了，以后不许动不动就除这个除那个！”

刘振声被训得有些尴尬。

“孙老前辈用嬉笑怒骂隐藏着一身正气，他是当之无愧的大侠，通过刚才的比武，我断定他有旧疾，而且很严重，不然以我的武功，别说取胜，想抵挡一百回合都难。你赶紧打听打听，此地最好的药铺在哪？”

“药铺？”

刘振声看向霍元甲的肩头，仍在渗血：“哦对，您受伤了，我这带着药呢！”

“这点小伤算什么，我想起咱津门名医赛扁鹊范先生给你师爷开的方子，那方子对孙老前辈应该也管用。”

“您要给他抓药？”

刘振声瞪大了眼睛。

水乡已经亮起了灯，优美的建筑倒映在水中，几条晚归的渔船荡漾，小镇夜景格外宜人。

躺在客栈床上的刘振声翻来覆去睡不着，猛地坐起身。

“师父，要不咱们今晚就回去吧！”

霍元甲也没睡，他正在灯前做着什么：“为什么？”

“我越想这个孙老怪越坏，就说今天吧，一进门就中了他的圈套，万一他是假装有病，拖延时间，等着鹰爪门的大批高手赶来助阵，您可就要吃亏了！”

“孙无疾成名武林已久，行事怪异是出了名的，但他为人却非常仗义，常有除暴安良之举，人品修为早有公论，你想的，不可能发生。赶紧好好睡觉，养足精神，明天好保护为师啊！”

霍元甲故意把保护为师说得很重，其实是在跟刘振声开玩笑。

刘振声有些不好意思：“您哪用我保护啊……”

刘振声尴尬地笑着，想翻身躺下，却发现霍元甲正在缝着衣服，瞪大了眼睛凑近：“师父，你干吗呢？”

“衣服被抓破了，补一补。”

“这种活您怎么能干呢？让我来！”

“不用，我这都快补完了。”

刘振声凑近来看，霍元甲的针线活做得非常漂亮，针脚既小又规整。

“师父，你这针线活做得可以啊，我跟了您这么多年，我怎么不知道你会这个？”

“学武艺光使蛮劲不行，心灵手巧很重要，补不好一件衣服，就练不好上乘武功。年轻的时候，为师做针线活都得背着你们，怕你们看见不好意思，这几年有师娘照顾，也轮不到我自己动手了，唉，扔下好几年，我这手艺比以前差远了……”

刘振声笑着：“要是让精武门的师弟知道师父会做针线活，还不得笑破肚子。”

“这有什么好笑的，练武归练武，但光靠练武，怎么养家糊口？过日子，什么都得会。”

夜尽天明，后山的一棵大松树下，霍元甲和孙无疾对视着。

“晚辈元甲如约而至，不知昨天我跟您讲的事，您考虑得如何了？”

“啥事？”

“请您出山去精武门教习武功……”

“嘿！你又来了！我看你就是找打！”

说着，孙无疾冲了上来开打，霍元甲接招，便已发现孙无疾今天出招虽快，但不狠，霍元甲心头大悦，以切磋武功的心情与孙无疾打在一起。

孙无疾的内心已经认同霍元甲，但二人均属武痴，今日一战都是求之不得。

半山腰，另外两个人却是苦大仇深，刘振声和陈真怒目对视，他们都想上去观看师父的比试，很明显是被命令候着，故而不敢。二人越看越生气，互相较着劲。

陈真和刘振声彼此感到很尴尬，上面的孙无疾和霍元甲却是打得酣畅淋漓。

霍元甲迷踪拳与秘踪拳结合，连续进攻。

孙无疾一边接招一边惊叹：“呵！这是你爹的秘踪拳！哟！这是你自创的迷踪拳？好小子，这两种拳路单打都稀松平常，放在一起还真有点意思！”

听到孙无疾的赞许，霍元甲越打越来劲，打着打着，孙无疾又累了，有些气喘，霍元甲连忙收招，哪承想孙无疾看准机会接连进攻，用的都是鹰爪门的绝技，一时间霍元甲险象环生，连连后退。

“又忘了，兵不厌诈！我诈你呢，再来！”

孙无疾再次攻上。霍元甲这才明白孙无疾这次不是真累，确实是在诈他，于是只得尽全力继续打。孙无疾通过试探，更明白了霍元甲的为人和用心，二人在打斗中互相欣赏，招数也更加舒展，打得淋漓尽致。

打斗了半晌，霍元甲由于年轻力壮又一次占了上风，孙无疾大口大口地喘息着，这次是真吃力了。

霍元甲故意露出一个破绽，孙无疾连出几招，抓破了他的衣领。

霍元甲跳出圈外抱拳：“前辈，元甲输了，甘拜下风！”

孙无疾喘着粗气：“你……你是故意让我。”

“哪里的话，一直是前辈让着我啊！”

孙无疾看着霍元甲装糊涂的脸，笑了：“你小子还真能说会道，脑袋瓜子没白长！说实话，你这秘踪拳加上迷踪拳，跟老头子我的鹰爪功比起来，还是差了点，今天我赢了你，也算是对得起师门了。不过这打架确实是年轻人的事，我上了年纪，再加上这个……”

孙无疾已经把霍元甲当成知己，他俩无话不说，双手拍着胸口。

“元甲斗胆，再次猜测前辈有内伤旧疾？”

“可不是嘛……”

“家父也有这毛病，是年轻时练功过于心急所致，不知前辈……”

“哎呀，我跟你爹一样！”

“津门名医赛扁鹊范先生曾给我爹开过一个药方，我爹服过之后大有好转，元甲侥幸还记得那个方子，昨天就去药铺帮你抓了三服，要不您试试？”

孙无疾大怒：“混蛋！听说过给人送礼的，没听说过给人送药的！霍元甲，你咒我呀？”

“前辈对不住，元甲说错话了。我送的不是药，是下酒的汤，您回去试试下不下酒？”

“这还差不多。”

“只是贵地药铺有几味药不很精良，不知药效能否达到预期效果。待您到了上海，我自当去最大的药铺，抓最好的药，帮您克服旧疾！”

“谁说要去上海了？作为鹰门九子之首，自家的掌门我都不稀罕，能去给你当教头？”

霍元甲愣了。

顿了顿，孙无疾突然道：“不过……要说你请我喝酒，留我住些日子，倒也未尝不可……”

霍元甲惊喜：“如此甚好！我必备足好酒等前辈来！”

孙无疾矜持：“十天八天的啊，我还有好多事呢，立马就去也太没面子了不是？”

“都依前辈！”

“哎，你那个下酒的汤，哪呢？”

霍元甲兴奋，快走几步，向半山腰喊着：“振声，上来！”

半山腰上的刘振声和陈真还在对峙着，听见霍元甲的喊声，二人立刻快步向山顶跑去。

刘振声发现霍元甲的衣服又被撕破了：“师父，您没事吧？”

霍元甲笑着摇头，示意没事。

陈真：“师父，您赢了还是输了？”

孙无疾戳了陈真脑袋一指头：“你这憨子！师父打架啥时输过？！”

陈真高兴不已：“就知道霍元甲不是您对手！”

陈真点指着霍元甲：“我告诉你霍元甲，在上海登报，署的是我陈真的名，但凭本事‘拳打霍元甲，脚踢精武门’的，是我师父！”

霍元甲笑而不语，刘振声虎目圆睁。

孙无疾踢了陈真一脚：“行了！为师已经跟霍元甲是朋友了，以前的事儿就不要再说了！”

陈真傻了，他挠着脑袋，有点不明就里，刘振声也有些诧异。

“振声，东西给我。”

刘振声将药递给霍元甲，霍元甲拿着药上前：“前辈，这个请您收下。”

孙无疾摆着谱：“徒儿，别愣着了。”

陈真只好接过来。

“前辈，那我就回去恭候大驾了！”

“嗯，好说好说。”

“振声，我们走。”

霍元甲兴高采烈，带着刘振声下山而去。

孙无疾又一阵咳嗽，有些胸闷。

“师父……”

“小点声，别让他们听见！酒壶呢？快给我拿酒壶来，我得压压！”

陈真连忙在树下取来酒壶，孙无疾喝着，压着胸口的闷痛。

霍元甲在前，刘振声在后，两人手里大包小包地走进精武门。

许大有正在教习一众弟子练功，看到霍元甲连忙上前行礼，弟子们也都围了过来。

“大家继续练功！”

霍元甲神清气爽，整个人显得很是高兴。

“晚上有好吃的了！”

刘振声将双手举起，是两大袋肉粽：“师父买的肉粽子，每个人都有份！”

弟子们一阵欢声笑语。

客厅里，霍元甲将一块料子放在母亲面前：“娘，这是给您的，您过目。”

“哎哟，这么鲜艳的料子娘可用不上，给你媳妇，给你媳妇！”

“那可不行！这是专门孝敬娘的！再过两个月您过寿，请裁缝给您专门做一身衣服，那还不得喜庆点！”

霍冯氏："兄弟说得对！这料子做出来的衣服，办寿穿太合适了！"

霍母笑着："那还不被人笑话？"

霍冯氏："不会不会，上海洋气，娘，您又不是七老八十，穿这个正合适！"

"那我就收下，谢谢儿子！"

"娘，看您说的，儿子孝敬您，还用谢啊……大嫂，这是给您的。"

霍元甲将一块上好的绸缎呈上，又将两个礼盒递给霍冯氏。

"这个是给东媛的，这个是给东方的。"

"哎呀，兄弟，这不年不节的，你每个人都送礼干啥？"

"到了上海后还难得出回门……江南真是鱼米之乡，去的虽是乡下，卖好东西的还真不少！"

"那就多谢兄弟了！这俩孩子从学校回来看到礼物，肯定得高兴得蹦起来！"

霍元甲微笑着，他想得很周到，给家里每个人都带了礼物。

霍东觉拿着霍元甲给的礼物在屋里玩耍，兴高采烈，王氏在一旁看着也很是欣喜。

霍元甲面带微笑，拿出一整套新生女孩儿用的东西："这是给我女儿的。"

"哎呀，半年后才出生呢，有钱不买半年闲，你这个当爹的也太惯着孩子了吧？！"王氏道。

"女儿嘛，当然得惯着！"

"你这么说我倒是怕再生出个儿子来了。"

"不会不会，一定是女儿，错不了！这个是给你的。"

说着，霍元甲又拿出一个盒子，递给王氏。

王氏打开盒子发现是一整套银饰："这么贵重的东西，我不要。"

"那些年为度日，你把娘家陪送的首饰都卖了，我一直内疚。今天路过松江码头，正好看到一个好大的银饰店，首饰成色不错，手工也好，就给你买了。”

“元甲，精武门才开张，用钱的地方多着呢……”

霍元甲打断：“夫人，你自小家境殷实，嫁给我之后净吃苦了，这个，就算让我稍作补偿，求个心安还不行吗？”

“好，那我收下！”

“这就对了！”

“你怎么这么高兴？有什么喜讯？”

“告诉你吧，过不了几天，孙老前辈就会来精武门做客！”

“啊？这么说你们化干戈为玉帛了？”

“是啊……”

霍元甲犹豫了一下，忽然出声：“不过夫人，我还有个事得跟你商量，孙老前辈岁数大了，又有旧疾在身，咱们精武门像样的客房没有……”

“那咱们搬！把这间腾出来给孙老前辈！”

霍元甲正是此意，没想到王氏这么容易答应，很是感动，紧紧握住王氏的手。

“家有贤妻如此通情达理，真是元甲之幸啊！”

第四章　惊变

清晨，一大家子人正围坐在厅堂里吃早饭。

“入乡随俗！娘，您看，小莲现在煮的粥已经是沪上风味了！”霍元甲盛了一碗粥，夸赞着。

小莲笑道：“我也是跟来打短工的张姨婆学的，做得不好，奶奶，您凑合喝。”

霍母喝了一口：“嗯，不错，米的香味和菜的清香混在一起，好粥啊！”

霍冯氏：“嚯，小莲，奶奶夸你了！许大有那傻小子有福咯！”

一句玩笑又把小莲羞得满脸通红。

“是啊，大有跟小莲的亲事已经定下来好几年了，娘，要不今年给您做完寿，把他们的婚事也办了？”

听了王氏的话，霍冯氏一挑眉：“哎，我看行我看行，当年都是我这个大伯母不好，说了闲话，要不然在天津，俩孩子不就完婚了吗？”

“不怪大伯母，大有哥说了，我们不能着急，什么时候大师兄娶上媳妇，我们才能成亲……”

小莲还是很羞，满脸通红，说话吞吞吐吐。

霍元甲笑了：“也是，大有和小莲的婚事虽然定下好几年了，可他们毕竟还小，刘振声就不一样了，他才小我两岁，已经打了半辈子光棍了……”

霍冯氏：“平安里张裁缝家的闺女挺好，白白胖胖的，还能干活！要不然我给振声当个媒人？”

“如此，我先替振声谢过大嫂了。”

“不用，等喜事成了你再谢吧……就这么说定了，包在我身上！对了，小莲，你去叫振声和大有一起来喝粥。”

小莲应承着转身出了门，只一小会儿，却匆匆地跑了回来。

“不好了不好了！外面来了官兵，要抓二少爷！”

霍元甲“腾”地站起身：“什么？”

众人面面相觑，都不知道发生了什么事。

“大师兄和大有哥正和他们理论呢！”

王氏有点紧张：“官兵为什么要抓二少爷？”

“说二少爷杀了人……”

霍元甲很是不屑：“杀人？可笑。”

“不是直接杀的，是下毒把人毒死了！”

“这就更可笑了！我霍元甲一生最讨厌两件事，一是用暗器，二就是下毒。”

霍母面目惊恐，被霍元甲察觉到了。

“娘，官兵准是搞错了，我出去看看。”

刚一出门，霍元甲就听到了刘振声的声音。

“说我师父毒死人真是无稽之谈！请诸位回去重新核查案情。”

捕役：“你算干什么的？一边去！叫霍元甲出来！”

话说着，霍元甲已经到了：“怎么回事？”

捕役：“你就是霍元甲？”

“不错，在下正是。”

“两天前你是否去过朱家角？”

“去了。”

“你可见过一个叫孙无疾的？”

“见了。”

“你与他比武连续两天，可有此事？”

“有。”

“谁输谁赢？”

霍元甲想了想：“老前辈技高一筹，元甲自愧不如。”

“这就对了！打不过人家就下毒，孙无疾被你毒死了，他徒弟把你告上松江府，跟我们回去认罪伏法！”

捕役的话让霍元甲大吃一惊：“什么？孙老前辈……”

“别装蒜了！拷上！”

一声令下，官兵就要上前披枷带锁，刘振声和许大有连忙冲上去。

“怎么着？动手？”

捕役从腰间抽出刀来，另外几名官兵一起抽刀，大战一触即发。

“振声、大有，你们退下。孙老前辈虽然有旧疾，但身体硬朗得很，他久闯江湖，武功又高，也不可能轻易被人下毒……所以我想这里面一定有误会，这样，我就跟他们去一趟松江府，把事情弄清楚就回来。几位兄弟，我跟你们走便是。”

“刑枷伺候！”

许大有急了：“你们敢？！”

霍元甲看了看：“大有，官家有官家的规矩，戴枷上锁又算得了什么，来吧。”

说着，霍元甲伸出了双手，很快身戴刑枷，“咔嚓”一声，大铁锁锁住了刑枷，这时，身后一声大喊传来：“儿啊！”

霍元甲回过身去，看到霍母已经在霍冯氏和王氏的搀扶下追了出来，他知道上前安慰母亲也没有用，况且身戴枷锁，形象狼狈，怕母亲看着难过，只能狠心扭头。

刚走出大门，只听“咔”的一声，镁光灯一闪，霍元甲皱着眉头望去，正看见一副奸诈的笑脸，此刻的曹达人眉飞色舞，他终于指挥照相师傅拍下了他想要的照片。

霍元甲瞪了曹达人一眼，没有理会。

刘振声怒道：“姓曹的，官府与我师父有些误会，你拍照片干什么？又要在报上胡说八道不成？大有，我去跟上师父，你把照片抢下来。”

说完，刘振声去追官兵，许大有上前抢夺相机。

曹达人拦住许大有，回身瞪着照相师傅。

“还不快跑！”

照相师傅听了扭身就跑，许大有要追，曹达人把身一横：“有腔调先宰了我！上海可是有王法的地方，霍元甲被抓是新闻！精武门恃武逞凶，不让新闻见报？那就当街杀了我曹达人吧！”

曹达人一番义正词严，惹得很多老百姓驻足围观，他知道众目睽睽之下精武门不可能动武杀人，反倒得意扬扬起来，许大有被气得紧咬牙，却又没办法。

此时，霍母在王氏和霍冯氏搀扶下追了出来：“元甲——”

霍母的视线中，一切都变得虚幻了，她欲哭无泪，眼前一黑，晕倒在地。

许大有连连帮忙冲上去搀扶，曹达人趁机扭身便跑。

霍元甲已经被捕役押到了松江府，有路人看着霍元甲指指点点，陈真奔来，迎面与霍元甲已相距不远，他一跃而起，一个飞踹向霍元甲袭去，霍元甲手戴镣铐，身戴枷板，只得侧身用肘一扛，陈真落地，抡拳欲打，捕役连忙抄刀，架住陈真。

陈真恨得咬牙切齿：“你们让开，我要杀了霍元甲给我师父报仇！”

霍元甲难以置信：“陈真，你师父真的死了？”

“你少装糊涂！”

“到底怎么回事？”

“被你毒死的！”

陈真说着，又抡拳要打，不过刀已经架上了脖子，他左右看着不知如何是好。

霍元甲：“陈真，霍元甲绝非下毒的小人，我相信孙老前辈的死因官府一定会查个水落石出。”

说完，霍元甲用眼神安抚捕役情绪，绕过陈真走了。

牢房里，霍元甲被押进一个单间，牢门被上锁，他觉得惊讶：“这位大人，请问何时提审？会是哪位大人查明此案？”

“不知道。”

“那劳驾您向上禀告，我是被误抓的，家有老母甚是担心，请尽快还我清白，放我回去。”

“清白？被关到这的人有清白的吗？”

牢头气哼哼地走了，霍元甲一脸的疑惑。

府衙大门口，一名下等官员从衙门里溜达出来，等候在这里的刘振声连忙迎上。

“谢大人……”

被叫作谢大人的官员瞟了一眼刘振声：“是你托人找我？”

刘振声将一些银两偷偷塞给眼前的谢大人，谢大人掂掂银子的分量，放进怀里。

“按说呢，有些话我不应该告诉你，可看在银子的分上，我就点拨你两句……我家大人不喜欢升堂查案子，这么说吧，凡是跟洋人没关系的案子他一概不审。”

“不审？那我师父……”

“你师父毒杀人命，死尸我都见着了，没救。”

“不对啊大人，我师父没下毒！请大人为我师父洗清冤屈！”

“比武打不过就下毒害人，你们打拳开武馆的不都这样吗？”

刘振声一愣。

“不过也是，没有凶手自己会承认杀人的，除非用刑。要我说大人不审正好，审也是个大刑伺候，你师父忍不住还得招供。回去准备后事吧，这个案子改不过来了。”

“大人，那求您行个方便，引荐我见见知府大人如何？”

“哎呀，我刚才不是说了嘛，跟洋人没关系的案子他不会审，跟洋人搭不上关系的客，他也不会见！”

刘振声急不可耐，却又不知如何是好，谢大人起身要走，他一把抓住谢大人。

“能不能再请您通融通融，让我进牢里看看我师父。”

刘振声说着又把一锭银子放进谢大人手里，谢大人看着银子。

“这个倒是比见知府大人容易一些。”

谢大人在拐弯处望风，霍元甲和刘振声隔着栏杆说着话。

“孙老前辈真的驾鹤西去了？”

“确实死了，中毒身亡。”

霍元甲琢磨着：“怎么会呢……”

“松江知府可恶，认定是您比武败了，下毒害人，要定您的死罪！”

“不审就定罪？”

“是啊，师父！”

刘振声双眼饱含泪水。

“你先别着急，怎么会有这么荒唐的知府……对了，劲荪呢？”

“我听说农先生告了假，去宁波码头接一位老朋友，明天应该能回来。”

“你赶紧回上海，把为师的处境告诉劲荪，让他想办法营救。”

“这……万一有什么意外呢？”

刘振声还是很担心。

“放心吧，为师命大，掉脑袋，哪那么容易？还有，精武门门前搭建擂台比武之时，总有一位姓荣的先生高高在上观战，你可还记得？”

“记得！”

“那人看上去很有地位，而且还给为师送过帖子，为师无意结交，故未登门拜访。现在遇到了难事，倒是可以去求求他，看看他是否神通广大，能帮下这个忙。”

“师父，我怕今天不走，之后就再没机会进来救您了！”

“哎，快断了砸牢劫狱的念头！我霍元甲并未下毒害人，有什么好怕的，不就是换个地方睡觉吗？快回去，照我说的办。”

刘振声无奈地离去。

回去路上，刘振声迎面碰到了披麻戴孝的陈真，二人险些撞在一起，四目相对，分外眼红。

“陈真，你为何诬陷我师父？！”

“刘振声，霍元甲毒害我师父，你是从犯，衙门为何不将你一起抓起来砍头？”

二人都咬牙切齿。

“胡说八道！我师父是正人君子，从来不会下毒！”

“就是你手里拎着的那三包药，毒死了我师父！”

“那日比武，我师父与孙老怪已化干戈为玉帛，还发出邀请，请你们去精武门做客，怎么会下毒？！”

“那天在树林里，你拎着那三包药不肯撒手，就是怕里面的毒药露了馅！”

二人各说各的，一句不搭一句。

刘振声气急：“那不是毒药，是好药！花了我们不少银子呢！”

“我师父就是被那毒药害死的，你这个从犯，衙门不砍你，我拧下你的脑袋给师父报仇！”

说着，陈真出拳袭向刘振声，二人打在一起，他们的武功应该说不相上下，陈真虽招数更狠，但刘振声毕竟年纪稍大，经验老到，这一仗打的是惊心动魄，一会儿陈真险些被刘振声打进河里，一会儿刘振声差点被陈真踹进河里。

两个人都用出杀招，各自受伤，打红眼即将拼命之际，一队官兵冲了过来。

“干什么的？！光天化日之下打架，不想活了？”

受伤的刘振声紧攥着拳头不再动手。

“刘振声你等着，等恩师他老人家入土为安后，我再到精武门取你性命！”

“陈真你等着！等我把师父从牢里救出来，再打碎你的脑袋！”

介于官兵的震慑，二人不再动手，各自撂下一句狠话，互相瞪着眼，各自走远。

刘振声回到家，把在松江发生的一切都汇报给王氏，王氏焦急不安，可又不知如何是好，忽听门外“咣当”一声，竟是霍母把刘振声说的一切都偷听到了，受不住打击，昏迷倒地，家里更是混乱不堪。

大牢里，冰冷的月光透过铁窗照在霍元甲的脸上，他百思不得其解，真想挣脱束缚着的铁链子，但最终还是放弃了。

一夜过去，热闹的上海滩之上，三匹高头大马拉着一辆马车行走着。

瑞士医生费德勒兴奋地打开了车门冲外面高声地喊着：“东方巴黎，费德勒来啦！啊哈——”

费德勒一阵阵地叫喊着，车里坐着的农劲荪也跟着笑了。

“费德勒，几年不见，你好像更年轻了！”

费德勒用手拍着自己的胸口：“是这里年轻……这次来东方巴黎，我格外兴奋，很快就能看到想念的老朋友霍元甲了，自己戒掉毒瘾的霍元甲，了不起的霍元甲！”

这时，一名报童手里举着《海上新报》，叫喊着跑过：“看报看报！霍元甲输拳生恨毒杀孙老怪，松江府明察秋毫缉凶精武门！看报看报！霍元甲下毒啦——”

农劲荪大叫着停车，他和费德勒双双跳下，跑向报童，从报童手里拿过报纸，费德勒凑过来看，霍元甲的照片映入二人的眼帘，脸色刹变。

霍母躺在床上昏迷不醒，费德勒让霍冯氏和王氏帮忙使霍母侧卧，用听诊器听着霍母的后背，他撸起霍母的胳膊，将血压计绑在霍母胳膊上。

一旁的霍冯氏觉得男女授受不亲，她有些难以接受，可看到费德勒认真的神情，又不好打断。

查看过病情之后，众人围着费德勒来到厅堂，费德勒安抚着大家。

“你们放心，老夫人一定会醒过来的，但她的血压太高，这个药片，每天早晚各吃一次，应该可以把血压降下来。还有就是，醒了以后尽量让她卧床休息，不能再次摔倒了，一旦造成颅内出血，会有生命危险！”

正说着，小莲突然跑来：“奶奶醒了！要见农先生！”

农劲荪快跑两步，进屋来到床边一把拉住霍母的手。

“劲荪，我知道你朋友多，有办法，你一定要救救元甲！”

“伯母放心，劲荪这就赶赴松江府，元甲光明磊落，不可能以毒害人，衙门也不可能不查案子就定人死罪。”

霍母声音颤抖：“如此，多谢劲荪了！”

一旁的费德勒察觉到霍母的不对：“老夫人，你的眼睛怎么了？看不见吗？”

霍母听到费德勒的声音很是生气："他是谁？怎么有别的男人进了我的房里，还是个外国人吧？快轰他出去！"

"老夫人，我是医生！"

"劲荪，洋人是你带进来的吧？我不需要看病，让他走，你快去救元甲！"

"是，伯母大人，劲荪遵命。"

农劲荪拉着费德勒出了门。

霍母又拉过王氏的手："光靠农劲荪也不行，儿媳妇，那年可是你进京城告御状才救下的元甲，你也得想办法！"

"娘，上海这地方天高皇帝远，没地方告御状去。"

"可是元甲的安危交给外人，我也不放心啊！"

"您眼睛本来就不好，别着急了……这样，元甲倒是托振声指了一条路，是上海滩的荣先生，我这就前往拜访。"

"好，快去！"

王氏起身："大嫂……"

"放心吧，有我看着娘，没事的！"

荣先生坐在自家客厅里，皱着眉头，看着报纸，王氏上门拜访。

左叔将王氏引了进来，荣先生看着来人不觉惊诧，情不自禁地站了起来。

王氏落落大方，上前："霍王氏见过荣先生。"

"霍师傅是自北方来，夫人想必也是北方人。"

王氏含笑点了点头。

"听闻北方女子多粗野蛮横，况又嫁了一个练武之人，我本来以为……不想夫人却是……意外，意外啊。"

荣先生只说了一半，王氏却没想到荣先生会对自己品头论足，略有不悦，可有事相求，没有办法。

"霍家原本是书香世家，元甲虽自幼练武，却也没有耽搁习文弄墨，粗野蛮横的女人怕是配不上他吧。"

"我也只是说句笑话，没想到夫人不仅相貌清丽，说话也是滴水不漏啊……请坐。”

说着，荣先生落座，王氏浅坐，左叔看茶，王氏起身相谢。

荣先生把一切都尽收眼底，顿了顿，发声：“我曾派人给精武门送过帖子，邀请霍师傅到我这里来坐坐，算来也有些日子了，却一直没等到人。今天这是什么风把夫人吹来了？”

“荣先生眼观六路耳听八方，应该看了今天的《海上新报》吧？”

“还真看了。”

“元甲带着一家人初来乍到，却莫名其妙地摊上了官司，昨日特意从大牢里捎话出来，让我来求荣先生。”

“可是我与霍师傅之间并无交情啊。”

“若有交情，以荣先生的为人，听到消息，自会全力营救，还用得着我一个妇道人家登门相求吗？”

“可是并无交情，他怎么知道我肯帮他？”

荣先生面带微笑，丝毫看不出心里在想什么。

“前两次精武门前搭建擂台，荣先生都曾到场，元甲见沪上武林的高手对荣先生都格外尊敬，便对我说，武林中人，权势再大，钱财再多，都不能真正受到别人的尊敬，只有持侠仗义、以德服人的君子，才能有荣先生那样的地位。所以今日遇不白之冤，便立刻想到了荣先生。”

荣先生看了看王氏，半晌大笑：“好，即便这些话不是霍元甲说的，我也会全力救他，得妻若此，夫复何求？霍元甲好福气啊！”

王氏发现荣先生看自己的目光格外欣赏，连忙回避。

“左叔，拿我的帖子，备上厚礼，立刻去见松江知府，看看这新来的徐大人买不买荣某人面子。”

“是。”

王氏抱拳：“多谢荣先生！”

荣先生微笑地点着头。

已至松江，刘振声带路，农劲荪、费德勒三人急匆匆地向府衙行进着。

跨越桥头，刚要向县衙方向走，刘振声站住了脚步。所谓冤家路窄，陈真正从一个方向走来，手里还抱着块牌匾，陈真见刘振声有些诧异，索性将手里的牌匾往外一举，牌匾上写了四个字——“再世包公”。

“你们是来给霍元甲收尸的吧？来得正好！知府大人说为我做主，这会儿应该已经把霍元甲的脑袋砍下来了！我今天一大早去木匠铺，做了这块牌匾，就是为了感谢知府大人的大恩大德！”陈真冷冷道。

刘振声气得不行：“你个混账东西！我师父没下毒，你凭什么冤枉我师父？！”

刘振声握拳就要去打，陈真以匾当武器，横着抡向刘振声，刘振声往后一退，一把被农劲荪拉住。

“振声，从那日登报比武你难道看不出来吗？这陈真根本没有脑子，你和他理论有何意义？知府大人绝不会因为他送个牌子就冤枉好人的！”

陈真“哼”了一声，扛着牌子先走了，农劲荪拉着刘振声继续，忽然被费德勒叫住。

“等等！刚才那个是陈真，孙无疾被毒死的地方只住了他们师徒二人，对吧？”

“对啊！”

“陈真现在不在，刘振声，你带我去他们的住处，看看能不能找到对霍元甲有利的证据？”

刘振声看向农劲荪。

农劲荪：“也好，反正跟知府打交道，我一个人就够了。”

府衙院落里，穿着便服的徐大人从屋里走了出来，他捂着嘴。五六个官员站在院子里，议论着什么，徐大人诧异地向官员们走去，官员们见徐大人走来，连忙肃静，垂首而立。

徐大人不耐烦地说道：“哎呀，牙疼啊……找我干什么？”

谢大人率先出声：“是这样，有人想见您，这人来头不小，叫农劲荪，是和霍元甲合伙开精武门的……”

“这时候想见我，有行贿之嫌，不见不见！”

谢大人有些尴尬。

另一官员又出声：“告状的陈真也来了，做了块牌匾，想送给您。”

“什么牌匾啊？”

“上面写了四个金字——再世包公！”

“我有那么黑吗？还包公……不见不见！”

谢大人和另一官员只好走了，徐大人见还剩几个不走，有些烦。

“你们怎么还不走？这大白天的，都没差事吗？”

“我们等着给您报喜啊！”

“我这牙疼的恨不得上吊了，有什么喜可报的？”

“大人，您上报纸啦！”

徐大人一愣。

“您看……上海滩传来的《海上新报》！”

说着，官员乙将报纸掏了出来，递向徐大人，徐大人拿过报纸，眯着眼睛看。

府衙大门口，之前和谢大人一起汇报的人劝着陈真。

“陈真，要不你先回去吧。”

“那这块牌匾，请您代替知府大人收下！”

这人更加为难：“这……知府大人不喜欢你这牌子。”

“啊？我问了，包公是最受老百姓爱戴的好官！这四个字，知府大人不会不喜欢啊！”

“我跟你说什么好呢……”

陈真一拍脑门：“我明白了！我这就让人刷上金漆！”

“哎呀，你不用给知府大人送礼！”

“那不行！他不收我的礼，我怕他收了坏人的礼，反悔了，不替我做主！”

说着，陈真恶狠狠地瞪了一眼同等在松江府门前的农劲荪，站在农劲荪身边的谢大人也有些尴尬，他回避了陈真的目光。

陈真抱着牌子走了，与他交流的官员瞪了一眼谢大人回了府衙，很明显他同情陈真，反感谢大人。

谢大人：“知府大人最近牙疼，疼得心烦意乱，不想见客。”

农劲荪：“那案情审理得怎么样？霍元甲可是被冤枉的，他的人品有口皆碑，下毒这种害人的事情不会做。”

谢大人有些疑惑：“是吗？那报纸上……”

“您可不能看小报上造谣，我相信知府大人更不会轻信小报谣言对吧？”

说着，农劲荪将一张银票塞在了谢大人的手里。

“农先生你说得有道理，可是知府大人好像……这么着，我赶紧再进去帮你美言！”

“如此，多谢了！”

有人指着标题，绘声绘色。

“霍元甲输拳生恨毒杀孙老怪，松江府明察秋毫缉凶精武门，这可是夸您呢！”

徐大人笑着：“我明察秋毫，这……《海上新报》怎么知道的？”

“我们打听了，这个霍元甲在上海滩也是个名人，练拳的，挺能打，报纸上天天有他的消息。”

徐大人一嘬牙花子，嘴里进了凉气，他捂住牙：“哎哟，我这牙又疼上了……行了行了，他们夸我也没什么用，这报纸老佛爷又看不见。你们该忙什么忙什么去吧！我今天告假，得好好睡上一天，疼死我了……”

说着，徐大人就又要往屋里回，官员们相互对视追了上去。

“徐大人且慢，霍元甲您打算怎么处置啊？”

“这种案子用审吗？杀人偿命，用毒药杀人也是杀人，死罪啊！”

“既然是死罪，要不就早点行刑，别等着出了差错……”

徐大人想了想点点头：“有道理……本官决不能因为牙疼就耽搁了政务，升堂！”

说着，徐大人就要往大堂走，又想了想：“等会儿，我换身衣服。”

霍元甲被带上大堂，此时枷锁已经取下，只有脚镣戴着。

“草民霍元甲拜见松江知府大人。”霍元甲拜道。

徐大人看了眼霍元甲，点了点头：“嗯，这就算验明正身了啊，他是霍元甲……画押吧。”

一官员立刻拿着托盘过来，朱红和一张白纸放在托盘上，他指着落款处。

“按这，把手印按这。”

霍元甲一愣：“大人，这是一张白纸，元甲为什么要画押？”

“你下毒行凶，总得写上几句吧？早写晚写都是写，你先把押画了。”

“霍元甲从未下毒害人，请大人明察秋毫！”

“嘴还挺硬……”

徐大人牙又开始疼了，他捂着牙：“行了行了，押下去吧，我就说，别往堂上带，行了刑再画押也不耽误。”

已被押至门口的霍元甲听见了，猛地挣开，扭过身来：“你们说什么？元甲何罪之有？行什么刑？”

徐大人见霍元甲瞪大了眼睛，吓得连忙用手点指：“哎，你，你，你……”

两名官兵持火枪上前，对准了霍元甲，见枪口对准自己，他气愤而无奈。

有官员问着："大人，在哪儿行刑啊？"

"后院，你们不都说了嘛，他练拳的，有两下子，拉出去人多眼杂的，万一让他跑了呢？！再说，他信口雌黄大声嚷嚷怎么办？后院就地行刑，实在不行先给上两枪。"

松江府院落中有个小小的断头台，刽子手已经准备好。

霍元甲看到断头台，不再往前走。

"要砍我霍元甲的人头，是何罪名？！"

"罪名大人说了算，我们只管听差。"

押解着霍元甲的官兵一副无所谓的样子。

"我没下过毒，放开我！"

霍元甲开始挣扎。

"霍元甲，我们是奉命办事，你可别为难我们！"

说着，官兵就把霍元甲往断头台上押，霍元甲急了，稍微一用力，押着他的两个人被甩在了一旁。

官兵也急了："他是练家子，大人吩咐了，可以先开枪再行刑！"

官兵们连忙退后，洋枪便顶了过来，两支长枪对准了霍元甲，蒙受不白之冤的他气得青筋暴露，双眼通红。

"我冤枉！"

"阎王爷那喊冤去吧！开枪！"

千钧一发之际，师爷的叫喊声传来："等一等！"

师爷气喘吁吁地跑来，霍元甲见来了一个当官儿的，一跃而起抓住师爷的肩头，用胳膊将师爷勒住，官兵吓坏了，不敢轻举妄动。

"带我去见知府大人，我有冤情！"

"你先放开我，霍元甲！我就是来救你的！"

"你说什么？"

霍元甲稍微松了松。

师爷继续着："上海滩的荣先生帮你说情，你死不了了，还不快放开我？"

霍元甲将信将疑。

“哎，你们把枪收起来！知府大人有令，先将霍元甲押回牢房。”

起死回生的霍元甲有些惊魂未定。

左叔这个时候已经到了，正在松江府衙的书房跟徐大人交谈着。

“霍元甲是荣先生的朋友？”

徐大人率先发问。

“可以这么说。”

“可他下毒害死了人命，这事……”

“不能吧？霍元甲还是很讲武德的。”

“怎么不能？报纸上不都写了吗？”

“那家《海上新报》最擅长的就是无中生有、胡编乱造。”

徐大人“啪”地一拍桌子：“这报纸上写了，说我松江府明察秋毫，也是胡编乱造？我知道荣先生在上海滩的地位，没有立刻对霍元甲行刑，就已经给足了荣先生面子。霍元甲摊上的可是人命案，要想平平安安地走出松江府，除非你们能让陈真撤了诉状！”

看到徐大人这般表现，左叔一时很尴尬。

孙无疾和陈真住的酒窖里，刘振声带着费德勒小心翼翼地摸了进去。

陈真不在，临时的灵堂被他搭建在这儿，孙无疾的尸体就被供奉在那，以白布苫盖。

费德勒自信地走向尸体，掀开白布没等看到孙无疾的脸，费德勒清晰地看见一个女人躲在灵床下面，他吓得“啊”的一声扔了白布，那女人也吓得一声尖叫，从灵床下面钻了出来。

女人正是何玛丽，她捂着脸：“你们刚才说的我都听见了，想毁坏尸体、销毁证据？有我在你们办不到！我……我可是奉松江知府大人的命令，在这看着尸体的！别看我一个人，官兵随后就到！”

费德勒不知如何是好。

刘振声认出何玛丽：“何玛丽？你不就是编新闻造谣的记者吗？什么时候成松江府的人了？”

何玛丽知道露馅，用手指向刘振声：“你是霍元甲的徒弟？我本来还以为霍元甲有冤情，现在看来孙无疾还真是你师父毒死的！”

“住嘴！都是你在报纸上胡说八道，害得我师父蒙受了不白之冤！那天你想跳江，我还拦了你，真是多余！我就该一脚把你踹下去！说，你来松江到底干什么？又要编什么瞎话害我师父？！”

何玛丽不知道怎么回答。

“最毒妇人心，不对，你就不是人！为了在报纸上造谣，你居然藏在死人底下，你根本就是个女鬼！大白天的还敢出来吓人，看我不把你打回原形！”

刘振声抡拳向何玛丽打去，何玛丽“哇”的一声哭了出来，刘振声的拳停在半空中，他很少见女人哭，尤其是何玛丽哭得这么不注意形象更让刘振声不知如何是好。

“你哭什么哭？冤枉你了？！”

“我从来没有造过谣！我早就被《海上新报》辞退了，可因为得罪了总编，他每次在报纸上胡写都用我的名字！”

何玛丽边哭边说着。

“那……那你来这里干什么？”

“因为我不相信他们在报纸上写的新闻！据我所知，他们根本没来过这里，那些文字都是编出来的！我想做真正的新闻记者，我想调查清楚霍元甲到底为什么毒死孙无疾！”

“你胡说，我师父从来不会下毒害人！”

“那你们为什么要毁坏尸体？”

刘振声愣住了。

费德勒笑了：“毁坏尸体？我说的好像是检查尸体吧？我

学过法医。”

何玛丽看向费德勒：“你是谁？”

“瑞士医生费德勒，还是欧洲四大报纸的特约记者，我是来调查真相的，虽然我跟霍元甲是朋友，但如果他真的下毒害死了人，我决不会为他做伪证。我们赶紧开始工作吧，这里是案发现场，不要放过任何细节！”

费德勒说着镇定地走向尸体。

农劲荪从谢大人那得知是荣先生派左叔过来救了霍元甲的命，很是感激，在桥头处拦住左叔。

“这位先生慢走，在下精武门农劲荪，见过先生。”

“噢，精武门的人啊……”

左叔审视着农劲荪。

“听说是先生救下了霍元甲，农某在此谢过。”

说着，农劲荪深鞠一躬。

“要谢得谢荣先生，我就是个跑腿的，只是也不急着谢，霍元甲的命还没算救下来呢。”

农劲荪一愣：“您的意思是？”

“虽说徐大人给了荣先生面子，但毕竟人命关天，又有人告状，徐大人的意思是，要救霍元甲，得去找陈真。”

两个人正说着，陈真胳膊夹着牌匾，奔跑而来，此时的“再世包公”已镀金，闪着金光。

农劲荪发现，高声叫道：“陈真！”

陈真停住脚步，农劲荪二人连忙追上，他看着迎面而来的农劲荪觉得眼熟。

陈真突然想起：“你？你是霍元甲那个帮手？”

农劲荪几步上前拱手：“陈真兄弟好眼力，在下正是精武门农劲荪。”

农劲荪又示意身后的左叔：“这位是——”

陈真打断农劲荪：“少废话，你喊我做什么？请我去砸精武门的牌匾？别急，今天知府大人砍下霍元甲的脑袋，师父的大仇得报，我就能让老人家入土为安了，之后必去上海滩，砸你精武门！”

陈真说完，扭头就走，农劲荪快走几步拦住他。

“陈真兄弟且慢。”

陈真瞪了一眼农劲荪，不理。

“此番孙老前辈猝然而亡，作为徒弟你万分悲痛，我很理解。但是陈真，我虚长你几岁，也比你多走几年江湖，有几句话，想与兄弟推心置腹。人越在悲痛的时候，越需要格外冷静，尊师亡故之前都发生了什么事，你仔细回忆回忆，我想他老人家中毒的事应该与霍元甲毫无关系，毕竟元甲的为人我了解，他绝做不出这种事来。”

“住嘴！你算什么东西，跟我讲起道理来了？霍元甲是什么人我亲眼所见，打不过我师父就下毒害人！卑鄙无耻！你们精武门没有好人，你跟霍元甲准是一丘之貉！离远点，别挡大爷的路！”

农劲荪没想到陈真如此难以沟通，非常尴尬，但仍道：“陈真，你别急，要我说咱们找个清静的地方好好聊天！”

“赶紧滚开！不然别怪大爷不客气！”

话音未落，陈真猛地抬脚，农劲荪吓了一跳，要不是他撤得快，这一脚就踹在了他的面门之上。陈真的脚稳稳地停在了农劲荪的面前，正对农劲荪鼻尖。

“滚！”

“年纪轻轻就自称大爷，不合适吧？”

左叔的手按在了陈真的脚上，陈真一愣。

陈真见是长者，多少有些收敛，他收回脚：“你又是谁？”

左叔掏出手帕，擦了擦手：“我是谁不重要，重要的是我觉得农先生讲得挺有道理，而你却根本听不进去。年轻人，路还长着呢，照你这么个走法，可要掉河里啊。”

陈真盯着左叔，眼神中已露不屑：“哼，又来了一个想教训你家陈大爷的？”

农劲荪："哎，陈真，你在气头上，骂我两句无所谓，可是左叔是上海滩荣先生府上的大管家，你放尊重点！"

农劲荪把"荣先生"三个字说得很重。

"怎么尊重啊？"

"你起码听我们把话说完吧……走，找个清静的地方坐坐，我请陈真兄弟吃个便饭。"

"不必了，我陈真虽穷，但凭力气吃得饱饭，用不着你请！更何况你想说什么我心里清楚，就死了心吧！"

左叔："年轻人，别把话说绝，这世上没什么事不可以商量。"

陈真："怎么商量啊？"

左叔不慌不忙："人死不能复生，你师父已死，据我所知，也没留给你什么家当。你还年轻，也用不着跟谁结下冤家，对吧？所以我想劝你撤了诉状。当然，这也是荣先生的意思。"

"你再说一遍？"

农劲荪已经看出陈真有些不对，左叔没看出来还想张嘴，农劲荪拦住左叔。

"陈真，你放心，撤了诉状并不是说就不再调查你师父遇害的这件事了，孙老前辈的死一定得查个水落石出，但是不能毫无证据地就冤枉霍元甲，这不公平！你说你还做了这么块牌子，要送给知府大人，万一知府大人为了这名声顺水推舟，错判了案子，那以后可就没机会查出真凶了！"

左叔拍了拍陈真腋下的牌匾："农先生说得对呀！再世包公？你这后生，真是憨。现如今大清国的官场上哪有一个包公？"

陈真瞟了一眼左叔，更对他没有好感。

"我就倚老卖老一回，毕竟我过的桥比你走的路都多嘛，直说了啊，年轻人，以后的日子长着呢，师父已死，你也得替自己将来的生计好好想想。我知道你有力气，但是靠卖苦力为生，那能有什么出息？一辈子也无法出人头地呀？只要你撤了诉状，就是给了荣先生面子，那以后到上海滩还不是要风得风，要雨得雨？”

陈真盯着左叔：“真的？”

“当然。左某的这双眼睛最懂得看人，你虽面相憨实，却是个不折不扣的聪明人，撤了诉状吧，银子、宅子、女子，想要什么你选，荣先生都能满足你。”

陈真突然笑了，那笑中有些坏：“说了半天，这荣先生到底是谁啊？要什么给什么？了不起的大人物啊？我陈真想要天……”

左叔一愣，看了看农劲荪，农劲荪也愣住。

“什么天？”

“就是你们头顶上的天啊！”

农劲荪和左叔下意识地抬头，碧空辽阔。

陈真突然爆发：“我师父就是我的天！现在他老人家被霍元甲害死了。我的天塌了，我要霍元甲拿命还！还我的天！”

农劲荪和左叔对视，他们已经明白谈判失败了。

“姓左的，你一张嘴阴阳怪气的，我就知道你不是什么好东西，还想教我怎么走路？我告诉你，你陈爷生下来就没爬过，落地就两条腿走路！倒是你，过的桥比我走的路都多，对吧？我倒看看今天怎么走能不掉河里？！”

左叔在陈真的目光中看出歹意，但毕竟见过世面，也没怕他，不承想陈真突然出脚，吓了左叔一跳，左叔只得后退，陈真左一脚右一脚，出脚之快难以想象，逼得左叔连连后退，此时，左叔身后只有很矮的地墩，之后便是河水。

农劲荪大喝：“陈真，你冷静！”

陈真哪里理会农劲荪，继续出脚，却没有一脚踢到左叔，左叔为了躲这凌厉的攻势只得自己往后退，直至“扑通”一声掉进河里，在最后关头，农劲荪想去拉左叔，后背却被陈真一转身，用牌匾拍了个正着，身体失去重心，面朝河水拍了下去，又是“扑通”一声，农劲荪也掉进河里。

河水并不深，农劲荪和左叔却都喝了水，扑腾着捯着气。

陈真在桥上吆喝着："哎，陈爷可没打你们一拳一脚，碰都没碰你们一下！老大不小了，连路都不会走，专门往河里跳，还舔着脸跟陈爷讲道理，让人笑掉大牙了！"

远处桥下有围观的老百姓，早就看明白是怎么回事了，哈哈大笑。

陈真得意扬扬，扛起牌匾走了。

陈真走后，满身湿漉漉的农劲荪和左叔走上码头，很明显他们是被船家拉上来的。

左叔怒道："小赤佬，敢在太岁爷头上动土……"

文雅的左叔气得咬牙切齿。

没想到农劲荪更气："都怪你！练武之人最重气节，更何况陈真憨直，你跟他说什么银子、宅子、女子，他能不生气吗？"

"我……我不是为了救霍元甲吗？要不是他老婆去求荣先生，我才懒得跑腿呢！"

"可是元甲绝不会下毒害人，让你那么一说，陈真会以为我们想花钱收买他，岂不弄巧成拙？！"

"你说霍元甲没下毒害人，你看见了？一个练拳的，想当武林第一，孙无疾比他厉害，擂台摆到家门口了，他不敢出来应战，又被报纸上煽风点火，他能不心生嫉恨？"

"难道你也以为是元甲下了毒？"

"我可没说！"

"那你还到这里来干什么？"

"我是荣先生的管家，老爷吩咐我做什么我就做什么，哪怕让我把黑的洗成白的，我也得干！"

农劲荪被噎住了："可是……"

两个人正吵得不可开交之际，费德勒的大嗓门从远处传来："农劲荪！我们有巨大的发现！"

农劲荪和左叔向声音传来的方向望去，挎着照相机的费德勒、刘振声和何玛丽三个人跑了过来，脸上表情都很兴奋。

跑到近前，三人才发现农劲荪和左叔都全身湿漉漉的。

“发生什么事了？”

农劲荪没好气：“别问了！”

农劲荪瞟了一眼左叔，有些不好意思，连忙找补：“给你们介绍一下，这位是上海荣先生的大管家，专程赶来营救元甲的。振声，见过左叔。”

刘振声连忙抱拳：“霍门大弟子刘振声见过左叔！”

左叔见农劲荪变相道歉，也就下了台阶，一抱拳。

费德勒还是异常兴奋，向农劲荪说着自己已经找到了证据，能证明霍元甲不是下毒的凶手。

农劲荪也兴奋不已。

“那赶紧走吧，我们一起去松江府为元甲洗清罪名！”

一行几人快步向松江府衙走去。

陈真夹着牌匾到了松江府大门口，看着眼前一直帮自己的那名官员有些兴奋，可官员却一脸为难。

“实不相瞒，本来今天就要行刑，霍元甲都被押到断头台了，可是有人来了一个刀下留人。”

陈真一愣：“是不是上海滩来的，那个什么荣先生的管家？

“你怎么知道？”

“我就知道！怎么，他带银子来的？知府大人收了银子就不替我做主了？”

“我可没这么说，要不你先回家等等？”

“我不等！师父死了三天了，还没下葬，霍元甲脑袋不砍下来，他老人家入土难安！”

说着，陈真就径自跑向松江府门口，“扑通”跪倒，举起牌匾大声喊着：“徐大人！您是再世包公，请为陈真做主！砍下毒害我师父的凶手霍元甲的脑袋！”

陈真这么一闹，立刻引来老百姓驻足围观。

官员站在陈真身后有些急躁。

“哎呀，你这是干什么？要再这样我可就帮不了你了！”

“我不用你帮了！老天爷睁着眼睛呢，我陈真不信邪！”

官员被气得拂袖而去，正在此时，农劲荪等人都赶到了，刘振声一见陈真就来气，攥紧拳头，想了想，冲到陈真身旁“扑通”也跪倒：“苍天有眼，日月昭昭，恩师霍元甲无故蒙冤，请松江知府徐大人还恩师清白，不要被宵小用一块牌匾拍了马屁，蒙蔽了您的双眼啊！”

陈真看向刘振声，瞪大了眼睛，刘振声得意扬扬。

“老天爷，替陈真做主，砍了霍元甲的脑袋！”

“徐大人，还恩师清白！惩处造谣陷害的小人！”

二人你一句我一句，谁也不饶谁。

有衙役汇报后从门里冲了出来，欲乱棍打走，陈真和刘振声都傻了，两人虽都跪着，但从眼神看，他们已经做好了迎敌的准备。

费德勒一声断喝：“住手！”

一直在农劲荪和左叔身后的费德勒冲了过来，站在了陈真和刘振声中间，令众人诧异的是，四名凶恶的衙役一见洋人立刻像被施了定身法，一动不敢动了。

“这两个人一个有仇，一个有冤，知府不审也就罢了，为何还要打人？”

衙役们相互对视，小声嘀咕着，一衙役上前。

“这位先生，让您见笑了，他们有仇有冤知府大人都会管，只不过他们这个样子太失体统了！”

“那什么样子才不失体统呢？哦，我听说过，是击鼓鸣冤！我也有冤，我来击鼓！”

说着，费德勒径自走上大台阶，向鼓走去，衙役们都吓坏了，眼睛死死盯着费德勒。

刘振声突然面露喜色，正是想起了之前谢大人曾说过“跟洋人没关系的案子他不会审”，之前不懂什么意思，现在似乎是明白了，他很庆幸这次费德勒跟着一起来了。

衙役们齐齐地将棍子蹾在地上，徐大人一拍惊堂木喝道："把击鼓鸣冤的……"

徐大人突然温柔了下来："请上来。"

费德勒在前，陈真、刘振声、农劲荪、左叔、何玛丽在后，都进了大堂。

"谁让你们把他们都放进来的？我让你们请的是击鼓鸣冤的……洋先生。"

徐大人一边对衙役们发脾气，一边不忘向费德勒赔笑脸。

"是我带他们一起进来的，我们需要大人审理的是一个案子。"

费德勒回答着徐大人。

"啊？你……你也是为了霍元甲来的？"

"不错。"

"呃，是吗？请问您怎么称呼？"

"我是瑞士来的费德勒，我是一名医生，兼欧洲四大报纸的特约记者。"

徐大人开始变得慎重："噢，失敬失敬……看座！"

立刻有衙役搬上了一把椅子，让费德勒坐。

费德勒也不客气，直接坐了下来。

"看茶，看茶。"

有人送上一杯茶，费德勒喝了一口，不再看徐大人。

徐大人很尴尬，假装拿腔拿调地问道："刚才谁击的鼓啊？有何冤情啊？"

正在喝茶的费德勒说道："是我击的鼓，但按照先来后到，第一个，是他。"

费德勒指向陈真，又指向刘振声："第二个是他，最后是我。"

这让徐大人很尴尬："费德勒先生，您不用管他们，您先说。"

"那不公平，再说了，我累了，正好歇会儿，听听他们的，我再说也不迟。"

徐大人无奈："那好，请您稍等，我尽快。"

徐大人用手指向陈真："你是第一个，你先说！"

陈真跪下，将牌子高高举起："我是来给徐大人送匾的！"

"大胆！大堂之上居然敢公然行贿本官？"

"这不是行贿，这块木牌子值不了几个钱，虽然涂上了金漆，可涂得薄，也没花几个钱……"

"你哪那么多废话？再薄的礼，只要带进府衙，都算行贿！"

陈真眼珠一转："那，不拿到大堂之上的就不算了？我听说大人原本今天就要砍下霍元甲的脑袋，可为什么又不砍了？不会是有人在大堂之下给您送了厚礼吧？"

"大胆刁民！竟敢诬陷本官？拖出去打！"

有衙役上前要拖陈真。

费德勒："哎，他就是说说而已，你要是打他，他可就真怀疑了。"

徐大人慌忙赔笑，又指向陈真："你先报上名来。"

"我叫陈真！"

"你就是陈真啊？你告的状本官已受理，不日就将为你做主，叫霍元甲抵命。"

陈真大喜："如此，多谢徐大人！这块匾请您收下！"

陈真起身就要送匾。

徐大人嫌弃："哎呀，行啦，快抱着你的破木牌子走吧！"

"他不能走！"

刘振声突然一声大喝吸引了所有人的目光。

徐大人看向刘振声："你是第二个，又是谁？"

"大人，我乃闸北精武门刘振声，霍元甲是我师父，恩师从未下毒行凶，却被陈真诬告，请大人做主，还我师父清白，严惩诬告的小人！"

"你怎么知道你师父没有下毒啊？"

“是我陪师父一起来的，第一天我们登门拜访，刚一进孙无疾住的酒窖就中了圈套，这个陈真用一张渔网把我吊起来了。那天我师父与孙无疾比武，恩师多次可以取胜，但他敬孙无疾是前辈，一直有意相让。既如此，又怎会下毒？！”

“你胡说！你师父怎么会是我师父的对手？我师父是武林第一！”

“比武之时你看见了吗？”

“对啊，陈真，你看见了吗？”

陈真有些没底气：“没有，我师父怕霍元甲带帮手，让我去外面望风。”

“那霍元甲带没带帮手啊？”

“没带。”

“他虽没看见，我却是亲眼所见，因为我一直被吊在房梁之上。我师父有意相让，就是为了与孙无疾化解误会，离开酒窖后，我师父还说孙无疾有旧伤老病，我们找到最好的药铺，给他抓了药。第二天在酒窖后山，我师父与孙无疾以武会友，化解了干戈，临别之际，以良药相赠，还邀孙无疾到我精武门教习武功，孙老前辈也答应了，当时陈真也在场！”

徐大人觉得有点长，他嘬了一下牙花子：“陈真，是这样吧？”

“那是我师父被骗了！他误以为霍元甲是个好人，比武之时故意相让，没用他老人家的鹰爪绝技掐死霍元甲。你是和我一起上的山，上山之后我问过我师父，他们俩比武谁赢了，当时你耳朵里没塞鸡毛吧？”

刘振声没想到陈真现学现卖如此厉害，很是尴尬。

徐大人捂着腮帮子，又摇头晃脑，对刘振声说道：“霍元甲打输了，这下毒的动机可就太具备了，对你们武林来说，这也不新鲜吧？”

“大人！您可不能听陈真信口胡言！孙无疾是前辈，我师父有意佯败，是怕前辈丢了面子……”

徐大人不耐烦："好了好了！其实案情本官早就掌握了，今天就是试试你们老实不老实！"

众人都有些诧异，看着徐大人。

徐大人咳嗽了一声，清了清嗓子："现在，我把案子原原本本地复述一遍，你们好好听着！霍元甲，是个有点名气的武师，可早就落魄了。不久前来到上海滩，他得养家糊口呀，所以就开了家叫精武门的武馆，收徒弟骗钱呗！"

刘振声瞪大了眼睛，农劲荪示意他不要冲动。

徐大人接着说："没想到，碰上孙无疾带着徒弟来挑战。霍元甲呢，早就听说过姓孙的名号，知道对方武艺高强，所以就犯愁，不敢比武。可人家把擂台搭到了精武门门口，霍元甲硬是不敢出来接招。这事儿本来也不算什么，可是上了报纸，成了新闻，这霍元甲也要面子呀，一想怎么能挽回面子，只能找孙无疾真打一场碰碰运气。在上海不行啊，让人看见就没得说了，所以就跑到乡下来找孙无疾。结果被人打得稀里哗啦，霍元甲又气又恼，干脆一不做二不休，表面上客客气气送药，实际上那药里下了毒……"

"徐大人！您这完全是一厢情愿，妄自猜测，真相绝非如此！"

刘振声要急。

徐大人一拍惊堂木："大胆刘振声！比武之时霍元甲只带了你一个人，他是凶手的话，你便是从犯！拿下！"

两个衙役上前，就把刘振声的胳膊往后拧。

农劲荪没想到会出现这个局面，一时不知如何是好，左叔也有点蒙。

费德勒觉得好笑，不慌不忙地看着。

"大人且慢！既然陈真给您送的牌匾上写着'再世包公'，您就得把案子审得清楚明白，还有这么多疑点，怎么就要拿人呀？"

徐大人一愣，看向来人："你是谁啊？这大堂之上怎么还来个妇道人家？"

何玛丽上前一步向徐大人施礼：“本人《海上新报》前新闻记者何玛丽，现在……现为上海四大报纸的特约撰稿人。”

显然，何玛丽在学费德勒，她向费德勒俏皮地眨了眨眼。

徐大人听何玛丽是记者，含糊了一下：“记者？一个女人，你抛头露面，当什么新潮派？霍元甲的案子跟你又有什么关系？！”

“当然有！关于霍元甲，《海上新报》总编曹达人写了很多不实的报道，却署我的名字。我必须把这个案子搞清楚，写一篇真实的报道，也算还我自己一个清白！”

“你个妇道人家在公堂之上，擅议清白，你……”

徐大人觉得何玛丽失了体统。

“清白不光指女儿身，我是新闻记者，我要的清白是我署名的报道必须真实，您是松江的父母官，您的清白就是不能草菅人命！”

徐大人“啪”地一拍惊堂木：“你居然信口开河说本官草菅人命？！你不怕我治你的罪？”

“作为记者，我不会信口开河。根据我的初步调查，霍元甲确实是被冤枉的。”

“你跟刘振声一起来的，你们是一伙的吧？你说霍元甲是被冤枉的，证据呢？费德勒先生也在，我听说西洋人办案子就最讲求证据。”

徐大人一直没弄清楚费德勒的来历，所以前面那些案情分析，有些在费德勒面前卖弄的意思，也没忘了借机谄媚：“费德勒先生，是吧？”

费德勒点了点头，表示同意。

“证据？当然有了。请问陈真，你师父孙无疾虽有旧疾，但在霍元甲霍师傅送药之前，他从来没有吃过别的药，而是一直用烈酒自我麻醉，对不对？”

“你怎么知道？”

“你们本来就住在酒窖里，屋子里四处都飘着烈酒的味道，却只有一个被打破的砂锅里有药渣子，而从药渣子的新鲜程度上看，是两天前才煎的，我想应该就是霍元甲送给孙无疾的。”

何玛丽突然一板脸：“陈真，你明知孙老前辈有病，不给他抓药，却纵容他每天喝烈酒？你是怎么当徒弟的？”

“我……我何尝没劝过师父，可是他不听我的，他说他的病无药可治……不对，他不承认他有病，就说用酒压压就好……”

陈真有些慌。

“哎，你们说的这些跟本案无关，霍元甲没下毒的证据在哪啊？我怎么没听到？！”

徐大人有些不明所以，何玛丽伸手指向费德勒，费德勒起身，打开皮箱，取出一个小盒子。

“就在这里，这就是何玛丽小姐刚才说的，被打破的砂锅里的残余药物，我提取了样本。”

陈真一惊：“好啊，你们还把洋人引到了我的住处去？你们是贼！”

费德勒：“陈真先生，非常之事，采取非常手段，这也是没办法。我要还你一个真相，希望你不要继续冤枉好人。”

徐大人这才看明白费德勒跟刘振声等人是一伙的。

陈真：“你们精武门竟勾结洋人？知府大人，快砍下霍元甲的脑袋！”

徐大人：“哎，陈真，认识洋人为什么就要砍脑袋呀？洋人是朝廷的朋友，朋友！能有这么尊贵的朋友来帮着查清案情，是我的荣幸，你的福分！”

陈真傻了。

“费德勒先生，您接着说——”

“既然孙无疾之前从不吃药，那么我采集到的残余药物，就是霍元甲所送，这一点，陈真先生你没有异议吧？只是不知道这一锅药为什么被扔到了酒窖墙根，连砂锅都摔破了？”

费德勒突然发问：“陈真，我问你，那砂锅可是被你扔到墙根摔烂的？你想掩盖什么事实？”

“不……不是我扔的……”

“你师父中毒时可有其他人在场？”

陈真皱了皱眉头，想起那天的场景，犹豫了一下，坚定道：“没有！就我和师父俩人，师父就突然中毒死了！”

“那药罐子不是你扔的，难道是你师父扔的？”

“谁知道是怎么回事？！你们趁我不在摸进了我的住处，准是你把药罐子扔了的！”

陈真指着何玛丽。

农劲荪看出陈真眼神中的隐瞒：“陈真，公堂之上，你可要说实话。”

“姓农的，你是霍元甲的同伙，害死我师父准是你出的主意！大人，这些人，包括洋人，他们都是一伙的，都是农劲荪请来糊弄大人的！您别听他们费口舌，赶紧砍了霍元甲的脑袋，为我师父报仇吧！您可是再世包公啊！”

“本官这不正在查案子嘛，真相尚未查明，怎么能随便砍人脑袋？”

徐大人又牙疼了，他“呲”了一下，用手捂住腮帮子，眼角瞟着大堂里的所有人，尤其是费德勒，他判断着案子到底该怎么审。

费德勒继续说着。

“我收集到这些残余药物，第一时间就送了一份样本到松江医院，请那里的医师进行了化验，这是医院给出的证明。”

费德勒把一张中英文的证明递了上去，徐大人接过来看着。

“这家医院，拥有当今最先进的检测设备和本地区最优良的医师，是可以信赖的。”

“那是那是，我知道这家医院是你们洋人开的，信得过。信不过谁，也得信你们洋人呀！”

徐大人的态度让陈真有些傻眼：“大人！这个洋人一定拿

了精武门的银子！我师父喝了霍元甲给的药就死了，这药里面不可能没毒！您得给我师父做主，我师父死得惨啊！”

徐大人有要喝止陈真，却被费德勒先接住了话，他点点头：“的确，孙无疾死得确实很惨。勘验完孙无疾的尸体时，我发现——”

陈真一下子急了：“死洋人你说什么？！我师父已死，你还敢折腾他老人家的尸体！我跟你拼了！”

说着，陈真就冲过去要揍费德勒，刘振声抢先一步接住了陈真的招，让费德勒没挨揍。

徐大人吓得够呛：“快！保护费先生！”

三四个衙役从后面死死抱住陈真，陈真挣扎着，可前有刘振声，后有衙役，他不可能再打到费德勒，气得要疯。

何玛丽：“陈真，请你冷静。洋人不都像你想象的那样，这位费德勒先生，既是医生又是记者，不是用洋枪洋炮欺负我们的洋人！”

陈真根本不搭理何玛丽，仍恶狠狠地瞪着费德勒。

“费德勒先生学过法医，就是专门研究尸体，找出死因的医学，他之所以检查孙无疾的尸体，是为了发现他被害的原因，找到真正的杀人凶手！”

徐大人附和着：“哎，对，这个妇道人家说得有道理！陈真，你要是再敢咆哮公堂，本官可要把你打出去！衙役何在？！”

拿杀威棒的衙役们“咚”地一蹾棍子：“威武——”

陈真发现不能吃眼前亏，于是压制住怒气。

费德勒松了口气：“大人，我提议将被告人霍元甲也请到大堂上来，一起听一听，如何？”

“费德勒先生说得有道理，到底是不是他下的毒，提他上堂一起审！”

霍元甲被押着走进大堂，他惊诧地发现费德勒在大堂之上。

费德勒连忙迎了上去：“霍元甲，我们又见面了。”

“费德勒？你什么时候来的？”

“就在前不久，可惜我一到上海就听说你摊了官司，这不，我就赶来了。”

霍元甲点了点头，他又看了看农劲荪、刘振声。

农劲荪：“元甲……”

农劲荪用微小的表情提醒霍元甲，能搞定。

“师父，您受罪了！”

刘振声的目光中是心疼。

霍元甲看向左叔，微微示意，左叔抱拳还礼。

霍元甲径自走向陈真，陈真瞪着霍元甲：“你害死我师父，一定要拿命来偿！”

“陈真！你不要再血口喷人了！师父，费德勒医生已经找到了证据，孙无疾的死跟您没关系！”

没想到霍元甲却突然出声：“不……”

霍元甲制止刘振声，他走向堂前，向大堂之上的徐大人抱拳：“知府大人在上，霍元甲有罪，请大人秉公判处！”

陈真惊喜，包括徐大人在内的所有人都傻了。

陈真大叫道：“大人，霍元甲招供了，砍他脑袋！”

农劲荪：“元甲，你在说什么？以你的人品，我决不相信你下毒害人！”

霍元甲：“下毒？我当然没有下过毒，但医道所言，‘望闻问切四字，诚为医之纲领’，我并未学过医，也没请郎中给孙老前辈看病，就凭自己的判断……直接抓了药，以礼物相送，孙老前辈对我何等信任，竟毫无戒心得吃了药。”

说到这，霍元甲异常痛楚：“如今孙老前辈归西，一定是我送的药不对症，反倒导致他老人家……唉，孙老前辈叱咤江湖多年，受过的内伤何止一二，元甲最多只看到了些皮毛，怎么能送药呢？！元甲有罪，愿为孙老前辈偿命！”

霍元甲说得很真切。

农劲荪：“元甲，孙无疾的死绝不是因为药不对症，他是中了毒！”

“药用错了就是毒，这个道理我懂！”

霍元甲厉声作答至农劲荪无法再插话，他抬起头，眼里已饱含泪水：“大人，元甲已被押至断头台，却心有不甘，打算恃武一搏，刚才回到牢房之后，静下心来想，孙无疾是武林泰斗，前辈去上海与霍元甲比武之事上过报纸，路人皆知，如今被我所害陡然归西，我若不以命相偿，大人如何结案？”

徐大人看看霍元甲，又连忙去看费德勒，他有点慌，不知如何应对。

霍元甲转过身面向陈真：“陈真，我知道孙老前辈没有子嗣，你是他唯一的徒弟，元甲死后请代为在老人家坟前磕三个头，恕罪！”

说着，霍元甲抱拳深鞠一躬，陈真瞪眼看着，对他毫无原谅，甚至露出得逞的笑容。

何玛丽上前：“霍元甲，你误会了。”

霍元甲一愣：“这位小姐，我们好像并不相识。”

“你不认识我，但我认识你，我是原《海上新报》新闻记者何玛丽，笔名何马。”

霍元甲一听立刻不高兴了：“没想到胡编乱造者竟是女流之辈，你来做什么？又要编造什么样的新闻？”

没等何玛丽说话，刘振声凑了过来：“师父，这个您也误会了，之前报上那些鬼话不是何小姐写的，她就是因为不愿意胡编乱造，所以被报馆除名，那些狗屁文章都是曹达人写的，假借了她的名字！”

何玛丽：“霍师傅，孙无疾所中的是剧毒，不是喝错了药。”

霍元甲眉头一皱，费德勒耸了耸肩膀：“霍元甲，我们现在明白为什么别人都叫你大侠了，你的这种担当，真的能配上这个称呼，但是你确实误会了，孙无疾的死与你送他的药应该毫无关系。”

费德勒转向徐大人："大人，我勘验尸体时，发现孙无疾身体呈弓状，且双拳紧握，脚趾蜷缩，可见死前出现过剧烈的抽搐。初步断定死于马钱子中毒。"

霍元甲喃喃道："马钱子？"

很明显，霍元甲知道此毒之害。

何玛丽："费医生说西洋和我们中国一样，都在很早以前就在马钱子中提取药物成分，如果适量使用，有通络散结、消肿止痛的作用……但如果使用过量，就成了剧毒。中毒后，脖子先发硬，接着肩膀和大腿痉挛，最后一点点蜷缩成弓状。最恐怖的是，即便死后变成尸体也会抽搐。因为死状类似牵机，所以又名牵机药。南唐后主李煜，就是被宋太宗赵光义用这种药毒死的！"

眼见霍元甲已经死不成了，陈真也不知道说什么："一定是霍元甲在药铺里买了这种药！"

可事已至此，明眼人都能看出来，孙无疾是被毒死，且并非霍元甲所致，为了让陈真服气，药铺的掌柜和伙计都被叫来，证明了霍元甲并没有买过马钱子。

陈真僵在原地，难以置信。

农劲荪一字一句道："我问你，你师父喝药之时你可在场？"

"在！"

"除了药以外，他同时还吃了什么？"

"他还喝了酒……"

"他是怎么喝的，直接用酒坛子还是酒碗？"

"当然是用酒碗。"

费德勒在一旁笑了，戴着白手套的手将一只酒碗从一个纸袋里取了出来，酒碗已经碎成了两半："你师父用来喝酒的可是这只碗？"

"这是我师父的酒碗，你怎么给打碎了？我还等着师父下葬的时候，让这只碗陪着呢！"

费德勒不再看陈真，转向徐大人："大人，孙无疾和陈真的住处原本是个酒窖，里面有很多只酒碗，但多数落满了尘土，明显无人使用。屋内小桌上我找到了三只碗，其中一只是药碗，两只是酒碗，但从摆放的位置上看，都不是孙无疾用的。孙无疾爱喝酒，这一点在来的路上刘振声已经告诉我了，我曾经怀疑他用自己的酒碗盛了药，但经过仔细勘察，心细的何玛丽小姐，找到了这只被打碎的碗。"

何玛丽有些得意地翘起了下巴，刘振声投来赞许的目光。

费德勒："陈真，你能告诉我是谁将这只碗扔到酒窖外的瓦砾堆里的吗？"

"瓦砾堆？不可能！谁敢扔我师父的碗？！"

"下毒之人。"

陈真一愣。

"大人，这只碗我也拿到了松江医院化验，碗里的残留物除了酒，还有高浓度的马钱子成分。"

陈真难以置信。

徐大人"啪"地一拍惊堂木："陈真，先前费德勒先生问你，孙无疾中毒时有无第三人在场，你说没有，这么说是你下的毒了？"

徐大人思忖片刻："让我想想，让我想想……登报找霍元甲比武的是你陈真，你想靠着打败霍元甲出名，结果没想到，连你师父都不是人家的对手，你就气急败坏害死师父，嫁祸于霍元甲！还来告状糊弄本官！陈真，你好可恶啊，拿下！"

果然是糊涂官，竟然得出这种结论，眼看就要抓陈真了，霍元甲连忙发声："等一等！徐大人，陈真本性纯良，又与孙老前辈相依为命，他怎么会害死自己的师父？请大人明察！"

徐大人一下傻眼了："哎，你怎么还替他说上话了？这让本官如何办案？"

说着，徐大人直向费德勒眨眼，意思是自己买的是费德勒的面子，费德勒走向陈真：“当时我问你熬药的砂锅是谁扔到墙根去的，你说不是你，我又问你可有第三人在场，你说没有，当时我观察你神色之中似有隐瞒，现在你可以说实话了。”

“我……我一直说的都是实话！”

“我，还有我们……”

费德勒指了指农劲荪等人：“我们都不相信你会毒害自己的师父，你说出实情，我们也许可以帮你找到真正的凶手。”

陈真顿了顿，终于还是爆发了：“好啊霍元甲，你果然能勾结官府！明明是你毒死我师父，现在却要诬赖于我？！我不指望贪官替我做主了，我这就杀了你给我师父报仇！”

说完，陈真猛地出脚，踹向霍元甲，他的眼里仿佛在流血，这让霍元甲看了无比心疼。陈真的脚正踹在霍元甲胸口，霍元甲既不躲又不防，踉跄两步险些摔倒，可见陈真腿功的厉害。

陈真又要出招，刘振声连忙上前与其对打，大堂上一阵混乱。

“押进大牢，押进大牢！对了，他练过拳，尤其是脚上功夫厉害，锁上，拿最大的铁链子把他两条腿锁上！”

徐大人慌忙在一旁指挥着。

“霍元甲，你等着，就算变成鬼我也得让你给我师父偿命！”

陈真咆哮着，霍元甲突然觉得有些内疚。

就在孙无疾与霍元甲切磋武功的后山山顶，一口上好的棺材已经准备停当，霍元甲等人正准备为孙无疾下葬。

霍元甲铲起一锹黄土，壤在棺盖之上，站在一旁候着的十几个老乡连忙上前动手。

农劲荪上前扶住霍元甲：“元甲，让他们来，你歇歇。”

“让老乡们回家去吧，我不需要帮手。”

“元甲，你为孙无疾守灵三天三夜没合眼，对得起他了！”

霍元甲不接农劲荪的话，只是上前抱拳："各位老乡，今日入土为安的乃武林一位叱咤风云的英雄，元甲希望每一锨土都由我自己来。"

已经拿好铁锨的老乡们愣住了，农劲荪无奈地摇摇头，示意老乡们退下。

霍元甲低头铲土，刘振声想帮忙也被他一个眼神看退。

许久，霍元甲已经跪于坟前，此时眼前闪过的是与孙无疾相处的一幕幕，他紧咬牙关叩头，站在霍元甲身后的何玛丽情不自禁地竖着耳朵向前凑着。

何玛丽悄悄地绕向坟包另一端，透过黄土，她清晰地看见了霍元甲泪流满面的样子，霍元甲真诚的目光震撼了何玛丽，这位善良的女记者也跟着留下了泪水。

远处，费德勒和农劲荪默默地看着霍元甲的背影，有些心疼，也有些无奈。

码头上，除了左叔所有人都在，为孙无疾下葬前，左叔已经先一步离开了松江。大家都很高兴，只有霍元甲的表情还是很严肃，他惦记着陈真。

"我们不能就这么走，陈真绝不会毒害他的师父，凶手另有其人！"

"元甲，抓凶手那是松江府该干的事，和你我无关。"

农劲荪劝着，可霍元甲听不进去。

"元甲，你已经为孙无疾料理过后事了，已经仁至义尽了，回去吧，老太太……"

还没说完，霍元甲猛然打断，拉住农劲荪。

"劲荪，你能不能再回一趟松江？"

"为什么？"

"那松江知府是个糊涂官，之前就险些砍了我的脑袋，他惧怕洋人，要不是因为费德勒，恐怕也不会公堂上为我翻案。"

“除非推翻腐朽的清政府，不然遍地都是这种官。怎么？不会是在牢里，他对你用刑了吧？你想报仇？宰了他？”

“你想哪去了！我是担心糊涂官乱断糊涂案，砍了陈真的脑袋。”

“他活该！要不是他登报比武，怎么会出这么多乱子？精武门好不容易在上海站住脚，险些被他给毁了！”

很明显农劲荪还没消气。

“他就是个孩子，而且是练武的奇才，我的几个徒弟中，大有武功最高，但最多能跟陈真打个平手，要论起天赋，陈真比大有高得多！”

农劲荪一愣，没理解：“你啥意思？”

霍元甲：“孙无疾前辈性格古怪，江湖传言他从不收徒，这个陈真武林中并无人知晓，但恐怕是孙无疾留下的唯一弟子。此人生性纯良、孝顺，爱憎分明，未来大有可期。劲荪啊，你再走一趟松江，打通关系，设法营救陈真。”

— 第五章 误会 —

荣府书房内，左叔汇报着："松江那边的事都料理完了，报社的曹达人也摆平了，霍元甲明天回上海，他混过江湖，懂规矩，下了船一定先来拜谢您！"

荣先生心里高兴，嘴上却掩饰着："不稀罕……这两天我就在琢磨，挺好个人才，险些毁在一张小报手里。"

"是啊，《海上新报》的曹达人太可气了，您让我收拾了他真是聪明之举！"

荣先生喝了口茶："可是这张报纸现在销量上来了，要是还在这种人手里，每天写假新闻，弄得上海滩乌烟瘴气，也不好啊……我的门生里有做过报业的吗？"

"还真没有。"

"所以我说嘛，人才最难得。"

左叔突然想到了什么："哎，我倒是想起一个，可惜是个女流之辈……"

"那又怕什么？霍元甲的王氏夫人也是女流之辈，我倒是由衷的敬佩。”

左叔笑了：“有您这句话，那我去办。”

霍元甲、费德勒、刘振声、何玛丽四人走上码头，只见左叔站在接客人的位置上，他的身后是两辆精致的黄包车，左叔微笑着看向霍元甲。

霍元甲连忙上前：“哎呀，左叔，这么巧，您怎么也来了码头？”

“巧？我是专程来接你的呀！”

“这可不敢当，元甲从小喜欢走，又坐了几天牢，巴不得撒开两条腿多走些路呢！”

“我不是怕你找不到门嘛。”

霍元甲没理解左叔的意思：“左叔说笑了，元甲虽初来上海，可精武门的门儿我还是找得到的。”

左叔一愣，皱了皱眉头，明显地不悦：“这么说我白来了？”

“呃……费德勒先生是我的朋友，他才到上海，按说应该由我亲自陪，怎奈在松江耽误了数日，我着急回家呀！要不辛苦左叔帮我送下费先生？”

左叔未置可否。

霍元甲转过身：“费德勒，这次要是没有你，元甲恐怕要命丧松江了。今日先让左叔送你，待安顿下来，我再派人去接你，回精武门痛饮，谢恩！如何？”

“不必送了吧？”

“左叔既然已经来了，我们要是不用他的车，反倒是不恭敬了，是吧左叔？”

没等左叔说话，费德勒笑道：“那我就不客气了！这么漂亮的黄包车，我迫不及待地想坐了！”

说着，费德勒绕过左叔，将行李放在了黄包车上，左叔却板起脸：“对不起费先生，我没工夫送你。”

费德勒又将行李从黄包车上拿了下来。

左叔上了黄包车，两辆黄包车飞驰而去，第二辆空着，但仍有黑衣大汉紧紧跟随，霍元甲愣了，不知哪里得罪了左叔。

费德勒：“霍元甲，他生气了……”

“嗯……振声，刚才为师有没有哪句话不得当？”

“没有啊师父，这老头阴阳怪气的，别理他！”

“哎，振声，不能这么说，荣先生对为师有救命之恩，左叔为了为师还专程去了松江，刚才一定是我哪句话没说对，改日登门拜谢之时赔罪便是。”

何玛丽始终看着刘振声，若有心事。

霍元甲发现何玛丽：“何小姐……”

“我自己走就行了，大家再会啊。”

何玛丽向众人挥了挥手，将眼神留给刘振声，转身径自先走了。

何玛丽悻悻地走着，其实回到上海的她无所事事，左叔的两辆黄包车横在了何玛丽面前，她被吓了一跳。

“左……左先生，您有事？”

左叔下车抱拳：“左某奉荣先生之命，恭请何马先生就任《海上新报》总编。”

何玛丽一愣，左叔从怀里掏出文书，何玛丽瞪大眼睛看着。

“曹达人已将报馆卖给了荣先生，荣先生欣赏你的才华，请你出任总编，全权负责《海上新报》事务。请上车吧，我送你去报馆。”

何玛丽目瞪口呆，这突如其来的消息让她不知所措。

霍元甲走到自家大门口，仰望着悬于高处的“精武门”牌匾，不禁有所触动。

正在练功的弟子们见霍元甲回来，一拥而上。

许大有“扑通”跪倒，霍元甲连忙将他拉了起来。

“大有，快起来！大家都快起来！”

跟着许大有下跪的精武门弟子也都站了起来。

“刚才大伙还商量，您要是再不回来，我们就去松江砸牢劫狱！”

许大有眼睛里泛着泪光。

“大有，这种话不可再说，我们开创精武门的目的，你又忘了？”

许大有很不好意思。

霍元甲看了看大伙：“我不在的这些天，精武弟子习武不辍，为师非常欣慰，只是未能亲自教习，还请大家原谅！”

弟子们纷纷表示没事，霍元甲也不多寒暄，快步进屋，他急着去拜见母亲。

激动的霍母已在厅堂等候多时，霍元甲一进门便双膝跪倒，霍母将霍元甲搂在怀中，抚摸着。

“娘，您的眼睛……”

“不打紧不打紧，老毛病了，早晚要瞎的！我儿回来就好，我儿回来就好！”

霍母失明的双眼流下了热泪。

“元甲不孝，让您担惊受怕了！儿给您磕头！”

“不急磕头，娘有话跟你说，单独跟你说！”

霍母很神秘，一时间弄得霍元甲很尴尬。

王氏和霍冯氏都明白霍母话里的意思，便退下了。

待到没有其他人时霍母才张嘴：“元甲，我们必须离开上海。”

“娘，为什么？”

“天下的衙门都是朝廷开的，他们是一伙的，你这次又进了大牢，衙门一定会追查到你杀了鹰四，快走吧，不然就逃不了了！”

“娘，这次不小心进了大牢，但与鹰四无关。”

“不可能！孙无疾是鹰四的大师兄，别以为娘不知道！你现在天天上报纸，普天之下恐怕没有人不知道你霍元甲来了上海，过去的那些冤家、仇家都会来找你，你在明处，他们在暗处，还能有个好？！听娘的，娘虽然眼睛看不见了，但是心里不糊涂，快走吧，带着一家老小，咱们找个深山老林，哪怕天天吃野菜，娘也不怨你！”

“娘，元甲在上海开设精武门，是怀揣重建武林、造就新风的雄心壮志，怎可轻易放弃？男子汉大丈夫顶天立地，又怎么可以躲上一辈子？鹰四罪大恶极，为官之时也得罪过很多人，连大师兄孙无疾都觉得他恶贯满盈，更何况此事已过去两年，哪有衙门再追究？”

“元甲，你从小就不听话，你爹棍棒之下都管不住你，为娘只有以死相逼了！”

霍元甲惊诧。

“你不走，我就一头撞死！”

霍母想去撞墙，可是身体一软晕了过去，霍元甲一把抱住霍母：“娘——”

刘振声带着费德勒赶来，检查着霍母的身体状况。

霍母醒了，但是累得睁不开眼睛，喘息着，一直冒虚汗，霍冯氏将一条湿毛巾搭在她的头上，紧张地看着费德勒。

霍母微微地睁开眼睛，但很明显还是什么也看不见，她说不出话，凭感觉使劲地往外推着，正在量血压的费德勒被推开。

“娘，您想说什么？”

王氏：“元甲，娘不想让费医生给她看病……费医生，请您理解。”

费德勒耸耸肩，做无奈状，退出。

霍元甲上前，没想到霍母用同样的方法推着他，让他也离开，霍元甲很尴尬。

客厅里，费德勒也有点着急：“刚才我已经去了圣约翰医院，早在两个月前我就接到了这家医院的邀请，来做医生，正如我所预期的，那里医疗条件非常好，我建议老人家应该住院接受治疗，不然，生命是有危险的！”

霍元甲点着头：“放心吧，就是扛，我也要把娘扛到医院去。”

王氏一把拉住霍元甲：“元甲，你要干什么？”

“我去跟娘讲道理，让她听医生的话，去医院住院治病！”

“娘在跟你生气，你现在说什么他不会听的。”

“那怎么办？费德勒说了，娘生命有危险！”

“费医生，请您先回去，明天我一定会送老人家去住院。”

王氏心平气和。

费德勒：“霍元甲，我觉得夫人应该有办法，相信她。”

霍元甲看向王氏，将急切的情绪收了起来。

霍东觉躺在霍元甲的腿上睡着了，坐在床上的霍元甲将儿子慢慢地放好，盖上被子，霍东觉突然说起了梦话。

“爹！不要砍我爹的头！还我爹！”

霍元甲没想到对孩子的影响这么大，他连忙拉住霍东觉的手：“爹在呢！”

霍东觉一个激灵醒了，扑在霍元甲怀里，霍元甲紧紧地拥抱着孩子，安抚着：“不要怕不要怕，爹早就跟奶奶保证过了，再也不与人比武了。放心吧！”

“爹，拉钩！”

“好！”

霍元甲与霍东觉按小孩的游戏方式拉了钩，霍东觉躺在床上：“爹，我告诉你一个秘密，你不在家的时候，有一天夜里我醒了，看见娘正在哭，她跟肚子里的小弟弟说爹回不来了。”

“你娘是瞎说的，东觉不信，嗷！来，爹搂着睡觉！”

霍元甲将霍东觉搂在怀里。

清冷的精武门，冷月如霜。

孩子终于睡实了，却迟迟不见王氏的身影，霍元甲觉得不对，思忖着，起身出门。他走向霍母房，侧耳倾听，没有任何动静，然后屏住呼吸，慢慢地推开了房门。刚一进门，正见王氏跪在床榻前。

王氏一见霍元甲愣住了，霍元甲一见王氏正在下跪，便要出声阻止，王氏连忙用手势示意霍元甲不许出声，并让他退出房间。

王氏的目光很坚决，霍元甲无奈。

霍元甲退出房间，对王氏的行为有些不解，并担忧她的身体。

霍母翻了个身，意识到身边有人："谁在这？"

"儿媳王氏。"

听到王氏在，霍母也还算习惯："我睡觉你不用陪我，我没事。"

"我不是在陪您，是在等您。"

"等我什么？"

"等您睡好了，送您去医院。"

"洋人的医院我不去！你别惹我生气好不好？！"

霍母语气很是烦躁。

"儿媳不敢惹您生气，我慢慢等便是。"

王氏言语温柔，霍母也不好再发火，喘着粗气。

"想起庚子年洋人的恶行，我就恨！我怎么会去他们的医院？！"

"此洋人非彼洋人，在天津的时候，费德勒就帮元甲戒过毒，您忘了？振声说，这次在松江，要不是费德勒镇住了知府，元甲也不会被放出来。"

霍母还是没好气地道："你说什么都没用，快回去睡觉吧！"

"不急，娘什么时候想开了，我自然会去睡觉。"

王氏慢声细语，霍母也有些无奈。

"你爱睡不睡，我可是困了！"

说着，霍母翻过身，背对王氏，嘟囔着：“你当我光是跟洋人生气吗？我恨自己不争气，连儿子都不听我的话！”

“元甲最孝顺，怎么可能不听您的话呢？”

“我让他……他就是不听！”

“娘是让他离开上海，避祸于山林？”

“就是啊！时至今日，不避要掉脑袋的！”

王氏轻轻地叹了口气：“娘，元甲若甘做池中物，又怎么会惹下那么多惊天大祸？”

“你男人四处惹祸，你还替他说话？”

王氏笑了：“我男人……那可是娘十月怀胎生下来的，我听说他少时体弱多病，您和公公都不让他习武，结果……拦住了？”

“你少气我！我要睡了！”

王氏不再说话。

“你怎么还不走？”

“娘睡娘的，儿媳不再打扰便是。”

“你……”

霍母起身去摸王氏，她一直以为王氏坐在床旁，却没摸到。

“你这是坐在哪了，我怎么摸不到你啊？”

“儿媳等娘消气，哪敢坐。”

“那你……你跪在地上不成？”

王氏伸手拉住霍母的手，没说话。

“你这是跪了半宿了？”

“只要娘不再跟元甲生气，跪多久，儿媳都心甘情愿。”

“胡闹！你有身孕在身……哎呀，你快起来！”

霍母急切地坐了起来。

“娘，儿媳不能起来，除非您答应去医院。费德勒医生说了，不去医院您会有生命危险，那时儿媳就算粉身碎骨也救不了您了！”

“你……唉……”

霍母焦急却又无奈。

月光中，霍元甲在院子里来回踱着步，疲惫的王氏走来。

“你……”

霍元甲压低声音：“你怎么能跪着？你肚子里的孩子……”

王氏摸了摸肚子：“他听话得很……元甲，娘答应明天一早去医院了。”

“真的？”

王氏点头：“费德勒医生给娘量过一个叫血压的东西，说是高得很，不到医院降不下来。还有，娘的眼疾耽误不得，一旦彻底失明，恐怕就再也没机会了。”

“只是……辛苦你了！”

霍元甲抱拳，王氏笑了。

“你我夫妻，说这话岂不外道？”

霍元甲表情激动，一把将王氏搂在怀里。

病房里，霍母输着液，费德勒认真地检查着，霍元甲和王氏站在一旁关注着。

许久，霍元甲和费德勒从病房里走出。

“霍元甲，我向你保证，老人家会在这里接受最好的治疗，但我并不能保证她的视力完全恢复，因为我们没有查出导致她失明的真正原因。”

“老毛病了……难为你了。”

“应该说医学还不够进步，我相信未来随着解剖学和药理学的突破，有很多病症的真正原因都会被发现。”

霍元甲点了点头。

病房里的霍母已经睡着了。

霍冯氏低声道：“放心，我和小莲一定把娘伺候好，妹妹，你肚子里的嘴要紧，可别再往医院跑了噢！”

王氏笑了：“没事，晚上我来替换大嫂。”

霍元甲抱拳:“有劳大嫂,有劳小莲。”

医院外的街道上,霍元甲和王氏走着。

“叫个车吧?”

“不用,能跟你一起走走,挺好的。”

霍元甲也觉得很惬意,便与王氏慢慢地走着,一对洋人夫妇经过,他们紧紧地挎着,边说边笑,女人突然兴奋地在男人脸上亲了一口。

王氏看到,含羞低下头,霍元甲假装什么都没有看到,两个人仍慢慢地走着。

王氏突然拉住霍元甲的胳膊,霍元甲看向王氏,目光很温柔。

王氏挎住了霍元甲,慢慢将头依偎在霍元甲肩膀上,霍元甲很享受。

两个人默默地走着。

街道转角处,一个报童高喊着:“看报看报!《海上新报》!又有霍元甲的新闻了!”

霍元甲和王氏都一愣,二人成惊弓之鸟,听到《海上新报》就色变。

“我去买份报纸看看。”

“算了吧,我们一家人好好的,管别人怎么说。”

“也好。”

报童的声音继续着:“《海上新报》!快来看报!霍元甲又上报纸了!”

霍元甲加快了步伐,他恨不得塞住耳朵。

荣府书房里,荣先生笑着放下报纸。

“这个新闻记者何马,当真是个女子?”

“是,看上去弱不禁风的。”

“文章写得却不错,一篇文章就为霍元甲重塑了金身呐!”

左叔有些懊恼："早知道她发这样的文章，就不让她当报社总编了！"

"哎，老左，你什么意思？"

左叔很是气愤："这个霍元甲太不识抬举了！"

"不就是先回了家嘛，王氏夫人温柔秀丽，且知书达理，换作我，我也得先回家看自己的女人。"

"农劲荪告诉他了，没有您的帖子，他的脑袋就掉了！可他却当着我的面儿，把那洋人捧上天，我看他下了船不来拜谢您是故意的！他就是觉得洋人比您更好使！"

"当真？"

"并非虚言。"

"如此着实可恶！等他来的时候，你给他点颜色看看，省得将来不服管。"

"放心吧先生，收拾这种乡巴佬，我有办法。"

霍元甲和王氏走进院落，兴奋的精武门弟子立刻围了上来。

许大有最为激动："师父，您又上报纸了，快看看吧！"

"有什么好看的？《海上新报》最擅胡说八道，不看也罢。"

农劲荪挤了进来："元甲，这张报纸你可要好好看看，这次不是胡说八道。"

霍元甲挑眉："怎么？那曹达人还能改邪归正？"

说着，霍元甲从农劲荪手里拿过报纸。

农劲荪指着一个角："你先看这，这是《海上新报》的声明，之前一直有人冒名新闻记者何马，在报上刊登假新闻，哗众取宠！如今，笔名何马的何玛丽小姐已经荣升《海上新报》总编，并立志重整报馆！今后，再无假消息，只有真新闻！"

"何玛丽？就是那位在松江府大堂之上帮过我的何小姐？"

“对啊！这是她当总编后的第一篇文章，你好好看看吧！”

霍元甲认真地看着报，越看越激动。

许大有笑得合不拢嘴：“师父，这张报纸把事情说得一清二楚，为您恢复了名誉，树了武林正气，写得好啊！”

霍元甲很激动：“可是这《海上新报》怎么……何小姐当了总编？曹达人呢？”

“这谁知道呢？我大师兄看了报纸，拔腿就跑，去报馆打听去了。”

刘振声快速地冲进报馆。

“我找何玛丽！何玛丽在哪儿？！”

报馆的众人面面相觑，有人认识刘振声，知其会武，怕挨揍，向里间指着，刘振声冲向总编室。

正在窗前念着稿子字斟句酌的何玛丽听到撞门声转过头来。

“谁啊？”

进门的是刘振声，他看见了何玛丽，很激动。

“刘振声，你怎么不敲门就闯进来了？”

“啊，对不住！”

刘振声快速撤了出去，何玛丽一愣，敲门声已经传来。

何玛丽笑了：“请进。”

刘振声推开门，进来，回身关上门：“报纸我看了……”

刘振声猛地一鞠躬，何玛丽连忙向前走了两步：“哎，这是干什么？”

“多谢你还我师父清白！”

何玛丽突然端起架子来：“霍元甲本来就清白嘛，作为新闻记者，我如实报道而已。”

刘振声上前一步：“不！你的文章写得好，字里行间让我看到了人间正道，武林正气！要是没有这篇文章，精武门就得关门了，我还得再谢谢你！”

说着，刘振声又鞠了一躬，趁刘振声鞠躬之际，何玛丽暗自窃喜，偷笑。

刘振声一抬头，何玛丽又假装无所谓的样子。

“别这么夸张，我都说了，如实报道……而已。”

“不是，我就纳闷，你咋突然当了报馆总编？那个专门编瞎话的曹达人呢？”

“这件事说来话长……你是来打听他的，还是来谢我的？”

“当然是来谢你的了！”

“那到底怎么谢呢？”

刘振声愣了：“啊？我刚才不都谢过了吗？”

“噢，就是鞠躬啊……有什么用……”

“那你让我怎么谢？”

“我看你这个人挺实在的……”

刘振声瞪大了眼睛等着。

何玛丽继续道：“武功又好，身体又好……”

刘振声点头。

“对师父很忠诚，孝敬，疾恶如仇，也知恩图报。”

刘振声笑着点头。

“还有就是，其实你救过我的命，没有你，我就轻生跳河了。每当想起那一刻，我就觉得好像这就是命运……”

“那不算啥，碰上了嘛，哪能见死不救？你到底想让我咋谢啊？”

何玛丽忽然有些害羞：“你娶了我吧。”

刘振声傻了：“啥？”

何玛丽不好意思看刘振声，背过头去：“你娶了我吧，你师父是大侠，立志开创武林新气象，他的徒弟一定不会在乎我……是逃婚从乡下来的，更不会在乎我抛头露面在报馆工作，对吧？”

何玛丽鼓起勇气抬起头，看着刘振声：“你娶我吧，我愿意嫁给你。”

刘振声眨了两下眼睛，突然扭身就跑。

“哎！”

刘振声没影了，何玛丽有些后悔，她摸了摸自己的脸，发现是烫的。

“是不是好运从天上掉下来，我晕了头了，这种话自己也说得出口？”

何玛丽自我嗔怪着。

霍家客厅，满面春光的霍元甲落座：“没顾得上问你，松江的事办得怎么样？”

农劲荪喝了口茶：“妥了，知府不是怕洋人嘛，我就拿费德勒使劲地压他，我说他要是敢草菅人命，费德勒会写报道，全世界洋人报纸都会登，把他吓坏了！他立刻表示释放陈真。”

“太好了，但愿这次陈真能够想明白，不再记恨我……哎，你见到他没有？有没有带他去孙老前辈的坟前？”

“没有。”

霍元甲有些责怪：“劲荪，你这事只办了一半啊！”

“我总不能等一个月吧？”

霍元甲一愣。

“我是这么跟徐知府说的，陈真不可能是杀害他师父的凶手，但咆哮公堂，也不能轻易放出来，怎么也得坐上一个月的大牢，徐大人说照办。”

“你为什么这么做？”

“那日来精武门捣乱我就看出来了，陈真仗着在他师父身边学了一身武艺，从小没吃过亏，如果不好好教训，将来一定会恃武逞凶！让他长了记性，也是替武林消除一个隐患。”

“话虽如此，但陈真是个吃软不吃硬的后生，你这么做，万一他更记恨我了呢？”

“经此一劫，如果陈真是人中之杰，必对你心怀感念；如自此以后长恨不忘，那此人就是心胸狭窄，不知好歹，也就没什么可遗憾的了。”

霍元甲虽不同意农劲荪的说法，但也无奈。

“《海上新报》易主是荣先生的杰作，而且荣先生用心良苦，恐怕就是为了帮你，帮咱们精武门！”

“我也这么想，不然不会专门挑选何玛丽当总编，更不可能第一份报纸就写明了松江命案真相，为我霍元甲恢复名誉！”

农劲荪笑了：“还是你心思缜密，落难之时还能想起荣先生，又蒙大嫂亲自出马相求，这回咱们算是跟荣先生有了交情，未来精武门在上海滩大有作为了！”

“是啊，要不是家母重病在身，我昨天下了船就应该去拜谢人家！”

“今天去也不晚。”

王氏进门：“劲荪说得对，只要心意诚恳，拜谢早晚，无妨。再说，如此大恩，也不能空着手就去啊。”

“对，应该备份厚礼！”

“刚才我出去转了一圈，选了最好的茶叶，想想，送给荣先生应该是合适的。”

王氏竟已经准备好了。

霍元甲：“茶叶？”

“上次我去荣府，见荣先生气度不凡，自有乾坤，恐怕一般俗礼，人家看不上。茶叶虽不贵，却是高雅的礼物。”

“合适！合适！嫂夫人真是想得周到！”

农劲荪伸出大拇指。

霍元甲笑了：“那太好了，劲荪，荣先生非同小可，待会儿吃完饭，你陪我一起去拜谢他如何？”

“愿意奉陪。”

霍元甲提着茶叶，与农劲荪并排走在街道上。

农劲荪:“这个荣先生可是上海滩的名人，什么买卖都做，势力比官家都不小。”

霍元甲点头:“早就看出来了……劲荪啊，你神通广大，有没有打听这个荣先生的口碑如何?”

“口碑很好！不过年轻的时候名声不怎么样。”

“哦？那是为何?”

“女人！这个荣先生哪儿都好，只有一个毛病——好色！年轻的时候可没少拈花惹草。”

霍元甲笑了:“这是人家自己的事，以后可不便私下议论。”

“那是那是，所以在家的时候我不敢说嘛！”

兄弟二人笑着走着。

至荣府大门口，霍元甲和农劲荪等待着，大门慢慢地开了一个小缝，左叔慢条斯理地走了出来，一见左叔，二人双双抱拳。

左叔瞟了一眼霍元甲，又看了看农劲荪，仿佛看陌生人:“客气什么?有这工夫还是在你们精武门教徒弟吧。”

说着，左叔回身要进门。

霍元甲连忙快步相拦:“哎，左叔，那日在码头之上，元甲不知道哪句话说错了，得罪了您，请您明示！”

“我算个什么东西?你还怕得罪我?”

“好，不管我哪儿做得不好，总之是错了，左叔为了元甲亲赴松江，大恩在前，元甲却多有得罪，实不应该，在此谢罪！”

说着，霍元甲深鞠一躬。

左叔冷笑:“哼！连哪儿错了都不知道，也不再问了，怎么?你这意思是错就错了，鞠个躬算拉倒了，是吧?”

霍元甲愣了。

农劲荪不高兴了:“左叔，元甲诚意登门，你又何苦如此难为?”

左叔转过头，看向农劲荪:“怎么?”

农劲荪抬高了音量："我们是来拜见荣先生的，请通禀！"

左叔厉声道："放肆！也不看看这是谁家的门槛，容得你们如此撒野？"

"我们什么时候撒野了？你不过是个管家，如此蛮横不讲理，这不是给荣先生丢人吗？"

霍元甲连忙劝阻："哎哎哎，劲荪，你少说两句！"

霍元甲转过身："左叔，我是专程备了礼，来感谢荣先生搭救之恩的，请通禀一声。"

左叔不拿正眼看霍元甲："什么礼呀？"

"呃……茶。"

霍元甲手里提着两包精致的茶叶。

"这么用心的礼物，恐怕尊夫人准备的吧？"

霍元甲一愣，尴尬地笑着："还真被您猜着了。"

"我猜你们两个不懂事的，也想不到备这种礼来谢荣先生！"

霍元甲和农劲荪有些尴尬。

"霍元甲，荣先生说了，你用不着谢他，回去谢你自己的女人吧，荣先生是看在你女人的面子上才出手救你的！"

说完，左叔"哐"地关上了大门，大门之外，农劲荪气得不轻，去砸门，霍元甲也瞪起了眼睛。

门外站着的几名黑衣大汉围了过来，霍元甲下意识地拉开架势。

农劲荪一把拉住霍元甲："元甲，我们走！"

霍元甲气愤地将茶叶礼包扔进河里。

"哎，你这是干什么？"

"如此跋扈，不配收我的礼！"

"刚才你说得罪过姓左的，怎么回事？"

"我也不知道怎么回事……那天送你回松江后，一上码头正遇左叔，他备了两辆车，说是来接我的，可不知怎么的，突然就阴阳怪气起来了！”

“是有些奇怪，今天就跟在松江判若两人，莫非是什么人在背后挑拨了精武门和荣先生的关系？”

“……目的何在？”

“你忘了江湖险恶这四个字？”

霍元甲愣住了。

“不行，必须见到荣先生，有什么误会要解释清楚，精武门开在上海滩，咱们可决不能与他结梁子。”

“人家给咱们吃了闭门羹，怎么见？”

农劲荪笑了：“不急，白天荣府门前人太多，到了晚上我自有法子。”

霍元甲看着胸有成竹的农劲荪，将信将疑。

荣府院落之内，左叔坐在石凳上，一手下伏在左叔耳畔说着什么，左叔突然瞪大了眼睛，一副吃惊的神情。

“此话当真？”

手下点着头。

左叔倒吸一口凉气，“哎”了一声，懊悔地一巴掌拍在大腿上，站了起来。

“霍元甲他娘住在哪个医院？”

书房里，左叔快步走来，看见正在捏着麻将牌的荣先生，他有些尴尬。豪华的麻将桌，豪华的麻将牌，只有荣先生一个人捏着，他嘀咕着：“老黄他们几个晚上才能来，我这手痒痒啊！”

“荣先生，我……我犯错了……”

“怎么？”

“刚才派人打听到，霍元甲下船没先来拜谢您的原因，是他娘病了。”

“噢？”

“病得很重，晕倒了好几次，好像眼睛也急瞎了，现在住在圣约翰医院。”

荣先生沉思。

“您的为人和做事我都清楚，这种情况，咱们不应该挑眼……都怪我，没打听清楚，就给您递了小话，我真是糊涂了！”

“我就从来没挑眼……呵呵，看来霍元甲真是个难得的人才，不仅武艺高强，人品端正，还是个孝子。备份厚礼，我亲自去医院探望霍老夫人。”

医院大门口，一辆豪华的带篷马车停在这里，荣府的黑衣大汉守着马车，气势汹汹。

霍元甲走来，瞟了一眼马车，黑衣大汉的眼睛瞪得溜圆，他很反感。

霍母的病房门口，霍冯氏尴尬地看着荣先生，荣先生身后的两名黑衣大汉更让她有些紧张。

“这位先生，我不认识您，可不能让您进屋……”

荣先生笑了：“老夫人的病房，荣某自当止步。此来略备薄礼，不成敬意，还请大嫂收下。”

“您咋叫我大嫂呢……”

“你不是霍元甲的大嫂吗？”

“您和我孩子的二叔是熟人？”

“认识而已，不过……和贤弟媳倒是更熟悉一些。”

霍冯氏猜测着：“噢……”

霍冯氏看着两名黑衣大汉手里托着的豪华礼物有些发怵。

“收下吧。”

“这么贵重的礼物，不合适吧？”

王氏提着食盒走来，正看见这尴尬的一幕：“荣先生？您怎么来了？”

荣先生看向王氏笑了：“我得知老人家病了，特来探望。你来得正好，大嫂不认识我，礼物都不肯收。”

王氏看向霍冯氏：“大嫂，荣先生的好意却之不恭，您就替娘收下吧。”

霍冯氏看了看王氏，又看了看荣先生，接过了礼物。

“多谢荣先生了，您请进屋坐吧。”

荣先生笑了：“啊，不了不了，让老人家好好养病，荣某告辞。”

“我送您！小莲……”

小莲从病房里走出，接过食盒。

王氏去送荣先生，二人的身影刚刚拐弯，霍元甲从另一楼梯口拐了过来，刚好错过，他手里提着一包点心，快步走向霍母的病房。

霍元甲小心翼翼地推开房门，正见小莲在喂霍母喝汤。

霍冯氏发现霍元甲：“哎呀，元甲，你来了！你没看见妹妹吗？”

霍元甲一愣。

“她去送荣先生了，刚走！”

“荣先生？”

霍元甲皱紧了眉头。

“对！你看，这些都是荣先生送来的，我看着礼太重，不敢收，可妹妹说却之不恭，让我收下。”

霍元甲心里有些犯嘀咕。

霍母突然出声：“元甲来了……”

霍元甲连忙上前拉住母亲的手：“娘，您好些了吗？我给您买了些点心。”

“吃不下，你媳妇炖的汤最合我口味，喝点汤就好了。”

霍元甲点着头，他判断着霍母的眼睛仍看不见，而且说话毫无气力。

医院院落，王氏送荣先生出来，荣先生驻足，想说几句话，但见医院门前来往的医生病人很多。

“霍夫人，可否借一步小叙几句？”

“荣先生请。”

荣先生示意随从不要跟随，向医院的花园走去。

“荣先生对元甲有大恩，回到上海，立即登门拜谢，才是人之常情。左叔生气，情理之中。荣先生得知耽误拜谢的因由后，能原谅元甲，足见心胸，专门来医院探望，我们可就担当不起了！”

“什么当得起当不起的，荣某痴长几岁，有意要认霍大侠做兄弟，以后是一家人了，不可如此见外。”

王氏心中一凛：“元甲怎敢高攀荣先生？”

“怎么？你这个贤内助就替你男人挡了？看不起荣某？”

“呃，不敢！”

“说实话，那天我一见到你就明白了，霍元甲一个拳师，有如此胸襟抱负，全都是因为娶了一个好女人。精武门的事，你能做一大半的主，我没猜错吧？”

王氏想否定，荣先生笑了：“你别不承认，谁娶了你这么好的女人，都会乖乖地听话。这样，你叫我一声大哥，霍元甲自然就是我的兄弟了！”

“这……小女子就更不敢高攀了！再有，元甲把精武门看得很重，早已视为毕生的事业，哪能让我做主？”

荣先生笑着：“我却不信。”

荣先生想了想：“你不肯认大哥，我自不强求，日后霍元甲与我八拜结交，你跟着夫君改口便是。把我的意思转告霍元甲，让他别生左叔的气，择日过来喝茶。”

“多谢荣先生！”

王氏深深一鞠躬，荣先生一把扶住：“哎，不必多礼！”

远处，霍元甲从医院大楼里走出，四下张望，刚好看到了这一幕，荣先生扶住了王氏，王氏觉得有点不自在，荣先生也有些不好意思，他伸手完全是下意识的，荣先生甩了甩手，尴尬地笑了笑。

“我走了我走了！”

说完，荣先生转身离去。

王氏送荣先生而出，远远地望着荣先生上了黄包车，走远。

这一切被霍元甲看得一清二楚。

想想荣先生对霍元甲的好意，王氏还是心存感谢的，她转过身来却吓了一跳，霍元甲正阴沉着脸，站在她面前。

“元甲，你什么时候来的？”

霍元甲“哼”了一声，拂袖而去。

王氏知道霍元甲误会了，她轻声唤着：“元甲——”

王氏试图拉住霍元甲，霍元甲将其甩开。

书房里，霍元甲奋笔疾书“忍”字，地上已经写好的“忍”字被扔得哪里都是，霍元甲眉宇之间，露出少见的冲动。

王氏冲进门。

霍元甲怒道：“出去！”

“元甲，我想你误会了！”

“亲眼所见，误会不了！”

“元甲！”

王氏急得要流泪：“当日你在松江遇险，是你让振声带话回来，我才去求的荣先生！”

“我让你去求他，没让你以身相许吧？！”

“你说什么？！”

王氏急了，瞪着霍元甲。

“姓荣的拈花惹草，在上海滩大大的有名！”

“他做什么，与我无关，我清清白白，不允许你污蔑我！”

“大庭广众之下，动手动脚，何谈污蔑？”

“我……”

霍元甲越说越气：“我吃了闭门羹，他却专门跑到医院来看你？好亲近呐，姓荣的故意羞辱我，是可忍，孰不可忍！”

“嘎巴”一声，大毛笔在霍元甲手中被掰折了，一半毛笔被霍元甲按在了墨池里，提笔，霍元甲便在白纸上写了一个墨迹飞溅的“杀”字。

王氏大吃一惊，怒喝道：“霍元甲！你误会了！荣先生到医院看娘是一番好意！他还说想认你做兄弟……”

“住口！我霍元甲的结义大哥是大刀王五，响当当的大侠，这种觊觎有夫之妇的龌龊之人，也想与我霍元甲做兄弟？痴心妄想！”

王氏焦急。

“此贼该死，杀之后快！”

“霍元甲，你可以污蔑我，但你要是错杀了好人，摊了官司，可就没人能救得了你了！”

“我霍元甲顶天立地，用得着你教训我？不守妇道的东西……”

霍元甲甩下这句话，再次拂袖而去，王氏心如刀绞，生不如死。

天色已黑，农劲荪挤进街边热闹的小酒馆，四处寻找着，终于他发现霍元甲靠窗而坐，一手持酒壶一手端酒碗，咕咚咕咚地喝着酒。

农劲荪有些好奇，来到桌前坐下：“元甲，老太太大病未愈，你怎么还有兴致喝酒？”

霍元甲微微一笑，并不像喝醉了：“是啊，今天晚上还有大事要办，我怎么就喝上酒了呢……不喝了不喝了，伙计！”

立刻一名伙计跑了过来。

“两碗阳春面，大碗。”

伙计答应着去了，霍元甲伏在桌上，凑近农劲荪。

“你今天晚上真能带我进荣府？”

农劲荪笑了：“当然能！不就是个私人宅院嘛，不是皇宫，更不是阎王殿。”

“真是阎王，我霍元甲也不一定就怕他！”

农劲荪没猜出霍元甲想干吗，不由得笑了：“说得好！”

霍元甲借着酒劲也笑了，感觉很高兴，一切城府尽在心里。

夜已深，农劲荪和霍元甲向荣府走来，晚上荣府大门口没有人，他们二人都戴了斗笠，也换了衣服，像是从乡下来的两个农民。

农劲荪敲门，门开一条缝，家丁探出头："哪来的乡巴佬？敢敲荣府的门？没长眼睛还是不想活了？"

农劲荪立刻挤出笑容："这是荣府啊？看来我没走错！"

农劲荪的声音都变了，霍元甲差点没笑出声来。

"荣先生当年落难时，在下曾帮衬过，此番来上海，是因为家里遭了天灾，一家老小活不下去了，想请荣先生看在当年的情分上，拉我们一把。"

"你帮过荣先生？"

"是啊！我想想啊……那是光绪二年……"

"你姓什么呀？"

"我姓阎，阎王的阎，你跟荣先生说，他肯定能想得起来！"

"你真的帮过荣先生？"

"那是！那时候我还小，十几岁，荣先生叫我小恩公呢！"

家丁有些信了，肃然起敬："噢，那你们进来吧。"

霍元甲强忍着没笑出声，跟着农劲荪进了荣府。

家丁将农劲荪和霍元甲引进某一房间，霍元甲打量着，他瞟了一眼窗户。

"你们俩先坐，喝茶，估计得多等会儿，荣先生正在打牌，我这就过去候着，抽机会通禀。"

"哎呀，那多谢了！"

家丁要出门，又想起什么："别乱跑，府里大，别走丢了！"

农劲荪送家丁出门，他在楼道里张望了一眼，慢慢地关上门，农劲荪笑着，回过身来打算跟霍元甲显摆自己的本事，却愣住了。房间的窗户开着，霍元甲早已没了踪影，他来到窗前向外张望，不知如何是好。

荣府书房里，荣先生正在和三位大佬打牌，年纪大的黄爷出了一张牌，笑着。

“老荣啊，我听说你今天去医院了？”

“黄爷怎么知道？”

“你荣先生每天在哪儿下馆子，在哪儿打牌，马车去了哪儿，都是上海的新闻！”

“老左，给黄爷添茶！”

“哎，不用，我这满着呢！”

拎着茶壶的左叔也看见茶杯是满的。

荣先生有些色变：“添！”

黄爷和左叔对视，二人都有些尴尬。

荣先生却在察言观色，笑了起来：“看来我猜得没错……”

荣先生点指着左叔：“老左，你的嘴越来越不严了啊？”

左叔连忙退后鞠躬：“荣先生真是厉害，一下子就猜出是我胡说八道了。”

“嗨，也不能怪老左，是我来得早，见你不在家，瞎打听来着！”

“去医院了又怎么样？四条。”

“哎，碰，碰！二筒……如今上海滩面子是最大的腔调，霍元甲一个乡巴佬臭打拳的，荣先生亲自去医院看他老娘，是不是太给他面子了？”

“谁让他是人才呢，荣某求贤若渴，就得给面子。”

一个瘦老板说着：“打拳的能算什么人才？拳脚再厉害，还有洋枪厉害？荣先生，你是醉翁之意不在酒吧？”

另一胖老板也笑了起来，边打牌，边道：“没错，我也听说了，霍元甲老婆长得漂亮，而且单独登门来拜见了荣先生，荣先生不会给乡巴佬霍元甲面子，但一定会给……哈哈哈，美人儿面子！”

瘦老板也笑着：“荣老板到今天还这么风流倜傥，佩服佩服啊！”

屏风后，霍元甲早已潜伏在此，恨得牙根痒痒，此时打牌的荣先生离他近在咫尺，以他的武功，杀人自是易如反掌。

霍元甲紧紧地握住双拳。

荣先生“啪”地将牌摔在桌上：“自摸！”

荣先生将牌亮开。

黄爷看着荣先生的牌。

“清一色，一条龙！老荣，你太狠了吧？”

荣先生语气有些不善：“这副牌可大，算钱！”

瘦老板想赖：“哎，大家玩玩而已，你胡这么大，散局啦！”

荣先生突然厉声道：“不行！”

三个人全愣了，连左叔也吓了一跳。

胖老板轻声试探：“哎，荣先生，您怎么板上脸了？每天谁胡这么大的牌不是都不算了吗？时候不早了，吃夜宵去啦！”

“我说了不行！这把牌我还加了筹码，算清楚再走！”

三人面面相觑，左叔想上前劝：“老板……”

荣先生瞪着左叔：“还敢多嘴？！”

左叔连忙后退，垂首而立。

荣先生环视三人，正色道：“三位，荣某今天翻脸的缘故得说清楚。是，我年轻的时候风流了些，可那是过去的事了，你们若拿一般女子说笑也就算了，可霍夫人不行。她确实来过我府上，虽有事相求，却能不卑不亢，有礼有节，荣某打心眼里敬佩，又怎会有非分之想？！更何况，我诚心实意要与霍元甲交朋友，他虽是个外来人，武功、人品、气节，沪上武林无人能及！打拳的就低人一等了吗？霍元甲曾在洋人手里抢夺大刀王五的人头，你们三位哪个做得到？”

听了这番话，屏风后的霍元甲不知所措，有些懊悔。

三人连忙起身，纷纷抱拳道歉。

黄爷：“我们认罚……老左，荣先生这副牌值多少钱，你帮着算算，我老糊涂，算不清楚。”

左叔连忙上前，看牌。

荣先生哈哈大笑起来：“行了行了！你们既已认错，就算了！吃夜宵去吃夜宵去，我请客！”

众人长出了一口气，都笑了。

“我就说嘛，荣先生怎么是这么小气的人？”

“对对对，都怪我们这嘴，多谢荣先生饶过我这一回啊。”

众人打着哈哈。

见荣先生高兴，家丁挤进门：“荣先生，来了一位客人，姓阎，说光绪二年您逢难的时候帮衬过您，您管他叫小恩公……”

荣先生一愣：“小恩公？哪有这么个人？”

左叔指着家丁：“你个混账东西！把骗子引到家里来了？还不带人打出去！”

家丁吓坏了，答应着要去。

“等一等！姓阎？”

“对，他说是阎王的阎，一说您就能想起来！”

“二十多年前的事我还真想不起来了，不过万一是故人、恩公，把人轰出去，到外面一传，我荣某的老脸还往哪搁？把人请来！呃，不！”

荣先生看向三位麻友：“三位，你们去夜宵吧，我就不陪了，记我账啊……带我亲自去见客人。”

屏风后的霍元甲更不知如何是好。

门打开，家丁引着荣先生、左叔进门，屋里的农劲荪一下子尴尬起来。

“就是这位……”

“这位先生倒是看着面熟，你说光绪二年帮衬过我，在哪啊？我怎么想不起来了。”

农劲荪回避着荣先生的目光，怕被认出，左叔却已识破：“农劲荪！”

农劲荪一愣。

“竟敢冒充是荣先生的故人，深夜混进荣府，你想干什么？还说姓阎，阎王的阎，你没安好心？！”

家丁一下子傻了：“管家，还有一个人呢，刚才他们是来了两个人！”

“快去喊人，保护荣先生！”

说着，左叔便护住了荣先生。

农劲荪：“哎，荣先生，左叔，你们误会了！”

家丁刚要出门，被霍元甲拦了回来。

左叔：“霍元甲，你也是江湖人物，居然这么不懂规矩？要恩将仇报不成？”

确实，家丁被霍元甲拦回来的状态很像霍元甲要杀人。

霍元甲连忙放开家丁。

农劲荪抱拳：“荣先生，我和元甲是来拜谢您的，白天吃了闭门羹，这才出此下策，还望见谅。”

农劲荪看向左叔：“左叔，你说恩将仇报，过分了吧？”

“荣先生，是我要见您，劲荪只是陪同而已，请您不要责怪他。”

左叔对家丁厉声道：“农劲荪是个文人，没什么好怕的，主要提防霍元甲！”

说着，左叔从腰间拽出一把枪来。

农劲荪：“哎，左叔……”

左叔已经将枪对准了霍元甲：“姓霍的，我知道你有两下子，但你若敢轻举妄动，就看看是我的子弹快，还是你的拳脚快！”

荣先生："老左，你这是干什么？甭管怎么进来的，都是客人，你这是待客之道吗？传扬出去还不叫人笑掉大牙？"

"先生不能大意，他可是一直跟在您身后啊！"

荣先生一瞪眼："行了！快把你这破玩意收起来！"

左叔愣住了。

荣先生："霍元甲，你想见我？"

"是。"

"我也正想见你呢，随我来。"

说着，荣先生便转身出了门，霍元甲犹豫着跟上，持枪的左叔也追了上去。

荣先生在前，霍元甲在后，走进书房。

左叔带着四个黑衣大汉，两个持火枪，另两个持刀，跟了进来，兵器都对准了霍元甲。

荣先生看着左叔："老左，一把年纪了，你怎么跟个孩伢子一样？全出去！"

"荣先生！"

"出去！"

左叔无奈，只得带人退出。

荣先生笑着看向霍元甲。

"霍元甲，让你见笑了，坐吧。"

"恩公在上，请受霍元甲一拜。"

霍元甲抱拳深深鞠躬。

"举手之劳，何足挂齿？不必这么客气，坐。"

"不敢，元甲有错，没脸坐。"

"何错之有？你娘重病，眼睛都看不见了，从松江回来要是先来看我，那就是不孝！"

"我错的不是这件事……"

荣先生笑了："白天吃了闭门羹，晚上编了个瞎话混进来，这也不算什么大错，要说我荣府的人可都是跟了我好些年了，居然被你们三言两语就骗了，厉害呀……"

"也不是这件事……"

荣先生一愣："那……还有什么事？"

"刚才左叔说我要恩将仇报，他猜对了。"

"你混到我家里来，是要对我下手？为什么？"

"此事说来惭愧，元甲没脸张嘴，还请荣先生放过。"

荣先生又笑了："你既承认自己要下手，又不肯说为什么，跟我打哑谜啊？好吧，你既然不愿意说，此事就过去了，我以后也不再问了。你来找我还有什么别的事吗？"

"没了。"

荣先生没想到霍元甲如此回答，二人都沉默了片刻，荣先生突然出声。

"老左！"

左叔从外面进门，观察着霍元甲，仍心怀戒备。

"打了一晚上的牌，我还真饿了，叫厨房炒几个小菜，把农劲荪也请来，叫他们俩陪我喝点儿。"

霍元甲有些受宠若惊："这……我们就不打扰了吧？"

"刚才黄爷说，如今上海滩面子是最大的腔调，你要不给我面子，我可要翻脸呐？"

霍元甲尴尬地笑了："那……元甲遵命。"

荣府餐厅，菜已备好。

荣先生、霍元甲、农劲荪围桌而坐。左叔倒酒，霍元甲、农劲荪稍有惶恐。

荣先生："霍元甲、农劲荪，你二人一文一武倒是珠联璧合。按道理，精武门就应该大有所为，只可惜这是上海滩……"

农劲荪经历过这种场面，比较会说话："是啊，所以我兄弟二人早就想来拜见您，大树底下好乘凉嘛！"

"我算什么大树……"

"哎，荣先生您谦虚了，在上海滩就没有比您树荫更大的了！"

“这么说你们愿意在我的树荫里乘凉？”

“那是自然！”

荣先生看向一直没说话的霍元甲。

“你呢？”

霍元甲连忙抱拳：“承蒙您关照，能携手荣先生，是精武门的福分。”

霍元甲站起身：“我敬荣先生！”

农劲荪也举杯站起来。

荣先生高兴地起身：“好！干一杯！”

荣先生端起酒盅，一饮而尽，霍元甲和农劲荪跟着一起喝。

“霍元甲，上次比武之后我送了帖子，你怎么不来啊？”

“琐事缠身，没顾上，还望……”

荣先生打断：“你是没看得起我。”

霍元甲有点尴尬。

“不过无妨，在松江落了难，能想起我来，就很好。”

霍元甲有些羞愧。

“荣某人最爱惜人才，霍元甲、农劲荪，我早就看上你们两个了。上海滩的武馆、拳馆、摔跤场不少，有名的武师也算是有几个，不过跟霍元甲比起来……”

荣先生摆了摆手，露出不屑的神情：“更没有哪个武师身边有农劲荪这么有脑子的人帮衬，所以，将来能在沪上武林称王的应该就是精武门了。”

霍元甲和农劲荪对视，农劲荪有些高兴，霍元甲却心事重重。

“如今是个乱世，但乱世出枭雄，我荣某人是个有野心的人。”

荣先生看着霍元甲和农劲荪，与二人交换着眼神，突然哈哈大笑起来。

“我能当着你们的面儿说出这句话来，就是拿你们当自己人了！上海滩这个地方，要想真正有一番作为，光有买卖还不行，光有枪也不行，还得有人才！你们开武馆的，在我眼里姑且算个行当吧，会拳脚又能统领一个行当的，就是最值钱的人才！说吧，精武门的本钱是多少，报个数目来，我加三倍给你们……”

农劲荪：“荣先生，我们精武门不卖！”

“谁说要买了？我又不会拳脚，也不想教徒弟，买它何用？精武门还是你们的，以后为我做事就好了。啊不，是携手，霍元甲说的。”

霍元甲：“荣先生，我还是没太听懂您的意思？”

“上海为第一大都会，有各国租界，所谓华洋混杂，格局之复杂、出头之艰难，在当下无出其右。这样说吧，要想在这里站住脚，打码头是少不了的。现在的上海滩门派林立，为的还不就是码头上的生意？那些外来的想分一杯羹，必定还会请江湖上的各路高手。”

荣先生看向霍元甲：“霍元甲，孙无疾死了，应该说甭管哪门哪派，武林中再没有谁是你的对手了吧？你在擂台上的风采我见识了，我赌定了，精武门必成为武林第一门派！你再广收门徒，多教出一些好手，未来荣某想割据一方，甚至是雄霸江南，你就是我的左膀右臂。”

霍元甲愣了，他之前的预感应验了。

“荣先生，元甲恐难从命……”

“怎么？嫌我出的银子少？十倍，每年精武门的所有开销也都归我出！”

“我不是这个意思，我与劲荪来上海开设精武门的初衷，那日在擂台上已经说过。”

“精武之立，非以门派自诩，只求强中华国民之体魄，除‘东亚病夫’之谬论……你说得没错，我也最讨厌洋人说我们是‘东亚病夫’！所以我们才要自强，我们的码头我们才要说了算。我荣某是有名的不受洋人欺负，你难道不知道？”

说着，荣先生激动起来：“霍元甲我告诉你，之前我生你的气就是因为你把洋人费德勒捧得老高，听着就厌恶！”

农劲荪："费德勒和其他的洋人不一样，他是我和元甲的朋友。"

"总之，想让精武门成为武林第一门派，你不能指着洋人。只有荣某人能帮你。"

霍元甲："精武门，本来就不是一个门派。"

荣先生笑了："那是什么？"

"我们的本意是想为国人提供一个学武的场所，怪我，起名字的时候用了一个'门'字，便给了别人是成立了一个新门派的错觉。我正在反思这件事，希望尽快改过来。"

"改？没有门派你算什么练武之人？"

"旧武林一切症结都源自门派之争，霍元甲真心希望早日看到武林新秩序。"

霍元甲起身："荣先生，您的厚爱，元甲感激不尽，但刚才所议之事元甲实难从命，让您失望了。"

荣先生脸上有些不悦，却也没办法。

从荣府出来，霍元甲闷闷不乐。

农劲荪感觉霍元甲今天好像有点不对，想问发生了什么事。霍元甲却敷衍两句，便快步回家。

霍元甲到家第一件事，就是找王氏，被小莲告知妻子在医院陪母亲。

霍元甲要奔医院，小莲却哭了出来。

"二少爷，您不在家，也不知道是谁欺负二少奶奶了！我回来正见她在哭，眼睛都肿了！我说让她在家好好睡一觉，可她不肯，还要去医院，连口饭都没吃，脸色难看极了！二少爷，二少奶奶有孕在身，哪能动气？您一定得查出来到底是谁欺负了她，替她做主！"

霍元甲羞愧难当地冲出家门。

一路跑到医院，霍元甲有些累，喘着粗气，调整着气息，放慢了脚步，轻轻地推开病房的门，正见王氏正在帮霍母捶腿。

霍元甲不知该不该进门，正在此时，霍母低吟着。

王氏连忙起身，拉住霍母的手："娘，您想要什么？"

"水，我渴。"

"唉，您稍等。"

王氏转身去拿水，霍元甲害怕被发现，关上了门。

霍元甲忍不住再一次推开门，透过门缝再次看向王氏，王氏正在给霍母喂水，小心翼翼，细致入微。

王氏用勺喂水，霍母喝得很舒服，霍元甲羞于露面，再一次关上了病房的门。

天色逐渐亮了起来。

小莲和霍冯氏已经赶到医院。

王氏才得以休息，拖着疲惫的身体走出医院。

花园里，有人在一个角落里窥视着她。王氏太累了，甚至走路都有些不稳，这人从背后跟上了王氏，王氏突然意识到什么，停住了脚步。王氏猛地回过头，在后面跟着她的霍元甲被抓个正着。

王氏调整着气息，没跟霍元甲说话，但目光中有责怪，扭身继续往前走。

霍元甲紧走几步拦住王氏，他张嘴想说什么，却说不出口，他突然深鞠一躬，王氏见了既没扶也没接受的意思。

"夫人，我错怪你了。"

"我一夜都在提心吊胆，恐你误杀好人，行凶逞恶。"

"请夫人放心，元甲虽鲁莽，却未酿成大错。"

"那便好……你的脸色不好，怎么，一夜没睡？"

"夫人……"

霍元甲有些触动，目光湿润了："你不仅一夜未睡，还一直在照顾我娘，又有一个十恶不赦的混蛋欺负你，冤枉你，害得你心力交瘁，你不但不怨，反倒关心起这个混蛋来了。"

王氏笑了："说什么呢，两口子拌嘴常有的事，不用小题大做，走吧，回家。"

就这样，霍元甲和王氏并肩而行，但毕竟刚吵完架，又怎能如前一天那般亲热。

“你太累了，我叫一辆车吧。”

说着，霍元甲挥手，远处一辆空驶的黄包车立刻奔来。

“夫人请上车。”

王氏看向车夫：“对不起，我想走走，不好意思。”

“没事！夫人太太散散步，天天好心情！”

车夫笑着拉车跑了。

“你昨天动了气，又一夜未睡……”

“我不喜欢坐车。”

“孩子都好几个月了，你这要是累坏了，我罪过岂不更大？”

“走走又怎么会累坏了呢？”

“我说能累坏就能累坏！你不喜欢坐车，我背你！”

“为什么要你背？我又不是小脚女人，不然你也不会娶我。”

霍元甲更加羞愧：“夫人，你就让元甲做点什么吧，不然我就更无地自容了！”

“街上这么多人，我也不能让你背啊，会被人笑话的。”

霍元甲很坚持：“我偏要背，看谁敢笑话我！上肩！”

说着，霍元甲一个马步停在了王氏身前，王氏无奈摇了摇头，便侧搭在霍元甲背上。

霍元甲背起王氏，顿觉心满意足，小两口的隔阂瞬间烟消云散。几名老外由此经过，见霍元甲和王氏的姿势，伸出大拇指，用外语赞扬着。

霍元甲报以得意的笑，王氏含羞地伏在霍元甲肩头。

第五卷

精武天下

—第一章　桀骜—

松江大牢里，陈真蓬头垢面，破衣烂衫，他已经被关了一个月。

就在这时候，牢头打开牢门叫他出狱。陈真回过头来，不敢相信自己的耳朵。牢头告诉陈真，是霍元甲在大人面前求了情。

陈真难以置信。

“呃，对了，霍元甲托我告诉你，你师父孙无疾让他给埋了，埋在他们俩曾经比武的后山山顶，说你知道那个地方。”牢头说。

陈真听了猛地冲出牢房，一路狂奔，他始终瞪着眼，仿佛已经看见了孙无疾的坟墓。

到达后山之时，陈真已经满头大汗。

一个巨大的坟包，没有立碑的孙无疾墓就在这里。

陈真判断着：“师父……师父！”

陈真扑向坟墓，他的十指插进泥土。

“师父，您告诉我，是不是霍元甲害死了您？是不是霍元甲？！”

林间之鸟被陈真的呼唤惊飞了。

“师父你快告诉我，我真的想不明白，他们找出了很多证据，他们好像知道九师叔也来过，他们暗示我怀疑九师叔，可是我不敢信！到底是谁给您下了毒？您告诉我啊！”

陈真无助地哭号着。

一支拐杖，一条跛腿，一步一步地向陈真靠近。

陈真还在嘀咕着：“到底是霍元甲还是九师叔，师父告诉我……”

有个声音突然在陈真耳畔响起：“你竟然怀疑我？”

陈真吓了一跳，一跃而起，双手沾满泥土的陈真攥紧了拳头，出现在他眼前的正是孙无疾归西那日与他同在酒窖里的鹰九。

鹰九何人？

鹰门九子中排行末位，因为人阴险，犯了门规，被孙无疾逐出门派。

鹰门九子中，只有鹰九和鹰四是被逐出师门的，两人自然臭味相投。自鹰四被杀，鹰九就发誓报仇，并一路追寻霍元甲的行迹。鹰九见孙无疾有意与霍元甲和好，又飞鹰传书让鹰爪门上上下下都不得与其为敌，故大为恼怒。鹰九不但施毒计害死了孙无疾，还欲借官府乃至陈真之手杀死霍元甲。

鹰九与那日陈真所见的西装革履截然不同，此刻他破衣烂衫，而且拄着单拐，瘸着一条腿，另一条腿被厚厚的布裹着。

陈真判断着。

“怎么？不认识我了？你刚才不是怀疑我下毒害死你师父吗？！”

“是你？九师叔？你怎么成这个样子了？”

鹰九苦笑：“都怪我学艺不精，打不过霍元甲，虽侥幸逃命，却折了一条腿。”

“你去替我师父报仇了？”

“我是大师兄在这世上最亲的人，我不替他报仇，谁替他报仇？！”

鹰九假装大义凛然，他的目光中充满了埋怨，这是针对陈真的。

陈真并没有那么好骗，他突然向后跳开：“不对，给师父煮药的锅里没有毒，可是师父却中了毒，只有你在……”

“煮药的锅里没有毒？谁告诉你的？”

“大堂之上，那个洋医生请洋医院化验的！”

“好小子，有出息，连洋人的话你都信了。那狗官拿了霍元甲的钱，他说的话你更信了，对吧？”

陈真傻了。

“报纸我看到了，上面还说毒死你师父的是酒碗，被扔到了外面，好远好远，你也怀疑是我干的吧？”

“你别以为我是傻子，你确实可疑！再说，如果是霍元甲害死师父，他为什么还要把我从牢里救出来？”

鹰九突然从背后拔出一把匕首，将匕首一抛，抓住匕首刃，将把递给了陈真。

“你相信洋人和狗官的话，所以才怀疑我毒死了你师父，来呀！就在你师父坟前宰了我，替他老人家报仇！”

陈真一把抓住匕首，叫唤了一声，便向鹰九刺去，鹰九眼都不眨，等着匕首。

匕首在鹰九的胸前停住了。

“你为什么不躲？”

“不能为大师兄报仇，我活在这世上还有何用？宰了我，裹张席子，就把我埋在大师兄身旁，鹰九谢谢你了！”

刀掉在了地上，陈真单膝跪倒抱拳：“九师叔，我错了！我信得过您！”

鹰九的脸上划过一丝不易察觉的微笑。

“可是霍元甲为什么要毒死我师父？”

“为了武林第一呀，不信你去精武门看看，门庭若市，全上海想练武的后生都去投奔霍元甲了，为什么？那是因为大家都相信他打败了大侠孙无疾！”

“霍元甲好歹毒！我师父被他骗，还说要去精武门教习武功呢！”

鹰九三言两语，又骗过了陈真。

“霍元甲最大的本事就是笑里藏刀，这一点，咱鹰爪门可学不来。祖师爷教我们爱憎分明，有仇必报，可惜……假若我年少之时用心练武，再有你这么好的天赋，那霍元甲又算得了什么？！”

说着，鹰九自责地捶着“残废”的腿。

“九师叔别说了，我一定杀了霍元甲，替师父报仇！”

“你若能替师父报仇，就是鹰爪门的英雄，鹰爪门几千弟子都是你的亲人！”

陈真眼睛一亮。

医院大门口，霍元甲和王氏共同搀扶着霍母从医院走出，一旁跟随着霍冯氏、小莲和霍东觉。

阳光晒在霍母的身上，她很兴奋：“元甲啊，怎么一说要出院，我的眼睛好像又亮堂了不少？”

“娘，费德勒不是说了嘛，只要您不再着急上火，眼睛会越来越好的！”

“哎呀，这洋人的医院很贵吧？娘一住一个月，花了不少银子吧？”

霍元甲和王氏对视，有些为难，不知怎么回答。

霍东觉在一旁出声：“奶奶，现在来咱们精武门学武的人越来越多，农先生说，学武的人多，挣的银子就多，奶奶天天住院都不怕！”

霍冯氏：“傻小子，可不能咒你奶奶住院啊，有病才住院呢！奶奶现在好了，再也不会生病了，一辈子也不会住院了！”

霍东觉似懂非懂，众人笑了。

霍母："东觉说的是真的？"

霍冯氏："精武门红火是不假，天天有要学武的后生围在咱们家大门口，后来农劲荪就规定每个月的初一、十一、二十一才招收新弟子，现在实在是教不过来呀！哎，对了，今儿个是十一，待会儿您回去，就能看见有多少要来精武门学武的后生了！"

"元甲，咋一下子这么兴旺了？"

霍元甲笑着不知该如何回答。

霍冯氏抢话道："娘，您不知道，《海上新报》换了新总编，把元甲在松江的案子都说清楚了，还隔三岔五夸咱精武门！现在街坊邻居都说精武门是上海第一，元甲是武林霸主，那来学武的后生还能少得了？"

霍母脸上露出难以置信的神情。

王氏："大嫂，报纸上的谬赞元甲是不认同的，您就别当着娘的面说了。"

霍冯氏："那是兄弟客气！霍家是武学世家，如今元甲光宗耀祖，有啥不能说的，还不让娘高兴高兴？！"

霍母："又是第一，又是霸主的，那不又得有人找你来比武了？"

霍母焦急了起来，霍冯氏连忙收声。

"不管谁来，我都不会跟他比武，我答应过您的，也答应过东觉……放心吧娘！走，咱们回家。"

一家人扶着霍母，走上了街。

精武门大门口，三四十个后生正在排队接受挑选，有排队等着许大有训练体能的，有等着刘振声试拳脚的，由于精武门生意好，刘振声和许大有都有些骄傲。

躲在远处的陈真看得一清二楚，他猛地从角落里冲出，手里捧着一只叫花鸡，冲向精武门大门口，径自跪下，高高举起手里的叫花鸡，看上去就像是一坨泥巴。

刘振声和许大有拨开人群，来到陈真面前，仔细端详。

“陈真？”

刘振声率先将陈真认了出来。

“还真是你啊？从大牢里放出来了？你来精武门干什么？又想挑衅？”

陈真抬起头，赔着笑脸：“二位，哪有跪着挑衅的？”

刘振声：“那你这是……”

陈真看着刘振声：“刘振声，刘兄，你是霍门大弟子对吧？陈真今日来精武门，一是向霍大侠赔罪，二是想拜他老人家为师，进精武门学艺！”

刘振声和许大有相互对视，有点含糊。

正在此时，两边的后生和精武弟子认出了陈真，众人讥讽着。

陈真咽了口吐沫，把耻辱隐藏了起来，农劲荪从精武门里走出来。

“怎么回事？”

刘振声来到农劲荪耳畔小声嘀咕：“农先生，陈真来了，说要拜师学艺。”

农劲荪看向陈真，二人眼神有了交集，农劲荪何等人物，陈真的目光让他迅速有了基本判断。

“都别围在这，该干吗干吗去！”

两旁的精武弟子连忙带着想来学武的后生各自退后，但也无心继续挑选，只是静静地看着。

农劲荪上前，蹲到陈真面前：“陈真，受苦了。”

“不苦，牢里管饭，还不要钱。”

农劲荪抓了抓耳朵，他是在判断陈真的话。

“陈真啊，霍大侠的意思是让知府尽快放了你，可我觉得让你蹲一个月大牢长点教训，挺好，省得你以后闯荡江湖吃大亏，要恨就恨我吧。”

“我不恨，拜农先生所赐，这一个月风吹不着，雨淋不着，还顿顿都能吃饱，真挺好！”

“我看得出来你说的不是心里话，不过没关系，早晚你会明白我的一片苦心……给你师父上过坟了吧？”

“上过了，多谢霍大侠让我师父入土为安。”

“这个我会转达给元甲的。好了，你走吧。”

“我不走！我要见霍大侠，我要当面向他赔罪，还要拜他为师！”

农劲荪始终看着陈真，在陈真的目光中没有得到直接的答案。

“精武门我说了算，元甲不会收你为徒的。”

“不！霍大侠是好人，我师父生前也与霍大侠成为忘年交，现在我师父归西了，霍大侠绝不会不收留我的！”

没等农劲荪说话，刘振声说道：“你还要赖上我师父啊？！别在这捣乱，快走！”

“我不走！”

“不走我可要出脚了！”

“出刀子我也不走！”

陈真说这些话时，农劲荪始终盯着他，虽没看出破绽，但农劲荪觉得不能相信陈真。

“陈真，你师父虽已亡故，但以你这一身武艺找个营生应该不难，又何必……”

“我自幼跟着师父，不会找营生。现在身上也没啥钱了，你们不能坐视不管。”

“大有，去账房支十两银子拿给陈真，既然来了，我们精武门不能不出援手。”

“我不要银子！我要拜师学艺！”

陈真的坚决让刘振声和许大有有些不知所以，农劲荪无奈起身，回身对刘振声使了个眼色。

刘振声抬起一脚踹向陈真，陈真毫不防备，被踹了一个大跟头，手里的叫花鸡也飞了出去，泥巴摔碎，露出荷叶。

陈真连滚带爬，上前将荷叶小心翼翼地捧了起来，又起身跪回原处。

三辆黄包车驶至，正是霍元甲带着霍母等人回了家。

霍冯氏和小莲卸行李，自有精武弟子上前帮忙，陈真突然大喊一声："霍大侠！请收我为徒！"

说着，陈真向前跪行，来到霍元甲面前，霍元甲愣住了，仔细看去。

"陈真？"

霍母听到这名字吓了一跳："陈真？！不是那个来打擂要和你拼命的后生吗？"

"娘，那是过去的事了，您别怕。"

陈真："霍老夫人在上，请受陈真一拜！"

说着，陈真抱拳垂首。

霍母有些忌惮："哎，你这是干什么？我可受不起！"

"陈真年少轻狂，受恶人挑唆，前来精武门捣乱，导致恩师与霍大侠误会，也让您受了惊吓，我在这里给您赔罪了！"

霍母看向霍元甲，不知如何是好。

陈真又转向霍元甲："霍大侠，师父的死，叫我误会您了！牢头也告诉我，要不是您替我求情，知府大人早就砍了我脑袋了。我还听说是您为恩师料理的后事，让他老人家走得风风光光、气气派派。从牢里出来，上完坟，我就直接来投奔您了。我现在知道您是武德高尚的宗师，心胸坦荡的人杰。您就是我的新师父，这是我拜师的礼，请您笑纳！"

刘振声上前："师父，别理他，您扶奶奶进门，我会赶他走的！"

霍元甲伸手制止刘振声："陈真，你快起来，前些日子我刚刚宣布，精武门是新式武馆，以后不兴跪拜之礼。"

"您不收下我，我就不起来！"陈真道。

霍元甲无奈，他看向陈真手里的荷叶："哦，叫花鸡啊……"

陈真："这是陈真孝敬霍大侠的……"

霍元甲看了看陈真，伸手就掰下一块鸡腿，就要往嘴里放。

农劲荪吓坏了：“元甲不可！”

鸡腿停在了霍元甲的嘴边。

“振声，快把鸡抢过来，拉条狗来试试，有毒的话马上把陈真捆起来送官！”

刘振声上前一把抢过叫花鸡。

霍元甲：“哎！这么好的鸡，喂狗岂不可惜？”

说着，霍元甲就将鸡腿塞进了嘴里，大口地嚼着：“真香。”

吃完，霍元甲转向霍母：“走吧，娘，咱们回家。”

霍母也瞪大了眼睛看着霍元甲，王氏和霍冯氏都有些惊讶，可霍元甲的脸上却仿佛什么都没有发生一样。

“霍大侠，我要拜师学艺，您收下我吧！”

“我已经吃了你的叫花鸡，你还叫我霍大侠？”

陈真一愣，显得难以置信：“师父，您收下我了，我给您磕头！”

说完，陈真就要磕头，霍元甲伸手托住陈真的双臂：“我说了，精武门不兴跪拜之礼，快起来吧。”

陈真看向霍元甲，目光中很是感激。

霍元甲身边的众人，想阻止，但显然已经来不及了。

客厅里，农劲荪说着自己的担忧。

农劲荪道：“岂可为一时之虚名，埋杀身之祸？！”

“你别总把人往坏处想，陈真可是个好苗子，论资质，我所有的徒弟中无人能及，精武门正需要这样的人才，没理由赶他走。”霍元甲道。

农劲荪来回踱着步：“哎呀，不行不行，不是我要把他往坏处想，是他根本就是带着坏心眼儿来的！”

“陈真纯良率朴，绝非奸诈之辈，这一点我还是很有把握的。”

“率朴之人才会死钻牛角尖！”

霍元甲有点急：“我今天怎么跟你说不明白了呢？”

霍元甲说着就往外走。

农劲荪紧随其后："必须把他从精武门撵走，不然我吃不下饭，夜不能寐！"

霍元甲驻足："劲荪，你怎么变成小肚鸡肠之人了？"

"霍元甲！你现在已是一代宗师，收徒弟这么大的事岂可儿戏！"

"咱不是说好了吗？要把精武门办成新式武馆，嘴上这么说，做起来却按旧武林拜师收徒那一套，不是掩耳盗铃？精武门既是武馆又是学校，这一点你我已达成共识，你定的，每个月初一、十一、二十一，招收弟子。这一个月以来，已有三十多人成了精武弟子，怎么唯独要拒陈真于门外？"

"我们定的标准你忘了？凡想成为精武弟子，必是有志武学的好青年！若曾在其他地方拜过师、学过艺，必将习武的目的，由争强斗狠、门派相竞，转为强身健体、提升民族精神，没错吧？"

"一字不差。"

"陈真能做到？从他的眼神里我就能看得出，他是来替孙无疾报仇的！"

"你什么时候变成火眼金睛了？我怎么没看出来？"

农劲荪气得直跺脚："元甲，你就缺陈真这么个徒弟吗？！"

"你我早有分工，精武门我主内，负责选拔弟子，带着他们精进武学；你主外，负责交际联络，弘扬精武精神。收徒弟这件事，我说了算。"

农劲荪气得要哭："孙无疾之死凶手还没找到，万一真凶就是……"

霍元甲打断："不可能！怎么会是陈真？！"

"我说的是万一！知人知面不知心！在松江大堂上，陈真明显有所隐瞒，我看在眼里，记在心里！"

"人总有些事不方便说出，就像前些日子去荣府，我也曾对你隐瞒。”

“那不是一回事！”

“好了劲荪，我娘在医院里住了一个月，才回来，我得赶紧去问问她老人家想吃什么。陈真已进精武门，绝无再撵出去的道理。这件事，你就迁就我一回吧，啊！”

说完，霍元甲嬉皮笑脸地走了。

农劲荪气愤而无奈。

许大有和刘振声跑来。

农劲荪阴着脸。

“对这个陈真，我一万个不放心，你们两个瞪大了眼珠子，盯着他，一定要保护一家老小的安全！”

许大有和刘振声连忙抱拳：“是！”

清冷的月光下，一个身影，佝偻着腰从拐弯处拐出，这是陈真端着一大盆热水向霍元甲的卧房方向走去，他的眼珠滴溜乱转，不怀好意。

陈真逼近霍元甲的房间。

一个声音低沉而有力：“站住！你来干什么？”

陈真抬眼看去，黑暗中，刘振声走了出来。

陈真假装诧异：“你来干什么？”

“保护师父！”

陈真假装不理解：“有这规矩？每天晚上都有人保护师父？”

“少废话！精武门飞进来一只不祥的鸟，不得盯着点？说，来师父卧房到底想干什么？”

“你没见我给师父端的洗脚水吗？”

“有师娘伺候，用得着你端洗脚水吗？”

“我刚进师门，按规矩，得给师父端洗脚水、倒夜壶一个月呢！”

二人争执之际，门推开了，霍元甲披着衣服走出。

“是你们俩呀……何事争吵？”

“我来给您端洗脚水！”

刘振声指着陈真：“陈真不怀好意！”

二人几乎同时说出。

霍元甲什么也没听见：“振声，你等会儿，陈真，你先说。”

“师父，我来给您端洗脚水，待会儿我不走，就在门外候着，您有事随时唤我，明天早起我来给您倒夜壶。”

“这是为什么？”

“拜师学艺的规矩啊，我听说在武林上拜名师都这样。”

“你刚拜孙老前辈为师时，也这样？”

陈真尴尬地笑了笑：“那时候我小，不懂事，自己还尿床呢……”

霍元甲笑了：“这不就得了。你说的所谓规矩，旧武林陋习而已，在精武门都要改，回去早点休息吧。”

“是……”

“哎，热水就留下吧，我还真想烫烫脚。”

陈真答应着将水盆放下，起身瞟了眼刘振声，走了。

“振声，说说吧。劲荪让你来的？”

“对……啊不是！陈真此来心怀鬼胎，我决不能让他伤了师父毫发！”

“你这份孝心为师领了。陈真才进精武门，你是大师兄，要多爱护他。”

刘振声有点傻眼。

“他和孙老前辈相依为命多年，现在就像孤儿一样脆弱，你要让他在精武门有家的感觉。”

刘振声脸上露出执拗的神情。

“怎么？做不到？不听为师的话？”

“师父，这个陈真……他不怀好意！您听我说……”

霍元甲伸手制止刘振声：“以后这种话就不必说了，你也回去早点睡吧。”

说完，霍元甲弯腰自己端起木盆进了屋。

刘振声被晾在门口，气得直跺脚。

房里，霍东觉已经在床上睡着了。

霍元甲的两只脚泡进盆里："嚯，这水还挺热乎！"

王氏走了过来，蹲下要帮霍元甲洗脚。

"哎，你干吗？不用不用，我又不是小孩子！"

霍元甲一把拉起王氏，让王氏坐在自己身旁。

"我做错了事，你一句都没有责怪我，我一直觉得心里愧疚，哪还敢劳驾你帮我洗脚啊？"

王氏笑了："不是说以后不再提了吗？刚才看你一直发呆，在想什么？"

"精武门的弟子越来越多，我在想，除了教习武功外，还能教他们一些什么……我想明天跟劲荪谈谈，让他给弟子们上课。"

"上课？"

"对，最近报名的弟子越来越年轻，其中有很多弟子从来没有读过书，没有读过书的想理解武学精髓，很难，更何况我不希望精武门教出来的都是一介武夫。"

"这个主意很好，只是……"

霍元甲知道王氏要说什么，自己先说了出来："阿发……"

"是啊，在天津的时候阿发和沙燕都参加过农劲荪组织的讲习班，当然，我决不是说阿发的死与上课有关。"

"当然有关，这也正是我犹豫之处。"

"我发现这次从松江回来你一直有心事，经常无缘无故地发呆。"

"我常在想，如果没有荣先生派左叔去松江救我，恐怕我早就被砍下了脑袋。泱泱大国的堂堂知府怎么可以那么糊涂？那日在大堂之上，松江知府一见费德勒替我说话，就像换了个人一样，甚至说可以是奴颜婢膝，就因为是洋人……这次松江之险真是令我五味杂陈。如今的朝廷，虽宣称推行新政，但多年来的弊端积重难返，老百姓最怕的就是当官的，可当官的最怕的就是洋人。洋人一动怒，朝廷就割地赔款，洋人一告状，官府就去杀那些被逼无奈奋起反抗的老百姓。这就是国之现状，可悲啊可悲！”

“元甲这是在忧国忧民，可是老佛爷和皇上不着急，光靠你着急也没有用啊……”

“先贤顾炎武道：‘天下兴亡，匹夫有责！’我中华儿男，又岂能坐视国家走到如此地步？我现在慢慢觉得，农劲荪以前说过的很多话是对的，爱徒阿发之死也让我觉得光荣。”

王氏愣住，看着霍元甲，调整着词汇：“我还是第一次听你说出这样的话。”

“不从根本上改变，国家就没有希望，民族也将一直被压迫，被欺辱！所以，我希望精武门培养文武兼备、心怀吾国吾民、能从根本上改变中华命运的人才！”

“如果真能那样，精武门将载入史册……元甲，你的心意我已完全理解，也替你高兴，我唯一需要提醒的是，除了劲荪外，刚才这些话不要再跟别人讲，当心小人算计。”

霍元甲点了点头。

这一日，霍元甲和农劲荪对坐着。

农劲荪有些激动：“元甲，你这番肺腑之言让劲荪佩服得五体投地，一个武术家能有如此心怀，谁还敢说我中华没有希望，没有未来？！”

“这么说你同意我的想法？”

“光我一个人教可不行，上海是个国际大都会，不缺有进步思想的名流与贤达，我也会请他们来精武门授课。”

霍元甲起身抱拳：“希望劲荪能为精武门多培养一些国家未来的栋梁。”

农劲荪也起身还礼：“元甲，今日我尊称你一声霍大侠，心系天下的，才是真正的大侠！”

霍元甲笑了，有些不好意思。

精武门弟子越来越多，霍元甲看在眼里喜在心头。

清晨时分列操，农劲荪告诉大家，在精武门学文不收钱。精武弟子中爆发出一片欢呼声，陈真也位于人群中。

“不过我丑话说在前头，要是学文不刻苦，我可要罚，决不轻饶！”

有弟子喊着：“放心吧农先生，不要银子学文，我们肯定好好学！”

霍元甲和农劲荪相互对视，笑了。

“元甲，你说两句。”

霍元甲上前两步，朗声道：“凡进我精武门的弟子，都背过精武三德，明白勇者无惧的道理，但今天我想告诉大家，精武之勇，绝非好勇斗狠之勇，而是为我国家挺身而出之勇！只有奋进的青年才可有此大勇，所以我希望，今日精武弟子，在这个院子里，跟我习武强身，跟农先生学文长见识，明日走出精武门，争做国家栋梁，担负起复兴民族的重任。”

刘振声、许大有等许多弟子都被感染，带头喊着：“乃文乃武，唯精唯一！”

精武弟子们跟着喊，只有陈真死死地盯着霍元甲，没有张嘴，他就站在刘振声身后，刘振声脸色不好看了。

农劲荪：“好了，以后早上习武，午后学文，现在是习武的时间，大家练起来吧！”

众人刚要散，刘振声突然道：“等一等！新进精武门的弟子中有哑巴吗？”

刘振声转过头：“陈真，我一直用耳朵贼着你呢！你刚才张嘴了吗？”

“没有啊。”

“为什么？师父和农先生苦口婆心都是为了弟子们好，你没听见啊？”

“不是……师父，你说得太好了，我听得入神，忘了跟着大师兄喊了。”

“无妨，但希望你能在心里认同精武门的新主张。”

“我认同！日后会有更多人来精武门学武的。我师父霍元甲天下第一！”

霍元甲皱了皱眉头。

农劲荪：“陈真，刚才我和元甲谁说过天下第一的事？你难道不知道这个称号是元甲最不想听到的吗？”

陈真一愣：“啊？练武不就是为了天下第一吗？再说，师父就是天下第一呀！”

刘振声始终瞪着陈真，后入门的精武弟子们觉得陈真傻，已经笑了起来。

霍元甲走向陈真：“陈真，刚才我讲话之时见你一直聚精会神地看着我，怎么我说的你却没有听到呢？”

“听到了……”

刘振声：“你听到什么了？师父每天都在讲，要摒弃门派相斗，不许好勇斗狠！还天下第一？师父刚才还痛斥了旧武林的恶习，说的就是这个！”

“呃，是吗？对不起师父，我这耳朵是不是出了什么毛病？”

陈真连忙把手指伸进耳朵，假装很痛苦的样子。

“振声，你先去吧。”

刘振声瞪了眼陈真，气哼哼地走了。

霍元甲轻声道：“陈真，你蹲了一个月的大牢，不会是在牢里被毒打了吧？”

“没有，刚才我是突然想起了我师父，心里难受，就没听清您说什么。”

陈真连忙抱拳：“要不师父，劳驾您再给陈真讲一遍，我一定牢记在心！”

“日后我每天都会讲精武门的新主张，到时你自然会记住。”

“噢……那师父，您什么时候教我练武啊？”

“不急，你的武功基础比其他人高很多，为师若现在教你，别人就只能干看着了，你跟我来。”

陈真只好跟着霍元甲走向正在召集人练功的许大有，一部分精武弟子们列队站好。

“诸位，陈真虽才进精武门，但他跟随名师，自幼习武，尤其是腿上功夫了得，今天就让陈真教教大家腿上功夫。”

没等弟子们反应过来，陈真慌了：“等等！腿上功夫是我师父教我的绝技，不能外传！”

许大有：“又来了，你这就是门派之念！”

霍元甲：“大有。”

许大有看了眼霍元甲，不再说话。

陈真：“我不能做对不起我师父的事，不能！”

霍元甲：“孙老前辈教你的绝技，你不必传，但天下武学都是相连相通的，你指点一二，大伙可能会受益匪浅。”

陈真不好再拒绝，霍元甲拍了拍他的肩膀，走了。

刘振声追向霍元甲。

“师父，您放心，我会盯着陈真，他要是主意不正，我饶不了他！”

“你不好好教师弟们练功，盯着陈真干什么？”

“我是大师兄，他是才入门的小师弟，我这大师兄不能白当啊！”

“入门有先后，但都是精武弟子，若让我知道你以大欺小，决不轻饶。”

刘振声没想到霍元甲会这么说，有些不服。

陈真象征性地指点着大家腿部的动作和踢法。

刘振声撇嘴看着陈真，他对陈真的教习并不满意。

陈真刚教完一个弟子动作，转过头来正和刘振声来了个面对面，很明显刘振声一直在陈真身后盯着。

“大师兄……”

“教的什么玩意，照你这么教，不把精武门的名声教臭了才怪！大有！"

许大有一见刘振声跟陈真较上劲了，连忙跑来。

"大师兄，怎么了？！"

许大有那架势恨不得马上出拳打陈真。

刘振声："我看陈真在松江大牢里蹲了一个月，这胳膊腿儿都没活动开啊，怎么教别人练武？"

许大有："对呀，我看也不行。"

"后院茅厕几天没人掏了？"

"有几天了吧？"

刘振声盯着陈真的眼睛："陈真，你先去后院，掏茅厕，挑挑担子，也把你这些懒筋都抻开，如何？"

陈真："师父让我教他们腿上功夫！"

刘振声："大有，告诉他精武门的规矩！"

"师父不在，大师兄说了算！"

刘振声和许大有都恶狠狠地瞪着陈真。

陈真突然笑了："还别说，坐牢坐的，我这筋是有点坐懒了……"

说着，陈真猛地一踢腿，速度、位置、力量皆属一流。

"是得好好抻抻，多谢大师兄照顾，把掏茅厕这么好的活儿交给我，家伙什齐全吧？在哪放着呢？我这就去。"

陈真的态度三百六十度大转弯，完全是不想与刘振声、许大有正面冲突，弄得二人反倒没了招。

陈真挑着担子，两边挂着两个破木桶，要从后门出去。

霍元甲看见这一幕。陈真驻足，他判断出是霍元甲，眼珠一转回过身来，叫师父。霍元甲走了过来，问他在做什么。

陈真说在掏茅厕："没谁叫我去，我就是在牢里待久了，胳膊腿儿的欠活动，教别人也教不好，先找点活干，把腿上筋抻开了，以后再说……师父，我先走了，臭，别熏着您。"

陈真没有告状，脸上的神情显然是自己在忍辱负重。

霍元甲看着陈真的背影，猜测着。

霍元甲问刘振声掏茅厕的事。刘振声以为陈真告了状。霍元甲说没有，陈真说是他自己找活干。

刘振声一下愣住。

“你看，你误会了吧？我跟你说过，希望陈真在精武门找到家的感觉，可才来你就让人家掏茅厕，合适吗？”

“我……”

“虽没告状，但是从他的脸上我能看出委屈，这样吧，今晚在你房间弄些酒菜，你和大有陪陈真一醉方休。”

“什么？我们还得陪他喝酒？”

“我也来。”

刘振声一脸的不情愿：“每隔十天就有新进门的弟子，您这么做不合适！”

“你我心里都知道，陈真跟别的弟子不一样，论学武的年头和武功基础，他都不在你和大有之下，就算是为了孙老前辈，难道不该请陈真喝次酒吗？”

刘振声无语，但显然不服。

许大有向大门张望着，没有结果，摇了摇头，看了看天色，他有些担忧。

刘振声房间里，酒菜已经摆好。

霍元甲坐在桌前等候，见许大有从外面进来，忙开口问陈真人呢。许大有摊了摊手，说问了好几个师兄弟，都说没看见他回来。

刘振声：“嘿，逃跑了！”

许大有也道：“师父，他来干啥？明摆着的，昨天夜里假装给师父送洗脚水，就是暗藏杀机，没想到有大师兄盯着呢，他没得逞！今天又被派去掏茅厕，心想行刺不成还得受罪，知难而退，逃跑了呗！”

许大有说这话时有些讨好刘振声，刘振声对师弟的判断很满意。

霍元甲不信："不可能，也许他是走错路了，或者是在街上惹祸了？"

想到这，霍元甲"腾"地站起身："你们俩跟我出去找找！"

刘振声不想去，但也无奈。

天色已经慢慢变暗，霍元甲冲出大门，刘振声和许大有紧随其后，三人向一个方向走着，却突然驻足，许大有率先发现陈真从另一个方向走来。

陈真一手拎着一坛酒，另一手提着一些吃的，低头走着，抬头之际，忽见霍元甲三人迎面而来，下意识地连忙将酒和肉放在身后。

刘振声怒道："让你掏个茅厕，你借道跑出去一下午，还有没有点规矩？！"

"对不住……"

"你干什么去了？说！身后藏的什么？拿出来！"

陈真看着霍元甲，挤出笑容："是酒……还有一只鸡，四只酱猪脚。"

"够馋的呀？你嫌精武门的饭没油水？"

"不是！我这不是初来乍到嘛，才弄明白精武门的规矩，师父不在的时候大师兄说了算，我知道大师兄不喜欢我，想请大师兄喝顿酒……"

刘振声傻了。

许大有："就算你买酒买菜也用不了大半天的时间啊？师父还以为你惹祸了呢！"

"我……我没钱，就先到码头上卖苦力去了，正赶上有个急活，一大船货等着卸，我有力气，扛麻包比别人扛得快，我一个人干活挣了三份工钱，刚好买了这些……"

"哎呀！师父，这陈真还真是个厚道人，比我还……"

许大有直挠脑袋，他已经被陈真感动了，却遇到了刘振声恶狠狠的目光，许大有连忙收声。

霍元甲："振声，陈真这酒菜可是要请你的，为师是要沾你的光咯？"

"师父，看您说的……"

刘振声不好意思了，只好转向陈真："陈真，我不用你请，师父今天还特意交代让我请你呢，菜都摆上桌半天了，就等你了！"

刘振声虽这么说，却仍对陈真饱含敌意。

桌上，陈真买回来的菜摆上后便丰富多了，小酒盅倒满了酒。

"来，大家一起喝一杯，自此后，希望陈真拿精武门当自己的家。"

霍元甲张罗着，陈真端起酒盅，假装很感动，却喝不下。

刘振声大声道："陈真，师父敬你呢，你得先喝！这可是规矩！"

很明显，刘振声担心酒里有毒，霍元甲明白刘振声的意思，又不好点破。

"我这第一杯……"

陈真转过头去，将酒洒在了地上。

刘振声要急，霍元甲连忙伸手制止："陈真是在用这第一杯酒敬孙老前辈，应该的。"

霍元甲亲自拿起酒壶，给陈真的空酒盅倒上了酒。

"多谢师父。"

这回陈真一仰脖，将酒喝了下去，他龇牙咧嘴，感觉很辣。

刘振声这才放心："师父，来来来，咱干！"

霍元甲没好气地瞪了刘振声一眼。

三人干杯，喝完，陈真连忙端过酒壶给众人倒酒。

霍元甲："我发现陈真很会买东西，这鸡和这猪脚都香得馋人，来，咱们先吃，待会儿再喝！"

说着，霍元甲先拽了一块鸡腿，放到陈真盘里。

“多谢师父。”

“以后是一家人了，不用总把谢字挂在嘴边。”

众人开吃。

陈真再次端起酒盅：“师父，这第二杯酒我敬您，您啥时候教我武艺啊？”

“今天喝酒，不说这事，来来来，振声，大有，一起！”

陈真有些尴尬，四个人各自喝酒。

陈真又抢着倒酒，但他的脸已经红了起来。

刘振声一把抓住酒壶：“你别假装客气了，我倒吧，挺好的酒，你再倒洒了。”

陈真不好意思地笑着。

“陈真，孙老前辈可是酒仙，你跟他多年没学过喝酒？我看你才喝两杯，怎么脸就红了？”

陈真有些不好意思：“师父没少逼着我陪他喝酒，可我就是学不会，一喝就这样。”

许大有笑了：“以前我酒量就算最不好的，没想到来了个比我还差劲的……不过陈真，喝酒脸红的人，实在，好交！今天我还在师父面前怀疑你来着，现在看来我冤枉好人了……”

许大有说到这，又发现刘振声在瞪自己，他连忙收声。

“大有说得好，师兄弟间就应该这样。振声，今天你派陈真去掏茅厕，是故意难为他吧？这样，你们三个喝一杯坦诚相见酒。”

霍元甲此言一出，刘振声只好端起酒盅。

刘振声看向陈真：“陈真，咱们师兄弟喝一杯，既然入了师门，以后就要老老实实为精武门出力，你若再心怀鬼胎，我跟大有可决不容你！”

陈真端酒：“请大师兄放心，陈真决无二心！”

许大有：“嘿，我就等你说这句话呢！我信你！来！”

许大有高兴地一把搂住了陈真的肩膀，三个酒盅碰到一起，喝了。

霍元甲看着高兴，可陈真对酒的反应却更大。

“快快快，陈真，吃菜吃菜！”

陈真点头吃着菜，压着酒劲。

这回是许大有拿起酒壶来又给三人满上了酒。

霍元甲：“陈真啊，你去码头卖苦力，一下午挣的钱就买了这么多吃的，还有这么好的酒，可见你凭自己的本事谋生不在话下，可你却来了精武门，为什么？”

陈真低着头，眼珠一转，抬起头来就变得憨实了：“我从小练武，就爱练武，我知道师父身上有真本事，我想学。”

“先前我笑大有是武痴，没想到你对武学也是痴心不改……这很好，精武门最需要的就是爱武之人，但是我们提倡的是乃文乃武，唯精唯一。你出去的这一下午，耽误了最重要的事。”

“什么事？”

“你没有上农先生的课。”

“我……我认字不多，上课就算了吧？”

霍元甲忽然严肃起来：“不行，陈真，对你来讲，听农先生的课比跟为师学武还要重要。一个人最大的进步无外乎是思想上的飞跃，这是为师多年所悟。陈真，我对你寄予厚望，希望你文武兼修，早日成为栋梁之材。来，为师敬你！”

陈真连忙起身，他假装惶恐，霍元甲与陈真碰杯，一饮而尽。

陈真也一口喝完，这一杯下肚，他的状态已颇有醉意。

刘振声对霍元甲夸奖陈真有些嫉妒，撇嘴道：“就这酒量，还对他寄予厚望？拉倒吧……来，师父，我也好久没跟您喝酒了，我敬您！”

陈真的眼前，人影确已婆娑了，他使劲地咽着吐沫，压着酒劲，不然要吐出来了。

一会儿的工夫，陈真已经倒在床上睡着了，鼾声如雷，霍元甲为他盖着被子。

陈真猛地惊醒，一跃而起，四下观察，发现刘振声、许大有还坐在桌前。

霍元甲笑了："醉得也快，醒得也快啊！"

"对不起师父，我怎么睡着了？"

"是师父把你放到床上的，要不是他老人家接着你，你就直接栽在地上了！"

"对不起师父，我这酒量太差了！"

陈真摇摇晃晃地走向酒桌："啊？师父，你们把这坛子酒全喝了？"

"是啊，为师喝得最多。"

"那您不会醉了吧？"

"今天高兴，醉了正好，月色如梦，喝醉了酒，也不耽误在梦里打拳！"

霍元甲顺口一说，陈真思忖着。

"对了，振声、大有你们都记住了，以后可不能让陈真多喝，他只有四杯酒的量！"

说着，霍元甲伸出四根手指，陈真看向他的四根手指。

许大有和刘振声都打着哈哈，没太在意。

月在中天，长空如墨，已是四更天了。

霍元甲来到院子里。角落里，陈真的身影出现了，他看着霍元甲。

霍元甲突然拉开架势，一套迷踪拳打得是出神入化，陈真瞪大眼睛看着，他并没有见霍元甲用过真功夫，这一见不免有些惊讶。借着酒劲，霍元甲的拳打得潇洒自如，月光皎洁，他一身素衣，人与大地一色，拳与天地融合。

一套拳练罢，霍元甲收势，调整着气息。

陈真看傻了。

霍元甲转过身："陈真，出来吧。"

陈真惊讶，只能从角落里走出。

"怎么？你来偷艺？"

“没有啊！是师父要传我武艺，我准时来了。”

“我什么时候说要传你武艺了？”

“您说我的基础比别人好，白天教我别人就只能干看着，意思不就是只能夜里教我了？今天喝酒的时候，您又说月色如梦，可以在梦里打拳，意思就是今夜您会趁着月色打拳嘛。然后您又说我陈真只有四杯酒的量，当然就是告诉我四更天来跟您学拳了……”

霍元甲哈哈大笑起来：“为师是说者无心，你是听者有意，恰巧为师睡不着，出来打套拳，还被你蒙准了，哈哈……我突然想起《西游记》，孙悟空向菩提老祖学艺好像就有这么一段。”

“孙猴子滑得很，我是憨傻之辈，不一样。”

霍元甲又笑了：“你的憨傻恐怕是装出来的吧？”

听了这话陈真心里一惊。

“来来来，你我过过招，把你看家的本事全使出来，也算是让为师摸摸底，好知道以后怎么教你。”

“唉！”

陈真巴不得要杀霍元甲，立马拉开架势，一手化拳，一手鹰爪。

霍元甲伸手示意陈真出招。

陈真却突然作罢：“算了师父，刚才看了您那套拳脚，我不敢跟您过招了，要不试试兵器吧？”

离二人不远处的兵器架，刀枪剑戟，在月色下渗着寒光。

霍元甲走向兵器架，看着兵器，一把刀在兵器架外戳着，极方便入手，趁霍元甲背对自己之际，陈真握住了刀，找准机会，拦腰向霍元甲砍去。

霍元甲听到背后风声，侧身躲闪，刀以毫厘之差，没有伤到霍元甲。

陈真哪肯罢休，连续砍出数刀，刀刀奔霍元甲要害。

霍元甲连续躲闪，终于跳出陈真攻击范围，同时一条棍已到了霍元甲手里。

霍元甲用棍指向陈真，陈真的刀距离不够，暂时无法够到霍元甲，只好收敛了恶狠狠的目光。

陈真知道时机已逝，不知自己是否暴露，试探着："师父果然厉害，刚才陈真还想试探一下您，却有些自取其辱了。哎，师父，您怎么不选件更趁手的兵器？"

霍元甲凝视着陈真，判断着，突然一笑："这个就很好。"

"师父您逗我？霍家枪名扬于世，您用一条棍，又没尖儿又没刃儿的，不公平啊！"

"刀枪剑戟，皆有利刃，利刃在，怨气生，容易走偏锋，唯独棍，朴实执中，是我平生最喜欢的。武林中很多人知道我用枪，但其实只要面对的不是顽敌，我通常是以枪为棍。"

陈真琢磨着霍元甲话里的意思。

"今夜月色正好，师父突然想起南宋张孝祥的《念奴娇·过洞庭》，这首词写得很美，其中有这样几句——'素月分辉，明河共影，表里俱澄澈。悠然心会，妙处难与君说。应念岭海经年，孤光自照，肝胆皆冰雪。'"

"'表里俱澄澈，肝胆皆冰雪。'"

"你说自己认字不多，却立刻能从这首词中找出最重要的两句？"

陈真有些尴尬。

"我们习武之人，最怕的就是生恶念，内心险急者，常不得武林正道。"

霍元甲说得很平淡，但陈真知道他是在点自己。

"'孤光自照，肝胆皆冰雪'，则是我霍元甲一生之追求。"

陈真低下头，他以为霍元甲已经识破自己，他在想退路，霍元甲的声音再次响起："来吧，把孙老前辈教你的绝招都使出来。"

陈真抬起头看着霍元甲，霍元甲凛然坦荡，仿佛并没有怀疑陈真。陈真目光游离，呼吸急促，紧握钢刀，四目相对，高下立判。陈真挥舞大刀，刀刀都是杀招。霍元甲用棍将陈真的招数一一化解。陈真越打越拼命，不仅出招凶狠，而且力道越发加重。大刀劈空，劈在石板地上，溅起一片火星，陈真被震得手腕发麻。陈真杀红了眼，再次扑向霍元甲。霍元甲多次相让，陈真却不肯罢休，甚至每一刀都伴随着“杀”字喊出。陈真力气逐渐殆尽，动作也有些跟不上，气息越来越重。霍元甲突然以棍为枪，连续几招攻向陈真。棍尖儿微微地点到了陈真胸口，力道却让他倒退数步。霍元甲再次上前，挥棍施展出类似霍家枪的棍法。陈真手中的大刀被长棍挑飞。大刀落地。陈真试图捡起大刀再战，霍元甲用棍扫向陈真的去路。陈真只得飞身跃起，以躲避霍元甲的棍，但再落地时根本站不稳，几乎是摔倒在地上。刀距陈真近在咫尺，但他已经没有力气去抓。陈真的两只手拍在了地上，他懊恼不已，额头渗的都是冷汗。

陈真喘着粗气叹道：“师父，霍元甲武功高强，徒儿打不过他，没法给您报仇了！”

这一句说完，陈真已然道出了自己的心声，此时他不再想隐瞒杀霍元甲报仇的心思，趴在地上的他只求一死。霍元甲手持长棍，默默地看着陈真，丝毫没有要动手的意思。

陈真回头看向霍元甲：“你还不动手杀我？那我自行了断！师父，徒儿来了！”

说着，陈真上前抓起自己的大刀，抡刀试图自刎。霍元甲又一次出棍，将大刀抽飞。刀飞出很远落在地上。陈真呆愣在原地。

霍元甲心疼地看着陈真，突然道：“青，出于蓝而胜于蓝；冰，水为之而寒于水……陈真，你的底子好，悟性高，假以时日，武功一定会超过为师。”

霍元甲将“为师”二字说得很重，他的声音儒雅而有力，一字一句灌入陈真的耳畔。

说罢，霍元甲将棍一甩，长棍直挺挺地插进兵器架。

“好了，时辰到了，你也累了，快回去睡吧。”

霍元甲并没有回头看陈真，径自走了。

月光中只剩下陈真，他仍然重重地喘息着，分不清自己是在现实还是梦中。

太阳晒在陈真的脸上，他仍鼾声如雷，一只大手出现在他脸前，想去抽其嘴巴子。

此人正是坐在陈真床头的刘振声。

刘振声气得摇了摇头，收起巴掌，攥起两根手指，在陈真床头使劲地敲着。

陈真吓得猛然惊醒，起身。

“这……这是哪？”

“哪？我的房间啊！”

“我怎么睡到大师兄房里来了？”

刘振声骂道：“你睡得可真香，早上该练功的时候死活叫不醒，我就跟大有一起，连床板给你抬到这屋来了。”

陈真这才发现自己的床是被临时架在刘振声房里的。

“什么时辰了？”

“马上就要开午饭了，说得好听，拜师学艺，师父教授武功的时候你在被窝里睡觉，拜什么师学什么艺？！我为什么把床给你搬到这屋你知道吗？岁数也不小了，我怕年轻的师弟跟你学坏了，都不起床！”

陈真撩开被子一看，发现自己还穿着睡裤，连忙蹦下床。

“大师兄，陈真知错了，明天我一定早起，跟师兄弟们一起练功！”

刘振声“哼”了一声，拂袖而去。

陈真坐在床上发呆，是什么原因导致自己累得起不来床，他心知肚明。

突然门被撞开，霍东觉冲了进来：“哎？大有哥没在啊？大有哥呢？”

陈真从回忆中惊醒：“噢，他不在。”

霍东觉扭头就往外跑，跑到门口又回过头来，看着在床上发呆的陈真，笑了。

“我是来找大有哥的，可没想到却碰到一只大懒虫！”

说完，霍东觉做了个鬼脸跑了。

陈真不再愣神，连忙起身穿衣服。

霍东觉又推开门冲陈真喊着：“大懒虫，你快去吃饭吧，精武弟子多，去晚了可就没得吃了！”

这次霍东觉真的走了，陈真思考着。

霍元甲告诉农劲荪，陈真的武功基础确实很好，看来孙无疾虽行事古怪，但教徒弟真是一流的。

农劲荪凑上前：“元甲，我没问你他的武功基础如何，他来精武门的目的你试出来没有？！”

“孙老前辈死了，陈真孤苦伶仃，他又不认识别人，不来投奔我们又能投奔谁呢？”

“他一个大小伙子有的是力气，在码头上干活一个人都能挣三个人的钱，他养活不了自己啊，非要来投奔精武门？”

霍元甲一听，脸上有些为难之色：“这振声嘴可真快……”

“你不能怪振声，是我让他盯着陈真的！”

“就算他能养活自己，可这孩子视武如命，他想跟我学功夫，才来的精武门，这不正是咱们需要的人才？”

“你……元甲！你对陈真并不了解，他的过去、脾气、秉性你都不熟悉，当心吃亏啊！”

“放心吧劲荪，也不知道怎么的，一看到这孩子，我就觉得跟他有缘分，就像很多年前，我刚刚见到阿发。阿发是个富家子弟，按说我不应该收他为徒，也是因为缘分嘛！陈真跟阿发的年纪应该差不多，劲荪，你就不能和我一样，也像对待阿发一样对待他？”

“你少拿陈真跟阿发比，我不爱听！总之，我是孤身一人，可你，一家老小都住在精武门，你不为自己想，也该为老人和孩子想想！”

说完，农劲荪拂袖而去，霍元甲表情凝重，他多少也有些犹豫。

大空屋子里变成了临时的教室，农劲荪在黑板上写着什么，他正在给精武弟子他们上课。

精武弟子们听得聚精会神。

坐在最后面的陈真却打着自己的小算盘，眼珠滴溜乱转，趁农劲荪回头，陈真溜出教室。

精武门厨房，陈真走进，他掀开锅，锅里并没有东西。

陈真四处找着，剩菜剩饭也没有找到，突然发现了水缸，他上前打开缸盖，里面是清澈的水。

陈真的手塞进腰间，摸出鹰九给他的毒药，耳边再次响起鹰九的话。

“他不是用毒害死你师父吗？我们也用毒弄死他全家！你假意去拜师学艺，霍元甲是个伪善的人，他一定会收下你，然后找准机会，把这个下进做饭的锅里，或者喝水缸里，就能大功告成！”

陈真犹豫着，想起放过自己的霍元甲，跟自己喝酒的刘振声、许大有，和自己一起被霍元甲训斥的精武门弟子，每一张脸都是活生生的人。

陈真的手哆嗦了，他咬了咬牙，又将毒药塞了回去，刚要走出厨房，正碰上小莲。

陈真吓了一跳。

“哎，你来厨房干什么？喔，我明白了，你偷吃！”

陈真知道编不下去，只能道：“是……我睡过头了，中午开饭的时候来晚了，没吃饱……”

小莲笑了：“我听大有哥说了，拿门板抬你你都没醒，我还学给二少奶奶听，她说你在大牢里蹲了一个月，肯定受了不少苦，好不容易有地方睡安稳觉，睡过头很正常！没吃饱是吧？我给你找吃的！”

说着，小莲便跑进厨房，从高处一个篓子里找到一块大发糕。

“给，这个！今天早上给老夫人蒸的，里面有枣，可好吃了！”

说着，小莲将发糕放到陈真手里，陈真为了掩饰，只能大口地咬着。

陈真吃了两口被噎住了。

小莲连忙去水缸盛出一碗水，递给陈真：“慢点吃，喝点水。”

陈真看到小莲从水缸里盛水，心里一阵后怕，庆幸自己没有下毒。

小莲突然问：“别的弟子都去听农先生讲课了，你怎么不去？”

“我……我听不懂……”

“那正好，你帮我劈柴吧，自从农先生给弟子们上课，大有哥也跟着听，只有晚上才能来帮我劈柴，可柴火不多了，我怕做晚饭不够。”

陈真笑着：“那我劈！”

厨房门口，陈真劈着柴火，大斧子抡圆，噼里啪啦，发泄着心中的仇恨。

陈真边劈边嘟囔：“不行，霍元甲是我的仇人，可我不能伤及无辜！”

突然一个稚嫩的声音从陈真身后传来：“大懒虫，你说什么呢？”

不知何时，霍东觉已经来到了陈真身后，陈真吓了一跳，回过头去：“我没说什么呀……”

“我听见有人劈柴，还以为是大有哥呢，没想到却是你这个大懒虫……小莲姐姐！”

说着，霍东觉就往厨房跑，他是想找许大有，让许大有带他去买冰糖葫芦。

“大有哥在听农先生讲课。”

“我知道，所以娘不让我去，小莲姐姐，你帮我去好不好？”

“东觉，二少奶奶不让你去，那我去，她也不会让啊！”

“不嘛不嘛！我就要吃！”

小莲无奈：“那好，今天晚上我跟大有哥说，明天让他去带东觉买，好不好？”

霍东觉撇着嘴：“好吧，人家今天想吃的……”

霍东觉此时三四岁大，话也说得不太清楚，他甩着胳膊，不高兴地走了，陈真始终盯着霍东觉，他的眼神中有凶恶的光芒。

陈真继续劈着柴，也想着对策。

不一会儿，地上已经堆起了一大堆的柴火，陈真把所有该劈的柴火全都劈完了，将斧子蹴在木墩上，呆愣在原地，想着事。

小莲从厨房里走出：“哇，陈真，你劈得真快，比大有哥还快！多谢你啊！”

小莲说完就要往外走。

陈真叫住：“哎，小莲姑娘，你是要出去吗？”

“对呀，现在精武弟子越来越多了，二少奶奶让我多腌一些咸菜，早上喝粥的时候吃，可是盐不够了……”

陈真眼珠一转：“那我帮你去买盐吧！”

“那感情好！我这正忙不开呢，给你钱。”

说着，小莲就将一些铜钱递给陈真。

陈真接过，揣进怀里，他在霍元甲身上找不到机会，已经把目标转移到霍东觉身上了。

来到院子里，陈真找到了正在玩耍的霍东觉，以买冰糖葫芦为名将孩子带出门。

霍母房里，王氏正在帮老人家做着全身按摩。

小莲推门进屋，王氏听见门声回头看：“小莲？怎么不敲门啊？”

小莲有些尴尬，四处看着。

“你找什么呢？”

“没找什么……”

小莲偷偷向王氏示意有事，然后转身出了门。

王氏：“娘，怎么样？”

霍母：“舒服极了，只是累着你了。”

王氏：“那好。”

王氏转身往外走，出门。

“怎么了？”

门外，王氏疑惑地看着小莲。

“东觉不见了，四处找不着他，我还以为在奶奶这屋玩呢……”

王氏皱了皱眉头。

街上，陈真抱着霍东觉一路狂奔，霍东觉突然“哇”的一声哭了出来。

陈真愣住，街上的行人都看向陈真。

“小少爷，你哭什么？”陈真很害怕，他真的怕霍东觉说出自己的动机，因为此时身边已经围上好几个人。

“你说要给我买冰糖葫芦的，冰糖葫芦在平安里，我要去平安里，我要去平安里！”霍东觉道。

“哎呀，去什么平安里呀？前面就有！”

陈真向远处指着，果然有个糖葫芦摊，他望着周围众人狐疑的目光有些心虚，往糖葫芦摊跑去

霍东觉见到格外开心。

“看，我没骗你吧。”

陈真把铜钱扔给卖糖葫芦的，拿下两只，塞到霍东觉手里。

“谢谢你！大懒虫！”

“走吧，这回别哭了。”

陈真拉着霍东觉就走，脚下生风。

霍东觉吃着糖葫芦："两根，你真好，我再也不叫你大懒虫了！"

"你爱叫什么叫什么，反正也叫不了两声了。"

霍东觉没明白陈真说什么，只是兴奋地吃着糖葫芦。

陈真突然问道："小少爷，你爱不爱吃鱼？"

"不爱吃。"

"那你爱不爱吃虾？吃螃蟹？"

"虾还凑合……"

"好，那我现在就带你去吃！"

说着，陈真又抱起霍东觉，向一个方向跑去。

霍元甲信步走进精武门，小莲和许大有迎了过来。

"师父，您怎么才回来啊？！"

"雷霆云老前辈今日六十大寿，请为师赴宴，多耽搁了一会儿……你呢，不好好跟着农先生读书，跑出来干什么？"

"师父，出事了！"

霍元甲挑眉："怎么了？"

小莲："是陈真！他借着出去买盐，把东觉拐走了！"

正说着，农劲荪、刘振声、王氏、霍冯氏都跑了过来。

霍冯氏："哎呀，元甲你可回来了！你新收的那个徒弟陈真拐走了你儿子！"

"先别着急，到底怎么回事？"

王氏："东觉不见了，已经有一个时辰了。"

霍冯氏："就是被陈真拐跑了！"

刘振声："不是拐……师父，东觉肯定已经遭了毒手！"

刘振声抱拳跪地："师父，都是振声罪该万死，没看住陈真呐！"

王氏一听遭了毒手险些晕倒，霍冯氏一把扶住。

霍冯氏："振声你别瞎说！看把你师娘吓得！"

霍元甲也很着急，他看向农劲荪，农劲荪向霍元甲道着原委："是这样，吃过午饭后，陈真本是跟着我读书的，之后他在厨房见到了东觉，小莲托陈真出去买盐，可有人看见东觉跟着陈真一起出了精武门。”

“即便是孩子跟陈真一起出去了，也不一定像振声想的那样……”

霍元甲想着对策，看向许大有：“大有，去选二十个精武弟子，跟我上街找孩子！”

说完，霍元甲又看向霍冯氏：“大嫂，这件事千万不要告诉娘，别让她老人家着急！”

王氏很是焦急，霍元甲上前一把握住她的手：“你别急，东觉福大，不会有事的……”

话虽这么说，但王氏能从霍元甲的眼神中感觉到他焦急不安的心情。

黄浦江边，一男一女，两个身体羸弱、面色蜡黄的小孩在垃圾堆翻着吃的。

陈真抱着霍东觉走来，霍东觉手里的冰糖葫芦已经吃完了。

“给，再吃这根儿！”

陈真将另外一根冰糖葫芦塞进霍东觉的手里。

霍东觉看着冰糖葫芦，欣赏着，馋，又有点舍不得吃：“我不吃了，你带我回家吧，我给娘吃，她肚子里还有小弟弟或者小妹妹呢，让他（她）也尝尝！”

“回家？不着急……”

陈真忽然换了个口气：“小少爷，你叫霍东觉的对吧？”

霍东觉点了点头：“大懒虫，我不喜欢你叫我小少爷，精武门没人这么叫我，他们都叫我东觉！”

陈真笑着：“叫什么都无所谓，反正马上就不用叫了……你刚才说什么来着，你爱吃虾对吧？你看看，这里面都是虾和螃蟹！”

陈真说着便向江堤之上迈去，一步一步，他已经做好了将霍东觉扔下黄浦江的准备。

霍东觉突然指着一个方向："你看他们在找什么？"

刚要下手的陈真愣住了，他看向霍东觉指着的两个小孩。

"谁知道，别管他们！"

霍东觉大声地喊着："你们在找什么？"

小女孩有些不好意思，慢慢站了起来，她眼睛很大，脸上一道黑一道灰。

"吃的……"

"你们的爹娘呢？"

"饿死了……"

"大懒虫，你放我下去，我给他们吃糖葫芦，吃完他们就饱了。"

陈真恨不得立刻把霍东觉扔进河里，哪肯放手："行了，你别瞎说了，糖葫芦越吃越饿！"

"不可能，我刚才吃了一串就饱了，放开我，你看他们多可怜啊！"

霍东觉着急，使劲地挣脱了陈真，跑向两个小孩。

"给，你们吃吧，吃完就不饿了。"

小女孩看着糖葫芦不敢接，霍东觉还是将糖葫芦硬塞进小女孩的手里。

小女孩拿起糖葫芦，没吃，递给弟弟吃了一个，弟弟吃完又推给姐姐，两个人就这样一人一口。

霍东觉拉着陈真："他们吃糖葫芦可能饱不了，你也请他们吃大虾和螃蟹吧！"

陈真一愣："大虾和螃蟹？"

"对啊，你刚才不是说要请我吃大虾和螃蟹吗？我不吃了，你请他们俩吃，我爹说了，要做好人，不要做坏人，做好人就要行善，要言行一致。"

两个小孩把糖葫芦吃完了。

小男孩："姐，我还饿……"

小女孩："别瞎说，都吃东西了还饿？我不饿了……"

小女孩看向陈真和霍东觉："谢谢你们两个好心人，虾和螃蟹我和弟弟就不吃了……"

陈真忽然流下泪水，霍东觉看向他："你怎么哭了？"

"当年我也差点被饿死，是我师父救了我。"

"你说的是我爹吗？"

"不，我说的是以前的师父……"

"喔……"

陈真忽然大声道："霍东觉，你说得对！要做好人！好人要行善！走，我带你们三个一起吃大虾和螃蟹去！"

霍东觉高兴地拍手："太好了！"

陈真从兜里摸出钱来："我就只有这么点银子，你们三个一起吃，你自己可就吃不了多少了。"

"没事，我娘说了，做人要心胸宽广，有好东西要一起分享，不能自私自利。"

"那行，走！"

陈真一手搂着霍东觉，一手将肮脏的小男孩抱在怀里，那小男孩比霍东觉还要瘦小，霍东觉拉起小女孩的手，就这样，四个人离开了黄浦江边。

天色已黑，许大有带着一支队伍从外面跑进院子里，这里已经聚集了四五十人，以霍元甲、农劲荪为首，王氏、霍冯氏、刘振声、小莲都已经回来。

众人面面相觑，见到许大有空手而归，再次失望。

霍元甲有些难以相信。

农劲荪突然一声断喝："霍元甲！你就是太不听劝了！昨天夜里陈真假借跟你讨教武功，上来就用大刀偷袭，我一直都在暗处看着呢，可你仍然不说实话，你……你酿出大错啊！"

"不，就算陈真想报仇，他也应该找我，从目光中能看出他是个善良的孩子，不然孙无疾老前辈也不可能收他为徒。说他要害死东觉，我不信！"

“你……事情已经发生了，你还有什么信不信的？！”

正在这时，一名精武弟子跑进院：“回来了！回来了！陈真带着东觉回来了！”

众人一听，一起向大门口拥去。

大门口，陈真把霍东觉扛在脖子上，一边走一边扭，霍东觉嘎嘎地笑着。

二人走向精武门。

几十人冲上前围住了陈真，陈真看见霍元甲焦急的目光有些心虚，回避了。

刘振声上前从陈真手里抢下霍东觉，王氏冲上前，一把抱起霍东觉，落着泪。

霍东觉：“娘，您怎么哭了？”

王氏无法回答。

农劲荪一声断喝：“陈真，你拐走东觉意欲何为？！”

陈真看了一眼霍东觉，看了一眼霍元甲，不知该怎么回答。

“农叔叔，不是他把我拐走的，是我让他给我买冰糖葫芦，求他带我走的！”

“东觉，你还小，有些事你不懂！”

“是，以前爹和娘说让我行善，长大了做好人，我是不懂，今天跟着他，我全懂了！”

霍元甲蹲在霍东觉面前：“告诉爹，你怎么懂得做好人了？”

霍东觉指着陈真：“陈真哥哥给我买了两串冰糖葫芦，我吃了一串，剩下一串刚要吃，看到一个小姐姐和一个小弟弟，他们饿得不行，我就把冰糖葫芦分给他们了，他们吃得可香了！”

王氏与霍元甲对视。

王氏：“儿，你做得对！”

霍元甲：“像是咱们霍家的人……然后呢？”

“然后姐姐和弟弟没吃饱，陈真哥哥就带着我们三个一起去吃大虾和螃蟹，可好吃了！他把身上的钱全花光了，我以后再也不喊陈真哥哥大懒虫了，他是个好人，是爹娘希望我长大以后做的那种好人！”

刘振声、许大有、小莲等人面面相觑。

霍冯氏走向霍东觉，摸了摸脑袋：“没发烧，这孩子说的不是胡话……”

许大有一拍脑门：“哎呀！陈真，就算你要当好人，带东觉出去也得打个招呼啊！我还以为你为给孙老怪报仇，要加害东觉呢，真是急死大伙了！”

许大有这么一说，其他众人反倒有些不好意思了。

“是我不懂规矩，又做错事了……我不好……师娘，师父，对不住……农先生，今天您的课我没听下去，明天我一定改！还有大师兄……”

陈真刚要说什么，被刘振声甩手打断，刘振声用恶狠狠的目光看了他一眼，显然并不相信他。

刘振声转向众人：“行了行了，大伙都回去吧！”

陈真反倒坦然面对了，因为多数人是相信他的。

夜已深，霍东觉躺在床上睡着了，嘴角还挂着幸福的微笑。

王氏抚摸着霍东觉，眼里淌着泪水。

霍元甲安慰：“孩子好好地回来了，你怎么还掉眼泪？”

王氏猛地抬起头：“霍元甲。”

霍元甲一愣。

“上一次我直呼你的名字是跳河寻死，今日我郑重地警告你，倘若你再让家人跟着你冒险，我就带着娘和孩子离开上海！”

“大人何出此言？”

“劲荪跟我说，昨晚比武，陈真用的都是狠招，可见他对你随时会起杀心，收他为徒之事，我顺了你的意，但现在我不允许你把他留在精武门养虎为患！”

“他师父横死，凶犯未明，倘若是我，也会一时转不过弯来。但我相信，只要坦诚相待，假以时日……”

“假以时日？你置你自己的性命和一家老小的安危于不

顾吗？”

霍元甲不知说什么好，王氏已经急了。

“你不好开口，我出面，连夜将陈真逐出精武门！”

“你这是在难为我！”

“我是个女人，对于我而言，没有什么比丈夫和孩子的安全更重要的了！”

“再给我一天时间。”

“一天？”

“后天是孙无疾前辈五七祭日，我会前往松江拜祭，一定可以通过此行与陈真交接心意，只要他对我消除误解，不再认为我是杀害孙老前辈的凶手，一切自然化解。夫人，请相信我。”

王氏看着霍元甲：“自嫁给你便日日提心吊胆，只是这一次……危险近在咫尺，我实在是……”

王氏很委屈，霍元甲将王氏揽在怀里。

“放心，这几天我不离开精武门，亲自盯着陈真便是。”

“既不起床练功，也不跟着农先生学文，陈真说他肚子疼，躲在屋子里睡觉，许大有这个傻子还把饭给他端到屋里去，就差喂他了，真是气死我了！”

客厅里，刘振声跟霍元甲念叨着。

农劲荪：“元甲，请神容易送神难，是你把陈真留下的，还得你把他送走……”

没等农劲荪说完，霍元甲已起身向外走去。

“哎……”

农劲荪追了出去。

出了门，农劲荪拦住霍元甲：“元甲，别一说陈真你就不爱听，这件事该解决了！”

“对啊，我这就去解决。”

农劲荪一愣：“你说的是真的？当断则断，不留后患！”

霍元甲微微一笑。

— 第二章　归门 —

刘振声房里，陈真还在蒙头大睡，霍元甲没有出声，看着摆在陈真床头的大碗，碗已空，茶壶、茶杯摆放在碗旁。

陈真不耐烦地翻了个身："谁啊，没看人家睡觉呢吗？进来也不敲……"

陈真一看到霍元甲，"腾"地站了起来，连忙掩饰："师父，我这两天肚子疼得厉害，没起来练功，也没学文，请您多多包涵。"

"我都知道了。"

"还有，明天……"

"你要回松江上坟？"

"您怎么知道？"

"孙老前辈五七之祭，元甲岂敢忘？"

陈真低着头，眼睛里划过一丝恨意："多谢您还记得。"

"你打算何时动身？"

"明天一早。"

“我与你同去。”

说着，霍元甲就要转身离开。

陈真眼珠一转：“师父，松江路远，咱可得早点走。”

“好。”

“那明天天不亮咱就动身？”

“好。”

说完，霍元甲转身离开。

陈真眼神里透露出兴奋，他仿佛又找到了机会。

天还未亮，陈真已经蹲在大门口，他的身旁放着一个布包、一坛酒和一个大食盒。

门打开了，霍元甲走出。

陈真惊喜：“师父，您这么早啊？”

“你不是比我更早吗？怎么，一夜没睡？”

陈真有些不好意思：“前两天睡多了……”

“刚才我在想，我们起得虽早，可是码头上要是没有船家可怎么办？”

“不要紧！我昨天买东西的时候雇了一条船。”

“会有船家等着我们？”

“不是，我跟船家借了船，我自己撑。”

“你还会撑船？”

“对啊！我虽自幼跟了师父学武艺，可师父经常游历四方，他说去找酒喝，还不带着我，一出去就是仨月俩月的，我要是不找活干，还不得饿死啊？我八岁就帮人家撑过船！”

说这话时，陈真有些激动。

“那太好了，我们动身吧。”

陈真答应着将包裹背在身上，一手提酒，一手提起食盒。

“这一路上再快也要三个时辰，正好，你给我讲讲你的故事，为师也给你讲讲自己的故事，也算是你我师徒增加了解的一个机会，你看如何？”

“听您的！”

“为师的故事嘛，会从戊戌年讲起。”

“我的故事从狗年讲起，我师父收我为徒那年就是狗年。”

霍元甲看向陈真笑了，他相信这一路上能化解自己与陈真的误会。

陈真也意味深长地笑了。

宽阔的河道之上，陈真撑着乌篷小船而来。

霍元甲立于船头，感慨万千：“听你的故事，让我更加了解了孙老前辈的为人……陈真啊，你可真是个苦命的孩子，孙老前辈收养你，是你的福分。”

撑船的陈真看着霍元甲的背影，他的眼里含着泪水：“所以，我一直想管他叫爹，可师父就是不让我叫，他说师徒如父子，没必要再改口了。他还说，假如他当了我爹，将来我娶媳妇的时候他还得准备彩礼，他嫌麻烦！”

霍元甲笑了：“孙老前辈什么时候都不忘记开玩笑……”

霍元甲突然神情凝重：“这么好的一个人，竟遭人暗算，霍元甲一定要查明真凶，以慰老人家在天之灵！”

“还用得着查吗？今日就是给他老人家报仇的日子！”

霍元甲听到陈真的声音，觉得有些奇怪，他转过身，正见陈真将酒坛打开。

“陈真，这酒是上坟用的，你打开它做什么？”

“请你喝呀！”

说着，陈真就将酒洒在乌篷之上，手里快速掏出火折子，打着，向乌篷船上一扔，乌篷船瞬间着起了火。

陈真邪恶地笑着，身子向后一仰，“扑通”一声落进水里。

“陈真——”

陈真已无踪影。

乌篷船上的火越着越大，霍元甲有些手足无措，无奈，也只能跳进河里。

过了一会儿，陈真浮出水面，吐了一口水，四处望着，水面上没有霍元甲的身影。他手里攥着匕首，异常失望："奶奶的，这么容易就淹死了？"

很明显他已经在水里找了霍元甲多时。

"师父，霍元甲淹死了！徒弟给您报仇了！"

陈真大吼着，河水和泪水在他的脸上纵横。

孙无疾墓地。

陈真提着一坛新酒和两个用绳子串在一起的酱猪蹄跑来。

"师父！徒弟给您报喜，霍元甲淹死了，我给您报仇了！"陈真一路喊，一路疯狂地跑着，忽然愣住。

坟前刚刚有人上过坟，坟头纸换过新的，酒、点心、菜摆放得整整齐齐。

陈真上前用手去试纸灰，还热着，他吹了一口气，纸灰里竟冒出火光。

"难道九师叔也来上坟了？九师叔！九师叔！"

陈真起身，四处吆喝着，却没有人。

"这个九师叔，也不等等我，他要是知道我给师父报仇了，准得高兴！"

陈真笑着，笑着笑着就哭了起来："师父，等了这么久，才给您报了大仇，是陈真无能，请您老人家原谅！"

说着，陈真连叩响头，叩毕，拿出两只酒碗，倒满酒，猪蹄也摆放好。

"师父，这是您最爱吃的猪蹄，您吃着！"

陈真将摆放猪蹄的盘子向坟包的方向推了推。

"这是您最爱喝的陈家老店的酒，您来一口！"

陈真将一碗酒洒在了黄土之上，他盘腿坐着，像在跟孙无疾唠家常。

"师父，我知道您最喜欢飘荡江湖，我想等您老了，走不动了，就背着您四处转，四处找酒喝，四处逍遥自在！只有这样，才能报答您的收养之恩，可是您没给我这个机会啊！”

陈真说着说着又哭了起来，他端起酒碗，由坐变跪：“师父，陈真想您，陈真敬您一碗！”

说着，陈真一咬牙，咕咚咕咚地喝着，他本不会喝酒，这碗酒喝到一半就呛得咳了起来，但他咬着牙将后半碗全部喝掉，眼睛已瞪得红了起来。

“师父……不，我今天想喊您一声爹！今天咱们爷俩一醉方休！”

陈真放下酒碗，又抓起酒壶，又将两个酒碗全都倒满了酒。

一个人慢慢地走向正在倒酒的陈真，他听到脚步声：“九师叔……”

陈真猛回头：“您没走远啊！”

陈真愣住了，突然“啊”的一声大叫，一个后仰，继而一个后滚翻，一跃而起，左手摆出了格斗的样子，右手从后腰又拽出了那把匕首。

来人并非鹰九，而是一身湿漉漉的霍元甲，他看了一眼陈真，没理他，径直走向孙无疾的坟前，抱拳。

陈真一直盯着霍元甲，不停地挪着脚步，随时准备拼命。

霍元甲深深一鞠躬，将湿漉漉的长衫撩起，单膝跪倒：“孙老前辈，今日五七，元甲前来叩首，希望您驾鹤西游，再无牵挂。”

说着，霍元甲由单膝跪变双膝跪，恭恭敬敬地磕头。

陈真看向匕首，此时的霍元甲近在咫尺，而且专心叩首，毫无防备，他的手颤抖着，真想一刀扎死霍元甲，但霍元甲的从容震慑了他，让他动弹不得。

霍元甲三叩首罢，站了起来，看着陈真。

“霍元甲，居然没淹死你？那我就在师父坟前替他报仇！”

陈真大声说着给自己壮胆，攥匕首的右手更加颤抖。

“你果然是八岁撑船，对水势极为熟悉，你选择下手的地方，河面之上看似平静，水面之下却暗流涌动，且水草繁杂，落水之人极易被缠手脚。用了不少心思啊……”

霍元甲说罢，转身走了，陈真怎肯让他轻而易举地离开，快步上前，随时准备用匕首刺向霍元甲：“你站住！恩师坟前，我要报仇，岂容你走？！”

霍元甲站住身，闭上了眼睛：“你若仍觉得是我害死了孙老前辈，就动手吧！”

“不是你还能有谁？！”

霍元甲猛地睁开眼：“是谁你自己心里清楚！刚才我听见你呼唤一个人的名字，离得远，没听清楚你到底叫的是谁，但如果我没猜错，那个人应该就是孙老前辈中毒身亡之时在场的第三个人！”

陈真吓得一激灵。

“你胡说八道，没有别人，就是你下毒害死的我师父！”

陈真虽这么说，心却早就虚了。

霍元甲冷冰冰的脸：“我一直以为你耿直憨厚，被人欺骗利用，今天，你仍不肯说实话，我便要怀疑你是害死孙老前辈的帮凶了！”

“你血口喷人！我怎么会害死我师父？我拿他当我爹啊！”

说着，陈真挥刀向霍元甲刺去，霍元甲一拨一挡便抓住了陈真的手腕，陈真起脚去踹，霍元甲另一手将陈真的腿弹开，同时松手，将陈真推了出去。

“陈真，今天是孙老前辈的五七祭日，在他老人家的坟前，我不愿与你动手，你好自为之吧！”

霍元甲一手撩开湿漉漉的长衫，迈开大步，向山下走去。

陈真明白凭武力他不可能报仇，但此时他欲哭无泪，欲喊无力，并开始怀疑自己的判断，他眼神不停地转着，始终难以置信。

霍元甲走上码头，但见三位气宇不凡的江湖人士正立于此，仿佛是在等人，他放慢了脚步。

为首一人抱拳：“这位先生可姓霍？”

霍元甲抱拳：“津门霍元甲请教三位前辈。”

“鹰爪门，邯郸陈秋风，这厢有礼！”

霍元甲一愣：“原来是陈大侠到了，恕元甲有眼无珠，这二位是……”

“博陵赫子清。”

“彭城徐子泉。”

霍元甲更是吃惊：“见过赫大侠！见过徐大侠！难怪刚才我看到已经有人给孙老前辈上了坟，原来是三位。”

陈秋风含着泪水：“今天是大师兄五七祭日，我兄弟三人专程赶来，你的信中将下葬之处写得还算清楚，我们一找就找到了。”

“武林痛失至尊，江湖无不扼腕。元甲回想起与孙老前辈交往的点滴，虽相识甚晚，却一见如故，老前辈一身魏晋高古之风令元甲追慕不已。三位前辈可能不信，孙老前辈生前答应过我，要去精武门教习武功，我之邀请出自景仰之情，但也有些私心，想的是武林泰斗做客，看谁还敢小瞧精武门！哪承想……老人家突遭奸人所害，而元甲无能，至今还未查到凶犯。”

赫子清试探着：“你说这么多，是怕我们怀疑你是凶手了？”

“三位远道而来，不知原委，怀疑元甲也是情理之中。”

“既然如此，你还敢孤身一人随我们到这里来？你小瞧我鹰爪门的武艺？”

“鹰门九子名震天下，元甲怎敢目中无人？”

“少捧臭脚！吕四鹰的性命，你可是认了的，如今又加上大师兄……”

"两条人命，鹰门九子会将你碎尸万段！"

赫子清和徐子泉眼看着就是想要动手的样子，可霍元甲却很淡定。

"的确，我已在孙老前辈面前承认是我杀的吕四鹰，三位要为鹰四报仇，元甲躲不过，但杀害孙无疾的另有真凶，请明查！"

陈秋风突然笑了："临危不惧，气宇不凡，霍元甲，你果然是个了不起的人物，难怪大刀王五与你结拜为兄弟，孙老怪也那么看重你，赞赏你。"

霍元甲一愣。

"很意外吗？我们师兄弟间也叫他孙老怪，要是叫他大师兄，他还不爱听呢！"

赫子清和徐子泉也都笑了。

"自收到你的书信之后，我们就已出发，来松江也有些日子了，你没查到凶犯，不稀奇，我们却已经心里有数了。"

霍元甲倒吸一口凉气："凶手是谁？还请三位前辈明示！"

一个乞丐畏缩在角落里。

乞丐软得像一摊泥一样，他的双手已被斩断，露出空空的袖管，蓬乱的头发遮住了脸，只露出那双眼睛，放着贼光，始终盯着精武门的牌匾。

装作乞丐的正是鹰九。

小莲从鹰九面前经过，见其可怜，从篮子里拿出一个粽子，放在了鹰九面前地上的碗里，鹰九千恩万谢，用嘴去咬粽叶，但很艰难。

"您没有手，不方便，我帮您把粽叶剥开。"

说着，小莲就放下篮子，拿起粽子，鹰九的眼里绽放出感激的泪水。

与此同时，在路口，失魂落魄的陈真走来，他看向精武门，那是他曾经摆过擂台、拜过师父的地方，他既想走回去，又有些犹豫。

突然，一个细节让陈真一激灵，乞丐鹰九的空袖管里突然伸出一只手，像变戏法一样将一包东西放进了小莲的篮子里，并将篮子里原有的一包相似的东西拿了出来，之后，手迅速消失在空袖管中。

陈真难以相信自己的眼睛，他使劲地瞪着、揉着，更愿意相信自己是在做梦。

小莲将粽叶剥开，摊在鹰九面前，鹰九像狗一样趴在地上咬着粽子，边吃边谢，小莲欣慰地笑着，拿起篮子走了。

鹰九抬起头，望着小莲的背影，见四下无人，轻松一缩，便从乞丐的装扮中抽身而出，已是小商贩打扮，那身破烂衣服也已被一个大布口袋套住，背在了小贩鹰九的身上。

鹰九没想到这一切都在陈真的视线中，陈真想了想，向鹰九的方向追去。

鹰九将大布口袋扔在路旁，向一个饭馆走去，陈真远远地看着他，又走向大布口袋前，发现了那个纸包。

陈真打开纸包看了看，又闻了闻。

"盐？"

陈真撒腿就往精武门的方向跑去。

陈真进门，顾不得跟院子里的精武弟子打招呼，就向厨房跑去。

厨房里，小莲从篮子里将盐包取出，打开，将整包盐小心翼翼地倒进盐罐里。

锅里正煮着几十个茶鸡蛋，小莲盛了一勺盐，准备加在锅里。

"别动！"

陈真一声断喝，小莲被吓了一跳。

"盐呢？你买的盐呢？！"

小莲被陈真吓着了，下意识地指着盐罐。

"用过了没有？"

“正要用。”

“放回去！”

陈真一声怒吼，吓得小莲连忙将整勺盐都放回盐罐里，陈真上前抓起盐罐就往外跑。

“陈真，你干什么？”

小莲反应过来，质问着，陈真想了想回过头，看着锅里的鸡蛋。

“这鸡蛋怎么回事？”

“二少奶奶说弟子们早起练功，光喝粥配咸菜不行，让我煮些茶鸡蛋给大伙吃。”

“谁问你这个了？！我问你有没有放盐？！”

“没有啊。”

“一粒都没掉进锅里？”

“没有！”

陈真这才放心，又看了看桌上的纸包，索性将纸包都攥在了手里，跑了。

“哎，陈真你怎么回事？那天我给你银子让你买盐你就没帮我买，今天你怎么又抢走我买的盐啊？”

陈真哪里还理会小莲，早跑得没影了。

鹰九在街上悠闲地走着，已酒足饭饱，他一脸大功告成的样子。迎面陈真冲了上来，手里还端着一个大盐罐。

陈真抖着纸包：“这是你变的戏法，这盐里加了什么毒？是不是和毒死我师父的一样？你给我吃下去，你全都给我吃下去！”

“陈真，你疯了吧？怎么不叫九师叔？”

“你不配！你才是害死我师父的凶手！”

“你说什么？”

“霍元甲已经知道我师父死的时候你在场了！他说谁在场谁就是凶手！”

“你居然听信霍元甲的话，来质问我？你的九师叔，你师父这辈子最亲近的人？狼心狗肺的东西，今天是什么日子？你忘了？你师父的五七祭日！他老人家大仇未报，你却已经认贼作父！大师兄啊，你怎么会收这个白眼狼做徒弟？”

鹰九假装很生气，一连串的质问也把陈真弄蒙了。

鹰九突然从腰间拽出一把非常精致的微型匕首。

“大师兄，兄弟学艺不精，靠武艺不能帮你报仇，今天好不容易找到机会，下了毒的盐已经进了霍元甲家的盐罐，眼看着就要得手了，却被陈真给搅了局，我……我糊涂啊！我瞎了眼了，错看了陈真，把他当成一条好汉了！哪承想他贪生怕死，已经投靠霍元甲了！不能给您报仇，活着还有什么用？呀——”

鹰九挥起匕首就向自己的胸口扎来，武器进肉，鲜血直流。

陈真吓得连忙将盐罐扔了，一把抓住鹰九的手：“九师叔，您这是何苦？”

“怎么？不抓我去见官？我可是朝廷要犯，把我卖给官府你可就发财了！”

“哎呀，九师叔……”

正在此时，一辆载着客人、拉着黄包车的车夫放慢了脚步，和车上的客人一起看着他们二人。

陈真发现有人围观，拉着受伤的鹰九向夜色中跑去。

不用说，陈真自然又被鹰九这高超的演技所欺骗，真是憨傻的小伙子。

深夜，避雨的房檐下，农劲荪一个人焦急地等在大门口，他是在担心霍元甲。

同样焦急的刘振声跑来：“农先生，您怎么没睡啊？”

“元甲去松江，天没亮就走了，至今未回，不对劲儿……”

“我说我要跟师父同去，您非不让嘛！”

“不是我不让，是元甲不让。”

“我师父就是太相信那个陈真了！”

“你错了，元甲知道陈真一直想谋他性命，他只不过是艺高人胆大，太爱冒险了……”

刘振声错愕。

大雨倾盆，王氏在客厅里踱着步，她同样焦急，显然也是担心夜不归宿的霍元甲遭遇不测。

雨过天晴。

一辆黄包车拉着霍元甲来到精武门门前，刚要下车，却见陈真横插而出，拦在霍元甲面前。

“陈真？你还跟来干什么？”

“师父…… ”

“你从来没有拿我当过师父，还不速速离开！”

霍元甲板着脸。

“求您收下我吧，这回我真是要拜你为师，我知道自己错了！”

陈真的目光中带着些真诚，但那是演出来的。

霍元甲看了看精武门开着的大门，叹了口气，坐回到车上。

“劳驾，江边。”

车夫应声调转车头，拉起车快速跑了，陈真明白霍元甲的意思，撒腿就跑，追着黄包车。

行至江边，黄包车停下，霍元甲下车，径自向高处走去，陈真奔跑追至。

芦苇深深，在风中摇曳，霍元甲的身影时隐时现。

“请您带我回精武门吧，我知道错了，我愿意接着跟您学武艺！”

陈真抱拳跪地，再次露出真诚的目光。

“知道错了，那就说出孙老前辈被害之日，第三个人到底是谁？！”

“没有第三个人！”

霍元甲转身，目光如炬：“你简直不可救药！”

“在您的眼里陈真也许是个鼠辈，可不管怎么说，我是个五尺男儿，我答应别人保守的秘密不能说出来，就请师父给我留点脸面吧！我向您保证，那个人绝不是毒害我师父的凶手！”

“你怎么知道？”

“昨天听了师父的话，我也起了疑心，便去找了他……”

陈真怕说出漏洞，连忙改口道：“我可没有那么傻，没直截了当地找，是暗地里跟着他，一直跟到了我师父的坟前！他去上坟，抱头痛哭，发誓要找出凶手替我师父报仇！对了，他还说霍元甲霍大侠干不出下毒那种龌龊的事情！”

霍元甲没有相信陈真，他厉声问道：“他可是鹰爪门的人？”

陈真掩饰了慌张：“不是，不是鹰爪门的……”

“多大年纪？”

“六十多岁吧……应该快到七十了，我师父都尊称他为兄长。”

霍元甲一愣：“武林前辈……莫非陈大侠他们错了？”

霍元甲思考了片刻，看向陈真：“你的话已不足为信，今日再看一回孙老前辈的面子，不然我一掌毙你性命！不要跟着我，永远不许你再踏入精武门半步！”

说完，霍元甲径自走向黄包车。

陈真咬紧牙关决定了什么，再次追去。

黄包车再次回到精武门，霍元甲付钱下车，陈真再次追来，霍元甲猛地抬起腿向身后踹去，陈真连忙抵挡。

三招五式后，霍元甲一脚踹在陈真的肚子上，陈真重重地拍在了地上，霍元甲招数又快又狠。

一阵叫好声传来，附近的老百姓已将精武门大门口围住。

霍元甲进门，狠狠地将门关上。

陈真大声地喊着：“霍元甲！你不是口口声声说精武门要

开创武林新风尚吗？为什么就容不下我陈真？难道就因为我不是从小拜你为师？你这还是门户之见！哪来的新武林？！”

大门开了，陈真诧异，大喜，连忙翻身从地上爬了起来。

“霍大侠，陈真知错了，让我进师门吧！”

霍元甲看了看围在精武门门口的老百姓，犹豫了。

陈真继续道：“霍大侠欲开创武林新气象，摒弃门户之见，所以才不计前嫌收下我这个徒弟，可是我犯了错……今日，陈真在各位父老乡亲面前发誓，以后不会再犯，跟着师父好好学习武艺！”

陈真继而抱拳，单膝跪倒：“霍大侠，就请您准我回精武门吧！”

围观的老百姓被陈真的真诚所欺骗，纷纷劝着霍元甲。

霍元甲看了看四周，无奈抱拳：“诸位，我与陈真早已是师徒，这几天闹了点小误会，让大家见笑了。”

霍元甲转身走进精武门，陈真欣喜，追了进去。

客厅里，陈真跪在霍元甲面前：“师父，弟子立志成为像您这样的武术大家，请您授我武艺吧，子时、丑时、寅时，什么时辰都行！陈真也绝不会耽误白天和大伙一起练功，更不敢再耽误跟着农先生学文！”

沉默了许久，霍元甲忽然出声。

“后院有个小门你可知道？”

“知道。”

“出那小门是个小院子，前不久农先生刚刚租下来的，明日起，正卯时分，在那里等我。”

“多谢师父！”

陈真欣喜若狂，他没想到机会来得这么快。

正卯时分，晨光乍现，陈真顺着小胡同看见了小门，小门没上锁，陈真推门而入，小院很宽敞，刀枪剑戟斧钺钩叉摆放整齐，陈真看着兵器沉思着。

霍元甲从屋里走出。

“师父早！”

“既叫了我师父，我总要教你武功，说吧，你想学什么？”

“我说？不敢，师父教什么全凭师父赏，哪有徒弟自己点的。”

霍元甲很平静：“是我让你点的，点吧。”

“霍家枪？”

“好。”

陈真试探着，霍元甲却毫不犹豫。

枪在手，霍元甲一招一式。

枪在手，陈真认真学着。霍元甲爱才，教得毫无保留。陈真嗜武，学得如饥似渴。霍元甲枪走游龙。陈真照猫画虎。霍元甲教习陈真细节，师徒二人相距甚近。

陈真有错，霍元甲打断，精心调教。

正值午饭后，霍元甲走出厅堂，刘振声快步而来。

“师父！”

霍元甲一愣：“振声，农先生已经开始上课了吧？你怎么不去？”

“一大早没见到师父，您去哪了？”

“噢，这个你不用问。”

“不问我也知道！您给那个陈真吃小灶！”

刘振声语气中透露着怨气。

“振声，陈真既已拜师，我总得教他些武艺吧，不然传扬出去，倒真是有人要说我霍元甲只偏心自己从小带大的徒弟了。”

“您不能教他，他不是好人！”

霍元甲不接话。

“那天他把东觉带到了江堤之上，意欲何为您想不到吗？”

“这件事情已经过去，不要再提。”

“您单独教他武艺，我不放心您的安全！”

“是不放心还是小心眼儿？”

“师父，您……”

刘振声气得眼里泛出泪水，霍元甲上前拍了拍他的肩膀：“你放心，无论到什么时候，你都是我霍元甲的首徒。”

刘振声转过头，瞪着霍元甲：“师父，您越这么说我心里越难受！我是个小心眼儿的人吗？阿发是个大少爷，刚进师门的时候吃不了苦，师父经常给他开小灶，我小心眼儿过吗？大有进门更晚，可他是练武的好材料，没几年工夫就在我之上了，师父常夸他是武痴，我小心眼儿过吗？”

刘振声的眼里瞪出了泪水，霍元甲却没想到他这么激动，语气缓和了些。

“振声啊，师父收回刚才的话，向你道歉。”

“振声不敢让师父道歉，只求师父不要给陈真单独和您在一起的机会。您不是要教他武功吗？我和大有一起！”

“精武门还有那么多初学弟子需要你和大有带他们练基本功。”

“大有一个人就够了，我专门盯着陈真，不能让他害了师父。”

霍元甲笑了：“你觉得以陈真的武功害得了为师？”

“我是怕他用阴招！这几天我越想越后怕，我觉得孙老怪没准就是他害死的！”

“住口！这绝不可能，万不可胡说！”

霍元甲忽然严肃起来，刘振声愣住了。

“振声，我说过，你我虽名为师徒，却情同手足，你的一番好意我明白。”

刘振声有些诧异。

“你对陈真的怀疑与戒备，千万不要表现出来。如今精武门已有几十号弟子，但在所有人中最孤独最可怜的便是陈真了，为师决定拉他一把。”

说完，霍元甲走了。

“师父，您这一句都没听进去啊！”

霍元甲头也不回：“快回去，听农先生授课。”

刘振声气得直跺脚。

又是一天清晨，霍元甲教习陈真枪法。

舞枪的霍元甲和学艺的陈真站在小院中。霍元甲在前，陈真在后，研习枪法。

陈真长枪刺出，拧枪花，红缨飞舞，以枪为棍，横扫。回马枪，陈真已练得有模有样。霍元甲与陈真以枪对打，在霍元甲的亲自调教下，陈真的霍家枪已相当纯熟。

陈真收枪。

霍元甲惊叹：“好啊，今天才七天，你的霍家枪已练得有模有样，我记得我学这套枪法的时候，我爹整整教了我半年，振声和大有也都跟我学过很久，但始终不能掌握霍家枪的精髓，如今这套枪法总算是后继有人，却没想到是你陈真。”

陈真有些得意。

“嗯，陈真，你学会了这套枪法，也算没白叫我一声师父，今日就算出徒，你可以走了。”

陈真一愣，有点恍惚，虽然他拜师是假，但真没想到霍元甲会撵自己走。

“师父为何撵我走？”

“你除了学武时以外，每天郁郁寡欢，其实你留在精武门是违心的选择，现在霍家枪小有成就，是该走的时候了。人生的路很长，祝你海阔天空。”

陈真被说中了心事，只有耍赖皮：“师父，我不想走，哪有什么违心的选择……”

霍元甲转身将枪插入兵器架，背对陈真：“有些事，我看破不说破；有些人，你应该敬而远之……走吧，你也没有什么细软，就不用回精武门了。”

“那怎么行？撵我走不会是想要我的命吧？”

“你说什么？”

“你是大侠，在精武门杀人多不好啊，我离开了精武门，荒郊野岭，死无全尸，不就除了刘振声他们的心头之恨？”

“何出此言？”

“农劲荪、刘振声，他们早就想要我的命了。”

“此二人都是好人，你不要胡乱猜忌，离开精武门对你更好……走吧，若仍不走，有人对你不利，我怕顾不过来。”

陈真冷笑：“真的要对我下手了……”

霍元甲不再接陈真的话。

“走吧，我知道你身上没盘缠，带上这锭银子。”

说着，霍元甲从怀里摸出一锭银子，放在长凳上。

陈真忽然“扑通”跪倒在地：“师父，您让弟子走，弟子就走，可是你我师徒一场，弟子还没尽过孝啊！”

“不必了。”

“不行，我给您打盆洗脸水吧，您教了我这么些天，天天出一身臭汗，我伺候您梳洗一回，权当尽孝！”

霍元甲无奈：“也好。”

“师父您等着！”

陈真快步跑进小院里的房子，将水盆端出，肩头还搭着毛巾，他有些激动。

“师父，请您梳洗。”

陈真将水盆端端正正地摆好。

“好，你的一片孝心，师父领了。”

霍元甲起身来到水盆前洗手、洗脸，此时，陈真绕到了他身后，手插入怀里。

陈真咬着牙，突然大喝一声：“霍元甲！”

霍元甲一愣，陈真从怀里掏出一个布包，猛地向霍元甲脸上扔去，霍元甲下意识一挡，一团白色粉末飞溅而出，霍元甲瞬间迷了眼睛。

陈真抄起霍家枪，向霍元甲刺来，霍元甲听风声判断，躲过了第一枪，水盆被撞落在地，水花飞溅。

陈真第二枪袭来，霍元甲踉跄回身，躲过，但胸前衣襟被划破，危机重重。

陈真拧枪花，红缨飞舞，他眼里含血，第三枪刺出，此时的霍元甲已无处躲藏，千钧一发之际，沙燕的独门暗器飞来，直刺向陈真的咽喉。

马上就要得手的陈真忽然慌乱，凭下意识一仰头，暗器划开了他的衣领，落在地上，刺出的枪扎在了霍元甲耳畔，由于用力过猛，枪尖戳进了木桩子。

眼睛被迷的霍元甲一把抓住霍家枪，陈真想再次动手，已没了机会，他连忙纵身前去抄刀。

刀刚在手，沙燕的两枚暗器同时飞来，陈真连忙用刀抵挡暗器，“叮当”之声乱响，暗器落地。

陈真的眼里只有霍元甲，想上前去砍杀。

沙燕从房檐处纵身跃下，沙狼从屋里破窗而出，二人围战陈真。

霍元甲听声音判断着来人是谁。

陈真没有准备，一时间出了差错，沙狼手里的狼牙棒将他的兵器打飞，沙燕的双钺向他的颈部刺去。

“不要杀他！”

霍元甲一声大喝，沙燕的双钺停在半空中。

沙狼怒吼：“这等阴险小人，不杀何用？”

陈真怒道：“霍元甲，你才是阴险小人！我当你好意教我练武，没想到你故意设下圈套！”

沙燕：“你暗算在先，还敢说是我们下了圈套？师父，让我杀了他吧！”

说着，沙燕抡起双钺，陈真一见架在脖子上的双钺离开，迅速缩身，躲了。

“妹子让开，交给我，别溅你一身血！”

说完，沙狼抡起狼牙棒，向陈真砸去，陈真还没等抓到兵器，狼牙棒已向他后脑袭来，他又一缩头，抓起一样兵器。

正在此时，刘振声和许大有各持兵器冲来，四人围战陈真，很快便被所有兵器架住，动弹不得。

狼牙棒再次向陈真脑袋上袭去，这一棒下去必是脑浆迸裂。

霍元甲又大喝道："杀陈真者，霍元甲敌也！"

沙狼愣住了，狼牙棒停在半空中。

众人都愣住了。

陈真也表情呆滞。

霍元甲仍是满脸的白灰，但他的表情很决绝。

"原来是劲荪不放心，通知了沙兄。"

此时的霍元甲已经梳洗完换了衣服。

"幸好农先生告诉我了，不然你命休矣！"

客厅里，农劲荪、沙狼、刘振声、许大有都在。

许大有一拍脑门："陈真装得太像了！我都被他给骗了！"

"师父，你就让我去抹了他的脖子吧，等天黑了，再把他扔到江里喂鱼，让他吃够螃蟹和大虾！他无亲无故的，就算尸体漂上来也没人认尸！"

刘振声还是欲将陈真处死。

霍元甲："刚才我说什么你没听到吗？"

刘振声低头不再言语。

农劲荪："元甲心善，可怜陈真，再说，毕竟有这么几天的师徒之情嘛，咱们精武门谁都不许再提杀陈真的事！我看，送官吧，按道理说，陈真在精武门试图杀人，应该送上海的警察局，但此案与松江命案关系密切，把陈真送回松江府，未为不可。"

"不行，那是个糊涂官，一定会杀头了事，并把毒杀孙老前辈的罪名一并加在陈真头上。”

刘振声：“也许就是他干的呢！”

刘振声话刚出口就看见了霍元甲恶狠狠的目光，他再一次收声。

沙狼：“我是个外人啊，我说两句……心善不是啥坏事，但得看对谁，风雪之夜，我们围攻鹰墅，杀鹰四，杀洋人，痛快！这个陈真，可以归为鹰四一类，不杀必留祸患！”

“陈真怎么成了鹰四的同类？沙兄，你和沙燕在松江也逗留了十几天了，查得怎么样了？可有那真凶的线索？”

“呃，这……”

沙狼直挠脑袋。

“查了几个人，可最后发现都不是凶手，不过有一个线断了……”

“线断了？”

霍元甲有些疑惑。

“那个断了线的可疑最大，孙无疾被毒杀的前两天，他到的松江，住的那可是最豪华的客栈，挥金如土。为了打听孙无疾和你比武的消息，他给的都是整锭的银子！据客栈的老板和伙计说是个年轻人。”

“年轻人？”

“我们请人画了像。”

沙狼从怀里拿出画像，摊在桌上。

霍元甲、农劲荪等人凑上去看，画中正是鹰爪门的鹰九。

突然有精武弟子跑了进来：“师父，来了仨老头，气势汹汹，像是来捣乱的！”

“如果没猜错，是为师请来的三位前辈。”

霍元甲起身向外走去。

精武弟子们都看着站在院子里的陈秋风、赫子清、徐子泉三人。

霍元甲快步而来："果然是三位前辈到了，精武门蓬荜生辉，里面请！"

三人毫不客气，跟在一旁的刘振声、许大有二人相互对视，不明白三人是什么来路。

三人凑近画像。

陈秋风："就是他。"

赫子清气得咬牙切齿："败类，竟真是这败类！"

徐子泉："恩师英明一世，糊涂一时，养大了这条蛇，毒蛇！"

"三位前辈，莫非他就是……"

"毒九子，这是我们鹰爪门的败类。"

霍元甲、农劲荪相互对视。

沙狼爽朗地笑了："真没想到名满江湖的鹰门九子起了内讧，九师弟毒杀了大师兄？"

徐子泉怒道："哪有什么鹰门九子？！师叔活着的时候就已经说过了，鹰门只有七子，吕四鹰和毒九子与鹰爪门早就没了瓜葛！"

陈秋风："丢人了，丢人了，鹰爪门出了这两个败类，把祖师爷留下的脸面都丢光了！在下陈秋风，两年前被推举为鹰爪门掌门，此次带着二位贤弟抵沪，一来是拜祭大师兄，二来就是得知了这个败类在上海现身的消息。"

霍元甲："你们也一直在找他？"

赫子清："已经丢人了也就不怕笑话了，鹰爪门前任掌门邱师叔也是被人毒杀的，至今没有找到凶手，这个毒九子，嫌疑最大！"

霍元甲难以置信："邱大侠是被人毒杀的？怎么武林上没有消息？"

陈秋风："堂堂武林第一大门派，掌门人死在自己家里，却找不到凶手，我们鹰爪门哪有脸散布消息？大师兄也是太不小心了，我已飞鹰传书告诉他毒九子有嫌疑，他怎么一点戒心都没有啊……”

赫子清：“行了二师兄，你就别难过了……”

赫子清看向霍元甲：“把陈真交给我们吧，鹰爪门处置这种不识好歹的东西自有规矩。”

徐子泉：“对，先带他去抓毒九子，让他认清毒死他师父的真凶，省得以后有眼无珠！”

农劲荪：“听三位大侠这口气，已经有了此人的下落？”

陈秋风：“此次来上海不光我们三人，我的几名弟子也来了多日，已经摸到了一些线索，他现在住在租界里，每天花天酒地，今天正是下手的好时机！”

五花大绑的陈真被人从屋里架了出来，刘振声恶狠狠地将陈真推向陈秋风三人。

“交给你们吧。”

陈真看着三人陌生，不明所以。

霍元甲：“陈真，这三位都是鹰爪门的前辈，这位是现任掌门陈秋风陈大侠。”

陈真一听，脸上充满惊讶：“鹰爪门的？各位师叔，你们可来了，霍元甲是杀死我师父的凶手，你们快给我松绑，助我杀了他替师父报仇！”

话音未落，急脾气的徐子泉“啪”的一巴掌抽在陈真脸上。

陈真傻了。

“孙老怪怎么会收了你这么个笨蛋徒弟？！”

赫子清从腰间拿出一封书信：“小子，认字吧？看，这是你师父飞鹰传书给我们的信！”

信摆到陈真面前，他仔细地看着。

赫子清：“你师父说霍元甲是正人君子，还约我们一起来精武门喝酒，孙老怪一辈子就没说过几个人好！有他的这封信，霍元甲的人品，毋庸置疑！”

“我师父被他骗了！他假借送药，送的是毒！”

陈秋风：“报纸我们都看过了，我只问你一句，你师父中毒之前，是否见过这个人？”

说着，陈秋风将鹰九的画像展现在陈真面前。

陈真再次傻眼。

“说话。”

“见过……这，这个是我九师叔，咱们鹰爪门的……”

“这败类早已被逐出师门，你可知他外号叫什么？”

陈真一脸茫然。

“毒九子！他就是因为下毒害人才被逐出师门，之后又在武林上毒杀过十几条性命！此人最擅易容下毒，江湖人称百变毒煞！”

陈真大吃一惊。

“你师父所中的牵机毒就是他最常用的！”

赫子清：“别跟他废话了，快去抓人吧，别耽误了时辰，错过了机会。”

说着，赫子清一把抓住陈真的肩膀，拉着陈真往外走。

霍元甲一抱拳：“三位前辈且慢！虽说这是你们鹰爪门内部的事，但孙老前辈与元甲早已是莫逆之交，今日捉凶，可否让元甲尽一分力量？”

陈秋风：“如此正好，此人诡计多端，抓他确实需要人手。”

租界街道拐角处，手持兵器的众人向一栋独体建筑望去。

一名鹰爪门弟子跑来。

“大半夜才回来，带了个洋婆子，估计累坏了，还没出被窝呢。”

陈秋风：“如此正好，霍大侠，你与我进去擒贼，其他人将这栋楼给我围个水泄不通！”

众人点头。

“霍大侠，带我一起吧。”

陈真的眼里都是泪水，他可怜巴巴地看着霍元甲。

霍元甲不忍："陈掌门，这孩子为师报仇心切，带上他吧。"

陈秋风看了看陈真："好吧。"

按照陈秋风的部署，沙狼、刘振声、许大有、赫子清、徐子泉以及鹰爪门弟子们去围楼，霍元甲、陈秋风和陈真向楼上摸去。

霍元甲推开楼门，陈秋风和陈真紧随其后，刚要上楼梯就听见高跟鞋的声音从楼上传来，三人上了一半楼梯，躲闪已经来不及了。

一个大个子洋女人从楼上走下，见到三人吓得要叫，陈秋风用刀指向洋女人，示意她不要出声，洋女人吓得哆哆嗦嗦，表示希望放过自己。

陈秋风用刀指着门口，让洋女人走。

洋女人的脸在陈真面前划过，三人继续往楼上摸。

卧室门口，陈真一脚踹开了门，三人冲进卧室。

一个女人的尖叫声响起，三人看去，床上只有一个洋女人，用被子紧紧地盖住自己的身体。

侧着头的陈秋风怒道："那个男人呢？"

洋女人会说中国话："走了，不给钱，还抢走了我的衣服！"

陈真忽然回想起在自己面前划过的洋女人，那面容有些熟悉，正是易容后的鹰九。

"刚才下楼那个女的，我看着面熟……"

"坏了，一定是漏了风，毒九子用了易容术！"

"应该走不远，追！"

三人冲出建筑物。

陈秋风大喊："刚才出来那个洋女人呢？！"

许大有向一个方向指去，街道的尽头，洋女人的身影一闪而逝，所有人都向那个方向追去。

拐过弯来，是条小街道，女人的衣服、高跟鞋和一个金黄的发套扔在地上，早已没了鹰九的身影。

陈秋风抓起发套看着，气得扔在了地上。

众人四散追出。

陈真看着地上的东西，“扑通”跪倒在地：“师父，原来仇人在我眼皮子底下把您给害了，我却被他骗了，跟傻子一样被他利用，我对不起您呐，师父——”

陈真热泪盈眶，霍元甲没有走，他看着陈真有些心疼。

鹰九没抓到，又失了其行踪，没办法，鹰爪门三位高手只得先退出上海。

精武门大门口，陈真背着包裹，低着头。

陈秋风三人与霍元甲等人告辞。

“这毒九子被惊了，估计一年半载不会在上海出现，我们先回鹰爪门总舵，料理一些事情，同时会飞鹰传书，号令天下鹰爪门弟子搜寻毒九子下落，尽早抓住这败类，碎尸万段，给大师兄报仇。此行多有打扰，告辞了。”

霍元甲抱拳：“各位大侠一路顺风。”

陈秋风：“祝精武门雄踞沪上，扬名天下！”

农劲荪等人一起抱拳。

“走。”

陈秋风等三人转身就走，陈真胆怯地回身看向霍元甲。

霍元甲也看着陈真，想说什么，半晌没说出来，改口道：“我教你的枪法要勤学勤练。”

“是。”

陈真也想说什么，却欲言又止。

徐子泉：“还不快走，你还想留在精武门呐？”

赫子清：“走吧走吧，看在孙老怪的分上，回了鹰爪门给你个扫地的差事，饿不死你！”

陈真向霍元甲抱了个拳，扭身走了，望着陈真的背影，霍元甲神情怅然。

刘振声长出了一口气，许大有略有不舍，农劲荪观察着霍元甲。

沙狼一拍霍元甲肩膀：“霍元甲，我们兄妹都来了好几天了，你们精武门不请顿酒喝吗？”

霍元甲笑了。

农劲荪：“哎，沙狼，这就是你不对了，前几日你兄妹在松江找凶手，我可是专门跑过去请你喝了顿好酒，不算精武门请的啊？！”

霍元甲抱拳：“沙兄，为了帮我报仇，连累了十三里岗，如今你兄妹无家可归，若是不弃，精武门从此以后就是你们的家。”

沙狼：“这叫啥话，我都已经找上门来了，还有什么弃与不弃的？”

“太好了，沙氏兄妹的到来就是精武门亲人团聚，喝一顿酒哪够？从今天起，连喝三天！”

“好！”

众人兴奋不已，回了精武门，走在最后的刘振声情绪不高，许大有发现他有点不对劲。

“哎，大师兄，沙燕来了，你咋不高兴呢？”

“谁不高兴了？师父说了亲人团聚，我心里高兴得很。”

“少打岔，你不是做梦都喊沙燕的名字吗？这次来了，他们兄妹就不走了，你不正好……”

“正啥好，人家也看不上我……”

“你问了吗？”

“以前问过。”

“这次问了吗？要是真看不上你，他们能来精武门？”

刘振声无言以对。

“我帮你问，这事包在我身上。”

说完，许大有跑进门，刘振声想喊住许大有，此时的他对沙燕的感情已经变得含混不清了。

一叶扁舟行驶于江上。

撑船的陈真目光失神，他回忆着认识霍元甲后的一个个瞬间，他知道自己虽然在撑船离开，但其实有什么东西死死地落在了精武门。

徐子泉：“陈真，这船已经原地打转了，你倒是撑啊！”

沉吟了片刻，陈真说话了：“三位师叔，我……我想回精武门。”

陈秋风：“你……你说什么？”

“我想回精武门，我想明白了，霍元甲是个好人，跟我师父一样好，我也拜他为师了，才学了一套枪法，还没出师呢，我不能走！”

徐子泉：“笑话！你在精武门再三行凶，霍大侠还敢收留你？”

“霍元甲是好人！”

赫子清：“再好的人也不会要你，他难道不为一家老小的性命着想？”

“今天送我们走的时候，他的眼神就是想留下我！”

陈秋风：“霍大侠想留下你？我可没看出来。”

徐子泉：“你以为我们愿意带你走啊？还不是看在你师父的面子上。”

赫子清：“别以为你是孙老怪的徒弟，就赖上鹰爪门，你压根就不在鹰爪门弟子之列！”

三人一人一句，充满了对陈真的不屑。

“那不正好吗？我回精武门！”

说完，陈真把船篙扔向赫子清，纵身一跃，跳进了江里。

霍家客厅，众人开怀畅饮，觥筹交错。

霍母房里，王氏和霍冯氏陪着霍母在榻上坐着。

“元甲今天高兴，让他们使劲儿喝，谁也不许催啊！”

王氏笑了：“多谢娘。”

霍冯氏：“沙燕回来了，大伙都高兴！”

霍母：“东觉他娘，你高兴吗？”

王氏一愣：“沙燕是我义妹，久别重逢，我当然高兴了。”

“我呢，以前不喜欢这丫头，但是这两年我还真挺想她。这丫头面容姣好，却又如汉子般豪放，真是挺讨人喜欢的。”

霍冯氏：“他哥哥也仗义，顶下了杀鹰四的名，弄得他们土匪山寨都被官兵抄了。”

王氏：“是啊，沙狼名为土匪，实际上是个大侠，他知道元甲在上海开了精武门，就故意放出风声，说是自己杀了鹰四，还不是为了成全元甲？”

霍母：“我听说沙狼最心疼他妹子？”

“对。”

“那这个主意应该是沙燕出的……哎，我看这姑娘将来会姓霍，命中注定的事改不了咯，你们姐妹俩可要好好相处啊。”

没等王氏说话，霍冯氏惊了，兴奋地：“娘，您是说……”

想到王氏，霍冯氏立刻收敛：“妹子，你能答应吗？”

王氏笑了：“大嫂，若娘有这个意思，我必尽力成全，但元甲好像……”

霍冯氏：“哎呀，他还不是因为疼你才装出来的吗？沙燕那么招人喜欢，哪个男人看着不动心？”

王氏浅笑，不再言语。

“不急不急，待你生下老二再从长计议！”

霍母说着，脸上充满笑容，她已经拿定了主意。王氏摸了摸肚子，虽还未显怀，但由于身孕，她的身形已不如从前灵便。

一声惊雷响起。

“哎哟，又要下雨啊，这两天的雨可真多……”

雨中，陈真奔跑而来，他气喘吁吁，使劲地叩着精武门的大门。

众人仍在喝酒，喊声传来：“大师兄！”

刘振声大嗓门冲外喊着:“什么事?”

“陈真回来了!”

众人一惊，全都站了起来。

大雨倾盆，报信儿的在过厅的房檐下，众人纷纷出了门。

刘振声:“到底怎么回事?”

“陈真说要重回精武门，我们不让他进来，他就跪在了门口，说师父要不收下他，他就跪死!”

“乱棍打走!”

霍元甲:“等一等。”

刘振声急了:“师父，您可不能再信他了!”

众人都用疑惑的目光看向霍元甲。

陈真跪在门口。

雨水打在他的脸上，可他一动不动。

突然陈真觉得雨停了，他抹了抹脑袋，抬起头。

霍元甲用一把大伞，为他遮住了雨。那瞬间，陈真已经分不清哪些是雨水哪些是眼泪。

—第三章　喜事—

霍元甲喝醉了。

霍元甲跟陈真，跟徒弟们畅饮了一晚。

第二天，霍东觉叫醒父亲，叫他出门去看。

第三天，大门口，黄包车上摆好了两个箱子，霍冯氏在小莲的搀扶下已经上了车。

霍元甲跑了出来，见刘振声、许大有和王氏都站在门口送霍冯氏，连忙上前。

“大嫂，您这怎么突然要走啊？”

“哎呀元甲，大嫂知道你昨天喝美了，多睡会儿呗，送我干啥？”

“莫非元甲哪里做得不周到，惹大嫂生气了，您才突然离开？”

霍冯氏看向王氏：“妹妹，你一句都没跟元甲说过？”

王氏摇了摇头，霍冯氏又看了看刘振声和许大有。

刘振声轻咳一声，许大有等人立刻明白，都向后退了几步。

霍冯氏压低声音：“我不是突然要走的，合计着回天津重新盖房子的事，娘都说了好久了。”

霍元甲不解：“精武门已落户上海，还回天津干什么？”

“南方阴凉，娘受不了。”

“这……”

霍元甲看向王氏：“娘在上海住不惯，你怎么没跟我说过？”

王氏：“诸多原因，一句两句说不清楚，元甲，大嫂得走了，再晚就赶不上船了。”

“大嫂，就算张罗房子的事，也不能让您一个人……”

“不是一个人！到了天津，我娘家两兄弟都会帮我，早就通过信了！”

“可是东方和东媛……”

“两孩子都懂事，他们留在上海读书，谁让二叔给找了那么好的学校呢？再说，二婶照顾这俩孩子比我这个当娘的都好……我走了，兄弟，等你办喜事的时候我可要回来的！”

霍元甲一愣：“喜事？什么喜事？”

霍冯氏偷笑：“妹妹慢慢会跟你说！”

说着，霍冯氏就又上了车。

“振声、大有。”

王氏吩咐着刘振声和许大有。

“放心吧师娘，我们把大娘送上船，走！”

车夫拉起黄包车跑了，许大有和刘振声一边一个护卫，跟着黄包车跑了。

霍冯氏回身喊着：“兄弟，弟妹，娘就交给你们了！”

黄包车远去。

霍元甲回身看着王氏：“到底怎么回事？”

“屋里说。”

霍母被王氏扶着坐在了客厅椅子上，笑容可掬。

“母亲何时起了回天津重修老宅之意，元甲怎么一点都没有听说？”

霍母笑了：“自从擂台摆到了精武门门口，娘就打了这个主意。”

“娘，元甲不是已经答应您了吗？今生再不与人比武斗狠！”

“有句话叫人在江湖身不由己，你答应娘的真能做到？”

霍元甲被问住了。

“元甲，来。”

霍元甲只得上前，霍母拉住了他的手。

“住院的那些日子，你媳妇常去陪我，睡不着，我们娘俩就彻夜长谈。说来说去，说得最多的就是你。你是娘身上掉下来的肉，可是你媳妇比娘更了解你，就比方说这回，全家上下谁都能看得出陈真来精武门不怀好意，可你……”

霍元甲倒吸一口凉气看向王氏，王氏垂眉不语。

“娘，陈真已经痛改前非了！”

“娘今天提陈真不是埋怨你把他留在精武门，而是通过这件事，娘更看清了我儿的心胸，我儿是武林中了不起的人物，如今精武门是要革旧武林之恶习，树新武林之正气！你是要做一代宗师！”

“元甲不敢贪图虚名。”

“这名头你配得上！”

霍母很激动，回头向墙上指去：“想当年，你在山西背回这块匾……”

手指的方向正是“销烟大侠”四字。

“咱们全家流落江湖，食不果腹，三天两头搬家的时候，什么都抛下了，可你始终不肯舍弃的就是这块匾，足见你把名声看得比命重。”

霍母又指向王五的大刀：“还有王五这口宝刀，你也始终带在身边，这是因为你觉得正气比命重要。你留下陈真，不光是和孙无疾有交情，你是要做武林榜样，娘又怎么拦得住你？”

“娘，多谢您体谅！”

霍母笑了：“昨个儿沙燕来了，娘才知道沙氏兄妹知你在上海开了武馆，害怕官府找你麻烦，故意放出风声，把捣毁鹰墅杀人放火的罪名全揽在了自己身上，招得官兵大举讨伐，遂遣散兄弟、舍了十三里岗。外姓人为助你建功立业尚且如此，娘做的又算得了什么？还用得着你谢？”

霍元甲反倒不好意思了。

“只是我老太太也得替这一大家子人着想，尤其是我的四个孙辈儿。”

霍母说着，看了看怀孕的王氏。

“既然有人担下了杀鹰四的罪名，咱们不正好回天津修老房子？所以我就派你大嫂回去了。”

“可是一家人在上海住有何不好？您要是嫌冬天阴冷，我可以……”

“我不怕阴冷，是怕你……”

“娘，儿子早已打定主意，不再与人比武，不再与人结仇，也不再与人争上下高低！”

“你连陈真都敢收，就算你不惹祸，你敢保证他不惹祸？”

霍元甲傻了。

“他如今是你弟子，惹了祸还不记在你头上？”

霍元甲无言以对。

“上海滩鱼龙混杂，什么人都有，之前就得罪了荣先生，那可是上海滩有名的大亨，就算精武门不惹是非，难道就没有人找茬来惹精武门？”

王氏：“人无远虑必有近忧，娘是看得远，才让大嫂回天津的，这没啥不好，你说呢元甲？”

说着，王氏向霍元甲递了个眼色。

霍元甲理解：“噢，娘的一番好意，儿领会了。”

回到了两个人的房间，霍元甲有些生气。

“娘派大嫂回天津一定另有隐情。”

“是。”

“既然知道为何不早告诉我？”

“娘最近连做噩梦，夜夜梦见你不是死在擂台上，就是被毒杀。”

霍元甲一愣。

“老人家岁数大了，总跟着你提心吊胆毕竟不是好事，之前我也问过费德勒医生，他说保持好心情，不着急，不担忧，对娘的身体是最好的了，所以……”

“你想送娘回天津？你是不想伺候老人家了吧？！”

“你说什么呢？我是想带着孩子们和娘一起回天津，陪老人家安度晚年。”

霍元甲有些不好意思：“那……这……”

“要是沙燕妹妹不来我也不敢有此想法，有她在你身边照顾，我也就放心了。”

“你胡说什么！”

“这也是娘的意思，沙燕为了你已无家可归，你还不明白她的一番心意？”

“她是我弟子，是你害我收下个女弟子！既为师徒，断不可再做他想，不然我霍元甲还有何脸面倡导武林新风尚？”

霍元甲是真生气了，拂袖而去。

霍元甲气哼哼地走出，正遇沙燕端着一个筐走来。

沙燕一脸的兴奋：“师父，新鲜的李子，我刚在街上买回来的，您尝一个！”

说着，沙燕就拿起一个李子递向霍元甲，霍元甲摇了摇头。

“嫌酸啊？不酸，我替您尝了！”

沙燕更加亲昵地将李子递向霍元甲的面前。

“我不想吃。”

霍元甲绕过沙燕要走，沙燕没看出他生气。

“那我给老太太和姐姐送去，让她们尝尝鲜！”

沙燕跑了又转回身来：“对了师父，我哥说有事跟您商量，要不您先过去，我送了李子就找你们去！”

霍元甲驻足，回头看着沙燕的背影，有些尴尬。

小屋里，霍元甲给沙狼倒着茶。

“害得沙兄丢了十三里岗，真是过意不去。”

“你不是早就劝过我不要当土匪嘛！正好我现在不是了，我还得谢你呢！”

霍元甲一愣，继而笑了，二人以茶代酒，碰在一起。

“之前我虽是个土匪，可我也是自幼习武，算半个武林中人，你精武门弟子越招越多，请我当个教头吧？”

“求之不得，不过精武门提倡的是练武强身，绝杀之技不可教，暗器不可教。”

“好，有数了！”

霍元甲很高兴。

沙燕进门，在一旁给二人续茶，笑道：“师父，我还想继续跟您学艺，这小院既然给我兄妹住了，要不每天您就到这里来教我？一天半个时辰就好。”

霍元甲有些尴尬：“如今的沙燕已不是从前的沙燕了，你在天津火车站已经历了大风大浪，为师现在教不了你了。”

“师父在找借口，难道是怕男女有别，授受不亲，别人说闲话？”

沙燕一句就顶在了霍元甲的要害。

“你……你哥哥的武艺就了得，让他教你便是。”

“看来又被姐姐猜对了。”

“东觉他娘胡说什么了？”

“她说你不肯轻易教我，就因为我是女的。”

“这也是个理由。”

沙燕忽然变了口气。

“不是理由，为何女子不许学武？男儿强则中国强，又是何逻辑？哪个男人不是母亲所生？欲强我国民体魄，女子强健更是迫在眉睫！师父既提倡武林新风，就应该将男女平等对待！我若学得武术精髓，便可代师传授女弟子，那时的精武门才是被国民仰视的精武门，才是洋人都不敢小觑的精武门！”

霍元甲站起身，对沙燕肃然起敬。

沙狼有些尴尬，打着圆场：“妹子，怎么在师父面前信口开河？没规矩了！”

“不，我都不敢相信站在我面前的是霍门女弟子了，沙燕，在天津，你跟阿发一起读的那些书，上的那些课，没白耽误工夫！为师受教了！”

说着，霍元甲一抱拳，沙燕吓了一跳。

“哎，师父，这个我可不敢当！”

霍元甲一咬牙：“师父答应你，每天用一个时辰教你武功，但不只教你一人。”

沙燕激动：“那我和谁一起学？”

“陈真。”

陈真和沙燕面对面站着，相互抱拳。

“我听大有师兄说了，你入门早，是师姐，沙燕师姐好！”

“为了不给精武门招惹麻烦，世间再无沙燕，我兄妹已经改姓了，我们是从山西来，以后你就叫我晋燕好了。”

“晋燕……师姐。”

“师姐嘛就不用叫了，你看着也老大不小了，再把我叫老了……师父说让你和我一起学艺，先让我领教领教你功夫如何吧。”

陈真有些不好意思：“呃，这不好吧？”

“有何不好？”

“自入精武门以来我屡屡犯错，师父为了留下我，也是力排众议，你们兄妹是师父的贵客，我哪敢再……”

“少废话，婆婆妈妈的，一点儿都不像个爷们！”

说着，沙燕猛地出手与陈真打在一处，陈真应付着还手，没几下便跳出圈外。

“陈真不是师姐对手。”

“你小子好不厚道，既然一起学武，为何藏着掖着？把你的真本事使出来！”

说完，沙燕又攻向陈真，这次招数更狠，陈真却仍是勉强应付。

精武门院落里，霍元甲向弟子们介绍着沙狼。

“大家见过晋大侠！”

精武弟子们齐声喊着。

沙狼笑了：“大侠不敢当，在穷乡僻壤待久了，初来大上海，还请多多关照！”

刘振声：“晋大侠，您与师父是挚友，精武弟子都是小辈儿，您客气啥？”

许大有也跟着起哄：“就是就是！”

正在此时一年轻后生道：“等一等！师父，我们投奔精武门是要跟您霍大侠学武艺的，您这随便找了一个晋大侠一起教我们，他到底有啥本事？不会是糊弄事的吧？”

霍元甲挑眉：“怎么？他有啥本事你想试试？”

“试试就试试！”

“好，大家搭个场子！”

众人立刻围出个圈来。

霍元甲：“晋兄，切磋武功点到为止，可别伤着孩子。”

“放心，来！”

霍元甲退后，精武弟子都不了解沙狼，他们仔细观战。后生冲向沙狼，一阵密集的霍家拳，沙狼轻松应对，边打嘴里还边磨叨着：“呵……呵……这拳不太有力……这脚没踢上劲道……”

后生急了，使出杀手锏，抱住了沙狼的腰，试图将沙狼摔倒。

沙狼微微用力一甩，后生就被甩了出去，许大有见事不好，连忙一哈身，将后生接在怀里，沙狼也觉得劲儿大了，连忙上去拉。

霍元甲制止："他进精武门两个月了，没那么娇贵。"

后生起身挠着头："不算，再来！"

"好，来！"

霍元甲："你一个人跟晋大侠过招，不公平，再来两个，一起上。"

立刻有两个后生叫喊着走出，三人各自施展绝技，攻向沙狼，沙狼以一敌三，精彩的对打后，最终三人都被打倒。

沙狼收势："小兄弟们，得罪了！"

霍元甲带头鼓起掌来。

"怎么样？你们服不服？"

比武的三名精武弟子相互对视，不好意思地低下头。

沙狼："既然进了精武门，咱们都是一家人，谁也别客气，什么大侠不大侠的，听着都累！你们既然叫霍元甲师父，就叫我晋师父就好！"

精武弟子们纷纷叫着。

小院里，陈真和沙燕仍在比武，沙燕不留手，陈真被迫使出绝招腿功，连续三脚踢出，沙燕被最后一脚踹倒，正赶上霍元甲进门，看到了这一幕。

陈真连忙抱拳："师父，我不是有意的……"

沙燕艰难地起身："不怪他，是我逼着他跟我打的……行啊陈真，有点儿本事。"

陈真一脸羞愧。

"师父，他的功夫不在大师兄和许大有之下啊！"

"师姐，你可别瞎说……师父……"

陈真说着上前单膝跪倒："承蒙师父不弃，再次收留陈真，精武门有这么多弟子，师父却能单独传授武艺，陈真更是感激不尽！今后陈真一定……"

霍元甲伸手示意陈真不要再说了："陈真，我最喜欢的就是你的憨直率真，怎么学会如此客套了？晋燕说得没错，你的武功基础确实很好，假以时日，必有大成，但师父希望你练武的同时不要忘记学文，更要记住学成之后，做个心怀家国的栋梁之材。"

"陈真谨记！"

"好，我们开始吧。"

物转星移，转眼天空又飘起雪花。

大雪中，霍元甲教习陈真和沙燕练武。

霍元甲枪走游龙。陈真拧枪刺出。沙燕用自己的双钺飘舞。

精武门教室，弟子们饶有兴致地学习中西方文明的进化。

陈真十分专注。一武一文，弟子都进步飞快，每个人从内到外都发生着蜕变，这叫霍元甲十分欣慰。

却说又是春暖花开的季节。

就在大家像往常一样练功时，一名弟子浑身是伤地踉跄而入。

马上就要走到精武门前，这名精武弟子胸口一热，一口血喷出，栽倒在地。

陈真第一个闻讯赶来发现："海生！海生！"

陈真将名为海生的精武弟子抱在怀里，轻拍其后背，半晌，海生缓过气来，在其他精武弟子的帮助下，陈真将海生抱进精武门。

霍元甲、沙狼、农劲荪三人赶来，上前查看海生的伤势。

海生眉骨外的肉裂开，霍元甲对这伤情很疑惑。

"怎么伤成这样？谁打的？"

陈真："问了半天了，海生他根本说不出话来！"

沙狼："奶奶的，谁敢欺负我精武弟子？老子要他的命！"

霍元甲看了眼沙狼："晋师父……"

沙狼连忙住嘴，他明白自己不该说这话。

"劲荪，看上去伤得很重，恐怕得麻烦费德勒了。"

农劲荪点头："好……振声，备一辆平板车，送他去医院。"

刘振声答应着离去。

医院门口，费德勒一脸微笑地跑来与霍元甲拥抱。

"霍元甲，好久不见！"

农劲荪："你还笑得出来，看来海生的伤问题不大。"

"很严重，但是可以治好，下一次他再出去比赛，你们精武门应该有教练，并聘请专业的医生陪同，不然很危险！"

霍元甲一皱眉："比赛？我的弟子是在外面被人欺负了，哪来的什么比赛？"

"难道你这个师父被蒙在鼓里了？"

霍元甲和农劲荪面面相觑。

沙狼指着输液瓶子向刚进门的农劲荪和霍元甲介绍："这医院的药水还挺管事，人缓过来了。"

已经过包扎的海生不敢抬头看霍元甲。

"海生，你抬起头来。"

海生抬起头："我死不了，快带我走吧，我没钱住洋人的医院。"

"我问你，你是怎么被人打伤的？"

"我……我不小心……得罪了人……"

"得罪了什么人？"

"我……我也不知道……"

陈真有些激动："海生，你说出来，师父会替你报仇的！"

"陈真，我真不知道……"

陈真有些懊恼："那你告诉我，你是在哪儿被打伤的，对方都是些什么人？"

海生的眼珠乱转，很明显没说实话。

农劲荪："你还想编下去吗？刚才为你治伤的费德勒医生是我们的好朋友，你的伤是怎么造成的，你自己不说他也能看得出来！说，你去哪里与人比武了？"

刘振声一听急了："比武？！海生，你忘了精武门的规矩了？不对啊，你可是个老实后生，平时不爱惹祸啊！"

"我……我……"

"海生，为师相信你不是故意要惹祸的，但你为何与人比武？与何人比武？你要说清楚，不然精武门无法再容你。"

"师父，别赶我离开精武门，我说，我全说！"

海生从床上扑了下来，跪倒在霍元甲面前。

陈真紧攥着拳头，走进租界里洋人的一间豪华饭店。

饭店里设有拳台，拳台上，一个西式主持人打扮的中国人用大喇叭喊着："先生们女士们，欢迎拳王马里龙！"

虽是白天，但饭店里拉着窗帘，昏暗的灯光下，很多洋人男女举着酒杯欢呼着。身披大斗篷的马里龙出现了，这名拳击手身形庞大，伴随着音乐，他挥舞着拳头。

角落里，一个照相师傅缩在风衣里颤抖。

何玛丽凑近照相师傅："今天一定要拍到他们残害同胞的证据，到时候你的手可不许抖！"

"不抖不抖……可是总编，洋人要是发现我拍照片，对我下手怎么办？"

"我会保护你。"

"你？"

"怎么？你以为我会跟洋人打架啊？我是用正义保护你！我们在做新闻报道，他们不敢把我们怎么样！今天的任务要是完不成，你就可以离开报馆，另谋高就了。"

"啊？"

何玛丽瞪了照相师傅一眼，向擂台附近潜伏而去，照相师傅不敢再辩论，鬼鬼祟祟地跟上，他始终捂住怀里的相机，怕被人发现。

擂台上，马里龙脱掉斗篷，展示着肌肉，惊得洋人们一阵欢呼，金发碧眼的女人一阵尖叫。

“今天的对手是……”

主持人突然笑了：“在拳王马里龙面前，中国人，没有人能称得上对手！为了让大家尽兴，马里龙今天答应打三场，第一场要教训的是‘病夫一号’！”

一个中国后生被从小门里推了出来，那后生被这情景吓到，洋人的起哄声、呐喊声让他有些哆嗦，但收了钱，只能向擂台走去。

有人将后生推上擂台，后生很明显练过武，但神情还是很不安。

马里龙用蔑视的手势向后生挑衅。

“现在开始下注！一分钟以内一赔一点五，三十秒一赔三，二十秒一赔五！下注啦下注啦！”

角落里，照相师傅询问着：“他们在干什么？”

何玛丽：“赌博，赌马里龙在多长时间之内打倒对手。”

照相师傅有些惊讶。

一个声音在高处传来：“我押十秒之内，赔多少？”

何玛丽向高处望去，只见一个叼着烟斗的老外，身边站着一个白白净净、西装革履的中国人，老外正是前面曾经出现过的法国领事贝特朗，而站在他身边的竟是鹰九，当然何玛丽没见过鹰九，不觉得有何异常。

主持人被问住了，转过头去看向赌场老板，赌场老板也是个洋人，他很得意。

“一赔十，欢迎这位先生多多下注！”

贝特朗点了点头，心里已经有数了，他从兜里掏出一卷洋钱挥着，立刻有人上到高处，从贝特朗手里拿过洋钱。

鹰九：“老板，你中招了。”

贝特朗："为什么？"

"赌局是人家设的，拳手是人家的拳手。"

"还没比你就这么肯定？"

鹰九笑了："最近跟着您在租界里长见识，发现全世界的江湖，门道都差不多……"

"要是我赢了呢？"

"我再加十倍赔您。"

"一言为定！"

"愿赌服输。"

一声尖利的哨响，擂台上已经开打。

马里龙比画着，但都是假打，调戏对手，后生脚下是练武人的步伐，却根本不敢还手，只有躲闪。

马里龙的耳畔传来众人的数数声。

"一！二！三！四！五！六！七……"

马里龙一拳砸向后生，却在鼻梁处停住了，贝特朗气得要骂，鹰九却在旁边笑着。后生吓坏了，发现没被打中，连忙用手拨开马里龙的拳，终于反击。

终于，过了十秒，马里龙才将后生打倒。

一阵欢呼。

贝特朗气极："过了十秒才出拳，故意骗我的钱！"

马里龙冲上前去，双手将后生举了起来，转了一圈。

何玛丽磨叨着："快拍，快拍啊！"

可是何玛丽转过头，发现距自己两步以外的照相师傅已经看傻了，她连忙向照相师傅挤过去。

赌场老板也跟着数数，他突然做出了一个结束的动作，很明显这是他跟马里龙商量好的，马里龙听到台下众人数到十九，脸上露出笑容，他大喝一声，将后生扔了出去，擂台四周有一面没有坐观众，而是摆着洋人的雕塑，那雕塑很锋利，人撞上去恐怕凶多吉少。

一阵惊呼，后生恐惧的脸仿佛看到了死亡，何玛丽连忙用胳膊去碰照相师傅，可照相师傅完全惊呆了，并没有拿出相机。

千钧一发之际，一人横插而出，用身体拦住了半空中的后生，来人正是陈真，巨大的冲击力不得不让他后退了两步，后心险些顶在那雕塑最锋利的地方。

瞬间，整个酒吧里鸦雀无声。

马里龙摇晃着胳膊有些生气，他对有人阻止了自己的杀人表演感到气愤。

陈真将后生放在地上："你没事吧？"

后生点头示意自己死不了。

主持人："你干什么的？竟敢阻止比赛？！"

陈真握了握手腕，一步步走向擂台："打擂是吧？我来！"

说着，陈真突然加快了脚步，腾空跳起，按住绳子，飞身一跃，站在了擂台之上。

主持人："拳王，您不用跟他打，他不是我们给您选来的对手……"

马里龙生气地将主持人推到一旁，恶狠狠地瞪着陈真，就要动手。

赌场老板："等一等，这不符合规则。"

马里龙大声地吼着："现在没有规则了，我要打死这个中国人！"

马里龙的眼睛里冒着血丝，这让现场气氛异常激烈。

陈真目光狠狠地盯着马里龙，也有些等不及了。

主持人忽然出声："你若能坚持到三分钟不被打倒，可以得到十两银子，两分钟五两，一分钟二两……"

"我要是赢了呢？"

主持人愣了，看向赌场老板，酒吧里一阵哄堂大笑。

赌场老板不再搭理："这个比刚才那个看着禁打，三分钟内一赔二，两分钟一赔三，一分钟内一赔五！下注下注！"

立刻有人举钱下注。

分散在场子里的服务生们收钱。

鹰九认得陈真："老板，赚钱的机会来了。"

贝特朗：“你确定他能赢？”

鹰九：“要不您下注，我仍然一赔十。”

贝特朗：“我不想相信你，没有几个‘东亚病夫’是马里龙的对手，何况是这么一个毛头小子，算了，还是看热闹吧。”

鹰九仍然在笑着，别有深意：“一定有热闹可看。”

一声尖锐的哨响，马里龙迅速冲向陈真，陈真东躲西闪，突然一拳猛地打在马里龙肋下。

马里龙疼得倒退了好几步，陈真亮出了架势。

酒吧里读秒的声音立刻停止了，众人都知道这是势均力敌的交战。

陈真主动进攻，被马里龙身高体大的优势控制，摔倒在地。

一阵叫好声后，陈真一骨碌爬了起来，二人继续打，这是一场中西方不同拳术的对弈，类似于今天的自由搏击。

二人各有占上风的时候，也有处下风的阶段。

观众席中一阵阵惊呼，又一阵阵唏嘘。

贝特朗跟着着急，跟着兴奋，他身后的鹰九默不作声。

陈真找准机会，使出连环腿绝技，踹向马里龙胸口，马里龙巨大的身体撞到了绳子上，向后翻去。

陈真又加一脚，将马里龙从擂台踹翻下去，摔在地上。

整个酒吧鸦雀无声。

何玛丽大声地喊着：“中国人赢了，快拍！”

何玛丽的声音惊动了陈真，他转向何玛丽的方向。

照相师傅“啪”地按下快门，抢下这一瞬间。

所有人都输了钱，一个个洋人指着陈真龇牙咧嘴。

马里龙一口鲜血吐了出来，围着马里龙的助手、教练、医生一阵惊呼。

“拳王受伤了！拳王受伤了！”

赌场老板愤怒地指着陈真：“你是谁？报上你的名字来！”

"精武门，陈真！"

何玛丽见照相师傅已经准备好，连忙大喊着陈真的名字，陈真猛回头，照相师傅迅速地拍下了这一瞬间。

何玛丽高兴极了，她觉得自己抢得了新闻，陈真也有些得意，他认识何玛丽，在相机前表现出一副胜者的姿态。

马里龙已经缓了过来，他拨开医生、教练，又一次冲上擂台。

何玛丽看到了马里龙有些惊慌。

"陈真小心！"

马里龙已经冲向陈真，一把抱住了陈真的腰，陈真慌忙应对，但他个子比马里龙小，又被马里龙铁臂死死控制，一时间难以摆脱。

马里龙用力将陈真抡了起来，摔向擂台，陈真摔在擂台上，马里龙一跃而起，用肘向陈真砸去。

陈真连忙躲过，马里龙打空，但是很快勾住了陈真的脖子。

两个人在地上缠斗。

何玛丽看呆了。

终于，陈真摆脱了马里龙，两个人都站了起来。

马里龙用中文一字一句，透露着决绝："我要拧断你的脖子！"

之前的陈真是侥幸获胜，此时他发现对手并没有那么不堪一击，多少有些慌。

何玛丽急了，大声地喊着："哎！马里龙，你被摔下擂台了，已经输了！"

"拳王不能输！更不能输给一个中国人！"

赌场老板的声音传来，何玛丽愣了。

"砸了那个照相机，绝不能让消息传出去！"

立刻有两名洋打手上前抢夺相机，照相师傅和何玛丽护住相机，可是洋打手凶恶，眼见要吃亏。

陈真急了，想下台保护何玛丽，马里龙看准机会，在背后偷袭陈真，陈真再次被摔倒，这次比前一次更重，嘴角流出了血。

马里龙连踢带踹，陈真连滚带躲，他的视线里，洋打手抢走相机，高高地举起，向地上砸去。

照相机被摔坏，相机师傅心疼，扑向摔坏的相机，紧紧地抱在怀里。

何玛丽气得要哭："你们……强盗！"

何玛丽与洋打手撕扯，洋打手抡圆了巴掌向何玛丽脸上抽去，她闭上了眼。

一只手抓住了洋打手的腕子，猛地一翻，洋打手"嗷"的一声叫了出来。

来人正是刘振声，他抬起一脚将洋打手踹翻。

"刘振声！"

何玛丽惊喜，刘振声看都没看她，怒斥着："你来这捣什么乱？"

何玛丽看着严肃的刘振声很委屈。

擂台上，陈真已经陷入非常不利的境地，霍元甲等人都已经冲进饭店。

"住手！"

霍元甲一声断喝，陈真发现师父来了，更有些慌乱，下意识地减了力。

马里龙怎肯住手，正欲向陈真下死手，霍元甲不得不蹿上擂台。

霍元甲出手，在马里龙的手中救下陈真。

陈真气喘吁吁，欲上前与马里龙拼命，被霍元甲制止，示意不可以多欺少，陈真只得退后。

马里龙抡着双拳，向霍元甲袭来，霍元甲轻松化解，马里龙知道这是个比陈真更厉害的高手，冷静了下来，寻找得胜的机会。

高处的贝特朗惊诧："霍元甲居然在上海？"

鹰九也很惊讶："您认识他？"

“老相识了……你也认识他？”

“他是上海滩的名人，我当然认识，但他不认识我……贝老板，我还有事，少陪。”

鹰九说完转身就走，贝特朗很疑惑。

擂台上，马里龙看准机会，再次进攻，这次准备充分，出招狠毒，霍元甲接招，为化解进攻不得不抬脚踢向马里龙。

马里龙膝部中脚，倒退两步，他尝到了霍元甲的厉害。

台下，刘振声、许大有、沙狼、沙燕等人与洋打手们对峙着。

马里龙再次进攻，与霍元甲斗得险象环生，他一掌拍在马里龙胸口，很明显，马里龙不是对手。

“砰”的一声枪响，众人都向枪声传来的方向望去。

赌场老板举着双管猎枪，瞄准了霍元甲。

“你是什么人？报上姓名！”

“精武门霍元甲。”

赌场老板笑了，对旁边的助手道：“记下来，待会儿警察来，告诉他们被我毙杀的人叫什么名字。”

许大有：“你敢对我师父开枪？凭什么？”

“在我的地盘里射杀来捣乱的中国人是我的权利！”

农劲荪：“你们私设擂台，打死打伤了很多中国人，我要向公董局控告你们！”

“告我？你告不赢！那些中国人都是为了挣钱，签了合约，死伤活该！包括台上的那个！”

说着，赌场老板指向陈真，又用枪口指向霍元甲：“你们两个是师徒，居然一起上擂台，二打一，这是对拳王马里龙先生的极大侮辱！拳王先生，非常抱歉，请您先退下擂台，以免误伤。”

陈真一个箭步挡在霍元甲身前。

霍元甲：“你干什么？”

陈真：“我挡枪子，师父快走！”

何玛丽大声叫着："不许开枪！我是《海上新报》的总编兼新闻记者何马，我亲眼所见马里龙已经被陈真打下了擂台！而他……"

何玛丽指着刚刚跳下擂台的马里龙："违背规则，又爬上去，趁陈真不注意，偷袭！这早已经不是比赛了，霍元甲为救陈真被迫上了擂台的，根本不是捣乱！你们如此不讲道理，《海上新报》将向全世界发布消息，如果你敢开枪，就是无视国际法，屠杀无辜！"

赌场老板笑了，他忽然吹了一个口哨，洋打手们分别从腰间拽出左轮枪、短火枪之类的武器。

"今天这里的中国人都得死，尤其是这个女的，她是记者，杀了他们，我承担一切责任！"

赌场老板的枪口对准何玛丽，刘振声立刻挡在何玛丽身前。

正欲开枪的赌场老板身体突然失控，沙燕早已绕到了他的身后，猛地进攻，导致赌场老板的枪走了火，高处的一面玻璃被打碎。

沙燕随身的武器已经顶到了赌场老板的脖子上，沙狼快步上前，抢下了赌场老板的枪，枪口反怼在了他自己的头上。

赌场老板大惊失色，与此同时，刘振声也借机制住了瞄准何玛丽的洋打手，但许大有没有成功，另外两个持枪的洋打手都对准了刘振声、许大有和农劲荪。

另一名枪手驰援赌场老板，可是见沙狼凶恶，根本不敢靠近，沙狼就要开枪。

"晋兄，不可！"

霍元甲叫住沙狼。

"有何不可？难道只有洋人杀我们中国人，不允许我崩碎他的脑袋？"

高处忽然传来鼓掌声，众人望去。

"霍元甲，真没想到，我刚刚回到中国，就在上海碰到了你！"

贝特朗语气中显得有些开心。

“贝特朗？”

贝特朗从高处走下，看着赌场老板：“你们小看了中国功夫，尤其是这位霍元甲先生，他可是武术大师！”

“你是谁？”

“法兰西前任驻天津领事贝特朗。”

贝特朗看向霍元甲：“我已经不当领事了，回欧洲玩了一年，就开始想念中国了。这次回来，第一站我选择了东方巴黎上海，没想到我们这么有缘，居然在这里又见面了！”

霍元甲对贝特朗没好印象，他没有说话。

赌场老板向贝特朗示意着自己危险的处境。

“霍元甲、农劲荪，我们都是老朋友了，看在我的面子上，今天的纠纷到此为止吧！”

沙狼和沙燕对洋人没有好印象，当然不肯先作罢。

农劲荪：“元甲。”

霍元甲下擂台：“我们走。”

众人退出饭店。

大街上，精武门一众人走着，几匹大洋马拉着的一辆豪华马车快速而来，追赶着他们。

车夫是个大胡子白人，他勒住了马，车门打开，贝特朗跳了下来，他张开双臂：“霍元甲，我们是老朋友了，很久不见，你不应该对我更热情一些吗？”

贝特朗做着试图拥抱的动作，霍元甲却是抱了抱拳：“别来无恙。”

贝特朗有些尴尬：“中国人的礼节就是这么拘谨，不过‘别来无恙’这句话应该我问候你才对呀！”

贝特朗走近霍元甲低声道：“杀了善扑营的吕四鹰吕大人，还有他的朋友德国人赫尔曼，却可以逍遥法外，真让人羡慕啊！”

霍元甲一愣，他看向贝特朗：“你说什么？我听不懂，霍元甲不做犯法之事。”

贝特朗哈哈大笑：“我刚刚在枪口下救了你，你这样不合适吧？”

霍元甲再次抱拳：“刚才的事多谢了，贝特朗先生，告辞！”

说完，霍元甲就要走。

“哎，急什么？两年不见了，再多给我几分钟如何？”

“如果有什么事，就请快说。”

“我记得在天津我们曾长谈过，我建议你到欧洲去参加比赛，你还记得吧？刚才在拳台上，我已经见识到了你的风采，我更加笃定，你能成功，不久，你会红遍欧洲，成为达官贵人，甚至是王公贵族家里的贵宾！稀世奇珍，黄金珠宝，你将应有尽有！”

“我不稀罕。”

“那你不是白练了功夫？”

“元甲自幼习武，为的是强身健体，如今，立精武门于沪上，为的是光大中华武学。”

“教‘东亚病夫’练武？霍元甲，你不会有成就的！”

霍元甲怒目而视：“国人羸凌弱，是洋人鸦片所害，终有一日，我们会禁除烟毒，中华男儿人人习武强身，看谁还敢称我病夫！”

霍元甲扭身走了，这次连客气都不客气，众人跟上。

贝特朗多少有些失望，洋马车上又下来一个人，竟是鹰九。

“我说过的，霍元甲不会买您的交情。”

“他现在成了上海滩最厉害的高手？”

“应该算吧。”

“哼，要不是他的中国功夫花哨，在拳台会像猴子一样招贵妇们喜欢，我才懒得搭理他呢！”

“您是说霍元甲在欧洲的拳台上打不赢？”

贝特朗哈哈大笑起来：“在我们的大力士面前，霍元甲只能是个小丑。等着吧，真正的拳王，伟大的亚历克斯大帝，征服世界的巡回比赛即将开始。几个月后就会来上海，他一拳就可以砸烂整个精武门。‘东亚病夫’永远是‘东亚病夫’，自视清高的霍元甲会被亚历克斯打成废人，或者死人！”

鹰九有些吃惊，贝特朗上了马车，鹰九跟上。

何玛丽走出精武门，心事重重，照相师傅兴高采烈地冲了过来。

“总编！”

“相机都摔坏了，有什么好高兴的？”

“相机坏了，但是胶卷还好，照片洗出来了！”

照相师傅将一张照片递给何玛丽，照片上，擂台上的陈真猛回头，英雄气概十足。

“总编，这篇新闻上头版吗？这可是我这辈子拍得最好的一张照片！”

何玛丽犹豫着，咬了咬牙：“上！这期报纸加印两千份！”

送走了何玛丽，霍元甲回了客厅。

“师父，精武门到底怎么处罚陈真？您发话吧！”

霍元甲没说话，瞟了一眼陈真。

“有什么大不了的，我走便是，此处不留爷，自有留爷处！”

陈真转身往外走，大步走出客厅，霍元甲仍一言不发。

“还敢在师父面前称爷？真是无法无天！师父您怎么一言不发啊！”

陈真的态度让刘振声很气愤，霍元甲也板着脸。

“刚才一进门，你就一直在教训陈真，还用得着为师说话吗？”

刘振声有些尴尬。

沙燕：“陈真没做错什么，我去把他追回来！”

霍元甲制止："沙燕，不必去追，他不会走的。"

话音未落，刚出门的陈真已经大踏步回来了。

"我不服！我去租界打擂是替海生报仇，不是为了自己！我打赢了那个马里龙，没给精武门丢人，凭什么撵我走？！就因为我是半路学艺的，就得矮人一等？你们这是成心欺负我！"

陈真满眼泪水，他感觉自己受了一肚子委屈。

沙狼喝了口茶："刚才我一直竖着耳朵，只听有人说'此处不留爷，自有留爷处'，却没听到霍元甲发话，撵你走啊。"

"我……"

农劲荪："你曾冤枉元甲毒杀你恩师孙无疾，元甲是怎么对你的？怎么，这点委屈你就受不了了？"

许大有："哎，陈真，你刚才说的话我都听不下去了，你虽然是半路学艺，可啥时候矮人一等了？师父天天给你开小灶，单独传授你武功，还算欺负你？"

陈真更是无言以对。

沙燕突然问霍元甲："师父，你怎么知道陈真不会走？"

霍元甲瞪了一眼沙燕，沙燕吐了吐舌头。

"陈真，将马里龙打下擂台之后，你做了什么？"

"没做什么呀……哦对了，那个何玛丽喊我的名字，我就转过头去让他们拍了张照片。"

"你孤身一人，深入敌军腹地，敌情未明，怎敢如此大意？"

"是，我是大意了，要不然马里龙不可能偷袭成功！"

"为师赶到之际，马里龙所用的是什么招数？你为何毫无还击之力？"

"我也不知道怎么回事，他就像从后面把我锁住了一样，真是有劲使不出来啊！"

沙狼："我也纳闷，看上去你像是任人摆布，功夫都白学了！"

陈真不好意思地低下头。

“看来西洋拳除了力大之外，还有很多技巧，为师也曾与洋人过招，但这次的马里龙比之前的那些都厉害，俗话说知己知彼方能百战百胜，我们要想打败洋人，恐怕得先了解西洋拳呀。”

众人没想到霍元甲已经在做这种深层次的思考了。

陈真有些尴尬，仿佛已经没有人在搭理他犯过的错。

刘振声跟着霍元甲进了书房。

“师父，就这么轻易放过陈真了？那精武门以后还怎么约束其他弟子？”

“我现在更担心的是何小姐。”

刘振声一愣。

“《海上新报》一旦刊登今天的消息，何小姐的处境就有危险了。我记得你们俩很谈得来，要不你去陪陪她，也算是替为师保护她。”

“我不去！”

“为什么？你是怪她要写陈真的新闻，抢你这个精武门大师兄的风头？”

“不是！我哪有那么小心眼儿啊！她……她不知羞耻，说要嫁给我……”

霍元甲一愣，继而兴奋：“嗯？有这样的事？刘振声，你好福气啊！这位何小姐可是一个好姑娘！”

“她好不好的跟我有什么关系？”

“怎么？你想打一辈子光棍？你要知道，为了你的婚事，我和你师娘都很着急！你再想想大有，他和小莲一直没有成亲，还不是因为你这个大师兄没娶媳妇！”

“我……我就算娶媳妇也不能娶她啊！我这不是……”

“你心里有别人？”

刘振声已经尴尬得说不出话了。

“错不了，你从小跟着我，难为情的时候就是这副苦瓜脸！说，是谁家的姑娘？我让你师娘亲自去保媒！”

“那就太好了！沙燕！”

霍元甲稍有愣神。

“师父，您别怪我没出息，从那年咱们走镖，路过十三里岗，我就喜欢上沙燕了，可是这么多年也没什么机会。这次他们兄妹来了上海，我高兴得三天没睡着觉！这门亲事，还请师父、师娘成全！”

“好，我这就跟你师娘说去。”

“大师兄？不能吧？我不是早就跟他说清楚了吗？”

沙燕面露难色。

“这正说明振声是个痴情的汉子，元甲所有徒弟中，最耿直正派的就是他了。”

王氏劝着。

“这个我知道，可是……姐姐，我不想嫁人！”

沙燕拉着王氏的手撒娇。

“姐姐是过来人，说不想嫁人的，都是没有碰到想嫁的。”

“这么说也行。”

王氏笑了：“你的心意我知道，不光是我，这次你来上海，连老太太都看出来了。”

“看出什么了？”

“你不是一直叫我姐姐吗？元甲是顶天立地的大英雄，以后你我姐妹一同辅佐元甲……”

沙燕“腾”地站了起来：“我不是这个意思！我确实仰慕师父，曾经也……可后来，认识了姐姐，无论是人品、学识、相貌我都自愧不如，何况师父是正人君子，我又怎么能让自己的非分之想损了师父的清誉？”

王氏也站了起来：“沙燕，你说的是心里话？”

“姐姐以诚待我，我又怎么能骗您？”

“既然你心中不再惦记元甲，振声难道不是很好的选择？”

“我……求你了姐姐，别问了，我在心里拿大师兄就当大师兄！”

王氏虽猜不出沙燕到底是什么意思，但知道不能再劝。

刘振声还等在书房，他挠着脑袋，焦急不安。

霍元甲正在写字：“少安毋躁，喝口茶。”

刘振声端起茶杯，才喝了一口，就见王氏进门，他立刻放下茶杯，站了起来，抱拳：“师娘，有劳了！”

王氏见刘振声一脸的喜悦，有些为难：“振声，师娘无功而返……”

刘振声一愣：“啥？沙燕不愿意？不能吧？她要是不愿意，他们兄妹俩咋又追到上海呢？她准是想通了，知道我刘振声才是最该托付的人，她又不傻……”

“振声，这种事强求不得，沙燕她只拿你当大师兄。”

“师兄师妹不正好嘛，肥水不流外人田不是……”

刘振声自以为是，王氏不知道该怎么劝了，她看向霍元甲。

“振声，你师娘算是投石问路，要不你再等等，也让沙燕好好想想。”

“不行，都等了这么多年了，我这就去问沙燕！”

刘振声刚要出门，回过头来：“辛苦师娘了啊，沙燕准是跟您不好意思，我自己问去！”

刘振声出门，霍元甲和王氏面面相觑。

“这……”

“沙燕似是心有所属，但，不是振声。”

霍元甲有些疑惑。

沙燕美滋滋地出门，正见陈真蹲在地上用手砸着地，沙燕笑了。

“还在生气啊？你可真逗！师父根本没有要责备你的意思，你就气哼哼地走了，还说什么‘此处不留爷，自有留爷处'，好大的口气！"

"我有什么脸面跟师父生气？"

"我知道你不敢跟师父，跟大师兄吧？你别怪他，他不是心眼儿小嫉妒你，他是对师父忠心，因为你，师父被人用枪指着，他能不着急吗？"

"我也没跟大师兄生气……"

"那你这是怎么了？"

沙燕不解，陈真却越发懊恼。

"我是跟我自己生气！师父教我武功，用心良苦，可到了关键时刻我却使不出本事来！"

"你是说那个马里龙在背后钳住你的时候？"

"对啊，我怎么较劲也较不过他，我真是笨蛋！"

"你是够笨的，他是西洋大力士，又在背后钳制住了你，你为什么又要跟他使蛮劲？你难道忘了四两拨千斤？"

陈真一愣："可我该怎么拨？"

"来，咱俩试试。"

沙燕学着陈真的样子："我来学你，你学马里龙。"

陈真答应着来到沙燕身后，两个人贴得很近，但陈真迟迟没有下手。

"快动手啊，婆婆妈妈的。"

陈真一闭眼，用了一个钳制的动作。

"不够紧，再用力一点！"

陈真一紧双臂，将本来瘦小的沙燕紧紧地控制在自己的怀中。

沙燕想着，活动着手脚，她摇晃着身体试图挣脱，陈真夹得更紧。

一个声音从门外传来："沙燕——"

话音未落，刘振声已经冲进小院，陈真已将沙燕紧紧地抱在怀里，二人看向刘振声，一时却没有松开。

刘振声瞪大了眼睛："你们……陈真，你……"

刘振声冲向兵器架，拽出一把大刀："我劈死你！"

说完，刘振声就冲向陈真，陈真和沙燕连忙分开。

沙燕上前拦住："大师兄，你干什么？"

"你们在干什么？！"

"我们在练武啊！"

"有这么练武的吗？别给祖师爷丢人！陈真，大白天的你居然敢……我这就劈死你，以正精武门门规！"

刘振声眼睛通红，甩开沙燕，抡刀向陈真劈去，陈真连忙躲闪，大刀砍在地上，溅起火星，陈真急了，抄枪欲战。

"陈真，放下枪！"

陈真见沙燕瞪着眼睛，知道自己不该还手，只得把枪放下，可刘振声抡刀又砍至，沙燕再次用身体拦住。

"你还不快跑？！"

陈真夺路而逃，刘振声想追，沙燕拦在小门处。

"大师兄，你误会了！"

"你让开，我宰了陈真去！"

"今天陈真受马里龙的钳制，就是这一招，我跟陈真是在研究破解之法！"

"用得着抱那么紧吗？！你们俩……"

"你吃醋了？"

"吃醋了！自打那年路过十三里岗我就相上你了，这次来上海，你难道不是奔我来的吗？！"

"为替师父顶罪，我和哥哥无家可归，来上海是投奔师父，不是投奔你。"

听了这话，刘振声很难过："可是你我一直情投意合？！沙燕，你变心了？"

"你对我的好，我知道，可我早就跟你说清楚了，我们只有师兄和师妹的缘分，我不能嫁给你！"

"那个时候是借口！别以为我傻，我知道，你以前仰慕的是师父，可谁都知道这不可能，难道你还在痴心妄想？"

"刘振声你别胡说！绝不是因为师父！"

沉默了片刻，刘振声忽然问道："是因为这个陈真？"

沙燕一愣："你怎么这么无聊！身为大师兄，处处看不上陈真，你是何居心？！"

"我就是看不上他！他跟我抢媳妇，我就更看不上他了！"

"谁是你媳妇？我从来没有答应嫁给你，就算嫁给陈真我也不会嫁给你！"

"你说什么？真是因为陈真啊？"

"是又怎么样？我和陈真一起练武，朝夕相处，日久生情，你忘了我吧！"

"朝夕相处……日久生情……师父故意让你们俩一起练武，就是为了撮合你们！他明知我喜欢你，为何如此偏心眼儿？我找他算账去！"

刘振声气红了眼，摔大刀，冲出小院，可他知道这件事怪不到霍元甲头上，说去找霍元甲算账，也只是气话，又想了想，只得一转头出了霍家大门。

入夜了，刘振声还未回来，精武门众人不免都有些担心。

"沙燕也很后悔，觉得自己有些话说得太重了……元甲，振声到现在还没回来，不会是……"

王氏担忧着。

"你放心，要为这点事情就想不开了，我岂不白教了他这些年。堂堂七尺男儿，就应该拿得起放得下，多经历一些挫折，对振声来说不是坏事。"

霍元甲虽这么说，但心里还是有些牵挂。

街上的某小酒馆，刘振声喝着闷酒，有点醉了。

"再来一壶！"

店小二跑来，审视着刘振声。

"这位大哥，您都喝了三个时辰了，也没个人陪您……要不改日再喝？"

“我不需要人陪！我今天要一醉方休，喝死拉倒！又不是没给你钱，哪来这么多废话？！”

说着，刘振声又把一块银子拍在店小二面前，他只好去拿酒。刘振声确实醉了，他往后一仰，享受着醉意。

突然，身后传来一阵叽叽喳喳的声音，刘振声所坐的地方身后不远处，刚好是个半敞开式的雅间，雅间里，《海上新报》的好多人都在，包括何玛丽。

“我还得再敬何总编一杯！今天的头版，‘精武师徒击败洋拳王，中华武术扬威法租界！’写得简直让人拍手叫绝！”

雅间外，刘振声睁开眼睛，耳朵顺着声音传来的方向听着。

“这就是一篇正常的新闻报道，因为我就在现场嘛，所以写得都是事实，哪有什么值得拍手叫绝的？徐编辑，您恭维我啦！”

“哪里哪里！我敬您！我敬您！”

二人碰杯喝酒。

店小二给刘振声上酒，刘振声攥住酒壶，耳朵却一直朝着雅间的方向听去。

“何总编，有一点我没想明白，之前咱们定的标题是‘精武陈真击败洋拳王’，为啥定稿的时候您改成‘精武师徒’了呢？”

“有两个原因，第一，陈真虽然打败了马里龙，可是后来马里龙反扑，陈真的情况很危险，要不是其师父霍元甲出手，也许他的命都捡不回来；第二，我曾经采访过松江命案，我知道霍元甲身边不仅只有陈真一个徒弟，他的几个徒弟个个武艺高强，而且人品还都特别好，‘精武师徒’可以代表整个精武门的形象，比单写陈真更好一些。”

“何总编，我觉得还有第三个原因……”

何玛丽一愣。

“您在文章里不是也写到了嘛——本报记者险遭不测，幸得精武门刘振声大侠仗义搭救！”

何玛丽有点心虚："这也是事实啊！"

"诸位，当时我在场啊，刘大侠那英雄气概确实值得浓墨重彩地描一笔，不过我还发现，这位刘大侠跟咱们总编，好像是非同一般的熟悉，那眉目之间传的是情啊，英雄救的是美啊！"

何玛丽红了脸，她当总编以后的报社其乐融融，众人欢笑着敬酒。

突然，雅间里鸦雀无声，众人都看向何玛丽的身后，何玛丽转过身一惊。

刘振声端着一个酒壶站在何玛丽身后，醉醺醺地说着："何玛丽，我……我也敬你……干！"

说着，刘振声向空中比画着，象征性和空气撞了一下，将整壶的酒向嘴里倒去。

何玛丽大惊，跑向刘振声身旁，可刘振声已经将整壶酒喝干。

一个酒嗝过后，刘振声将壶放下，看着何玛丽笑，何玛丽身后，报社的众人窃窃私语，弄得她很不好意思。

"精武师徒……中华武术……好！"

刘振声竖起了大拇指。

"啊，你都听见了……刚才他们乱讲的那些是开玩笑的……"

"何玛丽！"

刘振声忽然提高了音量，何玛丽屏住了呼吸，她有些紧张。

"你长得真俊……"

继而，刘振声"咣当"栽倒在地上，何玛丽又羞又慌，众人连忙上前忙活。

"陈真，你上报纸啦！"

陈真被一众精武弟子围着，有些不好意思。

"嗐，没啥没啥，主要是师父厉害……"

"谁说的，报纸上写得清楚，是你先孤身入了虎穴，救下了一个和海生一样去当肉靶子的后生！快说说，陈真，你是用什么腿功把那个洋人拳王踢下擂台的？”

“都是师父教的功夫，你们就别问我了，多难为情啊，好好练功……”

陈真灰溜溜地跑了。

书房里，霍元甲两口子也在看着报纸。

“振声要是看到这张报纸应该高兴才对。”

“是啊，这位何小姐字里行间满是对他的仰慕之情。”

“昨天振声还跟我说了，何玛丽想嫁给他……”

王氏惊诧：“有这种事？那你为什么还让我……”

“是振声说没看上人家，心里只惦记着沙燕。这天下最难懂的，莫过于男女之情，保媒拉纤的事，咱俩以后还是少做吧！”

陈真的声音忽然在外面响起。

“师父，您找我啊？”

陈真进门，霍元甲看着一愣：“怎么一副没精打采的样子？”

陈真有些难为情，不知该如何回答。

“今天的《海上新报》报道了你昨天打败马里龙的事，你应该高兴才对呀！”

“师父，我净给您惹祸了，哪敢高兴啊……”

霍元甲笑了：“振声的事不怪你。”

“大师兄跟我生气，昨天一夜未归，还不怪我？”

“他那么大人了，没事，估计醉上一场，想明白也就回来了……不过有份儿差事本来是要让他去办的，现在只能交给你了。”

“有何差遣？师父尽管吩咐！”

“你知道《海上新报》的报馆在哪？”

“对，我去过。”

“何玛丽小姐是个正直的人，但我担心今天这份报纸会给她带来麻烦……”

阳光已经直射在刘振声的脸上，他被晒得痒痒的，用手抹着脸。

突然，刘振声睁开了眼睛，他警觉地转着眼珠，先观察着环境，然后猛地坐起，发现自己敞着怀，但是却穿着外衣，裤头穿在身上，却没有穿外裤，一阵虚汗立刻上了头。

“坏了坏了，我干什么了，我干什么了?！何玛丽？对，我昨天碰到何玛丽了……何玛丽！”

没错，这里也正是何玛丽的家，何玛丽本人也早已上班去了。

刘振声起身，一阵头晕，想吐，发现床头柜有杯水，连忙端起，大口大口地喝了下去，喝罢，又发现床头柜上还有张纸条，赶紧拿了起来。

“刘大侠，你的鼾声好重，衣服我已经帮你洗了，晾在阳台上，收衣服的时候当心，别被邻居看见……玛丽。”

刘振声一哆嗦：“玛丽？肉麻，还是何马好听一点……鼾声好重？我干什么了？这女人怎么还帮我洗衣服啊？”

刘振声连忙将上衣扣掩住，向阳台走去，拿下已经被洗过的衣裤，他有些厌烦。

“这还湿着呢，怎么穿哪？故意的吧？准是以为衣服不干，我今天晚上还能睡在这……这个女人太不好惹了！”

刘振声忍着将湿衣服穿在身上，怀着懊恼出了门。

大街上，刘振声看到远处有个卖报的小孩，他想买报。

“没有了，一早就卖光了！”

刘振声有些着急。

角落里，终于买到报纸的刘振声边看边嘿嘿地笑着。

“这小丫头片子，净胡说，我咋成大侠了……嘿嘿……”

他突然想到什么：“坏了，不能叫丫头片子了，昨天晚上我把人家给……”

刘振声想到此处，“啪啪啪”照自己脑门子上拍了三巴掌，嘀咕着。

“不行，昨天晚上我到底干啥了没有？我得问个清楚去。”

刘振声将报纸揣在怀里，起身走了。

陈真始终盯着报馆门口，一个身影突然出现，吓了他一跳，陈真连忙转过身去躲藏。

来人正是刘振声，他直奔报馆，却在门口驻足，转身奔陈真藏身之处而来。

陈真退无可退，又不想和刘振声产生正面冲突，干脆抱着脑袋蹲在角落里，刘振声一看角落里有人，也没看出是陈真来，就另选了一个地方，陈真在腋下偷眼观瞧，一身冷汗。

刘振声再次鼓起勇气想要进门，却正见何玛丽从报馆里走了出来，很是意外，连忙躲闪。

何玛丽向反方向走去，刘振声想叫，没张开嘴，只得跟上。

陈真见刘振声跟着何玛丽，想走，又想了想。

“不行，师父交代的差事，我得保护何玛丽！”

陈真硬着头皮跟上。

何玛丽在前，刘振声紧随其后，可他不知螳螂捕蝉，黄雀在后，陈真既要跟着何玛丽，又不想被刘振声发现，很是尴尬。

一辆马车突然出现在路上，刚好挡住了刘振声的视线，车上跳下两个人，要去绑何玛丽，何玛丽与之撕扯，但毕竟是个女人，还是被拽上了马车。

马车快速离去，刘振声眨着眼跑来，他身后的陈真才拐过弯来，对刚才发生的一切并不知道，可是仍然得回避刘振声。

刘振声发现地上的鸭血粉丝汤仿佛明白了，快速向那辆马车追去。

“站住！把人留下！”

刘振声的叫喊让陈真大吃一惊，他判断着，向一个岔路口奔去。

刘振声拼命地奔跑着，可是那辆马车就要没了踪影。马车经过一个小路口，陈真从小路口中蹿出，他气喘吁吁，眼见着马车要转弯，便加快了速度。

刘振声见马车已经没了踪影，又向另外一条岔路口跑去，试图抄近路拦截。

荒废的仓库大门紧闭。

刘振声从一个方向追来，见前方没了路，有些疑惑。陈真从另一个方向追来，刚一露头，发现刘振声，立刻缩了回去。

陈真的动静惊扰了刘振声，刘振声向陈真方向的小胡同跑去，没有见到马车，而陈真紧贴墙根，在杂物的遮挡下躲过了刘振声的观察。

刘振声奇怪之际，何玛丽的声音突然从院落里传出，他连忙贴近大门去听。

“放开我！你们要干什么？！”

刘振声气得就要去踹门，他突然停住，想了想，透过门缝向院里看去，仓库的院落里停着那辆马车，三名洋人正押着何玛丽向仓库里走去，其中一个洋人手里拎着长枪。

刘振声倒吸一口凉气，想着，向后退了几步，加速助跑，蹿上墙头，跃进院落，角落里的陈真探出头来，也思考着。

仓库内，绑架何玛丽的正是赌场老板，他抡起巴掌“啪”地抽在何玛丽的脸上。

远处的刘振声很心疼。

“臭娘们儿，你的新闻让老子破产了！”

“你以打拳为名，开设赌局，残害我同胞，这是你应有的下场！”

何玛丽不卑不亢。

“还敢嘴硬？”

打手插着嘴：“老板，我宰了她？”

“别！费这么大劲把她抓来，宰了多可惜啊……我最喜欢中国女人，我要叫她知道知道，什么是西洋文明……”

说着，赌场老板一把抓住何玛丽的头发，就往一堆货物包上扔去，一把按住，就去扒衣服，何玛丽拼死挣扎着。

刘振声从高处跳了下来，径自踹向赌场老板，赌场老板中脚，倒地呻吟。

洋打手们大惊，连忙上前，一阵混战，可毕竟洋打手有枪，在刘振声打倒了一人之后，对方的长枪对准了刘振声。

何玛丽目睹了这一切，担心刘振声的安危。

“刘振声——”

洋打手甲扣动了扳机，扣动扳机的同时，他的肩部被踹了一脚，枪虽响了，但枪口完全偏离了准星，踹翻洋打手甲的正是陈真。

刘振声上前一把抱住何玛丽，保护着她。

陈真出招又快又狠，迅速将剩下的两名洋打手打倒，枪也落在远处。

赌场老板爬了起来，从腰间拽出左轮手枪，要向陈真开枪，刘振声发现，冲上前，掰折了赌场老板的胳膊，手枪掉在了地上，赌场老板疼得嗷嗷乱叫。

四个洋人都受了伤，凑到了一起，仓皇逃走，刘振声捡起长枪欲击杀。

“住手！师父说了，不许惹祸，不许杀人！”

陈真拦住了刘振声。

“他们是坏人！ ”

“那也不许！”

何玛丽：“陈真说得对，你追出去开枪，警察会来的！”

“警察来了不正好？大白天的，他们绑架民女，图谋不轨，不该杀？”

“可这是在租界里，警察来了对咱们不利！”

刘振声气得喘着粗气，狠狠地将枪摔在了地上。

刘振声反应过来，看向陈真：“对了，你怎么来了？这里关你什么事？”

“我是来保护何玛丽的！”

“用得着你保护？她是我的女人！咋？又想跟我抢啊？这个你抢不走！昨天我们俩已经睡在一张床上了！”

陈真瞠目结舌，何玛丽却满脸通红：“刘振声，你说什么呢……”

“怎么了？我难道说的是假话？”

何玛丽羞涩地扭过头不知如何是好。

“大师兄，是师父让我来保护她的，师父还说这差事本来应该交给你，可你一夜未归，找不到你，原来昨天是你们的洞房花烛夜啊……何小姐……不对，应该叫大师嫂！大师兄，我这就回精武门报喜去！”

说完，陈真转头就跑。

“哎，陈真……”

刘振声拍了拍脑袋，觉得自己好像哪说得不对，一脸窘态地看向何玛丽。

何玛丽突然笑了出来，扑到刘振声的怀里：“这下你可非得娶我了！刚才吓死我了，那几个洋人好凶，我就想，真要被他们祸害了，就只能死了……我后悔！后悔不如昨天晚上趁你喝醉了，把自己给了你！”

“啊？没有啊？那我刚才……”

“刘振声，你坏了我的名声，又想反悔？”

“不是不是！何玛丽，昨天到底咋回事啊？我咋去你家了？”

“你喝醉了，我要送你回精武门，你死活不回，那我不把你带回我家，还扔在大街上啊？”

“我去你家就去你家吧，你干吗脱我衣服啊？”

“你半路上吐了三回，都吐到衣服上了，不脱下来洗，熏得人家怎么睡觉?！那会儿我不在床上，我在给你洗衣服呢，人喝醉了当然要找舒服的地方睡了，我那屋子里就只有一张床舒服。”

“那你呢？你睡哪了？”

“我没睡，你鼾声如雷，我怎么睡啊？只能看着你睡呗。噢对了，你如果不喝醉酒，会打呼噜吗？要是也那么大鼾声，我可要好好想想该不该嫁给你了……”

刘振声一把将何玛丽搂在怀里：“嫁！你非嫁给我不可了！陈真回了精武门一定会传扬出去，从今以后你就只能是我媳妇了！我自己打不打鼾我也不知道，要是打鼾我就不睡，只看着你睡！”

何玛丽在刘振声怀里，高兴地笑了。

农劲荪一拍巴掌站了起来：“好啊！振声，你与何玛丽小姐喜结连理，这可是精武门的大喜事！”

客厅里人都在，霍元甲更是表情震惊，他没想到刘振声速度这么快。

农劲荪转向王氏：“嫂夫人，您是师娘，按规矩得您张罗了，何小姐是报社总编，受新思潮影响，三媒六聘那些俗礼看来可以全免了，咱就定个好日子，直接办喜事儿得了！”

“日子也不必看！”

大嗓门的刘振声忽然又嘟囔道：“今天不就挺好……”

“你说什么？”

“我……我说今天就挺好。”

“今天？”

农劲荪考虑着。

陈真在一旁插嘴：“大师兄他着急，昨天都洞房花烛了……”

“陈真，你不许再胡说！我昨天是喝醉了，没有的事，我媳妇都告诉我了！”

何玛丽一把拉住要急的刘振声，刘振声看了她一眼，立刻变得收敛，客厅里一阵哄堂大笑，霍元甲也笑出了声。

“霍大侠、霍夫人、农先生、晋大侠，振声说今天，我也觉得挺好，所谓择日不如撞日，更何况，办喜事看日子也应归于俗礼之类。”

何玛丽一席话让众人面面相觑，农劲荪和沙燕都面露敬佩之情。

“何小姐是新派人物，崇尚的是爱情至上，新事新办，让人由衷敬佩。但今天就办喜事，确实有点儿来不及，振声随元甲多年，是精武门的首徒，也是顶梁柱，这喜事一仓促就容易不周到，要是有什么事情马虎了，我这个当师娘的不要落一辈子埋怨吗？还请何小姐宽限几日。”

“师娘，办喜事无外乎是大家热闹热闹，今天《海上新报》让精武门名扬上海滩，这篇报道虽然给我惹了祸，可我因祸得福，找到了可以托付终身的人，这就足够了，没有比今天更好的日子了！”

屋里突然传来抽泣声，众人望去，竟是沙燕在抹着眼泪。

王氏以为沙燕后悔了与刘振声的关系：“妹子，你哭什么呀？”

“我是替大师兄高兴！何小姐的精神与思想真让天下女子羡慕，大师兄，你好福气啊！”

刘振声看沙燕的眼神有些不好意思，他挠了挠脑袋。

“今天就今天，新事新办不正贴合我们精武门革旧推新的主张吗？东觉他娘，一切从简便是！”

霍元甲说话了，王氏只得听从，却也小声说着。

“这新人拜堂再怎么从简也是要穿喜服的，咱们没准备啊！”

声音虽小，可一旁的许大有却听得清楚：“我准备了！”

许大有身后的小莲瞪大了眼睛。

“我和小莲新郎官和新娘子的衣服都准备好多年了！先

给大师兄用！”

“你舍得，你没问小莲舍不舍得？”

许大有回头一看小莲，她还真不舍得，一低头已经表明了心思。

“小莲，你可别犯傻，大师兄不娶媳妇，咱俩就没法成亲！就把衣服拿出来给他们用吧，也是成全自己！”

刘振声笑了：“哈哈哈，大有，你可别逗人家小莲……对了，我一直没娶上媳妇，可把你们俩给坑苦了！要不咱兄弟俩的喜事今天一起办得了！”

小莲猛地抬起头，目光中充满兴奋。

“哎，你看，小莲愿意！大有你呢？”

“我倒是愿意，可要是一起，你们俩不又没衣服了吗？”

“这事我跟我媳妇早就商量好了，我们俩就穿这身拜堂。我这衣服，昨天我媳妇亲手给我洗的，穿在身上舒服！”

农劲荪拍着巴掌：“好，好，好！有立志革新的师父，才能教出这么不拘一格的徒弟！精武门的未来大有可为！振声和大有一起办喜事，更是喜上加喜！元甲，嫂夫人，我看就这样吧！”

沙狼也附和着：“什么力都出不上，就送十桌酒席吧！我这就去老正兴订，让他们连酒带菜送到精武门来！

说完，沙狼大大咧咧地走了。

许大有和小莲已经换上了新郎新娘的衣服，精武弟子们围着起着哄。

王氏亲手为何玛丽在胸前扎了一朵大红花。

“谢谢师娘。”

“都是一家人，说什么谢啊？只是太委屈你了……”

“不委屈，我心里甜着呢！”

给刘振声扎红花的是霍元甲，刘振声有些紧张，僵硬的身体等待着，霍元甲拍了拍他的肩膀：“振声，好好待何小姐。”

“放心吧师父，您对师娘怎么好，我就对媳妇怎么好！”

王氏和何玛丽听到这句话笑了。

沙燕抱着一个大红花从客厅里出来：“新房布置好了，剩了点红绸子，我结了个大红花，师父，挂到外面，让精武门喜庆喜庆？”

“好主意，就挂到精武门的牌匾上去！”

两个年轻弟子接过花立刻跑去忙活。

人字梯支在了大门口，两个弟子拿着结好的大红花爬上梯子，一朵大红花在精武门牌匾中间悬挂，很是喜庆，他们摆弄得很认真，希望把活干漂亮。

一把日本刀出鞘，砍向人字梯，锋利的武士刀将梯子拦腰斩断，两名年轻弟子从梯子上掉下，摔在地上，其中一个把胳膊摔坏了，疼得嗷嗷直叫，他仰起头来看。

“谁啊？！”

年轻弟子的眼中是刺眼的阳光，三名日本浪人缓步上前，逆光中显得更为凶恶。

—第四章　精武—

几名精武弟子手持家伙，做着抵御的动作向后退着，三名日本浪人步步逼近。

受伤的弟子回去报信，带着霍元甲、农劲荪等人快速穿越过厅，来到院落里。

“师父，就是他们仨，二话不说就砍断了梯子，成心捣乱！”

霍元甲向前走了两步：“请问三位有何贵干？”

浪人甲用日语说着：“当然是来教训你们中国人的！”

另外两名日本浪人哈哈大笑。

霍元甲皱着眉头，所有人都听不懂这三个日本人在说什么。

农劲荪上前，用日语回道：“对客人，我们以礼相待，捣乱者，后果自负。”

此言一出，三名日本浪人立刻都严肃起来。

浪人乙改用了中文：“我们是来踢馆的，霍元甲、刘振声、陈真，出来决斗！”

农劲荪：“精武门不接受踢馆，送客！”

说着，农劲荪径自走向三名日本浪人，做了一个请的动作，哪承想浪人乙挥刀便向他劈去，刘振声眼疾手快，一把将他拽了回来，农劲荪吓出一身冷汗。

“拿刀来！”

一名精武弟子立刻递上一把大刀，刘振声抓刀在手，欲上前，被霍元甲叫住。

“师父，他们点了我的名啊！”

霍元甲不理刘振声，上前几步抱拳道：“既然三位听得懂中国话，霍元甲在此有礼了。”

浪人甲轻蔑地看着：“你就是霍元甲？我来和你决斗！”

说着，浪人甲就将武士刀指向霍元甲。

“霍某不知道什么地方得罪了三位，何谈决斗？”

浪人甲从怀里掏出《海上新报》：“报纸上说你们很厉害，没人可以比日本武士更威风！所以必须决斗！”

说着，浪人甲将报纸扔向空中，一阵乱刀，将报纸削得粉碎。

霍元甲皱眉：“刚才农先生已经言明，精武门不接受踢馆。”

“难道你们精武门不是武馆？”

“是习武强身的场所。”

“那就是武馆！是武馆就没有理由不接受踢馆，这是规矩。”

“这是哪里的规矩，我不想知道，这里是中国，我们脚下的中华大地上没有这样的规矩！”

浪人甲摇了摇头，又环视四周：“你不接受决斗，就要按踢馆认输的规矩，带着所有人滚出这里。这个地方不错，我以后就在这里喝酒作乐了！”

说着，浪人乙就扛着武士刀径自向霍元甲面前走来，凑近霍元甲：“对了，你还要把精武门的牌匾取下来，送到我面前，让我将它斩成两段，这也是规矩！”

霍元甲已经忍无可忍，但是他仍在忍：“三位，今天精武门有喜事，如果愿意可以留下喝喜酒，踢馆决斗之事，容后再议可否？”

“不行，不接受决斗，你们就要付出踢馆认输的代价！这是规矩！规矩！规矩！”

霍元甲有点要急，可他知道在家比武会让老人担心。

农劲荪突然上前一把抓住霍元甲的胳膊：“元甲，我有事与你商量。”

农劲荪拽着霍元甲往客厅方向走去，刚刚离开人群，霍元甲气道：“这些东洋人怎么如此无礼？！”

“这三个是日本浪人。”

“什么叫浪人？”

“四处游荡的无赖之徒而已。”

农劲荪回头大声吆喝着：“刘振声、许大有，你们俩今天是新郎官，不许动手啊！陈真，人家点了你的名……”

听到农劲荪的话，陈真已经冲了出去：“精武陈真在此，哪个先来？”

陈真赤手空拳，浪人丙将刀递给浪人甲，就要开打，霍元甲不希望决斗，想去拦，农劲荪一把拉住他：“元甲，如此侮辱，精武门不能受。”

霍元甲想了想，觉得有道理，点了点头，不再管，看到沙燕，吩咐着。

“沙燕，去后面看着，别让我娘听见风声。”

沙燕应声而去。

陈真与浪人丙交手，浪人丙的空手道根本不是陈真的对手，陈真施展飞踢绝技，将浪人踢得重重地摔在地上。

精武弟子叫好，陈真落地尚未站稳，浪人乙已抡刀劈来，浪人乙一刀快似一刀，几近危险，刘振声要上，陈真从他手里抢过刀。

“农先生说了，今天你娶媳妇，轮不到你。”

陈真持大刀，对付浪人乙的武士刀，浪人乙顿时不是对手。

霍元甲远远观战："果然是无赖之徒，出刀毫无章法。"

陈真大刀向浪人乙劈去。

"陈真，点到为止，切勿伤人！"

霍元甲出声提醒，不然陈真一定会砍伤浪人乙。

陈真收刀，一脚将浪人乙踹开，浪人丙已起身，从浪人甲手里接过了刀，二人对视，浪人甲冲了上去。

陈真已胜二人，更不把浪人甲放在眼里，浪人甲的刀法虽胜过之前二人，但与陈真仍不是一个级别，陈真与其对打，故意追得浪人甲四处躲闪，以博精武弟子们一笑。

刘振声和许大有也跟着笑。

浪人甲眼神瞟了浪人丙一眼，故意将陈真往他的方向引，陈真丝毫没有察觉，在他背部暴露在浪人丙方向之时，浪人丙突然出招刺出。

众人一片惊呼，陈真回头已经来不及了，浪人丙的偷袭用尽了全身力气。

只听"当"的一声，就在距离陈真身体不足一寸之处，霍家枪弹开了浪人丙的武士刀，浪人丙被震得倒退了好几步，双手发麻，浪人甲想趁势继续进攻陈真，也被躲过。再找机会，已经没了，陈真一刀将浪人甲的武士刀砍飞。

"以多欺少，暗算偷袭，也是你们的规矩？"

正是霍元甲出手了，他手持霍家枪愤怒地看着三个日本浪人。

农劲荪："你们捣乱来错了地方，要是再不走，可就走不了了！"

三名日本浪人相互对视，转身向精武门大门跑去，刚到门口，跑在最前面的浪人甲被一脚踹了回来。

沙狼像堵墙一样站在门口，拦住了去路："拿我的狼牙棒来！关门打狗，一个活的也不能放走！"

三名日本浪人吓坏了，一边是沙狼，一边是持大刀的陈真，一边是持霍家枪的霍元甲。

霍元甲收枪："晋师父，宽容乃中华美德，更何况今天精武门大喜，饶他们一次，希望他们好自为之吧。"

沙狼看着霍元甲，气哼哼地让开。

"滚！"

三名日本浪人连滚带爬地跑了。

精武弟子们一阵欢呼，继续刘振声和许大有两对新人的喜事。

皓月当空，陈真打着拳，打得酣畅淋漓，满头大汗，许久才收势，懊恼地在自己胸前捶了一拳。

"夜正深，为何不睡？"

霍元甲的声音传来，陈真一愣："师父，您怎么也没睡？"

"今天办喜事，为师贪杯，多喝了几杯，睡得早，睡得也香，醒得自然也就早了。"

"您这也太早了吧？"

"你刚才那套拳打得不专心，似有悔恨之意，为何？"

"师父，您真是好眼力，我正在懊恼自己无能，连几个东洋的无赖都收拾不了，要不是师父您出手相救，我险些被暗算。上次在租界里打擂台，犯的也是这个错误，我真是不中用！"

说着，陈真在自己的脑门上捶了一拳。

"打倒对手不难，战胜对手却不易，习武绝不只是学会招数，更重要的是内心的修行。在没有完全克敌制胜之前，丝毫的放松都可能会导致彻底的失败。武术源于战场，任何闪失都是性命攸关，这一点你要牢记。"

陈真认真听着，毫不犹豫地继而问道："接下来我们打谁？"

霍元甲皱眉，陈真一时愣住，意识到自己可能说错了话。

"好勇斗狠之心丝毫不减，陈真，你还是离开精武门，自谋前程去吧。"

"别啊师父！我知道说错话了，我以后改！专心习武，再也不想着跟别人打架了！今天在仓库救何玛丽的时候，大师兄急了，要开枪打死那几个洋人，我拦着他了，要不就出人命了！真的师父！"

霍元甲无奈地摇了摇头，转身走了，陈真有些沮丧。

几名精武弟子上街买东西回来，有说有笑，一名年轻弟子落了单，其他精武弟子已经进了门，他却被突然从角落里冲出的人卡住了脖子，带至不远处的小胡同里。

院子里，霍元甲急匆匆地赶来："人怎么样？"

"已经咽气了。"

农劲荪摇了摇头。

"怎么会……"

"有个目击者，说凶手是东洋人，凶手还报了名号。"

"目击者在哪？"

农劲荪指着旁边的一位老太太："是咱们邻居何老太，有些受惊，晋师父陪着呢。"

只见坐在椅子上的何老太仍然哆嗦，沙狼在一旁安抚着，见霍元甲来了，起身迎上。

"这帮畜生，用刀指着老人家，把人吓坏了。"

霍元甲蹲到何老太面前："老人家，您看见了凶手？"

何老太的声音有些颤抖："看见了，他们说是虹口的什么阿部道馆，和你们精武门有仇……"

"这是凶手留下的，上面写着的就是'阿部道馆'！"

陈真在一旁展示着凶手留下的手牌。

农劲荪："这个阿部道馆很有名气，馆长阿部熊三是著名的武术家，我在留学的时候就听过他的名字。"

"给师弟报仇吧，要不然从今以后谁还敢来咱们精武门？"

"师父，这回陈真说得对，日本人的武馆打上门来了，不打回去丢的不光是精武门的面子，还有中华武术的面子！”

刘振声第一次同意陈真的看法。

霍元甲：“日本人不是来比武，是行凶！国有国法，这种事情不能打回去。振声，通知死者家人，让他们和精武门一起报官。”

衙门外，一对老夫妇、霍元甲等人等在门口，农劲荪走出。

沙狼迎上：“农先生，怎么样？”

“官府不予受理。”

“什么？出了命案，官府为何不受理？”

农劲荪看了一眼霍元甲：“回去说吧。”

在老夫妇望眼欲穿的目光中，霍元甲明白，农劲荪是有话要背着死者的父母说的。

“这个狗官居然吹胡子瞪眼，警告精武门不要招惹是非！”

刚一进门，农劲荪就气急败坏地骂着。

“我们何曾招惹是非？”

“他说陈真打败马里龙的事上了报纸，让他在上官和马里龙面前都很没面子，还问我上次精武弟子被西洋人欺负没有报官，这次是东洋人，为何就要找官府做主？难道是知道阿部道馆厉害，怕人家？”

沙狼：“这叫什么狗屁话！霍元甲，你就不应该指望官府！”

“如今当官的都怕洋人，哪有为民做主的？”

众人都不知如何是好。

霍元甲思考了片刻：“劲荪，麻烦你帮我写一封信，请阿部熊三交出凶手。”

陈真：“我去送信！”

“不用，为师一个人去，谁也不要跟着我。”

“谁来送的信？”

阿部看着信，看着面前的人——阿部道馆的第二号人物，也是酿成这次事件的关键人物——藤原。

那日三个日本浪人从精武门出来便直奔了阿部道馆，接待他们的正是藤原，三人一副惨哭状，后来在藤原的授意下，杀了精武门的弟子。当然藤原也不是傻子，并没有被这三人糊弄住，还有另外的幕后黑手在操纵着。

藤原想着接下来将会发生什么，回答着阿部：“霍元甲。”

“他亲自来的？带了多少人？”

“没有，他一个人来的。”

阿部将信扔在桌上：“真一个人来了？凭借武功高强，便目中无人，岂有此理？告诉他，我身体不适，不见客。”

“霍元甲说这次来是先礼后兵。”

阿部一愣：“什么意思？”

“他说，您，阿部馆长，再想见他，便下战书，决斗场见。”

阿部顿时火冒三丈。

精武门的大门紧紧关闭着，乌云卷过，天空压得很低。

霍元甲垂头坐在客厅。

“关闭精武门，暂不招收新弟子，并告诫精武弟子，平日练功读书尽量不出门。劲荪、振声，随我去拜祭亡灵，向死者父母磕头赔罪。”

“师父，这……”

“振声，你是大弟子，应给师弟们做表率。”

“我……”

“去账房多支些银子，料理后事。”

刘振声咬着牙，强压下火气：“是。”

刘振声身旁的陈真满眼通红。

小院里，陈真和沙燕两个人无心练武。

“我就不明白了，在我们中国的地盘上，洋人的武馆怎么如此跋扈？”

“人家觉得是在自己的地盘上。”

“他们的地盘？”

“农先生的课你没有好好听吧？自六十多年前，鸦片战争失败后，朝廷就与洋人签订了《五口通商章程》，自此，租界便成了洋人的地盘。而甲午海战后，日本人便聚集于虹口，虽不是租界，但那里也就成了他们的地盘。”

陈真憨厚，根本不管沙燕说什么：“管谁的地盘！我要去踢馆，让他们交出凶手！”

“可师父不让。”

“师父上有老下有小，更何况师娘即将临产，所以师父他不能有差错！可我陈真孤身一人，就算打不过阿部，杀一个东洋人是给师弟报仇，杀两个连自己够本！”

“你真要去？”

“非去不可！农先生的课我听了，我们中国人要是有骨气，人人拿起武器来反抗，鸦片战争我们就输不了，甲午海战我们也能打赢！”

“你的课还是没好好听，没这么简单！”

“管不了那么多了，总之，不打回去，我就白练了一回武！”

沙燕知道劝不了陈真，只得放弃：“我和你一起去。”

虹口阿部道馆门口，三名精武弟子正站在门口摩拳擦掌，手里都拿着硬家伙。

陈真走来：“你们三个来干什么？”

其中一个精武弟子：“我们来砸烂阿部道馆，给师弟报仇！”

陈真点了点头：“好样的！晋燕，看见了吧，咽不下气的不止我一个！”

“陈真，你说怎么打？我们叫了半天号了，没人答话啊！”

陈真二话不说，蹿了出去，一跃而起，用他经典的飞腿去踹阿部道馆的门。

大门訇然打开，陈真冲进院里，沙燕及三名弟子紧随其后。

藤原带人走出："来的是谁？"

"精武门陈真！"

"来干什么？"

"让阿部交出凶手，不然砸烂你们的武馆！"

"是霍元甲叫你们来的吗？"

"踢你们东洋人的小武馆还用得着我师父？快叫阿部出来，不然就算你们踢馆认输，踢馆的规矩懂吧？认输就带着所有人滚出这里，这本来就是我们中国人的地方，以后老子可要在这里逍遥快活！"

"你等着。"

藤原转身回去。

屋里的阿部熊三听得一清二楚，脸色阴沉得吓人。

一名姬武士从一个门里出来，她用手指着沙燕，示意单挑。

陈真一愣："女的？"

沙燕亮出兵器迎敌，向姬武士方向走去，另外三名武士分别对付三名精武弟子。

一个高大的武士出现在门口，示意和陈真单挑，陈真没带武器，所以这个高大的武士也赤手空拳。

日本武士们齐刷刷地进攻。姬武士招数凶狠，沙燕应对起来很吃力，另三名日本武士的武功都在精武弟子之上，而且出剑凶狠，三名精武弟子纷纷受伤。

只有陈真越战越勇，将那名高大的日本武士两次打倒，藤原一直看着陈真的招数。

陈真又一次将日本武士打倒，大喊着："快让阿部出来受死！"

话音未落一队官兵冲了进来。

火枪、腰刀对准了陈真、沙燕，而另外三名精武弟子已经倒在地上捂着伤口呻吟，陈真很诧异，不知发生了什么事。

为首的官兵立刻上前露出一副卑躬屈膝的样子：“哎，东洋大老爷，我来晚了来晚了……”

继而又看向陈真：“你们敢到东洋老爷的地方捣乱？来人啊，拿下！”

官兵们冲向陈真、沙燕二人，陈真想要反抗，沙燕拦住了他。

陈真看着藤原：“你……东洋小人！”

藤原阴森地笑着。

精武门里，背着医药箱的费德勒往外走着。

“他们三个都没有生命危险，但其中两个可能会残疾，我要把他们带回医院进一步治疗。”

霍元甲抱拳：“多谢了！”

“你还好吧？”

霍元甲一时不知该如何回答。

“日本人是很狡猾的，这场比武你要做好充分的准备。”

“我并没有说要跟他们比武。”

“他们已下战书，而且在十几种报纸上都刊登了。”

“我不会应战，现在精武门最重要的事是救陈真和沙燕。”

没错，救陈真和沙燕，阿部道馆那边只把受伤的三名弟子送了回来，陈真和沙燕还在衙门的大牢里。

街上的报童吆喝着：“看报看报！虹口阿部道馆约战精武门！东洋人要打霍元甲啦！”

老百姓们分头买报，议论纷纷，霍元甲和刘振声在街上走过，被老百姓认出。

“霍大侠，你打不打啊？什么时候打？”

“你有没有把握打赢啊？我听说东洋人厉害！”

霍元甲一言不发，刘振声无奈只得将人推开，护着师父离开。

贝特朗看着日本人的战书大笑：“鹰先生，你真是个奇才啊！怎么做到的？”

鹰九正在喝着咖啡：“我就说嘛，一个小小的霍元甲还用得着亚历克斯大帝出手？东洋新晋崛起，好武斗狠的东洋武士在上海滩遍地都是，而且傻得很。请他们喝上几杯酒，再夸上几句，就什么都能做了……”

鹰四回忆着，喝得面红耳赤的三名日本浪人在他面前下着保证，以及藤原看向银子眼里发出的光，一切都在他的掌握之中。

“阿部道馆的藤原是个有野心的家伙，他对权力和银子都有野心，当然更重视日本人的胜利。为此，他将不惜一切代价。”

“噢？我仿佛看到了一场完美的比赛，背后的银子很多很多……”

贝特朗的眼神充满了贪婪。

农劲荪和霍元甲在衙门口会合。

“使了银子，可就是见不着当官儿的。”

“那陈真和沙燕什么时候能放出来？”

霍元甲很着急，但却没有办法。

“没那么容易，陈真算是带头惹事的，据说要判斩首……”

霍元甲惊诧。

刘振声：“他们先杀了我们的人，陈真是去报仇的，还要斩首？这衙门是给洋人开的啊？！”

农劲荪：“振声，你先少安毋躁，我还在想办法。可惜当官的怕洋人，这是事实。”

霍元甲皱了皱眉头。

很多人围在精武门外，霍元甲、农劲荪、刘振声三人走来，立刻被老百姓们围上。

“霍大侠，哪天打东洋人呀？”

“您可不能手下留情，东洋人太可气了！”

“精武门是不是也得发个消息，告诉大伙你们应战了呀？要不然别人还以为你们要当缩头乌龟呢！”

霍元甲一路不停，挤过众人，进了门，农劲荪随手将大门关上。

精武弟子们已然齐整地立在院内。

许大有带头：“师父，应战吧，弟子愿意打先锋！”

霍元甲不语。

所有精武弟子齐声道：“应战吧师父！”

“关闭大门，凡我精武弟子，不得对外谈论比武之事，否则逐出精武门。”

说完，霍元甲向后院走去，所有人都傻了。

月如钩，小屋里，沙狼、农劲荪和霍元甲坐在炕上的小桌前。

“你们俩愁眉苦脸的干吗？！我妹子在牢里，又不是你们的妹子！”

农劲荪和霍元甲皱着眉头一言不发的样子让沙狼很是不爽。

“沙狼大哥说得轻巧，令妹是元甲收的唯一的女弟子，他能不着急？几年前受我农劲荪所累，沙燕在火车站刺贼历险，自那一役后，与我早已亲如兄妹，我能不急？更何况我怕沙燕身份暴露，引出鹰四之案！”

农劲荪的担忧的确不无道理。

“放心，我妹子钢筋铁骨，就是死在牢里也不会出卖元甲！再说，过了今夜，你们就都可以高枕无忧了。”

“你想干什么？”

“砸牢劫狱呀，咱家是土匪，老本行！只是以后就不能在精武门陪着元甲教徒弟了……来！干一杯！今夜之后各奔东西，江湖再见！”

一直沉默的霍元甲说话了：“你兄妹已更名改姓，不再是土匪！请给元甲三日时间，我一定救出沙燕和陈真！”

之后的几天，霍元甲和农劲荪两人求见了沪上的各种官员，可惜无果，得罪日本人的事，他们都不敢管，这让精武门十分被动。

街上，霍元甲和农劲荪刚刚结束了和一个官员的会面，正往精武门走着。

“等天黑吧，那么多百姓聚在精武门前，我有点无言以对呀……”

确实，这几日精武门整天都被老百姓堵着，就想问霍元甲到底应不应日本人的战书。

“比武之事你到底怎么想的？”

“我现在只思如何营救弟子，其他一概不想。”

很明显，这是霍元甲的违心之论。

走到精武门大门口，不承想仍有很多老百姓围在精武门外，见霍元甲回来，众人迅速迎上。

“霍大侠，您倒是应战不应战？！大伙议论纷纷，都替您着急呢！”

“霍元甲不会是要做缩头乌龟吧？”

“你不会只跟中国人厉害，怕东洋人吧？”

一众提问向霍元甲抛来，他不知如何回答，迅速摆脱，向精武门走去。

老百姓们气坏了，有人大喊着：“什么精武门？！东洋人说对了，就是骗人钱财的！以后谁也不许再把孩子送到这学武！”

霍元甲关闭大门，农劲荪心疼地看着他。

霍元甲转过身，正遇刘振声和许大有的目光。

“师父，今天已有人往家里扔烂菜叶子了，若明天您还不应战，那咱们……”

刘振声说不下去了。

“还有，有三个弟子跑了，他们说不想跟着精武门丢人，也害怕被东洋人暗算，死了白死。”

许大有也很是不甘。

“告诉所有精武弟子，来去自由。”

说完，霍元甲向里间走去。

许大有和刘振声急切地看向农劲荪，农劲荪示意二人不要再劝。

一间小茶馆里，此时的藤原与在阿部道馆里打扮不同，一身西装的他显得更加傲慢。

“听说登有这份战书的报纸卖得不错，仰仗鹰先生的文笔了，这是谢你的。”

藤原将一张银票推给坐在他对面的“小辫子”，这人正是鹰九，穿西装的他撸了一下头后面的小辫子：“其实我蛮喜欢这小辫子的，猪尾巴可是猪身上最香的地方。”

藤原皱了皱眉头：“相识以来，你一直对我们日本人表达出极大的善意，鹰先生，我很想知道你的目的是什么。”

鹰九顺势将银票拿了起来，笑了：“这就是我的目的啊！藤原先生，除了写文章以外，我还有很多拿手绝技，随时为您效劳。”

藤原笑着看向鹰九。

“到上海的这几个月，劲荪虽四处结交，但还没什么有权有势的朋友，所以要想营救陈真和沙燕，还得劳驾夫人去求下荣先生……”

霍元甲说这话时不好意思地抬头去看王氏。

“我不去。”

“在这么难的时候，你不帮我？”

“我是不能去。”

“我知你身怀六甲，行动不方便，可……”

“不是这个原因。”

“那……”

“女人最重要的是贞洁二字，上次……”

“上次是我误会你了，我向你道过歉了！”

想起了之前的误会，霍元甲也有些羞恼。

“可自那日起我便发誓，今生不再见荣先生，以免你再次误会。”

霍元甲愣住了。

“昔日你在牢里，我去求荣先生那是受你之托，责无旁贷。现在你和荣先生打过交道，这么大的事不亲自登门相求，却让我一个妇道人家出面，荣先生会怎么想？”

“你是说……”

“不是我不帮你，即便我出面，荣先生也绝不会出手相救的。反倒是你亲自出马，就大不一样了，要知道，荣先生是很看重你的。”

“我还真没想这么多。”

“元甲，越着急的时候，越要冷静。”

霍元甲看着王氏点了点头，那目光中充满信任。

荣先生此时也沉着脸：“我把整个报馆交给了你，是为了在沪上报界占一席之地，虹口的阿部道馆给霍元甲下了战书，是这两天最大的新闻，别的报纸都竞相刊登，你为何不登？”

何玛丽站在荣先生面前，她很自信：“我在等着刊登霍元甲的声明啊！”

“何意？”

“无论是迎敌还是避战，霍元甲总要有个声明吧？我有把握拿到这个声明的独家，到时报纸一定会卖得很好！”

荣先生笑了，他是在试探何玛丽：“看来左叔没推荐错你，还真是个有脑子的丫头！”

左叔也在一旁赔笑。

“依你看，霍元甲会不会应战啊？”

“不会。”

“这么肯定？”

“振声最了解师父，他说师父是大孝子，只要奶奶还活着，他就不可能再与人比武。”

“振声？奶奶？你倒与精武门很是亲近啊！”

“没跟荣先生和左叔禀告，我已和刘振声成婚。”

说着，何玛丽脸红了。

荣先生和左叔都有些惊讶。

“荣先生，您看这事……”

“放心吧老左，霍元甲肯定应战。”

何玛丽一愣：“您又怎么这么肯定？”

“不信走着瞧啊！”

荣先生比何玛丽更自信，正在此时，有人来通禀。

“荣先生，精武门霍元甲求见。”

荣先生笑了：“你看，来了！请！”

“荣先生，那我先告退了。”

何玛丽要走。

“不用！可到里间歇一歇，也听听霍元甲怎么说，一旦他接下战书，你也好回去写文章啊！”

“霍大侠来府上跟比武有关？”

“你听听便知。”

霍元甲走进客厅，何玛丽已经躲到里边的小房间等候了。

“几个月不见，霍大侠名声更响亮了，架子也更大了，今天这是什么风把你吹到寒舍了啊？”

霍元甲连忙抱拳：“荣先生说得哪里话？一直没来叨扰，还请见谅！”

左叔倒了一杯茶给霍元甲。

“多谢左叔。”

霍元甲喝着茶，荣先生看着报纸，屏风后的何玛丽等待着，一时客厅里没了声音，都很尴尬。

霍元甲看向荣先生，可荣先生专心看报纸，又看左叔，左叔把目光移向一旁。

霍元甲沉吟半晌，只好站起身：“荣先生，霍元甲嘴笨，尤其不会求人，但今日精武门遭遇难关，还请荣先生出山，救我徒儿性命！”

“我倒是听说抓了你俩徒弟，一个是你以前的仇人，三番五次要杀你的陈真；另一个是你唯一的女弟子，好像多年前就与你暗生情愫，对吧？你想救哪一个啊？”

荣先生话里带刺，霍元甲也不解释：“两个都救，请荣先生仗义出手！”

“他们也没犯什么大错，都是开武馆的嘛，相互踢场子再正常不过了。虽说衙门怕洋人，但此番抓人，当是走走过场……”

“如此太好了！就请荣先生赶紧跟官府打个招呼，将我那两个徒弟都放了吧！”

“两天前，我就打过招呼了，让他们严判，带头闹事的陈真，斩；女的嘛，说的好像是流放宁古塔……”

霍元甲一愣：“荣先生，您……这是为何？！”

“还不是为了你好！我知你胆小怕事，这两个爱惹祸的徒弟，我帮你收拾了！”

“荣先生，您这话里有话！爱徒入狱，精武门上上下下都很着急，元甲到底哪里得罪了先生，还请直言！”

“其实是我有事相求，就请衙门里的兄弟帮个忙。”

霍元甲抱拳：“您有什么事……需元甲做的，直接吩咐便是，为何通过衙门？”

“要不是衙门抓走你的爱徒，你会登我荣府的门吗？”

霍元甲有些尴尬。

“霍元甲，我也是迫不得已。”

霍元甲有些急了：“请问荣先生到底所为何事？”

“我一直爱惜你是人才，想为我所用，但你志向高远，求而不得，我也便未强求，对吧？可这次，日本人下了战书，我想问问，你霍元甲怎么想啊？”

“东洋战书措辞恶毒，辱我中华，元甲本应接战，但慈母年迈，最担心的便是我与人争斗，元甲不敢不孝！”

“可是日本人才下战书，你的一位老朋友——法国的贝特朗，就找到了我。他邀请我一起承办这场比赛，我们商议包下全上海最大的场子，一张门票就可以卖很多钱，这可是笔大买卖，更何况贝特朗还跟我开了个盘口，赌的可真是不小。我押的是你赢啊，你打赢东洋武士，荣某人赢的雪花银分你两成，如何？”

“元甲和精武门焉能成为你们赚钱的工具？”

“霍元甲，你不就是个练武的吗？练会了本事不与人打，还有什么用？”

霍元甲气得满脸通红。

“多说无用，我知道这一次荣某人强人所难了，但明日你不接战书，衙门即刻斩首陈真，发配那个女的！”

何玛丽从屏风后冲出来：“荣先生，你们怎么能用这样的手段逼迫霍大侠？我要登报，公开你们设赌局的内幕！”

“你闭嘴！别忘了，《海上新报》是我的！我随时可以让你滚出报馆！”

何玛丽愣住了，霍元甲也是气得满脸通红。

霍元甲走在深夜清冷的街道上，背影此时竟显得有些单薄，像个无助的英雄。

晨光洒在霍东觉的脸上，霍东觉翻身醒来，他发现床榻上没有父亲的身影，手拄着头问正在梳头的母亲。

“娘，爹一夜没回来，他会不会和东洋人比武啊？”

“大人的事，你不许问。”

王氏说完，转身出了门，走向霍母房，刚一推开房门，愣住了。

一束清冷的晨光打在霍元甲的背上，他正跪在霍母的床前。

王氏疾走几步，刚要说话，霍元甲轻轻抬手，示意王氏不要出声。

王氏压低声音："元甲，难道你在娘的床前跪了一夜？"

霍元甲轻声地说道："不孝儿元甲以此求得母亲大人的原谅。"

霍母翻了一个身："儿媳妇来了？"

"啊，来了……"

"来得正好，扶娘起来。"

王氏连忙上前将霍母扶起，她盘腿坐在炕上，正对着霍元甲。

霍母睁大了眼睛："元甲昨夜几时回来的？"

王氏看了看霍元甲，又看了看霍母："不知……"

"甭管几时回来的，我儿元甲从不睡懒觉，你快给为娘洗漱，扶我去厅里，我要见我儿子！"

王氏又看了看霍元甲："娘，您要见元甲还用得着去客厅？我把他叫到您房里来吧。"

"那可不行！今天我和元甲说的是大事，正经事！你得帮娘洗漱利落，换上那套准备做寿的衣服。"

说到这，霍母仍然睁着眼，却仿佛没有看到面前的霍元甲。

霍元甲与王氏对视，伸出手去，在霍母面前比画着，霍母毫无反应。

王氏惊愕："娘，您的眼睛……"

"好得很！娘今天眼前一片亮堂，心里更加亮堂！别愣着了，快去给娘打水！"

王氏不得不答应，霍元甲却潸然泪下。

厅堂里，霍母穿戴整齐，端坐于厅中，王氏立于侧。

听说霍母要与霍元甲谈话，农劲荪、沙狼、刘振声、许大有都来到客厅，伫立在不远处，不便上前。

霍元甲一步步走向霍母："给母亲大人请安，请母亲大人吩咐。"

霍母通过声音，看向正前方，假装能看到霍元甲。

霍元甲有些心疼。

"儿啊，你今天格外精神……"

其实今日的霍元甲因为一夜未眠神情憔悴，可他不想揭穿霍母。

"娘生你并不足月，刚抱在怀里时都不敢看哪，小胳膊只有手指头那么粗，真怕你活不下来！你年少体弱，三天两头靠药顶着，你爷爷安慰你爹说，咱霍家也该出个秀才了，让我们督促你好好读书，那时霍家已是习武名门，老人家这么说，就是没看上你，觉得你不可能是练武的材料！可也不知道从哪天起，你背着我们偷偷习武，秀才没当上，霍家却出了个大侠！"

"娘，儿子到今天也担当不起'大侠'二字！"

"你担得起！戊戌年，我儿霍元甲就是响当当的大侠了！"

霍元甲回忆着戊戌年的一幕幕。

"庚子之变，父兄遇难，你一直觉得愧对家里，愧对娘，其实你做的都是光明磊落之事，奸人吕四鹰才是罪魁祸首！"

霍元甲回忆着庚子年。

"押镖山西，得了这块匾……"

霍母指着高处的匾，匾上是"销烟大侠"四个字。

"'大侠'二字是寿阳百姓赠的，千金不换哪！"

霍元甲回忆着寿阳的一幕幕。

"我儿创办精武门，广收门徒，名震沪上，如今已是武林首屈一指的人物了！"

"娘，这个实不敢当，您老人家别说了，让人听见笑话！"

"没人笑话，据我所知，洋人从来未把中国人放在眼里，现在东洋人最厉害的阿部道馆却登报纸挑战于你，这说明什么？难道不证明，你是这份儿的？！”

说着，霍母伸出了一个大拇指，霍元甲没想到母亲竟这么理解此事。

“今天是第三天了吧……”

霍元甲装糊涂：“娘，什么第三天？”

“你还想糊弄娘？东洋人的战书，娘看了好几遍，每一个字都看得清清楚楚！我听你爹说过，东洋武学乃我中华所传，现在反倒如此嚣张跋扈，你能忍，老太太我都忍不下去了！”

王氏心酸地落泪。

霍母突然站了起来，王氏连忙扶住。

“不用扶，我看得见，走得稳。”

说着，霍母径自往前走去，霍元甲和王氏都知霍母已经完全失明，又不敢搀扶，只得跟在两旁。此时，在院子的二进里已站满了精武弟子。

“劲荪。”

农劲荪连忙答应：“唉，老人家，我在。”

霍母判断着农劲荪的位置。

“沙大侠。”

“在！”

霍母再次判断着沙狼的位置。

“振声、大有。”

“奶奶，我们在！”

“我都看见了，刚才人声鼎沸，精武弟子都来了吧？”

霍母把“看见”二字说得很重。

在院子的二进里的精武弟子齐声道：“在！”

霍母朗声：“你们听着，我儿孝顺，他曾答应过我不再与人比武拼命，所以至今未接东洋人的战书，是我这个老太太拖累了精武门哪！元甲，今天，东洋人的限期已到，你再不应战便是认输。霍元甲是大侠，战死沙场可以，认输，祖宗不答应，精武门的弟子们，也不会答应！”

霍元甲有些激动，转身跪在霍母面前。

霍母用耳朵听着，知道霍元甲跪了，上前摸着，虽是摸，但老人家一直瞪大眼睛，她怕霍元甲看出自己已瞎。

霍元甲连忙双膝在地上蹭了两步上前，将自己的头与霍母的手碰到一起。

“儿啊，你跪什么？你是文武全才，快去写篇好文章贴出去，告诉大伙，霍元甲应战，而且，必胜！也让振声媳妇登到报上去，长长我们中国人的志气，灭灭东洋人的威风！”

小莲和何玛丽正领着霍东觉在不远处听着，何玛丽异常感动。

精武弟子一个个潸然泪下。

沙狼、农劲荪、刘振声、许大有都别有一番滋味在心头。

王氏的目光从坚定的霍母转向霍元甲。

只见霍元甲从牙缝挤出几个字。

“娘，儿……遵命！”

书房里，霍元甲奋笔疾书，王氏在一旁研墨。

何玛丽一边记录一边点头。

霍元甲写罢，将笔放好：“振声、大有，贴到门外去。”

“是！”

何玛丽：“我这就回报馆，立刻发稿！”

王氏：“何玛丽，师娘还想借你的笔告诉大伙，陈真和沙燕受牢狱之灾，是有人利用官府，胁迫元甲比武！”

何玛丽想了想：“师娘的主意好，这也是事实，我一定会写出来！”

精武门大门口围满了老百姓，大家议论纷纷，今天是最后一天了，他们都不知道霍元甲到底应不应战。

突然，精武门的大门打开了，许大有刷糨糊，刘振声将告示贴在了门上。

众人围上告示，有人念着："霍元甲复阿部道馆书：既下战书，自贵于礼，而文恶句毒，心怀武德之人所不齿。若论武士之道，不在争强斗狠，而在锤炼修为，终至文武贯通，此即精武精神，亦元甲所倡武林新风之主旨也。若比试高低，逞一时之快，元甲拒出拳脚，但恶意辱我中华，欺我民众，虽刀山火海，霍元甲亦无所畏！顺告另有图谋者，精武门应战，为弘扬中华武学正气，非受威逼利诱之故，更不做设局行赌者之傀儡，望沪上父老悉知。"

荣府客厅，两名黑衣大汉将一个蒙着头的人推进了荣府客厅，左叔恶狠狠地跟在后面。

荣先生一愣："老左，谁啊？"

"还能有谁？"

左叔一把拽掉了蒙头的黑布，原来被绑来的竟是何玛丽，她被勒着嘴，恐惧而倔强。

荣先生站起身："何玛丽？你绑她干什么？"

"这个吃里爬外的东西，今天的《海上新报》您没看？"

"看了。"

"霍元甲的声明她居然全文刊登，何玛丽还专门写了篇报道，明眼人一看就知道是针对您的！这女人是我推荐给您的，我真是糊涂了，瞎了眼！我这就把她扔到江里去……"

"哎，你也不怕传扬出去被人笑话？她嫁给刘振声了嘛，老话说嫁鸡随鸡嫁狗随狗，她当然得向着精武门霍元甲说话啦！"

荣先生一挥手："你们两个下去！"

两名黑衣大汉退下，荣先生上前解开何玛丽的勒嘴布。

"文章写得不错，《海上新报》的销量又创新高了吧？"

何玛丽不敢接话。

荣先生笑了："行了，老左，给她松绑，让她该干吗干吗去……你，跟我去一趟精武门，跟我叫板的是霍元甲，我们不能难为一个女人！”

精武门院落，大门被推开，几十号黑衣大汉冲了进来，精武弟子们拥上前，黑衣大汉个个从腰间掏出统一制式的片刀，精武弟子抄家伙，大战一触即发。

正要出门的农劲荪从此经过。

“都住手！”

农劲荪眼见着左叔先进门，荣先生慢腾腾地走了进来。

“我还是头一回进精武门呢……告诉霍元甲我来了，让他备茶！”

荣先生走进客厅，但没有坐，只是站在厅里，左叔站在门口保护，他身后是十几个黑衣人。农劲荪也站在门口，身后是刘振声和许大有。

霍元甲走进客厅，微微抱拳淡淡道：“荣先生，有什么事吗？”

“怎么？这就是你们精武门的待客之道，连杯茶都没有？”

“刚才弟子已经向我禀报，荣先生好像不是来做客的。”

荣先生笑了：“也是，老左虚张声势，多带了几个兄弟……可这也不能怪他啊！昨天在我们家，我说得清清楚楚，你发的声明完全不给荣某人面子！那五百两银子我也就不用给了？”

“君子爱财，取之有道，霍元甲没钱，但绝不会因为区区五百两，违心地登上擂台！”

“那你也用不着指使何玛丽专门写篇文章攻击我吧？你打擂台，我做赌局，互不相干，你非得在报纸上说得那么清楚，怎么？怕我荣某人坏了你的名声？！”

“确实，名声对霍元甲很重要，但这名，非虚妄之名，更不是钓誉之名，而是我精武之名，更是我中华之名！武术是老祖宗留下的宝贵财富，绝不可以用于做局下赌！”

“别说得这么好听，你霍元甲不为私名，会来上海开武馆？还不是想靠精武门称霸武林，做一代宗师，之后便是广收弟子，徒子带徒孙，你好收更多的银子！”

“精武门开馆至今，此种非议不绝于耳，皆因当初不够慎重，起名之时，这一个‘门’字引来了种种误解，但霍某郑重声明，精武门绝非一个门派！我正在考虑一个新名字，以杜绝门派之争，摒弃旧武林陋习。另，精武初设，经费紧缺，确实收了部分弟子的银钱，但贫者不取，难者不取，未来若能以他业所挣之资，充精武门开销，必将退还弟子所交银钱！”

“说得好！不为名不为利，你难道也不为你徒弟的死活？荣某现在就成全你，让衙门砍掉你徒弟们的脑袋。”

“你不敢。”

“你说什么？”

“我说你不敢。《海上新报》的消息已传遍上海滩的每一条弄堂！官府若为取悦权势，枉杀我精武弟子，百姓不会答应！”

荣先生又笑了：“霍元甲，你也是闯荡江湖见过世面的，时至今日，还指望这老百姓？”

霍元甲正色：“能救我中华的，恰恰就是每一个百姓……精武弟子都是普通人，在这里，我希望他们通过习武强健身体，通过学文开阔视野，最终成为爱国、修身、正义、乐助的中国人！元甲相信，万千小流终成大海，只要持之以恒，我中华百姓大有可期！”

两个人针锋相对，此刻却突然没了声音，荣先生看了看霍元甲，他绕着霍元甲转了一圈，脸上突然露出一丝难以置信的微笑。

荣先生向外走去，喊着：“老左，当初我们就看错人了，霍元甲脑袋里边装的跟我们不一样……走！”

荣先生的话不置褒贬，霍元甲冷冷地看着他远去的身影。

天色已晚，守在大门口的刘振声突然发现陈真和沙燕从远处走来。

刘振声惊喜，冲了过去，冲到近前低声问候："沙燕。"

"大师兄……"

"有没有挨打？"

"没有，好吃好喝的，也没让我们过堂。"

"那就好……"

刘振声怒视陈真："陈真！"

陈真一激灵，刘振声用手点指他，手指头就快指到了鼻子上。

"就你逞能！"

刘振声一拳砸在陈真的胸口，陈真被打得一个踉跄，继而刘振声紧紧地将陈真抱在怀里。

陈真有些惶恐："大师兄……"

"下次再干这种事，叫上大师兄一起！"

陈真瞬间泪目："唉！"

陈真和沙燕已经被救出，现在唯一剩下的事情，就是和阿部道馆的决战了，只等明日农劲荪与对方协商。

霍家厅堂里，霍元甲和弟子们十几人围着农劲荪，听他讲着这次比武的规则。

"双方各出五人……"

沙燕立刻打断："我愿意打头阵！"

"这个不行，对方提出比武的都得是男人。"

"那天我和陈真去踢馆，碰到的就是女的！"

"是，日本人管她们叫姬武士，不过姬武士在东洋武馆里地位很低，根本上不了擂台。"

"那我就和男的打！"

"你算了吧，上次惹祸坐了大牢，害得老哥好几天没睡着觉！"

沙燕不理沙狼，看向霍元甲。

"看来东洋人重男轻女的观念比我们毫不逊色，这倒让我有了招收女弟子的想法，将来倘若真能开此先河，你就是精武门的首位女教头。”

“可是师父……”

“既然已经谈定了，就得按规则办，你想为精武门立功，为师记下了。”

沙燕无奈，只得作罢。

农劲荪继续着：“五人比武，最后一个出场的，精武门是元甲，对方便是他们的馆长阿部熊三，但这第五场能不能打得上要看前四场，倘若我方能先取得三场胜利，就不用打了。元甲，派哪四位出场，你点将吧。”

霍元甲想了想：“振声是精武首徒，第一场的不二人选。”

刘振声抱拳：“多谢师父看得起我，刘振声必旗开得胜！”

“胜负不重要，打出精武门的气势来即可。”

“记住了，师父！”

“第二场嘛……”

陈真跃跃欲试。

“许大有吧。”

许大有很高兴：“谢谢师父！”

“大有刚勇，但在擂台上稍有闪失就会酿成大错，一定要细心。”

“记下了！”

霍元甲转身看向沙狼：“晋师父的武功根底深厚，论兵器，远在我之上，拳脚也要胜元甲一筹，第三场，辛苦您了！”

沙狼笑道：“你净说瞎话，兵器拳脚我都不是你的对手，你瞧得起我，便是我的荣幸！”

沙狼攥了攥拳头，目光中很是兴奋。陈真觉得失去了机会，垂着头。

霍元甲突然叫道：“陈真。”

陈真一激灵，瞪大眼睛，抬起头。

“为师想让你打第四场。”

围在四周的一众弟子都很失望。

一位年长的弟子：“哎，陈真，你犯了错，师父还派你出战，你小子好福气！”

陈真晃了晃脑袋，按了按耳朵：“师父，我没听错吧？”

“你要记住，不管前三场胜负如何，你用心打便好，切勿分神。”

陈真抱拳：“是，师父！我记下了！”

“可惜我们前三场三战三捷了事了，不一定轮得到你上场！”

众人哈哈大笑。

农劲荪：“真如大有所说，那当然好了！接下来我可要说比武的规则了，四位大将需牢记，犯规过多，会被直接判输。”

众人凑近。

“前四场比的都是拳脚功夫，规矩是只许用拳、掌，不许用爪、指等其他手型进攻。拳、掌不能打对方的头部、颈部……”

农劲荪用手比画着头和脖子。

陈真：“那脚呢？”

“击打对方的头颈，用膝盖、脚，都可以。”

许大有胸有成竹。

“比武期间不可以抱对手的头、腰、腿，也不可以撕扯衣服，不可以攻击裆部，若对手倒地，须停止进攻，待起身后再打。”

众人纷纷点头。

“本来日本人提出的规则还有很多，考虑到中华武术和东洋拳道的区别，双方都做了妥协和让步，确定下来的就是这些。虽然元甲希望点到为止，可对方没有同意，除非一方被打下擂台，或者被打倒以后不能自主站起来，比赛则自动停止，否则需要打满五分钟，以中招和被打倒的次数，由裁判决定输赢。”

霍元甲仔细听着。

农劲荪看向霍元甲：“若前四场打成平局，第五场，元甲和阿部要打三个回合，分别比试拳、剑和兵器。拳脚的比试跟前面的规则一样，接下来的剑……”

“剑不就是兵器吗？”

“我也有过这样的疑问，对方表示剑道是东洋武学的精华，希望区别于长兵器，单独设立一个回合。谈判之前，元甲曾提出过以武会友、点到为止的原则，对方勉强同意用木剑比试。只要前两个回合没人能两战全胜，便以最后一个回合决战定输赢，长兵器，必须决出胜负，没有时间限制，决战之前须签署生死文书。”

角落里，王氏已经来了很久，她听到了这句话，心头一动，连忙转身离开，害怕别人发现自己。

众人的目光看向霍元甲。

“虽然这与精武门的宗旨有所分歧，但此一战不可避免，这生死文书也就只能签了。”

“大战之日定在十八，是洋人的礼拜天，也就是三天后。”

霍元甲目光平静，厅里的所有人都一样，但大家却个个心潮澎湃。

三天时间转瞬即逝。

此时的比赛场地已经坐满了观众，场地正中心是一个巨大的擂台，不高，而且没有护绳。

显赫的位置上，荣先生端坐，与荣先生对称的位置上，是贝特朗。

贝特朗身边的座位空着，一副势在必得的样子。

主持人是个假洋鬼子，西装礼帽拿着大喇叭：“下面有请比赛双方选手入场！首先欢迎虹口阿部道馆阿部熊三馆长，以及东洋四大高手！”

出场位帘栊一挑，阿部熊三、藤原以及另外三名东洋人，着装整齐，都穿着木屐走来，木屐踢踢踏踏，显得很诡异。

在日本人的欢呼声中，阿部熊三居中，五个人坐在事先准备好的椅子上。

“接下来入场的是天津霍元甲，以及闸北精武门代表！”

帘栊挑开，霍元甲、农劲荪、沙狼、刘振声、许大有、陈真依次出场。

中国人欢呼，霍元甲等六人纷纷抱拳示意，沙燕以及十几个精武弟子坐在一个区域内欢呼着。

霍元甲等六人来到事先准备好的座位前坐下，擂台就在他们的面前。

“当”的一声锣响，第一场比赛已经开始，刘振声对阵一名日本武士。

台下的何玛丽异常紧张。

沙燕也攥紧了拳头，为刘振声喝彩。

农劲荪和沙狼分坐霍元甲两侧，此时都不禁把目光投向霍元甲。

霍元甲注视着刘振声。

擂台上开打，日本武士先是占尽优势，刘振声找到机会，一拳击在对方胸口上，观众席上的中国人及精武弟子们爆发出一阵喝彩声。

日本武士攻击更甚，刘振声被打倒在地，日本人一片喝彩。

刘振声一跃而起，再战，霍元甲目光透露着关切。

终于，刘振声又一次找到机会，猛击对方要害，并用后摆腿正踢中对方颈部。

日本武士当即摔在地上，刘振声想冲上去再打，突然意识到规则。

三名裁判起身关注，相互对视。

地上的日本武士抽搐着。

三名裁判分别是中国人、日本人、西洋人，纷纷示意主持人终止比赛，举起精武门的牌子。

主持人大声喊道："第一场，精武门胜！"

霍元甲激动地叫了出来，陈真、许大有、沙狼等皆叫好，沙燕等精武弟子们欢呼，喊着大师兄。

刘振声回头，看向拥挤在记者群中的何玛丽，何玛丽痴情地看着他，向他伸出了大拇指。

荣先生有些得意。

贝特朗有些烦躁。

荣先生身旁坐着的是叶双形、神跤巴图等一众武林高手。

荣先生笑着："这要是雷大侠还在上海，肯定也会来看这场比武的！"

叶双形："过完寿，雷老先生就回乡下了，现在沪上哪还有什么雷大侠？报纸上管刘振声都叫大侠了……"

荣先生看向叶双形，他明白叶双形有些不高兴。

巴图："可这也能算什么本事吗？对手太弱了！换作我，早把他摔下擂台了！"

叶双形不咸不淡："阿部道馆……从来没听过，不会是精武门花钱雇的吧？"

荣先生："哎，几位，今天国人应同仇敌忾，闲话不说也罢。"

叶双形和巴图有些不好意思。

"当"的又一声锣响，擂台之上，许大有和第二名日本武士已经开打。

许大有刚猛至极，但那日本武士身体极为柔软，根本打不到，许大有越打越急，却连连踢空，又背部受袭，有些懊恼。

霍元甲担心徒弟，嘴里默默嘟囔着。

农劲荪："大有是太着急赢了！"

霍元甲："对方是个柔术高手，大有要吃亏了……"

果然，许大有无论怎么打都很难打到日本武士，日本武士一旦回手就能击中许大有的要害，许大有更气，连连以刚猛的飞脚、重拳袭击对手，却露了破绽。

终于，日本武士用杀手锏踹向许大有，许大有站立不稳，摔下擂台。

洋人和日本人一阵欢呼。

落地的许大有并没有受伤，他气愤得还想再上擂台。

两名高大的洋人拦住了许大有，哨声响起，裁判亮起了阿部道馆的牌子。

“第二场，阿部道馆胜！”

懊恼的许大有来到霍元甲身旁，他刚要跪，则被霍元甲扶住，他上前拥抱许大有：“大有，你尽力了，好好歇歇。”

许大有满眼泪水，被刘振声拉着到座位旁坐下，安慰着。

观众席中有三个人并没有关注比赛，他们不坐在一起，却暗中眼神交流，仿佛在找人，正是鹰爪门三大高手。

这场比武开始之前，三人突临精武门，向霍元甲坦白此行的目的——鹰九！他们得到消息，之所以阿部道馆如此挑衅，正是被鹰九挑唆。

锣声第三次响起，沙狼与第三名日本武士打了起来，二人势均力敌，各自施展了绝技。

沙狼不小心一巴掌扇到了对方的脸上，日本观众一阵叫骂，西洋人纷纷声讨。

哨声响起，裁判举起了黄牌，示意沙狼犯规，沙狼强忍怒火，抱拳道歉，继续打。

对方借助沙狼对规矩不明，一度控制了节奏，沙狼被打倒，但一跃而起。

霍元甲冷静地看着。

日本武士攻势越来越猛，沙狼终于找到了机会，趁对方跃起踹向自己之际，以刚治刚，借助人高腿长，踹向对方要害，这一空中飞踹正中对手胸口，将日本武士踹下擂台。沙狼落地，威风凛凛。

掌声雷动。霍元甲兴奋得猛地起身。刘振声和许大有兴奋得跳起相互拥抱。沙燕尖叫着。精武弟子们欢呼。荣先生高兴得鼓着掌。贝特朗的脸色有些难看，他坐不住了，四下张望，没有人知道他在找谁。

裁判举起精武门的牌子。

主持人高呼："第三场，精武门胜！"

顿了顿，主持人又喊道："第四场，精武门陈真对阵阿部道馆藤原次郎！"

陈真精神抖擞地起身，霍元甲正用期待的目光看着他。

沙狼走回，一拳打在陈真肩上："看你的了！别让你师父出手！"

陈真意气风发地抱拳："放心吧！"

说完，陈真三蹦两跃跳上擂台，赢得一阵喝彩。

老成的藤原一步一步走上擂台。

"元甲，这场你怎么看？"

"比完就知道了。

可农劲荪着急，看向沙狼："晋师傅，你说呢？"

沙狼刚刚赢了，有些得意："若论武学修为，当然是年长者更胜一筹，可擂台之上，拳怕少壮，陈真这小子胜算很大呀！"

"明白了，陈真若是能终结此战，那我们可就是大胜了！今晚农某人出银子，咱们精武门上上下下大喝一场！"

"好啊！洒家现在就想喝酒了！"

霍元甲也心有胜算，脸上泛出微笑。

锣响，陈真冲上去与藤原打在一起，陈真拳猛，藤原拳柔，陈真始终不能占到便宜。

沙狼："哎，怎么回事？这陈真好像没占上风啊？"

坐在人群中的沙燕突然想到踢馆时的场景："坏了，那日我们踢馆，这个人一直在观战，他熟悉陈真的拳路！"

周围的精武弟子大吃一惊。

各有胜负，两人分开，陈真眼珠一转，明白了其中缘由，立刻换招式再战。

一时峰回路转，陈真占据上风。

沙狼：“好小子，这还差不多！”

霍元甲微笑：“陈真受过孙老前辈的真传，懂得变化是他最大的优点。”

陈真越战越勇，竟在一招中将藤原打倒，他亮架势等待藤原起身，却突然看见了藤原身后的贝特朗。

贝特朗身边原本空着的座位上，鹰九正冲陈真微笑。

陈真一时忘我，竟直愣愣地向鹰九的方向冲去，藤原起身，抓住机会，在背后向陈真袭击，陈真察觉，这才意识到他还在擂台上，转身再打。

才打两下，陈真又看向贝特朗的方向，可是贝特朗身边已经没有人了。

陈真担心鹰九逃走，四处望着找，过程中，藤原找到机会，在陈真要害连打数下，陈真连续中招，却始终用目光急切地追寻鹰九。

沙狼愣了，霍元甲也愣了，没人知道到底发生了什么。

人群中的鹰爪门三大高手也察觉到这一变故，有所意识，起身寻找，在场馆人山人海中，他们完全不被关注。

陈真突然意识到比赛的时间不多了，试图出急招挽回败局，却被藤原找到机会重击，倒在擂台上，躺在擂台上的陈真睁开眼，透过欢呼着的洋人们的手臂又看见了鹰九的身影。

陈真一跃而起，但他看的不是藤原，而是鹰九，藤原再次进攻，几次差点将陈真打下擂台，陈真拼死挣扎，侥幸留在擂台之上，却被藤原绊倒，又一次摔在擂台上。

陈真咬牙一跃而起，试图再战，突然哨声响起，比赛结束，陈真这才清醒，他四下张望，再也没有鹰九的身影。

日本人和西洋人的欢呼声此起彼伏。

裁判席，三名裁判稍加商议，便亮出了阿部道馆的牌子。

“第四场，阿部道馆胜！”

藤原举起一只手，那是胜者的荣耀。

陈真似是被重锤击倒，木讷地走向休息区。

沙燕迎上：“陈真，你怎么回事？”

“我看到……我看到……我看到……”

“看到什么了？”

“我得去跟师父说！”

说完，陈真快步跑向霍元甲。

沙燕一把拉住陈真：“什么都不要跟师父说，大战在即，师父要在擂台上与阿部熊三决战，别让他分心！”

陈真只好点头，走回休息区，不敢看大伙，呆呆地走回座位，不时还抬头四处望着。

农劲荪上前：“陈真，不要紧，打起精神来，给你师父助威！”

许久过后，主持人的声音再度响起：“第五场，有请虹口阿部道馆馆长阿部熊三先生！”

阿部熊三走上擂台。

“有请闸北精武门霍元甲师傅！”

霍元甲将放在身旁的茶端起，喝了一口，又将茶放下，起身走向擂台。

一时间鸦雀无声，所有人的目光都注视着霍元甲。

霍元甲上擂台，向阿部熊三抱拳。

阿部熊三行礼。

“第五场分三个回合，第一回合，比试拳脚。”

“当”的一声锣响。

霍元甲亮势，阿部熊三以日本进攻之术起势。

二人开打，这是一场高手间的较量，阿部熊三实力竟不输霍元甲，打得难解难分，越来越精彩。

刚刚挤进场馆的王氏一手领着霍东觉，一手护着肚子，可是却难以挤进内场。

“娘，我看不见！”

“不急，骑在娘脖子上！”

说着，王氏将霍东觉举了起来。

“看见了，我爹正在跟东洋人打！”

“谁输谁赢？”

“看不出来。”

王氏咬牙硬撑着。

在众人不停的欢呼和呐喊声中，哨声响起，五分钟到了。

霍元甲收势，阿部熊三收势，有些惭愧，二人都礼貌地施礼致意。

三名裁判紧张地磋商着，所有人都注视着裁判席。

贝特朗死死地盯着裁判席，三名裁判同时举起了两块牌子。

霍元甲看向裁判，多少有些意外，阿部也有些吃惊。

主持人高喊着：“第一回合，平局！休息五分钟！”

“平局……娘，把我放下来，您歇会儿吧！”

王氏将霍东觉放下，喘着粗气：“东觉真懂事，都怪娘来得晚，挤不进去了。”

霍东觉有些不好意思地笑着。

霍元甲来到休息区，众人立刻围上。

刘振声：“师父，不对啊，我怎么觉得您赢了呀？”

沙狼：“最少胜两招！”

“我们的武术和东洋拳术还是有区别的，胜负要看规则，听裁判的。”

霍元甲落座，闭目养神，众人不敢再搭话。

另一面阿部熊三落座，闭目一言不发，他既在调整气息，又多少有些生气。

三名鹰爪门高手会合，相互摇着头，很明显都没有看到鹰九。

哨声传来。

“时间到，请二位重回擂台，比试剑道。”

霍元甲喝了一口茶，起身。

阿部熊三起身。

擂台之上，一名洋人手里托着两把木剑来到擂台中间，二人分别取剑。

第二回合开始。

阿部使出标准的日本剑术，霍元甲则是中国的长剑用法。

很快，人群又沸腾了。

霍东觉：“娘……”

“来！娘再把你扛起来！”

王氏又将霍东觉举高，霍东觉瞪大眼睛看着。

霍元甲和阿部的剑术过招比拳脚功夫精彩程度一点儿不差，因日本重视剑道，故阿部几次给霍元甲带来危机。

对攻许久，阿部知道时间不多了，发起疯狂的进攻，两把剑频频磕在一起。

剑是木质的，两人的剑尖都有磨损，终于，阿部使出拼命之招，此剑挥出已露出了破绽，霍元甲抓住机会，反方向刺去。

两个人的剑都击中了对方。

霍元甲的剑砍在阿部的身上，阿部身体有了反应，衣服却没有撕开。

阿部的剑砍在了霍元甲前胸，却将霍元甲前胸划破，一道血印露了出来。

霍元甲低头看前胸，又看向阿部的剑，阿部的剑上，一滴血垂了下来。

“我爹受伤了！”

高处的霍东觉叫了出来，王氏很着急。

“伤得重吗？”

“太远，看不清！”

裁判席亮起了阿部道馆的牌子。

“第二回合，阿部熊三胜！”

阿部行礼，脸上充满了自信，霍元甲不得不敬佩地抱拳：“同为木剑，阿部馆长果然更胜一筹。”

“霍师傅客气了，第三回合见。”

霍元甲下擂台，走回休息区，众人围上。

“师父，您没事吧？”

“没事……”

“大有，给师父更衣！”

“是！”

刘振声和许大有连忙撑起一块布，为霍元甲换下被划破的衣服，坐在不远处的陈真因为自己溃败，导致师父遭遇苦战，不敢抬头。

上茶的伙计从陈真背后走过，陈真回头瞟了一眼，没在意，伙计换下了霍元甲的那杯茶，正赶上换好衣服的霍元甲来到座位旁。

“多谢。”

伙计点头，离去。

见农劲荪和沙狼都很着急，霍元甲：“前两回合对手并未取得全胜，按规则，之前的输赢都不算了，以第三回合决胜，我们还有机会。”

刘振声攥紧拳头：“师父必胜，精武门必胜！”

只有陈真不敢说话，他丧气地垂着头。

霍元甲点了点头，顺势端起茶杯，刚要喝，只见荣先生走来。

霍元甲下意识地将茶杯放到桌上，但并不打算起身。

荣先生也不介意：“农劲荪，我想跟霍元甲说几句话，可否借坐一下？”

农劲荪无奈，只得起身。

荣先生就座：“精武门打得不错。”

霍元甲：“目前尚负，荣先生不担心赌局失败，赔上真金白银？”

“那都是身外之物，有什么好担心的？霍元甲，最后一回合你随意打，输了，上海的百姓也不会怨恨你，东洋人桀骜不驯，根本不把中国人放在眼里，如今能势均力敌，已足见中华武术实力！”

霍元甲没想到荣先生说这些。

“而且我还要郑重做出承诺，今日比武不论输赢，荣某人都将捐助五千两白银给精武门，帮你得偿所愿。”

霍元甲将信将疑：“这……元甲无功不受禄。”

“你为我中华培养文武双全的栋梁之材，功不可没。这件事就这么定了，银票左叔会送到府上。”

霍元甲傻了。

荣先生笑了：“那日听了你的一番话，感慨良多。今日在擂台之上，精武门也确实如你所说，给国人争了气。我这一辈子，净听有人说这么救国，那么救国，想来想去，你霍元甲做得最实际，荣某由衷钦佩！若荣某人年轻上二十岁就好了，必将与你霍元甲携手同行！哦，那五千两白银是我自己的，与赌局输赢毫无关系，请你放心。有了这些钱，后生们想习武也就不用到精武门交银子了，免得你落人口实。”

荣先生说这话时脸上有些慈祥。

霍元甲要起身：“荣先生……”

荣先生按住霍元甲：“这是件小事，你知道就可以了，不必声张！”

“不行！得您慷慨资助，自此以后荣先生便是精武门的东家。”

荣先生摆摆手：“哎，在上海乃至整个江南，荣某确实做过不少善事，但毕竟人在江湖，有些坏名声也撇不清。绝不能因为我，坏了精武门的名声。”

霍元甲明白荣先生所言有理。

“这件事你知我知，过了今天，也不要再提。我走了！”

“荣先生且慢……”

霍元甲站起身，神情充满感激：“荣先生如此厚爱，却之不恭。但不谢，我又如何做人？元甲身无长物，就敬您一杯茶吧！以茶代酒，聊表谢意。”

“哎，这个好！这杯茶，我喝。”

荣先生接过茶，一饮而尽。

“时间到，请二位重回擂台，比试长兵器！”

“荣先生，你就在此稍坐，元甲去去就回。”

荣先生微微点了点头，两个男人之间相视一笑。

霍元甲登上擂台，荣先生坐回座位，并回过头去看农劲荪：“农先生，坐！”

荣先生招呼农劲荪坐到霍元甲的位置：“我们一起为霍大侠助威！”

农劲荪坚定地点头坐下。

一张桌摆上了擂台，终结之战来了，霍元甲与阿部熊三需要签署生死文书。

主持人拿着喇叭喊着：“生死文书已签，擂台之上，若有闪失，与对手无关！”

精武弟子将霍家枪递给霍元甲。日本武士将大薙刀递给阿部熊三。裁判吹哨，示意霍元甲和阿部熊三对比兵器长度。霍元甲和阿部走到擂台中间，分别将兵器立在擂台中央。两把兵器经过测量长短一样，身为裁判的西洋人吹哨示意可以开打。霍元甲和阿部各自行礼退后。又一声锣响，正式开战。

精武弟子一个个聚精会神。陈真、沙狼、许大有、刘振声、农劲荪、荣先生都瞪大了眼睛。观众们都屏住了呼吸。很多人站起身。

已经骑在王氏肩上的霍东觉抱怨着：“娘，我看不见！”

“站起来，踩着娘的肩膀！”

“唉！”

霍东觉真的站了起来，踩住了王氏的肩膀，王氏咬紧牙关，一只手扶着霍东觉的腿，一只手捂着肚子。

长刀对长枪，白刃对红缨。日本休息区的藤原脸上露出阴险的笑容，始终盯着霍元甲，仿佛期待着什么。

擂台上的比武仍在继续，霍元甲和阿部熊三苦战。台下的荣先生觉得肠胃不舒服，他皱了皱眉。台上的霍元甲拧枪而刺。台下的荣先生进一步证实了自己不舒服，看向茶杯。台上的霍元甲抡枪横扫。荣先生希望能够忍住。霍元甲挺枪再刺。突然，一口血从荣先生的嘴里喷了出来，一个踉跄险些从椅子上倒在地上。农劲荪、沙狼、刘振声、许大有、陈真都向荣先生望去，他捂住肚子，一扭身摔倒在地上。

荣先生用手指着桌上的茶杯："毒……"

众人都看向茶杯。陈真迅速想起从他身后经过的上茶伙计，伙计白皙的手正如鹰九给孙无疾下毒时一样，他立刻四周观望。正在远处等待消息的鹰九目光与陈真交错，鹰九眼神流露出失望，转身离开。

陈真大喝："鹰九，站住！"

陈真脚踏椅子，一跃而出，向鹰九消失的方向追去，观众席的陈秋风等鹰爪门三大高手立刻起身向陈真的方向追去。台下一阵骚乱，让台上的霍元甲开始分神，阿部熊三的刀法也放慢了。本在等着霍元甲中毒的藤原愣了，贝特朗不知道发生了什么，也瞪大了眼睛。

刘振声大声喊道："荣先生中毒了，喝的是我师父的茶，有人想毒杀我师父！"

霍元甲清晰地听到了刘振声的话，转身望去，有些难以置信。

藤原突然大喊："阿部馆长，杀了霍元甲！"

阿部熊三不再等霍元甲，刀法变得越来越狠。

"师父，一定是东洋人的阴谋，您不要分神！"

沙燕的喊声让霍元甲集中注意力，他咬紧牙关，再次与阿部熊三打在一起。

台下，众人七手八脚地将荣先生抬了出去。

左叔老泪纵横："东洋人下毒，霍大侠杀了他！"

观众席上的中国人纷纷附和着。

霍元甲的枪刺得越来越狠，但也因为心急险些被打下擂台，阿部的刀随时追着霍元甲的要害，稍有不慎便会丧命。

王氏很急切地问着："东觉，怎么样？"

"看不清楚，反正打着呢！"

霍元甲败退两步，阿部见机会来了，猛追上前，哪承想霍元甲是诈退，回身施展回马枪绝技，转身拧枪拨开了阿部熊三的大薙刀，正向阿部的咽喉而来。阿部已知无力挽回，瞪大双眼等死，枪尖准确地停在了阿部熊三的喉咙处。阿部熊三喘着粗气，看着枪尖，又看着霍元甲。

左叔："杀了他！"

刘振声、许大有："杀了他！"

观众席的精武弟子和老百姓们跟着喊："杀了他！"

霍元甲收枪。

"当"的一声锣响，三名裁判互相对视，有些尴尬，这场决战前，他们都收了贝特朗的好处，可现在阿部熊三败得如此明显，他们不知该如何是好。裁判席对面坐着的贝特朗瞪大了眼睛，焦急不堪。两个牌子被同时举了起来。

裁判拿起喇叭："最后一回合是决胜局，但并没有分出实质的胜负，经三名裁判商议，本场比赛平局！"

台下一阵阵嘘声。贝特朗长出了一口气，藤原长出了一口气。擂台上的霍元甲向全场抱拳。嘘声慢慢静了下来。霍元甲坦然地向三位裁判抱拳。三位裁判有些后怕，毕竟观众反对声音太大。霍元甲转身向阿部熊三抱拳。阿部熊三并未还礼，他突然开口。

"生死文书已签，比武应尽全力，你为什么……"

"中国人习武原本就讲究八个字：以武会友，点到为止。"

"裁判不公平！"

阿部熊三突然的大吼让所有人都愣住了。

“这场比武，精武门赢了，阿部熊三认输！”

话毕，阿部熊三向霍元甲鞠躬认输，整个场馆里瞬间沸腾了。阿部熊三身后是藤原狰狞的面目。观众席上，贝特朗龇牙咧嘴。此时的刘振声、许大有、沙狼、农劲荪、沙燕和精武弟子全都欢呼了起来。

擂台上的霍元甲，何玛丽指挥照相师傅，拍下了这一伟大的瞬间。

霍东觉很兴奋：“东洋人认输！我爹赢了！”

兴奋的霍东觉一个不稳竟栽了下来，王氏一把抱住霍东觉，却导致肚子一阵剧痛，坐倒在地上。

“娘，您怎么了？”

王氏满头大汗，却强撑着：“没事，你爹平安就好，回家……千万别告诉你爹咱俩来过！”

霍东觉懂事地点着头，王氏艰难地起身，拉着孩子往外走。

阿部熊三带众回了道馆，黑着脸冲藤原吼着。

“毒药是怎么回事？！”

藤原也气极了，他们两个的观念不同。

“对阿部道馆来说，毒药不重要，胜利才重要！”

阿部熊三没有想到藤原的怒吼比他的声音还大。

“那个中国大老板中毒了，霍元甲分神之际，你为什么不一刀将他斩成两段？！”

“不能乘人之危。”

“你错了！甲午年，若不趁朝鲜危机，攻击北洋水师，我们能取得辉煌的胜利吗？庚子年，若不趁义和团之乱，参加联军，我们能取得巨大的利益吗？”

阿部熊三有些诧异：“真没想到你会这么想。你不配做一个武士！你说，除了毒药，在背地里你还做了些什么？”

“你不是看出来了吗？若不买通裁判，你被判负，那大日本帝国的脸面就被丢尽了！现在好歹是认输，帝国和你自己的脸面也算保住了一些，祝贺你，阿部馆长！”

藤原转身离开。

阿部熊三气愤而羞愧，抽出切腹的短刀，寒光映射着他惨白的脸。

—第五章　天下—

霍元甲一个人坐在客厅里，显得有些疲惫。

垂头丧气的陈真走来，在门外经过，正看见霍元甲。

“师父，那日在擂台上，我是因为看到了鹰九，分了神，才输了拳，给精武门丢人了！下次再上擂台，陈真一定专心致志！”

霍元甲笑了：“但愿以后永远都不要再上擂台了。”

沙燕跑来：“陈真，你总算回来了！一走就是七天，怎么也不来个消息？！”

陈真有些为难。

“你可知师父每天夜里都在这里等你，足足等了你七天！”

陈真惊讶地看向霍元甲。

“沙燕，为师是有太多事要想清楚，所以一个人在这里安静地思考，也不全是在等陈真。”

沙燕很生气：“师父，你就是担心他再惹祸，精武门上上下下谁看不出来？”

“好了，既然回来了就不要再责怪他了。陈真，明日起照常习武学文，暂且把鹰九忘掉，天网恢恢，这个罪大恶极的武林败类一定不会有好下场。”

陈真郑重其事地跪倒：“多谢恩师教诲，陈真记下了！”

霍元甲欣慰地笑了。

“找到鹰九没有？找到鹰九没有？！”

贝特朗歇斯底里地吼着，两个洋人助手摇着头。

“废物！废物！”

贝特朗打累了，气得靠在椅子上：“我输了那么多黄金，一定要捞回来，捞回来！给欧洲发电报，邀请拳王亚历克斯大帝提前来上海，征服世界的巡回赛就从这里开始！”

两名洋人助手答应着跑了出去。

突然贝特朗嘴角上扬：“霍元甲……我得好好想一想，用什么样的标题才能激怒你……”

一辆黄包车停在门口，农劲荪下车，手里拿着一份报纸，神情凝重。

厅堂门口，农劲荪走来：“哎，你们都在这干吗？”

竟是一众精武弟子们都围在此处。

“农先生，师父和师兄们在商量和洋人比武的事儿！”

农劲荪点了点头，跨进客厅，见霍元甲等人都在，还有费德勒。

“怎么？你们都看了报纸？我一下码头就得到了消息，赶紧往回赶。”

沙燕：“兵来将挡，水来土掩。师父既然不怕东洋人，就也不会怕西洋拳王！”

费德勒：“可这个亚历克斯确实很厉害，不然不可能有‘大帝’的称号，他是拳手中的皇帝，你们懂吧？”

沙狼：“什么皇帝也不能这么霸道！”

沙狼敲打着报纸："拳打精武霍元甲，脚踢'东亚众病夫'，我看他是找死来了！"

报纸上的亚历克斯显得异常高大。

何玛丽："是啊，有些不良报馆正打算借这个标题大做文章。"

农劲荪："这战书下得的确气人！"

沉默了半晌的霍元甲说话了："上次中日大战取胜后，武林欢欣鼓舞，北有太极孙禄堂，南有洪拳黄飞鸿等各位大侠、宗师纷纷来信祝贺，精武门及霍某本人都被江湖中人传成了神仙。元甲虽不贪虚名，但事关中华之威，所以也由衷觉得光荣。今天，西洋拳王既然点了我的名，哪有不应战的道理？"

霍元甲平淡地说出了这段话，没想到包括沙燕、陈真、刘振声、许大有在内的所有精武弟子一片欢声雀跃。

霍元甲一愣，继而笑了："原来你们都在等着我这句话呀。"

刘振声和许大有不好意思起来。

"应战归应战，但相比起东洋武学，我们与西方拳术相距更远，幸好还有半个月的时间，为师想多了解一些西洋拳术的特点。"

"这个我能帮上忙！"

费德勒作为一个洋人，确实能帮得上。

"霍元甲应战洋拳王，精武门誓为国争光！这个标题怎么样？这将是《海上新报》明天的头版！"

何玛丽询问着霍元甲的意见。

众人都叫好。

刘振声突然想起什么，瞪向何玛丽："你等会儿！"

"师父，跟西洋人比武的事还没跟奶奶商量吧？老人家知道会不会阻止啊？"

打败阿部熊三之后，霍元甲回家第一件事就是拜见了母亲大人，他向霍母表示以后不再比武，以免母亲担忧。可霍母一番话却让他激动万分。

“这次你打败的是东洋人，若下次来的是西洋人，会管你有没有声明？之前娘不想让你比武，是怕结怨生恨，树太多的仇人。但和洋人比武不一样，你是沪上武林的头份，该你出头，你就得出头，这是霍大侠应该有的担当！咱说好了，与人比武斗狠的事，娘希望你一辈子不要做，但与洋人比武，为国争光的事，以后你不用再问，娘赞成！”

霍元甲不答，想着母亲的先见之明，笑了。

入夜，洗脚盆放在一旁，霍元甲正在帮霍母修着脚，修脚的工具摆在一旁，霍元甲很认真。

“应下了？”

“应下了。”

“你的徒弟们高兴了吧？”

“是啊，振声他们不知道娘早有吩咐，也想不到我会痛快应战，都高兴极了，陈真、沙燕都乐得蹦了起来。”

霍母笑了。

“您的眼睛看不见，心里却越来越明白了，只是，又要让您替儿子担忧了。”

霍母叹了口气：“虽担忧，却在心里替你高兴，仅和阿部道馆一战的成就，便是很多人活一辈子都比不了的！若再大败西洋人，你就是当今的岳鹏举！”

霍元甲有些惶恐：“娘……”

“我儿不必多说，娘知道，这才是霍元甲想要的人生。”

霍元甲笑了：“娘，最后这句话，不像您说的……”

“确实不是我说的，是你媳妇说的。”

霍元甲愣了。

“那天你和东洋人比武，她挺着个大肚子，带着东觉偷偷去看了，回来就跟我说了这句话。读过书的女人就是有见识，以后咱们霍家女孩子都必须读书！”

“是，娘。”

“对了，你媳妇快生了，你也要多陪陪她。”

说起老婆肚子里的孩子，霍元甲又是一阵高兴。

一个西洋拳手站在院子里，戴着拳套冲霍元甲行礼，他是费德勒找来帮霍元甲了解西洋拳的。在诸位徒弟的围观下，霍元甲与西洋拳手研究西洋拳的进攻方式。让霍元甲费解之处很多，他稍用招数，对方就摇头，示意犯规。精武弟子们啼笑皆非，沙狼和沙燕更是笑得厉害。西洋拳手的能力很差，霍元甲稍一用招数，对方就不堪一击。农劲荪和费德勒有些着急，对这次比试很担心。

农劲荪又一次谈判归来，这次跟他谈判的是贝特朗，显而易见的，又给霍元甲增加了不少难度。

“对方要求必须在拳台上打，也就是绳子圈起的范围内比武。”

霍元甲点头。

“比较特殊的一点是，对方以增加比赛惊险程度和可看性为由，提议在拳台四周立起铁刺，这样，一旦失败，被打下拳台，性命就堪忧了……”

霍元甲起身。

“我想一定是贝特朗的主意，中日大战他输了很多钱，故而对元甲怀恨在心。”

沙燕：“这叫什么比武？洋人太可恶了！”

霍元甲：“既已应战，无所畏惧。虽千万人，吾往矣。”

“好一句‘虽千万人，吾往矣’！元甲，你我相交多年，今日我对你之敬佩更加由衷！我提议，大家为元甲鼓掌！”

众人起身鼓掌，霍元甲环视众人，充满信心。

突然有精武弟子跑来汇报：“师父不好了！一队官兵把咱们精武门围了！”

霍元甲皱眉，起身出了门。

官兵冲进精武门，横刀将所有弟子都拦在警备外。

一名五品官员进门，查看地形，客气地回身，在小太监的搀扶下，一名身着便服的老太监走进精武门。

霍元甲和农劲荪带着徒弟们迎了出来，其中并没有沙氏兄妹。

不知道该怎么称呼，霍元甲只得抱拳，老太监瞟了他一眼，没理。

五品官员："你就是霍元甲？"

"正是在下。"

五品官员："进厅答话，无关人等在此候命！"

五品官员跟着老太监径自往客厅走。

刘振声、陈真等人很担心，但毕竟来的是官府之人，众人多少有些忌惮。

霍元甲反而从容地走向客厅。

客厅以及门口都已经有官兵驻守，老太监居中而坐，全当是他的府邸。

五品官员："天津霍元甲，还不拜见黄公公！"

霍元甲不卑不亢，抱了抱拳："见过黄公公。"

"大胆！黄公公可是老佛爷身边的红人，还不跪拜？！"

霍元甲没跪。

黄公公出声："算了，人家是大侠嘛，跪不跪，能咋地？跪了我也多不了二两肉……"

"这位大人，元甲愚钝，不知精武门何事惊动了朝廷？"

"你犯大事了！害得黄公公一路颠簸，从京城到沪上，就是为了你来的！"

黄公公阴阳怪气："行了，别吓唬他了，霍元甲大名鼎鼎呢，我以为三头六臂呢，没想到长得白白净净，倒像个唱小生的……"

霍元甲很不舒服。

"霍元甲，我这次可是微服而来，也没讲什么排场，就是不想把这事闹大，所以我跟你说的话，你也不要对外人宣扬，啊？"

霍元甲点了点头："是，有话还请明示。"

"我听说你前一阵子跟东洋人打了一架？还打赢了！"

黄公公笑着："不赖不赖，比北洋水师争气，这事传到京城，老佛爷也很高兴。"

霍元甲稍微有些意外。

"可是你这个脑袋瓜子一根筋啊！不懂得见好就收吗？东洋人跟咱们同文同种，胳膊腿都差不多，你打赢了也就打赢了，可怎么又跟西洋拳王叫上板了？傻呀？活腻了？"

"中华武术博大精深，不管是东洋拳，还是西洋拳，霍某都愿为一试！"

"试什么试啊？朝廷让你试了吗？万一输了呢？你丢的是朝廷的脸，老佛爷的脸！"

"元甲要是赢了呢？"

"你还敢赢？！惹恼了洋人怎么办？洋人的军舰有多厉害你知道吗？洋枪洋炮你打得过吗？！你还想再闹一次八国联军？"

霍元甲气得脸色铁青。

黄公公起身绕着霍元甲："再说了，我听说那西洋拳王，叫什么亚历克斯的，长得跟铁塔一样高，声如洪钟，喊一嗓子都能吓破人的胆！拳头如脸盆那么大，胳膊比我腰都粗，就你这小胳膊小腿的，也太不自量力了吧？"

"何故长别人志气，灭自己威风？霍元甲已登报接下比武，再无后退之理！"

"人就得有进有退，面子不能当钱花……"

黄公公凑近霍元甲："这可是我在宫里琢磨一辈子才琢磨出来的道理，换别人我还不告诉他呢……今儿个我来可不是跟你逗闷子的，老佛爷不想看见你跟洋人打架，该怎么办你明白了没有啊？"

霍元甲懒得理黄公公。

"你不是天津卫人士吗？上有老母，下有娇儿，赶紧带着一家老小回天津，这事不就过去了……"

“三天后就是比赛的日子，难道让世人讥我为逃兵？”

“我好心给你指条活路，你别不知好歹。”

黄公公压低声音：“想想你老娘、媳妇、孩子，你要是敢给咱大清国惹祸，那边你上擂台，这边可就满门抄斩……”

霍元甲难以置信。院子里，黄公公在小太监的搀扶下走出，官兵退去，精武弟子拥向客厅。霍元甲一个人伫立在巨大的“武”字前。农劲荪、刘振声、陈真、许大有赶来。

“元甲，他们说了些什么？”

“无可奉告。”

霍元甲的态度让众人都愣住了。

三日已过，贝特朗新建的擂台位于场馆中央，场馆里人山人海。

精武弟子、沪上贤达、洋人买办、官员显贵，当然也有普通老百姓花重金前来观战。

之前打擂的擂台中间又起了一个拳台，用绳子围绕，而拳台四周都立起了坚硬的铁刺。

除了拳手的通道，其他地方都很危险。

贝特朗得意扬扬，坐在他对面的竟然是黄公公和五品官员。

黄公公看到了贝特朗，微微起身致敬。

“瞧见了没？对面那个就是贝特朗，在天津做领事的时候就没少找朝廷的麻烦，不好惹。”

五品官员点头：“您亲自出马，这趟差办得漂亮，据眼线报，昨夜子时，霍元甲趁弟子们都睡着了，套了一辆车，拉着媳妇、孩子和他们家的瞎老太太，跑了！”

“我也是深思熟虑的，要想既不得罪洋人，又能跟老佛爷交差，就只能吓唬霍元甲，他不来打架我就全能交差了……”

“黄公公高明！”

许大有和刘振声从两个不同的方向来到精武弟子聚集处。

农劲荪："怎么样？"

许大有和刘振声都摇头，众人面面相觑。

农劲荪："那个老太监也来了，这事应该跟他有关系。"

众人看向远处的黄公公。

沙狼："没错！他一定跟霍元甲说了什么！把霍元甲吓住了，不敢来了！"

沙燕："不可能！师父勇者无惧，绝不可能退缩！"

沙狼："可是大半夜的，一家老小突然就没了，这怎么解释？不过，事也不能怪霍元甲，他是大孝子，要是有人拿老太太的性命要挟，他不得不就范。"

农劲荪："我同意兄台的判断，现在我们要想的是如何应对局面，怕的是元甲退赛，会引起沪上百姓的愤怒，精武门不保啊！"

角落里的陈真沉着脸。

主持人："下面有请威震世界的拳坛大帝威廉·豪·巴克利·居斯塔夫·亚历克斯先生出场！"

穿着大披风的亚历克斯前呼后拥，以最隆重的出场形势走进场馆。观众席一阵惊呼，因为此大力士确实叫人看一眼就心悸。

精武弟子们也屏住呼吸。

主持人得意扬扬："接下来出场的是精武门霍元甲！"

出场位置的帘栊被撩开，空无一人。主持人连续问霍元甲在哪里。观众都向出场处望去，还是空无一人。

黄公公松了口气。

贝特朗身边的一名助手："这次下注的人比上次多两倍，赌资总额是上次的三倍半！霍元甲不敢出场就是认输，您一场比赛就回了本，还能赚上一大笔！"

贝特朗更加得意。

"霍元甲在此！"陈真一声大喝，从观众席中蹿上擂台，亮开架势就要打。

亚历克斯看着上擂台的陈真，观众一片嘘声。

“你们精武门搞什么勾当？你是陈真，不是霍元甲！”主持人道。

“打洋人用不着我师父亲自出马，今天我替师父比赛！”陈真回答。

观众席上的洋人一片嘘声。

亚历克斯猛地吼了一嗓子，随后一边展示着强健的胳膊，一边放肆地大笑。

在场的洋人们也都欢呼起来，显然在他们看来霍元甲不敢来应战。

“亚历克斯大帝请留步！对手一定是被您的威名吓住了，既然霍元甲不来，那就是自动退赛，裁判们正在确认，马上宣布比赛结果……”主持人接着说道，“警察呢？还不把捣乱的陈真抓起来？！”

有警察跑向擂台，陈真有些慌了。

“慢！”一个身影从出场处走来，正是霍元甲。

所有人都惊讶地议论着，跑到半道的警察也愣在原地。

霍元甲走向擂台，农劲荪、沙狼以及精武弟子们都兴奋起来。

观众席的黄公公和五品官员有些诧异，贝特朗更是皱起了眉头。

“对不起，路上耽搁了……”

霍元甲边走边说着，随后一把拉住从擂台下来的陈真。

霍元甲：“莫慌，有为师在。”

陈真点点头，显然他一下子充满了力量。

霍元甲洒脱地登上擂台，环视抱拳：“元甲路上耽搁了，实在抱歉，我徒弟陈真是个急性子，差点坏了规矩，我在这里替他赔罪。”

霍元甲向众人抱拳行礼，最后郑重地向亚历克斯抱拳。

亚历克斯耸了耸肩，他毫不在乎。

主持人：“既然霍元甲本人来了，比赛正式开始！”

主持人退下，裁判跳上台。他用手比画着，重复各种规矩。霍元甲微笑点头。随着裁判的锣声响，亚历克斯抖落身上的战袍，健壮的肌肉露出来，又赢得观众席中洋人的一阵惊呼。

亚历克斯死死地盯着霍元甲，猛地拉开架势，看上去两拳力达千钧。

霍元甲英姿飒爽，望着亚历克斯，再次拱手："精武门霍元甲，讨教了。"

亚历克斯大吼一声，直拳猛击霍元甲的头部。霍元甲几乎听到了风声，知道此人确实力大无穷。霍元甲迅速躲过，但对手的勾拳又过来。一系列的组合拳，令霍元甲一时间只有招架之功。

台下的陈真等精武弟子在洋人的欢呼声中都为师父捏了把汗。

台上的霍元甲也知道，他遇到了最强大的洋人拳手。霍元甲依靠灵活多变的步伐，躲过亚历克斯的拳头。虽然对洋人的拳术有所准备，但由于处于被动的防守中，所以霍元甲还是处于了下风。

贝特朗笑了。

黄公公："这怎么说的，不叫你逞能吧？这回傻眼了吧！"

精武弟子们都攥紧拳头，观众中的王氏更是把心揪到嗓子眼。霍东觉问娘，他爹能不能打赢。王氏虽然神经紧绷，但还是告诉儿子，没人能打败他爹。

亚历克斯双拳夹击霍元甲的头部。霍元甲刚刚躲过，众人又是一片尖叫。亚历克斯转身一脚，将霍元甲逼到擂台一角。紧接着，亚历克斯又是一套组合拳，最后的一记重拳，打到霍元甲的肩上，令他身子一晃，在众人的连续惊叫中，险些掉下擂台，如果那样他将被铁刺贯穿。

精武弟子们："师父！"

王氏一把抱住要喊叫的霍东觉，赶紧让他闭上眼。亚历克斯显然要致霍元甲于死地，连续不断地出拳。霍元甲反身辗转躲避着，眼看着就要掉下擂台，却没想到他运足力气，一个决然的凌空飞身，从亚历克斯的眼前，高高地凌空翻过他的头顶，最后在空中出脚，重重地踹在他的背部。这显然是亚历克斯没想到的。精武弟子们一阵欢呼。王氏也睁开眼睛。

霍元甲站稳，向吼叫着回过身的亚历克斯摆出招式，似乎一切才刚刚开始。霍元甲经过一番交战，显然已经摸清楚了亚历克斯的拳路，他以迷踪拳以柔克刚的招数和变幻莫测的步法，渐渐取得擂台上的主动。亚历克斯也并非只会三板斧。面对霍元甲的应对，亚历克斯也变换拳法，反制霍元甲的四两拨千斤。霍元甲知道碰上对手了，他再次变换招数，腿脚并用，专攻亚历克斯的软肋，最后终于掌握擂台上的主动。霍元甲突然加重出拳的力道。这让精武弟子们也始料不及，因为在他们的眼里，师父永远是那个以柔克刚的人。霍元甲的每一拳，都力有千钧。连中了几拳的亚历克斯有点慌了，他也不时出腿，努力封住自己的软肋。霍元甲再次变换，此番轻重结合、刚柔并济，加之以极为莫测的步法，令亚历克斯终于失去了应对的办法。

黄公公皱起眉，贝特朗睁大眼。精武弟子们都笑了，抱着霍东觉的王氏的心终于放在肚子里了。观众们为这精彩的对决而鼓掌叫好，从洋人们的表情中可以看到，他们显然被霍元甲非凡的拳法征服了。

台上的霍元甲，拳随步走，步在八方。亚历克斯在幻觉中，发现四面都是霍元甲，一时间分不清楚哪个是真的。霍元甲在一系列刚柔并济的拳法后，最后飞起 脚踢中已经开始迷糊的亚历克斯。亚历克斯公牛一般沉重的身子重重地倒向绳索。没想到的是，霍元甲这是一套连环腿，第一腿收回，第二腿又已经到来，被踢中的亚历克斯最后一头向擂台下栽去。可就在亚历克斯要丧命铁刺之时，霍元甲在瞬间凌空发力，一掌推过之后令其转危为安。全场寂静。

脱险的亚历克斯显得很惭愧，他上前举起霍元甲的手，用蹩脚的中国话说道：“霍元甲是胜利者！”

霍元甲赢了！精武门赢了！中华武术赢了！贝特朗面色铁青。精武弟子欢呼，全场百姓欢呼。王氏紧紧地抱住霍东觉，她忍不住流下了眼泪。陈真兴奋地攥住了沙燕的手，二人兴奋地抱在一起……

五品官员：“霍元甲坏了事，要治罪！”

黄公公仿佛没听见，兴奋地直拍大腿：“好！好！”

五品官员：“您怎么也叫上好了？”

黄公公：“既然打赢了，没丢大清国的面子，也没得罪洋人，两全其美，能不叫好吗？”

五品官员：“那还治不治霍元甲的罪？”

“何罪之有啊？”

黄公公急着去拍巴掌，不再理五品官员。

突然，王氏一阵腹痛，站不住了。

霍东觉察觉到了，呼喊着：“娘！娘！”

王氏疼得说不出话。

“爹，我娘要生了！”

霍东觉大声向擂台喊去，可惜擂台上根本听不到，旁边有人问：“孩子，喊谁呢？谁是你爹啊？”

“我爹是霍元甲！”

医院里，霍元甲手里抱着孩子，笑得合不拢嘴。

“你走后，娘非得让我跟着你，说我们把她安顿得不错，又有小莲照顾，不需要我。她还说我的眼睛好，让我替她老人家看着你打赢洋人，为我中华争光！”

霍元甲有些感动：“我已让振声去给老人家报喜讯了，相信她一定会很高兴！”

“你打败了西洋拳王，光宗耀祖，功成名就，她当然高兴！”

霍元甲摆摆手：“哎，我让振声报的喜是，媳妇又给我生了个大胖小子！”

王氏倒是有些不好意思：“别笑了，我知道你喜欢女儿，可我……”

霍元甲：“儿子也好！再说，你还年轻，可以再生啊！多生几个闺女！”

王氏：“你高兴就好……那……那快给儿子起个名吧！”

说到名字，霍元甲收起了笑容，严肃地思考着。

半晌。

“革，我儿叫霍东革。”

“怎么讲？”

“到上海后，劲荪推荐我读了几本书，先是《革命军》，邹容先生在书中写道：‘革命！革命！得之则生，不得则死……’陈天华先生在《警世钟》中也写道：‘要想拒洋人，只有讲革命独立……’‘革命’这个词，十几年前我就听过，曾嗤之以鼻；后结识农劲荪，知道他是那种人，我又敬而远之；再后来，阿发为革命而死，沙燕受革命的熏陶，完全变成另外一个人……到今天，我突然觉得有些道理，只有经历了才能懂得。我们这个国家灾难深重，革命当是唯一的前途；而对于武林中人来说，心里不能只有江湖，更应该有天下。”

王氏：“元甲，你真的变了，像脱胎换骨了一样。只是，我有个建议，可否用楼阁的‘阁’代替？”

“你是怕招惹是非？”

王氏一笑。

沪上南拳武馆外，门庭冷清，叶双形提着个小箱子，带着两个弟子，一个家奴将门上锁，要走，竟连送的人都没有。

霍元甲的声音传来：“叶师傅！”

叶双形回头：“霍元甲？真没想到唯一来送我的竟是你。”

“我并不是来送您的。不知叶师傅何往？”

叶双形无奈地笑着：“回老家呗！连败东洋武士、西洋拳王，你霍元甲出尽了风头，我的徒弟们都改投精武门了，我还在上海滩等着挨饿呀？”

“元甲恳请叶师傅留下，共商武林大计！”

“霍师傅何意呀？”

“元甲早就说过，我志在革除旧武林的陋习和门派之争，创携手共进的新武林！如今已决意将精武门更名为精武体操会，想约叶师傅入会任教，共同为国家培养文武双全的栋梁之材！”

叶双形有些难以置信：“你此言当真？不是在戏耍叶某吧？”

霍元甲笑了：“霍元甲这一生最不会的就是说笑话，实不相瞒，神跤巴图已经答应了霍某，鹰爪门掌门陈秋风也答应前来任教！”

“鹰爪门？那可是你的老冤家啊！”

“新武林之风就是化干戈为玉帛，共创中华武术之盛世！”

“好！霍师傅，就凭你这句话，叶双形从此跟你走了！”

霍元甲带着叶双形等人离去，不远处的拐角闪出鹰九的身影。

“霍元甲，九爷想杀的人，还没有一个不死的，就让你再活一段时间。”

鹰九自语，说完便笑了起来，那笑容阴冷得瘆人。

尾声

宗师

上海精武门大门口喜庆得像过节一般。

武林志士和淞沪各界人士以至于市民百姓都来捧场。

在众人的注视下，霍元甲和农劲荪登上高梯，揭下大红盖头——“精武体操会”几个字赫然在目。

原来，精武门有了崭新的名字。

这也是中华武林崭新的时刻。人们欢呼起来，因为他们都感到了霍元甲和“精武”二字给予他们的力量。

霍元甲、农劲荪、沙狼和众多武林志士准备合照。

霍元甲寻望着，最后一把拉过沙燕。后者有些不知所措。

霍元甲正色：“精武体操会即日起招收女弟子，由你任教，你当然要坐！”

“女弟子？”沙燕难以置信。

农劲荪抚掌大笑。陈真、刘振声和许大有更是欢呼起来。

“所以，如此崭新的武林，才是我霍元甲心中的梦。”

霍元甲微笑着转身巍然高坐，一代宗师在瞬间跃然于时代之上。

（全书完）